Gao Xingjian

PRIX NOBEL DE LITTÉRATURE

LE LIVRE D'UN HOMME SEUL

ROMAN

Traduit du chinois
par Noël et Liliane Dutrait

Préface de Noël Dutrait

Éditions de l'Aube

TEXTE INTÉGRAL

ISBN 978-2-7578-5616-1
(ISBN 2-87678-671-0, 1re publication)

Préface

Le xxe siècle a été, chacun à présent en convient, le siècle où la violence et la barbarie se sont répandues sur la plus large échelle, que ce soit par le nombre des pays touchés ou celui des victimes. Depuis le génocide arménien, l'extermination des juifs, les massacres de Nankin, jusqu'à, plus près de nous, les tentatives de purification ethnique dans l'ex-Yougoslavie, les massacres du Rwanda et bien d'autres drames encore, la démonstration a été claire : dans un siècle où les progrès scientifiques et techniques dépassent tout ce que l'on pouvait imaginer, l'homme a continué à chercher à exterminer ses congénères qui n'agissent ni ne pensent comme lui, au lieu d'essayer le dialogue et la discussion. Malgré les progrès, importants aussi, de la communication, la vérité sur ces événements tragiques a toujours eu beaucoup de peine à éclater au grand jour. Les déportés des camps de la mort ont souvent rapporté que le désir de témoigner les avait maintenus en vie, mais que, lorsque le moment était arrivé de parler, la difficulté de transmettre ce qu'ils avaient vécu avait été considérable. Le romancier italien Primo Lévi, après avoir laissé un témoignage implacable, *Si c'est un homme*, choisit le suicide[1]. Jorge Semprun, dans *L'Écriture ou la vie*, montre que seul le passage par la littérature permet une approche satisfaisante de la réalité vécue[2]. Malgré les efforts de ceux qui ont connu l'horreur,

1. Primo Lévi, *Si c'est un homme*, Paris, Julliard, 1987.
2. Jorge Semprun, *L'Écriture ou la vie*, Paris, Gallimard, 1994.

les « négationnistes » continuent à instiller le doute sur la réalité. Le génocide arménien, pourtant déjà ancien, n'est toujours pas reconnu officiellement par le pays où il a été commis, certains en Europe tentent de nier la réalité des camps de la mort nazis et, au Japon, certains milieux minimisent le nombre des victimes des massacres de Nankin. Il est donc toujours aussi indispensable que ceux qui savent témoignent. Dans le cas des événements que la Chine a connus depuis l'accession du Parti communiste au pouvoir en 1949, la situation de l'information a été proprement stupéfiante en Europe. À l'époque, on ignorait tout de la réalité vécue par les Chinois, que ce soit pendant le « Grand Bond en avant », le mouvement « anti-droitier » et même la prétendue « Révolution culturelle ». Bien pire, en France, un certain nombre d'intellectuels, anciens « compagnons de route » du Parti communiste français, séduits par la critique maoïste à l'égard de l'Union soviétique, se mirent à chanter les louanges du régime communiste de l'époque. Ils virent dans ce mouvement une remise en cause profonde de la bureaucratie stalinienne, pensèrent que le peuple pouvait enfin s'exprimer librement et imaginèrent qu'une nouvelle forme de démocratie directe avait vu le jour à Pékin. Non seulement ils refusèrent de voir la réalité – des informations furent disponibles très tôt à Hong Kong au sujet de la Révolution culturelle et certains sinologues occidentaux ont tenté de faire connaître la vérité sur ce mouvement dès ses débuts – mais au contraire, ils continuèrent à en vanter les mérites.

Après la mort de Mao Zedong, l'enthousiasme cédera vite la place à la désillusion et à la stupeur, et les témoignages venant de Chine se feront de plus en plus nombreux. Pourtant, la Chine ne connaît pas de phénomène comparable à celui suscité par l'écrivain Soljenitsyne, dont le témoignage sur les camps de travail soviétiques a très fortement contribué à la chute du régime. Zhang Xianliang a révélé certains aspects des *laogai* chinois, mais sa croyance inébranlable dans le marxisme a atténué la portée de sa dénonciation.

Lin Xiling, l'héroïne de l'université de Pékin au moment du mouvement des Cents Fleurs, a livré en France en 1997 un témoignage sur sa vie en tout point passionnant, mais qui n'a rien à voir avec une œuvre littéraire[1]. Les écrits de Yang Jiang sont en revanche très précieux et apportent des descriptions fort intéressantes sur la manière dont les intellectuels furent systématiquement réprimés, du simple fait qu'ils étaient des intellectuels. Ne parlons pas de la fameuse « littérature des cicatrices » qui a eu son importance historique, mais qui est restée dans sa vision manichéenne de l'histoire sans oser dénoncer les causes profondes de la tragédie. Par la suite, les écrivains de la nouvelle génération n'ont pas souhaité traiter directement du drame que, d'ailleurs, ils n'avaient souvent pas connu en raison de leur âge.

La démarche de Gao Xingjian est originale. Avant même d'être confronté à la tragédie de la Révolution culturelle, il avait déjà acquis une culture chinoise et étrangère très approfondie. Il a plusieurs fois expliqué comment il avait eu accès à la littérature étrangère grâce à sa connaissance du français et comment il avait été sensibilisé dès son plus jeune âge à l'art et à la littérature grâce à l'ouverture d'esprit de son milieu familial. Contraint de détruire de nombreux manuscrits pendant la période de la Révolution culturelle, il porte sa réflexion en priorité sur la forme, après celle-ci. (Son recueil de courts essais, *Premières réflexions sur l'art du roman moderne*, a joué un rôle pionnier dans la présentation de la littérature occidentale en Chine.) Grâce à ses recherches sur le théâtre et les expérimentations qu'il mène personnellement au Théâtre d'art de Pékin, il trouve un moyen d'exprimer l'absurde et l'irréel pour, en fait, mieux dire le réel. Dans la Chine postmaoïste du début des années quatre-vingt, il y avait encore là quelque chose de subversif et il a dû fuir devant les incessantes tracasseries de la bureaucratie. Ainsi s'élabore, dans l'œuvre de Gao Xingjian, une théorie qui est en fait un art de vivre. Seuls l'art et la

1. Marie Holzman, *Lin Xiling, l'indomptable*, Paris, Bayard, 1997.

littérature méritent que l'on vive et, pour pouvoir vivre, il n'existe qu'une solution: fuir. La fuite est à l'origine du roman *La Montagne de l'âme*, dans lequel Gao Xingjian met en application les conceptions littéraires qu'il avait déjà expérimentées dans ses nouvelles regroupées sous le titre *Une canne à pêche pour mon grand-père* (subtile jeu des pronoms personnels «je», «tu», «il», absence d'intrigue, «courant de langage» parallèle au «courant de conscience», etc.), tout en commençant à rendre compte de la réalité de la situation en Chine. En entremêlant rêve et réalité, visions d'horreur et visions érotiques, connaissances historiques, légendes et histoires populaires, Gao Xingjian renoue avec le récit chinois en langue parlée, tout en créant une œuvre parfaitement ancrée dans la modernité. Après *La Montagne de l'âme* qui a obtenu un très large succès en Suède et dans les pays francophones d'Europe, Gao Xingjian, qui poursuit par ailleurs son activité de peintre et d'auteur dramatique, a entrepris de revenir sur ses relations avec le réel dans un nouveau roman, *Le Livre d'un homme seul*, qui constitue enfin une implacable dénonciation du système totalitaire chinois dont la violence et le cynisme n'ont, selon l'auteur, rien à envier au nazisme, au stalinisme, au fascisme et à leurs épigones. Le titre lui-même dit déjà beaucoup. Ce Livre, cette Bible, n'est pas un livre modèle destiné à éduquer l'humanité tout entière, il ne s'adresse qu'à un homme, ou – comme on veut – il ne reflète les sentiments que d'un homme seul, isolé. Il n'obéit également à aucun de ces principes (les fameux *zhuyi*, qui étaient au centre de la polémique entre Chen Duxiu et Hu Shi au début de ce siècle) que Gao Xingjian refuse, comme il l'a affirmé dans son texte *Il n'y a pas de -isme (Meiyou zhuyi)*[1]. Naturellement, tous ces éléments mis ensemble ne font pas forcément un bon roman. La magie de la création littéraire opère cependant ici à plein, grâce au talent d'écrivain et d'homme de théâtre de Gao Xingjian. Le réel est approché au plus près à travers les

1. Gao Xingjian, *Meiyou zhuyi*, Tiandi tushu, Hong Kong, 1996.

conversations d'un personnage toujours désigné par « tu » ou « il » avec une jeune femme (allemande et juive – ce n'est pas un hasard). La douceur de l'enfance, l'éveil au monde, puis le contact avec la barbarie, les souffrances, les déchirures sont évoqués sans masque – certains passages sont très durs – et débouchent sur une réflexion en profondeur aussi bien sur l'homme même que sur les tragédies que la Chine a connues au cours de la deuxième moitié de ce siècle.

Grâce à la fuite – d'abord en Chine même, puis à travers le monde entier –, grâce à la pratique approfondie des arts et de la littérature, en refusant les grands principes et les grandes idéologies qui ont conduit l'humanité au bord du gouffre pendant ce siècle qui s'achève, Gao Xingjian crée une œuvre aussi dérangeante qu'envoûtante qui ose dénoncer avec une très grande efficacité le système totalitaire mis en place par le Parti communiste chinois dans son pays. On tient là le grand roman chinois de cette fin de siècle qui, sans jamais abandonner les procédés littéraires les plus audacieux, apporte un éclairage essentiel sur cette partie du monde.

NOËL DUTRAIT
(Préface publiée dans l'édition chinoise
du *Livre d'un homme seul*,
Taipei, Lianjing chubanshe, 1999.)

1

Il n'a pas oublié qu'il a eu une autre vie. Le souvenir d'une vieille photographie jaunie, restée à son domicile, épargnée par le feu, éveille en lui la tristesse, mais elle est trop lointaine, comme si cette vie s'était écoulée, comme si elle avait disparu à jamais. Dans son logement de Pékin, où la police a posé les scellés, se trouvait encore une photo de la famille réunie, que lui avait laissée son père à présent décédé, la photo la plus complète de sa nombreuse famille. À l'époque, son grand-père vivait encore, ses cheveux étaient tout blancs, une attaque cérébrale l'avait déjà privé de l'usage de la parole et il restait allongé sur un rocking-chair. Lui, seul enfant de la photographie, il était le fils aîné de l'aîné des fils, il se tenait entre ses grands-parents, vêtu d'une culotte fendue laissant voir son petit sexe et coiffé d'un calot de style américain en forme de bateau. C'était la fin de la guerre de Résistance contre le Japon qui avait duré huit ans, la guerre civile n'avait pas encore éclaté, la photographie avait été prise devant la porte ronde d'un jardin rempli de chrysanthèmes jaune d'or et de crête-de-coq pourpres, la lumière du soleil d'été resplendissait – c'était en tout cas le souvenir qu'il avait de ce jardin –, mais sur la photographie, des traces d'eau avaient rendu le jardin gris-jaune. À l'arrière-plan, derrière la porte ronde, la maison à deux étages de style britannique dans laquelle vivait cette famille, avec, en bas, une galerie, et à l'étage une balustrade. Sur la photographie, il s'en souvenait, figuraient treize personnes, un chiffre néfaste : son père, sa mère, ses oncles et ses tantes, mais, hormis lui et une tante qui vivait à présent aux États-Unis, tous avaient disparu de ce monde, tout comme la maison derrière la porte ronde.

Lorsqu'il vivait encore en Chine, il était repassé une fois dans cette ville et avait cherché cette cour située derrière la banque où travaillait son père, mais il n'avait trouvé que des immeubles d'habitation rudimentaires en brique grise, déjà vieux de nombreuses années, et lorsqu'il avait demandé aux gens qui entraient et sortaient de ces immeubles si une telle cour avait existé dans le passé, personne n'en savait rien. Pourtant il se souvenait de la porte arrière de cette maison, un lac s'étalait au pied des marches de pierre, et le jour de la fête du Dragon, son père et ses collègues de la banque s'y pressaient pour admirer les courses de bateaux-dragons décorés de guirlandes, à bord desquels on frappait tambours et gongs, ils s'approchaient de la porte arrière des maisons pour attraper à l'aide de perches en bambou des sachets rouges, et bien entendu dans les sachets il y avait de l'argent. Ses deux oncles et sa petite tante l'emmenaient aussi en bateau ramasser des châtaignes d'eau toutes fraîches, mais il n'était jamais allé sur la rive opposée et, aussi loin qu'il pût porter son regard de l'autre côté du lac, il n'arrivait plus à en ramener une image dans son souvenir.

C'était une famille sur le déclin, trop douce, trop fragile, subsister à une telle époque était trop difficile pour elle et elle était vouée à disparaître. Après la mort de son grand-père, son père avait très vite perdu son poste de direction au sein de la banque et la famille avait périclité. Seul son deuxième oncle, celui qui aimait fredonner l'opéra de Pékin, avait collaboré avec le nouveau pouvoir politique comme personnalité démocrate, avant d'être taxé de droitisme et de sombrer dès lors dans un mutisme total, s'assoupissant dès qu'il s'asseyait quelque part, se transformant rapidement en un vieillard ratatiné totalement amorphe qui finit par s'éteindre au bout de quelques années. Tous les membres de la famille étaient morts, de maladie, par noyade, par suicide, de folie, ou, pour l'une d'entre eux, en suivant son mari dans un camp de rééducation par le travail ; il ne restait comme descendant que lui, ce fils dénaturé. À présent, il ne devait subsister qu'une tante paternelle, ombre recouvrant toute la famille, dont on disait qu'elle vivait encore, mais qu'il n'avait jamais revue depuis que la photographie avait été prise. Le mari de cette tante servait alors dans l'armée de l'air du Guomindang, il travaillait à terre et n'avait jamais largué de bombes, il s'était réfugié à Taiwan où il était mort de maladie quelques années plus tard. Quant à la tante partie aux États-Unis, il n'avait jamais su comment elle avait réussi à quitter le pays et ne s'était jamais donné la peine de se renseigner.

Mais le jour de l'anniversaire de ses dix ans, en fait de ses neuf ans puisque l'on suivait l'ancien calendrier lunaire, la famille était encore florissante, l'anniversaire avait été très animé ; le matin dès son lever, il avait revêtu des vêtements neufs et de nouvelles chaussures de cuir, luxe inouï à cette époque pour un petit garçon. Il avait aussi eu des cadeaux, un cerf-volant, un jeu de dames, un casse-tête, des crayons de couleur d'importation et un pistolet à bouchon, ainsi que *Les Contes de Grimm* en deux volumes illustrés d'eaux-fortes ; les quelques yuans en argent dans un sachet rouge lui avaient été donnés par sa grand-mère, c'étaient des piastres datant de l'Empire mandchou, avec la grosse tête chauve de Yuan Shikai, ainsi que de nouveaux yuans-argent avec Tchiang Kaichek en uniforme ; leur sonorité était différente quand on les frappait, les plus récents rendaient un son cristallin beaucoup moins grave et sourd que ceux qui étaient ornés de la tête de Yuan Shikai, il les avait rangés dans une mallette en cuir où il conservait son album de timbres et ses billes en verre de toutes les couleurs. Ensuite, la famille au complet était partie au restaurant manger des petits pâtés farcis au crabe, c'était un établissement avec un jardin agrémenté de rocailles et d'une mare remplie de poissons rouges, une immense table ronde avait été installée pour que tous puissent prendre place autour. C'était la première fois qu'il était le point de mire de toute la famille, il était assis à côté de sa grand-mère, la place qu'aurait dû occuper son grand-père qui venait de mourir, comme si celui-ci avait attendu pour s'en aller que l'enfant vienne prendre les siens en charge. Il avait mordu à pleines dents dans un pâté brûlant dont le jus avait inondé ses habits neufs, mais personne ne l'avait grondé, tous avaient ri, et il s'était senti très gêné. S'il s'en souvenait, c'était sans doute parce qu'il avait éprouvé un grand embarras, il venait de sortir de l'insouciance de l'enfance pour passer à l'âge d'homme.

Il se souvenait encore qu'à la mort de son grand-père, la salle funéraire était remplie d'inscriptions sur tissu offertes en condoléances, on eût dit l'arrière-scène d'un théâtre, c'était encore plus intéressant que l'anniversaire. Une troupe de moines frappaient sur des gongs et des tambours en lisant des soutras, et lui s'amusait à se faufiler entre les banderoles suspendues. Sa mère voulait qu'il mette des chaussures de chanvre et il avait fini par obéir, mais jamais il n'avait accepté de se coiffer d'un morceau d'étoffe blanche, car il trouvait cela trop laid. C'était sans doute la volonté de sa grand-mère, son père avait dû se nouer un ruban blanc autour de la tête, mais il portait un costume de lin blanc à l'occidentale, comme les personnes qui venaient présenter leurs condoléances, vêtues pour la plupart elles aussi à l'occidentale, une cravate nouée autour du cou, tandis que les dames étaient en robe chinoise et en chaussures à talons hauts. L'une d'elles savait jouer du piano et chantait d'une voix de soprano colorature avec des trémolos qui évoquaient des bêlements, évidemment pas au cours de ces funérailles, mais une autre fois, lors d'une soirée dans sa famille, c'était la première fois qu'il entendait chanter ainsi et il n'avait pas pu s'empêcher de rire. Sa mère l'avait grondé à l'oreille, mais il avait été incapable de retenir son fou rire.

Dans son souvenir, la période du décès de son grand-père n'était qu'un instant de fête rare, il n'éprouvait pas la moindre tristesse. Il pensait que le vieil homme était voué depuis longtemps à la mort. Terrassé par une crise d'apoplexie bien auparavant, le grand-père restait toute la journée dans son rocking-chair, son décès était une chose parfaitement normale, la mort ne provoquait en lui encore aucune frayeur. En revanche, la mort de sa mère l'avait empli d'effroi, elle s'était noyée dans une rivière près d'une ferme et c'était un paysan parti tôt le matin faire paître ses canards qui l'avait découverte, le cadavre déjà gonflé flottait au fil de l'eau. Sa mère avait répondu à l'appel du Parti et s'était rendue dans une ferme pour la rééducation idéologique. Elle était morte dans la fleur de l'âge, elle venait d'avoir trente-huit ans, et son image restait en son cœur toujours aussi belle.

Parmi les cadeaux qu'il avait eus quand il était enfant, il y avait un stylo Parker en or, offert par un collègue de son père. En fait, il avait pris le stylo de l'oncle Fang[1] pour s'amuser et n'avait plus voulu le lâcher ; les adultes y avaient vu un présage et avaient dit que cet enfant deviendrait probablement écrivain. Dans sa générosité, l'oncle Fang le lui avait donné. Ce n'était pas à l'occasion de son anniversaire, mais bien avant : il écrivait un journal intime, ce devait être quand il avait huit ans. Il aurait dû commencer à aller à l'école, mais comme il était un enfant chétif et maladif, c'était sa mère qui lui avait appris à lire et à écrire au pinceau ; il recopiait, trait après trait, les modèles imprimés en rouge, il ne s'en lassait pas et remplissait parfois un cahier entier dans la journée. C'est bien, disait sa mère, tu vas pouvoir écrire ton journal intime au pinceau, cela économisera un peu le papier. Elle lui avait acheté un cahier de rédaction à petits carreaux, et il passait de longs moments à remplir des pages entières, comme s'il faisait ses devoirs. Dans son premier journal il écrivit : La neige a étendu sur le sol une couche toute blanche, mais les traces de pas des passants l'ont salie. Sa mère vantait son travail et faisait en sorte que toute la famille et les proches prennent connaissance de ce qu'il écrivait. À partir de là, il ne put plus rien garder pour lui, et comme il

1. En Chine, les enfants appellent les adultes « oncle » ou « tante » sans qu'il y ait nécessairement un lien de parenté.

eut recours à l'écriture pour confier ses rêves et ses amours, il sema ainsi les graines de la catastrophe ultérieure.

Son père n'approuvait pas qu'il restât ainsi toute la journée dans sa chambre à lire et à écrire, il estimait qu'un garçon devait être un peu plus espiègle, sortir davantage, élargir ses relations, parcourir le monde, il n'appréciait guère que son fils veuille devenir écrivain. Son père se prenait pour un grand buveur, non pas qu'il fût alcoolique, mais plutôt pour prouver sa force. Lors des banquets, il trinquait en vidant son verre avec chacun des convives – on appelait cela faire le « passe-partout ». Et même s'il y avait trois ou cinq tables, il fallait en faire le tour et l'on n'était acclamé comme un homme véritable que si l'on arrivait au bout. Une fois, pourtant, il avait été ramené ivre à la maison par le personnel, qui l'avait déposé sur le rocking-chair du grand-père décédé. Comme il n'y avait aucun homme à la maison, sa grand-mère, sa mère et la servante n'avaient pu transporter son père à l'étage pour le coucher dans son lit. Il se souvenait qu'on avait lancé une corde depuis l'étage, qu'on y avait accroché, il ne savait comment, le rocking-chair et l'homme, et on les avait hissés lentement. Suspendu dans le vide, son père ivre avait gardé sur le visage le même petit sourire qui continuait à flotter dans ses souvenirs. Voilà quel était l'un des grands exploits de son père, ce n'était peut-être qu'une hallucination, chez un enfant, souvenir et imagination sont très difficiles à démêler.

Sa vie avant l'âge de dix ans lui apparaissait à présent comme un rêve, sa vie même au cours de son enfance ressemblait aussi à un rêve. Par exemple alors qu'ils fuyaient, ballottés sur des routes boueuses de montagne, sous la pluie, à bord d'un camion bâché, lui tenant serré dans ses bras un panier de mandarines. Il avait demandé à sa mère si c'était vraiment ainsi que ça s'était passé et elle lui avait dit qu'à l'époque, les mandarines étaient moins chères que le riz, il suffisait de donner un peu d'argent aux villageois pour qu'ils en apportent au camion. Son père travaillait dans une banque d'État chargée du transport des devises et, protégées par une escorte, les familles du personnel se repliaient en suivant la banque.

Aujourd'hui, l'ancienne résidence familiale revient souvent dans ses rêves, non pas la maison à l'occidentale avec une porte ronde et un jardin de fleurs qu'habitait son grand-père, mais la vieille maison laissée par sa grand-mère maternelle, avec sa courette intérieure, et cette petite vieille dame morte – depuis longtemps –, toujours en train de farfouiller dans un grand coffre. Dans ses rêves, il voyait la scène d'en dessus, la maison n'avait pas de plafond, et la pièce au-dessous, divisée par une cloison en planches, était déserte, il n'y avait que sa grand-mère affairée à fouiller dans le coffre. Il se souvenait aussi qu'il y avait chez lui une vieille malle en cuir, qui avait été laquée, et au fond de celle-ci étaient cachés les titres de propriété de la maison et de la terre de sa grand-mère, des biens depuis longtemps hypothéqués ou vendus; on n'avait pas attendu que le nouveau régime vienne les saisir. Quand sa mère et sa grand-mère maternelle avaient brûlé ces papiers jaunis, il avait été très troublé, et s'il ne les avait pas dénoncées, c'est parce que personne n'était venu le questionner. Mais si quelqu'un était réellement venu l'interroger, il l'aurait très probablement fait, car à l'époque il estimait que sa mère et sa grand-mère maternelle avaient comploté pour détruire des preuves criminelles, même si elles l'aimaient profondément.

Ce rêve, il l'a fait quelques dizaines d'années plus tard, il était en Occident depuis longtemps, il se trouvait dans un petit hôtel d'une ville du centre de la France, Tours, vieilles persiennes à la peinture écaillée, fenêtre protégée par un rideau de gaze translucide, et à travers les feuilles des platanes, un ciel gris; quand il s'était réveillé, il était troublé, dans le rêve qu'il venait de faire, il était debout à l'angle d'un mur du grenier de la vieille résidence démolie, et il regardait vers le bas, appuyé à la rambarde en bois branlante, devant la maison il y avait un champ de citrouilles, et il attrapait des criquets parmi les tas de tuiles et les tiges des citrouilles. Il se souvenait très nettement dans son rêve des habitants de la maison, chaque pièce était séparée des autres par une cloison en planches, mais là tous avaient disparu, comme sa grand-mère maternelle, comme la vie qu'il avait connue. Les souvenirs qu'il avait de cette vie et les rêves qu'il faisait se mêlaient, ces impressions dépassaient le temps et l'espace.

Comme il était le fils aîné de l'aîné des fils, toute la famille, y compris sa grand-mère maternelle, mettait beaucoup d'espoir en lui, mais depuis sa petite enfance, il était souvent malade, ce qui les plongeait dans une profonde inquiétude, et fréquemment on faisait prédire son avenir. La première fois, il s'en souvenait, c'était dans un temple, ses parents l'avaient emmené en vacances à Lushan ; les grottes des Immortels étaient un site célèbre à côté duquel se trouvait un grand temple qui avait ouvert un restaurant végétarien et un salon de thé pour accueillir les visiteurs. Il y faisait frais et les clients étaient peu nombreux. Il était monté sur la montagne en chaise à porteur, blotti contre sa mère, les mains agrippées à la barre devant lui, sans pouvoir s'empêcher de regarder les profonds précipices qui bordaient le chemin. Avant de quitter la Chine, il était revenu sur les lieux, et bien sûr des autocars gravissaient la montagne, mais il n'avait pas retrouvé le temple, ni même trace de ses ruines. Et pourtant, il se souvenait très nettement que dans la grande salle était accroché un long rouleau sur lequel était représenté Zhu Yuanzhang au visage grêlé, on disait qu'il avait été offert au temple sous les Yuan, car Zhu Yuanzhang s'était réfugié là avant de devenir empereur, des faits aussi complexes et concrets ne peuvent être de simples fantasmes d'enfant. Et la peinture de Zhu Yuanzhang au visage grêlé, il avait fini par la revoir, quelques années auparavant, au milieu des trésors conservés au musée du Palais impérial de Taipei. Le temple avait donc bel et bien existé, ce souvenir n'avait rien d'un fantasme, et le vieux moine qui lui avait prédit son avenir devait être aussi réel. Le vieux moine s'était exclamé : « Ce petit bonhomme va connaître moult malheurs et catastrophes, il aura une vie difficile ! » Puis il lui avait assené sur le front une lourde tape qui l'avait surpris, mais il n'avait pas pleuré. S'il s'en souvenait, c'est qu'il avait toujours été très choyé et n'avait jamais reçu de coups.

Plusieurs années plus tard, il s'était remis à s'intéresser au bouddhisme zen et l'éveil qu'il avait connu à la lecture des *gong'an*[1] venait peut-être de cette première ouverture à la vie que le vieux moine lui avait donnée.

Il avait bien connu une autre vie, mais par la suite il avait fini par l'oublier.

1. Les *gong'an* sont des anecdotes, dialogues ou propos destinés à ouvrir l'esprit à la vérité du zen.

2

Le store de la fenêtre n'est pas complètement baissé, dans l'ombre noire des montagnes jaillissent une multitude de gratte-ciel illuminés, au-dessus le ciel est sombre, sous la fenêtre les feux de la ville s'étendent à perte de vue, en face on discerne nettement les viscères d'un gratte-ciel – une construction postmoderne transparente : des ascenseurs, dont tu peux même distinguer les occupants quand une cabine arrive à ton niveau, montent et descendent dans le tube digestif. De là-bas, avec un téléobjectif, on pourrait très bien photographier l'intérieur de ta chambre. On aurait même pu prendre des photos sur la manière dont tu faisais l'amour avec elle.

Tu n'as rien à cacher et rien à craindre, tu n'es pas une vedette de cinéma ou de télévision, une personnalité du monde politique ou quelque richissime notabilité de Hong Kong qui craindrait qu'une photo d'elle ne s'étale dans la presse. Tu es en possession d'un titre de voyage français, tu as le statut de réfugié politique, tu es ici en visite sur invitation, et cette chambre a été retenue pour toi, ce n'est pas toi qui paies. Puisque tu as dû montrer tes papiers pour pouvoir loger dans ce grand hôtel, propriété de l'administration du continent, tu es fiché dans l'ordinateur du comptoir d'enregistrement situé dans le grand hall. Le responsable et les jeunes filles de l'accueil ont manifestement éprouvé quelque difficulté à comprendre ton chinois de Pékin, mais, dans quelques mois, quand Hong Kong réintégrera la mère-patrie, ils auront sans doute eux aussi à parler avec l'accent pékinois. Ils s'y exercent peut-être déjà. Il est de leur devoir d'assimiler les tendances de leur clientèle ; leur patron, à présent, ce sont les autorités officielles, et des images te montrant en train de faire l'amour, nu comme un ver, ont peut-être déjà été enregistrées. D'autant que, dans ces immenses hôtels, il est courant de disposer des caméras vidéo un peu partout, ne serait-ce que pour des raisons de sécurité. Tu es assis au bord du lit ; tu as essuyé ta transpiration, tu as un peu froid, tu voudrais couper la climatisation qui émet un bourdonnement continu.

– À quoi penses-tu ?

– À rien.

– Qu'est-ce que tu regardes ?

– L'immeuble, en face. Il y a des ascenseurs qui montent et qui descendent, on voit les gens à l'intérieur, il y a un couple en train de s'embrasser.

– Je ne vois rien, moi.

Elle relève un peu la tête pour regarder.

Tu dis qu'on pourrait vous voir avec un téléobjectif.

– Eh bien, ferme le store.

Elle est allongée sur le dos, son corps blanc entièrement nu, une touffe de poils bruns somptueux à l'entrejambe.

– Si on filmait en vidéo, même les poils se verraient, dis-tu en riant.

– Tu parles de qui ? De cette chambre ? Qui filmerait ?

Tu dis que ce serait une caméra, automatique.

– Ça ne se peut pas, on n'est pas en Chine continentale ici.

Tu dis que cet hôtel a déjà été acheté par le continent.

Elle pousse un léger soupir et s'assied :

– Tu te tracasses.

Elle tend la main et te caresse les cheveux.

– Allume la lampe de chevet, je vais éteindre le plafonnier.

– Inutile. Tout à l'heure, trop pressé, je ne t'ai pas regardée comme il faut.

Tu réponds avec douceur, tu te penches pour embrasser légèrement son bas-ventre d'une blancheur éblouissante sous la lampe et tu demandes :

– Tu ne trouves pas qu'il fait froid ?

– Oui, un peu maintenant.

Elle a un petit rire avant de demander :

– Tu veux encore du cognac ?

Tu dis que tu veux du café. Elle descend du lit, arrête la climatisation et branche la bouilloire électrique. Elle verse dans les tasses du café instantané. Ses seins rebondis se balancent à chacun de ses gestes.

– Tu ne trouves pas que je suis trop grosse ? dit-elle en riant ; les Chinoises sont plus belles que moi.

Tu dis que ce n'est pas sûr, tu aimes justement sa poitrine, bien réelle, très attirante.

– Tu n'en avais jamais eu ?

Elle s'assied face à toi dans le fauteuil rond devant la fenêtre, calée contre le dossier, elle te laisse la contempler à satiété.

Elle cache à ta vue les ascenseurs transparents du gratte-ciel, à l'arrière l'ombre des montagnes est encore plus sombre. Une nuit magique, tu dis que son corps nu, tout blanc, est inimaginable, presque irréel.

– C'est pour ça que tu veux du café, pour te réveiller complètement ? dit-elle, un éclair moqueur dans les yeux.

– Pour mieux saisir cet instant !

Tu dis encore que la vie parfois ressemble à un miracle, tu te félicites d'être encore vivant. Tu dis que tout n'est que le fruit du hasard, que ce n'est pas un rêve, mais bien la réalité.

– Moi, au contraire, j'aimerais toujours vivre dans un rêve, mais c'est impossible, j'aimerais ne plus penser à rien.

Elle boit une gorgée d'alcool, ferme les yeux, elle a des cils très longs, une vraie jeune Allemande. Tu lui dis d'ouvrir les jambes pour la voir bien distinctement, pour qu'elle s'imprime dans ton souvenir. Elle dit qu'elle ne veut pas avoir de souvenirs, qu'elle ressent seulement cet instant. Tu lui demandes si elle l'a senti. Ton regard ? Elle dit qu'elle a senti qu'il se déplaçait sur son corps. D'où à où ? Tu veux qu'elle te le dise. Elle dit, des orteils jusqu'à la taille, ah, une source coule à nouveau d'elle, elle dit qu'elle te veut. Tu dis que toi aussi, tu la veux, que tu veux voir comment bouge ce corps plein de sève.

– Pour être filmé ? demande-t-elle en fermant les yeux.

– Oui.

Tu la fixes, ton regard fouille son corps des pieds à la tête.

– Tout pourrait être filmé ?

– Rien ne manquerait.

– Tu n'aurais pas peur ?

– Peur de quoi ?

Tu dis qu'à présent, tu n'as plus rien à craindre. Elle dit qu'elle aussi, elle s'en fiche. Tu dis qu'ici c'est Hong Kong, la Chine est tellement loin de toi maintenant. Tu te lèves pour te serrer à nouveau contre elle, elle te demande d'éteindre le plafonnier, tu pénètres alors une nouvelle fois dans sa chair humide et glissante.

– Je t'attire profondément ? Elle halète doucement.

– Oui, je m'enfouis.

Tu dis que tu t'enfouis dans sa chair.

– Seulement la chair ?

– Oui. Et sans souvenir. Seulement cet instant.

Elle dit qu'elle aussi a besoin de se fondre dans l'obscurité, dans une immensité chaotique.

– Sentir seulement la tendresse d'une femme…

– Un homme, c'est brûlant aussi, cela fait longtemps que je n'avais pas eu…

– Tu n'avais pas eu d'hommes ?

– … pas eu une telle excitation, un tel frisson.

– Pourquoi ?

– Je ne sais pas, je ne sais pas pourquoi…

– Essaie de me le dire… !

– Pour moi, ce n'est pas clair…

– C'est subitement, de manière totalement imprévisible ?

– Ne me le demande pas.

Mais toi, tu veux justement qu'elle te le dise ! Elle dit non. Tu n'abandonnes pas, tu la presses de questions : Parce que la rencontre était due au hasard ? Parce que vous ne vous connaissiez pas ? C'est l'inconnu qui l'a excitée ? Ou alors elle-même était-elle à la recherche de cette excitation ? Elle fait chaque fois non de la tête. Elle dit qu'elle te connaissait depuis longtemps, même si c'était plusieurs années plus tôt et qu'elle ne t'avait vu que deux fois, elle en avait gardé le souvenir, de plus en plus net. Elle dit encore qu'il y a un moment, quelques heures auparavant, elle avait subi un choc lorsqu'elle t'avait vu. Elle dit qu'elle ne couche pas à la légère avec les hommes, que d'ailleurs elle n'en manque pas, pourtant elle n'est pas une traînée, il ne faut pas la blesser…

Tu es ému, tu as besoin aussi de son intimité, ce n'est pas une simple excitation sexuelle ; Hong Kong, pour toi, pour elle, est une terre étrangère, cette relation avec elle, ce souvenir vieux de dix ans, c'était en Chine, au-delà de la mer, quand tu vivais encore là-bas.

– C'était chez toi, une nuit d'hiver…

– Des scellés y ont été posés depuis longtemps.

– Il faisait bon chez toi, une atmosphère très particulière, très douce…

– C'est parce que le tuyau de la centrale de chauffage, constamment brûlant, apportait de la chaleur. Dans l'appartement, en hiver, on pouvait rester vêtu d'un simple sous-vêtement. Quand vous êtes venus, vous portiez un manteau ouaté avec le col remonté.

– On avait peur d'être repérés et de t'attirer des ennuis…

– C'est vrai, devant l'immeuble, il y avait souvent un flic en civil, mais il quittait les lieux à dix heures du soir. Rester plus longtemps dans le vent d'hiver de Pékin qui soufflait sans cesse aurait été très dur pour lui.

– C'est Peter qui avait eu soudain l'idée d'aller te voir sans te téléphoner avant. Il avait dit qu'il voulait m'emmener chez toi, que vous étiez de vieux amis, que c'était encore mieux d'y aller le soir, qu'on se ferait moins remarquer, on éviterait d'être interrogés.

– Je n'avais pas fait installer le téléphone chez moi, de peur que mes amis disent n'importe quoi sur la ligne et aussi pour éviter les contacts avec les étrangers. Peter, c'était une exception, il était venu en Chine étudier le chinois, et à l'époque, il était passionné par la Révolution culturelle de Mao, nous discutions souvent ensemble, c'était vraiment un ami de longue date. Qu'est-il devenu ?

– On s'est séparés depuis longtemps. Il a d'abord été le représentant d'une société allemande basée en Chine, il a épousé une Chinoise qu'il a ramenée en Allemagne. On m'a dit qu'il avait lui-même ouvert une petite société dont il était le patron. À cette époque, je venais juste d'arriver à Pékin, je ne parlais pas encore très bien le chinois, j'avais de la peine à me faire des amis.

– Oui, je me souviens, je m'en souviens bien sûr, une fois entrée, tu as ôté ton manteau, tu as défait ton écharpe, quelle belle étrangère !

– Une superbe poitrine, c'est ça ?

– Bien sûr, une grosse paire de seins, et une peau d'un blanc de neige, des lèvres si rouges sans maquillage, si sexy.

– À cette époque, tu ne pouvais pas t'en être aperçu.

– Mais si, elles étaient si rouges, je ne pouvais pas ne pas m'en apercevoir.

– C'était aussi parce qu'il faisait très chaud chez toi, et que j'avais roulé plus d'une heure à bicyclette.

– Ce soir-là, tu étais restée silencieuse en face de moi, tu n'as rien dit.

– Je ne faisais que vous écouter attentivement parler, Peter et toi, vous parliez sans arrêt, de quoi ? Je ne m'en souviens plus, à cette époque, je ne comprenais pas très bien le chinois, mais je me souviens que cette nuit-là, j'avais ressenti quelque chose de très particulier.

Et toi, bien sûr, tu te souviens de cette nuit d'hiver, des bougies allumées dans la pièce, qui ajoutaient encore à la douceur de la soirée. Depuis la rue, il était impossible de savoir si la pièce était occupée. Tu avais fini par obtenir ce petit appartement, un nid correct, un foyer où tu pouvais résister aux tempêtes politiques de l'extérieur. Adossée contre l'étagère à livres, elle était assise par terre, sur le tapis – un tapis de laine produit pour l'exportation, mais écoulé sur le marché intérieur –, sans doute un produit de seconde catégorie vendu à prix réduit, un produit de luxe quand même, l'équivalent de la totalité des droits d'auteur que tu avais touchés pour un de tes livres, un livre qui ne parlait absolument pas de politique, mais qui t'avait quand même attiré d'innombrables ennuis. Son col ouvert, sa poitrine d'un blanc éclatant, ses bas noirs brillants et ses longues jambes étaient particulièrement attirants.

– N'oublie pas que chez toi, il y avait aussi une fille, très peu vêtue, pieds nus, si ma mémoire est bonne.

– Elle était toujours nue, même juste avant votre arrivée.

– C'est ça, cette fille est sortie discrètement d'une autre pièce alors que nous avions commencé à boire et que nous étions assis depuis un long moment.

– Vous risquiez de ne pas repartir tout de suite et je lui avais dit de se joindre à nous. Elle avait passé une robe.

– Elle nous avait juste serré la main, puis elle n'avait rien dit de toute la soirée.

– Comme toi.

– C'était une soirée particulière, je n'avais jamais vu une telle atmosphère chez des Chinois…

– Ce qui était particulier, c'était qu'une jeune beauté allemande arrive ainsi à l'improviste, avec ses lèvres rouges…

– Il y avait aussi une beauté pékinoise, pieds nus, svelte et adorable…

– Les flammes vacillantes des bougies…

– On buvait du vin dans ta pièce si agréable, on entendait le vent glacial souffler dehors en rafales…

– C'était aussi irréel que maintenant, peut-être dehors quelqu'un était-il posté en sentinelle…

Sans le vouloir, tu penses de nouveau que vous êtes peut-être filmés dans la chambre.

– C'est encore irréel ?

Elle te serre contre elle, tu fermes les yeux, tu la sens contre toi, tu étreins son corps bien en chair, tu murmures :

– Pas besoin de partir avant le lever du jour…

– Bien sûr, pas besoin… dit-elle, ce soir-là, je n'avais pas du tout envie de partir, il fallait encore faire plus d'une heure de bicyclette dans la nuit d'hiver, c'est Peter qui avait voulu s'en aller, et toi, tu ne l'avais pas retenu.

– Oui, c'est ça.

Tu dis que pour toi c'était la même chose, tu devais la raccompagner à la caserne sur ton vélo.

– Quelle caserne ?

Tu dis qu'elle était infirmière stagiaire dans un hôpital militaire, qu'elle n'avait pas le droit de passer la nuit à l'extérieur.

Elle relâche son étreinte et demande :

– De qui parles-tu ?

Tu dis que tu parles d'un hôpital militaire situé dans une caserne d'une lointaine banlieue de Pékin, elle venait tous les dimanches matin, tu devais te mettre en route le lundi à trois heures du matin et faire plus de deux heures de vélo pour la reconduire avant le lever du jour dans le camp militaire.

– Tu parles de cette Chinoise ? demande-t-elle en s'écartant de toi et en se redressant.

Tu ouvres les yeux et tu vois ses grands yeux qui te fixent, tu es un peu confus, le mieux, c'est de lui expliquer que c'est parce qu'elle a parlé d'elle, de ta petite amante à cette époque.

– Tu penses beaucoup à elle ?

Tu dis, après un temps de réflexion :

– C'est tellement loin tout ça, il y a si longtemps que je n'ai plus eu de contact avec elle.

– Tu n'as jamais eu de ses nouvelles ?

Elle replie les jambes et s'assied sur le lit.

– Non.

Tu te relèves à ton tour et tu vas t'asseoir au bord du lit.

– Tu n'as pas envie de la retrouver ?

Tu dis que la Chine, pour toi, c'est déjà très loin. Elle dit qu'elle comprend. Tu dis que tu n'as pas de patrie. Elle dit que bien que son père soit allemand, sa mère est juive, elle n'a donc pas de patrie non plus, mais elle ne peut se soustraire au souvenir. Tu lui demandes pourquoi. Elle dit qu'elle n'est pas comme toi, elle est une femme. Tu fais simplement « ah », sans rien ajouter.

3

Il avait besoin d'un nid, d'un lieu pour s'abriter, où il pourrait échapper aux autres, un foyer pour lui tout seul, pour y préserver son intimité sans être surveillé. Il avait besoin d'une chambre insonorisée où, une fois la porte fermée, il pourrait parler à voix haute, sans être entendu, dire tout ce qu'il voudrait, un univers à lui pour réfléchir sans baisser le ton. Il ne pouvait plus rester dans son cocon, comme une larve silencieuse, il devait vivre, sentir, avoir la possibilité de gémir ou de crier quand il faisait l'amour avec une femme jusqu'à épuisement. Il devait se battre pour obtenir un espace de vie, il n'était plus capable de supporter la pression des années qui venaient de s'écouler, et son désir qui s'était réveillé devait absolument s'épancher.

Mais la petite chambre où il vivait à cette époque arrivait à peine à contenir un lit à une place, un bureau et une étagère. L'hiver, une fois le fourneau et son tuyau installés, il devenait très difficile de s'y déplacer si une personne de plus était là. Derrière la simple cloison qui le séparait de ses voisins, il pouvait entendre tout ce qui se passait dans la pièce d'à côté, que ce soient les ébats du couple d'ouvriers la nuit dans leur lit, ou le pipi de leur bébé. Et deux familles partageaient avec lui la cour où se trouvaient aussi le point d'eau et son tuyau d'écoulement. Chaque fois que la jeune fille venait chez lui, elle était l'objet des regards des voisins et il devait laisser sa porte entrouverte pendant qu'ils buvaient le thé ou bavardaient. Sa femme, avec qui il était marié depuis plus de dix ans, mais avec qui il n'avait jamais vécu, avait fait faire sur lui une enquête par l'intermédiaire du comité du Parti de l'Association des écrivains, qui avait contacté le comité de quartier. Le Parti se mêlait de tout, que ce soit de sa pensée, de ses œuvres ou de sa vie privée.

Quand cette fille était venue chez lui la première fois, elle était vêtue d'un uniforme de l'armée trop large pour elle, décoré d'insignes rouges. Le visage tout rouge aussi, elle lui dit qu'elle avait été très émue à la lecture de ses romans. Il avait quelque prévention contre les jeunes filles en uniforme militaire, mais devant son visage poupin, il lui avait demandé son âge. Elle s'était présentée, disant qu'elle avait étudié dans une école de médecine militaire et qu'elle faisait à présent un stage d'un an dans un hôpital de l'armée. Cette année-là, elle avait tout juste dix-sept ans. Il s'était dit que c'était bien l'âge où les jeunes filles tombent facilement amoureuses.

Lorsqu'il l'avait embrassée pour la première fois, après avoir fermé la porte de sa chambre, il n'avait pas encore obtenu de jugement du tribunal au sujet de son divorce. Pendant qu'il la caressait en retenant son souffle, il entendait dans la cour les voisins qui faisaient couler de l'eau, lavaient des vêtements ou rinçaient des légumes, et jetaient dans l'écoulement les eaux usées. Il entendait aussi leurs pas.

Pour lui, il était de plus en plus clair que s'il avait besoin d'un foyer, ce n'était pas pour serrer une femme dans ses bras. Il lui fallait surtout un toit qui le protège du vent et de la pluie, et quatre murs qui l'entourent et l'isolent du bruit. Mais il n'avait pas la moindre intention de se remarier. Il en avait assez de ce mariage qui avait duré plus de dix ans, maintenu par la seule force de la loi. Et il était méfiant à l'égard des femmes, particulièrement de ces filles jeunes et belles qui semblaient pleines d'avenir et dont probablement il tomberait éperdument amoureux. À plusieurs reprises il avait été trahi et dénoncé. Quand il était encore à l'université, il était amoureux d'une étudiante de la même classe que lui. Le visage allongé et la voix pleine de douceur, cette adorable jeune fille en quête de progrès avait fait un rapport idéologique au secrétaire du Parti où elle notait les propos sarcastiques qu'il avait tenus au sujet du roman révolutionnaire *Le Chant de la jeunesse*, préconisé comme lecture obligatoire par la Ligue de la jeunesse communiste. L'étudiante n'avait bien sûr pas l'intention de lui nuire, elle éprouvait même une inclination à son égard, mais plus une fille était amoureuse, moins elle était capable de s'abstenir de s'en ouvrir au Parti, tout comme un croyant a besoin de confesser ses secrets au prêtre. La cellule de la Ligue estimait désormais que sa pensée était douteuse. Ce n'était encore pas trop grave, l'université lui avait quand même délivré son diplôme, bien qu'il n'eût pas été admis à la Ligue. Ce qui était grave venait plutôt de son épouse ; si elle s'était emparée de preuves de ses accusations, ne fût-ce qu'un morceau de papier écrit en cachette, cela aurait suffi, à cette époque, pour qu'il soit condamné comme contre-révolutionnaire. Ah ! quelle belle époque que ces années de révolution, des filles révolutionnaires à en devenir folles, révolutionnaires au point de semer la terreur !

Il ne pouvait pas faire confiance à une fille comme elle, vêtue d'un uniforme. Elle venait lui demander des conseils en littérature. Il dit qu'il ne pouvait lui servir d'enseignant et lui suggéra de suivre des cours du soir à l'université. Il en existait de toutes sortes, on pouvait s'y inscrire en payant une petite somme, et au bout de deux ans, on pouvait même obtenir un diplôme. Elle lui demanda quels livres elle devrait lire. Il répondit que le mieux était de ne pas lire de manuels, la plupart des bibliothèques avaient rouvert et elle avait accès à tous les livres qui avaient été interdits. La fille dit encore qu'elle avait aussi envie d'apprendre à écrire, mais il lui déconseilla de le faire, pour ne pas risquer d'entraver sa carrière, car lui-même n'avait cessé d'avoir des ennuis. Une jeune fille simple et pure comme elle, qui portait l'uniforme et avait appris la médecine, avait un avenir tout tracé. Mais elle répondit qu'elle n'était pas si simple et pure qu'il le pensait. Elle voulait connaître davantage de choses, comprendre la vie, ce qui n'était pas en contradiction avec le fait de porter l'uniforme et d'étudier la médecine.

Elle ne lui était pas indifférente, mais il préférait faire l'amour en toute tranquillité avec des filles plus délurées qui avaient roulé leur bosse ; il n'avait pas besoin de s'employer à leur apprendre ce qu'était la vie. Et, de toute façon, qu'était-ce que la vie ? Seul le ciel le savait.

Il était incapable d'expliquer à cette jeune fille venue lui demander conseil ce qu'était la vie et encore moins ce que l'on appelait la littérature, de la même manière qu'il était incapable d'expliquer au secrétaire du Parti de l'Association des écrivains dont il dépendait que ce qu'il appelait, lui, littérature, n'avait nul besoin d'être guidé ni même autorisé. Voilà pourquoi il allait d'ennuis en ennuis.

Face à l'uniforme que portait la jeune fille, aussi adorable et fraîche fût-elle, il n'était en rien ému et il ne nourrissait aucun fantasme à son égard. Jamais il n'aurait cru qu'il la toucherait et qu'ils coucheraient même ensemble. Lorsqu'elle rapporta les livres qu'elle avait pris sur ses étagères, elle dit qu'elle avait tout lu, son visage était encore tout rouge, elle venait de dehors, elle était un peu essoufflée. Il lui prépara une tasse de thé, comme il l'aurait fait en recevant le rédacteur d'une revue. Il la fit asseoir sur une chaise devant son bureau, à côté de la porte, et alla s'asseoir sur l'autre chaise, derrière le bureau. Dans la chambre se trouvait aussi un fauteuil très rudimentaire. C'était le début de l'hiver et le fourneau à charbon avait été installé. S'il avait voulu la faire asseoir sur le fauteuil, le tuyau du fourneau aurait caché son visage et les aurait gênés pour bavarder. Ils étaient donc tous les deux assis près du bureau. Les mains de la jeune fille caressaient sur la table les romans qu'elle avait rapportés, censurés autrefois parce que jugés réactionnaires et érotiques. Cela signifiait qu'elle avait goûté à ces fruits défendus, ou tout au moins son trouble venait de ce qu'elle en connaissait la nature.

Son regard s'attarda sur les mains à la peau si fine et si tendre, tout près de lui, qui continuaient à caresser les livres.

La fille vit qu'il examinait ses mains et les retira pour les cacher sous la table, son visage encore plus rouge. Il commença à lui demander ce qu'elle pensait des héros de ces livres et surtout, bien sûr, des héroïnes. Le comportement de ces femmes ne correspondait en rien à la morale de l'époque et encore moins aux enseignements du Parti. Il lui dit que c'était sans doute cela que l'on appelait la vie, et que dans la vie, il n'y avait pas de mesure. Si un jour elle le dénonçait ou si l'organisation du Parti qu'elle servait sous son uniforme lui demandait de s'expliquer sur ses relations avec lui, il n'y aurait rien de bien grave dans ces propos. Son expérience passée lui avait appris à se méfier. Eh oui, c'était cela aussi la vie !

La jeune fille ajouta ensuite que le président Mao lui aussi avait eu beaucoup de femmes. Alors seulement, il osa l'embrasser. Les yeux fermés, elle le laissa caresser son corps si sensible qu'il semblait électrisé, dans son uniforme trop large de l'armée. Elle lui demanda s'il pouvait lui prêter d'autres livres de ce genre. Elle dit qu'elle voulait tout connaître, qu'il n'y avait rien de bien terrible à cela. Alors il expliqua que quand les livres devenaient des fruits défendus, c'était la société qui était vraiment terrible. Pendant la prétendue Grande Révolution culturelle que l'on disait maintenant achevée, beaucoup de gens avaient perdu leur vie de cette manière. Elle dit que cela, elle le savait, qu'elle en avait vu, des hommes battus à mort, du sang noir couvert de mouches qui coulait du nez de cadavres d'hommes qualifiés de contre-révolutionnaires et que personne ne venait réclamer. À l'époque elle était enfant, mais aujourd'hui il ne fallait plus la considérer comme telle, elle était adulte.

Il demanda ce que signifiait être adulte. Elle lui dit de ne pas oublier qu'elle étudiait la médecine et rit en faisant la grimace. Ensuite, il lui prit la main et embrassa ses lèvres qui se détendirent peu à peu. Plus tard, elle était souvent revenue rendre et emprunter des livres, toujours le dimanche, et elle était restée de plus en plus longtemps, parfois de midi jusqu'au soir, mais elle devait attraper le bus de huit heures pour avoir le temps de rentrer dans sa caserne située dans une lointaine banlieue. Et c'était toujours au moment où il faisait sombre, quand dans la cour les bruits d'eau et de lavage des légumes s'étaient apaisés et que les voisins avaient tous fermé leur porte, qu'il fermait la sienne et l'étreignait avec effusion. Jamais elle ne quittait son uniforme, et elle gardait les yeux fixés sur le réveil. Quand l'heure du dernier bus arrivait, elle reboutonnait en hâte sa veste.

Il avait de plus en plus besoin d'un logement pour protéger sa vie privée. Quand il eut obtenu non sans mal une attestation de divorce, il se conforma à la conception orthodoxe de l'administration en matière de vie quotidienne et stipula qu'il voulait se marier, mais il précisa que la condition posée par sa future femme pour le mariage était qu'il ait d'abord un logement. Il avait déjà presque vingt ans d'ancienneté (y compris les années de rééducation à la campagne pendant la Révolution culturelle), et selon le règlement sur la répartition des logements, il aurait dû en avoir un depuis longtemps. Il fit du tapage un nombre incalculable de fois auprès des cadres de l'administration et finit par obtenir un petit appartement, avant que la direction du Parti, plus haut placée que celle de l'Association des écrivains, ne l'accuse. Et il utilisa toutes ses économies et se fit verser une avance sur droits d'auteur pour un livre sans s'occuper s'il serait publié ou non, afin d'apporter un peu de confort à son logement. Il avait enfin obtenu un petit havre de paix.

Dès que la jeune fille fut entrée dans son nouvel appartement, à peine eut-il mis le verrou qu'ils se sentirent tous deux terriblement excités. À l'époque, les murs n'avaient pas encore été complètement badigeonnés et le sol était couvert de chaux. Il n'y avait pas de lit, et c'est sur un morceau de toile de plastique maculé de chaux lui aussi qu'il avait dévêtu son corps de jeune fille fin et élancé, jusque-là caché à ses yeux par l'uniforme trop large. Elle lui avait demandé de ne surtout pas la pénétrer, parce que le règlement de son hôpital militaire imposait chaque année une visite médicale complète, et pour les infirmières non mariées, une vérification de leur hymen. Avant d'entrer dans l'armée, elles subissaient un examen politique et un examen physique approfondis, car, outre leur service quotidien à l'hôpital, elles devaient aussi parfois assumer des tâches militaires et partir en mission avec leurs commandants afin de s'occuper de leur santé. L'âge de leur mariage était fixé à vingt-six ans au moins et le choix de leur conjoint devait être approuvé par les dirigeants de l'armée. Avant cela, elles n'avaient pas le droit de démissionner, car elles pourraient, disait-on, avoir pris connaissance de secrets d'État.

Il avait tout fait avec elle, sans toutefois la pénétrer. Autrement dit, il avait respecté sa promesse et avait fait avec elle tout ce qui était possible sans entrer en elle. Peu après, elle avait été envoyée en mission avec un commandant de l'armée à la frontière sino-vietnamienne, et il n'avait plus eu de nouvelles.

À peu près un an plus tard, c'était aussi l'hiver, elle était soudainement réapparue devant lui. Il venait de rentrer en pleine nuit de chez un ami où il avait passé la soirée à boire et il avait entendu qu'on frappait doucement à sa porte. Elle avait le visage en larmes, elle lui dit qu'elle avait attendu six heures dehors, toute gelée, mais qu'elle n'avait pas osé rester dans le couloir, craignant qu'on lui demande qui elle cherchait. Elle s'était abritée dans un hangar et avait fini par voir la lumière s'allumer chez lui. Il avait refermé la porte en toute hâte et tiré les rideaux. Avant même d'avoir repris son souffle, la jeune fille, le corps enveloppé dans son uniforme militaire trop large, lui avait dit : « Frère, baise-moi. »

Il l'avait prise sur le tapis, ils avaient tourné et retourné, non, ils avaient soulevé les fleuves et la mer, nus, comme des poissons, ou plutôt comme des bêtes sauvages, se battant et se mordant. Elle sanglotait, il lui dit, ne retiens pas tes pleurs, personne ne t'entendra dehors. Alors elle s'était mise à pleurer très fort, puis à pousser des hurlements. Il lui dit qu'il était un loup. Elle dit que non, il était son frère bien-aimé. Il dit qu'il voulait devenir un loup, un vrai loup sauvage, cruel et avide de sang. Elle dit qu'elle le comprenait, il était son frère, elle n'avait peur de rien, désormais elle lui appartiendrait, elle regrettait seulement de ne pas s'être donnée plus tôt à lui… Ne dis pas ça… avait-il répondu.

Ensuite, elle dit qu'elle voulait que ses parents la fassent sortir de l'armée par n'importe quel moyen. Lui avait reçu peu avant une invitation pour se rendre à l'étranger, mais il n'arrivait pas à partir. Elle dit qu'elle l'attendrait, elle était sa petite femme. Et quand finalement il avait obtenu son passeport et son visa, c'était elle qui l'avait pressé de partir au plus vite avant d'en être de nouveau empêché. Il n'aurait pas cru qu'ils se sépareraient pour toujours, ou bien il ne voulait pas, n'osait pas le penser, afin d'éviter d'atteindre le fond de son cœur.

Il ne lui avait pas permis de l'accompagner à l'aéroport, d'ailleurs elle avait dit qu'elle ne pourrait pas demander de congé. De toute façon, en prenant le premier bus du matin depuis sa caserne, elle devait encore changer deux fois pour l'aéroport et il lui serait sans doute impossible d'arriver avant l'heure du décollage.

Il n'aurait pas cru pouvoir un jour quitter ce pays, c'était seulement lorsque l'avion s'était mis à vrombir et avait décollé de la piste de l'aéroport de Pékin qu'il avait réalisé qu'il en serait peut-être ainsi, il avait alors pensé que « peut-être » il ne retournerait plus sur cette terre qui s'étalait sous le hublot, cette terre jaune qu'on appelait patrie, où il était né, avait grandi, avait été éduqué, était devenu adulte, avait souffert, et que jamais il n'avait pensé quitter. D'ailleurs, avait-il une patrie ? Cet immense espace jaune parcouru de fleuves gelés constituait-il sa patrie ? Cette question n'avait traversé son esprit que plus tard et la réponse n'avait été claire pour lui que peu à peu.

À l'époque, il pensait seulement se laisser un peu aller, respirer plus librement en se délivrant de l'ombre qui les recouvrait, lui et son pays. Avant d'obtenir son passeport, il avait attendu presque une année, au cours de laquelle il s'était adressé à tous les services possibles. Il était un citoyen de ce pays, pas un criminel. Il n'y avait aucune raison pour qu'on lui refusât le droit de sortir. Mais les gens recevaient un traitement différent les uns des autres et on pouvait toujours trouver une bonne raison pour l'en empêcher.

À la douane, on lui demanda ce que contenait sa valise. Il répondit qu'il ne s'y trouvait rien d'illicite, seulement ses effets personnels. Il dut en déverrouiller la serrure.

– Qu'y a-t-il là-dedans ?

– Une pierre à encre. Elle est neuve.

Il voulait dire par là que ce n'était pas une antiquité, un article prohibé, mais de toute façon, si on voulait vraiment le retenir, on trouverait n'importe quel prétexte. Il finissait par être de plus en plus tendu. Une idée traversa son esprit comme un éclair: ce pays n'était pas le sien.

Au même moment, il lui sembla entendre un cri :

– Frère…

Il reprit son souffle et tenta de se calmer.

Finalement, on le laissa passer. Il referma sa valise, la posa sur le tapis roulant, tira la fermeture à glissière de son sac de voyage et se dirigea vers la porte d'embarquement. Là, il entendit un nouvel appel, il semblait qu'on criait son nom. Il continua à avancer comme s'il n'entendait pas, mais se retourna quand même. L'homme qui venait de fouiller sa valise observait des étrangers qui avançaient dans le couloir et laissait passer tout le monde.

À cet instant, il entendit encore un très long cri, c'était une voix féminine qui criait son nom, le son venait de très loin, il flottait au-dessus du brouhaha qui s'élevait de la foule du hall d'attente. Son regard rechercha la provenance de cet appel au-delà de la cloison de bois marquant le passage de la douane et il repéra une silhouette portant un manteau militaire, coiffée d'une casquette, appuyée contre la rambarde en marbre blanc du premier étage, sans toutefois pouvoir distinguer le visage.

La nuit où ils s'étaient quittés, elle lui avait murmuré à l'oreille, blottie contre lui : « Frère, ne reviens plus, ne reviens plus. » Était-ce un pressentiment ? Ou bien pensait-elle à sa place ? Plus clairvoyante que lui, avait-elle deviné ses pensées ? Il n'avait rien dit, n'ayant pas encore le courage de se décider. Mais elle lui avait mis cette idée en tête, même s'il n'osait pas l'affronter. Il n'était pas encore prêt à dominer ses sentiments et son désir et ne pouvait la laisser tomber.

Espérant que ce n'était pas elle qui était penchée à la balustrade, il s'était retourné pour marcher vers la porte d'embarquement. La lampe rouge clignotait sur le panneau de départ de la ligne. Il avait encore entendu un cri strident et désespéré, un long « Frère… ». C'était sûrement elle. Mais il ne s'était pas retourné et avait franchi la porte.

4

Tes souvenirs reviennent au contact de sa chair humide et tiède qui se tord sans cesse, tu sais que ce n'est pas elle, pas ce corps mince et agile qui était entièrement à ta merci, mais une chair solide et robuste, qui se colle étroitement à toi, elle est si avide, si débridée, et tu épuises aussi toutes tes forces…

– Raconte encore ! Parle-moi de cette jeune Chinoise, comment tu as profité d'elle avant de l'abandonner.

Tu dis qu'elle est une femme accomplie, alors que cette fille n'était qu'une enfant qui voulait devenir une femme, loin d'être aussi dévergondée et avide qu'elle.

– Ça ne te plaît pas ? demande-t-elle.

Tu dis que si, bien sûr, c'est justement ce dont tu as toujours rêvé, cette absence de retenue, ce plaisir d'aller jusqu'au bout.

– Tu voulais aussi la transformer, pour qu'elle devienne comme ça ?

– Oui !

– Qu'elle coule aussi comme une fontaine ?

– Oui, c'est bien ça.

Tu halètes en remuant.

– Pour toi, les femmes sont toutes pareilles ?

– Mais non.

– Quelle est la différence ?

– C'était une autre sorte d'excitation.

– En quoi était-ce différent ?

– Il y avait de l'affection mêlée à de la compassion.

– Tu n'as pas joui d'elle ?
– Si, mais autrement.
– Et maintenant, tu n'éprouves qu'un désir charnel ?
– C'est bien ça.
– Et qui te suce en ce moment ?
– Une nana allemande.
– Une pute pour passer la nuit ?
– Non.

Tu prononces son prénom : Marguerite !

Elle rit, prend ta tête dans ses mains et t'embrasse. Assise à califourchon sur toi, elle a desserré l'étreinte de ses jambes autour de ton corps et penché son visage pour écarter les cheveux qui tombent sur ses yeux.

– Tu ne t'es pas trompé de prénom ?

Son ton est étrange.

– Tu ne serais pas Marguerite ? répliques-tu, un peu indécis.

– C'est moi qui l'ai dit la première.

– Mais quand tu m'as demandé si je me souvenais de toi, j'avais ton nom sur le bout de la langue.

– C'est quand même moi qui l'ai dit la première.

– Tu voulais que je le devine ? Tu aurais pu attendre une seconde de plus.

– J'étais impatiente et j'ai eu peur que tu ne te souviennes plus, reconnaît-elle. Quand la foule s'est dispersée à la sortie du théâtre, il y avait des spectateurs qui voulaient parler avec toi, j'étais très gênée.

– Ça ne faisait rien, c'étaient des amis.

– Pourquoi ne sont-ils pas allés boire un verre avec nous ? Ils sont tout de suite partis après t'avoir dit un mot.

– Peut-être parce qu'il y avait une étrangère. Ils ne voulaient pas déranger.

– Dès cet instant, tu as pensé coucher avec moi ?

– Non, mais on voyait que tu étais très excitée.

– Moi, j'ai vécu plusieurs années en Chine, je peux comprendre ta pièce. Tu crois que les Hongkongais peuvent aussi la comprendre ?

– Je ne sais pas.
– Il faut en payer le prix.
Elle a l'air très grave en disant cela.
– Une nana allemande pleine de gravité, dis-tu en riant pour détendre l'atmosphère.
– Non, je te l'ai déjà dit, je ne suis pas allemande.
– D'accord, une nana juive.
– Une femme de toute façon, dit-elle avec lassitude.
– C'est encore mieux.
– Pourquoi mieux ?
Elle a de nouveau un ton étrange.
Tu dis que tu n'as jamais eu de juive.
– Tu as eu beaucoup de femmes ? demande-t-elle tandis que dans ses yeux passe un éclair.
– Je dois reconnaître que j'en ai eu pas mal depuis que j'ai quitté la Chine.
Tu avoues, inutile de mentir avec elle.
– Chaque fois que tu vis comme ça à l'hôtel, une femme t'accompagne ? demande-t-elle encore.
– Je n'ai pas cette chance, et du reste, c'est le théâtre qui joue ma pièce qui paie pour moi un aussi grand hôtel, expliques-tu en riant.
Son regard s'attendrit et s'allonge à côté de toi. Elle dit qu'elle apprécie ta franchise, mais toi, pas encore.
Tu dis que tu l'aimes, elle, pas seulement son corps.
– Alors c'est bien.
Elle est sincère, son corps se presse contre toi, tu sens qu'elle se détend. Tu dis que bien sûr tu te souviens d'elle, cette nuit d'hiver. Plus tard elle était revenue te voir. Elle dit qu'elle passait par là, qu'en empruntant le nouvel échangeur du boulevard périphérique, elle avait aperçu ton immeuble et elle était venue, sans trop savoir pourquoi. Peut-être voulait-elle voir les tableaux accrochés chez toi. Ils étaient très originaux, on aurait dit des sortes de rêves noirs, dehors le vent soufflait, en Allemagne le vent ne hurle pas comme ça, en Allemagne tout est paisible et ennuyeux. Ce soir-là, tu avais

allumé des bougies, c'était très mystérieux, elle aurait voulu voir tes toiles en plein jour.

– Toutes ces peintures étaient de toi ? demande-t-elle.

Tu dis que tu n'accrochais chez toi que tes propres tableaux.

– Pourquoi ?

– La pièce était trop petite.

– Tu étais peintre aussi ? demande-t-elle encore.

– Sans autorisation, c'était comme ça à l'époque, dis-tu.

– Je ne comprends pas.

Tu dis que, bien sûr, elle ne peut pas comprendre. C'était en Chine. Une fondation artistique allemande t'avait invité pour peindre, mais les autorités chinoises t'avaient refusé l'autorisation.

– Pourquoi ?

Tu dis qu'il était impossible de savoir pourquoi. À l'époque, tu t'étais renseigné partout, tu avais demandé à un ami d'aller voir le responsable de l'administration concernée, qui avait répondu que ton activité, c'était d'être écrivain et pas peintre.

– Tu parles d'une raison ! Pourquoi un écrivain ne pourrait-il pas peindre ?

Tu dis qu'elle ne peut pas comprendre, bien qu'elle connaisse le chinois, ce qui se passe en Chine ne s'explique jamais avec la seule aide de la langue.

– N'en parlons plus alors.

Elle dit qu'elle se souvient très bien d'un après-midi, le soleil brillait dans ta chambre, assise dans un fauteuil, elle contemplait tes peintures et elle avait très envie de t'en acheter une. Mais elle était encore étudiante et n'en avait pas les moyens. C'est toi qui avais proposé de lui en offrir une, elle avait dit que c'était impossible, que c'était ton travail de création. Tu avais expliqué que tu offrais souvent des tableaux à des amis, que les Chinois n'achetaient pas, au moins entre amis. Elle avait dit que vous veniez à peine de faire connaissance, que vous n'étiez pas encore amis. Que ça la gênerait. En revanche, si tu avais un catalogue, tu pourrais lui en donner un exemplaire, ou elle pourrait te l'acheter. Mais tu lui avais dit qu'en Chine il était impossible de publier un catalogue de ces peintures, et puisqu'elle les aimait autant, pourquoi ne pourrais-tu pas lui en offrir une ? Elle dit que ta peinture est encore accrochée chez elle à Francfort, que c'était pour elle un souvenir très particulier, une espèce de rêve, une image intérieure où l'on s'égare.

– Pourquoi avais-tu absolument voulu m'en offrir une ? Tu ne t'en souviens pas ? demande-t-elle.

Tu dis que non, mais tu te souviens que tu voulais la peindre, tu voulais qu'elle te serve de modèle, tu n'avais encore jamais peint d'étrangère.

– C'était très dangereux, dit-elle.

– Pourquoi ?

– Pour moi, ça ne faisait rien, mais pour toi c'était dangereux. Tu n'avais rien dit et peut-être à cet instant-là, quelqu'un avait frappé à la porte. Tu avais ouvert, c'était un type qui venait relever le compteur d'électricité. Tu lui avais passé une chaise pour monter dessus. Il avait noté un numéro et était reparti. Tu crois vraiment qu'il était venu relever le compteur ? demande-t-elle.

Tu ne réponds pas, tu ne t'en souviens plus et tu dis que ta vie en Chine t'apparaît souvent dans des cauchemars, tu fais exprès de l'oublier, mais elle ressort parfois dans ton subconscient.

– Ils ne préviennent pas ? Ils peuvent venir chez les gens à n'importe quel moment ?

Tu dis que c'était en Chine, tout était possible.

– Plus tard, je ne suis plus retournée là-bas chez toi, j'avais peur de t'attirer des ennuis, dit-elle doucement.

– Je ne peux pas imaginer… dis-tu.

Soudain, tu veux te montrer prévenant avec elle, tu prends ses gros seins dans tes mains.

De ses doigts, elle te caresse le dos de la main.

– Tu es tendre, dit-elle.

– Toi aussi, tendre Marguerite.

Tu souris.

– Tu pars demain ? demandes-tu.

– Laisse-moi réfléchir… Je peux encore rester, mais il me faudra changer mon billet de retour pour Francfort. Quand rentres-tu à Paris ?

– Mardi prochain, c'est un billet à tarif réduit, il est difficile de le changer. On ne peut le faire qu'en payant un supplément.

– Non, je dois partir au plus tard ce week-end, dit-elle, lundi, une délégation chinoise se rend en Allemagne pour entamer des discussions avec ma société. C'est moi l'interprète. Je ne suis pas libre comme toi, j'ai un patron.

– Dans ce cas, nous avons encore quatre jours, dis-tu après avoir compté.

– Demain… Non, une nuit est passée, il ne reste plus que trois jours, dit-elle, dans un moment j'irai téléphoner à mon patron pour lui demander un congé, puis pour faire changer mon billet. Ensuite, je passerai à mon hôtel pour rapporter mes affaires.

– Et ton patron ?

– Il se débrouillera. De toute façon, mon travail ici est terminé.

Dehors, il fait déjà grand jour, des lambeaux de nuages restent accrochés au faîte des gratte-ciel cylindriques. Le sommet des collines est noyé dans la brume. Sur leurs flancs, la végétation semble toute noire, comme s'il allait pleuvoir.

5

Il est chez lui, à Pékin, il ne sait comment il est revenu. Il n'arrive plus à trouver la clef de son appartement pour ouvrir la porte, il est très inquiet, il a peur que les habitants de l'immeuble ne le reconnaissent. Il entend des pas qui viennent d'en haut, il se retourne en toute hâte et fait semblant de descendre. L'homme qui vient de l'étage supérieur frôle son épaule, tourne la tête et le reconnaît :

– Tu es rentré ?

C'est Lao Liu[1], son chef de section à l'époque où il était rédacteur, mal rasé, comme lorsqu'il subissait les séances d'accusation et de persécution pendant la Révolution culturelle. Lui, il avait défendu ce vieux cadre et celui-ci avait sûrement gardé souvenir de cette vieille amitié. Il lui dit qu'il n'arrive plus à trouver sa clef. Lao Liu pousse un profond soupir :

– Ton appartement a été réquisitionné pour un autre locataire.

À cet instant, il se souvient que son appartement a été mis sous scellés depuis longtemps.

– Pourrais-tu trouver un endroit où me cacher ? demande-t-il.

L'air embarrassé, Lao Liu répond :

1. Les Chinois font souvent précéder le patronyme de *lao*, « vieux », ou *xiao*, « petit », en fonction de la différence d'âge qui les sépare de leur interlocuteur.

– Il faut passer par le bureau de gestion des logements, c'est difficile, comment se fait-il que tu reviennes comme ça, sans prévenir ?

Il dit qu'il a acheté un billet aller-retour, qu'il ne pensait pas… il aurait dû y penser pourtant, comment pouvait-il être aussi étourdi, comme il a passé de nombreuses années à l'étranger, il a oublié les tracas qu'il connaissait en Chine. Quelqu'un arrive d'en haut, Lao Liu se hâte de descendre et sort de l'immeuble en faisant semblant de ne pas le connaître. Il lui emboîte rapidement le pas pour éviter d'être une nouvelle fois reconnu, mais lorsqu'il arrive en bas et qu'il sort, Lao Liu a disparu. La poussière vole dans le ciel, un vent de sable comme il en souffle à Pékin au début du printemps s'est levé, pourtant à cet instant, il ignore si on est au printemps ou en automne. Légèrement vêtu, il a froid et se rappelle d'un coup que Lao Liu est mort il y a longtemps en se jetant par la fenêtre du bâtiment de leur organisme. Il devrait fuir tout de suite et prendre un taxi pour l'aéroport, mais il réalise que ses papiers d'identité lui seront immédiatement confisqués à la douane puisqu'il est déclaré ennemi public. Il ignore totalement comment cela s'est fait et plus encore pourquoi il ne peut aller nulle part dans cette ville où il a pourtant vécu la moitié de sa vie. Ensuite il arrive dans une commune populaire de la banlieue, où il voudrait louer une maison à la campagne. Un paysan muni d'une pelle le conduit dans un hangar couvert d'une toile de plastique et lui désigne avec sa pelle une rangée de fosses cimentées, sans doute des réserves à choux pour l'hiver que l'on a creusées dans la terre ; elles sont crépies, c'est quand même un progrès, pense-t-il. À l'époque où il subissait à la campagne la rééducation par le travail, il lui était déjà arrivé de dormir à même le sol, sur la terre battue recouverte de paille, chacun collé contre son voisin, disposant d'un espace d'une quarantaine de centimètres, moins large que ces fosses qui au moins n'accueillent qu'une seule personne, mais plus que les niches cimentées du cimetière où reposent les urnes funéraires de son père et de sa mère, il ne faut pas se plaindre. Une fois à l'intérieur, il s'aperçoit qu'au bas des marches existe un autre niveau, s'il doit louer ici, autant louer le niveau inférieur, ce sera mieux insonorisé, il dit que sa femme va chanter, il a même emmené une femme… il se réveille, c'est un cauchemar.

Cela faisait longtemps qu'il n'avait plus fait ce genre de cauchemar et même s'il lui arrivait d'en faire, ceux-ci n'avaient à présent plus aucun rapport avec la Chine. À l'étranger, il avait rencontré des gens venant de là-bas qui lui avaient souvent dit : « Tu devrais retourner y faire un tour, Pékin a beaucoup changé, tu ne reconnaîtrais plus les lieux, les hôtels cinq étoiles y sont plus nombreux qu'à Paris ! » De cela, il était sûr. Et si quelqu'un lui disait qu'en Chine il était aujourd'hui très facile de faire fortune, il avait toujours envie de demander à son interlocuteur si lui-même y était parvenu. Et quand on lui demandait s'il ne pensait jamais à la Chine, il disait que ses parents étaient morts tous les deux. Et la nostalgie du pays natal ? Il l'avait aussi enterrée. Il avait quitté ce pays dix ans auparavant et ne voulait plus se rappeler ce passé avec lequel il pensait avoir complètement rompu.

À présent, il est un oiseau libre. C'est une liberté intérieure, il n'a plus le moindre souci, il est libre comme l'air, comme le vent. Et cette liberté ne lui a pas été concédée par un dieu, il est le seul à en connaître le prix et à savoir à quel point elle est précieuse. Il ne se lie pas non plus de nouveau avec une femme ; la famille et les enfants représentent pour lui une charge trop lourde.

Les yeux fermés, il laisse divaguer son esprit. C'est seulement en fermant les yeux qu'il ne sent plus le regard des autres et ne se sent plus surveillé ; les yeux fermés, il est libre, il peut laisser errer ses pensées, parfois même jusque dans les profondeurs d'une femme, jusque dans cet endroit merveilleux. Il a un jour visité une grotte parfaitement conservée du Massif central, où les promeneurs pénétraient à la queue leu leu dans de petites voitures électriques reliées par un câble, protégés par une rampe métallique. De tous côtés des lumières orangées illuminaient la grotte aux parois creusées de multiples anfractuosités, et des stalactites en forme de tétons suintaient sans fin. Cette sombre cavité naturelle ressemblait à un gigantesque utérus d'une insondable profondeur, dans lequel, minuscule, il était comme un spermatozoïde, un spermatozoïde stérile, qui se contentait de se promener là, profitant de sa liberté après l'apaisement du désir.

Enfant, à une époque où le désir sexuel ne s'était pas encore manifesté chez lui, il avait voyagé sur le dos d'une oie, après la lecture d'un conte que sa mère lui avait acheté, ou encore, il avait parcouru de nuit le palais des Ducs de Florence à califourchon sur un cochon de cuivre comme celui que serrait dans ses bras l'orphelin d'un conte d'Andersen. Il se souvenait encore que sa première sensation de douceur féminine ne lui avait pas été procurée par sa mère, mais par une servante de sa famille appelée la Mère Li ; c'était elle qui le baignait tout nu dans une cuvette où il jouait avec l'eau, puis le prenait dans ses bras et le serrait contre sa chaude poitrine pour le porter sur le lit avant de lui gratter ses irritations et de le bercer pour l'endormir. Cette jeune paysanne se lavait et se peignait devant le petit enfant qu'il était ; il se rappelait ses gros seins blancs qui pendaient comme des poires et ses cheveux noirs luisants qui descendaient jusqu'à la taille. Elle les démêlait à l'aide d'un peigne fin en os et les rassemblait en un gros chignon qu'elle se fixait sur la tête après l'avoir enveloppé d'un filet. À l'époque, sa mère à lui allait se faire friser chez le coiffeur et ce ne devait pas être aussi compliqué pour elle de se coiffer. La scène la plus cruelle de sa petite enfance, c'était la Mère Li se faisant battre. Son mari était venu la chercher et voulait l'emmener de force, mais elle se cramponnait aux pieds d'une table sans lâcher prise. L'homme lui avait arraché son chignon, l'avait frappée à terre, faisant couler sur le carrelage les gouttes de sang de son front tuméfié. Sa mère n'avait pu l'arrêter et c'est ainsi qu'il avait appris que la Mère Li, ne supportant plus les mauvais traitements que son mari lui infligeait, avait fui son village pour venir là. Elle avait donné à son mari des pièces d'argent enveloppées dans un tissu bleu imprimé ainsi qu'un bracelet en argent, mais n'avait pu racheter sa liberté.

La liberté n'est pas un droit de l'homme concédé par le ciel, et la liberté de rêver n'est pas non plus acquise dès la naissance : c'est une capacité qu'il faut préserver, une conscience, d'autant plus que les cauchemars ne manquent pas de la perturber.

– Attention, camarades, ils veulent restaurer le capitalisme ! Je parle de tous les diables malfaisants situés à tous les niveaux, depuis le sommet jusqu'à la base ! Au niveau du Comité central, il y en a aussi, nous devons les débusquer sans la moindre pitié, nous devons protéger la pureté du Parti, nous ne permettrons pas que soit salie la gloire de notre Parti. Parmi ceux qui sont ici, y en a-t-il ? Je n'oserais garantir que non. Ha ! ha !, parmi les mille personnes réunies ici, croyez-vous que tout le monde soit si propre que cela ? N'y en a-t-il pas qui pêchent en eau trouble ? Qui lancent leurs filets dans toutes les directions ? Ceux-là veulent perturber notre front de classe, j'exhorte les camarades à la vigilance, ouvrez les yeux, et débusquez systématiquement tous ceux qui s'opposent au président Mao, au Comité central du Parti, au socialisme !

Lorsque, à la tribune, la voix du dirigeant vêtu d'un uniforme vert se fut arrêtée, des slogans fusèrent dans l'assistance :

– Balayons tous les monstres !

– Jurons de protéger le président Mao jusqu'à la mort !

– Jurons de protéger le Comité central du Parti jusqu'à la mort !

– Exterminons l'ennemi s'il ne se rend pas !

Autour de lui, tout le monde s'époumonait, lui-même devait absolument crier pour être entendu de son entourage, il ne suffisait pas de lever le poing. Il savait que dans l'assistance, toute personne qui faisait un geste différent des autres risquait d'attirer l'attention sur elle ; il sentait même les piques des regards lui transpercer le dos. Il transpirait. Pour la première fois, il comprit qu'il était sans doute un ennemi, qu'on allait probablement l'exterminer.

Il appartenait certainement à cette classe que l'on voulait éliminer, mais à quelle classe pouvaient bien appartenir son père et sa mère, qui avaient disparu ? Son arrière-grand-père avait voulu obtenir un titre de fonctionnaire, et pour cela, il avait fait don des maisons d'une rue entière, son patrimoine, sans pour autant arriver à acquérir le bonnet mandarinal. Il en était devenu fou et avait mis le feu à la dernière maison qui lui restait – c'était à l'époque des Qing, son père à lui n'était pas encore né. Pour sa part, sa grand-mère maternelle avait mis en gage tous les biens que son grand-père avait laissés et avait tout perdu avant la naissance de sa mère. Personne, que ce soit du côté de son père ou de sa mère, ne faisait de politique ; seul son deuxième oncle avait bloqué en banque, en faveur du nouveau pouvoir, des capitaux qui allaient s'échapper vers Taiwan, ce qui lui avait valu le titre de personnalité démocrate en récompense de ses mérites, sept ou huit ans avant d'être taxé de « droitisme ». Ils vivaient tous grâce à leur salaire, ils ne manquaient de rien, mais craignaient le chômage. Ils accueillirent avec joie l'avènement de la nouvelle Chine, pensant tous que ce nouvel État serait de toute façon meilleur que l'ancien.

Après la « libération », les « bandits communistes » étaient devenus « l'armée communiste », puis « l'armée de Libération », et enfin, selon son nom officiel, « l'Armée populaire de libération ». Quand elle était entrée dans les villes, ses parents s'étaient sentis, eux aussi, libérés. Les guerres incessantes, les bombardements, l'exode, la peur des pillages semblaient s'éloigner à jamais.

Son père n'aimait pas non plus le gouvernement précédent ; il avait été quelque chose comme responsable d'une succursale de la Banque nationale de l'époque et, comme il le racontait, négligeant relations et rivalités, il avait perdu son emploi et était devenu pendant un temps journaliste pour un petit journal. Celui-ci avait fini par mettre la clef sous la porte et ils n'avaient pu survivre qu'en vendant leurs biens. Il se souvenait comment les grosses pièces d'argent rangées dans une boîte à chaussures dans le tiroir du bas de la commode se faisaient de jour en jour plus rares et comment les bracelets en or de sa mère avaient également disparu. Dans la même boîte à chaussures, au fond du tiroir de la commode, était caché parmi les pièces un exemplaire de *De la nouvelle démocratie* imprimé sur du papier grossier, la plus ancienne édition d'une œuvre de Mao Zedong qu'il ait jamais vue, apportée en cachette par un mystérieux ami de son père, Grand Frère Hu.

Cet homme enseignait au lycée. Dès qu'il arrivait, les enfants devaient sortir, mais ils suivaient en cachette les discussions sur la « libération », et lui faisait exprès d'entrer et de sortir de la chambre de ses parents pour attraper des bribes de conversation. Le propriétaire de leur logement, un gros homme chef de bureau à la poste, affirmait que les bandits communistes partageaient à la fois les biens et les femmes, qu'ils mangeaient tous à la gamelle collective, reniaient tout lien de parenté et tuaient comme bon leur semblait, mais ses parents n'en croyaient pas un mot. À l'époque, son père disait en riant à sa mère : « Ton cousin – c'était donc un de leurs cousins –, ce bandit communiste, avec son visage tout grêlé, s'il vit encore… ! »

Cet oncle, qui avait participé dans sa jeunesse aux activités du Parti clandestin lorsqu'il étudiait dans une université de Shanghai, avait ensuite quitté sa famille pour rejoindre la révolution dans le Jiangxi. Vingt ans plus tard, l'oncle était encore en vie et il avait fini par le rencontrer, avec son visage grêlé par la variole qui n'avait rien d'effrayant. Dès qu'il avait un peu bu, il devenait tout rouge et paraissait plus généreux encore ; il partait d'un grand rire sonore et parlait d'une voix un peu enrouée qui venait, disait-on, d'une maladie contractée en fumant des feuilles d'herbes sauvages à l'époque de la guérilla. Quand l'oncle était entré dans la ville avec la grande armée, il avait passé une annonce pour retrouver sa famille et, par sa famille, il avait appris ce qu'était devenu son cousin. Leur rencontre avait été quelque peu théâtrale, car l'oncle qui craignait de ne plus reconnaître son père avait précisé dans sa lettre que, comme signe de reconnaissance, il brandirait sur le quai un bambou avec un foulard blanc. C'est ainsi que son ordonnance, un garçon de la campagne un peu stupide, la tête couverte de teigne, sa casquette militaire vissée sur le crâne malgré la chaleur et trempée de transpiration, agitait dans la foule une longue perche de bambou au-dessus de toutes les têtes.

Son oncle et son père aimaient autant l'un que l'autre boire, et chaque fois que l'oncle venait, il apportait une bouteille d'alcool de sorgho Daqu, déballait toutes sortes de mets salés enveloppés dans une grande feuille de lotus pour accompagner l'alcool, des ailes de poulet, du foie d'oie ou des gésiers de canard, des pattes de canard, de la langue de porc, qu'il étalait sur la table ; puis il renvoyait son ordonnance et bavardait jusque tard dans la nuit avec son père. Enfin le petit gars revenait le chercher pour le ramener dans sa garnison. Les histoires que racontait cet oncle, qui allaient de la décadence de sa grande famille traditionnelle jusqu'à son expérience des combats dans la guérilla, le tenaient éveillé jusqu'à ce que ses paupières se ferment. Sa mère lui répétait plusieurs fois de dormir, en vain.

Ces histoires formaient un monde complètement différent des contes qu'il avait lus. Il se mit à adorer les légendes révolutionnaires. Son oncle voulut aussi le former à l'écriture et l'emmena avec lui plusieurs mois. Chez lui, il n'y avait pas le moindre livre pour enfants, mais les *Œuvres choisies* de Lu Xun. Le seul enseignement que lui apporta l'oncle fut de lui faire apprendre chaque jour un texte de Lu Xun qu'il devait lui réciter à son retour du travail. Il ne comprenait absolument rien à ce que racontaient ces vieilles histoires ; à l'époque son intérêt allait davantage à la capture des grillons parmi les touffes d'herbe au pied des murs en brique. Son oncle le rendit à sa mère et reconnut dans un grand éclat de rire qu'il avait échoué dans son éducation.

Sa mère était encore jeune ; à moins de trente ans, elle n'avait pas du tout envie d'être une maîtresse de maison se consacrant à son enfant. Se lançant à corps perdu dans la vie nouvelle, elle n'avait plus le temps de s'occuper de lui. Mais il étudiait sans difficultés et devint très vite un bon élève ; il porta le foulard rouge, mais ne se mêla pas aux garçons de sa classe qui disaient des cochonneries sur les filles ou les taquinaient. Pour la fête des Enfants du 1er juin, il fut choisi par son école pour participer aux activités de célébration de la municipalité et dut offrir des fleurs aux travailleurs modèles de la ville. Son père et sa mère étaient devenus, chacun de leur côté, des éléments « d'avant-garde » de leur unité de travail et ils avaient obtenu une récompense, l'un une théière émaillée, l'autre un carnet. Le nom du camarade récompensé y était imprimé ou tracé au pinceau. Pour lui, c'étaient des années de bonheur. Au palais de la Jeunesse se déroulaient souvent des programmes de chants et danses et il espérait qu'un jour il pourrait aussi monter sur scène.

Au cours d'une séance de lecture, un professeur, une femme, avait récité un texte de l'écrivain soviétique Korolenko, qui racontait comment par un soir de tempête, « je », le héros du roman, était tombé en panne avec la jeep qu'il conduisait sur une route de montagne. Il avait vu alors une lumière briller au sommet d'un escarpement rocheux et s'était dirigé à tâtons, au prix de mille difficultés, vers une maison où vivait une vieille femme. Au milieu de la nuit, le vent mugissait, « je », ce héros, ne parvenait pas à trouver le sommeil et il lui sembla entendre par intermittence dans les plaintes du vent quelqu'un qui soupirait. Il se leva et il découvrit la vieille femme assise seule dans la pièce, face à la porte d'entrée qui claquait au vent. Alors il lui demanda pourquoi elle n'allait pas dormir. Si elle attendait quelqu'un. Elle dit qu'elle attendait son fils. « Je », le héros, lui proposa d'attendre à sa place, mais la vieille expliqua que son fils était mort, et qu'elle l'avait elle-même poussé au bas du rocher. « Je » ne put bien sûr se retenir de demander ce qui s'était passé, et la femme poussa un long soupir avant d'expliquer que son fils avait déserté en pleine guerre pour rentrer au village et qu'elle ne pouvait laisser un déserteur franchir la porte de sa maison. Cette histoire l'avait profondément touché ; il s'était dit que le monde des adultes était vraiment incompréhensible. Aujourd'hui, il n'était pas seulement un déserteur et, selon les idées qui tournaient dans sa tête depuis son enfance, il était même voué à être condamné comme un ennemi, mais il ne rentrerait jamais dans le sein de la mère-patrie.

Il se souvenait encore que c'était sans doute vers l'âge de huit ans qu'il avait commencé à vraiment réfléchir. D'après les lieux, ce devait être peu de temps après avoir commencé à écrire son journal ; il était grimpé sur le rebord de la fenêtre de sa chambre, à l'étage, le ballon qu'il tenait à la main était tombé et après plusieurs rebonds avait roulé dans des herbes au pied d'un laurier-rose. Il avait demandé à son jeune oncle en train de lire dans la cour de lui jeter le ballon. « Paresseux, lui avait dit son oncle, tu l'as lancé, viens le chercher toi-même. » Il avait dit que sa maman lui avait interdit de descendre jouer avant d'avoir fini de rédiger son journal de la journée précédente. « Et tu le lanceras encore si je te le renvoie ? » avait demandé son oncle. Il avait dit qu'il ne l'avait pas lancé, que le ballon était tombé tout seul. À contrecœur, son oncle le lui avait renvoyé par la fenêtre. Il avait grimpé à nouveau sur le rebord de la fenêtre pour demander à son oncle :

– Pourquoi, quand il tombe, ce ballon ne rebondit-il pas jusqu'ici ? S'il rebondissait à la même hauteur, tu n'aurais pas à le ramasser pour moi.

– Toi alors, tu n'as pas ta langue dans ta poche ! C'est une question de physique, avait répondu son oncle.

– Qu'est-ce que c'est une question de physique ? avait-il demandé.

– C'est de la théorie de base ; si je te l'expliquais, tu ne comprendrais pas.

À l'époque, son jeune oncle était élève en deuxième cycle du secondaire et lui inspirait un profond respect, surtout quand il parlait de physique, et encore plus de théorie de base. Il s'était toujours souvenu de ces deux mots, trouvant qu'en ce bas monde, ce qui semblait ordinaire était en fait mystérieux et insondable.

Plus tard, sa mère lui avait acheté une collection de livres pour enfants, *Les cent mille Pourquoi*, dont il avait lu chaque volume sans que cela lui laisse la moindre impression, et ses doutes premiers à l'égard du monde étaient restés enfouis en lui.

De sa lointaine enfance, comme une brume, comme une fumée, ne subsistaient plus dans sa mémoire que quelques taches brillantes qui émergeaient peu à peu lorsqu'il en évoquait un fragment, enfouies par le temps dans sa mémoire, comme un filet sort de l'eau maille après maille – il suffit d'en tirer un bout pour que tout le reste suive. Des moments et des faits d'époques différentes resurgissaient en même temps, et il était impossible de savoir par quel bout les prendre, impossible de trouver le fil conducteur pour les faire remonter à la surface et les classer ; il était impossible souvent de les comprendre. La vie humaine est un filet que tu voudrais défaire, nœud après nœud, mais tu n'obtiens en fait qu'une boule de fils emmêlés. Et tu n'arrives pas à régler cette addition stupide qu'elle représente.

6

À midi, un homme que tu ne connais pas t'a invité à déjeuner. Au téléphone, la secrétaire t'a précisé :

– M. Zhou, notre PDG, passera en personne vous chercher dans le hall de votre hôtel.

Quand tu descends à la réception, un gros homme à la mise raffinée, les épaules larges et le visage épanoui, se précipite aussitôt vers toi en te tendant sa carte de visite à deux mains.

– Très heureux de faire votre connaissance.

Puis il ajoute qu'il a vu ta pièce de théâtre et qu'il a l'audace de te faire perdre du temps en t'invitant à déjeuner.

Tu montes dans sa grosse limousine Mercedes, signe de sa richesse. Il conduit lui-même sa voiture. Il te demande ce que tu aimes manger.

– Tout me convient. Hong Kong est le paradis de la bonne cuisine, réponds-tu.

– Mais Hong Kong n'est pas Paris, où les beautés abondent, réplique le patron Zhou en riant.

– Pas partout. Dans le métro, il y a aussi beaucoup de vagabonds, rétorques-tu en te disant que ton interlocuteur est vraiment un patron.

La voiture traverse la baie et entre dans le long tunnel sous la mer qui mène à Kowloon.

– Nous allons au champ de courses, c'est assez calme à midi, on pourra bavarder. Quand ce n'est pas le moment des courses, seuls vont déjeuner là-bas les membres du club hippique.

Qu'à Hong Kong un riche patron s'intéresse à ta pièce commence à t'intriguer.

Une fois assis, M. Zhou commande quelques plats légers ; il ne plaisante plus sur les belles femmes, il se calme. Dans ce restaurant vaste et confortable, quelques tables seulement sont occupées, les serveurs se tiennent tranquillement à l'entrée, ce n'est pas comme dans les restaurants de Hong Kong, continuellement animés et bondés.

– Je ne vous cacherai pas que je suis venu clandestinement du continent, à la nage. À l'époque de la Révolution culturelle, je travaillais dans une ferme de l'armée de la province du Guangdong. J'étais déjà diplômé du secondaire et j'avais quelque chose dans la tête, je ne pouvais pas gâcher ma vie comme ça.

– Mais c'était très dangereux de passer clandestinement !

– Bien sûr. À cette époque, mes parents étaient emprisonnés, nous avions été saisis et nous n'étions de toute façon que des fils de chien de cinquième catégorie[1].

– Si vous tombiez sur un requin…

– Ça encore, ce n'était pas trop grave, on pouvait se battre, c'était une question de chance. Le pire, c'étaient les hommes ; les projecteurs des vedettes qui patrouillaient balayaient la surface de l'eau et on ouvrait le feu sur les clandestins.

– Comment avez-vous réussi ?

– J'avais préparé deux vessies de ballon de basket. Les ballons de basket à cette époque comportaient une chambre en caoutchouc avec une valve allongée dans laquelle on pouvait souffler.

– Ah oui, les enfants qui apprenaient à nager s'en servaient comme bouée. À cette époque, les articles en plastique n'étaient pas encore très répandus, dis-tu en hochant la tête.

1. Les « cinq catégories noires » sont les propriétaires fonciers, les paysans riches, les contre-révolutionnaires, les mauvais éléments et les droitistes.

– Si un bateau passait, je retenais mon souffle et je plongeais. Je m'étais entraîné tout l'été pour préparer ma respiration.

M. Zhou arbore un visage hilare, mais il inspire quand même de la tristesse. Il ne ressemble plus à un riche patron.

– Hong Kong, c'est bien parce qu'on peut y faire tout ce qu'on veut. Moi, je suis un parvenu et aujourd'hui, personne ne connaît mon passé. J'ai changé de nom depuis longtemps. On me connaît seulement sous le nom de M. Zhou, patron de société.

Au coin de ses yeux et à la commissure de ses lèvres apparaît une touche de satisfaction, il a repris son allure de patron.

Tu comprends qu'il n'est absolument pas venu par égard pour toi, vous ne vous connaissez ni d'Ève ni d'Adam et voilà qu'il te dévoile son histoire sans le moindre scrupule ; son autosatisfaction est sans doute une habitude qui lui vient de sa condition sociale.

– J'apprécie beaucoup votre pièce de théâtre, mais je ne suis pas sûr que les gens de Hong Kong puissent la comprendre, dit-il.

– Quand ils comprendront, ce sera trop tard, dis-tu après un instant d'hésitation ; il leur faut avoir connu certaines choses.

– Oui, c'est vrai, acquiesce-t-il.

– Vous aimez le théâtre ? demandes-tu.

– En général, je n'y vais pas, dit-il, je vais plutôt voir des ballets, ou bien je vais au concert, je prends toujours des places pour les opéras ou les concerts avec des chanteurs occidentaux célèbres. À présent, je voudrais goûter un peu aux arts, mais je n'avais jamais vu de pièce comme la vôtre…

– Je comprends, dis-tu en riant. Mais comment vous est venue l'idée de voir ma pièce ?

– C'est un ami qui m'a téléphoné pour m'en parler.

– Ça veut dire qu'il y a quand même des gens qui la comprennent.

– C'est aussi quelqu'un qui vient du continent.

Tu lui dis que cette pièce, tu l'as écrite alors que tu vivais encore sur le continent, mais c'est seulement à l'extérieur que tu as pu la faire jouer. Ce que tu écris maintenant n'a plus rien à voir avec la Chine continentale.

Il dit que c'est la même chose pour lui, sa femme et ses enfants sont de vrais Hongkongais. Cela fait bientôt trente ans qu'il est là, il se considère comme un Hongkongais ; il n'a plus que quelques relations d'affaires avec le continent et le commerce devient de plus en plus difficile, il a déjà fait sortir de grosses sommes d'argent.

– Où vous apprêtez-vous à investir ? ne peux-tu t'empêcher de demander.

– En Australie, dit-il ; après avoir vu votre pièce, cela m'a confirmé dans mon intention.

Tu dis que le sujet de ta pièce ne concerne pas que la Chine, qu'elle évoque surtout les relations humaines.

Il dit qu'il comprend, mais il a besoin d'un endroit pour assurer ses arrières.

– Est-ce que l'Australie ne risque pas d'expulser les Chinois si les Hongkongais déferlent sur elle ? demandes-tu.

– C'est justement ce dont je voulais discuter avec vous.

– Je ne connais pas la situation en Australie, j'habite Paris, dis-tu.

– Comment est-ce en France ? demande-t-il en te fixant.

– Le racisme existe partout. La France ne fait pas exception, dis-tu.

– En Occident, c'est donc très dur aussi pour les Chinois…

Il se saisit de son verre à moitié plein de jus d'orange et le repose.

Tu es un peu touché, tu lui dis que puisque sa famille est née et a grandi ici, il devrait lui être possible de continuer à faire du commerce à Hong Kong tout en assurant ses arrières.

Il dit qu'il est très honoré que tu aies accepté de partager avec lui ce modeste repas, que le style, c'est l'homme, que tu es si franc.

Tu réponds que c'est lui qui est franc, que les Chinois portent tous un masque et il est très difficile de le leur arracher.

– C'est en fait parce qu'il n'y a aucune relation d'intérêt entre nous que nous pouvons devenir amis.

Il dit cela sur un ton de profonde conviction. Manifestement, il a connu toutes les vicissitudes de ce bas monde.

À trois heures de l'après-midi, un journaliste doit t'interviewer et il t'a fixé rendez-vous dans un café du côté de Wanchai. Il dit qu'il peut t'y conduire. Tu dis qu'il est sans doute très occupé, il est inutile de t'accompagner. Il ajoute que tu peux venir le voir quand tu voudras si tu reviens à Hong Kong. Tu le remercies, puis tu lui dis que c'est sans doute la dernière fois qu'une de tes pièces est représentée ici, que vous vous reverrez sans doute, pas en Australie, espères-tu. Il dit que non, non, quand il ira à Paris, il ira te voir. Tu lui laisses ton adresse et ton téléphone, et lui aussitôt note sur sa carte le numéro de son téléphone portable, assurant que s'il peut t'aider en quoi que ce soit, tu peux l'appeler quand tu veux, qu'il espère que vous vous reverrez.

Le journaliste est une demoiselle à lunettes. Dès que tu es entré dans le café, elle s'est levée de sa place face à la mer, devant une immense baie vitrée, pour te faire signe. Elle dit en retirant ses lunettes :

– En temps normal, je ne porte pas mes lunettes, mais j'avais seulement vu votre photo dans le journal et j'avais peur de ne pas vous reconnaître.

Elle range ses lunettes dans son sac et prend un petit magnétophone.

– Je peux enregistrer ? demande-t-elle.

Tu dis que ça ne te gêne pas le moins du monde.

– Quand je fais un reportage, je dois être très précise, dit-elle, les journalistes de Hong Kong ont la plume légère et cela provoque parfois la colère des écrivains venus du continent, certains réclament même des rectificatifs. Je comprends leur situation, bien sûr. Vous n'êtes pas pareil, bien que vous soyez aussi originaire du continent, je le sais.

– Je n'ai pas de dirigeant au-dessus de moi, dis-tu en riant.

Elle dit qu'en ce qui la concerne, son patron n'est pas mal, qu'en général, il ne touche pas ses articles et publie ce qu'elle écrit tel quel, elle ne supporte pas les contraintes. Après 1997 – on reparle de 97 –, si elle ne peut vraiment pas continuer, elle partira.

– Puis-je me permettre de vous demander où vous irez ?

Elle dit qu'elle possède un passeport anglais pour les ressortissants de Hong Kong ; elle ne peut pas résider en Grande-Bretagne, et du reste elle n'aime pas ce pays. Elle a l'intention d'aller aux États-Unis, et pourtant elle aime l'Espagne.

– Pourquoi l'Espagne et pas les États-Unis ?

Elle mord sa lèvre inférieure et sourit en disant qu'elle a un ami espagnol, elle l'a connu en voyageant là-bas, mais ils sont maintenant séparés. Son ami actuel est hongkongais, c'est un architecte qui n'a pas envie de partir.

– Il est très difficile de trouver du travail ailleurs, dit-elle. Bien sûr, c'est encore Hong Kong que je préfère.

Elle dit qu'elle a déjà visité de nombreux pays, que c'est très amusant d'y voyager, mais que ce serait très difficile d'y vivre. À Hong Kong, ce n'est pas le cas. Ses parents et elle sont originaires de Hong Kong, elle est une vraie Hongkongaise. Elle se consacre aussi à l'histoire de Hong Kong, à sa culture, à l'évolution de ses coutumes. Elle prépare un livre.

– Et qu'iriez-vous faire aux États-Unis ? demandes-tu.

– Me perfectionner. J'ai déjà pris des contacts avec une université.

– Pour préparer un doctorat ?

– Tout en étudiant, j'essaierai de trouver un travail.

– Et pour votre ami, alors ?

– Je pourrais partir après m'être mariée, peut-être que… je ne sais pas comment faire.

Ses yeux n'ont pas du tout l'air de souffrir de myopie, ils ont juste l'air un peu perdus dans le vague.

– Est-ce moi qui vous interviewe ou le contraire ?

Elle reprend ses esprits et appuie sur le bouton du magnétophone.

– Bon, à présent je vous prie de bien vouloir nous dire ce que vous pensez des perspectives de la politique culturelle après la rétrocession de Hong Kong. Est-ce que cela risque d'influencer le théâtre de Hong Kong ? C'est une question qui préoccupe ici les milieux culturels, et vous qui venez du continent, pouvez-vous nous faire part de votre point de vue ?

Après l'interview, tu reprends le bac pour traverser la baie et te rendre à Kowloon où tu vas faire quelques recommandations aux comédiens du théâtre du Centre culturel. Une fois la représentation commencée, tu peux rentrer à l'hôtel pour dîner tranquillement avec Marguerite.

À travers les nuages, les rayons de soleil tombent en oblique sur la surface de la mer. Les vagues d'un bleu profond scintillent, il souffle un vent frais, naturellement plus agréable que l'air conditionné des chambres. Sur l'île de Hong Kong, isolée par la mer, les gratte-ciel serrés s'élancent sur les flancs des collines, le brouhaha de la ville s'estompe peu à peu, des coups rythmés venant de la mer sont de plus en plus perceptibles. On construit le grand bâtiment où aura lieu la cérémonie conjointe entre la Grande-Bretagne et la Chine, en 1997. Les coups de marteau-piqueur te rappellent qu'à chaque instant, chaque minute et chaque seconde, Hong Kong est en train de devenir chinoise. Le reflet du soleil sur les vagues te force à cligner les yeux, tu te sens un peu fatigué. Tu trouves que cette Chine que tu as quittée continue à te gêner, tu voudrais t'en débarrasser au plus vite, tu as envie d'aller ce soir à Lan Kwai Fong avec Marguerite, dans ces petites rues si occidentalisées, pour dénicher un bar à jazz où t'enivrer.

7

Ping ! Ping ! Les coups de marteau-piqueur retentissent, réguliers, toutes les trois ou quatre secondes, sans discontinuer. Un Parti grandiose, juste et glorieux ! Plus juste, plus grandiose, plus glorieux que Dieu lui-même ! Éternellement juste ! Éternellement glorieux ! Éternellement grandiose !

– Camarades, je suis ici en tant que représentant du président Mao et du Comité central du Parti !

Le dirigeant était de taille moyenne, un large visage rougeaud, l'accent du Sichuan, un homme énergique, très méthodique ; au premier coup d'œil, on voyait qu'il avait mené des hommes au combat. Au début de la Révolution culturelle, tous les dirigeants encore en place, depuis la femme de Mao, Jiang Qing, jusqu'au Premier ministre Zhou Enlai, et même au président Mao lui-même, tous portaient le costume militaire. Le dirigeant, flanqué du secrétaire du comité du Parti de l'organisme, se tenait assis bien droit derrière la table de la tribune du hall d'honneur recouverte d'une nappe rouge. Il avait noté que derrière la porte principale et les portes latérales, des soldats et des cadres de la commission politique montaient la garde.

Aux alentours de minuit, employés et ouvriers s'étaient regroupés selon leur secteur dans le grand hall ; sur un total de plus de mille personnes, aucune ne manquait à l'appel, même les couloirs étaient remplis de gens assis dans un ordre parfait. Un commissaire politique muté de l'armée, vêtu lui aussi d'un costume militaire, encourageait la foule à entonner la chanson que les soldats chantaient tous les jours,

La navigation en haute mer dépend du timonier, mais à cette époque, les cadres et les intellectuels de l'organisme avaient encore du mal à chanter cet air à la tonalité aiguë qui obligeait à percher très haut sa voix. En revanche, tous étaient familiers de la mélodie inspirée d'un vieil air du folklore, dont les premières paroles étaient : « L'orient est rouge, le soleil se lève, en Chine est apparu Mao Zedong », même s'ils la chantaient n'importe comment.

– Je suis venu soutenir les camarades qui ouvrent le feu contre la bande noire anti-Parti, antisocialiste et anti-pensée Mao Zedong !

Aussitôt, des slogans jaillirent dans la foule, il ne savait qui avait crié le premier, il n'était pas préparé, mais instinctivement il leva le poing. Les slogans fusaient dans le désordre. La voix du dirigeant diffusée par le porte-voix se fit plus sonore et couvrit très vite les slogans dispersés.

– Je soutiens les camarades qui ouvrent le feu contre les génies malfaisants ! Attention, je parle de tous les génies malfaisants, les réactionnaires de tout poil tapis dans l'ombre. Dès que le climat leur sera plus favorable, ils s'élanceront avec la plus grande férocité ! Le président a très justement dit : Jamais les réactionnaires ne lâcheront prise s'ils ne sont pas battus à mort !

À cet instant, on se leva ici et là dans la salle et on hurla des slogans :

– À bas les génies malfaisants !

– Dix mille ans pour le président Mao !

– Dix mille ans !

– Cent mille ans !

Les mots d'ordre se succédaient désormais de manière ininterrompue, plus en rythme à chaque nouvelle vague, de plus en plus puissants, criés d'abord par quelques-uns puis repris à pleins poumons à l'unisson par l'assemblée, telle une déferlante, une marée impossible à arrêter, faisant naître en chacun des frissons. Il n'osait plus regarder autour de lui, pour la première fois il ressentait la menace que représentaient ces slogans d'apparence si anodins. Le président Mao n'était pas à l'autre bout du monde, il n'était absolument pas une idole que l'on pouvait négliger ; la menace qu'il représentait était immense, lui ne pouvait absolument pas ne pas hurler avec les autres, il ne pouvait pas ne pas crier haut et clair, il ne pouvait pas manifester la moindre hésitation.

– Je ne crois pas que ceux qui sont présents ici soient tous révolutionnaires. Dans un lieu tel que celui-ci, qui réunit des tas d'intellectuels – je ne dis pas que c'est mal d'avoir des connaissances, non, je ne le dis pas –, je parle des écrivaillons qui acceptent nos slogans révolutionnaires et qui s'opposent au drapeau rouge en brandissant le drapeau rouge, des contre-révolutionnaires à double visage qui disent une chose en en pensant une autre ! Je pense que personne n'a le courage de se proclamer ouvertement contre-révolutionnaire. Y en a-t-il ici même ? Y a-t-il ici quelqu'un qui osera se lever et dire qu'il est contre le Parti communiste, contre la pensée Mao Zedong, contre le socialisme, qui osera ? Qu'il monte sur l'estrade, s'il l'ose !

Silence total dans l'assistance où chacun retenait son souffle dans une atmosphère lourde, on aurait entendu une aiguille tomber sur le sol.

– La dictature du prolétariat règne dans notre pays ! Les contre-révolutionnaires sont contraints d'avancer masqués, d'accepter nos slogans et de tourner leur veste. Ils pêchent en eau trouble, profitent de ce que nous menons une grande révolution culturelle prolétarienne pour attiser un vent sinistre et allumer des brasiers diaboliques, ils tissent leurs toiles dans toutes les directions, ils veulent passer par-dessus les organisations de notre Parti à tous les niveaux pour nous faire passer pour la bande noire, ils sont terriblement perfides, camarades, vous devez ouvrir les yeux ! Vous devez regarder partout et débusquer ces ennemis, ces arrivistes, ces serpents qui se cachent parmi nous, au sein du Parti comme au-dehors du Parti !

Après le départ du dirigeant, les participants se retirèrent en ordre et dans le plus grand calme, personne ne regardait personne, de peur que son regard ne trahît sa peur intérieure.

Quand chacun eut regagné son bureau bien éclairé, tous se retrouvèrent face à face et commencèrent à subir des épreuves ; ce ne furent alors qu'autocritiques, confessions, demandes d'entretiens individuels avec son responsable, aveux de fautes auprès du Parti, pleurs et larmes. L'homme est si versatile, plus malléable qu'une boule de pâte, si féroce à dénoncer les autres pour se disculper. Au milieu de la nuit, les hommes étaient particulièrement vulnérables. À cette heure où normalement on profite de son lit pour faire l'amour et trouver du réconfort, aveux et interrogatoires se succédaient.

Quelques heures auparavant, lors de la séance d'étude politique qui avait suivi la fin du travail, tous avaient devant eux sur leur table les *Œuvres choisies* de Mao, mais ils feuilletaient le journal, prenant pendant deux heures leur mal en patience en feignant de s'intéresser. Puis ils s'étaient séparés en riant pour rentrer chacun chez soi. La révolution qui se déroulait dans les hautes sphères du Comité central du Parti ne leur était pas encore tombée sur la tête. Quand un commissaire politique était venu dans le bureau avertir qu'une assemblée générale des employés et des ouvriers allait avoir lieu, il était déjà huit heures, et il n'était pas sûr qu'elle puisse se tenir avant deux heures. Le chef de bureau, Lao Liu, serrait sa pipe entre ses dents et la bourrait de tabac de temps en temps. On lui demanda combien il allait bourrer de pipes ; il rit sans répondre, mais il avait l'air d'avoir le cœur lourd. En temps normal, Lao Liu ne se donnait pas de grands airs et comme il avait aussi collé des dazibaos pour le comité du Parti, tous se sentaient assez proches de lui. Quelqu'un avait déclaré : « Si on marche avec lui, on ne peut pas être dans l'erreur », mais il avait aussitôt levé sa pipe pour rectifier : « C'est avec le président Mao qu'il faut marcher ! » Ils avaient éclaté de rire. Personne probablement ne souhaitait que la lutte des classes se déclenche au bureau, dressant les uns contre les autres. De plus, Lao Liu était un membre du Parti de l'époque de la guerre de Résistance contre le Japon et, eu égard à l'ancienneté de chacun, peu auraient pu prétendre s'asseoir sur son fauteuil en cuir à accoudoirs de chef de bureau. L'odeur de coco qui émanait de son tabac à pipe rendait l'atmosphère de la pièce plus détendue.

Pendant la deuxième partie de cette nuit-là, les cadres politiques et les secrétaires de cellule du Parti, pondérés et peu expansifs, avaient pris possession des bureaux, chacun tour à tour avait dû se confesser, avouer ses fautes – ceux qui devaient pleurer l'avaient fait, puis les dénonciations réciproques s'étaient ensuivies. La Grande Sœur Huang, chargée de la réception et de l'envoi du courrier, avait déclaré que son mari avait occupé une fonction au sein du gouvernement du Guomindang, puis qu'il l'avait abandonnée en emmenant sa maîtresse à Taiwan. La vieille dame avait encore dit que c'était le Parti qui lui avait offert une vie nouvelle ; tout en prononçant ces mots, elle ne cessait de geindre et sortait son mouchoir pour essuyer ses larmes et se moucher, tirant des larmes à l'assistance. Lui ne pleurait pas, mais il sentait la sueur couler le long de sa colonne vertébrale ; et bien sûr il était le seul à la sentir.

L'année où il était entré à l'université, il avait juste dix-sept ans, il était encore presque un enfant, il avait assisté à une séance de lutte contre un étudiant « droitiste ». Les nouveaux étudiants étaient assis par terre au premier rang du grand amphithéâtre, comme s'il s'agissait pour eux d'un baptême d'entrée en éducation politique. L'étudiant droitiste, dont le nom avait été cité, s'était levé et était venu au pied des marches, tête baissée et taille courbée devant l'assistance ; la sueur perlait sur son front et son nez, se mêlant à ses larmes et à sa morve, mouillant le sol devant lui, lui donnant l'allure pitoyable d'un chien tombé à l'eau. Ceux qui s'exprimaient à la tribune étaient tous des camarades qui exposaient avec exaltation les crimes commis contre le Parti par les droitistes. Puis, il ne se souvenait plus à partir de quand, ces étudiants droitistes qui, sans dire un mot, recherchaient les tables vides et mangeaient à la hâte au réfectoire, disparurent et plus personne ne parla d'eux, comme s'ils n'avaient jamais existé.

Le terme *laogai*[1], rééducation par le travail, il ne l'avait jamais entendu jusqu'à la fin de ses études, comme s'il s'agissait là d'un mot tabou qu'on ne devait pas prononcer. Il ignorait pourquoi, à l'époque, son père avait fait l'objet d'une enquête et avait dû se rendre à la campagne subir cette rééducation par le travail ; et il avait vaguement entendu sa mère murmurer ce mot. À ce moment-là, il était déjà dans une université à Pékin et il avait quitté le domicile familial ; sa mère avait évoqué cela dans une lettre, disant qu'il s'agissait de s'aguerrir par le travail. Un an plus tard, alors qu'il était rentré pour les congés d'été, son père était revenu de la campagne et il avait retrouvé son travail, son étiquette d'élément droitiste lui ayant été retirée. Ses parents lui avaient toujours caché cet épisode, et c'est seulement au moment de la Révolution culturelle qu'il avait questionné son père et appris que c'était son oncle, le vieux révolutionnaire, qui était intervenu en sa faveur. Comme le nombre de droitistes désignés par l'unité de travail de son père dépassait largement les quotas fixés par les supérieurs, son père n'avait pas eu à porter cette étiquette, on lui avait seulement diminué son salaire et un dossier avait été constitué sur lui. Les problèmes de son père venaient de ce qu'il avait rédigé au tableau noir un rapport d'une centaine de caractères, en réponse à l'appel du Parti encourageant à « ne rien taire de ce que l'on sait, ne rien garder pour soi de ce que l'on a à dire afin d'aider à améliorer son style de travail en s'exprimant librement ». Comment deviner à l'époque que cela s'appelait en fait « attirer le serpent hors de son trou » ?

Comme son père neuf ans auparavant, il était à son tour tombé dans ce piège. Certes, il n'avait fait que signer un dazibao, répondant à l'appel du président Mao imprimé en caractères gras à la une du *Quotidien du peuple* : « Préoccupez-vous des affaires du pays. » Cela s'était passé au moment d'aller au travail, dans le grand hall au

1. *Laogai* : le *laodong gaizao*, ou « réforme par le travail », désigne en fait les travaux forcés.

rez-de-chaussée du bâtiment ; quelqu'un était en train de coller un dazibao et recueillait des signatures. Lui avait ajouté son nom sur l'affiche. Il ignorait qui avait manigancé ce dazibao anti-Parti et les ambitions politiques de ceux qui l'avaient rédigé. Il n'y figurait aucune révélation, mais il devait reconnaître qu'on y mettait une ardeur particulière à s'attaquer au comité du Parti. En le signant, il s'était égaré et avait abandonné sa position de classe. En réalité, il ne savait pas clairement à quelle classe il appartenait et il n'avait aucune position claire ; s'il n'avait pas signé ce dazibao-là, il l'aurait fait d'un autre. C'était ainsi qu'il avait fait l'objet d'une enquête. Il avait indubitablement commis une faute politique et à partir de cet instant il allait traîner après lui un dossier ; jamais son histoire personnelle ne retrouverait sa virginité.

Avant cet événement, il n'avait jamais vraiment pensé s'opposer au Parti, il n'avait pas besoin de s'opposer à qui que ce fût, il souhaitait seulement que personne ne vienne troubler ses rêves. Au milieu des périls politiques permanents qui envahissaient tout, pour se protéger lui-même, il ne pouvait pas ne pas se confondre avec le commun, prononcer les mêmes paroles que la foule, s'exprimer comme la majorité, avoir le même rythme, se fondre dans cette majorité, dire ce que le Parti avait dit de dire, taire en lui tous les doutes, et se limiter à des slogans. Il dut écrire un nouveau dazibao avec des cosignataires, dans lequel il exprimait son soutien aux dirigeants du Comité central, niait le dazibao antérieur et reconnaissait son erreur, afin d'éviter d'être taxé d'élément anti-Parti.

Qui cède a la vie sauve, qui se rebelle meurt. Au petit matin, les couloirs étaient couverts de nouveaux dazibaos, ce qui était faux hier était vrai aujourd'hui, tout changeait en fonction du climat politique, chacun était devenu un caméléon. Ce qui le plongea dans la plus extrême stupéfaction, ce fut un dazibao collé par un commissaire politique :

« Traître Liu, je dis que tu es un traître, parce que tu as tourné le dos aux principes du Parti ! Traître Liu, je dis que tu es un traître, parce que tu as vendu les secrets du Parti ! Traître Liu, je dis que tu es un traître, parce que tu as toujours été un opportuniste qui as caché ses origines familiales de propriétaire foncier pour entrer dans le camp révolutionnaire ! Si je dis que tu es un traître, c'est parce que jusqu'à aujourd'hui, tu as toujours continué à protéger ton réactionnaire de père, tu le caches chez toi, et tu t'opposes à la dictature du prolétariat ! Traître Liu, c'est en raison de ton origine de classe que tu profites du mouvement pour mélanger le blanc et le noir, tromper les masses, tu as bondi pour diriger la pointe de ta lance contre le Parti, tes intentions ont été mises au jour ! »

Les textes d'accusations révolutionnaires, tous rédigés ainsi, répandaient la terreur. Lao Liu, son supérieur, était ainsi devenu un dissident de classe et s'était immédiatement retrouvé isolé. Quittant le cercle qui entourait les dazibaos, Lao Liu était rentré dans son bureau dont il avait fermé la porte, et quand il était ressorti, sans sa pipe aux lèvres, personne n'avait osé adresser un signe à l'ex-chef de bureau.

Après des combats de nuit qui avaient duré jusqu'au matin, le ciel commençait à blanchir. Il était allé aux toilettes se laver le visage. L'eau fraîche lui avait éclairci les idées. Au loin, les toits de tuiles grises s'étendaient à perte de vue ; les hommes, plongés dans leurs rêves, n'étaient pas encore réveillés, on ne voyait que le Dagoba blanc avec son toit rond baigné par la lumière du matin, de plus en plus distinct. Pour la première fois il prenait conscience qu'il était sans doute un ennemi « tapi dans l'ombre » et que s'il voulait survivre, il devait obligatoirement se dissimuler derrière un masque.

– Attention à la fermeture des portières, prochain arrêt Prince Edward Station.

L'annonce est faite en cantonais, puis en anglais. Tu t'es endormi, et tu as raté la station. Le métro de Hong Kong est plus propre que celui de Paris, les passagers de Hong Kong sont plus disciplinés que ceux du continent. Tu devras faire demi-tour au prochain arrêt, rentrer à ton hôtel dormir un peu, tu ne sais plus où tu t'es réveillé cette nuit, tu étais sur un lit avec une Occidentale couchée à côté de toi. Tu es déjà inguérissable, et tu n'es plus seulement un simple ennemi, tu te précipites vers l'enfer, car pour lui, le souvenir est justement comme un enfer.

8

– Parle-moi encore de cette Chinoise, qu'est-elle devenue ? Marguerite pose le verre d'alcool qu'elle tient à la main. Elle soulève ses longs cils soigneusement rehaussés de noir et te regarde depuis l'autre côté de la table ronde.

– Je ne sais pas, elle est sans doute toujours en Chine, dis-tu un peu gêné.

Tu voudrais éviter ce sujet.

– Pourquoi ne la fais-tu pas sortir ? Tu ne penses pas à elle ? demande-t-elle en te fixant.

– C'était il y a dix ans, déjà. À quoi bon parler de ça, je l'aurais oubliée si tu n'en avais pas parlé.

Tu t'efforces de t'exprimer sur un ton neutre ; à cet instant, tu préférerais flirter avec elle.

– Dans ce cas, comment se fait-il que tu te souviennes de moi ? De cette nuit où nous nous sommes vus pour la première fois chez toi ?

– C'est difficile à dire, on se souvient parfois très bien de petits détails et d'autres fois on oublie même le nom d'une personne que l'on connaît parfaitement. Parfois, on n'arrive absolument plus à se rappeler ce que l'on a fait pendant des années et des années…

– Son nom aussi tu l'as oublié ?

– Marguerite ! dis-tu en lui prenant la main, les souvenirs, c'est toujours pesant, parlons plutôt d'autre chose.

– Pas forcément, il y a aussi de beaux souvenirs, surtout les gens qu'on a aimés.

– Bien sûr, mais je préfère encore oublier ce qui est passé.

À cet instant, tu serais vraiment incapable de prononcer le nom de cette fille qui ne pourrait que raviver ta souffrance ; même sa voix et son visage sont devenus flous.

– Tu m'oublieras aussi ?

– Comment pourrais-je t'oublier ? Tu es si vivante, si animée.

Tu fixes ses yeux barrés par l'ombre des cils, tu essaies de détourner la conversation.

– Et elle, cette fille, elle ne l'était pas ? dit-elle sans éviter ton regard. Elle continue, en te fixant droit dans les yeux : Elle, tellement jeune et adorable, tellement désirable aussi, elle s'était assise sur le tapis, face au fauteuil où j'étais, les mains enserrant sa jupe autour de ses jambes, mais l'arrière de sa robe pendait, laissant voir qu'elle ne portait rien dessous. À cette époque, en Chine, ça m'avait laissé une profonde impression.

– C'est bien possible, quand on a entendu frapper à la porte, on était sûrement en train de faire l'amour, dis-tu en grimaçant un petit sourire. Inutile de faire semblant d'être sérieux.

– Tu m'oublieras de la même manière, dit-elle, et sans doute en très peu de temps.

Elle retire sa main.

– Mais c'est différent ! Ce n'est pas pareil du tout !

Tu tentes de te justifier sans trouver les mots, ce que tu dis n'est pas très malin.

– Pour les hommes, les corps des femmes sont tous semblables, quelle que soit la femme.

– Non !

Que dire d'autre ? Chaque femme voudrait prouver qu'elle est différente, cette lutte désespérée au lit, la recherche de l'amour dans le désir, c'est parce qu'elles pensent qu'après le désir sexuel, il restera encore quelque chose.

Dans le bar 97, le bar le plus à la mode de la ruelle Lan Kwai Fong, tu es face à elle, vous êtes séparés par une petite table ronde, tout près l'un de l'autre, tu t'efforces de capter son regard. Une musique de rock, très forte, avec des paroles en anglais. Sous les néons bleuâtres, les chemises blanches renvoient la lumière. Derrière le bar, l'hôtesse et le barman avec un nœud papillon sont des Occidentaux de haute taille. Elle porte des vêtements noirs qui se fondent dans l'obscurité, mais le rouge de ses lèvres peintes brille ; sous les néons cette couleur violet foncé a tout d'une vision fantastique qui te fascine.

– C'est seulement parce que je suis une Occidentale ? Elle te fixe, elle fronce ses sourcils, sa voix semble venir de très loin.

– Pas seulement, comment dire ?... Tu es une femme accomplie, alors qu'elle, comment dire encore ?... elle n'était qu'une enfant, dis-tu en riant, l'air un peu frivole.

– Qu'y a-t-il encore de différent ? demande-t-elle, comme si elle voulait vraiment aller au fond des choses.

Dans ses yeux mi-clos, tu perçois de la malice. Tu dis :

– Elle ne savait pas sucer, elle savait seulement donner et elle ne savait pas ce qu'était la jouissance...

– Toutes les femmes le savent naturellement, elles l'apprennent tôt ou tard...

Elle détourne le regard, ses paupières aux cils fardés se ferment.

Tu penses aux vagues de sa chair qui s'élèvent, dures et douces, son parfum, sa respiration, sa tiédeur et sa moiteur raniment ton désir et tu lui dis brutalement que tu penses de nouveau à elle.

– Non ! dit-elle catégoriquement, ce n'est pas à moi que tu penses, mais tu recherches une simple compensation grâce à mon corps.

– Qu'est-ce que tu racontes ! Tu es vraiment belle, c'est vrai !

– Je ne te crois pas.

Elle baisse la tête et fait bouger son verre du doigt, ce petit geste lui aussi est très séduisant, puis elle se redresse en riant, découvrant le sillon entre ses seins qui était masqué par l'ombre de sa tête.

– Je suis trop grosse, dit-elle.

Tu vas dire que c'est faux, mais elle t'interrompt :

– Je le sais.

– Qu'est-ce que tu sais ?

– Je déteste mon corps.

Soudain, elle est devenue très froide, elle ajoute après avoir bu une gorgée :

– Bon, ça suffit, tu ne me comprends pas du tout, mon passé, ma vie, tu n'en sais rien.

– Eh bien, parle-m'en ! Tu la taquines. Bien sûr que je veux te comprendre, je veux tout savoir sur toi, tout.

– Non, tout ce que tu veux, c'est coucher avec moi.

Bon, tu ne peux que te justifier :

– Est-ce mal, par hasard ? Il faut bien vivre, et le plus important, c'est de vivre l'instant même ; le passé c'est le passé, il faut savoir rompre avec lui.

– Mais tu n'y parviens pas, non, tu n'y parviens pas, affirme-t-elle, catégorique.

– Et si j'y étais arrivé ?

Tu fais la grimace. C'est une fille sérieuse, elle devait être forte en maths au lycée.

– Non, tu n'as pas coupé avec les souvenirs, ils restent enfouis en toi, et ils resurgissent par instants. Bien sûr, ils peuvent attrister, mais ils peuvent aussi donner des forces.

Tu dis que les souvenirs lui donnent peut-être des forces à elle, mais que pour toi, ils sont comme des cauchemars.

– Les rêves ne sont pas réels, tandis que les souvenirs sont des choses qui ont eu lieu réellement, il est impossible de les faire disparaître, dit-elle avec conviction.

– Bien sûr, soupires-tu et en plus ce n'est pas sûr qu'ils ne reviennent pas.

– Ils peuvent revenir à tout moment si l'on n'est pas vigilant ; c'est la même chose que pour le fascisme. Si l'on n'en parle pas, si on ne le dénonce pas, si on ne le fustige pas, il risque de renaître à tout instant !

Plus elle parle, plus elle s'emporte, comme si la souffrance de tous les juifs pesait sur elle.

– Tu as besoin de souffrir ? lui demandes-tu.

– Il n'est pas question d'en avoir besoin ou non, la souffrance est là, bien réelle.

– Eh bien, veux-tu prendre sur toi toute la souffrance de l'humanité ? Ou au moins la souffrance de la nation juive tout entière ? rétorques-tu.

– Non, cette nation a disparu depuis longtemps, elle est éparpillée dans le monde entier, je ne suis qu'une simple juive.

– N'est-ce pas mieux ? C'est plus humain.

Elle veut confirmer son identité, mais toi ? Tu veux justement te débarrasser de ton étiquette chinoise, tu ne joues pas le rôle d'un Jésus-Christ, tu ne veux pas que la croix de cette nation t'écrase, tu as déjà eu de la chance de ne pas avoir été écrasé par elle. Pour parler de politique, elle est encore trop tendre et, comme femme, elle se prend trop la tête ; bien sûr, ces deux dernières phrases, tu ne les lui dis pas.

De jeunes Hongkongais branchés sont entrés. Certains ont une queue de cheval, ce sont tous des garçons. La grande hôtesse aux cheveux blonds les fait asseoir à deux tables de vous. L'un d'eux dit quelque chose à l'hôtesse. La musique est très forte, l'hôtesse se baisse pour l'écouter, puis elle éclate de rire, découvrant des dents d'un blanc étincelant sous les néons. Enfin elle s'approche d'une autre petite table ronde. Manifestement, ils ont rendez-vous avec quelqu'un. Deux garçons se caressent les mains, ils ont une allure parfaitement distinguée. Puis ils commandent à boire.

– Est-ce qu'après 1997, on pourra encore se réunir ainsi, entre homosexuels ? te demande-t-elle à l'oreille en se rapprochant de toi.

– En Chine, non seulement il n'était pas possible pour des gens comme eux de se retrouver ensemble, mais si un homosexuel était découvert, il était envoyé au *laogai* ou même fusillé en tant que voyou.

Tu as déjà vu des dossiers de la police datant de la Révolution culturelle, publiés plus tard comme documents internes.

Elle se recule jusqu'à son dossier et ne dit plus rien. La musique est toujours aussi forte.

– Et si nous allions faire un tour dehors, suggères-tu.

Elle repousse le verre qu'elle n'a pas fini et se lève. Vous sortez. La petite rue est violemment éclairée par les néons. Les gens y circulent dans une animation incessante et les bars se succèdent. On trouve aussi des pâtisseries et des snacks plus distingués.

– Et ces bars, continueront-ils à exister? Manifestement, elle parle de l'après-1997.

– Qui sait? On a le génie des affaires ici, tout ce qu'on veut, c'est faire de l'argent. Cette nation est ainsi, elle n'a pas le même esprit de repentir que les Allemands, dis-tu.

– Tu crois que les Allemands ont un esprit de repentir? Après les événements de Tian'anmen en 1989, ils ont continué à faire du commerce avec la Chine comme si de rien n'était.

– Est-ce qu'on peut ne pas parler de politique? demandes-tu.

– Mais tu n'y échapperas pas, dit-elle.

– Peut-on y échapper au moins un instant? insistes-tu en t'efforçant d'être le plus poli possible, en esquissant un sourire.

Alors elle te sourit après t'avoir dévisagé, puis elle dit:

– Bon, allons manger, j'ai faim.

– Chinois ou occidental?

– Chinois, bien sûr. J'aime Hong Kong, c'est toujours si vivant et on y mange bien et pas cher.

Tu l'emmènes dans un petit restaurant du Jiangsu bien éclairé, très animé, plein à craquer. Elle parle chinois avec le garçon grassouillet. Tu commandes quelques spécialités et carrément un vieux vin de Shaoxing. Le garçon apporte une bouteille immergée dans un seau d'eau chaude, puis, tout en installant la bouteille et les tasses, il lui dit: « Votre chinois est vraiment comme ça… » Il lève le pouce et ajoute: « C'est rare, très rare! »

Elle est heureuse. Elle dit:

– En Allemagne, je suis trop seule. De toute façon, je préfère la Chine. En hiver, en Allemagne, il y a tellement de neige, quand on rentre chez soi, dans la rue il n'y a personne, chacun s'enferme, les maisons, bien sûr, ne sont pas comme en Chine, elles sont vastes, il n'y a pas tous les problèmes dont tu as parlé. À Francfort, j'habite en immeuble, mais j'occupe un étage à moi toute seule. Si tu viens, tu pourras loger chez moi, tu auras ta chambre.

– Je n'habiterai pas dans ta chambre ? hasardes-tu.

– Nous sommes seulement amis, dit-elle.

À la sortie du restaurant, la chaussée est couverte de flaques, tu marches sur la droite, elle sur la gauche. Vous vous retrouvez séparés. Tes relations avec les femmes ne se déroulent jamais facilement, tu ne sais où elles achoppent et pourquoi elles finissent par se distendre. Tu es sans doute déjà inguérissable. C'est plus facile de coucher que de se connaître, tu ne réussis à faire que des rencontres de hasard, pour soulager un peu ta solitude.

– Je n'ai pas envie de rentrer maintenant à l'hôtel, promenons-nous un peu, dit-elle.

Un bar donne sur le trottoir. Sa grande baie vitrée est à peine éclairée par des bougies posées sur de petites tables autour desquelles des hommes et des femmes se font face.

– On entre ? demandes-tu, ou alors allons au bord de la mer, ce sera plus romantique.

– Je suis née à Venise et j'ai grandi au bord de la mer, rétorque-t-elle.

– Donc, on peut dire que tu es vénitienne, c'est une ville merveilleuse, avec son soleil éclatant.

Tu as envie de réchauffer un peu l'atmosphère, tu dis que tu es allé place Saint-Marc, qu'à minuit, les terrasses des cafés et des restaurants étaient bondées, que du côté de la mer, un orchestre jouait en plein air. Tu te souviens encore que c'était le *Boléro* de Ravel, son thème lancinant flottait dans la nuit. Les jeunes filles qui se promenaient sur la place portaient au poignet, au cou ou sur les cheveux un cercle de plastique fluorescent que les marchands ambulants vendaient dans les rues. On les voyait se déplacer un peu partout. Sous les ponts de pierre, des couples d'amoureux étaient assis ou allongés dans les gondoles à la proue relevée conduites par des gondoliers au chapeau rond à ruban. Certaines avaient même à l'avant un lampion avec une bougie et glissaient sur la surface noire de la mer. À Hong Kong, en revanche, il n'existe pas ce goût du raffinement, c'est seulement un paradis pour manger, boire et faire des emplettes.

– Mais tout ça n'est organisé que pour les touristes, dit-elle. Tu étais en voyage ?

– À l'époque, je ne pouvais me permettre un tel luxe, j'étais invité par une association d'écrivains italiens. Je m'étais dit alors que ce serait vraiment merveilleux de me trouver une Vénitienne pour m'installer là.

Elle t'interrompt.

– C'est une ville morte. Sans le moindre souffle, elle ne vit que grâce au tourisme, elle n'a aucune vie.

– Quoi qu'il en soit, les gens là-bas vivent très heureux, dis-tu.

Tu ajoutes que quand tu es rentré à l'hôtel, en pleine nuit, les rues étaient vides de leurs passants, mais deux jeunes Italiennes continuaient à s'amuser devant l'hôtel. Elles dansaient autour d'un magnétophone à cassette posé à terre. Tu les as observées un moment et elles ont ri en te regardant. Elles parlaient italien mais, bien que tu ne comprennes pas l'italien, tu avais bien vu qu'elle n'étaient pas des touristes.

– Heureusement que tu ne comprenais pas ce qu'elles disaient, elles te draguaient, dit-elle froidement, c'étaient des prostituées.

– Ce n'est pas sûr. Tu réfléchis un instant et ajoutes : De toute façon, elles étaient chaleureuses et adorables.

– Les Italiens sont tous chaleureux. Difficile de dire s'ils sont adorables.

– Tu exagères un peu, non ? demandes-tu.

– Tu ne leur as pas fait signe ? réplique-t-elle.

– Je n'aurais pas eu assez d'argent, dis-tu.

– Je ne suis pas non plus une putain, dit-elle.

Tu dis que c'est elle qui a commencé à parler de l'Italie.

– Je n'y suis jamais retournée.

– Bon, ne parlons plus de l'Italie.

Tu lui jettes un coup d'œil, très découragé.

Une fois rentrés à l'hôtel, vous montez dans la chambre.

– Nous ne faisons pas l'amour, d'accord ? dit-elle.

– D'accord, mais on ne peut pas séparer en deux ce grand lit.

Tu essaies de cacher ta déconvenue.

– Nous pouvons dormir chacun de notre côté, ou bavarder en restant assis.

– Bavarder jusqu'au petit matin ?

– Tu n'as jamais dormi avec une femme sans la toucher ?

– Si, bien sûr, avec mon ex-femme.

– Ça ne compte pas, tu ne l'aimais plus.

– Non seulement je ne l'aimais plus, mais en plus j'avais peur qu'elle dénonce…

– … tes relations avec d'autres femmes ?

– Non, c'était impossible d'avoir une autre femme à l'époque, j'avais peur qu'elle dénonce mes pensées réactionnaires.

– C'est parce qu'elle ne t'aimait plus, dit-elle.

– Elle avait peur, peur que je provoque une catastrophe pour elle.

– Quelle catastrophe ?

– Impossible d'en parler en quelques mots.

– N'en parlons plus alors. Tu n'as jamais dormi avec une femme que tu aimais ou au moins que tu appréciais ?

Tu réfléchis un peu et tu dis :

– Si, ça m'est arrivé.

– C'est bien.

– En quoi est-ce bien ?

– Tu devais la respecter, respecter ses sentiments.

– Pas forcément, apprécier une femme sans la toucher, si on dort dans le même lit, c'est très difficile.

Pour toi en tout cas.

– Tu es franc, dit-elle.

Tu la remercies.

– Inutile de me remercier, je n'ai pas encore de preuves, il faut voir.

– C'est la vérité, c'est vraiment arrivé, pourtant, par la suite, j'ai regretté de ne pas avoir pu le faire, mais je ne l'ai plus retrouvée.

– Ça signifie que tu la respectais quand même.

– Non, c'est en fait que j'avais peur, dis-tu.

– Peur de quoi ? Qu'elle te dénonce ?

Tu dis qu'il ne s'agissait pas de ton ex-femme, c'était une autre, elle ne risquait pas de te dénoncer, elle était très décidée, mais tu n'as pas osé.

– Pourquoi ?

– De peur que les voisins ne s'en aperçoivent, c'était une époque effrayante en Chine, je n'ai pas envie de reparler du passé.

– Parle, si tu parles, tu te sentiras plus léger.

Elle semble comprendre.

– Mieux vaut ne plus parler d'affaires de femmes.

Tu penses qu'elle est en train de jouer un rôle de bonne sœur.

– Pourquoi ne serait-ce que des affaires de femmes ? Que ce soient les hommes ou les femmes, il s'agit avant tout d'êtres humains, il n'y a pas que les relations sexuelles. Je dois être aussi comme ça avec toi.

Tu ne sais plus de quoi tu dois parler avec elle. De toute façon, vous ne pouvez pas tout de suite vous mettre au lit. Tu examines attentivement une gravure en couleur au motif soigné dans son cadre doré.

Elle ôte sa barrette, dénoue ses cheveux et se déshabille tout en expliquant que son père par la suite est retourné en Allemagne ; que l'Italie était assez pauvre et qu'on gagnait mieux sa vie en Allemagne.

Tu ne l'interroges pas sur sa mère, tu gardes prudemment le silence et tu t'efforces de ne pas la regarder en pensant que tu ne pourras pas connaître de nouveau le rêve merveilleux de la nuit précédente.

Elle entre dans la salle de bains après avoir pris une longue robe. La porte reste ouverte et elle continue à parler en faisant couler l'eau :

– C'est après la mort de ma mère que je suis allée étudier le chinois en Allemagne, les études chinoises sont assez développées là-bas.

– Pourquoi apprendre le chinois ? demandes-tu.

Elle dit qu'elle voulait s'éloigner le plus possible de l'Allemagne. Un jour ou l'autre, si jamais les néofascistes relevaient la tête, ils risquaient de la dénoncer. Elle parle de ses voisins, de la rue où elle habitait, ces messieurs et ces dames parfaitement civilisés et polis, qui ne manquent jamais de vous adresser froidement un petit signe de tête et de vous saluer chaque fois que vous les voyez. Quand elle les rencontrait le week-end, en train de faire reluire leur voiture comme une chaussure, elle devait s'arrêter un instant pour leur dire un mot, mais qui sait si un jour, si jamais l'atmosphère changeait, comme en Serbie récemment, ce ne seraient pas les mêmes qui vendraient, pourchasseraient, violeraient et même massacreraient les juifs ? Eux ou leurs enfants.

– Le fascisme n'existe pas qu'en Allemagne, tu n'as jamais vraiment vécu en Chine, la terreur de la Révolution culturelle n'a rien à envier au fascisme, dis-tu froidement.

– Mais ce n'est pas pareil, les fascistes procèdent à un génocide, c'est seulement parce que dans tes veines coule du sang juif, ce n'est pas une question d'idéologie, de point de vue politique. Ils n'ont pas de théorie, réfute-t-elle en élevant la voix.

– Théorie de merde ! Tu ne comprends rien à la Chine, tu n'as pas connu la terreur rouge, cette maladie contagieuse peut rendre tout le monde fou ! t'emportes-tu soudain.

Elle ne dit plus rien. Vêtue d'une robe ample, son soutien-gorge à la main, elle sort de la salle de bains et hausse les épaules dans ta direction. Elle s'assied au bord du lit, tête baissée, son visage est pâle, elle a enlevé son rouge à lèvres et son rimmel, ce qui renforce sa tendre féminité.

– Excuse-moi, j'en ai trop envie.

Tu préfères t'excuser puis tu ris amèrement :

– Dors, va.

Tu allumes une cigarette, elle se lève et vient se placer devant toi, elle te serre contre sa douce poitrine en te caressant les cheveux, puis murmure :

– Tu peux dormir à côté de moi, mais je n'ai pas de désir, j'ai seulement envie de parler avec toi.

Elle a besoin de replonger dans son histoire, alors que toi, tu as besoin d'oublier.

Elle a besoin de porter sur elle les souffrances des juifs et la honte de la nation germanique, quand toi tu as besoin de réaliser grâce à son corps que tu vis encore à la minute présente.

Elle dit qu'à l'instant même, elle n'éprouve aucun sentiment.

9

Il n'était rentré dans sa chambre que tard dans la nuit, à la fin de la séance d'accusation. Son collègue Lao Tan, qui partageait la chambre avec lui, avait été enfermé par les gardes rouges dans la salle de réunion de leur organisme. Mis à l'isolement à fins d'enquête, Lao Tan n'avait pu regagner la chambre. Une fois la porte fermée, il souleva un coin du store et observa si, dans la cour, les lampes des voisins étaient toutes éteintes. Il remit le store en place et vérifia minutieusement qu'aucun jour ne passait par la fenêtre. Il ouvrit alors la porte du poêle près duquel il avait posé un seau à moitié rempli d'eau, puis il commença à brûler ses manuscrits. Il y avait aussi une pile de carnets de notes et de journaux intimes qu'il avait rédigés depuis son entrée à l'université. Le poêle était petit, il devait arracher les pages une à une et attendre que le feu les ait réduites en cendres avant de les plonger dans le seau d'eau, cela afin d'éviter qu'un morceau de papier pas entièrement calciné ne s'envole à l'extérieur.

Une vieille photo le représentait avec son père et sa mère. Son père portait un costume à l'occidentale et une cravate. Sa mère était vêtue d'une robe chinoise traditionnelle. Du vivant de sa mère, un jour qu'il l'aidait à sortir les vêtements des coffres pour les aérer, il avait vu cette robe chinoise de soie bleu foncé, imprimée de motifs à fleurs orange. Les couleurs de la photographie étaient passées. Son père et sa mère se souriaient. Entre eux, un enfant maigrelet, aux bras très menus, ouvrait grand les yeux, comme s'il attendait qu'un petit oiseau s'envole de l'appareil photographique. Sans hésiter une seconde, il jeta la photo dans le poêle où elle prit feu aussitôt. Son père et sa mère se recroquevillèrent et il eut soudain envie de la récupérer. Trop tard, la photo s'était enroulée puis à nouveau déroulée sous ses yeux : les silhouettes de ses parents n'étaient plus que cendres, l'une blanche, l'autre noire, et l'enfant maigre au milieu commençait à jaunir…

Le costume de ses parents pouvait tout à fait les faire passer pour des capitalistes ou même des compradores à la solde des étrangers. Il brûla tout ce qui pouvait être brûlé, s'efforçant de rompre autant qu'il était possible avec son passé, enfouissant et gommant ses souvenirs, puisque à l'époque, même les souvenirs étaient un lourd fardeau.

Avant qu'il ne brûle ces manuscrits et ces journaux intimes, il avait vu au beau milieu de la journée un groupe de gardes rouges frapper à mort une vieille femme, à côté du stade, près du quartier très animé de Xidan. C'était le moment de la pause-repas de midi, l'avenue était noire de monde ; lui-même arrivait à bicyclette. Une dizaine de jeunes garçons et quelques jeunes filles portant de vieux costumes militaires, brassard rouge recouvert de caractères noirs au bras – des lycéens de quinze ou seize ans –, frappaient de leur ceinturon la vieille femme tombée à terre, une pancarte en bois attachée au cou, sur laquelle il était écrit « femme de propriétaire foncier réactionnaire » ; elle ne pouvait plus faire un geste, mais elle continuait à gémir. Les passants se tenaient à l'écart et regardaient la scène immobiles, sans qu'aucun ne tente de s'interposer. Un policier coiffé d'une large casquette, les mains protégées par des gants blancs, passait par là, mais il fit semblant de ne rien voir. Parmi les gardes rouges, une fillette aux cheveux noués en deux petites couettes, ses lunettes à la monture de couleur pâle faisant ressortir la finesse de ses traits, se mit elle aussi à faire tournoyer sa ceinture dont la boucle atteignit la tête grisonnante ébouriffée. La vieille femme poussa un cri étouffé et roula sur le sol en se protégeant la tête des deux mains. Le sang coula entre ses doigts et elle n'émit plus un son.

– Vive la terreur rouge ! criaient les équipes du service d'ordre des gardes rouges en parcourant l'avenue Chang'an sur leurs bicyclettes Éternité flambant neuves.

Un soir, vers dix heures, il était tombé sur une de leurs patrouilles. Alors qu'il venait de passer à vélo devant la porte de la résidence d'État de Diaoyutai gardée militairement, il avait aperçu plusieurs motos side-car arrêtées sous la lumière d'un lampadaire. Une rangée de jeunes gardes rouges vêtus de costumes militaires avec un brassard indiquant « Comité d'action unie des gardes rouges de la capitale » barraient la route.

– Descends !

Il avait failli tomber en freinant brusquement.

– Quelle est ta profession ?

– Employé.

– Dans quoi ?

Il avait précisé à quelle unité de travail il appartenait.

– Tu as ta carte de travail ?

Heureusement, il l'avait sur lui. Il la leur avait tendue.

Un autre jeune homme à bicyclette avait été arrêté. Il avait le crâne rasé, marque de l'humiliation que l'on faisait subir aux « fils de chien ».

– Tu ferais mieux de rester bien sagement chez toi cette nuit !

Ils l'avaient relâché. À peine était-il remonté sur sa bicyclette qu'il avait entendu le garçon à la tête rasée hurler quelque chose, puis pousser des cris sous les coups, mais il n'avait pas osé se retourner.

Plusieurs nuits de suite, il resta jusqu'au petit matin devant le fourneau, les yeux rougis par le feu, tandis que dans la journée, il lui fallait garder ses sens en éveil pour faire face au danger. Lorsqu'il eut fini de brûler la dernière pile de cahiers, il remua les cendres pour qu'aucune trace ne subsiste et il versa par-dessus un reste de légumes et un demibol de nouilles.

Il était harassé, ses paupières refusaient de rester ouvertes, mais couché tout habillé sur son lit, il ne parvenait pas à trouver le sommeil. Il se souvenait conserver encore dans sa maison une vieille photographie qui risquait de lui attirer des ennuis, une photo de groupe où figurait sa mère, lorsqu'elle faisait partie d'une troupe de théâtre de résistance et de salut national appartenant à la YMCA. Tous portaient l'uniforme qui avait dû leur être donné lorsque la troupe était allée apporter son soutien aux officiers et soldats résistant contre le Japon. Sur leur casquette figurait l'insigne du Guomindang, et si cette photo était découverte, elle lui causerait certainement des ennuis, même si sa mère était morte depuis longtemps. Il ignorait si son père s'était occupé des ces photos, mais il pouvait difficilement le prévenir par lettre.

Dans le tas de manuscrits qu'il avait détruits se trouvait un roman qu'il avait fait lire à un vieil écrivain renommé. Il en espérait une recommandation, ou au moins une approbation, mais à sa grande surprise, l'écrivain était resté de marbre et n'avait pas eu la moindre parole d'encouragement à son égard. Son visage s'était assombri et il lui avait dit sur un ton sévère : « Il faut réfléchir à deux fois avant de se consacrer à la littérature ! Ne donne pas tes manuscrits à n'importe qui, tu ne comprends pas encore à quel point c'est dangereux. »

De fait, il devait rapidement le comprendre. Cette année-là, au mois de juin, la Révolution culturelle venait d'éclater, et un soir, il s'était rendu chez le vieil homme pour le questionner sur le mouvement en cours. À peine était-il entré que celui-ci avait fermé la porte en hâte et avait demandé à voix basse en le fixant :

– On t'a vu entrer ?

– Non, il n'y avait personne dans la cour, avait-il dit.

Lorsque, en temps normal, le vieil homme faisait profiter de son enseignement aux jeunes gens – bien qu'il n'eût pas sans arrêt à la bouche, à l'instar des vieux cadres, des « notre Parti ceci », « notre patrie cela », il n'en était pas moins un homme célèbre au passé révolutionnaire –, sa voix était pleine d'énergie, mesurée, d'une parfaite clarté, mais cette fois-là, il était devenu aphone, ses paroles restaient coincées au fond de la gorge :

– Je suis un élément de la bande noire, avait-il dit, ne viens plus me voir. Tu es jeune, ne t'attire pas d'ennuis, tu n'as pas encore eu à subir les luttes au sein du Parti…

Avant même qu'il n'ait fini de le saluer, le vieil homme avait entrouvert la porte et, dans un état de folle inquiétude, lui avait dit en le regardant droit dans les yeux :

– On en reparlera, laissons passer ce moment, on en reparlera, tu ne sais pas ce qu'a été le mouvement de rectification de Yan'an !

– Quoi le mouvement de rectification de Yan'an ? avait-il demandé stupidement.

– Je t'en reparlerai plus tard, va-t'en vite, pars !

Cette scène n'avait pas duré plus d'une minute. Et une minute auparavant, il croyait encore que les luttes au sein du Parti se déroulaient en haut lieu, il ne pensait pas s'y trouver à présent confronté directement.

Dix ans plus tard, il avait entendu dire que le vieil homme était sorti de prison ; lui-même avait fini par quitter la campagne et rentrer à Pékin. Il était retourné le voir. Celui-ci n'avait plus que la peau et les os, il avait perdu une jambe et était allongé sur une chaise longue. Il tenait dans ses bras un chat aux longs poils noirs, une canne était appuyée contre l'accoudoir.

– Les chats vivent mieux que les hommes.

Le vieil homme avait grimacé un sourire découvrant les rares dents qui lui restaient. Tandis qu'il caressait son chat, ses pupilles toutes rondes, profondément enfoncées dans les orbites, brillaient d'une lueur étrange, comme les yeux de l'animal. Le vieil homme ne lui dit pas un mot des souffrances qu'il avait endurées en prison. Ce ne fut que peu avant sa mort, alors qu'il allait le voir à l'hôpital, qu'il lui avait fait un aveu : le plus grand regret de sa vie était d'être entré au Parti.

À l'époque, sortant de chez le vieillard, il avait pensé à ses manuscrits. Même s'ils ne concernaient en rien le Parti, ils risquaient de provoquer pour lui une catastrophe. Pourtant, sur le moment, il ne s'était pas décidé à les détruire et les avait transportés dans un sac chez un ami, le Grand Lu, dont il avait fait la connaissance à l'hôpital où il était soigné pour une dysenterie. Le Grand Lu était un Pékinois de haute taille qui enseignait la géographie dans le secondaire. Alors qu'il poursuivait de ses assiduités une jolie jeune fille, il lui avait demandé de rédiger pour lui ses lettres d'amour. Lorsque la jeune épouse du Grand Lu s'était aperçue de la supercherie, elle ne pouvait plus reculer et il avait continué d'entretenir avec le couple une relation d'amitié. Le Grand Lu vivait avec ses parents dans une ancienne maison pékinoise où il n'était pas difficile de cacher quelque chose dans la cour.

Au milieu de l'été, en août, le mouvement des gardes rouges s'intensifia. La femme du Grand Lu lui téléphona un jour subitement au bureau et lui fixa un rendez-vous dans une boutique où l'on pouvait consommer du lait et des gâteaux à l'occidentale. Croyant qu'il s'agissait encore d'une dispute dans le couple, il avait répondu à son appel et s'y était rendu à bicyclette. La vieille enseigne du magasin avait été décrochée et remplacée par une nouvelle affiche qui proclamait le mot d'ordre : « Au service des ouvriers-paysans-soldats. » Sur le mur, au-dessus des tables, était tracé un slogan en grands caractères tourmentés : « Dehors les avortons puants capitalistes ! »

À ses débuts, le mouvement des gardes rouges destiné à détruire les « quatre vieilleries[1] », qui était parti des lycées, ressemblait à un chahut d'enfants. Le grand dirigeant leur avait adressé une lettre ouverte, en leur affirmant : « On a raison de se révolter », ce qui attisa leur violence. De toute façon, il ne se considérait pas comme un avorton puant, et il entra. On vendait encore du lait dans la boutique. Avant qu'il ne s'installe, la femme du Grand Lu arriva et lui prit le bras comme si elle était son amie en disant :

1. Pendant la Révolution culturelle, les « quatre vieilleries » désignaient la vieille culture, la vieille pensée, les coutumes et les mœurs du passé.

– Je n'ai pas faim aujourd'hui, accompagne-moi un peu, je voudrais faire quelques courses.

Hors de la boutique, dans la rue, elle lui dit à voix basse que le Grand Lu avait été tellement terrorisé par les gardes rouges de son lycée qu'il s'était rasé la tête. Puisque ses parents possédaient leur propre maison, sans être considéré comme fils de capitalistes, il était au moins issu d'une famille de petits propriétaires, et les gardes rouges risquaient de venir fouiller chez lui à tout moment. La femme lui demandait de vite récupérer le sac d'affaires qu'il avait caché chez elle dans l'abri à charbon.

C'est Lin qui lui avait sauvé la vie. Un matin, peu après l'arrivée au travail, elle était passée plusieurs fois dans le couloir. Son bureau se trouvant en face, il avait remarqué qu'elle lui faisait signe et il était sorti. Il l'avait suivie jusqu'au bout du couloir, dans une cage d'escalier. Là, s'assurant qu'ils étaient seuls, Lin s'était arrêtée et l'avait averti à voix basse de rentrer chez lui au plus vite et de se préparer, car les gardes rouges de leur organisme allaient fouiller la chambre de Lao Tan.

Il était descendu à toute vitesse, avait sauté sur sa bicyclette et était arrivé en nage dans sa petite cour. Il avait entassé toutes les affaires de sa chambre sur son lit et à côté, puis il avait retourné en toute hâte les étagères et les tiroirs de Lao Tan. Il avait découvert une vieille photo de groupe où celui-ci portait un costume d'étudiant d'avant la Libération. Les étudiants avaient tous sur leur casquette l'insigne du Guomindang, un soleil blanc à douze branches sur fond bleu. Il avait chiffonné la photographie et était allé la jeter au fond de la fosse des toilettes publiques en dehors de la cour. Quand il était revenu, la voiture de son organisme arrivait.

Quatre gardes rouges étaient entrés dans la chambre. Lin en faisait partie. Elle savait qu'il écrivait, mais n'avait pas lu ses manuscrits. C'est lui qu'elle aimait et ce qu'il écrivait ne l'intéressait pas. Bien entendu, ce n'était pas pour les manuscrits qu'elle était venue; ce qui l'inquiétait, c'étaient les nombreuses photos qu'il avait prises d'elle. Elles n'étaient pas trop dénudées, mais quand même assez suggestives. Il les avait prises avant et après avoir fait l'amour avec elle dans les forêts des Huit Grands Sites dans la banlieue ouest de Pékin. Une seule de ces photos aurait permis d'affirmer au premier coup d'œil que leur relation dépassait celle de deux collègues ou même de deux camarades révolutionnaires. Lin était la fille d'un vice-ministre, elle était déjà mariée, son mari était un militaire issu d'une famille de vieux révolutionnaires, il travaillait dans un département de recherche en relation avec la Défense nationale. Cet homme étudiait la fabrication des fusées ou de quelque autre arme de style nouveau. Lui, pour sa part, n'éprouvait pas le moindre intérêt pour les secrets de la Défense nationale, il aimait seulement éperdument cette belle femme, et Lin était encore plus active que lui, plus enflammée.

Lin avait volontairement pris un air parfaitement détaché et s'était écriée :

– Que c'est petit chez toi, il n'y a même pas la place de s'asseoir !

Elle était déjà venue, bien sûr, un jour où Lao Tan n'était pas là. Elle portait une robe avec un large décolleté. Il avait descendu la fermeture à glissière dans son dos, et avait ouvert sa robe pour embrasser ses seins. Elle n'avait pas la même allure que maintenant, avec son uniforme et les deux petites couettes tenues par un élastique remplaçant ses deux grandes nattes, coiffure standard des femmes soldats et style des gardes rouges de cette époque.

– Fais-nous donc un peu de thé, on crève de soif !

Lin avait volontairement laissé la porte ouverte et se tenait sur le seuil en s'éventant avec un petit mouchoir. Manifestement, elle voulait faire comprendre aux gens qui observaient depuis leurs fenêtres que ce n'était pas chez lui qu'ils fouillaient et tentait de rendre ainsi la scène chaleureuse, comme s'ils étaient simplement venus lui rendre visite.

Il s'était empressé de faire du thé pour tout le monde. Ils avaient déclaré : « C'est inutile, c'est inutile », mais cela avait brisé l'atmosphère tendue et solennelle qui régnait lors de ce genre de séance. En outre, comme tous les protagonistes de cette scène se connaissaient déjà, ils semblaient sur un pied d'égalité, malgré le brassard de garde rouge qu'ils portaient au bras, témoin de leur origine de classe. Leur chef, Danian, un petit gars grassouillet, jouait souvent au ping-pong avec lui à la pause de midi, ils se connaissaient bien. Son père était le commissaire politique d'une division de l'armée. Coiffé d'une vieille casquette de son père jaunie à force d'avoir été lavée, il arborait aussi une ceinture de l'armée qui n'était plus portée à l'époque, ce qui lui donnait un air de révolutionnaire hérité de ses ancêtres.

Quand les gardes rouges avaient été créés, les jeunes gens comme lui qui n'appartenaient pas aux « cinq catégories rouges[1] » avaient été invités à participer aussi à la réunion. Ce Danian avait montré le bout de ses cornes pour la première fois. Assis à l'extrémité de la table, il avait déclaré aux jeunes gens qui n'étaient pas qualifiés pour être gardes rouges : « Tous ceux qui assistent aujourd'hui à notre assemblée de gardes rouges peuvent être considérés comme les compagnons de route de nos troupes révolutionnaires », puis il lui avait dit en l'appelant par son nom : « Toi aussi, bien sûr, tu en es ! » Pourtant, il avait lu *L'Histoire du Parti communiste d'Union soviétique* et il savait ce que signifiait réellement l'expression « compagnons de route ». Lors de cette soudaine descente, si Lin ne l'avait pas prévenu, on aurait retrouvé ses manuscrits et son sort aurait été entre les mains de ce petit gars.

Danian, qui ne savait pas encore maîtriser ses sentiments, lui dit tout simplement :

– Nous sommes venus chercher des preuves des activités réactionnaires de Tan Xinren. Tu n'es pas concerné. Où sont tes affaires ? Sépare-les des siennes.

Tout sourire, il répondit :

– C'est déjà fait, est-ce que je peux vous aider ?

1. Les ouvriers, les paysans pauvres, les martyrs de la révolution, les cadres révolutionnaires et les soldats révolutionnaires.

Ils reprirent en chœur :
– Ça ne te concerne pas, où est son bureau ?
– Celui-là, les tiroirs ne sont pas fermés à clef.
Debout dans son coin, c'était la seule chose qu'il pouvait dire pour défendre Lao Tan, mais en même temps, il s'était déjà démarqué de lui. C'est plus tard qu'il avait appris que, alors qu'il rentrait en toute hâte, un avis des gardes rouges était déjà affiché dans le grand hall du bâtiment de leur organisme : « À bas l'élément contre-révolutionnaire historique Tan Xinren ! » Depuis lors, Lao Tan avait été mis à l'isolement dans le bâtiment et avait perdu toute liberté.

Ils avaient retourné les cahiers, les traductions, les lettres, les photos et les livres en anglais de Tan. Pendant ses moments de loisir, Tan traduisait des romans écrits en anglais, œuvres d'auteurs d'Asie ou d'Afrique plus ou moins révolutionnaires. Mais un de ces romans portait sur sa couverture l'image d'une femme occidentale à demi nue. Le livre fut mis de côté. Tout au fond d'un tiroir, cachée sous un vieux journal, une enveloppe blanche contenait quelques préservatifs.

– Ah, le salaud, il fait aussi ce genre de trucs ! avait dit Danian en les brandissant.

L'atmosphère était joyeuse pour qui n'était pas concerné. Tout le monde paraissait blanc comme neige. Lin et lui s'étaient mis à rire eux aussi, en évitant toutefois d'échanger des regards.

Ensuite, au cours des meetings de lutte contre Tan, on avait enquêté sur la femme avec laquelle il entretenait « des relations anormales entre personnes de sexe différent », la soupçonnant de faire partie d'un réseau d'espionnage. Tan n'avait pu qu'avouer ses relations avec une veuve. Aussitôt les gardes rouges de l'unité de travail de cette femme avaient perquisitionné chez elle. Les poèmes mélancoliques de style ancien que l'on avait trouvés dans les tiroirs de Tan avaient peut-être été écrits à son intention. Ils avaient été retenus comme preuves évidentes qu'il gardait « un esprit attaché au paradis perdu, et des sentiments noirs anti-Parti et antisocialistes ».

Voyant que deux carreaux du sol étaient descellés, les gardes rouges voulurent les arracher.

– Voulez-vous que j'aille emprunter une pelle chez le voisin ? demanda-t-il volontairement à Danian pour éviter de se trouver dans l'embarras pendant la fouille. En même temps, il voulait leur jouer un tour ; autant les faire creuser la terre sur un mètre de profondeur et faire quelque découverte archéologique ! La peur ne reviendrait qu'après.

Il rapporta une pioche de chez le voisin, un vieil ouvrier à la retraite. Ils s'étaient vraiment mis à creuser le sol, jonchant la chambre de gravats et de terre au point qu'il était devenu impossible de s'y déplacer. Alors ils avaient fini par jeter la pioche et cessé leur travail.

Plus tard, il devait apprendre que la section de la sécurité de son organisme avait reçu un rapport du comité des habitants du quartier signalant que des sons provenant d'un émetteur radio avaient été entendus dans cette chambre. Ce rapport venait certainement du voisin, le vieil ouvrier nommé Huang. Alors que Tan et lui étaient au travail, le vieux retraité qui passait ses journées chez lui avait dû entendre la radio derrière la porte fermée à clef et avait aussitôt pensé qu'il s'agissait d'un émetteur diffusant des rapports secrets. En permettant de trouver un ennemi, il prouverait sa fidélité envers les dirigeants et le Parti. Après la perquisition, lorsqu'il avait croisé dans la cour le vieil homme, celui-ci avait toujours le même visage souriant. La catastrophe l'avait frôlé.

Lorsque les gardes rouges étaient partis, il était resté à observer la pièce jonchée de carreaux cassés et de terre. Il avait réalisé que lorsqu'un tel drame te tombait sur la tête, il était déjà trop tard. C'est alors qu'il avait pris la décision de brûler ses manuscrits et cahiers de journal, enterrant à jamais son lyrisme, ses souvenirs d'enfance, son narcissisme et ses illusions d'adolescent, ainsi que son rêve de devenir écrivain.

10

Rien de plus ennuyeux que de parler de la Révolution culturelle allongé dans le noir, lampe éteinte, avec une femme dont la peau touche la tienne ; seule une juive dotée d'un cerveau allemand et parlant chinois peut y trouver de l'intérêt.

– Je continue ? demandes-tu.

– Je t'écoute, dit-elle.

Tu lui parles encore d'une rédactrice d'âge moyen qui travaillait dans le même bureau que toi. Un cadre du bureau des affaires politiques était venu la chercher en disant qu'on l'appelait au téléphone à la section de la sécurité. Quelques minutes plus tard, elle était revenue, avait rangé les épreuves posées sur sa table et expliqué en balayant la pièce d'un regard impassible qu'elle devait rentrer chez elle parce que son mari s'était suicidé au gaz. Comme le chef de la section avait déjà été mis à l'écart et que son supérieur avait été taxé d'élément de classe étranger infiltré dans le Parti, ce n'était que devant le personnel présent au bureau qu'elle pouvait déposer une demande de congé. Le lendemain, arrivée en avance, elle avait rédigé un dazibao pour exprimer qu'elle se démarquait clairement de son mari, qui, selon elle, « avait volontairement rompu avec le peuple et le Parti ».

– Arrête, c'est trop triste, dit-elle à ton oreille.

Tu dis que tu n'as pas la moindre envie de continuer.

– Pourquoi tout ça, en fin de compte ?

– Il fallait trouver des ennemis. Sans ennemis, comment ce régime aurait-il pu exercer sa dictature ?

– Ça c'est le nazisme ! dit-elle au comble de la colère. Tu devrais écrire tout ça.

Tu dis que tu n'es pas historien et que c'est déjà une chance que tu n'aies pas été dévoré par l'histoire, inutile de lui payer encore un tribut.

– Eh bien, écris ton expérience personnelle, ce que tu as vécu en tant qu'individu. Il faut l'écrire, ça aura une grande valeur !

– La valeur d'un document historique ? Le jour viendra où les milliers et les milliers de tonnes d'archives seront ouvertes ; ce que j'aurai écrit ne sera plus qu'un tas de vieux papiers bons à jeter.

– Pourtant, Soljenitsyne…

Tu l'interromps pour lui dire que tu n'es pas un combattant, un porte-drapeau.

– Mais un jour, ça changera, tu ne crois pas ? demande-t-elle.

Elle a besoin d'y croire.

Tu dis que tu n'es pas prophète, tu ne vis pas dans l'illusion, tu dois vivre dans le réel ; tu n'attends pas qu'on t'accueille entre deux haies de spectateurs ; tu ne risques pas de rentrer de ton vivant, il ne faut pas gaspiller le temps.

Elle demande doucement pardon, elle dit qu'elle a réveillé tes souvenirs, qu'elle comprend ta souffrance, qu'elle te comprend, est-ce que même cela tu ne le comprends pas ?

Tu dis que tu sors de l'enfer, que tu n'as pas envie d'y retourner.

– Mais tu dois en parler, ça te soulagerait un peu.

Sa voix est devenue très douce, elle voudrait te consoler.

Tu lui demandes si elle a déjà joué avec des moineaux, ou si elle a déjà vu des enfants le faire. On leur attache à la patte une ficelle dont on garde l'extrémité dans la main, l'oiseau se met à voler de toutes ses forces tandis qu'on le retient. Il finit par fermer les yeux et meurt pendu au bout de la ficelle. Tu dis aussi que quand tu étais petit, tu avais attrapé une mante religieuse pleine de fougue, avec ses longues et fines pattes vertes, ses pinces qu'elle brandissait comme des sabres. Mais dans la main d'un enfant, si on lui attache un fil à la patte, celle-ci se détache très vite dès qu'on tire un peu dessus. Tu lui demandes si elle aussi a connu ce genre d'expérience.

– Mais les hommes ne sont pas des moineaux ! proteste-t-elle.

– Des mantes religieuses non plus, bien sûr, réponds-tu. L'homme n'est pas non plus un héros, il est incapable de résister à la violence du pouvoir, il ne lui reste que la fuite.

La chambre est complètement noire, une obscurité profonde, presque palpable.

– Serre-moi, dit-elle de sa voix profonde pleine de douceur qui, après t'avoir tourmenté, t'apporte un peu de réconfort.

À travers sa chemise de nuit, tu serres son corps bien en chair, mais aucun désir ne monte en toi. Elle te caresse de ses douces mains qu'elle promène sur toi, elle t'offre sa bonté de femme. Tu dis que tu es excité mentalement et énervé, les yeux fermés, tu voudrais te détendre pour jouir de sa tendresse.

– Bon, alors parle-moi des femmes, te dit-elle doucement à l'oreille, comme une amante collée à toi. Parle-moi d'elle.

– De qui ?

– De ta femme, elle s'appelait Lin, non ?

Tu dis que ce n'était pas ta femme, que c'était l'épouse d'un autre homme.

– C'était ta maîtresse alors. Tu as eu beaucoup de femmes ?

– Tu sais bien que c'était impossible à cette époque en Chine.

Tu ajoutes qu'elle a été la première femme que tu as eue, si elle veut bien te croire.

– Tu l'aimais ? demande-t-elle.

Tu dis que c'était elle qui t'avait séduit la première, que tu n'avais pas du tout l'intention de t'engager dans un tel amour sans espoir.

– Tu penses encore à elle ? demande-t-elle.

– Marguerite, à quoi bon demander cela ?

– Je voudrais savoir quelle place les femmes occupent dans ton cœur.

Tu dis qu'elle était bien sûr une femme adorable, fraîchement émoulue de l'université, qu'elle était belle et même attirante, que les femmes maquillées comme elle étaient rares en Chine à cette époque ; elle portait une robe moulante avec des chaussures de cuir à talons hauts, une tenue particulièrement provocante. Comme elle était la fille d'un haut cadre et qu'elle jouissait d'une bonne situation, elle était hautaine et capricieuse, et manquait seulement d'un peu de romantisme. Toi, tu ne faisais que vivre dans tes livres et tes illusions. Le travail routinier était totalement insipide pour toi, mais en plus, il se trouvait toujours des activistes désireux d'entrer au Parti et de devenir des cadres qui organisaient des groupes d'étude des œuvres de Mao dans lesquels ils entraînaient les autres. Tous ceux qui n'y participaient pas étaient considérés comme ayant un problème idéologique. C'était seulement après neuf ou dix heures du soir, une fois rentré chez toi, que tu pouvais écrire ce que tu voulais, perdu dans tes pensées, devant ta table de travail, sous la lampe, face à tes livres : tu étais enfin toi-même.

Le jour, tu vivais dans un monde différent et, comme tu veillais très tard dans la nuit, les gens te trouvaient toujours l'air endormi. Pendant les réunions, tu somnolais. Ton surnom, c'était « le Rêveur », mais si on t'avait carrément appelé « le Dormeur », cela ne t'aurait pas gêné.

– Le Rêveur, c'est un beau nom.

Elle rit un peu, sa voix vibre dans son opulente poitrine.

Tu dis que pour toi c'était une sorte de garde-fou, sans cela tu aurais été « débusqué » depuis longtemps.

– Elle aussi t'appelait comme ça ? Et elle est tombée amoureuse de toi à cause de ça ? demande-t-elle.

– Oui, peut-être.

Tu dis que bien sûr tu nourrissais aussi des sentiments à son égard, qu'il ne s'agissait pas seulement d'attirance sexuelle. À cette époque, tu étais méfiant envers les étudiantes, elles étaient en quête de clarté, elles s'efforçaient de paraître aussi pures que des anges. Toi, tu avais conscience que tes pensées étaient sombres, la petite expérience de l'amour que tu avais connue à l'université t'avait suffi. Toutes les choses bizarres que tu disais en privé, s'il arrivait qu'elles fussent rapportées au Parti ou à la Ligue de la jeunesse dans une confession idéologique, t'auraient immédiatement fait immoler sur l'autel des sacrifices.

– N'étaient-elles pas des femmes quand même ?

– Tu n'as pas vécu dans cet environnement. Tu ne peux pas comprendre.

Tu lui demandes si elle aurait pu imaginer faire l'amour avec un nazi qui aurait dénoncé son origine juive.

– Ne parle pas des nazis !

– Excuse-moi, je fais une comparaison. C'est le même état psychique, expliques-tu. Bien sûr, Lin n'était pas de ce genre-là, et c'était précisément parce qu'elle jouissait des privilèges que lui conférait sa famille. Elle ne demandait pas à entrer au Parti ; son père et sa mère, sa famille, c'était le Parti, elle n'avait ni besoin de faire toutes sortes de simagrées, ni d'aller voir le secrétaire de cellule pour se confesser.

Tu lui expliques que la première fois qu'elle t'avait invité, c'était dans un restaurant extrêmement raffiné qui n'était pas ouvert au grand public, on n'y entrait que sur présentation d'une attestation. C'était elle qui t'invitait, bien sûr ; sans cette carte, tu n'aurais pas pu payer. En toi-même, tu étais très gêné.

– Je comprends, dit-elle à voix basse.

Tu dis que Lin voulait que tu utilises l'attestation militaire de son mari pour vous rendre ensemble dans un hôtel à l'intérieur du palais d'Été, ouvert uniquement pour le repos des cadres de haut niveau et de leur famille, que tu te fasses passer pour son mari. Et si on vérifiait ? Elle dit que c'était impossible, mais le mieux serait que tu portes un de ses uniformes.

– Elle était vraiment courageuse, murmure-t-elle.

Tu dis que toi tu n'étais pas assez courageux, que ce genre d'aventure adultère te mettait mal à l'aise, mais que tu avais quand même fait l'amour avec elle. La première fois, c'était chez elle. Elle habitait une maison indépendante, avec une grande cour où seuls vivaient son père, sa mère et un vieil homme employé à surveiller l'entrée, balayer la cour et allumer le fourneau. Ils se couchaient tous très tôt, la résidence était déserte. C'était elle qui avait fait de toi un homme. Tu dis que de toute façon, tu lui en es très reconnaissant.

– Ce qui signifie que tu l'aimes encore.

Elle t'examine dans le noir, redressée sur un coude.

– Elle m'a appris.

En te remémorant ces scènes, mieux vaudrait dire que ce que tu aimais, c'était son corps superbe.

– Elle t'a appris quoi ?

Ses cheveux balaient ton visage, dans le noir tu vois luire faiblement le blanc de ses yeux grand ouverts qui te fixent.

– Elle était plus audacieuse que moi, elle venait juste de se marier, expliques-tu, j'avais alors vingt ans passés, mais je n'avais jamais touché une femme. C'est ridicule, non ?

– Ne dis pas ça, à l'époque en Chine, tout le monde devait être puritain, je comprends…

Ses doigts jouent doucement sur ton corps. Tu dis que tu n'étais pas du tout puritain. Que tu avais envie.

– Comme tu étais étouffé, tu voulais te débaucher ?

– Je voulais le faire sur le corps d'une femme, dis-tu.

– Et tu voulais qu'une femme se dévergonde, c'est ça ? Sa voix douce et veloutée murmure à ton oreille. Eh bien, baise-moi, comme tu aurais baisé ces femmes en Chine.

– Laquelle ?

– Lin, ou cette jeune fille, cette jeune fille dont tu as oublié le nom.

Tu te tournes vers elle et tu la prends dans tes bras. Tu relèves sa chemise de nuit et tu te fonds dans son corps… Si tu veux t'épancher, fais-le… M'épancher dans le corps de qui ? Une femme que tu voulais avoir… Une femme dévergondée ? Ce n'est pas ça que tu voulais ? Une putain ? Oui, c'est ça. Tu t'es vendue ? Oui, et pas qu'une fois… Où ? En Italie… À qui ? À tous ceux qui voulaient… C'est ignoble ! Non, tu ne pourrais pas payer, ce que je veux c'est ta souffrance… Tout est passé. Non, sur toi… Dans cet endroit profond ? Oui, c'est ça. Tout au fond, jusqu'au bout… Peut-être n'y arriveras-tu pas… Dans ce cas, je te presse, je te suce, c'est ça ? Tout est sorti ! Ne t'en fais pas… Tu n'as pas peur ? Peur de quoi ? Si tu tombes enceinte ? Je le ferai passer. Tu es folle ? C'est toi qui as peur, tu veux prendre du plaisir, mais tu n'oses pas, ne t'en fais pas, j'ai pris ma pilule. Quand ? Dans la salle de bains. Avant de venir te coucher ? Oui, je savais que tu voulais encore me baiser. Alors pourquoi m'as-tu tourmenté si longtemps ? Ne me pose pas de questions, si tu le veux, prends-le, ce corps… Le corps d'une putain ? Je ne suis pas une putain. Je ne comprends pas. Comprendre quoi ? Ce que tu viens de dire. Qu'ai-je dit ? Tu as dit que tu t'étais vendue. Tu ne peux pas comprendre, tu ne peux pas saisir, tu ne peux pas savoir ! Je veux savoir tout ce qui est en toi ! Si tu me veux, prends-moi, ne me fais pas souffrir. Est-ce que tu n'es pas déjà une putain ? Non, je ne suis qu'une femme, je suis devenue une femme trop tôt. Quand ? À l'âge de treize ans… Tu dis n'importe quoi, tu as inventé cette histoire ?

Elle fait non de la tête. Tu veux qu'elle raconte ! Elle murmure qu'elle ne sait rien… qu'elle ne veut pas savoir… Elle a besoin de souffrir, elle recherche le plaisir dans la douleur. Tu as besoin d'une femme, tu as besoin de t'épancher dans le corps d'une femme, épancher ton désir, ta solitude. Elle dit qu'elle est seule elle aussi, elle voudrait comprendre, elle voudrait payer. Contre de l'amour et de la jouissance ? Oui, c'est ça, donner et payer. Se vendre aussi ? Oui. Se débaucher ? De manière ignoble ! Elle se retourne pour venir sur toi, avant de fermer les yeux, tu as vu briller les siens dans l'obscurité, puis tu ouvres la bouche pour crier…

11

Allongé sur le lit de Lin acheté pour son récent mariage, les yeux grand ouverts, il n'arrivait pas à réaliser s'il s'agissait d'un rêve. La belle Lin, nue, le contemplait et lui avait appris à devenir un homme. C'était elle qui l'avait entraîné de la salle de séjour jusqu'à sa chambre, au bout du couloir. Elle avait abaissé les lourds rideaux de velours et n'avait allumé qu'une haute lampe de bureau, avec un pied en forme de vase à fleurs surmonté d'un abat-jour jaune. Elle l'avait fait asseoir devant le bureau et avait sorti d'un tiroir un épais album de photos bordé d'un liseré doré, qu'ils avaient feuilleté. C'étaient des photographies de son voyage de noces à Beidaihe, prises par son mari. Sur certaines, sa robe décolletée sans manches découvrait ses bras, ses épaules et ses jambes, sur d'autres, à la plage, son maillot de bain trempé lui collait au corps. À cet instant, elle s'était penchée vers lui. Il avait senti ses cheveux lui caresser la joue et il s'était retourné pour enlacer sa taille fine, enfouissant son visage entre ses seins. Il sentait le doux parfum de son corps. Il avait descendu avec fébrilité la fermeture à glissière de sa robe et l'avait renversée sur le lit. Il l'embrassait frénétiquement, sa bouche, son visage, la base de son cou et même le bout de ses seins qui pointaient de son soutien-gorge dégrafé. Il était terriblement excité, il rêvait de cet instant depuis toujours, allant jusqu'à déchirer les sous-vêtements fins et sexy introuvables sur le marché. Pourtant il n'avait pas d'érection et n'était pas parvenu à la pénétrer. Lin lui avait dit de ne pas s'inquiéter, ses parents ne risquaient pas de venir aussi tard dans sa chambre, ils dormaient déjà, l'institut de recherche sur les armes de pointe où travaillait son mari était situé en lointaine banlieue ouest, la discipline à l'armée était stricte, et il ne risquait pas de rentrer en dehors du week-end. Soudain, il avait eu envie d'uriner. Lin avait passé une robe et était sortie pieds nus, puis elle avait rapporté une cuvette. Il était allé fermer le loquet de la porte, mais il avait uriné si bruyamment dans la cuvette émaillée qu'il n'avait pas la conscience tranquille. Ensuite, ils avaient éteint la lumière, Lin l'avait aidé à quitter ses chaussures et ses chaussettes et l'avait fait allonger nu sur le lit. Puis elle l'avait couvert avec la couette, comme une grande fille l'aurait fait dans ses rêves d'enfant, ou une infirmière sur un champ de bataille qui se serait patiemment occupée de lui, dont les mains sûres et douces auraient essuyé ses plaies sanglantes. Alors, il eut soudain une érection et, se retournant, il écrasa cette femme pleine de vie, accomplissant pour la première fois cet acte si important.

Il était sorti de chez Lin alors que le jour pointait. La cour était encore envahie par l'obscurité, mais au sommet d'un plaqueminier se découpait déjà un carré de ciel bleu sombre. Lin avait doucement tiré le lourd loquet de la porte qui s'était entrebâillée en grinçant. Il s'était glissé par l'ouverture et s'était retourné pour regarder se refermer la grande porte ancienne garnie de clous. Puis il avait rejoint la ruelle en poussant son vélo. Il n'était pas pressé de remonter sur son engin, il écoutait ses pas parcourir les ruelles les unes après les autres, le ramenant chez lui sans y penser. Si Lao Tan, avec qui il partageait sa chambre, lui posait des questions, il lui faudrait dépenser beaucoup de salive pour inventer une histoire. Dans la grande rue, le son de ses pas fut peu à peu recouvert par les bruits de la ville en train de s'éveiller : le claquement clair des sabots ferrés des ânes tirant les voitures des paysans qui apportaient leurs légumes à la ville, le vrombissement des ventilateurs des échoppes où l'on vendait beignets et lait de soja, les premiers trolleybus bringuebalants, enfin les passants et les bicyclettes de plus en plus nombreux. Il respirait profondément, emplissant ses poumons, la fraîcheur le rendait joyeux, il sentait une sorte de paisible confiance en lui-même.

À midi, il vit Lin à la cantine de leur organisme. Elle portait une longue tunique à manches, avec un foulard en soie, le col fermé. Les collègues qui étaient à sa table venaient de partir, elle lui dit à voix basse en lui faisant un clin d'œil : « J'ai dû mettre un foulard autour du cou, tu m'as mordue. » Puis elle esquissa un sourire, sans avoir l'air de lui faire de reproche.

Il lui aurait été bien difficile de dire s'il aimait Lin, mais à partir de ce jour, il s'éprit éperdument de son corps merveilleux. Ils se donnèrent des rendez-vous, mais il ne pouvait pas souvent se rendre chez elle. Si ses parents étaient là, il lui fallait les écouter respectueusement donner leur sentiment vis-à-vis des grandes affaires du pays ; il était impossible d'échapper à leur leçon. Il devait se montrer parfait face à ces vénérables personnes, comme s'il avait été lui-même un bon descendant de révolutionnaires, et prononcer quelques mots dénués de sincérité pour leur plaire. Lorsque le vieux couple se mettait à bâiller et quittait le salon, Lin lui adressait un clin d'œil et échangeait avec lui de menus propos sur les affaires de leur travail, puis lorsque tout bruit avait cessé de leur parvenir depuis la chambre des parents, il se levait et prononçait à voix haute des paroles d'adieu. Lin l'accompagnait hors du salon, jusque dans la cour sombre. Il rentrait alors furtivement dans la galerie extérieure où, appuyé à la balustrade, il attendait que Lin ait éteint les lampes du salon et de sa chambre pour se glisser à l'intérieur. Là, ils étaient heureux toute la nuit.

Pourtant, il préférait donner rendez-vous à Lin hors de chez elle, dans un parc ou au pied des murailles de la ville, dans les bosquets de lilas ou de forsythia. Ils posaient une veste sur le sol ou s'appuyaient contre un arbre, s'accouplant debout à la hâte. Si le mari de Lin partait en mission dans une base militaire, le dimanche, tôt le matin, ils allaient tous deux dans la banlieue, dans les collines des Huit Grands

Sites, où ils restaient toute la journée, ne redescendant à tâtons dans l'obscurité qu'après le coucher du soleil pour attraper le dernier bus qui rentrait en ville. Parfois ils allaient en train encore plus loin, dans les collines de l'Ouest, à Mentougou, où l'on avait découvert l'homme de Pékin, ou bien ils descendaient dans n'importe quelle gare où le train ne s'arrêtait qu'une minute. Ils apportaient de quoi manger, grimpaient sur une hauteur dont ils dépassaient le sommet pour ne pas être vus de la route, et là, en plein soleil, dans le doux vent des collines, ils se donnaient l'un à l'autre avec frénésie. Ils ne se sentaient bien que dans ces moments-là, allongés dans les herbes folles, contemplant les nuages qui se déplaçaient lentement dans le ciel, sans le moindre souci, sans risque, parfaitement heureux l'un et l'autre.

Lin avait deux ans de plus que lui, c'était une véritable boule de feu qui aimait de façon brûlante, jusqu'à en perdre la raison. Lui ne pouvait pas ne pas se contrôler, alors que Lin osait jouer avec le feu. Il lui était impossible de ne pas penser aux conséquences. Lin n'avait aucune intention de divorcer et même si elle avait voulu se remarier avec lui, jamais ses parents n'auraient consenti à accueillir un tel gendre dans leur famille révolutionnaire, lui qui était d'une origine tout à fait ordinaire et n'était même pas membre de la Ligue de la jeunesse communiste. En outre, le mari de Lin jouissait de l'appui puissant de sa famille de militaires. S'il était dénoncé auprès de son unité de travail, la punition ne serait pas infligée à Lin, lui seul en souffrirait. Elle risquait alors de réaliser qu'elle ne pouvait pas se séparer de sa famille, qu'elle perdrait sa situation privilégiée pour aller vivre une vie ordinaire avec lui. À l'époque existait un nouveau règlement, en plus de la loi sur le mariage, qui stipulait qu'un employé d'un organisme d'État n'avait le droit de se marier qu'à vingt-six ans révolus. Dans cette nouvelle société en constants progrès comme jamais auparavant, l'amour et le mariage étaient voués à la révolution ; l'homme nouveau, les faits nouveaux, les pièces de théâtre nouvelles, les films nouveaux, tous propageaient ce discours. On était obligé de voir ces pièces ou ces films, c'était l'organisme d'État lui-même qui délivrait les billets.

Un jour, un secrétaire du bureau du secrétariat de l'organisme était venu le voir directement, sans passer par les échelons hiérarchiques habituels. Il lui demandait d'aller immédiatement voir le chef. Il comprit qu'il ne s'agissait en rien d'une affaire de travail. Le chef, la camarade Wang Qi, une femme d'âge moyen, affable et réservée, était assise derrière un large bureau dont les dimensions étaient adaptées à son grade de cadre. Elle s'était levée, avait fermé la porte de la pièce, geste qui le rendit aussitôt nerveux. Elle avait fini par l'inviter à s'asseoir sur un long canapé, tandis qu'elle-même prenait place sur un fauteuil de cuir, avant d'arborer volontairement une mine plus conciliante.

– Je suis très prise par mon travail. (C'était l'exacte vérité.) Je n'ai guère le temps de bavarder avec vous autres, les étudiants nouvellement arrivés. Tu es là depuis combien de temps ?

Il avait donné une réponse.

– Tu es habitué à ce travail maintenant ?

Il avait fait oui de la tête.

– J'ai entendu dire que tu étais très intelligent, que tu as très vite été à la hauteur, et qu'en plus tu écris à temps perdu.

Elle savait tout de lui. On lui avait tout rapporté. Puis elle avait fini par le mettre en garde :

– Il ne faut pas que cela influe sur ton travail.

Il avait encore hoché la tête énergiquement. Heureusement que personne ne savait ce qu'il écrivait !

– As-tu une petite amie ?

Elle était entrée dans le vif du sujet. Il avait sursauté et dit que non, mais il s'était senti rougir.

– On peut y réfléchir et te trouver un parti convenable. Elle avait insisté sur le mot convenable. Mais il est encore trop tôt pour te marier. Si tu travailles bien pour la révolution, les problèmes de vie personnelle se résolvent facilement.

Elle parlait de tout cela de façon anodine, sur un ton très tranquille, mais cette conversation faisait quand même partie du travail révolutionnaire. En fait, il ne s'agissait pas d'un simple bavardage ; avant de se lever pour aller ouvrir la porte, elle lui avait fait remarquer :

– J'ai eu vent de réactions parmi les masses ; tes relations avec Xiao Lin sont trop intimes, il faut qu'elles restent celles de camarades qui travaillent ensemble, il n'y a rien là d'interdit, mais il faut se méfier des conséquences. L'organisation se préoccupe de votre saine évolution, à vous les jeunes.

L'organisation, c'était bien entendu le Parti ; si le chef l'avait fait venir pour parler avec lui, c'était bien sûr au nom de la sollicitude du Parti. Elle était revenue à Lin :

– Elle est très simple, très chaleureuse avec les gens, elle manque d'expérience.

C'était sur lui bien sûr que tout retomberait en cas d'ennuis. Au bout de cinq minutes à peine, l'entretien était terminé ; c'était avant que la Révolution culturelle n'éclate, le mari de cette femme n'avait pas encore été taxé d'élément actif de la bande noire anti-Parti, et la camarade Wang Qi elle-même n'avait pas encore été taxée d'élément anti-Parti, elle assumait encore le poste important de responsable nommée par l'organisation. Qu'il s'agît d'une simple allusion, d'un avertissement ou d'une véritable mise en garde, c'était très clair.

À cet instant, son cœur s'était mis à battre à tout rompre ; il avait senti son visage s'enflammer et n'avait pu se contrôler pendant un bon moment.

Il avait décidé de rompre ses relations avec Lin, il l'avait attendue à la fin du travail et ils étaient sortis ensemble du grand bâtiment ; il savait que quelqu'un risquait de les voir, il devait les défier, mais il manquait de force pour ce défi. Ils avaient marché longtemps en poussant leur bicyclette avant qu'il ne finisse par l'informer de cette conversation.

– Qu'est-ce que ça peut faire ? Lin n'était pas d'accord. Ils n'ont qu'à dire ce qu'ils veulent !

Il lui avait dit qu'elle pouvait s'en moquer, mais lui non.

– Pourquoi ? Lin s'était arrêtée.

– C'est une relation inégale ! avait-il rétorqué.

– Pourquoi inégale ? Je ne comprends pas.

– C'est normal que tu ne comprennes pas parce que tu as tout, tandis que moi, je n'ai rien.

– Mais je voudrais bien le contraire !

Il avait dit qu'il ne voulait pas de faveurs, qu'il n'était pas un esclave ! En fait, il aurait voulu parler de sa situation insupportable, de son souhait de mener une vie pleine de lumière, mais il ne s'était pas exprimé clairement sur le moment.

– Qui fait de toi un esclave ?

Lin était arrêtée sous un lampadaire de la rue, les yeux fixés sur lui, attirant l'attention des passants. Il avait suggéré d'aller discuter dans le parc de la colline du Charbon. Mais on cessait de vendre des billets d'entrée à partir de neuf heures et demie et le parc fermait à dix heures. Il avait expliqué au gardien qu'ils ressortiraient très vite et celui-ci avait fini par les laisser entrer.

D'habitude, pour leurs rendez-vous, ils se précipitaient dans un parc dès la fin du travail, trouvaient un bosquet à l'écart des sentiers d'où ils voyaient tous les feux de la ville. Lin pouvait alors tranquillement ôter ses bas de soie particulièrement fascinants ; ce genre d'article de luxe ne se trouvait que dans les magasins réservés au personnel qui devait travailler en mission à l'étranger et était introuvable dans les magasins ordinaires. Ils n'avaient plus le temps de monter sur la colline, ils se contentèrent de rester debout sous l'ombre d'un grand arbre non loin de l'entrée. Il devait parler clairement à Lin, lui dire que cette liaison devait cesser. Mais Lin s'était mise à pleurer, il ne savait que faire, il avait saisi son visage à deux mains et essuyé les larmes de ses paumes. Pourtant, Lin pleurait de plus en plus bruyamment. Il l'avait embrassée, ils s'étaient serrés comme des amants, le cœur brisé. Il n'avait pu s'empêcher de baiser son visage, ses lèvres, son cou, ses seins et son ventre, quand les haut-parleurs avaient retenti :

– Camarades, votre attention s'il vous plaît !

À cette époque, les parcs étaient tous équipés de haut-parleurs criards qui faisaient vibrer les tympans chaque fois qu'ils se mettaient en marche. Les jours de fête, ils diffusaient du matin au soir des chants révolutionnaires, mais en temps normal, ils ne fonctionnaient qu'au moment de la fermeture des portes pour chasser les promeneurs.

– Camarades, votre attention, s'il vous plaît ! Il est l'heure de vider le parc et de fermer les portes !

Il avait déchiré ses bas sous sa robe, il croyait que c'était la dernière fois, Lin l'avait serré très fort, tremblant de tout son corps. Pourtant, ce ne serait pas la dernière fois ; mais ils avaient cessé de s'adresser la parole sur leur lieu de travail. À chaque rendez-vous par la suite, ils devaient, avant de se séparer, fixer un lieu de rencontre précis, à un angle de mur, ou sous un arbre que la lumière des lampadaires n'atteignait pas. Dès qu'ils étaient dans la rue, ils remontaient chacun à son tour sur sa bicyclette et respectaient une distance d'une vingtaine de mètres entre eux. Plus leur relation devint secrète, plus il prit goût aux amours adultères, et plus aussi il réalisa qu'elle devrait prendre fin un jour ou l'autre.

12

Tu es réveillé par la sonnerie du téléphone, tu hésites à répondre.

– C'est sûrement une femme, tu as oublié un rendez-vous ?

La tête posée sur l'oreiller, elle te regarde de ses yeux endormis, le visage tourné vers toi.

– Ce doit être la réception, dis-tu.

– Pendant que tu dormais, on a frappé à la porte, dit-elle d'une voix lasse.

Tu lèves la tête, un rayon de soleil frappe le dossier d'un fauteuil à travers les tentures de velours et les rideaux de gaze blanche.

Sous la porte a été glissé le journal du jour.

Tu tends la main pour décrocher, mais la sonnerie s'arrête.

– Tu es réveillée depuis longtemps ? demandes-tu.

– Je me sens vidée, tu as ronflé en dormant.

– Tu aurais dû me réveiller. Tu n'as pas dormi du tout ?

Tu caresses ses épaules rondes, son corps t'est familier à présent, de même que sa douce odeur.

– J'ai vu que tu dormais tellement bien, je t'ai laissé, tu n'avais pas dormi comme il faut depuis deux nuits.

Un voile passe dans ses yeux profonds, son regard se perd.

– C'était la même chose pour toi, non ?

Ta main glisse de son épaule vers le bas, tu prends ses seins et les tiens serrés.

– Tu veux encore me baiser ? demande-t-elle d'un ton abattu, en penchant la tête vers toi.

– Mais non ! Marguerite…

Tu ne sais comment t'expliquer.

– Tu as fini de t'épancher, tu as dormi tranquillement sur mon corps.

– Zut alors, comme un animal !

– Ça ne fait rien, tous les hommes sont des bêtes, mais les femmes ont surtout besoin d'un sentiment de sécurité. Elle rit doucement.

Tu lui dis que tu te sens tellement bien avec elle, qu'elle est vraiment généreuse.

– Cela dépend avec qui je suis, je ne donne pas mes gâteries à n'importe qui.

– Ça va de soi !

Tu lui dis que tu lui es reconnaissant d'être aussi bonne avec toi.

– Pourtant, tôt ou tard, tu m'oublieras, dit-elle, après-demain, non, demain déjà, car il est sans doute déjà midi maintenant, je rentre demain en Allemagne, et toi tu dois rentrer à Paris. Nous ne pourrons pas vivre ensemble.

– On se reverra sûrement !

– Si on se revoit, on sera seulement amis, je ne veux pas devenir ta maîtresse.

Elle écarte ta main de ses seins.

– Mais pourquoi, Marguerite ?

Tu t'assieds dans le lit et tu la regardes.

– Tu as une femme en France, c'est impossible que tu n'en aies pas une.

Sa voix est devenue grinçante. Tu ne sais quoi dire. Le rayon de soleil qui frappait le dossier du fauteuil est descendu sur les accoudoirs.

– Quelle heure est-il maintenant ?

– Je ne sais pas.

– Et toi, tu n'as pas un ami ? Sûrement si.

Voilà tout ce que tu trouves à lui répondre.

– Je n'ai pas envie de poursuivre avec toi cette relation sexuelle, mais je pense que nous pouvons rester amis, et même de bons amis. Je n'avais pas pensé que tout deviendrait d'un seul coup si compliqué.

– Qu'y a-t-il ?

Tu lui dis que tu l'aimes.

– Non, ne dis pas ça, je ne le crois pas, quand un homme fait l'amour avec une femme, il dit toujours ça.

– Marguerite, avec toi ce n'est pas pareil.

– C'est juste parce que je suis juive, tu n'en avais jamais eu. Tu as simplement eu besoin de moi pendant un temps, tu ne me comprends pas du tout.

Tu dis que tu voudrais beaucoup la comprendre, mais elle reste bouche close, toi, tu lui as dit beaucoup de choses, mais elle reste muette, tu te souviens de ce qu'elle murmurait quand vous faisiez l'amour.

– C'est ma chair que tu as voulue, ce n'est pas moi.

Elle hausse les épaules. Mais tu lui dis que tu voudrais vraiment la comprendre, connaître sa vie, ses sentiments, tu veux tout connaître d'elle.

– Pour en faire un matériau d'écriture ?

– Non, pour que nous soyons bons amis à défaut d'être amants.

Tu dis qu'elle a éveillé en toi de nombreuses sensations, pas seulement d'ordre sexuel, tu croyais que tous les souvenirs qu'elle a ravivés en toi, tu les avais oubliés.

– Tu croyais les avoir oubliés, mais en fait tu n'y pensais pas, c'est tout, la souffrance est impossible à effacer, impossible à oublier.

Elle est couchée sur le dos, les yeux grand ouverts ; ses yeux semblent d'un gris-bleu plus intense sans son fard, sur sa poitrine blanche se détachent ses mamelons roses avec leurs pâles aréoles. Elle se couvre du drap et te dit de ne pas la regarder comme ça, elle déteste son corps, elle l'a déjà dit en faisant l'amour.

– Marguerite, tu es vraiment belle, ton corps aussi est très beau !

Tu dis que tu aimes les femmes appétissantes des peintures de Klimt, tu veux que le soleil éclaire son corps, pour mieux le voir.

– N'ouvre pas le rideau ! Elle te retient.

– Tu n'aimes pas le soleil ? demandes-tu.

– Je ne veux pas voir mon corps à la lumière du soleil.

– Tu es vraiment spéciale ! Tu ne ressembles pas à une Occidentale, mais plutôt à une Chinoise.

– Parce que tu ne me comprends pas encore.

Tu dis que tu voudrais vraiment la comprendre, à fond, et pas seulement son corps, ou ce qu'elle appelle son corps.

– Mais c'est impossible, une personne ne peut pas comprendre entièrement une autre, surtout un homme envers une femme, il croit y parvenir, mais c'est impossible.

Tu es un peu découragé. La tête dans les mains, tu soupires en la regardant.

– Et si on mangeait quelque chose ? On peut demander à la réception de nous monter quelque chose dans la chambre, ou alors aller au café.

– Merci, le matin je ne mange rien.

– Tu es au régime ? Tu lui poses la question à dessein. Mais il est déjà midi !

– Commande ce que tu veux, ne t'occupe pas de moi, dit-elle, je veux seulement t'entendre parler.

Tu es touché, tu l'embrasses sur le front, tu arranges ton oreiller et tu te cales contre elle.

– Tu es très tendre, dit-elle, je t'aime bien, je t'ai donné tout ce que tu voulais, mais je ne veux pas sombrer trop profondément, j'ai peur…

– Tu as peur de quoi ?

– J'ai peur de penser à toi.

Tu te sens un peu triste, tu ne parles plus, tu penses au fond de toi que puisqu'une telle femme existe, tu devrais peut-être vivre avec elle.

Elle brise le silence :

– Continue à me raconter ton histoire.

Tu dis que cette fois, c'est toi qui vas l'écouter parler d'elle-même, de sa vie, ou de tout ce qu'elle veut. Mais elle dit qu'elle n'a rien à raconter, qu'elle n'a pas connu une vie aussi complexe que la tienne.

– L'expérience de chaque femme forme un livre, si on l'écrit.

– Peut-être, un livre insipide.

– Mais qui peut procurer des sensations originales.

Tu dis que tu voudrais vraiment savoir, que tu voudrais surtout connaître ses sentiments, sa vie, sa vie cachée, ses secrets intimes. Tu lui demandes :

– C'est vrai ce que tu as dit en faisant l'amour ?

– Je ne peux pas le dire, peut-être, dit-elle, peut-être qu'un jour je te le dirai. J'espère pouvoir vraiment communiquer avec toi, qu'il n'y ait pas que le sexe entre nous, je ne supporte pas la solitude.

Tu dis que toi tu ne crains pas la solitude, que c'est justement elle qui t'a empêché de te détruire, c'est la solitude intérieure qui t'a préservé.

Mais parfois, tu as soif de t'enfoncer, de sombrer dans les profondeurs d'une femme.

– Il ne s'agit pas du tout de sombrer, considérer les femmes comme un péché, c'est un préjugé des hommes, ce qui est écœurant c'est de s'en servir sans amour.

– Tu as aimé, toi ? Ou bien les hommes se sont-ils seulement servi de toi ?

Tu tentes de l'attirer pour qu'elle te raconte ses secrets.

– J'ai cru que oui, mais par la suite je me suis aperçue que ce n'était que tromperie ; quand un homme désire une femme, il ne lui dit que des choses agréables à entendre, et quand il a fini de s'en servir, c'est fini. Et les femmes ont toujours besoin de cette illusion, elles aiment se leurrer elles-mêmes. Pour toi, je suis encore fraîche, tu ne t'es pas encore suffisamment servi de moi, ça je le sais.

– Le diable est au fond de chaque homme.

– Mais toi, tu es assez franc.

– Pas sûr.

Elle rit un peu.

– Ça c'est Marguerite !

Rassuré, tu ris aussi.

– Une pute, c'est ça ?

– Ça, c'est toi qui le dis !

– Une putain que tu raccompagnes toi-même à la porte ?

Elle te regarde droit dans les yeux, tu n'arrives pas à percer ces pupilles gris-bleu. Soudain elle rit en faisant trembler ses épaules. Ses seins qui pendent comme des poires tressautent aussi. Tu dis que tu as encore envie d'elle, tu la renverses sur l'oreiller, elle vient juste de fermer les yeux quand le téléphone sonne.

– Décroche, tu vas bientôt avoir une nouvelle femme, dit-elle en te repoussant.

Tu décroches, un ami t'invite à venir dîner sur Lamma Island. Tu dis à ton interlocuteur d'attendre une seconde, tu mets la main sur le combiné et lui demandes si elle veut y aller. Si elle ne veut pas, tu iras un autre jour, pour rester avec elle.

– On ne peut pas rester toute la journée au lit ! Sinon, tu vas te transformer en squelette et tes amis m'en voudront.

Elle descend du lit et va dans la salle de bains. La porte n'est pas fermée, l'eau coule bruyamment. Tu te détends paresseusement sur le lit, c'est comme si elle était ta compagne, tu ne la quitterais plus. Tu ne peux t'empêcher de lui crier :

– Marguerite, tu es vraiment une chic fille !

– Un cadeau qui t'est offert, mais tu n'en veux pas ! crie-t-elle pour couvrir le bruit de l'eau.

Alors tu lui cries que tu l'aimes. Elle dit aussi qu'elle voudrait t'aimer, mais qu'elle a peur. Tu te lèves, tu voudrais aller avec elle dans son bain, mais elle a fermé la porte. Tu regardes ta montre posée sur la table, tu ouvres les rideaux, il est quatre heures passées.

Lorsque tu sors de la station de métro, tu vois la mer bordée par le port, l'air est pur. Les bateaux qui circulent dans la baie brillent dans la lumière dorée du soleil du soir. Un chaland au tirant d'eau très profond, presque au niveau du pont, fend les vagues en soulevant une écume blanche. Les bâtiments, sur la rive, laissent clairement apparaître leur structure de béton armé, leurs contours semblent lancer des rayons de lumière. Tu as envie de fumer une cigarette, pour vérifier que tout cela n'est pas une illusion, tu lui dis que tes pas effleurent à peine le sol, elle se serre contre toi en riant doucement.

Une rangée de petits étals sont installés sous une grande publicité pour les cigarettes Marlboro. En revanche, une fois le portillon franchi, c'est comme aux États-Unis, partout sont affichées des interdictions de fumer. C'est le moment de la sortie du travail, toutes les quinze ou vingt minutes, un ferry part pour chacune des petites îles. Dans le ferry qui mène à Lamma Island, il y a surtout des jeunes et des étrangers. Une sonnerie électrique écorche les oreilles, les gens hâtent le pas, mais sans le moindre désordre et, dès qu'ils sont montés sur le bateau, ils plongent aussitôt dans le sommeil ou lisent un livre. Tout est calme, on n'entend plus que les vibrations des machines. Le bateau s'éloigne rapidement de la ville bruyante et les hauts immeubles s'effacent peu à peu.

Un vent frais se lève, le ferry vibre doucement, elle a sommeil, au début elle s'appuie contre toi, puis elle replie les jambes et s'étale carrément sur ta poitrine. Toi aussi, tu te sens bien. Elle finit par s'endormir d'un coup, gentiment, tranquillement, éveillant en toi de la compassion. Dans le bateau où toutes les races sont mélangées, ne figure aucun autre avis que celui interdisant de fumer ; on ne se croirait pas à Hong Kong, on ne dirait pas que cette ville va être rétrocédée à la Chine.

Le pont commence à être noyé dans la nuit, et toi aussi tu te mets à rêver, peut-être devrais-tu vivre avec elle sur une île, écouter crier les mouettes, en écrivant pour ton plaisir, sans aucune charge ni aucun devoir, juste pour épancher tes sentiments.

Une fois descendus sur le quai, certains montent sur des bicyclettes, car les voitures ne circulent pas dans cette île. Les lampadaires émettent une lumière jaunâtre, c'est un petit bourg aux rues étroites où se succèdent boutiques et restaurants très animés.

– Ici, tu pourrais vivre très facilement en tenant une maison de thé avec de la musique, ou un bar. Le jour tu pourrais peindre ou écrire et travailler le soir. Que penses-tu de mon idée ?

Dongping, qui est venu te chercher, a le visage couvert de barbe, et il est de grande taille. C'est un peintre qui est arrivé du continent il y a plus de dix ans.

– Quand on est fatigué, on peut descendre à la plage et se baigner.

En désignant en contrebas du sentier aux marches de pierre à flanc de colline des petits bateaux et des canoës stationnés dans la baie, il dit que l'un de ses amis étrangers a acheté un vieux bateau de pêcheur sur lequel il vit. Marguerite dit qu'elle commence à aimer Hong Kong.

– Tu pourrais venir travailler ici, ton chinois est excellent et l'anglais est ta langue maternelle, lui dit Dongping.

– Elle est allemande, dis-tu.

– Juive, rectifie-t-elle.

– Née en Italie, dis-tu pour compléter.

– Tu connais tant de langues ! Quelle compagnie refuserait de t'embaucher avec un haut salaire ? Mais tu ne devrais pas habiter ici. Du côté de l'île de Hong Kong, à Repulse Bay, au bord de la mer et sur les collines, on trouve des appartements de grand luxe.

– Marguerite n'aime pas vivre avec les patrons, elle n'aime que les artistes, dis-tu à sa place.

– Parfait, alors nous pourrions être voisins, dit Dongping. Tu peins aussi ? Ici, j'ai toute une bande d'amis peintres.

– J'ai peint autrefois, en amateur, dit-elle ; je ne suis pas artiste, c'est trop tard pour moi pour apprendre vraiment.

Tu dis que tu ne savais pas qu'elle peignait, et elle te répond aussitôt en français qu'il y a beaucoup de choses d'elle que tu ignores. À cet instant, elle met une certaine distance entre elle et toi, mais elle utilise cette langue pour avoir avec toi cet échange privé. Dongping dit que lui-même n'a jamais fait d'études aux Beaux-Arts, qu'il n'était pas un peintre reconnu par l'administration et que c'est pour ça qu'il a quitté le continent.

– En Occident, les peintres n'ont pas besoin d'être reconnus par l'administration et n'ont pas tous forcément envie d'entrer dans une école des beaux-arts ; tout le monde peut devenir peintre, le principal est d'avoir une clientèle et de voir si on arrive à vendre, explique Marguerite.

Dongping dit que lui n'a pas de clientèle à Hong Kong non plus. Ce que veulent les marchands, c'est lancer des imitations de peintres impressionnistes sur lesquelles il signe d'un nom étranger. Les tableaux sont acquis par des galeries étrangères au prix de gros, et lui, il signe à chaque fois d'un nom différent. Il ne se souvient plus combien de noms il a déjà utilisés. Ils éclatent de rire.

À l'étage où habite Dongping, dans le salon qui jouxte l'atelier, se trouvent peintres, photographes, poètes ou journalistes. Seul un étranger n'est pas artiste, c'est un petit gars américain très gracieux. Dongping vous le présente avec un air sérieux en disant qu'il est critique, qu'il est l'ami d'une poétesse chinoise sortie de Chine.

Chaque convive a entre les mains une assiette en carton et une paire de baguettes, et retire de la marmite à fondue les fruits de mer qui y cuisent. Ceux-ci ne frétillent plus, mais ils sont d'une grande fraîcheur. Dongping dit qu'il les a achetés dans la rue, juste avant votre arrivée. À présent, plongés dans l'eau bouillonnante, ils se recroquevillent avant de s'immobiliser. Les gens sont très à l'aise, certains déambulent pieds nus, d'autres sont assis sur des coussins par terre. La musique résonne très fort : un quatuor à cordes joue à tue-tête *Les Quatre Saisons* de Vivaldi. On mange et on boit en discutant à bâtons rompus, de tout et de rien. Seule Marguerite semble réservée et sérieuse. Son chinois est fluide, et tu le compares aussitôt à celui du jeune Américain à l'accent étranger très prononcé. Mais il passe à l'anglais en discutant avec Marguerite et se met à parler sans fin, faisant naître une grande jalousie chez la jeune fille qui écrit des poèmes. Marguerite te dira plus tard qu'il ne comprenait rien à rien, mais qu'elle l'avait provoqué pour l'inciter à lui tourner autour.

Un artiste dit avoir été chassé du Yuanmingyuan à Pékin, du village de l'est ou du village de l'ouest. Au nom de la réorganisation urbaine et de l'ordre social, leurs villages ont été fermés. Il voudrait se renseigner auprès de toi sur les nouvelles tendances de l'art à Paris. Tu lui expliques que chaque année voit naître une nouvelle mode. Il précise que lui-même pratique le *body-art*, toi, tu as entendu dire qu'en Chine cela lui avait valu beaucoup d'ennuis et il ne t'est pas facile de lui dire qu'en Occident cet art appartient désormais à l'histoire.

Sans s'être concertés, tous se mettent à parler de 97. Ils affirment que pour le jour de la cérémonie de passation de pouvoir entre la Grande-Bretagne et la Chine et de l'entrée de l'armée de Libération à Hong Kong, toutes les chambres des hôtels sont retenues, que les journalistes du monde entier vont se presser à Hong Kong – certains parlent de sept mille, d'autres huit mille. D'autres encore disent que, le 1er juillet au matin, jour anniversaire de la fondation du Parti communiste chinois, aussitôt la cérémonie de passation de pouvoir terminée, le gouverneur britannique se rendra sur une base militaire navale et quittera Hong Kong par bateau.

– Pourquoi pas en avion ? demande Marguerite.

– Tout le long de la route qui mène à l'aéroport se dérouleront les cérémonies officielles, ce serait trop triste pour lui, affirme quelqu'un. Mais personne ne rit.

– Que ferez-vous ce jour-là ? demandes-tu.

– Ce jour-là, je ne ferai rien d'autre que de manger des fruits de mer ici, qu'en pensez-vous ? répond Dongping en esquissant un sourire. Il paraît magnanime, il a l'air moins irrité qu'avant, plus pondéré.

Pendant un temps, personne ne parle, la musique semble plus forte, on ne sait quelle saison de Vivaldi est jouée à cet instant.

– Ça ne fait rien ! s'exclame le jeune Américain.

– Qu'est-ce qui ne fait rien ? Son amie n'a pas l'air contente, elle ajoute : Ton chinois n'est jamais clair !

Alors il la prend dans ses bras :

– Nous rentrerons aux États-Unis.

Après le repas, le jeune Américain offre à la ronde un morceau d'opium gros comme l'ongle du petit doigt. Mais vous devez prendre le dernier bateau pour rentrer. Dongping dit qu'il y a de la place chez lui pour dormir, et que demain matin vous pourrez aller à la mer vous baigner. Marguerite répond qu'elle est fatiguée et qu'elle prend l'avion le lendemain à midi. Dongping vous raccompagne jusqu'au bateau et, une fois que celui-ci s'est éloigné, il reste seul sur le quai à vous faire de grands signes. Tu dis à Marguerite qu'à Pékin vous étiez de vieux amis, que vous avez subi les mêmes épreuves, c'est une amitié rare. Il ne connaît pas de langue étrangère, il n'a nulle part où aller. Chez lui, à Pékin, il a eu pas mal de démêlés avec la police, des jeunes gens et des jeunes filles se réunissaient sans cesse chez lui pour écouter de la musique et danser, les voisins croyaient qu'il s'agissait d'activités illégales et ils l'avaient dénoncé. Plus tard, il avait trouvé le moyen de s'établir à Hong Kong. Cette fois, c'est pour toi une sorte d'adieu avec lui.

– Où qu'on soit, il est toujours difficile de vivre, dit Marguerite sur un ton mélancolique. Vous êtes appuyés au bastingage, le vent marin est frais.

– Tu dois vraiment partir demain ? demandes-tu.

– Je ne suis pas aussi libre que toi.

L'air du large chargé de gouttes d'eau vous frappe le visage. Tu es une nouvelle fois confronté à une séparation, peut-être est-ce pour toi un moment très important, comme si votre liaison ne devait pas se terminer ainsi, mais en même temps il n'y a eu aucune promesse entre vous, tu ne peux que dire :

– La liberté est entre tes mains.

– C'est facile à dire, je ne suis pas comme toi, je dépends d'un patron.

Elle est devenue très froide, aussi froide que le vent de la mer. La surface de l'eau est noire, les lumières scintillantes de l'île ont disparu.

– Dis-moi quelque chose d'intéressant. Elle s'est aperçue que tu es déçu, elle voudrait se rattraper : Parle, je t'écoute.

– Parler de quoi ? Du vent de mars ?

Tu dis ce qui te passe par la tête d'un ton moqueur.

Tu remarques qu'elle hausse les épaules, elle dit qu'il fait un peu froid, que vous devriez rentrer dans la cabine. Elle dit qu'elle a sommeil, tu jettes un coup d'œil à ta montre, encore une demi-heure avant Hong Kong, tu lui dis qu'elle peut très bien s'endormir contre toi, toi aussi tu meurs de sommeil.

13

Le vent de mars. Pourquoi de mars ? Et pourquoi le vent ? Au mois de mars, dans la grande plaine de Chine du Nord, il fait encore très froid. Ces étendues à perte de vue, l'ancien lit du fleuve Jaune, sont constituées de terre salines et alcalines boueuses, où des condamnés au *laogai* avaient établi des fermes. Si le blé semé en hiver ne se desséchait pas, on obtenait les premières pousses au début du printemps. Une directive suprême du dirigeant suprême avait transformé ces bases rurales du *laogai* en « écoles des cadres du 7 mai ». Les criminels qui s'y trouvaient avaient été emmenés par la police militaire vers les hauts plateaux désertiques du Qinghai, et les cadres et les employés des organismes de la capitale rouge, victimes de l'épuration, les avaient remplacés.

« Les écoles du 7 mai ne sont pas des refuges hors d'atteinte de la lutte des classes ! » Un délégué de l'armée était venu de la capitale transmettre cette nouvelle directive. L'épuration, cette fois dite du « 16 mai », concernait un énorme groupe de contre-révolutionnaires qui s'étaient infiltrés à tous les niveaux dans les organisations de masse. Tout homme débusqué était aussitôt qualifié de contre-révolutionnaire actif. Lui était visé au premier chef, mais ce n'était plus l'époque du début du mouvement, où l'on « balayait tous les monstres[1] » ; pourtant il craignait d'être l'objet d'une enquête. À cette époque, il était déjà devenu

1. Expression très en vogue pendant la Révolution culturelle pour désigner les mouvements de critique et de lutte entre factions différentes.

un renard et il était capable de mordre. Il savait montrer les dents et prendre un air terrible, il ne pouvait plus laisser une meute de chiens de chasse lui foncer dessus. La vie – si on pouvait appeler cela la vie – lui avait appris à devenir une bête sauvage, mais il était tout au plus un renard cerné par les chasseurs : au moindre faux pas, il risquait d'être mis en pièces.

Durant les années de mêlée générale qui venaient de s'écouler, ce qui était vrai aujourd'hui était faux le lendemain, et si l'on voulait punir quelqu'un, on pouvait toujours dénicher contre lui quelque chef d'accusation. Dès qu'un individu était en situation d'accusé, on trouvait quelque chose à lui reprocher, à partir de quoi on en faisait un ennemi. C'était ce que l'on appelait la lutte des classes, qui était en fait une lutte à la vie et à la mort. Il avait été désigné par les représentants de l'armée comme important objectif d'enquête et on avait ouvert le feu contre lui. Il connaissait parfaitement cette procédure, et avant que le malheur absolu ne survienne, il ne pouvait que faire en sorte de durer le plus longtemps possible.

La veille du jour où l'instructeur politique avait proclamé sa mise en examen, tous continuaient à blaguer avec lui. Ils mangeaient ensemble à la même cantine la même bouillie de maïs et les mêmes petits pains à base de farine mélangée, ils dormaient tous à même le sol d'un entrepôt avec de la paille de blé pour couchette, formant un long lit collectif avec quarante centimètres de largeur pour chacun, pas plus pas moins, mesuré au centimètre près, quel que soit le grade, haut cadre ou homme à tout faire, gros ou maigre, vieux ou malade. La seule différence était que les hommes et les femmes étaient séparés. Les couples n'ayant pas d'enfant à leur charge ne pouvaient loger ensemble, tous étaient placés sous la direction d'un délégué de l'armée, et comme des effectifs militaires, divisés en équipes, pelotons, compagnies et escouades. Les haut-parleurs se mettaient en marche dès six heures du matin, on devait se lever et avoir terminé sa toilette en moins de vingt minutes, puis se ranger devant un mur sur lequel était accroché le portrait du grand dirigeant afin de prendre les instructions du matin en chantant les citations mises en musique, et, brandissant à la main *Le Petit Livre rouge*, crier trois fois « Longue vie », puis se rendre à la cantine pour manger la bouillie. Ensuite, on se rassemblait pour lire à haute voix pendant une demi-heure les *Œuvres de Mao* et, enfin, houe à l'épaule, on partait défricher la terre. C'était le même destin pour tous, à quoi bon essayer de lutter ?

Le jour où il fut dispensé de travail manuel pour rédiger l'autocritique à laquelle il était contraint, c'était comme s'il avait attrapé la peste ; les autres avaient peur d'être contaminés et plus personne n'osait lui parler. En fin de compte, il ignorait ce qui lui arrivait. Comme un gars avec lequel il entretenait d'assez bonnes relations entrait dans l'enclos de la fosse d'aisance, il lui avait emboîté le pas et, tout en défaisant son pantalon pour uriner, il lui avait demandé à voix basse : « Hé, frère, pourquoi est-ce qu'ils m'en veulent ? »

Le gars s'était mis à toussoter, la tête baissée, absorbé dans son occupation, sans le regarder. Lui n'avait pu que quitter les lieux : il était en fait surveillé même aux toilettes. Le type chargé de la surveillance se tenait derrière le mur, le regard perdu dans le vide.

Au cours de la réunion organisée pour l'aider – une prétendue aide –, on utilisa la pression des masses pour lui faire reconnaître ses erreurs, mais le mot erreur avait en fait le même sens que celui de crime. Les masses étaient comme une meute de chiens qui se précipitent pour mordre en obéissant au fouet, prenant seulement garde à ne pas en recevoir un coup. Il avait déjà saisi clairement la nature de ce truc infaillible que sont des masses mises en mouvement.

Les prises de parole, arrangées à l'avance, étaient plus incisives les unes que les autres, de plus en plus violentes. En prémisses, on avait eu recours à des *Citations du président Mao* pour les confronter à ses paroles et à ses actes. Il avait ostensiblement posé son carnet sur la table pour tout prendre en note, exprimant clairement par ce geste volontaire que, si un jour la situation se renversait, il ne pardonnerait pas. Avec toutes les machinations tramées par les mouvements politiques les années passées, les hommes étaient devenus des joueurs et des canailles, le sort décidait de qui gagnait et perdait, les gagnant passaient pour des héros et les perdants pour des fantômes rancuniers.

Il notait rapidement, s'efforçant de ne pas perdre la moindre parole, sans cacher que ce qu'il attendait, c'était le jour où il pourrait rendre œil pour œil, dent pour dent. Tang Un tel était en train de faire son discours, avec sa calvitie et son air de sénilité précoce ; il s'enflammait de plus en plus, utilisant les aphorismes de Mao à propos de la lutte contre les ennemis. Lui avait carrément posé son stylo et levé la tête pour fixer cet homme dont la main qui tenait *Le Petit Livre rouge* s'était mise à trembler. Sans doute qu'emporté par la force d'inertie, il ne parvenait plus à se contenir, il parlait avec de plus en plus de fougue en envoyant des gerbes de postillons. En fait, ce Tang Un tel subissait aussi la terreur ; issu d'une famille de propriétaires fonciers, il n'avait pu participer à aucune organisation de masse et il voulait profiter de cette occasion pour se manifester et être récompensé pour ses mérites.

Lui aussi ne pouvait que porter son choix sur un être faible cherchant à survivre dans la terreur. Il poussa des jurons, jeta son stylo et déclara qu'il n'assisterait plus à ce genre de meeting tant qu'on n'aurait pas tiré ses problèmes au clair. Puis il quitta l'aire de séchage où se tenait la séance. Hormis les quelques cadres de compagnie et de peloton désignés par le délégué de l'armée, la centaine d'hommes de la compagnie qui assistaient à cette séance étaient pour la plupart de la même faction que lui. Comme l'atmosphère ne se prêtait pas à une condamnation immédiate de sa personne, il se risqua à adopter cette attitude pour tenter d'asseoir les positions de sa faction. Il savait bien sûr que cela n'empêcherait pas que l'on invente de toutes pièces des crimes qu'il aurait commis, et qu'il lui fallait fuir cette école des cadres avant de tomber dans leurs filets.

Au crépuscule, il sortit de la zone de l'école des cadres et se dirigea vers le village au loin. Sur une rangée de poteaux en ciment qui s'étirait à l'infini étaient encore accrochés des fils de fer barbelé.

En bordure du village, il arriva devant un four à chaux. Des paysans aspergeaient de pétrole le four rempli de charbon et ils y mirent le feu. Aussitôt une épaisse fumée s'éleva. Ils fermèrent le four et s'en allèrent après y avoir déposé un chapelet de pétards. Il s'attarda un moment. Personne ne l'avait suivi depuis la ferme.

La lumière du soir déclinait, le soleil couchant n'était plus qu'une boule de feu et les bâtiments de la ferme étaient de moins en moins distincts. Il se dirigea vers le soleil couchant, traversa les sillons d'un champ de blé qui n'avait pas encore verdi, puis il poursuivit son chemin ; le sol alcalin n'était plus couvert que de rares herbes sèches, sous ses pas la boue se faisait de plus en plus molle, devant lui s'étendaient des marécages. Des oies sauvages caquetaient dans les touffes de roseaux jaunis, le soleil couchant prit une teinte rouge sang et sombra au loin dans l'ancien lit du fleuve Jaune.

La brume du crépuscule était de plus en plus opaque, il ne sentait sous ses pas que la boue, il n'y avait pas d'endroit où s'asseoir. Il alluma une cigarette et réfléchit au lieu où il pourrait trouver refuge.

Les pieds dans le bourbier, il finit sa cigarette. Il n'avait d'autre solution que trouver un village où s'installer, ce qui signifiait perdre l'autorisation de résider en ville qu'il avait conservée et devenir paysan à vie, et ce, avant d'être taxé d'ennemi. Mais il ne connaissait personne à la campagne. À force de se creuser la cervelle, il pensa soudain à l'un de ses camarades de lycée, un orphelin du nom de Rong, qui avait fait partie, dix ans auparavant, du premier groupe de jeunes instruits citadins chargés d'« édifier les nouveaux villages socialistes » et qui avait fondé une famille dans un petit chef-lieu de district d'une zone montagneuse du Sud. Peut-être, grâce à ce camarade d'enfance, pourrait-il trouver un lieu où il serait admis.

Quand il revint au dortoir, tous étaient occupés à se laver le visage, les pieds ou à se rincer la bouche, avant d'aller dormir. Les plus âgés ou les plus faibles étaient couchés depuis longtemps, morts de fatigue. Il alla chercher de l'eau au puits pour se laver, mais ne se coucha pas. Le temps pressait, il devait le soir même aller au chef-lieu de district envoyer un télégramme à Rong. Cela faisait quarante kilomètres aller et retour et il ne serait de toute façon jamais revenu avant le lever du jour. Il lui fallait d'abord se rendre dans un village extérieur à la zone de la ferme pour voir Lao Huang, un cadre qui faisait partie de sa faction, pour lui emprunter une bicyclette. Les employés accompagnés de vieilles personnes et d'enfants étaient répartis dans des familles paysannes des alentours.

Lorsque toutes les lumières furent éteintes, des ronflements s'élevèrent. Dans le noir, le vieux cadre allongé près de lui ne cessait de se retourner, faisant crisser la paille sous lui ; sans doute le froid l'empêchait-il de dormir. Il dit doucement au vieil homme qu'il avait la diarrhée et qu'il devait aller aux toilettes. Il voulait que celui-ci ait une réponse si un gardien lui demandait où il était passé. Il pensa que le vieil homme ne risquait pas de le dénoncer. Avant d'être soumis à enquête, au travail il dirigeait une équipe et il donnait toujours les tâches les plus légères au vieil homme : réparer les dents des houes qui s'étaient trop écartées, surveiller l'aire de séchage pour empêcher que les paysans des environs viennent remplir au passage un sac de céréales. C'était un vieux révolutionnaire de l'époque de Yan'an, il avait un certificat médical qui lui donnait congé pour hypertension, mais la faction vers laquelle il penchait ne convenait pas aux représentants de l'armée qui l'avaient fait venir à l'école des cadres.

Le village résonnait des aboiements des chiens. Lao Huang lui ouvrit, une veste ouatée jetée sur les épaules, tandis que sa femme restait sous les couvertures sur le *kang*[1], occupée

1. Lit en brique chauffé par-dessous très utilisé dans les campagnes de Chine du Nord.

à caresser une petite fille qui avait été réveillée en sursaut et pleurait. Il expliqua à la hâte l'urgence de sa situation et promit de rapporter la bicyclette avant le lever du jour, afin de ne pas causer d'ennuis à Lao Huang et à sa femme.

Il n'avait pas plu depuis longtemps et la route en terre qui menait au chef-lieu de district était couverte d'une épaisse poussière, pleine de trous et de bosses, sa bicyclette cahotait sans cesse. Le vent s'était levé, la poussière et le sable lui cinglaient le visage, il avait le souffle coupé, ah ! ce vent de sable en pleine nuit, au début du printemps…

Lorsqu'il était encore au lycée, il avait discuté du sens de la vie avec ce camarade à qui il allait demander secours. La discussion était partie d'une bouteille d'encre. Rong avait été adopté par une vieille veuve qui habitait tout près de chez lui, et après la classe, il venait souvent faire ses devoirs avec lui et écouter de la musique. Rong jouait assez bien du *erhu*[1] et adorait le violon, mais il n'était pas question d'en acheter un puisqu'il ne pouvait même pas se payer les séances de cinéma bon marché réservées aux élèves pendant les vacances. Un jour, il avait acheté un ticket pour Rong, mais celui-ci avait absolument refusé. Surpris, il lui avait dit que le billet serait gaspillé, et Rong avait alors déclaré que s'il y allait une fois, il ne pourrait plus s'en passer. Mais Rong ne refusait pas de venir chez lui jouer du violon.

Un jour, ils écoutaient un disque après leurs devoirs. C'était le *Quatuor à cordes en sol majeur* de Tchaïkovski et Rong en était resté muet. Lui aussi se souvenait très nettement qu'ils étaient restés silencieux un long moment. Il avait soudain déclaré qu'il voulait savoir si la bouteille d'encre posée sur la table était de couleur bleue. Rong avait dit que précisément c'était un bleu encre. Mais lui avait répondu que tout le monde s'accordait à dire en voyant cette encre qu'elle était bleue, ou bleu encre, c'était devenu une sorte d'usage, une appellation commune, mais en fait ce que chacun voyait n'était pas forcément identique. Rong avait

1. Violon chinois à deux cordes.

dit que, quelle que soit la personne qui la regarde, la couleur ne changeait jamais. Lui avait rétorqué qu'effectivement la couleur ne changeait pas, mais que personne n'avait le moyen de savoir si la couleur que chacun percevait par ses yeux était la même. Rong avait avancé qu'il y avait sûrement un moyen. Lui avait dit que la seule chose qui était commune, c'étaient les mots « bleu » ou « bleu encre », mais qu'en réalité, la perception qui se cachait derrière les mots n'était pas du tout la même. Rong avait alors demandé de quelle couleur était l'encre de cette bouteille. Qui le sait ? avait-il répondu. Rong était resté silencieux un instant, puis il avait dit que tout cela l'effrayait un peu.

Le soleil orangé de l'après-midi éclairait le plancher de la pièce, soulignant les rainures du bois délavé par les années. Il s'était alors soudain senti gagné par la peur que ressentait Rong ; même ce plancher bien réel éclairé par les rayons du soleil était devenu étrange, il allait même jusqu'à douter de son évidente réalité. Les hommes ne peuvent comprendre ce monde, tandis que l'existence de ce monde repose entièrement sur la perception des individus ; quand un homme meurt, le monde devient flou ou même cesse d'exister, que signifie réellement vivre dans ce cas ?

Tandis que lui était à l'université, Rong construisait une petite centrale hydroélectrique à la campagne où il était devenu technicien. Ils avaient continué à échanger des lettres et poursuivi pendant un temps ce genre de discussion. Ce qu'ils découvraient ébranlait fortement l'enseignement qu'ils avaient reçu à l'école, car c'était fort différent de l'idéal absolu visant à construire un monde nouveau en servant le peuple. Il se mit alors à craindre que la vie ne disparaisse, le prétendu sens de la mission ou l'aspiration à la vie semblaient avoir perdu toute place. Et à présent, continuer à vivre était en fait devenu une lourde charge.

Il frappa plus d'une demi-heure à la porte du bureau de poste du chef-lieu de district, puis aux fenêtres qui donnaient sur la rue, avant qu'une lampe s'allume et que quelqu'un vienne ouvrir. Il expliqua qu'il venait de l'école des cadres, qu'il avait un document officiel à télégraphier. Il avait eu les plus grandes difficultés à rédiger le texte du télégramme, car il avait dû utiliser une phraséologie pompeuse, qui respectait les règlements concernant les personnels envoyés à la campagne, tout en tentant de faire comprendre à son camarade avec lequel il avait rompu les liens depuis plusieurs années que la situation était urgente, qu'il devait au plus vite lui trouver une commune populaire où s'établir, et au plus vite lui télégraphier un document officiel l'acceptant comme paysan, tout cela en évitant d'éveiller les soupçons du préposé de la poste.

Sur le chemin du retour, il passa devant la gare, quelques pièces rudimentaires sans étage, la lumière jaunâtre des lampes éclairait le quai désert. Deux mois auparavant, le délégué de l'armée l'avait désigné, ainsi qu'une dizaine de jeunes gens considérés comme plus résistants que les autres, pour aller à la gare accueillir un groupe de son organisme, des employés, des cadres et des membres de leur famille – ni les vieux, ni les malades, ni les enfants n'avaient pu y échapper ; un convoi spécial de plusieurs dizaines de wagons les avait amenés, et le quai était encombré de toutes sortes de meubles, literie, valises, tables et chaises, armoires à vêtements en tout genre, il y avait aussi des grandes jarres de légumes salés, on aurait dit des réfugiés. Le délégué de l'armée parlait « d'évacuation en prévision d'une guerre », les affrontements frontaliers entre la Chine et l'URSS au Heilongjiang avaient rendu l'odeur de la poudre très forte à Pékin, et même les écoles des cadres avaient transmis « l'ordre numéro un de mobilisation en prévision de la guerre », signé par le vice-commandant en chef Lin Biao.

Au moment de la décharger du train, une grosse jarre s'était brisée et le liquide s'en était écoulé, répandant partout une odeur de légumes au vinaigre. Le vieil homme qui assumait la charge de gardien de la cour arrière de leur organisme, se réclamant de son origine de classe ouvrière, se répandit en injures, sans que l'on sache envers qui exactement mais sans que personne ne l'arrête ; de toute façon sa réserve de légumes salés pour l'hiver était gâchée. Chacun surveillait ses biens, la tête serrée dans une écharpe pour se défendre du vent d'hiver, assis silencieusement sur ses bagages et ses valises, attendant d'entendre son nom appelé pour être affecté dans un village proche de l'école des cadres. Les enfants, le visage violacé à cause du froid, gémissaient près des adultes, mais ils n'osaient pleurer trop fort.

Plus de trois cents charrettes mobilisées par plusieurs communes populaires se pressaient devant la gare dans les hennissements des mulets, les claquements des fouets, une animation plus forte encore qu'un jour de marché. Des paysans appelaient, juchés sur leur charrette avec à la main la feuille de papier qui leur avait été distribuée, d'autres se faufilaient dans la foule en criant à tue-tête le nom des gens qu'ils étaient venus chercher. Une petite voiture était bloquée entre les charrettes et leurs mulets, qui ne pouvait ni avancer ni reculer. Le délégué de l'armée Song, son insigne vermillon sur la casquette, un manteau militaire jeté sur les épaules, sortit de la voiture et monta sur le quai de la gare, il se hissa sur une malle en bois et tenta de donner des ordres à hue et à dia. Le délégué de l'armée Song, qui dirigeait l'école des cadres, avait commencé sa carrière comme clairon ; s'il n'avait pas une grande expérience révolutionnaire, on pouvait quand même considérer qu'il s'était battu sur les champs de bataille. Pourtant, il n'arrivait guère à faire se bouger les charrettes des paysans et le désordre avait tendance à s'accroître.

Entre midi et le soir, chacun finit par partir avec sa charrette, tandis que sur le quai de la gare restaient entassés des malles et des meubles impossibles à emporter. Quelques-uns de ses compagnons et lui furent chargés par le délégué de l'armée de rester pour surveiller ces affaires. Les autres s'abritèrent du vent dans la salle d'attente et lui se construisit un abri en empilant armoires et malles. Puis il acheta une bouteille d'eau-de-vie et deux petits pains de farine de maïs, tout durcis par le froid, avant de se faufiler dans son recoin recouvert d'une bâche d'où il contempla les lumières jaunâtres du quai. Il pensa qu'il lui faudrait une femme. S'il avait une femme et des enfants, il serait comme ceux qui ont une famille et pourrait être hébergé chez des paysans. De toute façon, partout on cultivait la terre, au moins il pourrait avoir une maison et quitter le dortoir collectif où tous s'épiaient et où l'on avait même peur d'être entendu quand on parlait en dormant.

Il repensa que dans les écoles et les usines, un an auparavant, avant qu'elles ne soient contrôlées par l'armée, on se battait partout; il se rappela la nuit qu'il avait passée avec une étudiante qui ne savait où trouver refuge, dans une petite auberge en contrebas d'une digue du Yangzi. «Nous, cette génération sacrifiée...», la jeune fille avait osé écrire cela dans sa lettre, elle devait se trouver dans un état de désespoir total.

C'était une époque sans guerre mais avec des ennemis partout, où l'on établissait de toutes parts des lignes de défense sans pouvoir se défendre. Il était arrivé à un point de non-retour, ne pensait qu'à avoir un logement dans un village, vivre avec une femme, sans autre espoir. Mais même cette possibilité, il devrait y renoncer.

Il se hâta de rentrer au village avant le lever du jour. Le couple des Huang avait veillé toute la nuit sans dormir. Ils s'étaient habillés et avaient allumé leur poêle à charbon apporté de Pékin. La pièce s'était réchauffée. L'épouse de Huang avait fait des pâtes et voulut lui cuisiner un bol de soupe. Il ne refusa pas, il n'avait pas pris de souper et avait pédalé de toutes ses forces pendant quarante kilomètres. Il avait une faim de loup. Ils le regardèrent engloutir un grand bol de nouilles. Avant de sortir, il leur fit un geste de la main et leur dit qu'il n'était jamais venu chez eux. Et eux répétèrent: Bien sûr, tu n'es jamais venu, jamais. Il avait fait tout ce qui était en son pouvoir, le reste était une question de chance.

14

– Tu n'as jamais été combattu comme ennemi ? hasarde-t-elle en remuant avec sa petite cuillère le café dans la tasse.

– Je m'en suis toujours tiré de justesse.

Que dire d'autre ?

– Mais comment as-tu fait ? demande-t-elle avec le même air nonchalant.

– Sais-tu ce qu'est que le mimétisme ? demandes-tu, un sourire aux lèvres. Quand un animal se trouve confronté au danger, soit il fait semblant d'être mort, soit il arbore un air terrible, mais de toute façon il ne peut jamais perdre son sang-froid. Au contraire, il doit rester parfaitement impassible et guetter l'occasion de s'en sortir.

– Tu es donc un renard rusé, dit-elle en riant doucement.

– C'est ça, reconnais-tu, quand tu es encerclé par les chiens, tu dois te montrer plus rusé que le renard, sinon tu es réduit en morceaux.

– Les hommes sont des bêtes. Toi et moi sommes des bêtes.

Une sorte de douleur perce dans sa voix.

– Mais tu n'es pas une bête sauvage, dit-elle.

– Si tout le monde perdait la tête, toi aussi tu te transformerais en bête sauvage.

– Tu es une bête sauvage toi aussi ? demande-t-elle.

– Qu'est-ce que ça veut dire ?

C'est à ton tour de lui poser la question.

– Rien de particulier, je te demande ça comme ça.

Elle baisse les paupières.

– Si l'homme veut préserver en lui un espace non souillé, il lui faut trouver un moyen pour quitter l'arène.

– On peut la quitter ? demande-t-elle en levant ses paupières.

– Marguerite !

Tu ne souris plus et tu dis :

– Ne parlons plus de la politique chinoise. On va se quitter demain, il y a bien d'autres choses dont on puisse parler, non ?

– Mais ce dont tu parles, ce n'est pas de la Chine, ce n'est pas non plus de la politique, dit-elle, ce que je veux savoir, c'est si tu es aussi une bête sauvage.

– Oui, dis-tu après un instant de réflexion.

Elle se tait, elle continue à te fixer, face à toi. Quand vous êtes rentrés de Lamma Island à l'hôtel, elle a dit dans l'ascenseur qu'elle n'avait pas envie de dormir tout de suite et tu l'as accompagnée dans ce bar à la musique et à la lumière très douces ; dans un coin, un couple boit. Elle n'a pas mis de sucre dans son café, mais elle remue par moments ce qu'il en reste avec sa cuillère, comme si elle voulait dire des choses qu'elle n'aurait pas dites au lit. L'homme et sa femme, peut-être des amants, font signe au garçon, ils paient et s'en vont, épaule contre épaule.

– Veux-tu encore autre chose ? Ce monsieur attend pour fermer.

Tu parles du serveur.

– Tu m'invites ? Elle lève les sourcils, l'air un peu bizarre.

– Bien sûr, quelle question !

Elle commande un double whisky et demande :

– Tu m'accompagnes ?

– Et pourquoi pas ?

Tu commandes un deuxième double.

Le garçon au nœud papillon reste parfaitement affable, mais il jette quand même un coup d'œil à Marguerite.

– J'ai envie de bien dormir, explique-t-elle.

– Tu n'aurais pas dû boire du café, lui fais-tu remarquer.

– Je suis fatiguée, fatiguée de vivre.

– Qu'est-ce que tu racontes ? Tu es jeune encore, tellement séduisante, c'est le meilleur âge de la vie, tu dois en profiter à fond.

En parlant, tu te sens rempli de désir pour elle, tu lui prends la main.

– Je me déteste, je déteste mon corps.

Toujours le corps !

– Tu t'en es servi, et bien sûr tu n'es pas le premier et tu ne seras pas le dernier, dit-elle en écartant ta main.

Ton trouble est passé, tu retires ta main et pousses un soupir.

– Je voudrais aussi devenir une bête sauvage, mais je n'arrive pas à fuir… dit-elle en baissant la tête.

– Fuir quoi ?

À toi de lui poser des questions, c'est plus facile, être interrogé par une femme conduit toujours à la morosité.

– Je n'arrive pas à fuir, fuir mon destin, je n'arrive pas à fuir cette sensation… Elle relève le visage après avoir avalé une grande gorgée de whisky.

– Quelle sensation ? Tu tends la main pour écarter ses cheveux fins et souples et voir ses yeux, mais elle le fait elle-même.

– Une sensation, une sensation féminine, tu ne peux pas le comprendre. Elle rit encore doucement.

Il doit s'agir d'une souffrance, penses-tu, tu la scrutes et tu lui demandes :

– Quel âge avais-tu à l'époque ?

– J'avais… (Elle marque un temps.) J'avais treize ans.

Le serveur se tient tête baissée derrière le comptoir, peut-être prépare-t-il l'addition.

– C'était un peu trop tôt, dis-tu d'une voix mal assurée. Tu bois une gorgée : Continue !

– Je n'ai pas envie de parler de ça, je n'ai pas envie de parler de moi.

– Marguerite, puisque tu veux que nous nous comprenions, qu'il n'y ait pas que le sexe entre nous, n'est-ce pas toi qui l'as demandé, pourquoi ne pourrais-tu pas en parler ? dis-tu sur un ton de reproche.

Elle reste silencieuse un instant, puis :

– C'était un jour au début de l'hiver, un jour couvert… À Venise le soleil ne brille pas toujours, dans les rues il n'y avait aucun promeneur.

Sa voix semble venir de très loin.

– Depuis la fenêtre, la fenêtre était très basse, on voyait la mer, le ciel était gris. Normalement, assis sur le rebord de la fenêtre, on pouvait voir les coupoles de la basilique…

À travers la baie vitrée, elle contemple les lumières qui scintillent à la surface de la mer d'un noir d'encre.

– Les coupoles, vraiment ? lui fais-tu remarquer.

– Non, on ne voyait que le ciel gris. Puis elle reprend : Sous le rebord de la fenêtre, sur le sol en carrelage de son atelier, il y avait dans la pièce un radiateur électrique mais sur le carrelage il faisait très froid, lui, le peintre, il m'a violée.

Tu sursautes.

– C'est terriblement excitant pour toi, non ?

Ses yeux gris-bleu te fixent derrière le verre d'alcool quelle tient à la main, comme figés dans le liquide.

– Non.

Tu dis que tu veux seulement savoir si elle avait pour le peintre « une quelconque inclination, avant ou après que cela se fut passé ».

– Je ne comprenais rien à rien à cette époque, je ne savais même pas ce qu'il faisait de moi, les yeux écarquillés, je voyais le ciel gris, je me souviens seulement que le carrelage était froid, c'est deux ans plus tard que j'ai découvert des transformations sur mon corps, que je suis devenue une femme, et alors j'ai compris. Voilà pourquoi je hais ce corps.

– Mais tu y es retournée, tu es retournée dans son atelier au cours de ces deux années ? demandes-tu encore.

– Je ne me souviens plus, au début j'avais très peur, mais je ne me souviens plus de ces deux années, je sais seulement que chaque fois qu'il se servait de moi, j'étais paniquée, j'avais peur que cela se sache. C'est toujours lui qui voulait que j'aille dans son atelier, je n'osais pas en parler à ma mère, elle était malade. Nous étions très pauvres à cette époque, mes parents s'étaient séparés, mon père était rentré en Allemagne, et je ne voulais pas rester à la maison. Au début j'étais allée avec une fille du même âge que moi le voir peindre, il avait dit qu'il allait nous apprendre à peindre, en partant de croquis…

– Continue.

Tu attends, tu la regardes faire tourner son verre, le liquide qui reste sur les parois laisse des traces de différentes épaisseurs.

– Ne me regarde pas comme ça, je ne pourrai pas tout te dire, je voudrais seulement comprendre, ce n'est pas clair, je ne peux pas dire pourquoi j'y suis retournée…

– Ne t'avait-il pas dit qu'il voulait t'apprendre à peindre ? lui fais-tu remarquer.

– Non, il avait dit qu'il voulait me peindre, que j'étais souple et gracile, j'étais élancée à l'époque, j'étais en pleine croissance, il ne cessait de me faire me déplacer en disant que mon corps était très beau, mes seins n'étaient pas comme maintenant. Il avait très envie de me peindre, c'était ainsi.

– Ça veut dire que… tu avais accepté ?

Tu la sondes, tu voudrais savoir ce qu'il en est.

– Non…

– Ce que je demande, c'est si tu avais accepté de lui servir de modèle, je ne parle pas d'après le viol, expliques-tu.

– Non, je n'ai jamais été consentante, mais chaque fois il m'a déshabillée.

– Avant ou après ?

Tu voudrais savoir si avant le viol elle avait accepté de lui servir de modèle, tu parles de montrer son corps nu.

– Pendant deux ans, ça s'est passé comme ça ! dit-elle sèchement avant de boire une gorgée.

– Comment ? demandes-tu pour y voir encore plus clair.

– Quoi comment ? Un viol c'est un viol, qu'est-ce que tu veux de plus ? Est-ce que tu ne comprends pas ?

– Je n'ai pas ce genre d'expérience.

Tu bois une gorgée d'alcool, tu t'efforces de penser à autre chose.

– Deux ans.

Elle fronce les sourcils en faisant tourner son verre et continue :

– Pendant deux ans il m'a violée !

Ce qui signifie qu'elle ne s'y est pas opposée. Tu ne peux t'empêcher de lui demander :

– Ça s'est fini comment ?

– J'avais rencontré cette fille dans son atelier. Au début j'y allais avec elle, nous nous connaissions depuis longtemps, nous nous voyions souvent, mais après qu'il m'eut violée, je ne l'ai plus vue là-bas. Un jour, j'allais sortir après m'être rhabillée, quand elle est arrivée, je l'ai rencontrée dans le corridor, elle a voulu m'éviter, mais son regard s'est attardé sur mon corps, elle m'a toisée du haut en bas et elle est partie, sans poser de question et sans me dire au revoir. J'ai crié son nom, elle a hâté le pas et elle a tourné la tête avant de dévaler les escaliers. Je me suis retournée et j'ai vu le peintre debout à la porte de son atelier, tout désorienté. Alors, j'ai tout compris !

– Qu'as-tu compris ?

– Il l'avait aussi violée, depuis deux ans, il m'avait violée et il avait aussi violé cette fille !

– Cette fille, elle… elle était peut-être consentante, dis-tu, elle le désirait peut-être vraiment, peut-être était-elle jalouse…

– Non, tu ne peux pas comprendre son regard ! Je parle de ce regard qu'elle a porté sur mon corps, je me hais moi-même, il n'y avait pas qu'elle qui me haïssait, je me suis vue moi-même à travers son regard, je le hais, et je hais ce corps qui est trop tôt devenu le corps d'une femme.

Tu restes silencieux pendant un temps, tu allumes une cigarette. Derrière la grande baie vitrée, les lumières de la ville illuminent la nuit, des volutes de nuages gris se déplacent rapidement. Les lampes du bar sont éteintes, seules restent allumées celles qui sont suspendues au-dessus de vous.

– Il faut partir, non ? demandes-tu en jetant un coup d'œil à vos verres à moitié pleins.

Elle vide le sien d'un trait et te sourit. Tu vois qu'elle est grisée par l'alcool et tu finis ton verre à ton tour en disant qu'il s'agit du verre d'adieu.

Une fois rentrée dans la chambre, elle ôte la barrette qui retient ses cheveux et demande :

– Tu veux encore me baiser ?

Tu ne sais quoi dire, tu es un peu indécis, tu t'assieds sur le fauteuil devant le bureau.

– Si tu le veux vraiment… murmure-t-elle en faisant la moue.

Elle se déshabille silencieusement, dégrafe son soutien-gorge, ôte ses bas résille noirs et son slip, elle s'offre à ton regard, allongée sur le lit, elle a l'air un peu ivre, avec aussi une expression enfantine. Tu ne bouges pas, incapable de la baiser, tu as pitié d'elle, tu voudrais afficher un peu de malveillance et tu lui demandes froidement :

– Il t'a donné de l'argent ?

– Qui ?

– Ce peintre, tu ne lui as pas servi de modèle ?

– Quelquefois, au début j'ai refusé.

– Et ensuite ?

– Tu veux vraiment tout savoir ? demande-t-elle d'une voix rauque.

– Bien sûr, dis-tu.

– Tu en sais déjà trop, dit-elle avec indifférence, je dois garder des choses pour moi seule… Je ne suis jamais retournée à Venise depuis que ma mère est morte.

Tu ignores quelle est la part de vérité dans ce qu'elle dit, et tout ce qu'elle n'a pas dit. Tu lui dis qu'elle est une femme intelligente, que c'est une consolation pour elle, une excuse même.

– À quoi sert-il d'être intelligente ?

Elle est en train de tisser une toile pour t'attraper. Elle ne veut rien d'autre que de l'amour, et toi c'est la liberté que tu veux. Tu tiens ta liberté au creux de ta main, et pour cette liberté, tu as déjà payé un prix trop élevé. Pourtant tu as vraiment du mal à te séparer d'elle, elle t'attire, non seulement tu as pénétré son corps, tu voudrais en plus pénétrer son âme, ses endroits les plus secrets. Tu contemples ce corps magnifique, tu te lèves, mais soudain elle penche la tête et dit :

– Reste assis là-bas sans bouger ! Parlons comme ça, assis.

– Jusqu'au jour ? demandes-tu.

– Tant que tu auras quelque chose à dire, je t'écoute !

Sa voix veut donner un ordre, mais c'est aussi une prière, qui laisse percer de la séduction, une sorte de douceur qu'elle n'arriverait pas à retenir. Tu dis que tu veux voir ses réactions, sinon tu parleras dans le vide et tu ne sauras même pas à quel moment elle se sera endormie, tu te sentiras perdu.

– Bon, d'accord, déshabille-toi aussi ! Tu me feras l'amour avec les yeux !

Elle étouffe un rire et se redresse pour se caler un oreiller derrière les reins. Elle s'assied face à toi, jambes écartées. Une fois déshabillé, tu hésites à t'approcher.

– Assieds-toi sur la chaise, n'approche pas ! ordonne-t-elle.

Tu lui obéis et restes assis nu face à elle.

– Je veux aussi te voir ainsi, sentir tes réactions, dit-elle.

Tu dis que c'est plutôt toi qui t'exposes à elle.

– Qu'y a-t-il de mal ? Le corps des hommes est tout aussi désirable, ce n'est pas si désagréable.

À ce moment, les coins de sa bouche sont remontés, elle a un air satisfait et rusé.

– Tu te venges ? Une sorte de dédommagement ? C'est ça ? dis-tu en plaisantant. Peut-être est-ce ce qu'elle veut.

– Non, ne pense pas tant de mal de moi…

Sa voix semble à ce moment enveloppée dans du velours.

– Tu es très doux, ajoute-t-elle sur un ton qui laisse percer de la souffrance. Tu es un idéaliste, tu vis encore dans un rêve, dans tes rêves.

Tu dis que non, tu vis dans ce moment présent, tu ne crois plus aux mensonges concernant le futur, tu veux vivre dans le réel.

– Tu n'as jamais exercé de violence sur une femme ?

Après avoir réfléchi un peu, tu dis que non. Bien sûr, dis-tu, sexe et violence sont liés, mais c'est autre chose, il faut que tes partenaires soient consentantes, tu n'as jamais violé personne. Tu lui demandes encore si les hommes qu'elle a eus ont toujours été violents.

– Pas forcément… mais parlons d'autre chose.

Elle a tourné son visage qui repose sur l'oreiller. Tu ne peux voir son expression. Mais tu dis que tu as déjà eu la sensation d'être violé, violé par le pouvoir politique, que c'est enfoui en toi. Tu la comprends, tu comprends son angoisse, sa tristesse, la pression qu'elle subit, ça n'a rien à voir avec un jeu sexuel. Pour toi c'est la même chose, il a fallu du temps, ce n'est qu'après avoir obtenu la liberté de t'exprimer que tu as pleinement réalisé que c'était une sorte de viol, tu étais soumis à la volonté d'autrui, tu devais te plier à leurs enquêtes, tu ne pouvais pas ne pas dire ce que l'on attendait de toi. Le plus important était de protéger ta vie intérieure, ta confiance en ta vie intérieure, sinon c'était l'effondrement.

– Je suis très seule, dit-elle.

Tu dis que tu peux comprendre, tu voudrais t'approcher pour la réconforter, mais tu as peur qu'elle se méprenne et croie que tu veux profiter d'elle.

– Non, tu ne comprends pas, un homme ne peut pas comprendre ça… Sa voix s'est faite plaintive.

Tu ne peux t'empêcher de lui dire que tu l'aimes. Au moins, à cet instant précis, c'est vrai que tu es tombé amoureux d'elle.

– Ne parle pas d'amour, c'est trop facile, n'importe quel homme peut laisser échapper ça.

– Que dire alors ?

– Ce que tu veux…

– Dire que tu es une putain ? demandes-tu.

– Pour mieux faire naître le désir ? répond-elle, pitoyable.

Elle dit encore qu'elle n'est pas un objet sexuel, qu'elle espère vivre dans ton cœur, qu'elle voudrait vraiment être en communion avec tes sentiments, et qu'elle ne veut pas seulement se laisser manipuler par toi. Elle sait que c'est très difficile, presque désespéré, mais c'est quand même ce qu'elle souhaite.

15

Il se souvient que dans son enfance il avait lu un conte dont il a aujourd'hui oublié le titre et le nom de l'auteur. Ce conte racontait cette histoire : Dans un royaume, tous les habitants portaient sur la poitrine un miroir où apparaissait à la vue de tous toute mauvaise idée qu'ils nourrissaient en eux. Ainsi, personne n'entretenait la moindre tromperie, sinon on n'aurait plus osé se montrer, ou on risquait d'être chassé de ce pays qui était désormais devenu un pays de gentilshommes. Lorsque le héros du livre entra dans ce royaume de la pureté extrême – peut-être était-il entré par erreur, il ne se rappelait plus très bien –, un miroir fut aussi posé sur sa poitrine, qui exposait au vu et au su de tous tout ce qu'il avait en lui, et cela le plongea dans la plus extrême stupeur. Ce qui était arrivé à ce héros, il ne s'en souvenait plus, mais ce conte, tout en l'étonnant, l'avait mis mal à l'aise. Bien qu'il ne fût alors qu'un enfant qui n'avait pas vraiment de mauvaise idée, il n'avait pu s'empêcher d'avoir un peu peur, sans trop savoir de quoi exactement. Cette impression s'était estompée quand il était devenu adulte, il avait quand même espéré devenir un homme nouveau et vivre en paix avec sa conscience, pour dormir sans faire de cauchemars.

Le premier à lui avoir parlé des femmes était son camarade de lycée Luo, qui était beaucoup plus âgé que lui, un garçon très en avance pour son âge. Alors qu'il était en deuxième cycle du secondaire, Luo avait publié dans une revue quelques poèmes, ce qui lui avait valu le surnom de Poète parmi ses camarades. Lui-même avait un très grand respect pour Luo. Pourtant celui-ci n'avait jamais pu entrer à l'université ; cet été-là, par la canicule, il se mettait torse nu sur le terrain de basket désert de l'école et faisait des paniers, courant solitaire balle à la main. En fait, il se mettait en sueur pour épancher son trop-plein d'énergie. Luo sembla ne pas prêter grande attention à son échec aux examens, affirmant que son seul souhait était d'aller pêcher dans les îles Zhoushan, et cela lui fit penser encore plus fort que Luo était un poète né.

Un jour d'été, alors qu'il rentrait de Pékin pour les vacances, il avait rencontré Luo sur un marché non loin de chez lui, un tablier blanc attaché autour de la taille, en train de vendre du fromage de soja. Luo lui avait adressé un pâle sourire, avait dénoué son tablier et, pour aller avec lui, avait confié son étal à une grosse femme âgée qui vendait des légumes à côté. Luo avait expliqué qu'il avait été pêcheur pendant deux ans, puis à son retour, comme il n'avait pas de travail, il s'était fait embaucher comme vendeur et comptable d'une coopérative de fromage de soja gérée par un comité de quartier.

Luo habitait une véritable cabane, une pièce unique construite en débris de briques et de lamelles de bambou tressées, couvertes de chaux. La pièce était séparée en deux : sa mère dormait dans la partie intérieure, et la partie extérieure faisait office de séjour et de cuisine. Un pan du toit débordait au-delà du mur, contre lequel avaient été dressées des plaques d'amiante et de ciment qui formaient une petite pièce ; sans doute était-ce lui qui l'avait construite. Dans le coin le plus bas, où l'on ne pouvait se redresser, était installé un lit de camp, dans un autre angle se trouvait une petite table avec un seul tiroir, et de l'autre côté, face au mur, une étagère à livres en rotin, le tout parfaitement rangé et propre. La mère de Luo était partie travailler à l'usine, mais celui-ci l'avait quand même fait entrer dans la petite cage à poules qui lui servait de chambre, l'avait fait asseoir devant la table tandis que lui-même prenait place sur le lit de camp.

– Tu écris encore de la poésie ? avait-il demandé.

Luo avait ouvert le tiroir et en avait sorti un cahier: des poèmes y étaient copiés d'une belle écriture, soigneusement datés.

– Ce sont tous des poèmes d'amour? avait-il demandé en feuilletant le cahier. Il n'aurait pas cru qu'un gars aussi indépendant à l'école puisse écrire des choses aussi sentimentales, il se souvenait des poèmes de Luo que le vieux professeur de chinois avait lus à toute la classe, dans lesquels débordait son ardeur juvénile et qui n'avaient rien à voir avec ceux qu'il avait sous les yeux. Il lui avait donné son avis.

– Pour ce qui est de les publier, aujourd'hui encore, je n'y arrive pas. Ils ont tous été écrits pour une petite pute, dit Luo qui lui parla de cette femme. Elle n'a fait qu'éveiller mon appétit, puis elle s'est trouvé un cadre membre du Parti de dix ans plus âgé qu'elle, et en attendant son certificat de mariage, elle lui tricote des pulls à la maison. Ce recueil de poèmes, je l'ai récupéré auprès d'elle, à présent je n'écris plus.

Il avait détourné cette conversation sur les femmes et s'était mis à parler littérature avec Luo. Il était intarissable, il en était même arrivé à la conclusion qu'à une époque nouvelle, à une vie nouvelle, devait correspondre une littérature nouvelle, bien que lui-même ne sache pas non plus ce qu'étaient cette nouvelle vie et cette nouvelle littérature. En un mot, lui, il estimait que la nouvelle littérature ne pouvait se résumer à ces chants populaires rénovés évoquant les personnages et les faits positifs du Grand Bond en avant, qui s'étalaient dans les journaux et les revues. Il avait parlé des romans de Gladkov et d'Ehrenbourg, ainsi que des pièces de théâtre de Maïakovski et de Brecht. À l'époque, il ignorait encore tout des purges staliniennes et du *Dégel* d'Ehrenbourg, ou que Meyerhold avait depuis longtemps été fusillé.

– La littérature dont tu parles est trop loin de moi, avait dit Luo, je ne sais pas où est la littérature. Je passe à présent mes journées à vendre, et le soir, une fois que mon étal est rangé, je fais des comptes. Parfois, je lis un peu, c'est plutôt une activité marginale pour moi, juste pour me distraire. Je ne sais pas non plus où est la nouvelle vie. La frénésie qui m'animait quand j'étais à l'école s'est dissipée depuis longtemps, je préfère m'amuser avec des filles.

La décadence dans laquelle était tombé Luo le touchait encore plus que l'évocation de sa petite pute. Il lui expliqua que lui-même n'avait jamais touché de femme, et ce fut alors à Luo d'être frappé de stupeur. Luo était plus âgé que lui de quelques années, mais il dit avec indulgence :

– Quel rat de bibliothèque tu fais !

Ses propos ne contenaient aucune jalousie pour sa situation qui pouvait paraître plus favorable.

– Je vais te faire venir une fille. Elle s'appelle la petite Wuzi, tu pourras la toucher, tu n'auras aucun ennui.

Luo expliqua que c'était une fille décontractée, une petite garce. Lui, il entendait à nouveau blasphémer contre une fille par la bouche de Luo.

– Je vais l'appeler, dit Luo, elle sait jouer de la guitare, cette petite, pas comme ces étudiantes qui prennent de grands airs.

Cela l'intéressait bien sûr beaucoup de voir une fille comme elle et Luo sortit la chercher. Il feuilleta les poèmes d'amour de Luo, dont certains étaient très crus, il jugea que ces chants à la gloire de l'amour dépassaient de loin ceux de Guo Moruo dans *Les Déesses*. Au comble de l'excitation, il trouvait de plus en plus que Luo était un vrai poète, mais pensait aussi qu'effectivement jamais il ne pourrait publier ses poèmes, ce qui le désolait pour son ami.

Quand Luo revint un instant plus tard, il se retourna et lui dit :

– Ça, c'est de la poésie !

– Hmm, j'écris seulement pour moi, dit Luo en riant amèrement.

La petite Wuzi arriva, chaussée de socques et vêtue d'une chemise courte à col rond, sans manches, décorée de broderies. Elle avait une poitrine pleine, à quinze ans à peine, elle avait déjà l'air d'une grande fille. Avant d'entrer dans la pièce, la jeune fille se pencha, appuyée au chambranle de la porte.

– Lui aussi, il écrit des poèmes, dit Luo pour le présenter.

En réalité, jamais Luo n'avait lu ses poèmes, mais c'était sans doute la meilleure présentation qu'il pouvait faire de lui. Cela signifiait aussi que la jeune fille avait lu les poèmes galants de Luo et que cette façon de le présenter contenait une allusion. Elle sourit en faisant la moue, puis elle entrouvrit ses lèvres charnues ; jamais il n'avait vu une fille avec des lèvres pareilles. Il ferma le cahier et se mit à parler d'autre chose avec Luo, il était plus mal à l'aise que la jeune fille.

Luo tira de derrière la porte une guitare au vernis écaillé et dit à la fille :

– Chante-nous quelque chose, Wuzi.

Il était enfin sorti de cette situation embarrassante. La jeune fille prit l'instrument et demanda :

– Chanter quoi ?

– Ce que tu veux. Et pourquoi pas « Kalinka » ?

C'était une chanson populaire russe très en vogue parmi les étudiants, qui fut ensuite remplacée par les chants à la gloire de la nouvelle société, le Parti et les dirigeants.

Tête baissée, Wuzi accorda la guitare dont elle tira des sons mélancoliques très doux. Elle avait un air nonchalant, comme si elle ne les entendait pas. Quand elle releva la tête vers eux, il se sentit perdu. Dans un coin de la pièce, un grillon chantait doucement près du poêle, et par la fenêtre le soleil éblouissant faisait monter des bouffées de chaleur. La jeune fille joua un air, puis elle s'arrêta et dit à Luo que ce jour-là elle n'avait pas envie de chanter. Puis elle lui jeta un coup d'œil à lui, mais c'était comme si elle fixait un point situé au-dessus de sa tête.

– Eh bien, ne chante pas si tu n'en as pas envie ! dit Luo. Allons au cinéma ce soir !

La jeune fille se contenta de rire, puis elle posa la guitare près de la porte et s'apprêta à sortir :

– J'ai à faire à la maison.

Elle s'en alla.

– Écoute ces mensonges ! dit Luo avant d'ajouter : Tu ne sais vraiment pas faire avec les filles, tu n'avais pas envie de lui donner rendez-vous ?

Il resta silencieux. Selon Luo, de toute façon, il n'y avait pas d'avenir ; sa bande d'amis, tous plongés dans la misère, allaient souvent voir des filles pour traîner, chanter et faire de la musique avec elles. Parfois la nuit, ils allaient se baigner dans un lac hors de la ville, en cachette ils détachaient du bord un petit bateau pour voler des graines de lotus. Wuzi les accompagnait. La nuit, dans l'eau, tous avaient fricoté avec elle, elle ne disait rien, c'était une fille qui comprenait parfaitement les choses. Apparemment, Luo l'aimait bien. Mais Luo disait aussi qu'il avait une fille. Ils avaient grandi ensemble, elle était entrée dans une troupe de chants et danses de l'armée et ne pouvait donc pas se marier avec un type comme lui, vendeur à l'étalage. Pourtant elle était tombée enceinte, l'hiver de l'année précédente. Pour pouvoir avorter à l'hôpital, il lui fallait un certificat de mariage et une attestation de travail, où les aurait-il trouvés ? En outre, la jeune fille appartenait à l'armée, et pour se marier, il lui fallait l'autorisation de ses chefs ; si cette affaire s'ébruitait, non seulement elle serait mise à la porte de l'armée, mais elle perdrait son travail. N'allait-elle pas lui vouer une haine toute sa vie ? Quant à lui, son petit étal qui dépendait de la coopérative ne lui rapportait qu'un maigre salaire tout juste suffisant pour se nourrir, comment aurait-il pu subvenir aux besoins d'une femme et d'un enfant ? Heureusement, un de ses oncles était médecin dans un chef-lieu de district et il l'avait mis en relation avec l'hôpital du lieu. Il y avait emmené la fille et elle avait pu avorter en disant qu'elle était mariée.

– Je l'ai emmenée un dimanche matin à la première heure, expliqua-t-il, elle devait être rentrée le jour même dans sa troupe pour l'appel de dix heures du soir, c'était le règlement militaire. Nous avons dû changer de car en route ; devant la gare routière, alors que nous attendions le car, il faisait déjà nuit et il pleuvait un peu. Nous n'avons pas rencontré de fantôme en chemin, elle m'a dit que le sang coulait encore sous elle, je l'ai serrée dans mes bras et nous n'avons pu nous retenir de pleurer. Et c'est comme ça qu'on s'est séparés. Est-ce qu'on peut écrire ça ? Où est-elle, cette vie nouvelle ?

Luo expliqua qu'il avait été impossible d'échapper à la décadence. Les deux années où il était pêcheur, il avait couru après les femmes, car dans ce village de pêcheurs sur l'île où il vivait, on ne savait jamais quand rentreraient les hommes sortis en mer. Pour Luo, petit gars frais émoulu de l'école, les occasions ne manquaient pas. Tout était parti de là. Il n'y avait rien de bien romantique, tout ce qu'il savait c'est qu'après s'être amusé avec elles, merde alors, il était à bout de force. Comme il n'avait pu se faire aucun ami, il avait préféré retourner vendre ses légumes.

– Comment as-tu eu l'idée de te faire pêcheur ? demanda-t-il à Luo.

– Je n'avais pas le choix, il me fallait trouver quelque chose. À l'époque, j'avais bien pensé entrer comme toi dans une université célèbre pour y faire de la littérature. Est-ce que tu as oublié que j'ai échoué aux examens ? répliqua Luo.

– Tu étais l'élément le plus exceptionnel de ton année, un poète reconnu par tous ses camarades, qui aurait cru que tu en arriverais là ! dit-il.

– Et merde pour la poésie ! dit Luo. L'année de l'examen d'entrée à l'université, c'était juste avant le mouvement antidroitiste, on avait bien appelé à la libre expression des opinions, non ? Une revue provinciale avait invité à une réunion des jeunes écrivains pour qu'ils expriment tout ce qu'ils avaient sur le cœur. Moi-même j'avais pris la parole, avec quelques autres jeunes auteurs. Nous nous sommes contentés d'affirmer que le choix des sujets était trop rigide, que la poésie c'était la poésie, pourquoi la divisait-on en rubriques selon son thème : industrie, agriculture, vie de la jeunesse ? C'étaient mes plus mauvais poèmes qui étaient parus et les rares vers de qualité qu'ils comportaient avaient été coupés. C'est tout ce que j'avais dit. Plus tard, un dossier est arrivé à l'école, le responsable de l'enseignement est venu me parler. C'est alors que j'ai compris que j'avais fait une gaffe. J'ignore où sont passés mes compagnons ; moi, j'étais le plus jeune, c'est moi qui avais le moins parlé, et j'ai donc pu rentrer pour vendre mes légumes.

Après cette conversation, lui, il était allé acheter trois places de cinéma et il avait attendu devant la salle jusqu'à ce que la séance commence. Wuzi était arrivée tout essoufflée en disant que c'était au tour de Luo de tenir l'étal pour le marché de nuit et qu'il ne pourrait donc pas venir. Il se demandait si Luo l'avait fait exprès pour pousser la jeune fille vers lui ; ils étaient entrés dans la salle, dans l'obscurité il avait pris la main de Wuzi et ils s'étaient assis sur deux places libres en bordure. Il n'avait pas eu la moindre attention pour le film pendant toute la séance, il se souvenait seulement qu'il avait tenu la douce main de la jeune fille, il sentait la transpiration perler dans sa paume chaude, il pensait que puisque les garçons l'avaient tous touchée, pourquoi ne le pourrait-il pas lui aussi ? Avant cela, il n'avait jamais touché une fille, l'amour auquel il aspirait était bien sûr tout autre.

Lorsqu'il était au lycée, il était tombé amoureux d'une fille plus jeune que lui avec qui il n'avait parlé qu'au cours d'une danse lors de la soirée de Nouvel An. Tout au long de la soirée, que ce soit lors des séances de devinettes sur les lanternes ou pour d'autres jeux, il n'avait cessé de poursuivre la silhouette à la blouse à fleurs bleues sur fond rouge. Le ciel était encore clair, ou bien était-ce le reflet de la neige sous les lampadaires, il avait suivi la fille tout le long du chemin du retour, elle marchait en riant avec ses camarades et parfois elle tournait la tête, il savait qu'elles parlaient de lui.

Il ne croyait pas que l'on puisse toucher une fille comme ça. Lorsqu'il sortit du cinéma avec Wuzi, il évita la grande rue et s'engagea dans une ruelle, en la tenant toujours par la main. Elle était très docile, elle marchait tête basse en regardant ses chaussures et donnait parfois un coup de pied dans un caillou. Arrivés dans un coin hors de la lumière des lampadaires, il prit le bras de Wuzi pour l'attirer vers lui. Elle fit non de la tête et le regarda en écarquillant les yeux, puis elle dit :

– Vous les garçons, vous êtes tous très méchants.

Il dit que lui il n'était pas comme ça, il voulait juste l'embrasser.

– Pourquoi ? demanda-t-elle en levant les yeux, dévoilant nettement ses pupilles.

Il desserra son étreinte et dit qu'il n'avait encore jamais embrassé une fille. La petite Wuzi lui dit qu'il devait la laisser réfléchir. Il baissa la tête et ne s'attendait pas à ce qu'elle lui dise :

– Bon, juste une fois.

Il appuya sa bouche contre ses lèvres serrées et s'écarta aussitôt. Wuzi ferma les paupières, desserra ses lèvres, alors il l'embrassa de nouveau, goûtant cette fois les lèvres souples et charnues. Il prit dans sa main un sein à travers le vêtement ample, la jeune fille murmura :

– Ne me fais pas mal…

Sa main se glissa sous le vêtement et se déplaça sur les seins pointus, mais il n'osa pas, et ne pensa même pas, faire l'amour avec une fille qu'il n'aimait pas vraiment. Même s'il y avait pensé, il en aurait été bien incapable, il trouvait seulement que cette fille était vraiment généreuse. Plus tard, il reçut une lettre de Wuzi, adressée dans son université. Écrite très simplement, elle lui demandait s'il reviendrait passer les vacances l'été suivant.

Cet été-là, il ne put pas rentrer chez lui, c'était l'époque de la grande famine qui suivit le Grand Bond en avant. Pendant les vacances, les étudiants devaient effectuer un service volontaire, qui consistait à aller dans les collines de l'Ouest creuser des trous et planter des arbres. Ils étaient tous victimes d'œdèmes, mais ils devaient continuer à faire des « choses bien » en se comportant en « hommes bien » qui faisaient le don de leurs congés. Il regrettait, lors de ces vacances d'été, de ne pas s'être laissé aller, alors que c'était son secret espoir quand il était sorti avec Wuzi.

16

Dans le taxi en route pour l'aéroport, vous n'avez presque rien dit. Vous avez déjà dit tout ce qui pouvait l'être, et pour le reste, ce n'est pas le lieu.

Au moment de passer la douane, elle te serre doucement dans ses bras, en amie, comme elle te le dit. Elle t'embrasse légèrement, puis elle part, sans tourner la tête.

Tu as remarqué que ses yeux sont cernés, bien qu'elle soit maquillée ; ils sont plus sombres que son visage. Vous êtes restés plusieurs nuits sans dormir, trois jours et trois nuits de suite, non, quatre jours et trois nuits, depuis le premier soir après la représentation de ta pièce, puis la journée du lendemain, puis la soirée jusqu'au matin, et encore une nuit entière jusqu'à maintenant, matin du quatrième jour. Trois jours et trois nuits de suite, vous n'avez cessé de faire l'amour, encore et encore, jusqu'à en perdre la tête, dépensant toute votre énergie pour fouiller et puiser l'un dans l'autre. Toi aussi, tu es à bout de force. Vous ne savez pas si vous vous reverrez, après cette frénésie si soudaine et cette séparation si simple, comme deux amis.

À la sortie de l'aéroport, le soleil t'éblouit, une vapeur chaude monte du sol, les gens qui attendent le taxi forment une longue queue, et toi, tu es mort de fatigue. Une fois dans la voiture, le chauffeur te demande où tu veux aller. Tu marques un temps d'hésitation, puis, sans trop réfléchir, tu dis Central, le quartier le plus animé de la ville. Tu n'as pas envie de rentrer à l'hôtel, de retrouver un lit vide, l'image de son corps nu est trop liée à cette chambre, à ce lit, à tes sentiments, tu as déjà pris l'habitude de lui parler, de prononcer des mots qui viennent du fond de toi, que tu disais pour toi-même, mais comme elle était là, elle était ta partenaire, tu les prononçais pour qu'elle les entende. Elle avait pénétré en profondeur dans tes sentiments et tes pensées, tu avais possédé sa chair, tandis qu'elle, elle occupait ton cœur.

– Où allez-vous à Central ?

Le chauffeur qui s'est aperçu que tu es originaire du continent te pose la question dans un mandarin mal assuré.

Tu somnoles, tu demandes en rouvrant les yeux :

– On y est ?

– Oui, dans quelle rue allez-vous ?

La voiture est arrêtée et dans le rétroviseur, tu vois l'air un peu méprisant du chauffeur qui n'a guère envie de faire un détour pour t'emmener vers une destination que toi-même tu n'as pas l'air de connaître. Tu paies et tu descends. La rue est bordée par de hauts immeubles et tu ne reconnais pas tout de suite où tu es. Tu remontes la rue, sans but défini. Bizarrement, les passants ne sont pas nombreux sur les trottoirs. En temps normal, dans ce quartier animé, la foule s'écoule comme un torrent dans un brouhaha incessant ; aujourd'hui les voitures filent à toute vitesse, sans former les habituels embouteillages. Tu remarques ensuite que les magasins sont fermés. Le soleil est en grande partie masqué par les hauts immeubles et il n'éclaire que le milieu de la rue. Tu te sens comme un somnambule en plein jour.

Tu te souviens qu'elle a dit qu'elle devait rentrer à Francfort le lundi. La société qui l'emploie avait une discussion d'affaires avec la partie chinoise. C'est ainsi que tu te rappelles que c'est dimanche. Le matin de ce jour de repos, des familles ou des amis se donnent rendez-vous dans des restaurants pour prendre ensemble leur petit déjeuner, c'est un plaisir pour ces habitants de Hong Kong toujours occupés.

Avec les répétitions, les représentations, les repas, les rendez-vous et les entretiens depuis plus d'un mois, tu n'as jamais eu l'occasion de rester seul, désœuvré, pour déambuler dans ce centre-ville très calme. Tu commences juste à te familiariser avec cette ville, mais tu crains de ne jamais pouvoir y revenir, de la même manière que tu ne sais pas si tu la reverras, elle, si tu pourras l'approcher d'aussi près, épancher ainsi tes souffrances, t'adonner ainsi au plaisir.

Au cours de cette dernière nuit, elle a voulu que tu la violes, ce n'était pas un jeu sexuel, elle a voulu que tu l'attaches, que tu lui attaches les mains, que tu la fouettes avec une ceinture de cuir, que tu fouettes ce corps qu'elle exècre, cette chair violée, vendue, qui ne lui appartient plus, cette sensation, elle voulait te la transmettre.

Tu lui as attaché les poignets avec ses collants, tu as pris ta ceinture par la boucle métallique et tu l'as frappée très doucement deux fois, dans l'obscurité tu t'es mis à rire, tu devais lui faire comprendre qu'il s'agissait d'un jeu, elle désirait être humiliée sexuellement, elle aussi s'est mise à rire.

Mais ce n'était pas ce qu'elle voulait, elle voulait que tu la frappes vraiment. Tu t'es mis à la frapper de plus en plus fort, tu entendais les claquements du cuir sur sa chair, cette chair qui se contractait, mais elle ne te disait pas d'arrêter. Tu ignorais jusqu'à quel point elle pourrait le supporter, mais elle a poussé un cri de peur, tu as aussitôt jeté la ceinture pour la caresser. Elle t'a traité de salaud, a libéré une de ses mains et s'est assise. Tu as dit pardon, elle s'est renversée sur le lit, tu t'es couché sur elle, ton visage a senti les larmes qui coulaient sur le sien, et tes larmes ont jailli à leur tour. Tu as dis que tu ne pouvais pas la violer, que tu n'avais plus de désir pour elle.

Elle a dit que tu ne pouvais pas comprendre sa souffrance, la souffrance d'une femme devenue femme trop tôt après avoir été violée, tout ce que tu recherchais, ce n'était que la jouissance sexuelle.

Tu as dit que tu l'aimais, que c'était justement pour cela que tu ne pouvais pas la violer, que tu détestais la violence.

Elle a encore dit qu'il suffisait que tu pleures, qu'en pleurant, tu devenais plus sincère, et elle s'est montrée douce et chaleureuse, elle n'a plus cessé de te caresser, sur tout ton corps.

Tu es une femme accomplie, tu as dit. Non, une femme dévergondée, a-t-elle dit. Tu as dit, non, tu es une femme bien. Elle a dit non, tu ne sais pas, plus tard, tu risques de la détester. Elle ne peut pas vivre comme une femme honnête, elle ne peut être satisfaite, elle aimerait bien vivre avec toi, mais c'est impossible. Elle ajoute que tu dois pardonner sa nature névrotique, ce n'est pas qu'elle n'ait pas envie de vivre tranquillement, mais personne ne peut lui apporter ce calme et cette sérénité, tu ne pourrais pas épouser ce genre de femme, tu ne peux que tirer de son corps un plaisir que tu n'as pu obtenir ailleurs.

Tu dis que tu as peur du mariage, que tu as peur d'être encore persécuté par une femme. Tu as eu une femme, tu as compris ce qu'était le mariage, la liberté est pour toi plus précieuse que tout, mais tu ne peux t'empêcher de l'aimer. Elle dit qu'elle ne peut pas non plus devenir ta maîtresse, que tu as certainement une femme, que si tu n'en as plus, tu t'en trouveras une, que pour dire vrai, tu es vraiment tendre, et assez sincère, que tout est relatif, qu'elle ne veut pas vanter tes mérites exagérément. Tu dis qu'elle aussi est une femme adorable. Mais, dit-elle, elle n'est pas comme ça avec tous les hommes, elle ne s'est donnée à toi que parce qu'elle t'apprécie, tu lui as aussi pas mal donné, c'est vrai. Et elle ajoute qu'elle connaît les hommes depuis longtemps, elle ne se fait plus d'illusions, ce monde est si réaliste, elle est la maîtresse de son patron, mais celui-ci rentre passer ses week-ends avec sa femme et ses enfants, elle n'est sa maîtresse qu'en dehors des week-ends, quand elle part en mission avec lui, et lui, il a aussi besoin d'elle pour faire du commerce avec la Chine.

Sa forte voix de poitrine, sa sensualité, sa sincérité peuvent émouvoir, tout comme son corps généreux, ils ont attisé ta soif, ils ont fait resurgir tes souvenirs et tes réminiscences douloureuses qui sont devenus supportables grâce au désir sexuel. Sa voix continue à agir sur toi, comme si elle murmurait à ton oreille en te communiquant sa douceur, mêlée à l'odeur de son corps, ton désir si longtemps réprimé a pu s'épancher grâce à elle, ce qu'a apporté cette évocation, ce n'est pas seulement de la douleur, mais du plaisir. Tu aurais juste besoin de continuer à parler avec elle pour retrouver tes souvenirs, les détails oubliés se succèdent à flot continu et deviennent de plus en plus nets.

Devant toi, les vitres du gratte-ciel de la Banque de Chine, tel un miroir, reflètent les lambeaux de nuages blancs dans le ciel bleu. Cette construction triangulaire avec des angles si aigus qu'on dirait une lame est considérée par les Hongkongais comme un couteau de cuisine fiché dans le cœur de la ville, qui nuirait à la géomancie. Sur le côté, un autre grand immeuble appartenant à un groupe financier est équipé d'appareils métalliques bizarres. On dirait que cette construction essaie en vain de rivaliser avec l'autre, c'est cela aussi le caractère des Hongkongais. La résidence de style élisabéthain qui abrite le Legislative Council n'attire plus l'œil; entourée par les grands immeubles, elle est vraiment le symbole d'une époque révolue.

Tout près du Legislative Council, dans un jardin où se dresse une statue de la reine, sont rassemblés des gens, au bord des fontaines, dans les allées, sur les trottoirs, ils sont même parfois regroupés au milieu des rues du quartier. Tu crois être tombé sur un rassemblement ou une manifestation, mais ils bavardent en riant, partout sur le sol sont étalées des victuailles, des lecteurs de cassettes diffusent de la musique pop, il n'y a plus qu'à danser.

Entre les immeubles s'étale un immense pique-nique, rue après rue, qui ne manque pas de t'étonner. Tu le traverses et arrives devant Prince's Building où l'on vend toutes sortes de produits de luxe; sur la porte close est accrochée une bannière où est imprimée l'image d'un Christ souffrant, un pasteur est en train de prêcher, tandis que les fidèles se confessent en plein air. Les gens rassemblés là sont à quatre-vingts, quatre-vingt-dix pour cent des femmes à la peau très sombre. Tu réalises soudain que ce sont sans doute des bonnes philippines qui travaillent chez les riches Hongkongais et viennent là passer leur dimanche. Elles gagnent leur vie à Hong Kong et envoient de l'argent chez elles pour nourrir leur famille. Tu es entouré par un incessant babillage dont tu ne comprends pas un mot, tu ne perçois pas non plus la détresse de ceux qui ont quitté leur foyer.

Combien de temps ce paysage social pourra-t-il se maintenir ? Sera-t-il remplacé par celui des nouveaux immigrants venus du continent ? Partout dans le monde on chasse les immigrés : ce lieu fera-t-il exception ? Inutile bien sûr de nourrir de vaines craintes, les grands immeubles qui se dressent sous le ciel bleu et les nuages blancs ne risquent pas de s'effondrer, l'île de Hong Kong ne se transformera pas en désert. À cet instant précis, alors même que tu te faufiles dans l'immense foule, tu te sens terriblement seul. Et c'est toujours ce sentiment de solitude qui t'a sauvé, de toute façon tu n'es pas le Christ, tu n'as pas à te sacrifier pour réveiller les hommes, de toute façon tu ne pourras pas connaître de renaissance, le plus important pour toi est de vivre le mieux possible au présent.

Tu pénètres à nouveau dans les ténèbres que sa voix a appelées, comme un somnambule, un pas léger, un pas lourd, au vu et au su de tout le monde, te faufilant à travers cette foule bruyante, chancelant, tes souvenirs neufs s'entremêlent avec tes souvenirs anciens.

Tu l'appelles Marguerite, tu t'adresses à elle dans ton for intérieur, l'homme nouveau est un effrayant conte pour enfants. Aujourd'hui, tu n'as plus besoin de faire peau neuve, d'expier tes fautes et tes crimes. Ce pays d'honnêtes hommes, propres et nets, cette société toute neuve n'étaient rien autre qu'une immense tromperie, brutalement celle-ci avait remis en cause un individu qui était flou et indécis mais foncièrement plein de vitalité, qui était incapable d'expliquer ses actes, et d'un seul coup il avait perdu sa raison d'être.

Ce que tu veux dire, c'est que Marguerite, elle, n'a pas à se purifier, n'a pas à se confesser, et ne pourra pas revivre sa vie, elle est elle-même, tout comme toi, tu es toi-même !

Une femme t'a donné la vie, le paradis est dans la caverne de la femme, mère ou putain. Tu préfères sombrer dans un chaos obscur, sans jouer l'honnête homme, l'homme nouveau ou le saint.

Sous un pont élevé s'écoule un flot ininterrompu de voitures. Dans les rues entre les immeubles et les marchés qui sont d'habitude noires de monde, les passants se font rares ce dimanche. Appuyé à la rambarde, tu regardes la grande avenue qui passe sous le pont, un immense sommeil t'envahit. Ta pièce doit être donnée encore deux fois, en matinée à deux heures cet après-midi, dans un peu plus d'une heure, et ce soir à sept heures. Après la représentation, tu dois faire une photographie de groupe avec les acteurs, puis vous mangerez ensemble, il est sûr que la soirée va se prolonger. Tu devrais faire un petit somme, mais tu n'as pas envie de rentrer à l'hôtel, elle habite encore tes sensations, votre frénésie avant de vous quitter, l'odeur de son corps, ton sperme qui enduit sa poitrine opulente.

Tu descends dans la rue, il y a un cinéma, tu achètes un billet sans même prendre garde au film qu'on projette, tu as besoin de t'isoler dans un lieu sombre pour te plonger dans tes pensées à son sujet. C'est un film d'action de Hong Kong sans intérêt, tu fermes les yeux et les dialogues en cantonais dont tu ne comprends pas grand-chose achèvent de t'endormir. Les fauteuils sont larges et confortables, tu peux allonger tes jambes. Par chance, tu as fini par obtenir la liberté de t'exprimer, tu ne connais plus d'interdit, tu dis et tu écris ce que tu veux. Peut-être faudrait-il, comme elle l'a dit, écrire tout cela, revenir sur ton passé. Tu devrais te regarder toi-même d'un œil détaché, comme un simple individu, ou comme un animal doté de conscience, une bête aux abois dans la jungle humaine.

Tu n'as pas à te plaindre, tu profites de la vie, bien sûr tu en as payé le prix, mais qu'est-ce qui est gratuit ? Hormis les mensonges et les bêtises. Tu devrais recourir à l'écriture pour exprimer ton expérience, laisser quelques traces de ta vie comme le sperme que tu as éjaculé, polluer ce monde ne t'a-t-il pas apporté du plaisir ? Ce monde t'a opprimé et toi tu te venges ainsi, rien ne peut être plus juste.

Tu n'as pas de rancœur. Marguerite, as-tu de la rancœur ? Tu lui demandes si elle en a contre toi. Elle fait non de la tête et se couche sur ton pubis. Tu caresses ses doux cheveux ébouriffés pour l'inciter à te prendre dans sa bouche. Elle dit qu'elle est ton esclave, n'appartient qu'à toi, tu es son maître. Tu veux toujours prendre, tu es moins généreux qu'elle.

Tu dois retrouver le calme, regarder ce monde et toi-même avec sérénité. Le monde est ainsi fait et continuera ainsi. Un homme seul est tellement peu de chose, tout ce qu'il peut faire c'est s'exprimer, rien d'autre.

Tu te réveilles, les lumières se sont rallumées dans la salle et les spectateurs se dispersent. Tu sors du cinéma, tu appelles un taxi, retournes à l'hôtel, et quand la jeune fille de la réception te tend ta clef, il y a deux messages demandant que tu rappelles. Ce doit être pour t'inviter. Dans la soirée tu dois dîner avec les comédiens et leur dire au revoir, tu ne peux te rendre ailleurs. Dans la chambre où le ménage a été fait, il n'y a plus le moindre de ses vêtements, que ce soit sur le lit, par terre ou sur la table, comme si jamais une femme n'avait habité ici avec toi. Tu ne peux retenir une certaine déception, tu t'allonges sur le lit, les draps et les taies d'oreiller fraîchement lavés sentent le neuf, la climatisation ronronne doucement. Plus la moindre trace d'elle et de son odeur. Tu voudrais vraiment qu'une caméra vidéo vous ait épiés pour témoigner qu'elle a réellement fait l'amour avec toi, que ce n'était pas une simple illusion.

Marguerite, tu appelles une femme bien réelle, ce n'est pas seulement une voix venant de ton for intérieur, elle t'a fait te souvenir de ton passé qui a resurgi très clairement devant tes yeux. Elle se mélange à présent à tes souvenirs, tes souvenirs tout frais ou presque oubliés, tu ne peux plus t'empêcher de vouloir les faire renaître.

À cet instant, elle est dans l'avion, et demain, le week-end terminé, comme elle l'a dit, elle redeviendra la maîtresse de son patron. Fera-t-elle l'amour avec lui comme elle l'a fait avec toi ? Cette putain tyrannisée, tu es tombé amoureux d'elle, tu ne peux plus ne plus y penser, sa moiteur et son odeur font revenir ton désir. Tu voudrais savoir si c'est vrai qu'elle a été violée à l'âge de treize ans. Ou bien n'était-ce qu'une ruse pour te séduire ? Ou bien se considérait-elle comme une vile marchandise ? Ou voulait-elle encore t'accompagner dans la pensée, devenir ta partenaire de cœur, pour que vous partagiez ta solitude et sa souffrance ?

Peut-être devrais-tu te décider à écrire tous les souvenirs qu'elle a fait remonter en toi et l'expérience de ta vie. Mais cela en vaut-il vraiment la peine ? Tu ne dois pas une fois encore gaspiller ton existence en faisant cette chose dénuée de tout intérêt, mais qu'est-ce qui a de l'intérêt ? Cette pièce de toi que l'on vient de jouer et que l'on va de nouveau jouer ce soir, cette pièce qui a été interdite sur le continent a-t-elle de l'intérêt ? Vaut-elle la peine que tu aies connu toutes sortes d'ennuis à cause d'elle ? Si ces pages n'avaient pas existé, n'aurais-tu pas vécu plus facilement ? À quoi bon souffrir pour écrire ?

Est-ce que tu ne peux vivre qu'en t'exprimant ? Est-ce vraiment la seule raison de ton existence ? N'es-tu qu'une machine à écrire des livres, poussé par l'orgueil qui gâche en vain ta vie ? Elle a peut-être raison, elle se réfugie dans les plaisirs de la chair, tout en ruminant ses souffrances, mais comme elle n'arrive pas à s'en débarrasser, elle sombre totalement. À quoi bon proclamer la justice, et où se trouve-t-elle ? Tu ne pourras résister à ce monde, tu ne pourras que te réfugier dans l'écriture dont tu retireras un peu de consolation et de plaisir. Et tu seras comme Marguerite qui n'a pu résister et t'a fait part de ses souffrances pour mieux s'en débarrasser.

Tu prends un bain chaud, puis tu t'asperges d'eau froide pour te réveiller. Tu dois aller voir la dernière représentation de ta pièce, retourner dans la réalité, manger, boire, bavarder et rire, prononcer à voix haute des paroles humaines avec des jeunes acteurs et leur laisser les difficultés à vivre en homme.

17

C'est une société nouvelle, taillée au cordeau, flambant neuve, dont les citoyens sont de glorieux travailleurs, des paysans qui travaillent pieds nus dans les champs à ceux qui soignent les cors aux pieds dans les bains publics, chacun intégré dans son unité de travail, tous organisés pour servir le peuple, fournissant un rendement excellent afin d'être distingués comme travailleurs modèles cités au tableau d'honneur dans les journaux. Pas d'oisifs, mendicité et prostitution interdits, rations alimentaires réparties à l'avance, aucun bol de riz ne doit être gaspillé. Toute velléité de profit personnel est éradiquée, on ne vit que grâce à son salaire ou à ses points de travail. Tout est propriété de la société, y compris chaque travailleur, soumis à une surveillance sévère sans disposer de la moindre échappatoire ; les malfaiteurs n'ont aucun lieu où trouver refuge, s'ils ne sont pas passés par les armes, ils sont regroupés dans des prisons ou détenus dans des camps de rééducation par le travail, le drapeau rouge flotte au vent, le royaume céleste idéal de l'humanité est ainsi réalisé, même s'il ne s'agit que de son premier stade de développement.

L'homme nouveau a aussi été créé, un modèle parfait, un petit soldat nommé Lei Feng, orphelin, sans père ni mère, grandi sous le drapeau à cinq étoiles, il porte secours à autrui sans se soucier de lui-même et sacrifie sa propre vie. Ce héros qui sait si bien modérer ses désirs, la première fois qu'il touche à l'écriture, c'est justement pour évoquer ce qu'il a retiré de la lecture des œuvres de Mao, il éprouve une immense reconnaissance envers le Parti, il désire être une vis bien graissée destinée à standardiser chaque citoyen, et que tout le monde s'en inspire obligatoirement. Lui éprouvait quelques doutes à l'égard de ce genre d'homme nouveau. Mais à l'époque, le système de confession idéologique en vigueur dans les universités obligeait chacun à se confier au Parti. Les sentiments intimes, tout comme ceux des autres, et même les doutes que l'on nourrissait, devaient être exposés au cours de séances de bilan idéologique. Lui était tombé dans le panneau. Étourdiment, il avait posé des questions : Pouvait-on devenir un héros sans pour autant se jeter sur une charge d'explosifs et voler en mille morceaux ? L'utilité d'un moteur n'était-elle pas plus grande que celle d'une petite vis ? Ses questions avaient provoqué un tollé général parmi ses camarades de classe. Les filles poussaient des cris stridents. Il fut critiqué ; heureusement pour lui, il ne s'agissait que d'un débat au niveau de la classe, son problème n'était pas trop grave, mais il en tira quand même un enseignement – pour se comporter en homme, il fallait mentir, si l'on voulait dire la vérité, c'en était fini. Rester pur était totalement impossible, mais c'est longtemps plus tard qu'il l'a réalisé, à partir de l'expérience des autres et de la sienne propre. L'expérience des autres, on n'arrive à la comprendre que si on l'a connue soi-même et si l'on a vécu les mêmes souffrances. Sinon, quelle que soit l'expérience que les autres ont vécue, jamais elle ne peut devenir un enseignement.

Aujourd'hui, tu n'as plus besoin de participer à ces séances de discussion obligatoires, au cours desquelles tu étais soumis à l'autocritique, tu n'as plus à te confesser et tu es loin de ces nouveaux mythes. Pourtant, à l'époque, il était terriblement déprimé et aurait aimé épancher ses sentiments. Il avait donné un rendez-vous à d'anciens camarades de lycée, qui fréquentaient alors les universités de Pékin. C'était dans le parc des Bambous pourpres, dans la banlieue ouest. Ils étudiaient tous dans des universités différentes et n'avaient guère de relations entre eux, ils s'étaient plus ou moins adonnés à la littérature à l'âge de la puberté ou avaient écrit des poèmes. Ils voulaient aussi s'échapper un peu pour respirer en dehors de l'atmosphère confinée de leurs campus. Le parc avait ouvert récemment et était encore peu fréquenté. On n'y trouvait, au bord d'un lac, qu'une petite maison de thé qui vendait des gâteaux, où des étudiants aussi pauvres qu'eux ne pouvaient s'asseoir, mais un peu plus loin, au bord de l'eau, il y avait un endroit tranquille où personne ne passait. Sur l'herbe à l'ombre des arbres, un doux vent apportait l'odeur des blés semés sur les levées de terre qui entouraient le parc, c'était sans doute le mois de mai, époque de maturité pour le blé.

Datou, dit Grosse-Tête, avait déclaré qu'il avait envie d'écrire une pièce de théâtre qui ressemble aux *Bains* de Maïakovski. S'il était surnommé Grosse-Tête, ce n'était pas seulement parce qu'il avait été le champion du concours de mathématiques de tous les lycées de la ville, c'était aussi parce que la casquette qu'il portait pendant l'hiver avait vraiment une taille ou deux de plus que celle des autres garçons. Par la suite, heureusement Grosse-Tête était retourné à ses mathématiques et ne s'était pas englué dans le bourbier où l'aurait plongé une pièce comme *Les Bains* ; mais à peine avait-il publié deux articles en anglais dans une revue internationale de mathématiques que la culture avait révolutionné sa vie en l'envoyant à la campagne garder des buffles pendant huit ans. Ses problèmes n'étaient pas apparus au cours de cette rencontre, mais plus tard, une fois qu'il eut obtenu son diplôme : il avait laissé échapper une parole un peu frivole dans le dortoir de son institut et avait été dénoncé par ses collègues.

À l'époque, celui qui avait déclenché tous les problèmes, c'était l'étourdi Cheng la Jaquette, dont le surnom venait du vieil habit étriqué, hérité de son père, qu'il portait toujours au lycée. Un de ses camarades de dortoir avait lu en cachette son journal, dans lequel il mentionnait cette rencontre, et il en avait rendu compte au secrétaire de la Ligue de la jeunesse communiste. La Jaquette était parmi leur groupe le seul membre de la Ligue, on ne se savait trop comment il s'était mêlé à eux. Dans son journal, il n'avait pas consigné les propos tenus pendant leur rencontre, mais les problèmes étaient venus de ce qu'il y parlait d'une femme frivole, évoquant ce qu'il avait fait avec elle, sans que l'on sût s'il s'agissait de fantasmes ou de la réalité. Des gens de son université étaient venus l'interroger, lui occasionnant des sueurs froides.

Pendant leur réunion au parc, lui avait parlé d'Ehrenbourg et de ses souvenirs du Paris du début du siècle, du café où se réunissaient les peintres et les poètes surréalistes, et aussi de Meyerhold qui avait été fusillé parce qu'il se consacrait au formalisme. Mais les propos de Grosse-Tête les avaient laissés encore plus stupéfaits. Ils avaient été effarés par ce qu'il avait dit du rapport secret de Khrouchtchev contre Staline, lu dans l'édition anglaise des *Nouvelles de Moscou*. À l'époque, les revues en langues étrangères des bibliothèques universitaires n'étaient pas encore sévèrement contrôlées. Parmi les quatre participants de cette rencontre, l'un d'eux étudiait l'hérédité biologique, il avait beaucoup lu sur la philosophie indienne et avait déclaré que la poésie de Tagore liait les hommes et les dieux. Mais les enquêteurs n'avaient pas posé de questions à ce sujet, la Jaquette nourrissait suffisamment de sentiments amicaux à leur égard et ne les avait pas vendus. On l'avait questionné pour savoir si des filles avaient participé à la rencontre et si ses camarades entretenaient des relations avec des femmes en dehors de l'université. Il les avait tirés d'un mauvais pas et ils cessèrent définitivement leurs réunions.

Tu n'aurais pas cru que bien des années plus tard tu retrouverais ce café. Un jour que, par le plus grand des hasards, tu sortais de chez un écrivain français chez qui tu avais dîné en compagnie d'un poète qui venait aussi de Chine. À minuit, le Quartier latin était encore très animé, vous étiez passés devant un café bondé à l'intérieur comme à la terrasse quand, levant la tête, tu avais lu son enseigne au néon : *La Rotonde*, c'était bien ce café. Vous vous étiez assis à une petite table que des clients venaient de quitter, tout autour de vous on parlait anglais ou allemand, ce n'étaient que des touristes ; impossible de savoir où étaient passés, à l'orée de ce siècle nouveau, les poètes et les peintres français.

Tu n'as plus appartenu à aucun mouvement, plus défendu de principes, ni fait partie d'aucun groupe ; heureusement que la bande d'amis du parc des Bambous pourpres avait su s'arrêter à temps et que personne n'avait dénoncé personne, car en s'appuyant sur vos propos, même si vous n'aviez pas été condamnés comme contre-révolutionnaires, il aurait suffi qu'on trace un simple trait de pinceau sur votre dossier pour que vous ne soyez plus là aujourd'hui. Plus tard, vous avez appris à vous dissimuler derrière un masque et à enfouir au plus profond de vous les paroles que vous ne vouliez pas effacer.

Quand tu te réveilles, des nuages blancs se déplacent lentement dans la nuit derrière la fenêtre, pendant un temps tu ne sais plus où tu es, tu te prélasses paresseusement, cela faisait longtemps que tu n'avais plus laissé vagabonder ton esprit parmi les souvenirs du passé. Tu jettes un coup d'œil à ta montre et tu te lèves, car tu dois te rendre au théâtre avant que tout le monde ne se disperse, tu dois participer à une photo avec les acteurs et les gens qui travaillent dans ce théâtre, puis aller manger avec eux, ce genre de séance d'adieu est la tradition après une dernière représentation.

D'une ville à l'autre, d'un pays à l'autre, dans des lieux plus changeants encore que ceux où nichent les oiseaux migrateurs, tu profites de ces instants de bonheur furtif, tu voles tant que tu peux, tu ne tomberas que si ton cœur te lâche, tu es enfin un oiseau libre, tu recherches ton bonheur en volant, plus besoin de te tourmenter.

Dans une salle réservée d'un restaurant, des dizaines de personnes sont rassemblées, on trinque, on bavarde, on rit, on échange les adresses, même si l'on n'a pas plus d'une ou deux chances sur dix de se revoir, car le monde est décidément trop grand. La jeune fille vigoureuse aux grands yeux qui jouait le rôle principal de ta pièce veut que tu lui écrives un mot sur l'affiche du spectacle, et après son nom, tu dessines une route sur laquelle tu écris : « Une femme bien. » Elle plisse les yeux et demande sur un ton rusé :

– Bien en quoi ?

– Bien, parce qu'elle est libre, dis-tu.

Tous t'acclament, mais elle lève les bras et se retourne, campée sur sa taille solide et belle. Un jeune homme un peu étourdi te demande :

– Que pensez-vous du mariage ?

– Celui qui n'a pas été marié finira toujours par l'être.

– Et celui qui l'a déjà été ? demande-t-il encore.

– Il devra se remarier pour voir un peu, réponds-tu.

Tout le monde applaudit encore. Mais le jeune homme te demande en te fixant :

– Avez-vous plusieurs petites amies ?

– L'amour, réponds-tu, c'est comme le soleil, l'air et le vin.

Tout le monde vient trinquer avec toi, avec ces jeunes gens il n'y a ni cérémonie ni règles de politesse, c'est extrêmement vivant.

– Et l'art, alors ? demande d'une voix timide une jeune fille non loin de toi.

– L'art, ce n'est rien autre qu'un moyen d'exister.

Tu expliques que tu vis l'instant présent, que tu ne recherches pas l'immortalité, que les pierres tombales sont érigées pour que les vivants les voient, que cela ne concerne pas les morts. Tu as trop bu, tu commences à divaguer. Faire du théâtre, c'est chercher la joie, quand on en fait il faut en profiter à fond, tu dis que tu as été très heureux de travailler avec eux, que tu les remercies tous.

Ton assistant à la mise en scène, grand et élancé, très posé, est plus âgé que la bande de jeunes gens, il prend la parole au nom de tous pour dire qu'ils aiment beaucoup cette pièce que tu as écrite il y a dix ans, qu'elle n'est pas dépassée du tout, qu'il espère que tu reviendras faire jouer l'une de tes nouvelles pièces. Tu ne veux pas les décevoir, tu dis que le monde n'est pas grand, que Hong Kong, sur la carte, on le découvre du premier coup d'œil, que tu auras sans doute d'autres occasions, mais en toi-même tu sais bien sûr que l'oiseau qui s'est envolé de la cage ne veut jamais y retourner. Ton esprit s'échappe vers les hauts plateaux arides du centre de la France. Depuis une falaise escarpée tu contemples les églises aux toits pointus surgissant au milieu des villages coincés entre les montagnes, et, loin de la grande route, cette Française nue sur l'herbe en train de se faire bronzer. Son bras rond avec lequel elle se cache les yeux et son corps rebondi éblouissent sous la lumière du soleil, le vent transporte les cris des aigles qui planent à mi-hauteur des falaises, on l'entend souffler dans leurs grandes ailes déployées, ce sont des aigles que l'on a fait venir de Turquie, les aigles ont depuis longtemps disparu en France.

Tu as besoin de contempler, loin de la douleur, le cœur reposé, les images laissées par ces souvenirs sombres, trouver des lumières un peu plus brillantes, pour considérer le chemin que tu as parcouru.

Ils sont encore jeunes, ce que tu as vécu risque-t-il de revenir pour eux ? C'est leur problème, ils ont leur propre destin, tu ne peux porter le fardeau de la souffrance des autres, tu n'es pas un sauveur, tu ne peux que te sauver toi-même.

18

Tu t'aperçois à quel point tu as des difficultés pour reparler de ce temps-là, à tes yeux, le « il » de cette époque est très difficile à comprendre. Si l'on veut évoquer ce passé, il faut d'abord expliquer le vocabulaire en usage pendant ces années et sa signification réelle. Un mot aussi précis que le mot « parti », par exemple, n'avait rien à voir avec celui qu'utilisait son père, quand celui-ci lui affirmait autrefois qu'il appartenait « non pas à un parti mais à une compagnie d'hommes d'honneur ». Plus tard, son père n'osa plus dire cela et dès qu'il prononçait le mot « Parti », il devenait sérieux, respectueux, sa main se mettait à trembler en faisant scintiller l'alcool dans son verre, sinon il n'aurait pas tenté de se suicider. Ce mot était si grandiose et solennel. Même l'État, en principe tout aussi grandiose et solennel, se trouvait sous la coupe du « Parti », sans parler du lieu où chaque individu travaillait et gagnait sa vie – ce que l'on appelait l'« unité de travail » et qui dépendait aussi du « Parti ». Le *hukou* – l'autorisation de vivre en ville –, les rations, le logement et les libertés individuelles étaient fixés par l'organisation du « Parti » de l'« unité de travail », et ce, à condition que l'on ne soit pas un ennemi ; voilà pourquoi le terme « camarade » avait une signification aussi importante. Chacun devait absolument trouver le moyen de garder cette appellation accolée à son nom, faute de quoi on en était réduit à être qualifié de « génie malfaisant » et après avoir été « épuré » de son « unité de travail », on n'avait plus qu'à aller au « camp de rééducation par le travail », le *laogai*.

C'est pourquoi, dès que le Parti décidait de déclencher une nouvelle bataille, aucune unité de travail n'osait s'abstenir de se lancer dans une lutte à mort, chacune craignant d'être « épurée » à son tour. Un individu était soit un camarade révolutionnaire (classés en vingt-six niveaux différents), soit un génie malfaisant (divisés en cinq catégories). L'autorisation de vivre en ville, le *hukou* (délivré à la population qui ne se livrait pas à des activités agricoles et qui vivait en achetant des vivres grâce à des tickets de rationnement distribués chaque mois), l'envoi en camp de rééducation par le travail, la vie ou la mort de chaque citoyen, tout cela était intimement lié aux mesures sans cesse changeantes prises au terme de luttes à la vie et à la mort entre quelques dizaines de membres à l'intérieur du Comité central du Parti (en général, par le Bureau politique et le secrétariat du Comité central du Parti), mesures appliquées à la base en respectant des documents internes dont les gens du commun ne pouvaient prendre connaissance. C'est ainsi que le destin de chaque individu était décidé sans que celui-ci n'y comprenne rien, selon un commandement dix mille fois plus rigoureux que les prophéties de la Bible : Ceux qui ne se conforment pas à la règle, si ce n'est pas trop grave, commettent une simple faute, mais si c'est plus grave, ils commettent un crime. Tout était alors noté dans le dossier de chaque individu.

Dans ce dossier, on ne trouvait pas évidemment que le curriculum vitæ. Les actes et les paroles incorrects, les comportements sur le plan des mœurs et les activités politiques passées, les rapports idéologiques et les autocritiques que l'individu avait rédigés, ainsi que les conclusions et opinions fournies par l'organisation du Parti de l'unité de travail, tout y était consigné et conservé par un personnel spécialisé. Ce dossier suivait l'individu d'une unité de travail à une autre, mais l'intéressé n'avait aucune chance d'en prendre connaissance pendant toute la durée de sa vie.

Un autre exemple : l'action d'étudier ne correspondait pas du tout à la définition du dictionnaire, c'est-à-dire acquérir des connaissances ou un savoir-faire, non, cette fonction spécifique de l'étude ne correspondait pas à l'idéologie fixée par le Parti à cette époque, il fallait éradiquer la moindre motivation individuelle, même une pensée toute simple, qui ne correspondait pas aux normes fixées par le Parti : c'était ce que l'on appelait « lutter à mort contre la moindre pensée égoïste ». On ne plaisantait pas ! Le mot « égoïsme » avait pour l'individu le sens de crime d'ordre psychologique et devait être détruit catégoriquement. Et les « écoles des cadres du 7 mai » – des écoles comme il n'en avait jamais existé ni en Chine ni hors de Chine, jadis ou maintenant, où l'on était envoyé de force, que l'on y fût inscrit ou non, et qu'on ne pouvait quitter – étaient la punition de ceux qui avaient reçu une certaine éducation, qui étaient cultivés et capables de penser. La pensée était entravée par une surveillance mutuelle et un travail physique extrêmement lourd. La seule et unique pensée que le Parti autorisait était celle du dirigeant suprême. À ce moment-là, que l'on fût cadre du Parti ou simple employé d'un organisme d'État, si l'on vous disait de vous « installer à la campagne » avec les membres de votre famille dans une « école des cadres », il était impossible de résister. « L'école des cadres » était comme l'unité de travail, elle fixait les rations de chaque individu, son état civil et la liberté d'avoir des activités extérieures ; il était donc impossible de faire l'école buissonnière comme les enfants, et de toute façon, où fuir ?

Et ainsi de suite, tu pourrais rédiger un dictionnaire avec ce genre de vocabulaire, mais tu n'as guère envie de compiler un tel ouvrage qui pourtant servirait à témoigner pour l'histoire.

À propos de l'histoire justement, si l'on considère la « Révolution culturelle » qui s'est déroulée il n'y a guère plus de trente ans, les documents officiels édités à l'occasion de chacun des Congrès du Parti n'ont cessé de changer radicalement d'opinion, depuis ceux du « IXe Congrès » de Mao jusqu'à ceux du « Troisième Plénum » de Deng Xiaoping, ce n'est plus la peine d'en parler. Tout récemment, il était même officiellement interdit de toucher à ce sujet. L'histoire telle qu'elle est racontée par le peuple est aussi tellement variable selon la personne qui la rapporte : est-ce l'histoire de la Révolution culturelle telle que l'a vécue un ancien garde rouge aujourd'hui âgé ? Ou l'histoire du rebelle le grand Li ? Ou les mémoires écrits par Wu Tao, un ancien secrétaire du Parti déchu ? Ou la plainte déposée par le fils de Lao Liu battu à mort ? Ou encore, l'éloge funèbre prononcé au cours de la séance de réhabilitation de ce vieux général mort affamé dans les geôles de ce régime pour lequel il s'était battu dans une mare de sang, et à qui on a fini par rendre hommage au cours d'une cérémonie funéraire posthume ? Ou bien l'histoire des souffrances d'un peuple abstrait ? Et le peuple possède-t-il vraiment une histoire ?

À l'époque, tout le monde était en rébellion, de la même manière qu'auparavant le peuple tout entier était révolutionnaire. Par la suite, on a évité de prononcer le mot « rébellion », on a même carrément passé sous silence cette époque de l'histoire et chacun s'est dit victime de la grande catastrophe, oubliant qu'avant celle-ci, on avait été soi-même peu ou prou un homme de main ; voilà comment change le visage de l'histoire. Il vaut mieux pour toi ne rien écrire quant à elle, seulement te remémorer ta propre expérience. À l'époque il était si impulsif, si stupide… et l'amertume ressentie aujourd'hui du fait de cette stupidité est comme la mort aux rats, il est facile de discuter de la façon de l'absorber ou de la recracher, mais même si on la vomit, il n'est pas sûr qu'on soit soulagé.

Les élans pour la justice et les jeux de hasard politiques, les tragédies et les farces, les héros et les clowns ne sont que des trucs que les hommes manipulent. Tout n'est que blabla : les mots sévères et justes, les polémiques, les cris et les injures participent tous de la langue de bois du Parti ; dès que les gens ont perdu leur propre voix, les poupées de chiffon sont incapables d'échapper à la grande main qui les manipule depuis leur gaine.

Aujourd'hui, à entendre des déclarations pleines de ferveur, tu ris en toi-même, les slogans des révolutionnaires ou rebelles te donnent la chair de poule, quand arrivent les héros ou les combattants, tu prends la poudre d'escampette, ce genre d'excitation et d'indignation sont à donner en pâture aux chiens. Tu aurais dû depuis longtemps quitter cette arène de fauves, ce n'est pas une aire de jeu où tu peux t'amuser, ton domaine se trouve entre ton pinceau et le papier, tu n'es pas un outil entre les mains d'autrui, tu ne fais que soliloquer.

Tu t'efforces de recueillir tes souvenirs ; si à l'époque « il » devenait fou, c'était sans doute parce que ses rêves s'étaient brisés, l'univers qu'il avait imaginé dans les livres était devenu un monde interdit, tout jeune encore, il n'avait aucun lieu pour libérer son énergie, et il ne trouvait pas la femme dont il pourrait être épris à corps perdu, son désir sexuel insatisfait le poussait ainsi à remuer l'eau du bourbier.

Sachant bien que l'utopie de la nouvelle société constitue au même titre que l'homme nouveau un mythe moderne, aujourd'hui, chaque fois que tu entends les gens soupirer en disant que les idéaux sont détruits, tu te dis qu'il vaut mieux qu'il en soit ainsi. Tu comprends bien que ceux qui continuent à proclamer leurs idéaux sont de nouveaux vendeurs de poudre de perlimpinpin. Et ceux qui veulent te convaincre par d'intarissables flots de paroles, qui te donnent des leçons, tu te hâtes de leur dire, ça va, ça va, vieux frère, à demain – et tu files à l'anglaise.

Tu ne discutes plus, tu préfères aller boire une bière. La vie ne peut pas être démontrée, est-ce qu'un homme vivant ne peut vraiment se comporter en être humain qu'après avoir prouvé sa raison d'être ? Non, tu veux te contenter d'exposer les faits pour revenir grâce au langage au « il » de ce temps-là, tu reviens aux lieux et aux temps qui correspondent à ce « il » à partir des lieux et du temps présent. À partir de ton état actuel, tu veux montrer le « il » de cette époque. Voilà où réside sans doute le sens de ton observation.

À l'origine, il n'avait pas d'ennemis, pourquoi aurait-il absolument fallu qu'il s'en trouve ? À présent, tu viens juste de comprendre que si tu as encore un ennemi, ce n'est plus que l'ombre laissée dans ton cœur par le vieux Mao, aujourd'hui mort de sa belle mort. Et tout ce que tu veux, c'est en sortir, il est inutile de te battre contre l'ombre d'un homme mort et gaspiller le peu de vie qui te reste.

À présent, tu n'as pas de doctrine. Et un homme sans doctrine ressemble davantage à un homme. Un insecte ou un brin de paille n'ont pas de doctrine, toi tu es un être vivant qui n'est plus manipulé par aucune doctrine, tu préfères te dire un observateur qui vit en marge de la société, qui, bien qu'il ne puisse éviter d'avoir un point de vue, une opinion et ce que l'on nomme des penchants, n'a aucune doctrine – voilà où réside la différence entre le « tu » ici présent et le « il » que tu observes.

19

Le premier combat éclata dans la cour de l'organisme. Gardes rouges contre gardes rouges. Au moment où la foule sortait en masse du grand bâtiment pour aller déjeuner, un garde rouge venu de l'extérieur colla un dazibao avant d'être interpellé par le commissaire du bureau de la sécurité. Des gardes rouges de l'organisme s'approchèrent et arrachèrent l'affiche fraîchement collée. L'intrus portait des lunettes et arborait un air insolent. Encerclé, il ne cessait de crier :

– Pourquoi ne me laissez-vous pas afficher ? Coller des dazibaos est un droit que le président Mao nous a donné !

– C'est le fils de Liu Bing qui tente de réhabiliter son père, ne le laissons pas semer le désordre ! hurlait le commissaire en agitant la main en direction de la foule qui les entourait, ne vous rassemblez pas ici, allez manger !

– Camarades ! Mon père n'est pas coupable !

D'une main le jeune homme repoussa le commissaire et leva la tête pour s'adresser à la foule :

– Votre comité du Parti se détourne de l'orientation générale de la lutte, il s'oppose à la ligne révolutionnaire du président Mao, ne vous laissez pas abuser par eux ! S'ils n'essayaient pas de tricher, pourquoi auraient-ils peur d'un dazibao ?

Danian se détacha de la foule silencieuse et s'adressa aux gardes rouges de l'organisme :

– Ne laissez pas ce gars puant duper les gens en se faisant passer pour un garde rouge. Arrachez-lui son brassard !

Le jeune homme leva le bras où était noué son brassard en le protégeant de son autre main et continua à hurler :

– Camarades gardes rouges ! Vous vous êtes trompés d'orientation ! Écartez votre comité du Parti et faites la révolution ! Ne devenez pas complices des éléments engagés dans la voie capitaliste ! Vous, camarades, tous ceux qui voulez la révolution, allez voir sur les campus universitaires, là-bas les rebelles prolétariens triomphent déjà ; ici, vous êtes encore sous la domination de la terreur blanche !...

Obligé de reculer, le jeune homme était collé au mur. Il implora l'aide de la foule qui l'entourait, mais personne n'osa le tirer de son encerclement.

– Qui sont tes camarades ? Toi, descendant de la classe des propriétaires fonciers de merde, tu te fais passer pour un garde rouge ! Arrachez-lui son brassard ! ordonna Danian.

Une lutte s'engagea pour s'emparer du brassard, et, malgré sa robustesse, le jeune homme ne put résister à ses adversaires. Ses lunettes voltigèrent et furent écrasées sous les pieds de la foule. Le brassard finit par lui être arraché. Ce rejeton révolutionnaire qui un instant plus tôt était sûr d'avoir la raison de son côté était maintenant appuyé au mur, se protégeant la tête des deux mains ; il se laissa glisser à terre puis s'accroupit et ne put s'empêcher d'éclater en sanglots, se transformant soudain en un bâtard pitoyable.

Lao Liu arriva en chancelant du bâtiment, tiré, poussé dans tous les sens, et il fut immédiatement soumis sur place aux accusations. C'était quand même un vieux révolutionnaire qui avait vécu beaucoup d'expériences ; il n'était pas aussi fragile que son fils. Il voulut dresser le cou pour dire quelque chose, mais les gardes rouges lui appuyèrent brutalement sur la tête et il dut la baisser.

Mêlé à la foule, contemplant cette scène, lui, il choisit en lui-même de se rebeller. Il s'esquiva pendant le travail et alla faire un tour dans les universités de la banlieue ouest. Sur le campus de l'université de Pékin, noir de monde, parmi les dazibaos qui couvraient murs et bâtiments il vit celui de Mao Zedong, qui avait bien sûr été recopié : « Mon dazibao :

Feu sur le quartier général ! » Lorsqu'il rentra dans le bureau de son organisme, il était encore en proie à une excitation incroyable et, au milieu de la nuit, une fois qu'un calme absolu fut revenu, il écrivit aussi un dazibao. Il n'eut pas la patience d'attendre de recueillir des signatures pendant les heures de travail, craignant d'avoir perdu son courage le lendemain au réveil. Il lui fallait profiter de l'exaltation qui ne l'avait pas encore lâché à la moitié de la nuit pour aller coller ce dazibao. Les masses avaient besoin de héros comme porte-parole pour demander la réhabilitation des gens accusés d'être opposés au Parti.

Dans les couloirs déserts du bâtiment, des lambeaux de vieux dazibaos se balançaient au gré des courants d'air. Le sentiment de solitude qui l'envahit lui fournit certainement le soutien dont ont besoin les héros. La tragédie fit naître en lui un élan pour la justice. C'est ainsi qu'il fit son entrée dans la salle des jeux du hasard, mais à cette époque il aurait difficilement pu dire si réellement il avait l'esprit du joueur. En résumé, il croyait avoir discerné une situation favorable pour pouvoir à la fois se battre pour sa survie et passer pour un héros.

Les éléments audacieux qui avaient été taxés d'anti-Parti au début du mouvement n'osaient pas relever la tête et les activistes qui suivaient le comité du Parti n'avaient reçu aucune directive des échelons supérieurs. Son dazibao fut accueilli dans le plus grand silence. Deux jours durant, il resta seul, noyé dans la tragédie.

La première réaction à son dazibao fut un coup de fil du grand Li, préposé à la gestion du dépôt de livres, qui lui fixait un rendez-vous. Li et un jeune gars tout maigre, petit Yu, un dactylo, l'attendaient devant la chaufferie dans la cour.

– Nous sommes d'accord avec ton dazibao, on peut agir ensemble ! déclara Li en lui serrant la main pour montrer qu'ils étaient compagnons de lutte.

– Quelle est ton origine sociale ? demanda encore Li. Même les rebelles se souciaient de l'origine sociale.

– Employé d'origine, répondit-il sans autre explication, ce genre de question le plongeant toujours dans l'embarras.

Li jeta un coup d'œil interrogatif à Yu. Quelqu'un arriva pour remplir d'eau sa thermos et ils restèrent tous trois silencieux. Ils entendirent que la thermos était pleine. L'homme était parti.

– Dis-lui, acquiesça Yu.

– Nous voulons fonder un groupe de gardes rouges rebelles, l'informa Li, pour nous opposer à eux. Nous nous réunissons demain matin à huit heures à la maison de thé du parc Taoranting au sud de la ville.

Une autre personne vint prendre de l'eau. Ils se séparèrent aussitôt sans plus s'occuper les uns des autres. C'était un contact secret, s'il n'y allait pas, ce serait un signe de faiblesse.

Au petit matin, ce dimanche-là, il faisait très froid, le chemin couvert de plaques de glace craquait sous les pas comme du verre. Il avait rendez-vous avec quatre jeunes gens dans le parc Taoranting situé dans le sud de la ville. Les logements de l'organisme se trouvaient très loin de là, au nord, et ils ne risquaient guère de rencontrer des gens qu'ils connaissaient. Le temps était gris, le parc désert, et à cette période, les jeux étaient fermés. Foulant ce sol couvert de glace qui craquait sous ses pas, il avait le sentiment d'être un apôtre en mission pour sauver le monde.

La maison de thé près du lac était presque vide ; derrière l'épaisse tenture qui masquait l'entrée se trouvaient deux vieilles personnes assises face à face près de la fenêtre. Une fois réunis, ils s'assirent autour d'une table à l'extérieur, chacun réchauffant ses mains contre une tasse de thé brûlant. D'abord, chacun se présenta, disant quelles étaient sa situation de famille et son origine sociale, puis les conditions préalables qu'on mettait à se rebeller sous le drapeau rouge.

Le père du grand Li était vendeur dans un magasin de céréales, son grand-père réparait des chaussures, il était mort. Au début du mouvement, Li avait subi une « rectification » parce qu'il avait collé un dazibao au sujet du secrétaire de la cellule du Parti du dépôt de livres. Yu était le plus jeune, il était arrivé comme dactylo dans leur organisme moins de un an auparavant, après avoir obtenu son diplôme du secondaire. Ses parents étaient tous deux ouvriers d'usine. Comme il avait tendance à arriver en retard au travail et à en repartir tôt, il avait été tenu à l'écart de l'organisation des gardes rouges. Un autre, nommé Tang, était agent de la circulation motocycliste, soldat démobilisé. On ne pouvait le chicaner sur son origine sociale. C'était un beau parleur qui, d'après ce qu'il disait, était grand amateur de *xiangsheng*[1], et qui, à cause de cela, avait été aussi repoussé par les gardes rouges. Le dernier des quatre n'avait pas pu venir parce qu'il devait s'occuper de sa mère hospitalisée, mais Li avait parlé à sa place pour dire qu'il soutenait sans condition les rebelles, qu'il marcherait avec eux.

Puis vint son tour de prendre la parole. Il venait de décider qu'il allait leur annoncer qu'il n'était pas qualifié pour être garde rouge, qu'il ne devait pas entrer dans leurs rangs, mais avant qu'il n'ait eu le temps d'ouvrir la bouche, Li dit en agitant la main :

– Nous connaissons tous ta situation, nous voulons aussi unir à nous des intellectuels révolutionnaires comme toi, aujourd'hui tous ceux qui sont venus participer à cette réunion forment le noyau des gardes rouges de la pensée Mao Zedong !

Ce ne fut pas plus compliqué que cela, il n'y eut pas besoin de davantage de discussions, ils se reconnaissaient eux-mêmes comme la relève révolutionnaire qui voulait évidemment défendre la pensée Mao Zedong, et, comme l'affirmait Li :

– Dans les universités, les rebelles ont déjà provoqué l'effondrement des vieux gardes rouges, qu'attendons-nous ? Nous devons triompher !

1. Dialogue comique, un art populaire très prisé en Chine.

Une fois rentrés dans le grand bâtiment désert de leur organisme, ils collèrent le soir même leur déclaration de gardes rouges rebelles, ainsi que de grands slogans visant le comité du Parti et les gardes rouges qu'ils affichèrent à chaque étage, jusque dans la cour et sur la porte d'entrée du bâtiment.

Avant le lever du jour, il quitta le grand bâtiment et regagna sa petite chambre où le poêle s'était éteint depuis longtemps. La pièce était glacée, son enthousiasme était retombé aussi. Une fois sous ses couvertures, il réfléchit au sens de son action et à ses conséquences, mais il était mort de fatigue et sombra dans le sommeil. À son réveil, il faisait déjà sombre dehors, c'était le soir, son esprit était encore engourdi. La pression qu'il avait subie pour arriver à se défendre jour et nuit depuis plusieurs mois s'était soudain libérée. Il dormit encore toute la nuit.

Il se leva tôt pour aller au travail, il n'avait pas imaginé que des dazibaos faisant écho au leur seraient affichés du haut en bas du bâtiment ; en un instant, s'il n'était pas devenu un héros, du moins était-il un brave vers lequel tous les regards convergeaient. L'atmosphère tendue du bureau s'était relâchée d'un coup, les gens qui l'évitaient quelques jours auparavant venaient à sa rencontre et le saluaient un grand sourire aux lèvres. La vieille Mme Huang qui avait beaucoup souffert d'être soumise à une enquête lui prit la main et lui dit sans la lâcher :

– Vous avez dit ce que nous autres les masses avons sur le cœur, vous êtes les vrais gardes rouges du président Mao !

Ce compliment donnait l'impression de figurer dans un film révolutionnaire, lorsque les aînés du village accueillent les soldats de l'Armée rouge qui les ont libérés. Même le texte était presque identique. Lao Liu, impassible, le fixa en faisant la moue, puis il hocha silencieusement la tête avec respect ; lui, son supérieur hiérarchique, attendait de lui qu'il le sauve. Personne ne se doutait que ces cinq jeunes gens qui s'étaient associés et préparés dans la précipitation se transformeraient en une force impossible à arrêter simplement parce qu'ils avaient noué un bandeau rouge à leur bras.

Certains collèrent une proclamation pour annoncer qu'ils se retiraient des rangs des anciens gardes rouges. Parmi eux se trouvait Lin. Cela fit naître en lui un espoir ténu, peut-être pourraient-ils retrouver leur ancienne intimité. À la cantine, à midi, il la chercha du regard de tous côtés, mais ne la vit pas. Elle devait sans doute l'éviter, se dit-il.

Dans un couloir du bâtiment, il tomba nez à nez avec Danian qui passait par là. Celui-ci poursuivit son chemin à la hâte et fit semblant de ne pas le voir, mais il avait perdu son air arrogant.

Avec tous ses bureaux, le grand bâtiment de l'organisme, d'ordinaire si morne, ressemblait à une immense ruche hiérarchisée selon les différents niveaux de pouvoir. Dès que le pouvoir en place avait vacillé, tous les essaims d'abeilles s'étaient mis à s'agiter en vrombissant. Dans les couloirs, on bavardait par groupes ; partout où il allait, des gens hochaient la tête en signe d'assentiment avec lui, ou l'arrêtaient pour discuter. Même des personnes qu'il ne connaissait pas, comme ceux qui, au cours du mouvement d'élimination des génies malfaisants, étaient allés voir le secrétaire du Parti ou les cadres politiques. Pendant quelques jours, presque tous manifestèrent leur volonté d'être rebelles, dans chaque département on créa des équipes de combat indépendantes du Parti et de l'administration. Lui, petit rédacteur, était devenu une personnalité en vue dans cet organisme parfaitement hiérarchisé, on le respectait d'un coup comme un chef. Les masses ont besoin de leaders comme le troupeau de moutons ne s'éloigne jamais de celui qui porte une clochette, même si ce dernier agit sous la contrainte des claquements de fouet, sans savoir où il doit aller. Lui n'avait au moins plus à se rendre à son bureau tous les jours, personne ne lui posait de questions sur ses allées et venues. Les épreuves posées sur sa table avaient été emportées par quelqu'un qui les lisait à sa place et on ne lui avait confié aucune autre tâche.

Il rentra chez lui avant l'heure de la fin du travail, et, dès qu'il fut dans la cour, il vit un homme aux cheveux ébouriffés et aux vêtements sales assis sur les marches qui menaient à sa chambre. Il fut stupéfait en reconnaissant le fils de ses voisins, dont le surnom était Trésor lorsqu'il était enfant. Il ne l'avait plus revu depuis longtemps.

– Qu'est-ce qui t'amène ? demanda-t-il.

– Je t'ai enfin trouvé, mais je ne peux pas tout te raconter en un mot ! soupira Trésor, le roi des enfants de la ruelle à l'époque.

Il ouvrit son verrou ; la porte de la chambre à côté, où vivait le vieux retraité, était ouverte. Il y passa la tête.

– Un vieux camarade de classe, il arrive du Sud !

Depuis qu'il portait un brassard rouge, il ne prêtait plus guère attention au vieux bonhomme, et il rentra chez lui sans autre explication. Le vieil homme acquiesça en ricanant, découvrant ses rares dents et agitant les rides qui couvraient son visage. Puis il rentra chez lui et ferma sa porte.

– Je me suis enfui, expliqua Trésor, je n'ai même pas emporté une serviette et une brosse à dents, je me suis mêlé à des étudiants et des lycéens venus à Pékin faire le *chuanlian*[1]. As-tu quelque chose à manger ? Je n'ai pas fait de vrai repas depuis quatre jours et quatre nuits, il ne me reste que cette poignée de monnaie que je n'ose pas dépenser ; je me suis mêlé aux étudiants au poste d'accueil, j'ai piqué deux petits pains et pris un bol de bouillie de riz.

À peine entré dans la chambre, Trésor tira de ses poches quelques pièces et des petits billets qu'il posa sur la table, puis il ajouta :

– Je me suis sauvé par la fenêtre en pleine nuit, car le lendemain devait se tenir contre moi une séance de lutte de toute notre école. Un enseignant de gymnastique de mon école a été débusqué comme mauvais élément, on l'a accusé

1. Désigne le grand déplacement des étudiants en Chine pendant la Révolution culturelle. Ceux-ci étaient censés ainsi échanger leurs expériences et propager la révolution.

d'avoir touché les seins d'une élève pendant les exercices et un garde rouge l'a battu à mort.

Trésor avait le front ridé et le visage marqué par la souffrance. Où était passé le diablotin de leur enfance qui allait torse nu et crâne rasé l'été ? Trésor était particulièrement agile dans l'eau, il marchait dans l'eau, nageait sous l'eau, faisait le poirier dans l'eau. Quand lui-même était allé en cachette de sa mère apprendre à nager au lac, c'était grâce à ce compagnon qu'il avait eu assez d'audace. Trésor était de deux ans plus âgé que lui et le dépassait de plus d'une demi-tête. Quand il se battait, il était très violent avec les enfants qui lui cherchaient noise ; lui, quand il était avec Trésor, ne craignait rien, jamais il n'aurait imaginé qu'un jour celui-ci parcourrait un tel chemin pour se réfugier chez lui, tel un héros prêt à se battre jusqu'au bout. Trésor lui expliqua qu'après avoir obtenu son diplôme de l'école normale, il avait été nommé dans un lycée de chef-lieu de district pour enseigner le chinois. Dès le début du mouvement, il avait été pris comme bouc émissaire par le secrétaire de la cellule du Parti.

– Les manuels d'enseignement, ce n'est pas moi qui les ai faits, comment pouvais-je savoir que certains articles posaient problème ? Je n'ai fait que raconter des anecdotes, des petites histoires, pour animer un peu la classe, bon, je suis devenu une cible, c'est vrai que j'ai beaucoup parlé, mais peut-on enseigner la langue sans parler ? On m'a enfermé dans une salle de classe où les gardes rouges m'ont surveillé jour et nuit. À présent que j'ai de la famille, s'il m'arrivait quelque chose – sans parler de perdre la vie –, si je restais estropié, comment ma femme ferait-elle pour vivre avec un enfant de un an ? J'ai enjambé en pleine nuit une fenêtre du premier étage et je suis descendu en me tenant à un tuyau d'évacuation des eaux du toit. Je m'en suis bien tiré. Je ne suis pas rentré chez moi de peur d'attirer des ennuis à ma femme. Comme les trains étaient bondés d'étudiants, impossible de contrôler les billets. Je suis venu porter plainte, tu dois m'aider à tirer l'affaire au clair. Comment un enseignant comme moi, aussi petit qu'un grain de sésame, qui n'a même pas sa carte au Parti, pourrait-il devenir un représentant de la bande noire au sein du Parti ?

Après le repas du soir, il accompagna Trésor au centre de réception des masses de la rue Fuyou, à la porte ouest de Zhongnanhai[1]. La grande porte était ouverte, la cour illuminée par des lampes était noire de monde. On se bousculait à qui mieux mieux. Ils avancèrent en suivant le mouvement. Sous une tente montée au milieu de la cour se tenaient assis devant une rangée de bureaux des militaires en casquette, qui prenaient la déposition de chaque personne venue porter plainte. Comme les gens se bousculaient, il ne fallait pas compter s'approcher des tables. Trésor se hissa sur la pointe des pieds pour essayer d'entendre un peu entre les têtes des gens ce qui se disait dans « l'esprit du Comité central ». Mais les voix se mélangeaient, les gens agglutinés devant les tables parlaient fort, posant des questions tandis que l'homme chargé de recueillir la plainte faisait des réponses laconiques, circonspectes, s'en tenant rigoureusement aux principes. D'autres se contentaient de noter sans répondre. Avant même de réussir à avancer, ils furent écartés par la foule. Ils ne purent que se laisser porter jusqu'au couloir du rez-de-chaussée.

Les murs étaient couverts de dazibaos de plaintes contre des sévices et de citations de discours de personnages importants du Parti. Les discours des dirigeants du Comité central qui venaient d'entrer en fonction ou de ceux qui n'avaient pas encore été renversés étaient parfaitement contradictoires, avec leurs allusions cachées et leurs préméditations meurtrières. Trésor était au comble de l'excitation et lui demanda s'il avait apporté un stylo et du papier. Il lui dit qu'il était inutile de recopier ces dazibaos et il ramassa un tas de tracts qui portaient ce genre de discours ; il pourrait les analyser en détail chez lui.

1. Siège du gouvernement situé sur l'avenue Chang'an à Pékin.

Toutes les pièces du bâtiment étaient grand ouvertes. On y recevait aussi des plaignants. C'était moins bondé, mais la queue s'allongeait quand même jusque dans le couloir. Dans une pièce, quelqu'un portait plainte en sanglotant bruyamment. Un jeune homme tenait dans la main une vieille casquette de l'armée fraîchement lavée, il pleurait à chaudes larmes et s'exprimait en dialecte du Jiangxi ou du Hunan, avec un très fort accent ; ils ne comprenaient pas très bien ses propos. Il venait se plaindre d'un massacre collectif : hommes, femmes, vieillards et enfants, même des bébés qui n'avaient pas été épargnés, tous avaient été rassemblés sur l'aire de battage et, à l'aide de pioches, de machettes, de palanches munies d'embouts en fer, avaient été massacrés les uns après les autres. Puis les cadavres avaient été jetés dans le fleuve dont les eaux s'étaient mises à puer. Le jeune homme n'avait pas l'air d'être le descendant de quelqu'un appartenant aux cinq catégories noires, la vieille casquette qu'il serrait dans sa main constituait une preuve sans laquelle il n'aurait pas osé venir à Pékin porter plainte. Les gens entassés dans la pièce et sur le seuil écoutaient en silence pendant que le préposé prenait des notes.

Lorsqu'ils sortirent du centre de réception, ils gagnèrent l'avenue Chang'an, car Trésor voulait encore se rendre au ministère de l'Éducation pour voir s'il existait des directives concrètes concernant les enseignants du secondaire. Le ministère était à l'ouest de la ville, à quelques stations de bus. La plupart des gens qui attendaient l'autobus étaient des lycéens portant tous à l'épaule une sacoche brodée d'une étoile à cinq branches, ils se pressaient sur l'avenue et avant même que le bus ne soit arrêté, ils grimpèrent dedans. Le bus était bondé et les gens qui descendaient comme ceux qui montaient devaient s'agripper à ceux qui étaient devant eux, les portes ne pouvant se fermer. Le bus finit par partir, des gens coincés dans les portes. Même si Trésor avait été capable de descendre d'un immeuble en se tenant à un tuyau d'évacuation, il n'arrivait pas à se faufiler entre ces jeunes plus agiles que des singes.

Quand ils arrivèrent au ministère, le bâtiment était tout entier transformé en centre d'accueil des étudiants de province. Depuis le hall d'entrée jusqu'aux couloirs des étages, les bureaux avaient été vidés. Partout s'entassaient de la paille, des nattes, des tapis de coton, des nappes de plastique, des couvertures en vrac ; le sol était jonché de jarres émaillées, de bols, de baguettes, de cuillères, une odeur aigre de transpiration flottait, mélangée à l'odeur des navets en saumure et des chaussettes sales. Les lycéens faisaient du tapage, mais n'ayant aucun autre endroit où passer ces nuits d'hiver au froid vif, ils s'étendaient sur le sol, exténués, et s'endormaient. Ils attendaient que le dirigeant suprême les passe en revue, soit le lendemain soit le surlendemain, pour la septième ou la huitième fois. Chaque fois, plus de deux millions de personnes commençaient à se rassembler au milieu de la nuit, d'abord place Tian'anmen, puis la file s'étirait vers l'est et vers l'ouest, des deux côtés de l'avenue Chang'an, sur plus de dix kilomètres. Le dirigeant suprême, accompagné du vice-commandant en chef Lin Biao brandissant à la main *Le Petit Livre rouge*, passait à bord d'une jeep décapotée entre deux murs humains constitués de jeunes gens figés en rangs serrés ; ces jeunes, le visage baigné de larmes, agitaient le précieux *Petit Livre rouge* et s'arrachaient la gorge à hurler à tue-tête des « Vive le président Mao ». Ensuite, pleins de rage et d'excitation révolutionnaires, ils allaient saccager des écoles et des temples, attaquer des unités de travail, afin de réduire en cendres le vieux monde.

Il rentra avec Trésor dans sa petite chambre en pleine nuit ; le calme était revenu. Ils ouvrirent le poêle et réchauffèrent leurs mains gelées. Le vent sifflait par les fentes des portes et des fenêtres, leur visage éclairé par le feu était tantôt rouge tantôt sombre. Ces retrouvailles étaient trop inattendues, aucun des deux n'avait envie d'évoquer des souvenirs qui leur semblaient à présent tellement lointains.

20

– La pierre, là-bas.

L'homme te désigne quelque chose du doigt.

Tu ne peux pas ne pas voir une aussi grosse pierre, tu allais la contourner quand tu entends ce type :

– Déplace-la pour voir !

À quoi bon dépenser autant d'énergie et de toute façon, tu n'y arriverais pas.

– Tu crois qu'on ne peut pas déplacer une pierre aussi grosse ? demande l'homme, manifestement très content de lui.

Tu préfères y croire.

– Essaie donc.

Très affable, le type t'incite à agir.

Tu refuses de la tête, tu n'as pas envie de faire ce genre de chose stupide.

– Quel morceau ! Il a l'air encore plus compact que du marbre, c'est vraiment un roc !

L'homme tourne autour du rocher en faisant claquer ses lèvres d'admiration.

Qu'est-ce que ça peut te faire que ce soit un roc ?

– Ça ferait une base vraiment solide, quel dommage de ne pas l'utiliser ! soupire le type.

Tu n'as ni stèle ni pierre tombale à élever. Qu'est-ce que tu ferais avec ?

– Faisons-le bouger un peu, allez !

Il enserre le rocher de ses bras.

De toute façon, tu n'aurais pas la force suffisante.

– Même à coups de pied, il ne bougerait pas d'un millimètre.

Tu es évidemment d'accord avec cette affirmation, mais instinctivement tu donnes un ou deux coups de la pointe du pied.

Le type s'enflamme et t'encourage de plus belle :

– Allez, essaie un peu !

Essayer quoi ? Mais tu ne peux résister à ses injonctions, tu montes dessus.

– Ne bouge pas !

Il tourne autour de la pierre, et aussi autour de toi bien sûr, tu ne sais qui il regarde, de toi ou du rocher, tu suis naturellement son regard, puis tu te tournes sur le rocher.

À cet instant, le type t'observe en riant, les yeux plissés, et te dit sur un ton amical :

– Alors c'est vrai ? On ne peut pas le déplacer !

C'est évidemment du rocher qu'il parle, pas de toi. Tu lui réponds par un petit sourire et tu fais mine de descendre quand il t'en empêche en levant les mains :

– Doucement !

Tu vois son doigt tendu dressé au milieu de sa main levée et tu l'entends poursuivre :

– Regarde, tu ne peux pas ne pas reconnaître que cette base est solide et qu'on ne peut pas la déplacer ?

Tu n'as d'autre choix que hocher la tête.

– Prends-en conscience !

Il désigne le rocher sous toi. Tu ne comprends pas ce dont il faut que tu prennes conscience, de toute façon, tu es déjà sur ce rocher.

– Tu en as pris conscience ? demande-t-il.

Tu ignores s'il veut que tu prennes conscience de ce rocher ou de tes pieds.

Puis il agite le doigt et montre un point au-dessus de ta tête, tu regardes vers le ciel.

– Regarde comme le ciel est clair, comme il est pur, parfaitement limpide, il donne une impression de largesse d'esprit !

Tandis que tu l'écoutes prononcer ces mots, la lumière du soleil te pique les yeux.

– Qu'est-ce que tu vois ? Regarde un peu et dis-moi ce que tu vois ! demande-t-il.

Tu t'efforces de scruter le ciel vide, mais tu ne vois rien, tu sens seulement ta tête tourner un peu.

– Regarde encore attentivement !

– Mais qu'est-ce que je devrais voir ? finis-tu par demander.

– Un ciel véritable, quelque chose de parfaitement réel, un ciel vraiment clair !

Tu dis que la lumière du soleil te pique les yeux.

– Ça c'est exact.

– Exact en quoi ? demandes-tu en fermant les yeux. Puis tu regardes les étoiles dorées qui scintillent sur ta rétine. Tu ne tiens plus debout. Tu fais le geste de descendre de la pierre quand sa voix résonne encore à ton oreille :

– Ce qui est exact, c'est que c'est toi qui as la tête qui tourne et non le rocher.

– Mais, bien sûr…

Tu es tout étourdi.

– Tu n'es pas une pierre ! déclare le type d'un ton cassant.

– Bien sûr que je ne suis pas une pierre, reconnais-tu, je peux descendre maintenant ?

– Tu es beaucoup moins solide que cette pierre ! C'est de toi que je parle !

– Mais oui… Tu abondes dans son sens, tu t'apprêtes à descendre.

– Doucement, debout sur cette pierre, tu vois beaucoup plus loin qu'en bas, n'est-ce pas ?

– Naturellement. Tu abondes encore dans son sens.

– Dans ce cas, au loin, droit devant toi, pas à tes pieds, si tu regardes droit devant, qu'est-ce que tu vois ?

– L'horizon ?

– Qu'est-ce que ça peut faire l'horizon ? On le voit de partout, non ? Je te parle de ce qu'il y a au-dessus de l'horizon, regarde bien…

– Regarder quoi ?

– Est-ce que tu ne vois rien ?
– Le ciel, c'est ça ?
– Regarde mieux.
– Ça ne va pas – tu dis que tes yeux se troublent –, je vois mille couleurs…
– C'est exact, il y a toutes les couleurs qu'on veut, quel ciel magnifique ! L'espoir est devant nous, on peut dire que tu as enfin ouvert les yeux !
– Alors je peux descendre ? demandes-tu en fermant les yeux.
– Regarde encore le soleil ! Si cette fois tu regardes ce beau soleil doré, quelle force ! Tu vas découvrir, écoute-moi bien, je dis bien découvrir, tu vas découvrir des miracles ! Des miracles inimaginables !
– Quels miracles ? demandes-tu en te cachant les yeux.
Le type te saisit la main, tu as l'impression qu'il te soutient un peu, tu n'entends plus que le vent souffler doucement à tes oreilles. Et il te fait remarquer :
– Comme ce monde est lumineux !
Le type écarte ta main qui couvre tes yeux et tu vois dans le ciel un trou sans fond d'un bleu noir, tu commences à te sentir troublé.
– Tu es troublé, c'est ça ? – Ce type est plein d'expérience. – Quand un homme voit un miracle, il est toujours troublé, sinon, est-ce qu'on pourrait parler de miracle ?
Tu dis que tu veux t'asseoir.
– Tu dois persévérer ! ordonne-t-il.
Tu dis que tu ne peux vraiment plus.
– Tu dois absolument persévérer, tout le monde persévère, pourquoi pas toi ? te réprimande le type.
Tu ne tiens plus debout, tu tombes à plat ventre sur la pierre en appelant à l'aide, tu as envie de vomir.
– Ouvre la bouche ! Crie ce que tu dois crier ! Appelle qui tu veux !
Et sous les ordres de ce type, tu t'arraches la gorge à hurler de toutes tes forces, tu ne peux refréner ta nausée, et sur cette pierre solide ou sur cette dalle, tu vomis un liquide amer.

La justice, l'idéal, la moralité et les principes les plus scientifiques, les responsabilités qui lui incombent, son travail intellectuel et ses efforts physiques, les révolutions ininterrompues, les sacrifices sans fin, Dieu ou les sauveurs, les héros ou les hommes modèles, l'État dominé par le Parti, tout cela est bâti sur cette pierre.

Dès que tu as ouvert la bouche, tu as crié et tu es tombé dans le piège de ce type. La justice que tu recherches, c'est lui, alors tu t'es engagé dans un combat acharné à ses côtés, tu n'as pas pu ne pas crier ses slogans, tu as perdu ton propre langage, tout ce que tu as répété comme un perroquet n'était que paroles d'oiseau, tu as été rééduqué, on a effacé ta mémoire, tu as perdu ton cerveau et tu es devenu le disciple de ce maître, tu as dû absolument croire en lui, tu en es devenu le valet, l'homme de main, tu t'es sacrifié pour lui, et tu as été sacrifié sur son autel quand on n'a plus eu besoin de toi, enterré ou incinéré avec lui afin de rehausser sa brillante image, tes cendres devront suivre ses errances jusqu'à ce qu'il repose définitivement en paix et que sa poussière retombe sur le sol. Tu seras alors comme ces innombrables grains de poussière et tu disparaîtras sans laisser de trace.

21

Lin sortait tête baissée en poussant sa bicyclette de l'abri situé à l'entrée du grand bâtiment. Ces derniers jours, elle ne cessait de l'éviter. Il lui barra le passage avec son vélo dont il souleva volontairement la roue avant pour tamponner celle de Lin. Celle-ci leva les yeux vers lui et lui adressa un sourire forcé, comme si elle voulait s'excuser, comme si c'était elle qui l'avait heurté par mégarde.

– Sortons ensemble ! dit-il.

Mais Lin n'avait pas l'intention, comme auparavant, de monter sur son engin et de laisser une certaine distance entre eux, le comprenant à demi-mot, pour le suivre dans un endroit désert. D'ailleurs, pendant cette grande révolution, les parcs étaient tous fermés la nuit. Ils marchèrent côte à côte en poussant leur vélo un certain temps, mais ne trouvèrent rien à se dire. Les murs qui bordaient les rues étaient couverts de slogans des rebelles étudiants, recouvrant les slogans des gardes rouges comme « Balayer tous les monstres ». Les noms qui étaient pointés étaient ceux des membres du Bureau politique du Comité central du Parti et des vice-Premiers ministres.

« Tête baissée devant les masses révolutionnaires, Yu Qiuli doit reconnaître ses crimes ! »

« Tan Zhenlin, ton heure a sonné ! »

Lin avait retiré son brassard, elle s'efforçait de dissimuler son visage derrière un foulard grisâtre à longues franges afin de ne pas attirer l'attention et de se mêler à la foule vêtue de coton gris-bleu. Son charme s'était totalement dissipé.

Les restaurants fermaient très tôt le soir, il n'y avait aucun endroit où aller et aucune parole ne pouvait plus être prononcée, deux êtres marchaient dans le vent froid en poussant leur vélo, laissant manifestement une distance entre eux. Des lambeaux de dazibaos soulevés par le vent de sable volaient sous les lampadaires.

Il se sentit un peu ému, confronté à ce combat à la vie et à la mort pour la justice, mais qui manifestement mettrait fin à son histoire d'amour avec Lin. Il ne pouvait s'empêcher d'éprouver une certaine tristesse. L'envie ne lui manquait pas de reprendre sa relation avec Lin, mais il se demandait comment aborder ce sujet et retourner la situation pour qu'il ne s'agît plus uniquement de recevoir l'amour que Lin lui accordait. Pour montrer sa sollicitude, il posa à Lin des questions sur ses parents. Elle ne répondit pas et ils continuèrent à avancer en silence, sans trouver de mots à échanger. Ce fut Lin qui rompit le silence la première :

– Ton père semble avoir des problèmes au sujet de son passé.

– Quels problèmes ? demanda-t-il étonné.

– Je voulais juste attirer ton attention, répondit Lin sur un ton neutre.

– Il n'a jamais été membre d'aucun parti, rétorqua-t-il immédiatement, comme par une sorte d'instinct de protection.

– Il semble que… continua Lin avant de s'arrêter.

– Il semble que quoi ? demanda-t-il en stoppant net.

– J'ai juste entendu dire quelques mots à ce sujet.

Lin poussait son vélo sans le regarder. Elle se considérait toujours au-dessus de lui, attirant son attention pour le protéger, le protéger pour qu'il ne commette pas de bêtises. Mais même si elle agissait ainsi, il avait bien compris que ce n'était plus par amour, comme s'il lui avait caché son origine. Cette protection n'était pas dénuée de doutes à son égard. Il ne put s'empêcher d'argumenter :

– Avant la Libération, mon père a été responsable dans une banque et dans une société de navigation à vapeur, il a été journaliste aussi dans un journal commercial privé, qu'est-ce que ça peut faire ?

Il aurait pu aussi rappeler que quand il était petit, son père cachait au fond d'une commode, dans une boîte à chaussures remplie de pièces de monnaie, un petit livre imprimé sur du papier grossier, *De la nouvelle démocratie* de Mao, mais il ne le dit pas. C'était inutile, il eut un sentiment d'injustice, surtout pour son père.

– Ils disent que ton père était un employé de haut niveau…

– Eh bien, qu'est-ce que ça peut faire ? Il a aussi été un employé auxiliaire, puis il a été licencié, il a même été chômeur avant la Libération. Il n'a jamais été un capitaliste et n'a jamais été non plus représentant du patronat !

Il était indigné, mais aussitôt il sentit sa faiblesse, il n'avait plus aucun moyen de regagner la confiance de Lin.

Celle-ci se taisait.

Devant un grand slogan qui venait d'être collé, il s'arrêta, descendit la béquille de son vélo et demanda à Lin :

– Qu'y a-t-il encore ? Qui a encore dit quelque chose ?

Appuyée contre sa bicyclette, elle évitait de lui faire face et dit en baissant la tête :

– Ne pose pas de questions, c'est juste pour te prévenir.

Devant eux, un groupe de garçons et de filles qui écrivaient des slogans remontèrent sur leurs bicyclettes, emportant seaux à colle et à encre. Sur le mur, l'encre des slogans fraîchement tracés dégoulinait encore.

– Tu m'évites à cause de ça ? demanda-t-il à voix haute.

– Non, bien sûr. Lin continuait à ne pas le regarder, puis elle ajouta d'une voix très basse : C'est toi qui as voulu rompre.

– Je pense à toi, c'est vrai, je pense beaucoup à toi !

– Arrête, c'est impossible… chuchota Lin en évitant son regard. Tournant la tête, elle fit mine de partir.

Il tendit le bras pour saisir le guidon du vélo de Lin, mais elle baissa encore davantage la tête :

– Ne fais pas ça, laisse-moi partir, je n'ai fait que te prévenir que ton père avait des problèmes à propos de son passé…

– Qui a dit cela ? Les gens du département politique ? Ou Danian ? questionna-t-il sans parvenir à refréner sa colère.

Lin se redressa et tourna le visage pour regarder les véhicules et les bicyclettes qui défilaient sans cesse.

– Mon père n'a pas été étiqueté comme droitiste.

Il tentait encore de se justifier, c'étaient des choses qu'il devait oublier. Il se souvenait que de son vivant sa mère avait dit : « Finalement c'est du passé tout ça » ; sa mère avait dit cela alors qu'il était encore étudiant et qu'il rentrait passer la fête du Printemps chez lui.

– Non, le problème n'est pas là… Lin tourna son guidon et mit un pied sur la pédale.

– Où est le problème ? Il ne lâchait pas le guidon de Lin.

– Ils disent qu'il a fait du recel d'arme… Lin se mordit les lèvres, enfourcha sa bicyclette et s'éloigna d'un fort coup de pédale.

Son crâne bourdonnait, il lui avait semblé voir des larmes briller dans les yeux de Lin, mais peut-être était-ce une impression, peut-être s'apitoyait-il seulement sur son propre sort. La silhouette de Lin juchée sur son vélo, la tête enveloppée dans son foulard, se confondit avec les autres silhouettes de la rue, les lambeaux de dazibaos déchirés et la poussière volaient sous les lampadaires, bientôt elle disparut. C'est sans doute à cet instant qu'il se frotta aux slogans fraîchement peints, maculant ses manches d'encre et de colle. Cette scène de rupture avec Lin resta ainsi profondément gravée dans sa mémoire.

Des sentiments divers se bousculaient en lui et, complètement décontenancé, il ne remonta pas tout de suite sur son vélo. Ces mots très graves de « recel d'arme » lui faisaient tourner la tête et lorsqu'il réalisa leur sens, il décida qu'il n'avait pas d'autre solution que de se rebeller.

Leur bande, composée d'une vingtaine de personnes, fit irruption dans la ruelle à côté de Zhongnanhai, et à la grande porte pourpre sévèrement gardée, ils exigèrent que le dirigeant affirmant représenter le Comité central se rende dans leur organisme pour constater les fautes commises et faire réhabiliter les cadres et les membres des masses qualifiés de contre-révolutionnaires. Lorsqu'ils entrèrent dans le bureau, ils furent reçus par un vieux révolutionnaire ayant depuis longtemps le grade de général trois étoiles, qui avait pris le commandement des lieux. Comparé aux cadres dirigeants de leur organisme, si pusillanimes et frileux dans leurs paroles, il avait fière allure, assis bien droit sur son fauteuil de cuir derrière un immense bureau. Il ne se leva pas.

– Je ne vais pas au-devant de vous, des membres issus des masses j'en ai vu des quantités quand je faisais la révolution et que je m'occupais des mouvements de masse, mais je ne sais pas trop où vous étiez, vous les petits jeunes, en revanche je ne suis pas de ceux qui passent leur temps à se prévaloir de leur expérience.

Le dirigeant avait pris la parole le premier d'une voix ferme et nette. Son attitude et son ton étaient ceux qu'il devait adopter lorsqu'il prenait la parole en assemblée.

– Que vous vouliez vous rebeller, vous les jeunes, c'est bien ! Moi aussi je me suis rebellé, j'ai fait la révolution, et on a fait la révolution contre moi, j'ai commis des erreurs aussi, mon expérience est de toute façon plus grande que la vôtre. Je suis prêt à présenter mes excuses si j'ai prononcé des paroles erronées, blessé les sentiments de certains camarades qui ont ressenti une juste indignation. Que voulez-vous de plus ? Est-ce que vous ne risquez pas de commettre un jour des erreurs ? Est-ce que vous aurez toujours raison ? Je n'oserais pas l'affirmer. À part le président Mao qui, lui, est toujours dans le juste – on ne doit pas en douter –, qui parmi nous peut vraiment se prévaloir de ne jamais commettre d'erreurs ? Ah ah !

Le groupe indiscipliné, où chacun se sentait plein de fougue et de combativité à son arrivée, devint à cet instant très sage, écoutant patiemment dans un silence total cet enseignement. Lui, il comprit les sous-entendus de ce discours, l'irritation du vieil homme et le danger qui se cachait derrière.

Il ne put s'empêcher de sortir du rang, puisqu'il avait pris la tête de ce groupe, pour lui demander :

– Savez-vous qu'après votre ordre de mobilisation, nous avons tous été contrôlés en pleine nuit. Plus de cent personnes ont été étiquetées comme éléments anti-Parti, et pour nombre d'autres, on a constitué des dossiers. Pouvez-vous donner l'instruction au comité du Parti de proclamer leur réhabilitation et de détruire ces documents en public ?

– Chacun tient ses comptes. C'est l'affaire de votre comité du Parti ; est-ce que les masses ne connaissent jamais de problèmes ? Je ne peux vous servir de caution, je vous l'ai déjà dit, je ne peux revenir que sur ce que j'ai dit ! Ce que j'ai dit personnellement !

Le dirigeant se leva avec impatience.

– Dans ce cas, pourriez-vous répéter ce que vous venez de dire dans les même conditions que celles au cours desquelles vous avez diffusé votre ordre de mobilisation ? demanda-t-il, comme il ne pouvait battre en retraite.

– Pour ça, il me faudrait l'autorisation du Comité central du Parti, c'est pour le Parti que je travaille, je dois en respecter la discipline, je ne peux pas parler comme je veux.

– Mais qui vous avait autorisé à prononcer cet ordre de mobilisation ?

Il avait atteint les dernières limites et il mesurait le poids de ses paroles. Le dirigeant le fixa sous ses épais sourcils grisonnants et lui déclara froidement :

– Les paroles que je prononce, j'en porte la responsabilité personnelle, le président Mao a encore recours à moi, il ne m'a pas encore destitué ! Ce que je dis, je l'assume bien sûr moi-même !

– Dans ce cas, peut-on enregistrer ce que vous venez de dire et coller un dazibao pour le porter à la connaissance des masses ? Nous sommes des représentants que les masses ont envoyés ici, nous devrons leur rendre des comptes.

Quand il eut fini de parler, il regarda ses compagnons à côté de lui, mais personne ne dit mot. Le dirigeant le fixait, il comprit qu'il le défiait dans un combat inégal, mais il n'avait plus de porte de sortie. Il déclara alors :

– Nous allons noter les paroles que vous venez de prononcer et nous vous demanderons de les vérifier.

– Jeune homme, j'admire ton courage !

Sans perdre sa prestance, le dirigeant se retourna et franchit une petite porte située au fond de son bureau. Celle-ci, que personne n'avait remarquée, se referma aussitôt et il ne resta plus face à cette foule désordonnée qu'un fauteuil vide. Il devait se souvenir longtemps de cette phrase à la fois menaçante et ironique.

Le secrétaire du comité du Parti, ventripotent, était debout dans la grande salle en train de faire son autocritique lors d'une séance d'enquête ; bafouillant, il avait perdu la prestance qu'il affichait quelques mois plus tôt lorsqu'il était assis à côté du dirigeant du Comité central. Au contraire, chaussé de lunettes de presbyte, tenant à deux mains un texte au-delà du micro dressé devant lui, il lisait phrase à phrase, comme s'il avait quelque peine à déchiffrer les mots :

– J'ai mal interprété… l'esprit du Comité central du Parti. J'ai appliqué… des directives non appropriées. J'ai saboté… l'enthousiasme révolutionnaire des camarades, sincèrement…

À cet instant, le camarade Wu Tao eut un hoquet et éleva la voix :

– … très sincèrement, je présente mes excuses aux camarades ici présents…

Il pencha légèrement sa grosse tête comme pour s'incliner, dans une attitude de totale sincérité.

– Quelles directives non appropriées ? Explique-toi clairement !

Une voix l'interpella depuis l'assistance. Détournant les yeux de son texte, Wu jeta un coup d'œil par-dessus les montures de ses lunettes. Les gens se regardaient. Wu revint à son texte et continua à le lire phrase à phrase, plus lentement encore, détachant chaque mot avec netteté :

– Nos vieux révolutionnaires ont été confrontés à des problèmes nouveaux, nous avons agi selon notre ancienne expérience, selon les anciens schémas et, dans la situation actuelle, naturellement, cela ne pouvait… pas… marcher !

Il ne faisait que prononcer des paroles officielles creuses, on s'agitait dans l'assistance. Wu sentit sans doute qu'il allait de nouveau être interrompu. Il délaissa soudain son texte et éleva la voix pour affirmer :

– Moi-même, j'ai promulgué des directives erronées, j'ai commis des erreurs !

Wu avait posé son texte et fait un geste signifiant qu'il en changeait la formulation confuse.

– Qu'est-ce que c'est que ces anciens schémas ? Parle plus clairement ! Tu veux parler de la lutte anti-droitistes ?

Cette fois, c'était une jeune femme qui s'était levée, un chef de bureau membre du Parti qui avait été taxée d'élément anti-Parti. Wu la regarda par-dessus ses lunettes et ne sut plus quoi dire.

– Qu'est-ce que c'est que ces anciens schémas ? répéta-t-elle. Est-ce que tu veux parler de faire sortir les serpents de leur trou comme à l'époque du mouvement anti-droitistes ?

La jeune femme était très excitée, sa voix tremblait.

– C'est ça, c'est ça, dit Wu en se hâtant de baisser la tête.

– De qui émanait cette directive ? Quel genre de directive était-ce ? Dis-le clairement ! poursuivit la femme.

– Des camarades dirigeants du Comité central, le Comité central de notre Parti…

Wu ôta ses lunettes pour repérer la femme dans l'assistance.

Sans mollir, elle reprit d'une voix encore plus forte :

– De quel Comité central parles-tu ? De quels dirigeants ? Comment t'ont-ils transmis ces directives ? Parle !

L'assistance avait bien compris que le sacro-saint Comité central était divisé, et que même le Bureau politique du Comité central du Parti était en train d'être remplacé par le Quartier général prolétarien chargé de faire la Révolution culturelle. Le Quartier général du camarade dirigeant Wu Tao ne parviendrait pas à venir à bout de l'assistance dans laquelle s'élevait un brouhaha immense. Pourtant, Wu Tao, en tant que secrétaire du comité du Parti, en respectait encore la discipline. Il ne répondit pas, mais il prit un ton de profonde désolation pour insister :

– Au nom du comité du Parti, je présente mes excuses aux camarades qui ont subi la rectification !

Il baissa de nouveau la tête, à ce moment tout son gros corps pencha vers l'avant, il avait vraiment l'air de souffrir.

– Donne-nous votre liste noire ! cria un homme d'âge moyen, un cadre membre du Parti qui avait aussi subi la rectification.

– Quelle liste noire ? rétorqua Wu, troublé, qui commençait à perdre ses moyens.

– Au cours de votre enquête, vous avez certainement dressé une liste noire pour la rééducation en camp de travail !

C'était de nouveau la femme qui criait, le visage pâle, la colère lui faisant dresser les cheveux sur la tête.

– Ça n'a jamais existé ! nia aussitôt Wu en se baissant pour prendre le micro. Vous ne devez pas écouter les rumeurs ! Rassurez-vous, camarades, notre comité du Parti ne possède pas ce genre de liste ! Je vous garantis au nom du Parti que cette liste n'existe pas ! Des camarades ont subi des injustices, notre comité du Parti en a attaqué certains de manière inappropriée, il a commis des fautes, tout cela je le reconnais, mais cette affaire de liste noire n'est absolument pas…

Avant même qu'il ait fini, du côté gauche de la salle se dessina un mouvement. Quelqu'un avait quitté son siège et se dirigeait vers l'estrade.

– Je voudrais dire quelques mots ! Pourquoi ne me laisse-t-on pas parler ! Si vraiment cette liste n'existe pas, tu ne devrais pas avoir peur que je parle !

C'était Lao Liu en train de batailler avec les commissaires du bureau de la sécurité qui l'empêchaient de monter sur l'estrade.

– Laissez parler le camarade Liu Bing ! Pourquoi ne pas le laisser parler ? Laissez-le parler !

Sous les cris, Lao Liu franchit l'obstacle et gravit l'estrade. Face à l'assistance, il agita la main en direction de Wu Tao :

– Cet homme ment ! Dès le début du mouvement, quand sont sortis les premiers dazibaos, le comité du Parti a convoqué une réunion d'urgence et a donné l'ordre à tous les secrétaires de cellule de chaque département de procéder à un classement des employés ; le département politique possède cette liste depuis longtemps ! Et d'autant plus depuis l'enquête qui a été menée…

L'assistance explosa. D'un seul mouvement les gens se levèrent un peu partout dans la salle. On se mit à crier :

– Que les membres du département politique viennent !

– Faites venir les membres du département politique pour témoigner !

– Apportez la liste noire !

– Seule la gauche a le droit de se rebeller ! Pas la droite !

Une autre personne se mit à crier et quitta sa place pour se précipiter devant l'estrade. Cette fois, c'était Danian.

– Faire la révolution n'est pas un crime ! On a raison de se révolter !

C'était le grand Li qui venait de hurler ce slogan, le visage écarlate, debout sur une chaise. Le désordre régnait dans l'assistance, tous se levaient dans la confusion.

– J'ai trente-six ans de Parti, je ne me suis jamais rebellé contre le Parti, mon histoire, le Parti et les masses peuvent l'examiner…

Lao Liu n'avait pas fini de parler qu'il fut agrippé par Danian qui venait de sauter sur l'estrade.

– Fiche le camp ! Tu n'as pas le droit de parler, espèce d'aventuriste anti-Parti qui as caché ton père propriétaire foncier !

Danian fit descendre Lao Liu de l'estrade en lui tordant le bras.

– Camarades ! Mon père n'était pas un propriétaire foncier, il a soutenu le Parti pendant la guerre de Résistance contre le Japon ; le Parti a adopté une politique envers les hobereaux éclairés, il y a des dossiers à ce sujet que l'on peut consulter…

Les gardes rouges qui avaient arraché le brassard du fils de Lao Liu montèrent à la tribune. Liu fut poussé brutalement et trébucha sur le sol.

– On ne doit pas frapper les gens ! Ceux qui répriment le mouvement des masses révolutionnaires ne connaîtront pas une fin heureuse !

Lui aussi était au comble de l'excitation et criait à tue-tête.

– Allons-y, montons !

Agitant la main, le grand Li poussa un cri et enjamba les chaises pour monter sur l'estrade. Leur groupe s'y trouvait à présent au complet.

Les deux côtés se faisaient face, chacun hurlant ses slogans. La plus grande pagaille régnait sans toutefois qu'on en vienne aux mains.

– Camarades, camarades gardes rouges, camarades gardes rouges des deux bords, que chacun regagne sa place…

Wu tapait sur le micro, mais personne ne l'écoutait, les cadres du département politique n'osaient plus intervenir, tout le monde était debout dans la salle où régnait une effervescence extrême. Sans comprendre comment il avait fait, il arriva jusqu'à la tribune où il prit des mains de Wu le micro dans lequel il hurla :

– Si Wu Tao ne capitule pas, qu'il aille à la ruine !

Aussitôt l'assistance répondit par des cris, et il décida soudain de proclamer :

– Le comité du Parti n'a pas le droit de convoquer ce genre d'assemblée destinée à tromper les masses ; si une réunion doit être convoquée, ce doit être par nous autres, les masses révolutionnaires !

Des applaudissements crépitèrent dans la salle. Il avait débloqué la situation d'affrontement avec les gardes rouges, il était manifestement devenu le dirigeant dont avaient besoin les masses déboussolées.

Le secrétaire du comité du Parti, dont la force de dissuasion avait disparu, devint la cible de toutes les forces en présence. Même le dirigeant du Comité central qui le manœuvrait par-derrière s'était sagement mis à l'abri en coupant tout contact. Il était injoignable au téléphone et le camarade Wu Tao qui avait pris des « mesures inappropriées » était devenu un objet de sacrifice dans le jeu politique au plus haut niveau.

22

Tu ne savais pas ce qu'était devenue Marguerite, elle qui t'avait poussé dans ce bourbier pour écrire ce livre de merde. Tu ne pouvais plus ni avancer ni reculer, tu ne pouvais rien faire. Plus personne ne s'intéressait à ces vieilles histoires, ces souffrances que même toi tu trouvais parfaitement ennuyeuses. Mais à la fin de toutes les lettres qu'elle t'écrivait, elle traçait après sa signature une étoile jaune à six branches ; tu ne pouvais oublier qu'elle était juive, mais ce que tu cherchais à effacer, c'étaient justement les empreintes de la souffrance.

Tu lui as passé plus d'une dizaine de coups de téléphone, mais une bande magnétique ne faisait que dérouler de longues phrases pleines de consonances allemandes dont tu ne comprenais qu'un mot : Peter… Seulement une invitation à laisser un message, mais jamais elle ne t'avait rappelé. Dans sa dernière lettre elle disait : cherche-toi une fille gaie, elle, ne pouvait pas vivre avec toi, deux souffrances accumulées, ce serait trop douloureux, elle souhaitait avoir une famille stable, voulait un enfant, devenir mère, un enfant juif d'origine chinoise pouvait-il être heureux ? Dans ses lettres en chinois, il manquait des traits à certains caractères, ils étaient un peu bizarres, il s'en dégageait une impression d'étrangeté, elle n'écrivait pas aussi couramment qu'elle parlait, son chinois parlé était si familier, si sensuel, même dans les mots qu'elle employait quand elle parlait de chair et de relations sexuelles, elle était si naturelle, elle parvenait à te faire sentir sa douceur et sa moiteur. Ses lettres, elles, étaient plus froides, elles te repoussaient loin de son corps et de ses sentiments et avaient des accents railleurs, ce qui ne pouvait que t'attrister. Voilà ce que tu comprenais à leur lecture : elle avait déjà plus de trente ans, elle ne pouvait pas errer de par le monde avec toi, la prochaine fois, vous verriez-vous à Paris ou à New York ? Un Ulysse éternel, une Odyssée moderne ? Tu n'avais qu'à considérer qu'elle n'était qu'une rencontre de passage, une parmi tant d'autres ; ce que tu voulais d'elle, elle te l'avait donné, un point c'est tout. Elle ne pouvait pas devenir ta femme, vous deviez en rester là, comme deux amis, être amis était sans doute possible, mais elle ne voulait pas devenir ta maîtresse. Trouve-toi donc une Française, fais avec elle des jeux érotiques, satisfais tes fantasmes, cela t'aidera dans ton inspiration, et n'évoque plus tes souffrances. Tu n'auras pas de peine à te trouver ce genre de femme, une putain comme tu le souhaites, tandis qu'elle, ce qu'elle désirait, c'était la paix et la tranquillité, une famille qui puisse lui apporter de la douceur. Elle ne recherchait en aucun cas la souffrance et si elle ne parvenait pas à s'en débarrasser, c'est parce qu'elle manquait d'une sécurité, et cala tu ne pouvais justement pas le lui offrir.

Mais toi, tu n'arrives pas à trouver la femme qui t'écouterait parler de l'enfer terrestre ; les gens ne veulent pas écouter tes vérités périmées, ils préfèrent aller voir des films d'horreur ou des films catastrophe d'Hollywood avec leurs fantasmes fabriqués. Si tu écris une histoire de sadisme, peut-être gagneras-tu un peu d'excitation au moment de faire l'amour, tu parviendras à l'orgasme, mais il n'y aura personne pour dialoguer avec toi, tu ne feras que soliloquer ; toi, continue donc cette observation, cette analyse, cette remémoration et ce dialogue avec toi-même !

Tu dois trouver un ton pondéré, étouffer la colère accumulée en toi, avancer tranquillement, pour raconter calmement ces impressions mêlées, ces souvenirs qui affluent à flot continu, ces pensées dans lesquelles tu ne vois pas clair, et tu découvres à quel point c'est difficile.

Tu es en quête d'un mode de description très simple, tu t'apprêtes à recourir à la langue la plus limpide pour exposer la vie telle qu'elle est, totalement polluée par tout un fatras politique, et ce n'est pas facile non plus. Tu voudrais te débarrasser de la politique qui s'infiltre partout et colle intimement à la vie de tous les jours, qui est aussi bien dans la langue que dans les actes, et à laquelle personne ne pouvait échapper à l'époque. Ce que tu veux décrire, c'est l'individu souillé par cette politique, mais absolument pas cette politique répugnante, et pour cela, il te faut revenir à son état d'esprit de l'époque – et si tu veux être exact, c'est encore plus difficile. De nombreux faits qui s'entassent en couches successives dans ta mémoire risquent de paraître exagérés. Tu dois éviter de broder, tu n'as aucune envie de raconter des histoires de souffrance. Tu ne dois décrire que ses impressions et son état d'esprit de ce temps-là ; pour ce faire, tu dois méticuleusement éradiquer tes impressions présentes et mettre de côté ce que tu penses maintenant.

Son expérience passée s'accumule dans les replis de ta mémoire. Comment faire pour les dérouler couche après couche, les dissocier pour les explorer un à un, et considérer d'un regard froid les événements qu'il a vécus : toi c'est toi, lui c'est lui. Et toi, tu as beaucoup de peine à revenir à son état d'esprit d'alors, il est devenu si étranger pour toi aujourd'hui, tu ne dois pas le surcharger de ton autosatisfaction et de ton contentement actuels, tu dois garder une distance, refouler tes émotions, pour mieux l'examiner. Tu ne dois pas confondre ta fureur avec sa vanité et sa stupidité, tu ne dois pas non plus masquer sa peur et sa lâcheté, tout cela est si difficile, cela te plonge dans un cafard noir. Tu ne dois pas non plus glisser graduellement dans son amour de lui-même et son masochisme, tu n'as qu'à observer et écouter attentivement et ne pas être attiré par ce qu'il ressent. Tu dois laisser sortir de ta mémoire ce « il », cet enfant, cet adolescent, cet homme qui n'est pas devenu adulte, ce rescapé qui rêvait en plein jour, ce disciple de l'extravagance, ce type qui devenait chaque jour plus rusé, ce « tu » qui n'avait pas encore perdu sa connaissance intuitive mais gardait encore quelques sentiments, tu ne dois pas te repentir et te justifier à sa place. Cependant, quand tu l'observes et quand tu l'écoutes, tu éprouves naturellement une irrésistible tristesse, et il ne faut pas que tu laisses ce sentiment te troubler. Lorsque tu découvriras ce « il » dissimulé sous son masque, pour pouvoir l'observer, tu devras le transformer en fiction, en un personnage sans aucun rapport avec toi, qui attendait d'être découvert, ce n'est que cette narration qui pourra t'apporter le goût d'écrire et ce n'est qu'ainsi que la curiosité et l'envie de rechercher apparaîtront spontanément.

Tu ne joues pas le rôle du juge et tu ne le considères pas comme un sinistré, la fureur et la douleur qui nuisent à l'art doivent céder la place à l'observation ; ce qui est intéressant, ce ne sont pas ton jugement et sa juste indignation, ce ne sont pas non plus ta tristesse et sa douleur, ce qui compte, c'est le processus d'observation en lui-même.

23

Au cours de ces journées, les dazibaos et les banderoles tapissaient les murs des rues, les lampadaires en étaient couverts, des slogans étaient tracés à même le sol. Des voitures équipées de haut-parleurs sillonnaient la ville sans relâche du matin jusque tard dans la nuit, diffusant à tue-tête les citations de Mao mises en musique, les tracts volaient dans les airs, l'atmosphère était encore plus animée qu'un jour de Fête nationale. Des dirigeants du Parti à tous les niveaux, ceux-là qui autrefois passaient en revue le peuple depuis la tribune, étaient maintenant debout dans des voitures décapotées, montrés à la foule par les masses rebelles, la tête coiffée de toutes sortes de chapeaux de papier, certains très hauts et chahutés par le vent, obligeant ceux qui les portaient à les retenir à deux mains. D'autres avaient carrément sur la tête une corbeille à papiers, et au cou une pancarte avec leur nom tracé à l'encre et barré de rouge. Quand commença cette révolution, au début de l'été, les lycéens combattirent leurs professeurs et leurs directeurs ; au début de l'automne, les gardes rouges débusquèrent de la même manière les « cinq catégories noires » ; au plus fort de l'hiver, prenant exemple sur le grand dirigeant qui avait établi sa fortune en déclenchant un mouvement paysan au Hunan, la cible se déplaça vers les révolutionnaires du Parti dont l'unique profession était la lutte des classes.

À la tribune de la grande salle, le grand Li avait fait baisser la tête à Wu Tao qui à ce moment-là était encore récalcitrant ; chacun avait sa dignité et ses indignations, on n'acceptait pas si facilement de courber la tête. Li avait envoyé au gros Wu un coup de poing dans les reins qui l'avait obligé à se plier sous la douleur, le visage cramoisi. Il n'avait plus relevé la tête.

Lui s'installa à la tribune couverte d'un tissu rouge, à la place occupée autrefois par Wu, et il présida l'assemblée de lutte convoquée par les masses appartenant à toutes les factions. Dans ces actions de plus en plus violentes, il semblait être assis sur un volcan ; et s'il refrénait la violence, il serait à son tour destitué. Au cours de l'assemblée, dans l'excitation générale, les membres du comité du Parti étaient appelés les uns après les autres, ils devaient se tenir debout devant l'estrade, apprendre à baisser la tête, confesser leurs actes et paroles erronés ; suivant les directives venues d'en haut, ils reconnaissaient leurs fautes, mais tous, de la même manière, ne prononçaient pas la moindre parole personnelle. Pourtant, le vice-secrétaire du comité du Parti, Chen, un homme grand, maigre et courbé comme une crevette séchée, fut pris d'une inspiration soudaine et dénonça Wu qui aurait confié aux éléments centraux du comité du Parti : « Le président Mao ne veut plus de nous. »

Une vague d'agitation parcourut l'assemblée et la foule cria en chœur :

– À mort celui qui s'oppose au président Mao !

Alors que s'élevaient les slogans « À bas Wu Tao ! » et « Vive le président Mao ! », lui perçut dans ces paroles de Wu Tao une profonde tristesse. Des mots venus du fond du cœur, mais qu'il avait l'impression d'avoir déjà entendus quelque part. Il se souvint par la suite que le dirigeant qu'ils avaient rencontré à côté de Zhongnanhai avait lui aussi laissé échapper une telle plainte avant de sacrifier Wu Tao ; mais dans la bouche de Wu, ces mots résonnaient tristement.

En tant que président de ces séances, il se devait d'être extrêmement rigoureux, il savait parfaitement que la tristesse qu'il avait perçue ne suffisait pas à elle seule à désigner Wu Tao comme opposant au dirigeant suprême, mais s'il ne renversait pas ce bonhomme, au cas où celui-ci relèverait la tête, lui-même courait le risque d'être immanquablement taxé de contre-révolutionnaire puisqu'il avait dirigé la séance.

Une résolution fut adoptée. Wu Tao fut sommé de remettre les notes prises au cours des réunions du comité du Parti ainsi que ses notes de travail. Après la réunion, Tang, le petit Yu et lui empruntèrent la voiture noire, une Jimu, utilisée par le secrétaire du Parti, pour accompagner Wu Tao chez lui afin qu'il aille chercher ces documents.

Il voulait faire les choses calmement et, sans recourir à la force, demander au vieil homme d'ouvrir lui-même un à un ses tiroirs et ses armoires remplies de papiers. Tang et Yu fouillèrent les armoires à vêtements et ordonnèrent à Wu de leur donner les clefs des coffres.

– Ce sont de vieux habits, protesta-t-il en balbutiant.

– De quoi as-tu peur ? On vérifie juste si tu as caché des documents noirs destinés à « rectifier » les masses !

Tang, les poings sur les hanches, était tout fier, il ressentait sans doute une grande joie à fouiller.

Le vieil homme alla demander les clefs à sa femme. C'était l'heure du repas du soir, la porte de la salle à manger était ouverte, les plats posés sur la table ; la femme de Wu se tenait là, avec une fillette, leur petite-fille. Elle n'avait pas bougé de cette pièce, continuant à parler avec la petite. Lui se dit que peut-être quelque chose de très important était caché dans cette pièce, mais il chassa aussitôt cette idée et n'y entra pas, préférant ne pas se retrouver face à face avec la femme et l'enfant.

Deux mois plus tôt, un dimanche à midi, après que les gardes rouges avaient fouillé chez lui, on avait frappé à sa porte. Une jeune fille se tenait debout sur le seuil, un visage ravissant, la peau d'un blanc très pur, les yeux scintillant dans le soleil, ses oreilles roses soulignées par deux mèches de cheveux brillants. Elle déclara être la fille du propriétaire et habiter la cour d'à côté, elle dit qu'elle venait chercher le loyer. Il ne s'était jamais rendu dans cette cour et savait seulement que Lao Tan et le propriétaire étaient de vieilles connaissances. Debout à la porte, la jeune fille prit le loyer qu'il lui tendait, puis elle fronça un peu les sourcils et déclara en balayant la pièce du regard :

– Tous ces meubles, la table et ce vieux sofa nous appartiennent, un jour il faudra qu'on les emporte.

Il lui dit qu'il pouvait immédiatement l'aider à les transporter, mais elle garda le silence et ses yeux cristallins le toisèrent d'un regard glacial, voulant manifestement lui exprimer sa haine. Puis elle fit volte-face et descendit les escaliers. Il pensa que la jeune fille avait dû croire que c'était lui qui avait dénoncé Tan pour occuper seul le logement. Le mois suivant, elle n'était pas revenue chercher le loyer, et les meubles n'avaient plus été réclamés. Ce n'est que lorsque le vieux Huang fut chargé de percevoir les loyers dans la cour à la place du comité de gestion qu'il apprit que tous les biens privés avaient été confisqués. Il ne s'était pas renseigné sur le sort du propriétaire, mais il gardait très clairement en mémoire le regard glacial que lui avait lancé la jeune fille.

Il évita la femme de Wu et leur petite-fille ; les enfants, même jeunes, ont de la mémoire et la fillette risquait de nourrir une haine tenace.

Tang examina un à un les coffres. Wu les ouvrait en précisant qu'il s'agissait de vêtements appartenant à sa fille et à sa petite-fille. Sur le dessus étaient effectivement rangés des soutiens-gorge et des robes. Il se sentit soudain gêné, et la scène au cours de laquelle les gardes rouges avaient trouvé les préservatifs de Tan quand ils fouillaient ses affaires, lui revint à l'esprit. Il agita la main et dit :

– Allez, laissons tomber.

Tang ausculta ensuite le sofa, soulevant les coussins, tâtant la doublure des accoudoirs, poussé sans doute par l'instinct du fouilleur qui saisit tout un chacun dès qu'il entre dans ce genre de rôle.

– Ce sont des lettres personnelles, elles n'ont aucun rapport avec mon travail, dit Wu.

– Nous allons voir, tout sera enregistré, et si elles ne posent pas de problèmes, nous te les rendrons, rétorqua-t-il.

Il eut envie de lui dire, mais il ne le fit pas, que c'était déjà bien aimable de sa part.

– C'est… la deuxième fois que cela m'arrive dans ma vie ! dit Wu après un instant d'hésitation.

– Les gardes rouges sont déjà venus ? demanda-t-il.

– Je parle de l'époque où je faisais du travail clandestin pour le Parti, il y a plus de quarante ans… précisa Wu en plissant les yeux, comme s'il souriait.

– Quand vous avez réprimé les masses, n'avez-vous pas fait aussi des perquisitions chez les gens, et sans doute moins poliment que nous ? demanda-t-il sur un ton ironique.

– Ce sont les gardes rouges de l'organisme qui l'ont fait, mais nous, le comité du Parti, nous n'avons pas pris ce genre de décision, réfuta Wu de manière catégorique.

– Mais c'est bien le département politique qui a fourni la liste des noms ! Sinon comment auraient-ils su chez qui perquisitionner, et pourquoi ne sont-ils pas venus chez toi ? demanda-t-il en fixant Wu.

Celui-ci resta silencieux, en homme plein d'expérience, et tout aussi silencieusement, les reconduisit à l'entrée de la cour. Mais il savait parfaitement que ce vieux bonhomme le détestait et qu'un jour ou l'autre il risquait de recouvrer ses fonctions et de le mettre sans le moindre état d'âme en danger de mort. Il lui fallait absolument mettre la main sur des documents permettant de classer Wu dans la catégorie des ennemis. Une fois rentré à l'organisme, il passa la nuit à dépouiller les lettres de Wu et finit par découvrir une lettre de famille qui portait la mention : Cousin Wu. Il y était écrit : « Le gouvernement du peuple est plein d'indulgence et traite les gens avec clémence, mais aujourd'hui je rencontre des difficultés, je suis malade, j'ai encore mes parents et mes enfants à nourrir, il ne me reste plus qu'à espérer que mon cher cousin intercède en ma faveur auprès du gouvernement local. » Manifestement ce parent devait avoir eu des problèmes d'ordre politique ou historique et avait fait appel à Wu. Pourtant, il rangea la lettre avec d'autres documents officiels sur lesquels il écrivit « examiné », sans pousser plus loin ses recherches. En lui-même, il sentait quelque chose qui le retenait.

Pendant tous ces jours et ces nuits, il ne rentra presque jamais chez lui, dormant dans le bureau qui servait de quartier général à l'organisation rebelle. Nuit et jour se tenaient des assemblées et des réunions, les alliances et les ruptures entre les organisations de masse tout comme les disputes au sein des rebelles se succédaient sans cesse. On eût dit des fourmis grouillant dans une marmite chauffée à blanc, chacun appelant à la rébellion. Les anciens gardes rouges avaient proclamé eux aussi qu'ils se rebellaient contre le comité du Parti et s'étaient réorganisés en « colonne rouge rebelle révolutionnaire » ; même les cadres chargés du travail politique avaient fondé des « troupes de combat ». Les retournements de veste, les trahisons, les opportunismes, la révolution et la rébellion, tout se mêlait, chacun cherchant sa voie. L'ordre et les réseaux de pouvoir d'autrefois étaient chamboulés, rabibochages et nouvelles alliances se nouaient dans les étages de ce grand bâtiment bourdonnant comme une ruche, et d'innombrables complots se tramaient, débordant les limites de ses murs.

Au cours de ces séances de lutte convoquées par l'une ou l'autre faction, Wu Tao ne manquait pas d'être la cible idéale. Danian et ses compagnons se distinguaient par leur cruauté à son égard. Ils lui accrochaient une pancarte autour du cou et lui faisaient baisser la tête, ils l'obligeaient à garder les bras serrés contre les genoux et le renversaient à terre ; de la même manière qu'eux-mêmes avaient été punis comme monstres malfaisants quelques mois auparavant, ils faisaient peser sur Wu tout le poids du prestige que les rebelles leur avaient ôté. Le vieux secrétaire abandonné par le Parti était non seulement devenu un chien inutile, mais tout le monde avait peur d'être contaminé par lui.

Un jour qu'il avait neigé, il vit dans la cour derrière le grand bâtiment Wu Tao qui pelletait la neige glissante à force d'avoir été piétinée. Entendant quelqu'un arriver, celui-ci redoubla d'ardeur au travail.

Il l'interrompit :
– Comment ça va ?
Le vieil homme releva sa pelle et dit, tout essoufflé :
– Ça va, ça va. Ils frappent les gens, mais vous, non.
Wu arborait intentionnellement un visage pitoyable, évidemment pour entrer dans ses bonnes grâces, se dit-il sur le moment. La sympathie qu'il éprouvait pour ce vieil homme auquel personne n'osait prêter attention se révéla un an plus tard : Wu était toujours vêtu d'une vieille veste dégoûtante et toute rapiécée, et chaque matin, à l'aide d'un balai tressé en bambou, il nettoyait la cour, sans que personne ne lui jette le moindre regard, tête baissée, les épaules tombantes, les joues et les paupières relâchées, dans une totale décrépitude. Il se sentit alors pris de pitié pour lui, mais jamais il ne lui reparla.

La lutte à mort incitait les gens à la haine, l'indignation fondait comme neige au soleil. En vagues successives, des rafales de vent soufflaient, qui poussaient devant lui chaque fonctionnaire du Parti ; il n'éprouvait aucune haine personnelle envers ces hommes, mais il fallait quand même en faire des ennemis. En étaient-ils tous réellement ? Il était impossible d'en jurer.

– Tu es trop faible ! Quand ils réprimaient les masses, eux n'avaient pas la moindre pitié, pourquoi ne pas les faire tous monter à la tribune, ces hommes de main ?

Le grand Li le réprimanda en ces termes au cours d'une réunion interne aux rebelles.

– Faut-il tous les abattre ? rétorqua-t-il en hésitant, doit-on considérer comme ennemis tous ceux qui ont puni ? Il faut leur permettre de s'amender, traiter chacun au cas par cas, afin de rallier la majorité à notre cause. C'est de la tactique.

– Tactique, tactique, tu es bien un intellectuel !

Li était devenu colérique et violent, il y avait du mépris dans sa voix.

– C'est ça, on s'unit avec n'importe qui et on fait entrer dans nos rangs le premier venu ! Mais la faction des rebelles n'est pas un fatras ! La voilà la ligne opportuniste de droite qui veut enterrer la révolution !

Une vieille fille membre du Parti qui venait de rejoindre leurs rangs s'était précipitée sur lui, encore plus excitée. Elle avait sans doute étudié l'histoire du Parti… La lutte entre les deux lignes gagnait même la faction des rebelles.

– Le pouvoir dirigeant révolutionnaire doit être entre les mains d'une gauche authentique et solide, il ne doit pas être accaparé par les opportunistes ! poursuivit-elle au comble de l'excitation, le visage écarlate.

– Qu'est-ce que vous manigancez ? Il tapa sur la table. Dans cette horde sauvage, il était devenu aussi sauvage qu'eux, mais une fois de plus il éprouvait un sentiment d'injustice.

Ce n'étaient que polémiques, justes indignations, violentes déclarations révolutionnaires, désir impétueux de pouvoir personnel, manœuvres, complots, collusions et compromis, motivations inavouables dissimulées derrière un enthousiasme débordant, élans irréfléchis, émotions gaspillées ; il lui était impossible de se souvenir avec précision comment il avait passé ces jours et ces nuits, agissant à son corps défendant, polémiquant et s'affrontant avec la faction conservatrice, tout en se disputant sans cesse au sein de sa propre faction.

– Le problème fondamental de la révolution, c'est le pouvoir politique ; si l'on ne s'empare pas du pouvoir, on se sera rebellé pour rien ! Le grand Li frappa à son tour sur la table, hors de lui.

– Si vous ne réalisez pas la plus large union avec la majorité des masses et des cadres, vous croyez vraiment que vous arriverez à vous emparer du pouvoir ? rétorqua-t-il.

– C'est par la lutte qu'on aboutira à l'union ! Yu brandit *Le Petit Livre rouge* pour lui rappeler la faiblesse de ses origines de classe. On ne peut pas t'écouter, au moment crucial, tu tergiverses, voilà bien un intellectuel !

Ils considéraient tous qu'ils appartenaient de façon héréditaire au prolétariat, et ce pays rouge devait naturellement leur appartenir. La révolution ou la rébellion devaient aboutir à la prise du pouvoir ; pourtant, cette vérité d'une simplicité biblique le faisait douter. Mais ce qu'il voulait en fin de compte n'était à cette époque pas très clair, entrer dans la faction des rebelles avait aussi été un égarement.

– Camarades, celui qui ne s'empare pas du pouvoir politique au moment décisif est comme Chen Duxiu, l'opportuniste de droite[1] !

La vieille fille membre du Parti recourait à l'histoire du Parti pour tenter de l'écarter et criait des slogans en direction de l'assistance !

– Que ceux qui ne veulent pas la révolution foutent le camp au plus vite ! crièrent encore plus excités ceux qui lui emboîtaient le pas, se sentant obligés de faire de la surenchère.

– Ceux qui veulent prendre le bâton de commandement, allez-y !

Il se leva en colère et quitta la salle de réunion pleine de la fumée compacte des cigarettes grillées toute la nuit par des dizaines de participants. Il alla dans un bureau à côté et dormit sur trois chaises mises côte à côte. Il était indigné, mais surtout dans le brouillard. Si l'on n'est pas compagnon de route de la révolution, est-on un élément rebelle opportuniste ? Voilà ce qu'il était peut-être, et cela le laissait perplexe.

Ainsi se termina cette triste nuit du Nouvel An. Ensuite, la bagarre fut menée par le grand Li et les siens, accompagnés de quelques troupes de combattants particulièrement excités, pour s'emparer du comité du Parti et du département politique qui étaient en fait déjà totalement paralysés.

– Écrasons l'ancien comité du Parti ! Écrasons le département politique ! Camarades révolutionnaires, soutenir ou pas le nouveau pouvoir rouge, voilà la ligne de démarcation

1. Chen Duxiu (1880-1942), secrétaire général du Parti communiste chinois lors de sa fondation en 1921 ; il est accusé par la suite de « capitulationnisme » et deviendra trotskiste.

qui sépare les révolutionnaires des autres, il n'y a aucune équivoque là-dessus !

Le petit Yu s'époumonait à la radio interne, chaque bureau était équipé d'un haut-parleur et les slogans appelant à s'emparer du pouvoir résonnaient à tous les étages. Tang, ainsi que quelques ouvriers et employés, exhibèrent du bas en haut du grand bâtiment un groupe de vieux cadres et de secrétaires des cellules du Parti moins âgés, chacun portant sur la poitrine une pancarte, avec à leur tête Wu Tao qui frappait sur un gong.

Qu'est-ce que c'est que ces manigances ? Voilà comment se faisait la révolution ! Ces cadres imposants, qui en temps normal incarnaient le Parti, avançaient à la queue leu leu, tête baissée, totalement désemparés, tandis que la vieille fille rebelle membre du Parti marchait à leur tête, poing levé, hurlant à perdre haleine :

– À bas les dirigeants qui marchent dans la voie capitaliste ! Vive le nouveau pouvoir rouge ! Vive la victoire de la ligne révolutionnaire du président Mao !

Tang imita l'allure du dirigeant passant ses troupes en revue, adressant des gestes de la main au gens massés dans les couloirs ou dans les bureaux. Certains riaient, d'autres étaient livides.

– Nous savons que tu es opposé à la prise du pouvoir, dit l'ex-lieutenant-colonel.

– Non, je suis contre la manière de prendre le pouvoir, répondit-il.

Cet émissaire était un cadre politique qui avait été muté depuis l'armée ; il n'était que chef de service, mais pendant cette période de troubles, il brûlait d'envie de faire ses preuves. Il lui dit en riant :

– Tu as beaucoup plus d'influence qu'eux sur les masses ; si tu te mets en avant, nous te soutiendrons, nous aimerions que tu lèves une troupe qui collabore avec nous.

Cette conversation se déroulait dans une pièce réservée aux documents secrets du département politique où il n'avait jamais pénétré auparavant. C'était là qu'étaient conservés tous les documents de leur organisme, les archives du personnel, y compris le dossier sur son père. Quand Li et sa bande s'étaient emparés du pouvoir, ils avaient apposé des scellés sur ces armoires métalliques verrouillées, mais ils auraient pu être arrachés à tout moment. Pourtant, personne n'avait osé détruire ces dossiers.

L'ex-lieutenant-colonel était venu le chercher au moment du repas du soir à la cantine et lui avait dit qu'il voulait discuter avec lui. Il lui avait donné rendez-vous là sans doute non sans arrière-pensée, c'était ce qu'il s'était dit en entrant dans la pièce. Il savait qui se tenait derrière l'ex-lieutenant-colonel : quelques jours plus tôt, le vice-secrétaire du comité du Parti, Chen, lui avait posé sa grande main osseuse sur l'épaule en signe d'amitié. À l'origine, Chen était responsable de la gestion du département politique de leur organisme ; en temps normal, il faisait preuve d'une certaine retenue, et après avoir été accusé, son visage était devenu encore plus fermé ; il était arrivé derrière lui dans un couloir du bâtiment, il n'y avait personne alentour à cet instant, et il l'avait appelé par son nom, qu'il avait même fait précéder du terme « camarade ». Chen n'avait posé sa grande main osseuse sur son épaule que quelques secondes, mais il lui avait ainsi témoigné une familiarité inhabituelle, comme s'il avait oublié que lui aussi avait participé aux séances d'accusation contre lui. Comparée à celle de sa bande de rebelles, l'expérience politique de ces hommes-là était incomparablement plus grande. Ils lui tendaient la main, mais lui était loin d'être un vieux routard de la politique : il n'était pas assez rusé ; il pensa qu'il ne pouvait se rallier à eux et répéta :

– Cette manière de prendre le pouvoir, je ne l'approuve pas, mais je ne suis pas opposé au fait de prendre le pouvoir, et je soutiens même entièrement la rébellion contre le comité du Parti.

L'ex-lieutenant-colonel, plein de suffisance, poussa un profond soupir, hocha la tête et déclara :

– Nous aussi, nous sommes des rebelles.

Il prononça cette phrase comme s'il avait dit : « Nous aussi nous buvons du thé. » Lui ricana, mais resta silencieux.

– Il s'agit là d'une conversation privée, c'est comme si je n'avais rien dit, dit l'ex-lieutenant-colonel qui se leva.

Lui aussi quitta la pièce réservée aux documents secrets. En refusant ce marché, il avait coupé tout lien avec eux.

Moins de dix jours plus tard, le soir de la fête du Printemps, au début du mois de février, d'anciens gardes rouges et quelques cadres de l'équipe politique se réunirent et formèrent une troupe qui reprit le pouvoir en détruisant la station de radio tenue par les rebelles située dans le grand bâtiment. Les organisations des deux côtés avaient mené leur premier combat, certains furent blessés légèrement, mais lui n'était pas sur place à ce moment-là.

24

La littérature et les formes littéraires dites pures, les jeux de style, de langage et d'écriture, les diverses formules et structures linguistiques, se réalisent de manière autonome, sans avoir recours à ton expérience, à ta vie, à ses difficultés, au bourbier du réel et à ce « tu » tout aussi répugnant ; ce genre de littérature vaut-il encore la peine d'être écrit ? Même si la littérature pure n'est pas seulement une échappatoire ou un bouclier, elle représente quand même une certaine contrainte, tu ne veux plus t'enfermer dans une cage que les autres ou toi-même aurez construite.

Tu n'écris pas dans le but de faire de la littérature pure, mais tu n'es pas non plus un combattant, tu n'utilises pas ta plume comme une arme pour réclamer la justice – de toute façon, tu ne sais pas où est la justice –, il est inutile de s'en remettre à qui que ce soit dans ce domaine. Tout ce que tu sais, c'est que tu n'es en rien l'incarnation de la justice. Si tu écris, ce n'est que pour dire que cette vie a existé, plus infecte qu'un bourbier, plus réelle qu'un enfer imaginé, plus effrayante que le Jugement dernier, et qu'elle risque de revenir un jour ou l'autre une fois que son souvenir se sera estompé. Les hommes qui n'ont pas perdu l'esprit sombreront dans la folie, ceux qui n'ont pas subi de sévices en feront subir aux autres ou en subiront eux-mêmes, et, comme l'homme est né fou, il ne saura quand cela se déclenchera. Veux-tu, dans ce cas, jouer le rôle de vieux maître ? Les enseignants et les pasteurs qui ont déployé plus d'efforts que toi sont légion sur terre, n'ont-ils pas déjà assez enseigné ?

Mais, puisqu'il vaut mieux ne plus s'épuiser en efforts désespérants, pourquoi dénoncer ces souffrances ? Tu en as déjà assez, mais tu es trop avancé pour reculer, sans l'écriture, il est impossible de t'épancher, c'est devenu une manie, nul doute que rechercher la raison d'être des choses est un besoin pour toi.

Tu vomis les jongleries politiques, mais en même temps, tu es en train de fabriquer une autre sorte de mensonge, littéraire cette fois, car la littérature est réellement mensonge ; elle dissimule la motivation secrète de l'auteur : la recherche du profit ou de la célébrité. Tant que cette utilité et cette vanité n'ont pas été satisfaites, on ne peut arrêter sa plume, on obéit naturellement à des impulsions instinctives encore plus profondes, comme un animal. Mais la différence avec les animaux en général, c'est que cette pulsion est irrésistible et continue, elle ne subit pas l'influence de la faim ou de l'alternance des saisons, elle est incoercible, comme une excrétion – quand on doit excréter, on excrète –, mais au contraire de l'excrétion des matières fécales, on s'en remet aux sentiments et à l'esthétique ; la tristesse, par exemple, il faut l'intégrer en même temps que le plaisir dans le langage. En dénonçant la patrie, le Parti, les dirigeants, l'idéal, l'homme nouveau, tout en dénonçant aussi la révolution – superstition et tromperie modernes –, tu tisses à l'aide de la littérature un rideau de gaze, mais à travers ce rideau, les ordures apparaissent plus ou moins. Tu te dissimules à l'avant de ce rideau, tu te mêles secrètement aux spectateurs, tu y prends plaisir et même une certaine satisfaction.

Le mensonge règne partout dans ce monde et toi aussi tu fabriques des mensonges littéraires. Ici-bas, dans leur vie quotidienne, les animaux ne mentent pas, mais l'homme en revanche a besoin de mentir pour embellir son environnement, c'est là que réside sa différence avec l'animal. Il est beaucoup plus rusé que l'animal et recourt au mensonge pour cacher sa propre laideur et trouver une raison de vivre dedans. Quand on remplace la souffrance par la dénonciation de la souffrance, elle devient plus supportable ; autrefois, les pleurs que poussaient les villageois au cours des funérailles jouaient un rôle apaisant ; chanter la messe en groupe dans les églises n'a-t-il pas la même fonction ?

Pasolini a adapté au cinéma une œuvre de Sade, donnant à voir l'horreur du pouvoir politique et de la nature humaine ; par le biais de l'écran qui sépare le réel des spectateurs, il a fait sentir de l'extérieur la violence et l'horreur, avec leur côté envoûtant. C'est sans doute là que réside le mystère de l'art et de la littérature.

La prétendue sincérité des poètes est comme la prétendue vérité des romanciers, l'auteur se dissimule derrière elle comme un photographe se cache derrière son objectif, en apparence il a l'air froid et impartial derrière son objectif neutre, mais ce qui est exposé sur le négatif, c'est son amour et sa compassion envers lui-même ou bien de la masturbation et du masochisme ; ce regard faussement neutre est mû par toutes sortes de désirs, et ce qu'il reflète est complètement teinté de saveur esthétique, même si l'on fait semblant de considérer le monde d'un regard froid et indifférent. Le mieux est que tu reconnaisses que ce que tu écris est tout au plus ressemblant, quoique toujours séparé du réel par le langage. En structurant ton langage, en emprisonnant dans le même filet les sentiments et la recherche esthétique, en masquant la réalité toute nue derrière un rideau de gaze, ce n'est qu'ainsi que tu auras plaisir à te souvenir des détails et que tu auras le goût de continuer à écrire.

Tu relies à ton état d'homme vivant tes sentiments, ton expérience, tes rêves, tes souvenirs, tes fantasmes, tes pensées, tes conjectures, tes pressentiments, tes intuitions de toutes sortes, à l'aide du langage auquel tu offres rythme et musicalité ; la réalité et l'histoire, le temps et l'espace, les concepts et la conscience se fondent dans le processus de la réalisation du langage et il n'en reste que l'illusion créée par toi.

Contrairement à la duperie politique, l'illusion littéraire est acceptée par consentement mutuel entre l'auteur et le lecteur, car la littérature, on peut la lire ou non, il n'y a aucune obligation. Tu n'es en rien persuadé que la littérature soit aussi pure qu'on veut bien le dire, si tu as choisi la littérature c'est simplement pour t'épancher.

De plus, tu ne polémiques pas, tu ne te mets pas en position d'adversaire dans le débat pour avancer des arguments ou te rétracter, tu n'es pas limité par le carcan de la théorie pour te censurer ou t'adapter et tu n'as pas à te limiter dans tes propos pour te conformer aux goûts d'autrui ; tu n'écris que pour ton plaisir, pour vivre heureux.

Tu n'es pas un surhomme, depuis Nietzsche, il y a eu déjà beaucoup trop de surhommes et d'aveugles dans ce monde. En fait, tu ne peux être plus normal, plus normal que normal, tu ne peux être plus réel, en paix avec ta conscience et dans la plus parfaite sérénité, tu arbores un sourire béat, comme un bouddha Amithaba, sans toutefois être Bouddha.

Simplement, tu ne consens pas au sacrifice, tu ne veux pas être un jouet ou un objet de sacrifice pour les autres, tu ne demandes pas la compassion d'autrui, et tu ne te confesses pas non plus ; cependant tu ne perds pas la tête au point de pouvoir écraser tous les autres, et tu contemples ce monde avec l'attitude la plus sereine possible, de la même manière que tu t'observes toi-même ; c'est ainsi que tu ne crains rien, tu ne t'étonnes de rien, tu ne désespères de rien, ni ne nourris de folles espérances, tu n'es donc plus triste. Si tu penses faire de ta tristesse une jouissance, pourquoi ne pas être triste pendant un temps pour ensuite revenir à ce « tu » parfaitement serein, joyeux et à l'aise ?

Tu ne trouves pas non plus ce monde tellement dégoûtant, quoique ce dégoût soit toujours à la mode. Et tu ne dois pas exagérer non plus le défi que tu as lancé au pouvoir, si tu as survécu et gagné la liberté de parole, c'est bien parce que tu as quand même obtenu les faveurs d'autrui. Le principe voulant que « personne ne me doit rien, et moi je ne dois rien à personne » est faux ; puisque tu dois à autrui, et bien qu'autrui te doive aussi, les faveurs que tu en as retirées, ajoutées les unes aux autres, ne sont peut-être pas plus nombreuses que celles que tu as données. C'est en fait ta chance, pourquoi t'en plaindre ?

Tu n'es pas un dragon, tu n'es pas un insecte, tu n'es ni l'un ni l'autre, ce non-être, c'est toi, ce non-être n'est pas une négation, mieux vaut dire que c'est une réalisation, une empreinte, une dépense, un résultat, avant un épuisement total, c'est-à-dire la mort ; tu n'es rien autre qu'un message de la vie, une expression, une parole dite envers le non-être.

Tu as écrit ce livre pour toi, un livre sur la fuite, le Livre d'un homme seul, tu es à la fois ton Seigneur et ton apôtre, tu ne te sacrifies pas pour les autres et tu ne demandes pas qu'on se sacrifie pour toi, voilà, c'est on ne peut plus équitable. Le bonheur, tout le monde le désire, pourquoi n'appartiendrait-il qu'à toi ? Le bonheur est en fait assez rare sur cette terre.

25

Dans cet immense désordre où il ne voyait pas quel avenir se profilait, mieux valait éviter les situations périlleuses. Il voulait retrouver son monde perdu, retrouver la beauté qu'il avait perçue en la fille de son propriétaire, avec son merveilleux visage fin et sa taille élancée ; quand elle s'était profilée sur le seuil de la porte, les rayons du soleil dans la cour avaient tracé avec une grande précision le contour des lobes roses de ses oreilles, tandis que ses cheveux, ses sourcils et la commissure de ses lèvres semblaient lancer des éclats ; il avait éprouvé de la stupéfaction devant tant de beauté, mais ce sentiment était anéanti par le regard chargé de haine de la jeune fille. Souhaitant dissiper le malentendu qu'elle nourrissait à son égard, il décida de se rendre chez ses voisins. Il imaginait une cour proprette, où vivait une famille, un petit univers coupé du monde en plein désordre. Avant que le vieux Huang ne vienne percevoir le loyer pour le bureau de gestion des logements, il alla lui-même le payer chez ses voisins, saisissant ce prétexte pour voir la jeune fille.

Au sommet des escaliers de pierre donnant sur la rue, la porte à un seul battant s'ouvrit d'une simple poussée. Derrière le mur-écran se trouvait une petite cour, telle qu'il l'avait imaginée, à la différence qu'il y régnait un désordre effroyable. Toutes sortes d'objets hétéroclites étaient entassés le long des murs sous les avant-toits. L'entrée de l'aile principale se trouvait au sommet d'un escalier. Une vieille femme lavait des draps dans une bassine en fer-blanc tandis qu'un petit enfant pleurnichait à l'intérieur. Il se demanda s'il ne s'était pas trompé de porte et allait ressortir quand la vieille femme leva la tête :

– Qui cherchez-vous ?

– Je viens payer mon loyer…

– Quoi ?

– J'habite la cour d'à côté, je viens voir le propriétaire, le propriétaire de la maison que j'occupe, ça fait plusieurs mois que personne n'est venu chercher le loyer, dit-il en débitant les explications qu'il avait préparées.

La vieille femme essuya le savon de ses mains et désigna du doigt une aile de la maison sur la porte de laquelle était posé un cadenas, puis elle ne s'occupa plus de lui et s'absorba dans la lessive de ses draps, la tête penchée sur la cuvette.

Il se demanda alors si le propriétaire et sa famille avaient aussi eu des problèmes, si leur maison avait été confisquée puis cédée. La haine qui était apparue dans le regard de la jeune fille devait être trop difficile à dissiper : il n'eut plus le courage de tenter sa chance pour s'expliquer.

Au printemps, un jour de mars, il alla à Xiehejian, dans la lointaine banlieue de Pékin. Il prit un train à la gare de Xizhimen d'où partent surtout des trains de marchandises. C'était un omnibus qui desservait la région montagneuse de la banlieue nord-ouest. À la queue d'un train de marchandises étaient accrochés deux wagons aux places en classe dure[1]. L'enthousiasme incoercible des lycéens qui partaient faire le *chuanlian* était retombé. Seuls quelques passagers clairsemés avaient pris place dans les wagons. Il s'assit près de la fenêtre, au bout d'une rangée de sièges déserts. Le train franchissait tunnel après tunnel et avançait en serpentant dans les vallons. Depuis la fenêtre il pouvait voir la vieille locomotive qui crachait sa fumée de charbon et sa vapeur en tirant les wagons avec, tout à la queue, ces voitures de voyageurs bringuebalantes.

1. Dans les trains chinois, on distingue la classe « molle » et la classe « dure ».

Dans une petite gare sans quai nommée Yanchi, il descendit du train et le regarda s'éloigner vers les montagnes ; le chef de gare, après avoir agité son drapeau et fait résonner son sifflet, entra dans une maisonnette au bord de la voie, le laissant seul sur le ballast.

À l'époque où il était étudiant, il était venu là accomplir son travail bénévole, creusant des trous et plantant des arbres sur les montagnes. C'était tôt dans le printemps, le sol était encore gelé et on n'arrivait pas à entamer la terre à la pioche sur plus de deux centimètres ; au bout de quelques jours de travail, ses mains s'étaient couvertes d'ampoules. Une fois, pour rattraper un sac qui contenait des pousses d'arbres prêtes à être plantées emporté par les flots, il était descendu dans le courant violent dont le froid lui avait percé les os, manquant y laisser sa vie. Il avait été cité en exemple, mais la Ligue de la jeunesse communiste ne l'avait quand même pas admis dans ses rangs. Avec quelques camarades de son université qui n'avaient pas non plus pu entrer à la Ligue et s'étaient donné l'appellation de « vieux refusés », il avait créé une troupe de théâtre. À peine avaient-ils joué deux pièces que des cadres de l'Association des élèves de l'école étaient venus les voir chacun séparément et, s'ils n'avaient pas été clairement interdits, ils avaient quand même dû cesser leurs activités et se dissoudre volontairement.

Ils avaient joué *Oncle Vania* de Tchékhov, une pièce dégageant une beauté surannée, où une jeune fille fine et gentille habitant un domaine de province disait avec ardeur : Tout doit être beau, les hommes, les vêtements, le cœur aussi. C'était d'une tristesse dépassée, comme une vieille photographie brûlée.

Il avança sur le ballast le long de la voie ferrée, puis voyant au loin un train arriver à sa rencontre, il descendit de la voie et marcha dans le lit d'une rivière rempli de galets. L'eau de la rivière Yongding était limpide sauf lorsqu'elle était grosse après la pluie, ou que les vannes du réservoir Guanting situé en amont étaient ouvertes.

Il avait déjà emmené Lin ici, ils avaient fait des photos. Lin était merveilleuse debout au milieu de la rivière, pieds nus et relevant sa jupe d'une main. Ensuite, dans les bosquets, sur la montagne, ils avaient pique-niqué, s'étaient embrassés, avaient fait l'amour. Il regrettait de n'avoir pas pris de photos du corps dénudé de Lin allongée dans l'herbe, la poitrine dévêtue et la jupe relevée, tout cela était devenu insaisissable.

Que pouvait-on faire encore ? Y avait-il encore quelque chose que l'on puisse faire ? Il était inutile de rentrer se mettre devant son bureau pour traiter des milliers de documents de propagande tous identiques, personne ne le surveillait, il n'avait même plus besoin de se rebeller, sa ferveur pour la justice, bizarrement, était passée elle aussi. Lui qui était monté au front, qui avait été le chef pendant plusieurs mois, voyait son excitation presque complètement retombée à présent, et plutôt que de dire qu'il était las, il aurait dit qu'il en avait assez. Il lui fallait se retirer au bon moment, il n'avait pas besoin de jouer encore ce rôle de héros.

Ôtant ses chaussures et ses chaussettes, il avança pieds nus dans l'eau glaciale de la rivière. L'eau brillait de mille vaguelettes étincelantes sous les rayons du soleil, réveillant soudain son cerveau engourdi. Il pensa qu'il devait aller voir son père ; il n'avait plus eu de lettre de lui depuis longtemps, il lui fallait profiter de cette occasion pour aller le voir incognito dans le Sud et éclaircir cette affaire de « recel d'arme » qui figurait dans son dossier.

Il se hâta de regagner Pékin dès l'après-midi, passa chez lui prendre son livret de caisse d'épargne et alla à vélo retirer de l'argent avant la fermeture. Puis il se rendit à la gare de Qianmen acheter un billet pour le soir même. Il rentra chez lui, enferma son vélo dans sa chambre, et emportant la sacoche qu'il prenait d'habitude pour se rendre au travail, alla s'installer dans le rapide de onze heures pour le Sud.

Son père et lui ne s'étaient pas revus depuis deux ans et son retour inopiné plongea celui-ci dans une joie indicible. Il alla spécialement sur un marché libre acheter du poisson et des crevettes fraîches introuvables dans le Nord et se mit lui-même en cuisine pour les préparer. À présent, son père avait appris aussi à se mettre derrière les casseroles. Lui qui, à la mort de sa mère, était devenu triste et avare de paroles, était tout excité et bavard, se préoccupant même de politique, lui demandant à plusieurs reprises ce que devenaient les dirigeants du Parti et de l'État qui avaient disparu des colonnes des journaux. À table, l'alcool aidant, gêné de décevoir son père, il lui donna quelques nouvelles dont on ne parlait pas dans les journaux, mais il l'avertit aussi qu'il s'agissait de luttes aux échelons les plus élevés au sein du Parti et que les gens du peuple ne pouvaient pas y voir clair. Je sais, je sais, dit son père, c'est la même chose ici au niveau de la province et de la municipalité. Puis son père dit qu'il avait aussi participé au mouvement rebelle, que le chef du bureau du personnel qui ne cessait de persécuter les gens avait été mis sur la touche ! Lui se retint un long moment mais ne put s'empêcher de le mettre en garde :

– Papa, n'oublie pas la leçon du mouvement anti-droitistes !

– À l'époque, je ne me suis pas opposé au Parti ! Je n'avais fait qu'émettre un avis sur la manière de travailler d'un individu !

Son père s'anima, sa main qui tenait un verre d'alcool se mit à trembler, renversant du liquide sur la table.

– Tu n'es plus un jeune homme, tu as eu des problèmes dans le passé, tu ne peux pas faire partie de ce genre de groupe ! Tu n'as pas le droit d'en faire partie !

Lui-même était très excité, jamais il ne s'était adressé sur un tel ton à son père.

– Pourquoi ne le pourrais-je pas ? dit gravement son père en posant son verre ; mon passé est parfaitement clair, je n'ai jamais été membre d'un parti réactionnaire, je n'ai jamais eu aucun problème sur le plan politique ! C'est le Parti qui avait appelé les masses à s'exprimer, et moi je m'étais contenté de dire qu'il fallait abattre le mur qui le séparait des masses, je n'avais fait que m'exprimer au sujet du style de travail d'un individu, je n'ai jamais dit « non » au Parti en tant que tel, mais cet individu s'est vengé ! Tout ça, je l'ai dit au cours des assemblées, beaucoup de gens étaient présents, tout le monde m'a entendu, tout le monde peut en témoigner ! Et mon rapport d'une centaine de caractères écrit au tableau noir, c'était la cellule du Parti qui me l'avait commandé !

– Papa, tu es trop naïf…

Il allait rétorquer à son père quand celui-ci l'interrompit :

– Je n'ai pas besoin que tu viennes me faire la leçon ! Ce n'est pas parce que tu as un peu étudié… C'est ta mère qui t'a gâté, elle t'a trop gâté !

Lorsque la colère de son père fut passée, il ne put s'empêcher de lui demander :

– Papa, as-tu vraiment détenu une arme ?

Comme s'il avait reçu un coup, son père parut hébété, puis il baissa lentement la tête, fit tourner son verre et resta silencieux.

– Quelqu'un m'a révélé que ce problème figure dans mon dossier, expliqua-t-il, je suis venu m'informer auprès de toi, papa, est-ce vrai ?

– C'est ta mère qui a été trop honnête…, bredouilla son père.

Cela signifiait qu'il y avait bien eu quelque chose ; un froid glacial lui serra le cœur.

– À l'époque, pendant les deux années qui ont suivi la Libération, on a fait circuler des formulaires que tout le monde devait remplir pour établir l'identité des gens. Ils comportaient une rubrique au sujet des armes que l'on possédait ; c'est la faute de ta mère, il fallait qu'elle crée des histoires là où il n'y en avait pas, elle a voulu que je dise la vérité, j'avais servi d'intermédiaire pour vendre un pistolet à un ami…

– En quelle année ? demanda-t-il en fixant son père qui était devenu son sujet d'enquête.

– Il y a longtemps, à l'époque de la guerre de Résistance, c'était encore la République, tu n'étais pas encore né…

C'est donc ainsi que les hommes avouent, pensa-t-il, ils ne peuvent pas ne pas avouer. C'était une réalité irréfutable. Il lui fallait absolument se calmer, reprendre ses esprits, il ne pouvait pas continuer à interroger ainsi son père. Il demanda en radoucissant le ton :

– Papa, je ne t'accuse pas, mais qu'est devenu ce pistolet ?

– Je l'ai passé à un collègue de la banque. Ta mère disait : « Que veux-tu faire de ce machin ? » À l'époque, la société était troublée, mais ta mère disait que si je devais tirer, je serais incapable de viser et que le coup risquait de partir accidentellement. Alors je l'ai vendu à un collègue de la banque !

Son père se mit à rire.

On ne pouvait rire de cela ; il lui dit gravement :

– Pourtant dans mon dossier on parle de recel d'arme.

C'étaient les mots employés par Lin elle-même, il n'était pas possible qu'il ait mal entendu ce qu'elle disait.

Son père resta abasourdi un instant, puis il cria presque :

– C'est impossible ! Ça remonte à plus de trente ans !

Le père et le fils se regardèrent, quel homme oserait aujourd'hui reconnaître qu'il avait acheté ce pistolet à son père ? Il était désespéré.

Son père se cacha le visage dans les mains et, comprenant enfin ce que tout cela signifiait, fondit en larmes. Sur la table, les plats qu'ils avaient à peine touchés refroidissaient.

Il dit à son père qu'il ne lui en voulait pas, que même s'il arrivait quoi que ce soit, il était son fils, qu'il ne risquait pas de ne plus le reconnaître comme père. Au cours des années de catastrophe qui avaient suivi le Grand Bond en avant, sa mère, dans sa trop grande naïveté, avait répondu à l'appel du Parti incitant à se rendre dans les fermes pour se réformer par le travail manuel, et elle s'était noyée dans une rivière, recrue de fatigue. Le père et le fils étaient restés liés pour la vie. Il savait que son père l'adorait. Un jour où il était rentré de l'université, voyant qu'il souffrait d'œdèmes, son père avait dépensé deux mois de tickets de rationnement de viande pour acheter du saindoux afin qu'il l'emporte. Il avait dit que dans le Nord, avec le froid et le gel, il était impossible de se nourrir correctement, tandis qu'ici on pouvait encore acheter au prix fort des carottes dans les villages. Il avait versé le saindoux brûlant dans un pot en plastique qui avait aussitôt fondu sous le coup de la chaleur, et le liquide s'était répandu sur le sol. Accroupis, ils avaient ramassé en silence la couche de saindoux qui s'était figée sur le plancher. Cette scène, jamais il ne l'avait oubliée. Il finit par dire :

– Papa, je suis rentré justement pour tirer au clair cette histoire de pistolet, pour toi et aussi pour moi.

Son père donna enfin l'explication :

– Celui qui avait acheté ce pistolet, c'était un vieux collègue de la banque, d'il y a plus de trente ans. Après la Libération, il m'a écrit une seule fois, mais ensuite je n'ai plus jamais eu de ses nouvelles. S'il vit encore, il travaille sûrement dans une banque. Tu l'appelais « oncle Fang », tu te souviens ? Il t'aimait beaucoup, il ne risque pas de te trahir. Il n'avait pas d'enfants et il disait qu'il voulait faire de toi son fils adoptif, mais à l'époque ta mère n'avait pas voulu.

Chez lui, il doit rester une vieille photographie, si elle a été épargnée par le feu ; il se souvient très bien que cet oncle Fang était chauve, un visage rond bien en chair, tel un Bouddha vêtu à l'occidentale, une cravate nouée autour du cou. Le petit enfant à califourchon sur les genoux de ce Bouddha vivant habillé à l'occidentale portait un vêtement tricoté et il tenait à la main un stylo Parker en or. Il refusait de le lâcher et on le lui avait donné. C'était un trésor d'une réelle valeur qu'il avait eu dans son enfance.

Il ne resta qu'une journée chez son père, puis il continua son voyage vers le Sud, passant encore un jour et une nuit dans le train. Il se renseigna dans la banque populaire locale où il fut reçu par un jeune homme qui faisait partie d'une organisation de masse rebelle. Puis il interrogea un cadre responsable du personnel et il apprit qu'un dénommé Fang avait été muté vingt ans auparavant dans une caisse d'épargne de banlieue, sans doute parce qu'on n'avait guère confiance en lui du fait qu'il faisait partie de l'ancien personnel.

Il loua un vélo et trouva la caisse d'épargne. On lui dit que l'homme était à la retraite et on lui communiqua son adresse.

Dans une maison à un étage, très rudimentaire, tout au bout d'une rue, il se renseigna auprès d'une vieille femme en train de laver des légumes au robinet public, un tablier noué à la taille.

Celle-ci resta interdite un instant, puis demanda :

– Pourquoi voulez-vous le voir ?

– Je passais par là à l'occasion d'une mission, je voulais lui rendre visite.

La vieille femme hésita encore, s'essuya les mains à son tablier avant de dire qu'il n'était pas là. Il pensa que ce devait être son épouse et il lui expliqua sur un ton enjoué qu'il était le fils de son vieil ami Un tel, qu'il était venu voir son vieil oncle. La vieille dame poussa plusieurs « ah » de stupeur et finit par le conduire jusqu'à une pièce où elle le fit entrer. Puis elle lui prépara du thé avec beaucoup d'amabilité, le pria de s'asseoir et dit que son mari était au potager, elle allait l'appeler.

Le vieil homme arriva et rangea derrière la porte la pioche qu'il avait à la main en clignant ses paupières tombantes. De chaque côté de sa tête chauve restaient quelques rares cheveux blancs. Lui s'exclama « oncle Fang ! », répéta qu'il était le fils de son ami Un tel et lui transmit le bonjour de son père.

Tout en hochant la tête, le vieil homme ne cessait de cligner ses paupières. Il l'observa longuement avant de déclarer d'une voix lente :

– Ah oui, je me souviens, je me souviens… un vieux collègue, un vieil ami… comment va ton père ?

– Il n'a pas d'histoires.

– Alors ça va, actuellement si on n'a pas d'histoires, c'est que ça va !

Ils bavardèrent un peu, puis il dit qu'il avait un petit problème qui risquait de lui créer des ennuis, que c'était en relation avec le fait que son père avait vendu un pistolet.

Tête baissée, le vieil homme semblait chercher quelque chose, puis il leva sa tasse de thé en tremblant. Il affirma au vieil homme qu'il n'aurait pas à témoigner, qu'il voulait simplement qu'il lui explique la situation :

– Est-ce que mon père a servi d'intermédiaire pour vendre un pistolet ?

Il insista sur le mot vendre, sans dire que c'était le vieil homme qui l'avait acheté. Celui-ci posa sa tasse, sa main ne tremblait plus, et il dit alors :

– Oui, ça a bien eu lieu, il y a plusieurs dizaines d'années, au moment où l'on fuyait, pendant la guerre de Résistance ; à cette époque les soldats étaient en pleine débandade, il fallait se défendre des bandits. Comme nous avions travaillé longtemps dans la banque, nous avions quelques économies, et comme les billets perdaient de leur valeur, nous les avions changés en objets d'or et d'argent qu'on emportait partout avec nous ; le pistolet, c'était pour nous défendre au cas où.

Il dit que cela, son père le lui avait déjà raconté, et qu'il ne pensait pas qu'il y ait quoi que ce soit à redire ; la question était de savoir où était aujourd'hui ce pistolet, c'était là le seul problème. On soupçonnait son père de receler cette arme, et ce soupçon figurait jusque dans son propre dossier, expliqua-t-il de la manière la plus calme.

– C'est incroyable, soupira le vieil homme, quelqu'un de l'unité de travail de ton père est déjà venu enquêter, jamais je n'aurais cru que cela pourrait te causer autant d'ennuis.

– On n'en est pas encore là, mais ce genre d'ennui latent, il vaut mieux le prévoir à l'avance pour y faire face le jour où il éclate.

Il lui montra une nouvelle fois qu'il ne venait pas enquêter, arborant un grand sourire pour le rassurer.

– Ce pistolet, c'est moi qui l'ai acheté, finit par dire le vieil homme.

Mais lui ajouta :

– Pourtant, mon père dit qu'il l'a vendu sur votre recommandation…

– À qui l'aurait-il vendu alors ? demanda le vieil homme.

– Mon père ne me l'a pas dit.

– Non, ce pistolet, c'est moi qui l'ai acheté, répéta le vieillard.

– Est-ce qu'il le sait ?

– Bien sûr qu'il le sait. Plus tard, je l'ai jeté dans la rivière.

– Ça aussi il le sait ?

– Comment le saurait-il ? C'était après la Libération, la situation était redevenue calme, qui aurait gardé ce genre de truc et dans quel but ? Une nuit, je suis allé le jeter secrètement dans la rivière…

Lui n'avait plus rien à ajouter.

– Mais pourquoi ton père est-il allé parler de ça ? Il se mêle de ce qui ne le regarde pas ! dit le vieil homme sur un ton de reproche.

– S'il avait su que ce pistolet avait été jeté dans une rivière… dit-il pour tenter de justifier son père.

– Le problème, c'est qu'il est trop obéissant !

– Peut-être a-t-il eu peur que ce pistolet existe toujours ; il a eu peur que si on le découvrait, on lui demande d'où il venait…

Il voulait disculper son père, mais son père avait bel et bien avoué et compromis le vieil homme ; c'était bien à son père qu'il fallait s'en prendre.

– Qui aurait cru, qui aurait cru… soupirait sans cesse le vieillard, qu'on repenserait à cette affaire vieille de plus de trente ans ; tu n'étais même pas né, et maintenant c'est passé du dossier de ton père au tien !

Ce pistolet dévoré par la rouille dont il ne devait même pas rester la moindre pièce au fond d'une rivière figurait aussi certainement dans le dossier du vieil homme. Il eut cette pensée, mais ne l'exprima pas. Il changea de sujet :

– Oncle Fang, vous n'avez pas d'enfants ?

– Non, soupira-t-il sans ajouter un mot.

Celui-ci avait oublié qu'il avait voulu le prendre pour fils adoptif, heureusement, sinon son ressentiment aurait été encore plus lourd envers son père.

– Si tu reviens enquêter sur moi… dit le vieillard.

– Non, ce sera inutile, le coupa-t-il. Les intentions qu'il nourrissait avant de venir s'étaient transformées, il n'avait plus de raison de lui en vouloir, ni à lui, ni à son père.

– Je suis à la fin de mes jours, laisse-moi finir, insista le vieil homme.

– Est-ce que ce machin n'a pas disparu à présent ? N'est-il pas au moins complètement rouillé ? dit-il en fixant le vieillard.

Celui-ci éclata de rire en découvrant ses rares dents, puis une larme coula de sa paupière tombante.

Le vieil homme et sa femme s'empressèrent auprès de lui, ils voulaient absolument qu'il reste pour le repas, mais il refusa énergiquement, affirmant qu'il devait rentrer en ville rendre le vélo loué, puis prendre le train du soir.

Le vieil oncle Fang le raccompagna jusqu'au carrefour, puis il agita la main, lui recommandant de donner le bonjour à son père et répétant sans cesse :

– Prends bien soin de toi ! Prends bien soin de toi !

Lorsqu'il fut remonté sur son vélo et qu'il ne distingua plus le vieillard en se retournant, il réalisa soudain que la confirmation qu'il avait obtenue était totalement vaine : à quoi diable pourrait-elle bien servir ?

26

Tu peux finalement revenir sur le passé de cet homme, enfant indigne issu d'une famille vouée au déclin, qui ne vivait pas dans l'indigence la plus totale, mais pas non plus dans l'opulence, à la frontière entre prolétariat et bourgeoisie. Il est né dans l'ancien monde et a été élevé dans la nouvelle société, il a cru un temps à la révolution, puis est passé du doute à la révolte. Mais, voyant que la révolte ne menait nulle part, il s'en est lassé et il a découvert qu'elle n'était qu'un jouet manipulé par les politiciens. Alors il a refusé de jouer le rôle du laquais ou de l'objet de sacrifice. Mais, comme il ne pouvait s'échapper, il n'a pu que mettre un masque pour se fondre dans la foule et vivre au jour le jour.

Il est ainsi devenu un individu à double face, contraint de porter un masque dès qu'il sortait de chez lui, comme l'on prend son parapluie les jours de pluie. Une fois rentré chez lui, la porte fermée, quand personne ne le voyait, il le retirait pour respirer un peu. Sinon, s'il l'avait porté trop longtemps, celui-ci serait resté collé sur son visage et se serait développé en même temps que sa peau, sa chair et ses nerfs faciaux. S'il avait voulu l'arracher, il n'aurait pas pu. Par parenthèse, ce genre de maladie est encore très fréquent aujourd'hui.

Son véritable visage n'apparaîtrait que plus tard, une fois son masque arraché, mais ce ne serait pas facile, car son visage et ses nerfs faciaux sur lesquels le masque était resté collé s'étaient déjà rigidifiés ; le moindre sourire, la moindre grimace lui demandaient des efforts considérables.

Il était sans doute un rebelle de nature, mais il n'avait pas de but précis, pas d'objectif, pas de principe défini ; il était poussé seulement par l'instinct de survie. Plus tard, lorsqu'il comprit enfin que cette révolte était aussi dirigée par la baguette d'un chef d'orchestre, il était déjà trop tard.

À partir de là, il n'eut plus d'idéal et il ne s'attendit plus à ce que l'on se creuse la cervelle à sa place, il ne fut plus reconnaissant envers quiconque, craignant d'être berné à nouveau. Il ne se berça plus d'illusions, et n'eut plus recours à d'habiles paroles pour tromper les autres et lui-même. À présent, il ne se fait plus la moindre illusion sur les hommes et les choses.

Il ne veut plus de camarades, n'a nul besoin d'être le complice de qui que ce soit pour atteindre un quelconque objectif déterminé, il est aussi inutile de s'emparer du pouvoir, c'est d'ailleurs beaucoup trop pénible, c'est une lutte interminable trop épuisante pour l'esprit et qui exige trop d'efforts ; s'il parvient à rester à l'écart de ce genre de grande famille et des groupes qui s'agrègent autour d'elle, ce sera une chance inouïe.

Il ne détruit pas le vieux monde, mais il n'est pas pour autant réactionnaire : que ceux qui désirent faire la révolution la fassent, mais qu'ils ne la fassent pas au point que cela l'empêche de survivre. Bref, il ne peut être un combattant, il se tient plutôt sur un mince espace entre la révolution et la réaction, observant les choses de loin.

En réalité, il n'avait pas d'ennemis, c'est le Parti qui a absolument voulu faire de lui un ennemi, pas lui. Et le Parti a conduit le peuple à le prendre comme cible afin de faire rayonner l'idéal, galvaniser les esprits, encourager les masses, faire jaillir l'enthousiasme ; on a fait de lui l'ennemi public du peuple. Pourtant, il n'a pas le moindre conflit avec le peuple et refuse de tirer sur les autres pour vivre, tout ce qu'il veut, c'est seulement mener sa propre vie.

Il est donc un peu comme une sorte d'entrepreneur indépendant, et il a l'intention de le rester. Aujourd'hui, finalement, il n'a ni collègue, ni patron, ni supérieur ou inférieur hiérarchique, il se dirige et s'emploie lui-même – tout ce qu'il fait, il le fait de son plein gré.

Il n'est pas non plus tellement dégoûté par le monde, il continue à se nourrir comme tout un chacun, et il adore tout particulièrement la cuisine de son pays, un goût qui s'est formé depuis sa petite enfance, car sa mère était un fin cordon-bleu. Bien sûr il mange aussi la cuisine occidentale, la grande cuisine française, cela va sans dire, ou les macaronis italiens, dont on dit qu'ils auraient été rapportés du grand Empire Tang par Marco Polo, alors que l'indispensable fromage râpé qui les accompagne n'existe pas en Chine. Et aussi le poisson cru à la moutarde des Japonais, qui pique le nez, et le caviar russe, très noir ; tout cela est délicieux. Et encore la viande grillée et le chou pimenté des Coréens, et aussi, si possible, les fines galettes indiennes. La seule chose qu'il ne peut pas manger, c'est le fade *Kentucky fried chicken*, il a des goûts assez difficiles, et cela sans doute parce que dans son enfance, il a frôlé la belle vie.

Il aime le sexe aussi, quand il était petit, il avait vu en cachette le magnifique jeune corps nu de sa mère en train de prendre son bain. Depuis, il raffole des belles femmes. Et, quand il n'en a pas, il prend sa plume et écrit des choses érotiques. De ce côté-là, il n'est en rien un honnête homme, il envie même Don Juan et Casanova, mais il ne connaît pas leur fortune et se contente de décrire ses fantasmes dans ses livres.

Voilà donc ton appréciation à son sujet, à mettre en lieu et place de son dossier personnel qui existe peut-être encore en Chine, mais qu'il n'a jamais vu.

27

Le papier du plafond était déchiré et les rats qui couraient la nuit en tous sens au-dessus agrandissaient les fentes en se battant. Les couvertures en coton étaient imprégnées d'une poussière noire. C'était la première fois qu'il était aussi désœuvré, il n'avait rien à faire, il n'avait pas à se réveiller à heure fixe pour aller au travail et n'était plus occupé à se rebeller. Il ne lisait pas et n'écrivait pas, les livres qu'il aurait pu lire restaient dans leurs coffres en bois et leurs cartons. Il devait conserver toute sa lucidité pour ne pas retomber dans son rêve éveillé. Mais dans la chambre à côté de la sienne, l'ouvrier retraité se levait très tôt et allumait la radio qui résonnait d'une manière assourdissante. Elle diffusait l'opéra révolutionnaire *Le Fanal rouge*, et cela le rendait nerveux. Même pour se masturber, il devait remonter sa couette sur sa tête et fermer les yeux pour penser de toutes ses forces au corps nu et brûlant de Lin, mais il ne parvenait pas à arrêter les chants exprimant un enthousiasme sévère mais juste, et cela le déprimait encore plus.

Il voulait emprunter une échelle pour recoller les fentes du plafond, mais la couche de papier menaçait de se détacher totalement, la poussière accumulée dessus risquait de se répandre dans toute la pièce et il lui serait alors encore plus difficile d'y remédier. Recoller un plafond est un métier. Il mit dans un coin de la pièce les affaires de Lao Tan, installa son matelas sur le lit de celui-ci et se débarrassa carrément de son propre lit. Tan ne risquait pas de revenir.

Il se sentait totalement libre, mais il ne savait où aller. La seule chose qu'il pouvait faire, c'était se rendre dans la rue pour acheter les petits journaux que vendaient les organisations de masse, ainsi que toutes sortes de matériaux de dénonciation, puis rentrer chez lui préparer le repas et les lire en mangeant. Dans les discours des dirigeants passant en revue les différents groupements de masse, il distinguait des discordances ou des allusions, tous montrant la même exaltation, mais tournoyant comme un manège de chevaux de bois ; celui-ci hier encore occupé à expliquer la dernière directive de Mao, voyant le lendemain ou le surlendemain la machine à tuer s'abattre sur sa tête, le transformant en criminel anti-Parti. Son enthousiasme pour la rébellion s'était complètement refroidi, des doutes ne cessaient de l'assaillir, mais il n'osait pas le reconnaître.

Il fallait qu'il fasse encore quelques apparitions dans le grand bâtiment de son organisme et il allait s'asseoir un moment au quartier général des rebelles ; de nombreux groupes rebelles avaient alors fait sécession puis s'étaient réunis en un grand « quartier général ». Les gens entraient et sortaient, tandis que lui fumait une cigarette, bavardait un peu avec eux, seulement désireux de se montrer, d'écouter les nouvelles ; puis filant sans se faire remarquer. Il n'éprouvait plus le moindre intérêt pour les combats incessants, les regroupements, les luttes nouvelles qui avaient pour théâtre le bâtiment.

L'endroit le plus animé, celui où l'on apprenait le plus de nouvelles, c'était l'avenue Chang'an. Chaque fois qu'il se rendait au bâtiment de son organisme, il faisait un tour par là. Le long des hauts murs pourpres de Zhongnanhai étaient dressés des tentes et des abris en nattes. Sur une immense banderole rouge on lisait : « Station de liaison du front des révolutionnaires prolétariens de la capitale pour débusquer, combattre et critiquer Liu Shaoqi », les drapeaux rouges des rebelles de chaque université se déployaient, des centaines d'énormes haut-parleurs diffusaient nuit et jour des chants martiaux, dénonçant le chef de l'État au nom du dirigeant suprême, le soleil rouge. Même cette scène ne suscitait plus guère d'émoi en lui.

– Les derniers documents de la dénonciation de Liu Shaoqi par sa propre fille ! Lisez ça, lisez ça ! Il s'achète un chausse-pied en or avec l'argent de la révolution ! La dénonciation de l'ancienne femme de Liu Shaoqi !

Dans la foule entourant l'homme qui vendait ses petits journaux, il reconnut Grosse-Tête, son camarade de lycée. Il alla lui donner une petite tape sur l'épaule. Grosse-Tête sursauta et sourit lorsqu'il le reconnut. Grosse-Tête tenait à la main un sac en skaï rempli de journaux et de documents qu'il venait d'acheter.

– Viens, allons chez moi !

Une bouffée de nostalgie monta en lui, car Grosse-Tête représentait le dernier lien qui le reliait à sa vie perdue.

– Je vais acheter une bouteille d'alcool ! répondit Grosse-Tête très excité lui aussi.

Enfourchant leurs bicyclettes, ils allèrent au marché de Dongdan acheter quelques plats tout prêts et de l'alcool avant de rentrer chez lui. Le soleil de l'après-midi dardait ses rayons à travers les rideaux, il faisait doux dans la pièce et, après quelques gorgées d'alcool, leurs visages rougirent et s'échauffèrent. Grosse-Tête lui expliqua comment dès le début du mouvement il avait été débusqué. On l'avait dénoncé pour calomnie car il avait affirmé que la philosophie de Mao se résumait en tout et pour tout à deux petits opuscules. Cette phrase lui avait échappé un soir où il bavardait dans leur dortoir. Il n'avait prononcé que cela, mais à présent les gens avaient des objectifs beaucoup plus importants, et on ne s'occupait plus de ce genre de réactionnaires insignifiants. Il dit aussi qu'il n'avait pas collé le moindre dazibao, que le mouvement n'arrivait pas jusqu'à lui, mais qu'il n'avait aucune possibilité de continuer à faire ses recherches en mathématiques. Alors il collectionnait les petits journaux et lisait en cachette des livres pour se détendre.

– Lesquels ? demanda-t-il.

– Le *Miroir universel pour aider à gouverner*[1], je l'ai rapporté de chez moi.

Grosse-Tête arborait un visage hilare, rougi par l'alcool.

Lui n'avait jamais éprouvé d'intérêt pour ces recettes d'empereur et ne comprenait pas le sens de l'hilarité de Grosse-Tête.

– Tu n'as pas lu la *Biographie de Zhu Yuanzhang* de Wu Han ? lui demanda encore Grosse-Tête.

C'était un test, Grosse-Tête avait sorti ses antennes.

C'était à partir de la critique de Wu Han que la Révolution culturelle avait débuté : en effet, le vice-maire de Pékin, spécialiste de l'histoire des Ming, avait rédigé un livre décrivant comment le premier empereur de la dynastie, Zhu Yuanzhang, avait liquidé tous les hommes de mérite qui avaient fondé le pouvoir. Il s'était suicidé dès le début du mouvement, ouvrant la voie aux innombrables suicides qui allaient suivre. Comprenant pourquoi Grosse-Tête lui parlait de ce livre, ses interrogations intérieures trouvant là confirmation, il tapota sur la table et s'écria :

– Quel malin tu fais !

De derrière ses lunettes, Grosse-Tête lui lança un regard brillant ; avec son petit sourire, il n'était plus du tout le rat de bibliothèque d'autrefois.

– Oui, je l'ai parcouru, à l'époque j'ai pensé qu'il ne s'agissait que d'histoire, d'une chronique ancienne, je ne croyais pas… C'était un grand détour ? demanda-t-il pour tenter d'en savoir davantage.

– Comme celui que décrit le boomerang des aborigènes… ricana Grosse-Tête.

– C'est aussi de la dialectique, non ?

– De la dialectique ascendante ou descendante ?…

Ils échangèrent ainsi sous-entendus et allusions : tout discours direct était impossible, à cause des méthodes de domination de l'empereur doublées d'idéologie ou des

1. Célèbre ouvrage historique de Sima Guang, rédigé entre 1072 et 1084.

manipulations politiques parées d'idéologie. De toute façon, l'histoire est au-dessus de l'idéologie ; en est-il ainsi pour la réalité ?

Le sourire s'éteignit sur le visage de Grosse-Tête. Le poste de radio dans la pièce d'à côté restait allumé, et il diffusait cette fois un autre opéra révolutionnaire modèle créé sur la directive de l'épouse de Mao, *Le Détachement féminin rouge* : « En avant, en avant, la tâche de la révolution est lourde, la colère des femmes est profonde ! »

L'idéal grandiose de la camarade Jiang Qing, que les vétérans du Parti avaient toujours empêchée de participer aux affaires politiques, était en train de se réaliser.

– Comment se fait-il que ta pièce soit si peu insonorisée ? demanda Grosse-Tête.

– C'est mieux si le poste de radio d'à côté est ouvert.

– Tu n'as pas de poste chez toi ?

– On a confisqué son poste à Lao Tan qui partage la chambre avec moi, et lui-même est toujours à l'isolement dans notre organisme.

Ils restèrent longtemps silencieux, ils entendaient très distinctement les paroles de l'opéra diffusé dans la pièce voisine.

– As-tu un jeu d'échecs ? Faisons une partie ! proposa Grosse-Tête.

Tan possédait un jeu d'échecs chinois en os. Il le sortit d'une boîte en carton qu'il prit dans le tas d'affaires rangé dans le coin de la pièce, puis il repoussa les plats et l'alcool posés sur la table et installa le jeu.

– Comment se fait-il que tu aies repensé à ce livre ? demanda-t-il en revenant à leur conversation tout en avançant un pion.

– Au moment où les journaux ont commencé à critiquer Wu Han, mon père m'a fait revenir à la maison et m'a dit qu'il demandait sa mise à la retraite…

Grosse-Tête déplaça une pièce et baissa le ton, parlant intentionnellement sans détacher les mots. Son père était professeur d'histoire, il avait aussi un titre quelconque en tant que personnalité démocrate.

– As-tu le livre de Wu Han ? Est-ce qu'on peut encore le trouver ? Il avança un autre pion.

– On l'avait à la maison et mon père me l'a fait lire, mais il a été brûlé depuis longtemps, qui oserait cacher ce genre de livre ? Je n'ai pu emporter que cette édition à reliure traditionnelle du *Miroir universel*. Une édition de l'époque des Ming, c'est le seul héritage que mon père m'a laissé. Ce livre, le vieux Mao a recommandé à ses hauts cadres de le lire, sinon jamais je ne l'aurais gardé.

Grosse-Tête avait prononcé le nom de Mao d'une voix presque inaudible, à toute vitesse, puis il reprit le jeu.

– Ton père est vraiment perspicace ! s'exclama-t-il sans savoir s'il exprimait admiration ou regret.

Ses parents à lui n'avaient pas été aussi avisés, son père était si naïf.

– C'était trop tard, on a refusé de lui laisser prendre sa retraite, on l'a débusqué en invoquant des problèmes au sujet de son passé, expliqua Grosse-Tête en retirant ses lunettes, découvrant des yeux sans éclat atteints par une forte myopie. Il rapprocha son visage tout près de l'échiquier et déclara :

– Qu'est-ce qu'on a à jouer à ces échecs de merde ?

Lui, d'un geste, balaya les pièces et s'écria :

– Impossible de s'amuser, on est tous en train de se faire enculer !

Grosse-Tête resta stupéfait par ces mots grossiers, puis il éclata de rire. Et tous deux rirent jusqu'aux larmes.

Prenez garde ! Si votre discussion avait été dénoncée, cela aurait suffi à vous mettre en danger de mort. La peur est cachée dans le cœur de tous, mais elle ne peut être dite, elle ne peut être mise à nu.

À la nuit tombée, il sortit dans la cour vider son seau à ordures rempli des restes du repas et de mâchefer. Quand il eut vérifié que la porte de son voisin était fermée, Grosse-Tête en profita pour partir sur son vélo. Logé dans un dortoir collectif, il était encore l'objet d'une enquête, et, malgré la surveillance que son vieux père exerçait sur lui, il était déjà trop tard. Lorsque l'armée arriva plus tard pour procéder à l'éclaircissement des classes[1], sa fameuse phrase lâchée en bavardant dans son dortoir fut considérée comme un crime de haute trahison, et il fut envoyé dans une ferme de rééducation par le travail où il garda des buffles pendant huit ans.

Après cette conversation, la peur les amena à s'éviter. Ils n'osèrent plus avoir le moindre contact et ne se revirent que quatorze ans plus tard. Le père de Grosse-Tête était mort. Un de ses oncles qui vivait aux États-Unis l'avait aidé à intégrer une université pour s'y perfectionner. Une fois muni de son passeport et de son visa, Grosse-Tête était venu lui dire au revoir. Ils évoquèrent leur rencontre, l'alcool qui leur était monté aux joues, comment ils avaient mis au jour les raisons secrètes qui avaient poussé le vieux Mao à déclencher la Révolution culturelle.

– Si cette conversation entre nous deux avait été colportée, dit Grosse-Tête, je ne serais pas simplement allé faire paître des buffles, je me demande si ma tête serait encore sur mes épaules !

Puis il déclara que s'il arrivait à trouver un poste d'enseignant aux États-Unis, il risquait bien de ne pas revenir.

Ce soir-là, quatorze ans plus tôt, une fois Grosse-Tête parti, il avait ouvert grand la porte de sa chambre pour dissiper les odeurs d'alcool. Puis il l'avait refermée, avait calmé son excitation et sa peur en restant étendu sur son lit, fixant le trou noir dans le plafond. C'était comme s'il avait dérangé une fourmilière, l'obscurité pesante semblait animée d'un grouillement incessant. Ce plafond pouvait à tout moment s'écrouler, et lâcher sur lui ces insectes qui le paralyseraient instantanément.

1. Allusion à la phase de la Révolution culturelle au cours de laquelle l'armée pénétra dans les unités de travail pour établir clairement de quelle classe sociale chacun était issu.

28

L'hiver était revenu. Le poêle était fermé. Il était allongé sur le lit, seule la lampe de chevet était allumée. L'abat-jour à pince posé sur l'ampoule dirigeait ses rayons très bas, éclairant la couverture à carreaux. Le buste plongé dans l'obscurité, il observait le rond de lumière. C'était un immense échiquier aux bords indistincts, la victoire ou la défaite ne dépendaient pas des pièces, mais de celui qui les maniait dans l'ombre, le joueur. Une pièce d'échecs qui voudrait posséder sa propre volonté et ne consentirait pas à se faire manger stupidement, ne sombrerait-elle pas dans la folie ? Tu ne méritais pas encore d'être un pion insignifiant, une simple fourmi risquant à la moindre occasion d'être écrasée sous les pas des passants. Mais tu ne pouvais pas quitter ta fourmilière, tu vivais au jour le jour parmi les fourmis, misère de la philosophie ou philosophie de la misère, de Marx jusqu'à ces sages révolutionnaires, qui aurait pu prévoir la catastrophe et la misère spirituelle qu'engendrerait cette révolution ?

On avait frappé à la fenêtre, au début il crut que c'était le vent, la fenêtre était hermétiquement fermée par du papier collé et les rideaux étaient tirés. Deux coups légers retentirent à nouveau.

– Qui est-ce ? demanda-t-il en s'asseyant, mais rien ne bougea. Alors il sortit de ses couvertures et alla près de la fenêtre pieds nus.

– C'est moi, dit très doucement une voix féminine.

Il n'arrivait pas à deviner qui c'était. Il ôta la barre de la porte et l'entrouvrit un peu. Xiaoxiao la poussa et entra, accompagnée d'un courant d'air glacé. Il était stupéfait de voir cette lycéenne venir ainsi en pleine nuit. Comme il était en caleçon, il se réfugia en hâte sous ses couvertures, laissant la jeune fille fermer la porte. Mais celle-ci s'ouvrit de nouveau, poussée par le vent qui s'engouffra en hurlant. Xiaoxiao dut s'appuyer contre elle pour la refermer.

– Mets la barre, dit-il sans réfléchir. La jeune fille hésita un peu, puis prit la barre qu'elle enclencha délicatement. Il sentit un frisson le parcourir. La jeune fille défit l'écharpe qui lui enveloppait la tête, laissant apparaître son doux visage pâle. La tête baissée, elle semblait haleter.

– Qu'est-ce qui t'arrive, Xiaoxiao ? demanda-t-il en s'asseyant sur le lit.

– Rien. Elle releva la tête, toujours debout à côté de la porte.

– Tu es gelée, non ? Ouvre le poêle.

La jeune fille ôta ses gants en laine, poussa un soupir, puis elle ramassa le crochet posé près du poêle dont elle ouvrit la porte et le couvercle, découvrant les charbons incandescents, accomplissant ces gestes avec naturel. Visiblement, cette frêle jeune fille ne devait pas être très choyée chez elle et elle semblait habituée à accomplir les tâches ménagères.

Xiaoxiao était venue participer au mouvement dans son organisme avec une bande de lycéens qui s'était rapidement divisée en deux factions ; la lycéenne et quelques autres jeunes filles penchaient vers sa tendance à lui, mais ses compagnes s'étaient agitées quelques jours seulement et avaient disparu aussi vite qu'un coup de vent. Seule Xiaoxiao venait souvent au quartier général. Elle ne polémiquait pas avec enthousiasme comme les autres filles, elle restait toujours calmement à l'écart, parcourant les journaux ou aidant à recopier des dazibaos. Elle maniait assez bien le pinceau et elle était patiente. Un après-midi, il fallait rédiger sur-le-champ des dazibaos pour contrer les adversaires, et quand on eut fini de les coller, il était plus de neuf heures. Xiaoxiao dit qu'elle habitait près de la tour du Tambour. Comme c'était sur sa route, il lui avait proposé de la ramener sur son porte-bagages. Ils étaient d'abord passés devant chez lui et il lui avait proposé de manger quelque chose avant de continuer. Xiaoxiao était entrée et c'était elle qui avait fait cuire des nouilles. Après le repas, il l'avait raccompagnée à l'entrée d'une ruelle. Xiaoxiao lui avait dit de la laisser là et, sautant du vélo, avait disparu dans l'obscurité.

– Tu as mangé ? lui demanda-t-il.

Elle fit oui de la tête et se frotta les mains. Son visage éclairé par le poêle rougit. Cela faisait un moment qu'il n'avait plus revu la jeune fille et il attendait une explication à sa venue. Elle restait assise en silence à côté du poêle, ses deux mains à présent réchauffées encadrant son visage, ce qui la rendait encore plus ravissante.

– Qu'as-tu fait ces derniers temps ? finit-il par demander depuis le lit.

– Rien. Elle continuait à fixer le poêle, son visage dans ses mains.

Il attendait qu'elle poursuive, mais elle se taisait.

– Et dans votre école, qu'avez-vous fait cette fois ? demanda-t-il encore.

– Tous les carreaux sont cassés à l'école, il y fait un froid insupportable, plus personne n'y va, on s'est tous dispersés sans trop savoir quoi faire.

– Eh bien, c'est parfait, non ? Tu peux rester à la maison sans avoir à aller en classe.

Elle n'acquiesça pas. Il se pencha pour attraper son pantalon posé sur l'étagère au pied du lit et fit mine de se lever.

– Reste couché, va. Ce n'est pas la peine, je suis juste venue bavarder un peu.

Xiaoxiao s'était retournée et avait levé la tête vers lui.

– Fais-toi du thé alors, proposa-t-il.

Xiaoxiao restait immobile. Il pensait savoir pourquoi elle était venue en voyant dans son visage tout rouge briller son regard.

– J'ai trop chaud, je quitte ma veste ? demanda Xiaoxiao, comme si elle se posait la question à elle-même.

– Enlève-la si tu as trop chaud, dit-il.

Elle se leva et retira sa grosse veste ouatée, dessous elle portait un tricot de laine rouge foncé qui lui serrait le buste. Découvrant ses seins dressés, il se sentit un peu gêné :

– Je vais quand même me lever !

– Ce n'est pas la peine, vraiment pas la peine ! s'exclama-t-elle.

– Il est tard, et si les voisins t'ont vue entrer… dit-il avec quelque scrupule.

– Dans la cour c'est tout noir, il n'y a que ta fenêtre qui est éclairée, personne ne m'a vue entrer.

La voix de Xiaoxiao s'était soudain faite extrêmement douce. En un instant, cette fille qu'il connaissait à peine était devenue très proche de lui.

Il hocha la tête en signe d'assentiment. Xiaoxiao s'avança devant le lit, au point que ses jambes en touchent le bord. Son cœur se mit à battre violemment, il entendait ses battements. Xiaoxiao remonta son tricot, sa chemise rouge cerise délavée découvrant sa taille fine et le bas de ses seins. Instinctivement, il leva la main, elle la saisit sans qu'il comprenne si elle voulait l'attirer ou l'empêcher de la caresser, mais lorsqu'il leva la tête, il n'arriva pas à capter son regard. Sa fine peau luisait sous la lumière de l'abat-jour, et sous son sein appuyé contre sa main saillait une délicate cicatrice rouge. Les petits doigts agiles de la jeune fille enserraient sa main, il n'eut pas le temps de lui demander d'où venait la cicatrice tandis qu'il s'enhardissait sous la chemise, prenant à pleine main ce sein, moins maigre qu'il n'y paraissait, plutôt tendre et plein. Xiaoxiao gémit doucement. Avant qu'il n'ait eu le temps de distinguer ce qu'elle disait, elle se laissa tomber sur le lit alors qu'il l'enlaçait encore.

Il ne se souvenait pas comment elle s'était glissée sous les couvertures, ni comment elle avait défait les boutons très serrés de son pantalon, elle n'avait pas encore de duvet entre les cuisses, il ignorait si elle était vierge, il se souvenait seulement qu'elle n'avait fait aucune manière, qu'elle ne lui avait opposé aucune résistance, qu'ils ne s'étaient pas embrassés, qu'elle n'avait pas quitté entièrement son épais caleçon, le baissant seulement sous les genoux, le laissant la caresser. Ensuite, il lui avait relevé son tricot et sa chemise et, sous les couvertures, il s'était répandu sur son tendre pubis. Ce dont il se souvenait, c'était qu'elle était pelotonnée contre lui, les yeux fermés, la lumière de la lampe éclairant ses lèvres rouges légèrement entrouvertes, faisant naître en lui une bouffée de tendresse pour cette jeune fille à qui il n'avait jusque-là guère prêté attention. Il n'avait pas prévu ce qui arrivait, il ne s'y était pas préparé, et il craignait qu'elle ne tombe enceinte. Il n'avait pas osé aller plus loin, n'avait pas osé vraiment jouir en elle. Il ne comprenait pas si c'était seulement cela qu'elle recherchait en venant le voir, il ne comprenait pas ce qu'elle voulait lui faire comprendre en lui montrant cette cicatrice, il ne savait pas ce qu'il devrait faire le lendemain, il ignorait ce que seraient son lendemain et celui de cette jeune fille, si toutefois ce lendemain devait exister.

Il restait paisiblement allongé, écoutant les tic tac du réveil posé sur sa table, le calme régnait autour d'eux. Il voulut l'interroger sur sa cicatrice, elle était sans doute venue le voir pour cela, et une fois décidée à venir, elle avait alors osé passer à l'acte. Penché sur le côté, il l'observa un long moment, mais il eut peur de briser cette quiétude où chacun retenait son souffle, le tic tac des aiguilles le rappela à la réalité, le temps s'écoulait. Au moment où il se redressait pour regarder l'heure, Xiaoxiao ouvrit les yeux, remonta son pantalon sous les couvertures et le reboutonna avant de s'asseoir.

– Tu t'en vas ? demanda-t-il.

Elle fit oui de la tête et sortit de sous les couvertures. Elle avait gardé aux pieds ses chaussettes violettes. Elle se pencha pour remettre ses chaussures. Lui resta allongé, la regardant en silence passer sa veste ouatée puis emmitoufler son visage dans son écharpe. Il la regarda enfiler ses gants de laine et finit par lui demander :

– Que t'est-il arrivé ?

Sa propre voix lui parut rauque.

– Rien, dit-elle en gardant la tête baissée. Puis elle se retourna et tira la barre de la porte.

Il se leva en hâte, pieds nus sur les carreaux glacés, dans l'intention de retenir la jeune fille, mais il prit conscience aussitôt de ce qu'il risquait de faire.

– Ne sors pas, tu vas prendre froid, dit Xiaoxiao.

– Tu reviendras ? demanda-t-il.

Elle fit oui de la tête, puis elle ouvrit doucement la porte et sortit.

Elle n'était pas revenue et n'était jamais réapparue au bureau du quartier général des rebelles. Il n'avait pas l'adresse de sa famille. Elle était la seule parmi ces lycéennes à être restée aussi longtemps dans leur organisme, mais il ne lui avait jamais demandé d'où elle venait et ne connaissait que son nom, en fait peut-être un surnom utilisé entre camarades. Ce dont il était sûr, c'était que sous le sein de cette jeune fille nommée Xiaoxiao, le sein gauche, non, le sein droit, qui était dans sa main gauche, sous le sein droit de cette fille, se trouvait une cicatrice qui paraissait toute fraîche, d'une longueur de presque un pouce. Il se souvenait que la jeune fille était soumise, qu'elle n'avait pas fait de manières, qu'elle avait voulu lui montrer cette cicatrice, était-ce dans le but d'attirer sa compassion ou pour le séduire ? Avait-elle seize ou dix-sept ans ? Entre ses cuisses, la peau était encore toute lisse, son corps dégageait assez de beauté pour susciter son désir, et peut-être parce qu'elle était trop jeune et trop fragile, il avait eu peur d'assumer ses responsabilités. Il ignorait si les parents de Xiaoxiao avaient aussi été victimes d'attaques, et il n'avait aucun moyen de connaître l'origine de la cicatrice. Était-ce justement à cause de celle-ci qu'elle était venue le voir ? Pour lui demander protection et appui ? Ou bien était-elle désorientée et affolée ? Avait-elle couché avec lui en espérant obtenir quelque réconfort ? Mais il n'avait pas osé l'accepter, la retenir.

Plusieurs fois, alors qu'il sortait de chez lui ou rentrait à bicyclette, il passa devant la ruelle où Xiaoxiao avait sauté du vélo, mais jamais il ne la rencontra. Alors il regretta de ne pas l'avoir retenue, de ne pas lui avoir dit des mots chaleureux de réconfort, d'avoir été aussi peureux, d'avoir été si prudent, si incroyablement nul.

29

– Pourquoi as-tu été arrêté ?

– Un traître m'a vendu.

– Et toi, tu as trahi ? Avoue !

– Le Parti a enquêté sur mon passé depuis longtemps. La conclusion a été rendue il y a belle lurette.

– Veux-tu qu'on te lise un document ?

Le type commençait à s'énerver, à deux reprises un tic nerveux tendit la peau sous les poches de ses yeux.

– Te souviens-tu avoir dit : « Au moment crucial du salut national contre la rébellion communiste, j'ai manqué de vigilance, je me suis fait des amis sans discernement et j'ai pris le mauvais chemin » ?

– Je ne me souviens pas avoir dit cela ! Le vieil homme niait énergiquement, des gouttes de transpiration perlaient sur les ailes de son nez.

– Ce qu'on vient de te lire, ce n'est que le début, je te signale, tu veux que je te lise la suite ?

– Je ne m'en souviens vraiment plus, ça date de plusieurs dizaines d'années.

Son ton avait faibli, sa pomme d'Adam montait et descendait le long de son cou, il avalait sa salive avec peine.

Lui agita des documents posés sur la table, son rôle était désagréable à jouer, mais il valait mieux être l'enquêteur que celui sur lequel on enquête.

– Ça, c'est une copie, mais sur le document original figurent en plus une signature et l'empreinte de ton pouce, c'est bien sûr ton nom de l'époque qui y figure puisque tu en as changé par la suite, ça doit être difficile à oublier, non ?

Le vieil homme ne dit rien.

– Je peux encore te lire quelques phrases pour t'aider à te rafraîchir la mémoire.

Il continua à lire :

– « Je supplie le gouvernement de faire preuve de clémence à mon égard. Je garantis par écrit que je ferai un rapport si je rencontre des proches des bandits communistes ou tout autre suspect… » Ce n'est pas de la trahison, ça ? Sais-tu comment le Parti clandestin s'occupait des traîtres ? demanda-t-il.

– Je sais, je sais, s'empressa de répondre le vieil homme.

– Et toi alors ?

– Je n'ai jamais vendu personne…

Son crâne chauve transpirait aussi.

– Réponds à la question : As-tu trahi le Parti, oui ou non ?

– Lève-toi !

– Lève-toi et parle !

– Confesse-toi sincèrement !

Des cris fusaient parmi les rebelles.

– Je… j'ai été libéré sous caution. Le vieillard s'était levé en tremblant, on percevait à peine le filet de voix qui sortait de sa gorge.

– Je ne te demande pas comment tu es sorti de prison : si tu n'avais pas avoué, on t'aurait laissé sortir ? Parle ! Tu as trahi ou non ?

– Mais je… plus tard j'ai repris contact avec le Parti…

Il l'interrompit :

– À l'époque, le Parti clandestin ne savait absolument pas que tu avais fait des aveux.

– Le Parti pardonne, m'a pardonné… dit le vieux tête baissée.

– Et toi, tu as pardonné ? Tu étais si cruel quand tu réprimais les gens, tu t'emportais tellement quand tu réprimais les masses, même ceux qui avaient rédigé leur autocritique, tu ne les lâchais pas ! Quand tu donnais des directives aux cellules du Parti sous ton contrôle, tu disais qu'il fallait que les dossiers soient sans faille, il ne fallait leur laisser aucune possibilité de revenir sur leurs aveux. Tu l'as dit ou non ?

– Avoue ! Tu l'as dit, oui ou non ! criait encore la foule.

– Oui, oui, je l'ai dit, j'ai eu tort.

Par rapport au fait de trahir le Parti, c'était peu de chose, et le vieux préféra le reconnaître.

– Comment ça, tort ? Tu en prends vraiment à ton aise ! Tu as amené des gens à se suicider en se jetant par la fenêtre ! dit quelqu'un en tapant sur la table.

– Mais… ce n'était pas moi, c'était un problème d'exécution des ordres…

– C'étaient bien tes ordres, des ordres que tu avais donnés personnellement : « Il faut lier les problèmes qu'ils ont eus dans le passé avec leur attitude actuelle pour arriver à tirer les choses au clair. » Tu l'as dit, oui ou non ? dit un rebelle qui ne lâchait pas prise.

Le vieil homme devint conciliant :

– Oui, oui, je l'ai dit.

– Qui s'est opposé au Parti ? Le traître au Parti, c'est bien toi ! Écris tout ça ! reprit à tue-tête ce rebelle.

– Comment ça ? demanda le vieux avec un air lamentable.

– Tu as besoin d'une secrétaire peut-être ? persifla quelqu'un.

Certains riaient, chacun commentait la scène, comme lorsque l'on vient de faire une belle prise à la pêche et que l'on est au comble de l'excitation. Le vieux leva furtivement la tête, son visage était verdâtre, puis il demanda en tremblant, la lèvre inférieure pendante :

– Je… j'ai une maladie de cœur… est-ce que je peux boire une gorgée d'eau ?

Il poussa vers lui un verre d'eau, le vieux tira d'une poche un petit flacon de médicaments dont il sortit un comprimé qu'il avala.

Le vieillard était beaucoup plus âgé que son père, il pensa qu'il ne fallait pas qu'il meure d'une crise cardiaque en pleine séance et dit :

– Assieds-toi et bois ; si ça ne va pas, tu peux t'allonger sur le canapé.

Le regardant d'un air pitoyable, le vieil homme n'osa pas se diriger vers le canapé où étaient assis des gens. Changeant brusquement d'idée, lui décida :

– Écoute, demain matin, apporte-nous des aveux détaillés dans lesquels tu exposeras comment tu t'es confessé et tu as trahi le Parti, comment tu as été arrêté, comment tu es sorti de prison, avec le nom des témoins. Tu expliqueras aussi bien clairement quels aveux tu as passés en prison.

– D'accord, d'accord, dit le vieux en se hâtant de courber la taille.

– Tu peux partir.

Dès que le vieux fut sorti, les rebelles qui étaient au comble de l'excitation se précipitèrent vers lui.

– Vous croyez qu'il risque de s'enfuir avec de tels documents contre lui ? Vaste est le filet de la dictature du prolétariat ! Ne poussons pas ce vieux machin à nous faire un infarctus en public, dit-il en y mettant autant de conviction que de méchanceté.

– Il risque de se suicider une fois rentré chez lui, non ? demanda quelqu'un.

– Je ne pense pas qu'il ait un tel courage. S'il n'avait pas peur de la mort, il n'aurait pas signé de tels aveux à l'époque. Il ne fait pas de doute que demain il nous remettra la confession de ses crimes, vous ne pensez pas ?

L'assistance des rebelles ne sut que dire. Il détestait de tout cœur ce vieux type qui n'avait que le Parti à la bouche, et s'il éprouvait une certaine compassion, c'était parce que, après avoir perdu sa propre foi dans le mythe de la révolution, il en avait aussi fini avec la légende fabriquée par la grandiose révolution sur l'homme nouveau pourvu d'une absolue pureté. Le vieil homme avait caché l'affaire au cours de laquelle il s'était constitué prisonnier, il avait utilisé un pseudonyme, évitant ainsi plusieurs fois les enquêtes, sans doute terrorisé depuis toutes ces années, pensa-t-il.

Puisqu'il était interdit de changer de foi, faudrait-il suivre le Parti jusqu'au bout ? Était-il donc impossible de ne pas en être des sujets ? Et si l'on n'avait pas la foi ? Si l'on sautait par-dessus ce choix rigide à sens unique ? Sans principes de base, pouvait-on continuer à vivre ? Quand ta mère t'a mis au monde, tu n'avais pas de principes, est-ce que le dernier rejeton de cette famille vouée au déclin ne pouvait pas vivre en dehors des principes ? Ne pas être révolutionnaire était-il être contre-révolutionnaire ? Si l'on n'était pas homme de main au service de la révolution, devait-on encore souffrir pour celle-ci ? Si tu ne mourais pas pour la révolution, avais-tu encore le droit de vivre ? Et comment s'échapper enfin de l'ombre de cette révolution ?

Amen. Depuis ta naissance tu étais atteint par le péché originel, tu ne pouvais être juge, tu te protégeais en prenant tout à la légère, en te mêlant à ce groupe de rebelles. À ce moment-là, il t'apparut de plus en plus clairement que tu devais trouver un lieu où te réfugier. En tant qu'enquêteur sur les cadres du Parti, tu rédigeas pour toi-même un tas de lettres de recommandation munies d'un sceau officiel, tu pus obtenir une somme d'argent pour partir en mission et voyager un peu partout. Pourquoi alors ne pas en profiter pour découvrir ce monde étonnant, pour voir s'il existait encore des lieux où l'on pût échapper à cette omniprésente révolution ?

Dans la ville de Jinan située au sud du fleuve Jaune, il arriva dans un petit atelier dans une vieille rue ; l'objet de son enquête était un criminel relâché d'un camp de réforme par le travail. La femme qui en avait la charge, des manchettes aux poignets, collait des boîtes en carton. Elle l'informa :

– Cet homme n'est plus là depuis longtemps.

– Il est mort ? demanda-t-il.

– S'il n'est plus là, c'est bien qu'il est mort.

– Comment est-il mort ?

– Allez demander à sa famille !

– Sa famille vit encore ? Qui reste-t-il ?

– En fin de compte, vous menez votre enquête sur qui ? rétorqua la femme.

Il ne pouvait expliquer à cette ouvrière que ce mort était camarade de classe avec le cadre sur lequel il enquêtait, qu'ils avaient ensemble participé à un mouvement étudiant organisé par le Parti clandestin, puis qu'ils avaient fait de la prison sous le Guomindang, ni lui expliquer les conséquences de la logique implacable de la révolution, il n'avait pas besoin de gaspiller sa salive, mais il devait quand même trouver des preuves de la mort de cet homme afin de se faire rembourser ses frais de mission.

– Pouvez-vous mettre un tampon sur mes documents ? demanda-t-il.

– Quel tampon ?

– Pour attester la mort de cet homme.

– Pour ça, vous devez aller au commissariat de police ; nous ne délivrons pas de certificat de décès.

– D'accord. Comment fait-on pour aller vers le fleuve Jaune ? demanda-t-il en prenant l'accent de la femme, l'accent du Shandong.

– Quel fleuve Jaune ? demanda-t-elle.

– Le fleuve Jaune, il n'y a qu'un fleuve Jaune en Chine, votre ville de Jinan n'est-elle pas au bord du fleuve ?

– Qu'est-ce que vous racontez ? Qu'est-ce qu'il y a à voir là-bas ? J'y suis jamais allée.

La femme se remit à encoller ses boîtes et ne s'occupa plus de lui.

Le proverbe dit : « On ne peut mourir sans avoir vu le fleuve Jaune » et il avait soudain envie de le voir. Il était passé souvent près de ce fleuve tant chanté depuis l'Antiquité, mais c'était toujours en train et, à travers la succession de rais de lumière que produisaient les piles du pont, il n'avait pu juger de sa grandeur. Il se renseigna auprès d'un passant qui lui dit que le fleuve Jaune était encore loin, qu'il devait prendre un bus jusqu'au bourg de Luokou, puis marcher encore avant de grimper sur une digue pour le découvrir.

Lorsqu'il escalada la haute digue de lœss totalement dénudée, sans la moindre tache verte, il aperçut la berge opposée, de lœss elle aussi, c'était une zone inondable sans aucune habitation, ni aucun arbre, des pentes boueuses formées par les crues et décrues, et au bas de ces pentes, des eaux fangeuses tourbillonnantes, le lit du fleuve se trouvait au-dessus du bourg. Ce fleuve boueux qui coulait avec tant d'impétuosité, à la couleur presque marron, était-il vraiment le fleuve Jaune, chanté depuis des milliers d'années ? Était-ce vraiment là que l'antique civilisation chinoise avait pris sa source ?

À l'horizon, le fleuve boueux s'écoulait à l'infini dans la lumière aveuglante du soleil. Hormis l'ombre noire d'un bateau à voiles flottant dans le lointain, il n'y avait pas la moindre trace de vie. Ceux qui avaient chanté le fleuve Jaune étaient-ils vraiment venus sur ses rives ? Ou bien avaient-ils écrit n'importe quoi ?

Au loin, le bateau avec ses voiles grises toutes rapiécées arrivait en tanguant, un homme bras nus le conduisait et une femme en veste grise s'affairait sur le pont. Il était rempli de pierres sans doute destinées à combler quelque brèche en cas d'inondation.

Il descendit sur la berge qui était de plus en plus boueuse, puis il ôta ses chaussettes et ses chaussures qu'il garda à la main, et entra dans l'eau pieds nus en s'enfonçant dans la boue visqueuse. Il se pencha pour tremper sa main dans l'eau et en retira une poignée de boue qui se figea au soleil en une sorte de croûte. « Boire une gorgée d'eau du fleuve Jaune », a écrit un poète révolutionnaire. Jamais un être humain ne pourrait boire cette soupe jaunâtre, et même les poissons devaient avoir du mal à y survivre. En fait, ce qu'avait chanté le poète, ce n'étaient que pauvreté et calamités. Cet immense courant de boue presque mort le plongea dans la stupéfaction, un grand vide se fit en lui. Plusieurs années plus tard, un haut fonctionnaire de l'État déclara qu'il fallait ériger en amont du fleuve Jaune une statue monumentale dédiée à l'âme de la nation. Sans doute ce projet a-t-il maintenant été réalisé.

Dans une petite gare située sur la rive nord du Yangzi, le train s'était arrêté dans la nuit, les gens étaient enfermés dans les wagons étouffants où les ventilateurs bourdonnaient. L'odeur aigre de la transpiration rendait l'atmosphère encore plus irrespirable. Au bout de quelques heures, on annonça au haut-parleur que dans la gare suivante se déroulaient des combats armés et que des rochers avaient été entassés sur la voie ferrée : on se savait pas quand elle serait remise en service. Les passagers entourèrent les employés du train pour protester. Les portes furent ouvertes et tout le monde put descendre. Il alla se laver au bord d'une rizière, puis il s'étendit sur une levée de terre, contemplant le ciel étoilé ; les protestations de la foule diminuèrent, il n'entendait plus que les coassements des grenouilles et finit par s'endormir. Son enfance lui revint en mémoire, quand il restait dehors sur une chaise longue en bambou pour profiter de la fraîcheur et qu'il contemplait la nuit de la même façon. Ces souvenirs d'enfance étaient encore plus lointains que les étoiles scintillant dans le ciel.

30

Des sacs de ciment étaient empilés à hauteur d'homme en travers de la rue, des meurtrières avaient été ménagées pour tirer au fusil. Devant la barricade s'entassaient pêle-mêle des barrières, des bétonneuses, de grandes marmites destinées à faire chauffer le goudron, des rouleaux de fil de fer barbelé. Au milieu de la rue, une ouverture laissait le passage à une seule personne. La circulation était coupée, les trolleybus ayant débranché leurs trolleys, et une file de sept ou huit d'entre eux, vides, stationnaient du côté du carrefour. Les trottoirs, en revanche, étaient envahis de piétons et d'habitants des environs, les gamins se faufilaient entre les gens attroupés. Il y avait là des femmes avec leur enfant dans les bras, des vieillards en maillot de corps et en pantoufles qui s'éventaient avec des éventails de jonc, venus voir ce qui se passait sur les trottoirs protégés par des barrières métalliques. Attendaient-ils le début des combats ? Des propos fusaient de toutes parts, on parlait de « QG rouge », de « quartier général révolutionnaire ». Quoi qu'il en soit, c'était pour deux factions la mobilisation qui allait se clore par un combat à mort. Ignorant quelle était la faction qui tenait le carrefour avant la gare, il se détacha résolument de la foule pour se diriger vers la barricade.

Derrière l'ouverture pratiquée dans les barbelés, des ouvriers munis d'un brassard, la tête coiffée d'un casque de sécurité en osier, un foret aiguisé à la main, barraient le passage. Il montra sa carte de travail, le garde y jeta un coup d'œil et lui fit signe de passer. De toute façon, il n'était pas d'ici, il était extérieur à cette lutte entre deux factions. Il s'avança au beau milieu de l'avenue déserte, sous un soleil aveuglant qui faisait fondre le goudron. Il est peu probable qu'ils perdent la tête en plein jour, se dit-il.

Pan ! Un claquement sec déchira le calme brûlant qui plongeait les gens dans la torpeur. Il ne réalisa pas tout de suite qu'il s'agissait d'un coup de feu et il examina chaque côté de la rue. Sur le mur d'une grande usine était inscrit un slogan en très gros caractères : « Luttons jusqu'à la dernière goutte de sang pour protéger la ligne prolétarienne révolutionnaire du président Mao ! » Il fit alors le lien avec le claquement et prit ses jambes à son cou, mais s'arrêta aussitôt pour ne pas paraître trop affolé et éviter de devenir la cible d'un fusil embusqué. Il remonta quand même rapidement sur le trottoir et marcha en longeant le mur.

Il lui était impossible de savoir d'où venait le coup de feu. Était-il destiné à mettre en garde les piétons ou tiré contre lui ? On n'avait pas de raison de le tuer, lui, seul passant de cette avenue, qui n'avait rien à voir avec cette lutte à mort entre deux factions. Pourtant, si on l'abattait, qui en serait le témoin ? Il réalisa soudain qu'il risquait de mourir sans rime ni raison et que sa destinée dépendait entièrement du hasard.

Il bifurqua dans une ruelle. Celle-ci était tout aussi déserte, les habitants semblaient avoir quitté le quartier. Involontairement, il fut pris de panique et comprit alors comment une ville pouvait sans aucune difficulté sombrer dans l'état de guerre, comment les gens pouvaient en un instant devenir des ennemis et se livrer un combat à mort au nom d'une ligne politique totalement invisible.

Sur la place devant la gare, des gens formaient un long serpent dont la tête partait du guichet fermé. C'étaient des voyageurs en attente. Il demanda à quelqu'un devant lui quand commencerait la vente des billets. L'homme fit la grimace pour signifier qu'il n'en savait rien. Il se mit aussitôt dans la file. Peu après, d'autres personnes vinrent faire la queue derrière lui, sortant d'on ne savait où. Personne ne portait de bagages conséquents, il n'y avait ni enfants ni vieillards, seulement de robustes jeunes hommes, à l'exception, à deux pas devant lui, d'une jeune fille avec de courtes tresses, qui jetait parfois un coup d'œil derrière elle, mais baissait aussitôt la tête et détournait le regard lorsqu'elle croisait celui des autres. Elle avait l'air affolée, comme si elle craignait d'être reconnue. Il pensa que ces gens faisant la queue pour acheter des billets devaient fuir devant le danger. Pourtant, le fait que tant de personnes soient regroupées sur la place le rassura. Il s'assit par terre et alluma une cigarette.

Ceux qui l'entouraient s'agitèrent soudain et la file se disloqua sans qu'il sût ce qui se produisait. Il arrêta quelqu'un pour se renseigner. On lui dit qu'on s'apprêtait à fermer le fleuve. Il demanda ce que cela signifiait. Ni le bac ni le train ne pourraient plus passer ! Un autre dit qu'il allait y avoir un massacre. Qui allait massacrer qui ? Impossible d'obtenir une réponse. La foule s'égailla en un instant, il ne resta plus que quelques personnes isolées qui, comme lui, n'avaient aucun endroit où aller. Ils se rapprochèrent peu à peu et recommencèrent à faire la queue devant le guichet fermé. Ils formaient une file plus courte, comme si c'était pour eux le seul moyen de se soutenir. Personne ne se présenta plus jusqu'au moment où le soleil déclina à l'horizon et que l'aiguille de la grosse horloge de la gare marqua cinq heures passées.

Coupées de toute source de nouvelles, la dizaine de personnes qui étaient là semblèrent prendre conscience de la situation et cessèrent d'attendre stupidement en plein soleil. Ils se mirent à l'ombre pour bavarder ou fumer une cigarette. L'un d'eux donnait sans cesse son avis, affirmant que les deux factions avaient engagé d'ultimes pourparlers, que l'armée allait bientôt intervenir, que le trafic ferroviaire ne pourrait pas rester coupé très longtemps et reprendrait le lendemain, c'était au moins ce que l'on croyait. Lui ne cherchait plus à se renseigner, la jeune fille était toujours là, tête baissée, ses bras enserrant ses genoux, recroquevillée dans un coin, à une certaine distance des autres.

Tenaillé par la faim, il eut envie d'acheter quelque chose à manger avant la nuit. Au pire, son sac à dos en guise d'oreiller, il contemplerait les étoiles. C'était l'été, cela ne posait pas problème. Il s'éloigna du guichet pour aller faire un tour. Toutes les petites boutiques à proximité de la gare étaient fermées par des planches, pas le moindre restaurant ouvert. De chaque côté de la place, les rues étaient aussi désertes, pas un véhicule n'y était passé depuis des heures. Il commença à trouver l'atmosphère pesante et sentit l'inquiétude le gagner. N'osant pas s'éloigner, il retourna à la gare. L'ombre de la tour s'allongeait jusqu'au centre de la place, et devant le guichet, le groupe avait encore diminué, mais la jeune fille était toujours recroquevillée au même endroit, tandis que l'homme qui parlait sans cesse s'était tu.

L'ombre de la tour de l'horloge recouvrait maintenant presque la totalité de la place. Son contour semblait beaucoup plus distinct que la lumière du soleil, au-delà. À quoi bon attendre un train à l'horaire incertain devant cette gare où personne ne connaissait personne ? Et si la voie était carrément coupée ? Peut-être fallait-il s'attendre à une guerre civile ?

Pan, pan, pan ! Des détonations sourdes leur firent vibrer la poitrine, tous se levèrent. Puis une autre série de coups éclatèrent, tout aussi sourds, sans doute une mitrailleuse, non loin de là. La foule se dispersa, lui-même courut penché en avant le long d'un mur. Ça y est, c'est la guerre, pensa-t-il. Empruntant un passage étroit à l'abri des balles, bordé de sacs empilés à hauteur d'homme, il se réfugia dans un entrepôt. Il s'arrêta haletant et entendit une voix : la jeune fille était là, appuyée contre les sacs, à bout de souffle elle aussi

– Où sont-ils passés ? demanda-t-il.

– Je n'en sais rien.

– Où vas-tu ?

La jeune fille ne répondit pas.

– Moi je vais à Pékin.

– Moi… moi aussi, répondit-elle après un instant d'hésitation.

– Tu n'es pas d'ici ? demanda-t-il sans obtenir de réponse.

– Étudiante ? insista-t-il, sans plus de succès.

La nuit tombait, un vent frais s'était levé, il sentit sa chemise trempée de sueur lui coller au dos.

– Il faut trouver un endroit pour passer la nuit, ce serait dangereux de rester ici, dit-il.

Une fois passé les entrepôts, il se retourna et vit que la jeune fille le suivait silencieusement en maintenant avec lui une distance de deux ou trois pas. Il lui demanda :

– Sais-tu où il y a un hôtel ?

– Pas loin de la gare, mais ce serait trop dangereux d'y retourner. Sur les quais du fleuve, il y en a aussi un, mais il faut marcher un bon moment, répondit à voix basse la jeune fille qui semblait bien connaître les lieux. Il se laissa conduire.

Ils finirent par arriver dans une petite rue bordée de vieilles maisons, située au-dessous de la digue longeant le fleuve. Des jeunes gens debout devant les maisons ou assis sur le seuil échangeaient d'un côté à l'autre de la rue des propos sur la situation de guerre. Tant que les balles ne les atteignaient pas, ils étaient poussés par la curiosité et remplis d'excitation. Les boutiques et les petits étals étaient tous fermés, mais deux entrées éclairées signalaient des hôtels, en fait des auberges à l'ancienne, comme celles où descendaient autrefois les voyageurs de commerce ou les petits artisans. L'une affichait déjà complet, dans l'autre ne restait qu'une chambre avec un unique lit.

– Vous la voulez ou non ? demanda la grosse femme qui agitait son éventail en jonc derrière le comptoir.

Il retint aussitôt la chambre et sortit ses papiers. La femme s'en empara et ouvrit son registre.

– Quels liens entre vous ? demanda-t-elle, s'apprêtant à noter.

– Mari et femme, fit-il en adressant un clin d'œil à la jeune fille.

– Nom, prénom ?

– Xu… Ying. La jeune fille avait marqué un temps d'hésitation avant de répondre en bredouillant.

– Lieu de travail ?

– Elle ne travaille pas encore. Nous rentrons à Pékin, répondit-il à sa place.

– Vous devez payer cinq yuans de caution. La chambre coûte un yuan par jour, on paie quand on s'en va.

Il régla la caution. La femme garda ses papiers, se leva et s'empara d'un trousseau de clefs avant de s'extirper de derrière son comptoir. Elle ouvrit une petite porte à côté de l'escalier et actionna un interrupteur à tirette. Au plafond incliné pendait une ampoule ; dans ce cagibi aménagé en chambre sous l'escalier, un lit à une place était disposé sur le côté où l'on ne pouvait se tenir debout. De l'autre côté était installée une étagère qui portait une cuvette. Pas de chaise. La grosse femme chaussée de sandales en plastique sortit en faisant résonner ses clefs.

Il ferma la porte et fit face à la jeune fille nommée Xu Ying.

– Dans un instant, je sortirai, dit-il.

– Ce n'est pas la peine, dit la jeune fille assise au bord du lit, comme ça c'est très bien.

Alors il regarda plus attentivement son visage très pâle.

– Tu es fatiguée, non ? demanda-t-il. Allonge-toi pour te reposer.

Elle resta assise sans bouger. Ils entendirent des pas au-dessus de leur tête. Quelqu'un descendait. Puis ils entendirent un bruit d'eau qui gicle. On devait se laver dans la cour. Cette petite pièce sans fenêtre était étouffante.

– Veux-tu que j'ouvre la porte ?

– Non, dit-elle.

– Je vais te chercher de l'eau ? J'irai me laver dehors.

La jeune fille fit oui de la tête.

Quand il rentra dans la pièce, elle avait fini sa toilette et passé une chemise à col rond sans manches, décorée de petites fleurs jaunes ; pieds nus, elle était assise sur le lit. Elle avait refait ses petites tresses bien serrées, son visage avait rosi, elle avait tout d'une fillette. Elle replia ses jambes pour lui faire une place :

– Asseyez-vous, il y a de la place !

C'était la première fois qu'elle souriait. Il sourit aussi et expliqua, plus détendu :

– J'ai été obligé de dire ça.

Il parlait évidemment de ce qu'il avait dit pour les faire enregistrer à l'auberge.

– Bien sûr, je comprends, sourit la jeune fille, la bouche entrouverte.

Il alla fermer la porte, quitta ses chaussures et s'assit en tailleur à l'autre extrémité du lit :

– Je ne m'attendais pas à ça !

– À quoi ? demanda-t-elle en inclinant la tête.

– Quelle question !

La jeune fille, Xu Ying, sourit de nouveau, bouche entrouverte.

Bien plus tard, il se souvint comment tout avait commencé, il se souvint que cette nuit-là il y avait eu flirt et séduction, il y avait eu désir et impulsion, il y avait aussi eu amour, pas seulement peur.

– C'est ton vrai nom ? demanda-t-il.

– Ça, je ne peux pas vous le dire maintenant.

– Ah bon, quand alors ?

– Vous le saurez en temps voulu, il faudra voir.

– Voir quoi ?

– Vous n'avez pas compris ?

Il se tut, il se sentait à l'aise et détendu. Au-dessus d'eux le bruit avait cessé, de même que celui de l'eau dans la courette, mais on sentait quand même une sorte de tension, comme une attente ; cette impression, il en garderait le souvenir, longtemps plus tard, chaque fois qu'il se remémorerait la scène.

– On peut éteindre la lumière ? demanda-t-il.

– Elle est un peu aveuglante, ajouta-t-elle.

Quand il éteignit la lampe, il frôla dans le noir la jambe de la jeune fille. Elle la replia aussitôt, mais elle le laissa s'étendre à côté d'elle. Il s'allongea prudemment, bien droit, le visage tourné vers le haut. Mais sur un lit à une place comme celui-ci, il était inévitable qu'ils se heurtent. Chacun tâchait d'éviter l'autre, restant dans ses limites. La chaleur humide du corps de la jeune fille et la touffeur de la pièce eurent tôt fait de le mettre en nage. Dans l'obscurité, le plafond incliné qu'il distinguait vaguement semblait descendre sur lui comme pour l'écraser, l'oppressant encore plus.

– Je peux me déshabiller ? demanda-t-il.

Elle ne répondit pas, mais ne fit rien pour s'y opposer. Une fois torse nu et vêtu de son seul caleçon, il la toucha, mais elle ne bougea pas, pourtant elle ne dormait pas.

– Que vas-tu faire à Pékin ?

– Voir ma tante.

Était-ce vraiment le moment d'aller voir des parents ? Il ne la crut pas.

– Ma tante travaille au ministère de la Santé, poursuivit-elle.

Il dit que lui aussi travaillait dans un organisme d'État.

– Je le sais.

– Comment le sais-tu ?

– Vous avez sorti votre carte de travail tout à l'heure.

– Tu connais aussi mon nom alors ?

– Bien sûr, elle l'a noté, non ?

Dans l'obscurité, il vit, plutôt il sentit, qu'elle souriait, bouche entrouverte.

– Sinon, je n'aurais pas…

– Dormi avec moi, c'est ça ? Il finit sa phrase.

– C'était mieux de le savoir !

Il perçut de la tendresse dans sa voix, il posa la paume de sa main sur la jambe de la jeune fille, elle ne la retira pas. Mais il pensa qu'elle lui faisait confiance et n'osa pas aller plus loin.

– De quelle université es-tu ? demanda-t-il.

– Je suis déjà diplômée, j'attends mon affectation.

– Qu'as-tu étudié ?

– La biologie.

– Tu as disséqué des cadavres ?

– Bien sûr.

– Des cadavres humains ?

– Je ne suis pas médecin, j'ai étudié la théorie, mais j'ai fait un stage dans le laboratoire d'un hôpital, j'attends mon affectation, tout était prêt, si…

– Si quoi ? La Révolution culturelle ?

– Je devais être envoyée dans un laboratoire à Pékin.

– Tu es fille de cadres ?

– Non.

– Mais ta tante est un haut cadre ?

– Vous voulez vraiment tout savoir ?

– En fait, je ne sais même pas si ton nom est vrai ou faux.

Elle rit de nouveau, cette fois son corps bougea vraiment, il le perçut sous sa main. Il pressa sa jambe et sentit sa peau à travers le fin tissu du pantalon.

– Je vous dirai tout. Elle lui prit la main et l'enleva de sa cuisse, puis elle murmura : Vous saurez tout…

Il pressa sa main, celle-ci se détendit peu à peu.

Pan, pan ! On cognait contre une porte ! À la porte d'entrée de l'auberge.

Ils ne bougèrent plus, retenant leur souffle pour écouter ce qui se passait, main dans la main. La porte de l'auberge s'ouvrit dans un grand vacarme : c'était une perquisition, ou une fouille. Un groupe d'hommes posa d'abord des questions à la gardienne, puis ils ouvrirent une à une les portes des chambres du rez-de-chaussée. D'autres montèrent à l'étage, des pas résonnaient au-dessus de leur tête, ils fouillaient partout. Soudain, des bruits de pas précipités retentirent, quelqu'un courait, des injures fusèrent dans un désordre général. Puis ils entendirent un bruit sourd, comme un sac de sable tombant sur le sol, suivi des hurlements d'un homme et de bruits de pas confus. Les hurlements se transformèrent en une plainte déchirante qui finit par s'éteindre.

Ils s'étaient assis sur le lit, le cœur battant, attendant que l'on frappe à leur porte. Le vacarme continuait dans l'escalier. Soit les hommes avaient oublié leur cagibi, soit peut-être avaient-ils vu grâce au registre qu'ils n'étaient pas concernés par cette perquisition, mais personne ne vint frapper. La porte d'entrée de l'auberge se referma, la gardienne murmura encore quelques paroles confuses, puis le silence revint.

Dans l'obscurité, elle se contracta soudain, il prit dans ses bras ce corps secoué de tremblements, embrassant ses joues trempées de sueur et ses lèvres molles. La transpiration et les larmes salées se mêlaient sur la natte du lit. Il caressa ses seins trempés eux aussi, défit le bouton de son pantalon, passa sa main entre ses cuisses, elle était mouillée là encore, elle le laissait faire, comme paralysée. Quand il la pénétra, ils étaient nus tous les deux…

Elle dit plus tard qu'il avait profité d'un moment de faiblesse de sa part pour la posséder, ce n'était en rien de l'amour, mais il répliqua qu'elle n'avait pas dit non. Après cela, dans le silence, il avait senti sous ses doigts un liquide collant entre ses cuisses. Il fut très inquiet. Il faut savoir qu'alors, non seulement les étudiants n'avaient pas le droit de se marier, mais tomber enceinte ou avorter sans être mariée pouvait provoquer une véritable catastrophe. Elle le rassura :

– J'ai mes règles.

Il fit alors une nouvelle fois l'amour avec elle, elle ne s'y opposa pas, il sentit qu'elle l'accueillait de tout son corps. Il reconnut que c'était lui qui avait fait d'elle une femme ; lui, il avait déjà eu des expériences avec les femmes. À l'époque, si elle n'avait eu pour lui que de la rancune et n'avait ressenti aucune tendresse, elle ne se serait pas offerte, nue dans la lueur du jour filtrant par la fente de la porte, le laissant essuyer avec une serviette humide les taches de sang sur ses cuisses, puis lui témoignant un réel attachement. Il se souvenait comment, à genoux, il avait embrassé ses pointes de sein saillantes, c'était elle qui le serrait fort dans ses bras, murmurant qu'elle avait peur, qu'il ne devait pas l'exciter, mais elle s'était allongée quand même sur le dos et s'était encore une fois donnée à lui.

Personne n'était alors en mesure de savoir ce qui les attendait et personne n'aurait pu prévoir ce qui allait se passer.

Dans une frénésie irrépressible, il l'embrassa partout, sans qu'elle le retienne le moins du monde ; après la peur, la tension qui s'était accumulée en eux s'épanchait librement. Leurs corps furent bientôt couverts de sang, mais elle n'eut pas un mot de reproche à son encontre. Plus tard, il sortit changer l'eau de la cuvette et elle lui demanda de se retourner pendant qu'elle se rhabillait.

Elle fut bloquée sur le quai, juste après qu'il fut monté sur le bac. D'abord ils avaient entendu dire à l'auberge que les trains se remettaient à fonctionner, mais on dit aussi ensuite qu'on pouvait seulement sortir de la gare, pas y entrer. Pour prendre le train, il fallait d'abord prendre le bac pour gagner la rive opposée du fleuve. Les voyageurs s'entassaient sur l'embarcadère, formant une masse noirâtre. Au petit matin, la surface du fleuve était nappée de brume et le soleil formait une boule rouge. On eût dit le jour du Jugement dernier. Un marin portant un insigne sur sa vareuse criait dans un haut-parleur : « Laissez les voyageurs étrangers à la ville monter en premier ! Présentez votre carte de travail avant de monter ! » La foule attroupée sur le quai ne formait pas une file disciplinée, elle attendait dans le plus grand désordre. Ils furent séparés, il cria son nom, le nom qu'elle avait donné lors de l'enregistrement à l'auberge, mais elle ne réagit pas. Pourtant c'était lui qui tenait sa sacoche, elle la lui avait fourrée dans les mains à l'entrée de l'embarcadère, sans doute pour s'en débarrasser. À l'intérieur se trouvait sa carte d'étudiante, ainsi que des documents ronéotés par son groupe révélant l'urgence de la situation. On le poussa sur le bateau, ceux qui n'avaient pu produire des papiers attestant qu'ils étaient étrangers à la ville restèrent bloqués sur le quai, et elle aussi, avec ses deux petites tresses, ballottée par la foule. Appuyé au bastingage, il la chercha du regard et cria encore son nom, son faux nom, elle sembla ne pas l'avoir entendu et resta immobile au même endroit, peut-être n'avait-elle pas eu le temps de comprendre que c'était elle qu'il appelait tandis que le bac quittait le quai.

31

Un bourbier immense, quelques herbes rares, toi au milieu de ce bourbier, le corps imprégné de la puanteur de la vase, tu voudrais regagner un endroit sec, te laver le visage et le corps avec l'eau qui stagne à la surface du bourbier, mais tu sais parfaitement que de toute façon tu n'arriveras pas à te laver complètement, il te faut en sortir, tu dois sauter, sinon tu sombreras dans la boue, et si tu trébuches, tu devras encore ramper, dans la plus grande confusion, au milieu de cette eau et de cette boue…

Dans le lointain incertain, une lumière semble scintiller, tu te diriges – mieux vaut dire que tu rampes – vers elle, la lumière brille à travers une fente, c'est une maison, une porte, tu rampes jusqu'à cette porte, tu tends la main pour la toucher, tu parviens enfin à l'ouvrir, tu entends le bruissement du vent, mais il n'y a pas de vent, dans un grand hall, un cercle de lumière t'éblouit, tu rampes pour atteindre ce cercle, puis tu te mets debout sur un solide plancher de bois, et là tu découvres que tu es nu comme un ver, mais devant tu ne vois rien…

Tu as besoin de prendre une contenance, puis de ne plus bouger, de te transformer en statue ;

tu as besoin, tel un fil de la vierge, de flotter dans les airs et de disparaître peu à peu comme un lambeau de nuage ;

tu as besoin d'être comme la brindille épineuse du jujubier, comme la feuille de l'arbre à suif au début de l'hiver, rendue violet foncé par le gel, et qui tremble dans le vent ;

tu as besoin de passer dans les ruisseaux, d'entendre le claquement de tes pas sur les dalles de pierre noires de la rue ;

tu as besoin de sortir tes souvenirs pesants de la cuve de teinture pour en éclabousser le sol ;

tu as besoin d'une scène de danse ruisselante de lumière où il se roulerait avec une femme nue elle aussi sous les regards de la foule ;

tu as besoin de les contempler de la tête aux pieds de tes yeux vides, deux trous noirs ;

tu as besoin de voir derrière la porte cette ombre dans la lumière de la lune pleine et limpide, solitaire dans les cieux ;

tu as besoin de t'accoupler à une louve, et de hurler avec elle, tête dressée vers le ciel ;

tu as besoin de danser seul en décrivant un rond sur place, à petits pas rapides et légers, ti-ti-ta, ti-ti-ta ;

tu espères que lui, ton danseur, tel un poisson hors de l'eau, sautillera sur le sol ;

tu espères qu'une main cruelle saisira ce gros poisson glissant, qu'elle l'ouvrira d'un coup de couteau, mais tu ne souhaites pas que ce poisson meure ainsi ;

tu as besoin de raconter d'une voix suraiguë, sur une tonalité haut perchée, une histoire oubliée, ton enfance, par exemple ;

tu as besoin de couler lentement au fond de l'eau, dans l'obscurité, comme un bateau qui sombre, et tu veux voir les bulles remonter à la surface, dans le plus profond silence ;

tu as besoin de devenir un poisson à grosse tête qui évoluerait parmi les algues, agitant la tête, balançant sa queue ;

tu espères devenir un œil triste, profond et désolé, et contempler de cet œil comment tourne et retourne le monde, et cet œil est au centre de ta paume ;

tu espères être une résonance, et dans cette résonance se détache une voix de ténor mise en valeur dans la masse ;

tu espères devenir un chevalier, qui agit au gré de son humeur et du temps, au pied levé et avec aisance, puis qui prend une attitude étrange, arborant un sourire équivoque, une expression à la fois souriante et suspecte, puis qui se fige dans une raideur totale, et ensuite, sans changer d'expression, tu te glisses hors de lui et tu te transformes en loche d'étang, tout en conservant sur ton visage impassible ce sourire étrange, tu ouvres la bouche, découvrant deux rangées de dents, des dents noircies par la fumée, ou deux grandes dents en or qui brillent au milieu de ce visage rieur et figé, c'est très amusant.

Tu espères devenir l'enfant qui pisse au coin d'une rue du centre de Bruxelles, les hommes et les femmes vont prendre dans leur bouche l'eau qu'il pisse, les filles ne cessent de ricaner à côté, tandis que toi, tu es un vieux qui contemples le spectacle depuis un bar non loin de là, tu es si vieux, ton visage est couvert de rides si profondes que ton expression reste la même, que tu ries ou non, et tu bois une bière sucrée noire comme de la sauce de soja.

Tu voudrais te mettre à pleurer en hurlant devant tout le monde, mais sans bruit, les gens ne sauraient pas pourquoi tu pleures, ils ignoreraient si tu pleures vraiment ou si tu fais semblant, tu voudrais aussi pleurer un bon coup sur ce monde apprêté, toujours sans bruit, en jouant l'homme qui pleure, laissant perplexe les respectés spectateurs, puis tu voudrais te déchirer la poitrine et en retirer un cœur de plastique rouge, puis une poignée de papier de riz ou de papier hygiénique et les lancer vers ceux qui acceptent de t'acclamer, avancer d'un pas souple, et ensuite, ensuite, glisser à terre et ne plus pouvoir te relever, mourir d'un infarctus sur scène, en réalité tu n'as pas besoin de secours, tu ne fais que jouer la comédie, tu voudrais juste, comme ça, montrer la peine et la joie, la tristesse et le désir, avec un petit sourire plein de ruse, sourire ou grimace ? Puis tu t'esquiverais discrètement avec une jeune fille dont tu viendrais de faire connaissance, qui aurait eu le coup de foudre pour toi, vous feriez l'amour debout dans les toilettes, on ne verrait que tes pieds, tandis que ses jambes seraient enroulées autour de ta taille, tu tirerais la chasse pour que s'élève le bruit de l'eau, te purifiant, faisant verser des larmes au monde entier, trempant de pluie les vitres du monde entier, que le monde entier devienne flou, si flou qu'on ne saurait si c'est de la pluie ou du brouillard, et toi tu resterais debout à la fenêtre à contempler les flocons de neige tombant silencieusement, recouvrant entièrement la ville, comme un gigantesque linceul blanc, et toi, devant la fenêtre, tu songes tristement qu'il s'est perdu lui-même…

On peut aussi changer d'angle de vue, tu te trouves parmi les spectateurs, tu le regardes monter sur la scène, une scène vide, il se tient debout, nu, et sous la lumière crue des projecteurs, il doit pendant un instant s'habituer à cette lumière avant de pouvoir, à travers le faisceau lumineux éclairant la scène, te distinguer toi, assis sur un fauteuil de velours rouge au dernier rang au fond du théâtre vide aussi.

32

Dans le sac qu'avait laissé la jeune fille se trouvait une carte d'étudiante au nom de Xu, effectivement, mais au prénom de Qian. Il y avait aussi des petits journaux et des tracts dénonçant la situation. Elle se rendait sans doute à Pékin pour déposer une plainte. Pourtant ces documents étaient tous des imprimés diffusés publiquement. En fait, elle n'allait peut-être à Pékin que pour s'y réfugier. Elle avait manifestement très peur d'être reconnue quand elle lui avait fourré dans les mains cette sacoche contenant ses papiers. N'ayant aucun moyen de savoir ce qu'elle était devenue, il en fut réduit à guetter des nouvelles de la ville où elle habitait dans les dazibaos collés dans les rues, et sur les tracts. Il parcourut à bicyclette l'avenue Chang'an d'est en ouest, puis se rendit à la gare située au-delà de Qianmen, revint à la porte de derrière du parc Beihai, épluchant un à un les dazibaos dénonçant les combats armés qui se déroulaient en province. Il y lisait des dénonciations de toutes sortes, incidents sanglants, fusillades, tortures atroces, accompagnés parfois de photos de cadavres. Il avait l'impression que tous ces drames concernaient Xu Qian, qu'elle avait dû en être victime, il en souffrait dans sa chair.

Le sac de Xu Qian contenait aussi la chemise à col rond ornée de petites fleurs jaunes qui conservait son odeur, et sa culotte chiffonnée en boule, tachée de sang, comme autant d'objets qu'elle lui aurait légués, faisant sourdre en lui-même une douleur diffuse. Comme s'il versait dans le fétichisme, il ne cessait d'étaler ces affaires sorties du sac. Puis il eut l'idée de retirer la couverture de matière plastique du *Petit Livre rouge* et y trouva glissé un petit billet où était notée une ancienne adresse, ruelle des Grands-Hommes, rebaptisée ruelle de l'Étoile-Rouge, sans doute l'adresse de sa tante. Il se précipita hors de chez lui, puis, réfléchissant à son geste, revint dans sa chambre remettre dans le sac les affaires posées sur la table pour les emporter avec lui, ne laissant que les vêtements qu'elle avait portés cette nuit-là.

À dix heures passées, il frappait à la grande porte d'une cour carrée. Un solide gaillard lui barra le passage et lui demanda :

– Qui cherchez-vous ?

Il expliqua qu'il voulait voir la tante de Xu Qian, mais le garçon fronça les sourcils d'un air hostile, pensant qu'il était un garde rouge. Son excitation étant retombée, il dit avec détachement :

– Je suis simplement venu transmettre une nouvelle, j'ai quelque chose à donner à sa tante.

Son interlocuteur lui dit alors d'attendre et referma la porte. Un instant plus tard, le jeune homme revenait avec une femme d'un certain âge. Celle-ci le détailla du regard et l'invita d'un ton poli à dire ce qu'il avait à dire. Il sortit la carte d'étudiante de Xu Qian et précisa qu'il avait quelque chose à lui remettre.

– Entrez, je vous prie, dit la femme.

Dans la cour, la pièce principale de l'aile centrale était dans un certain désordre, mais conservait quand même le style d'un salon de cadre supérieur.

– Vous êtes sa tante ? se renseigna-t-il.

La femme fit un vague signe de tête et lui désigna le long canapé.

Il expliqua à la femme que sa nièce – tout au moins celle qu'il supposait être sa nièce – n'avait pas réussi à monter sur le bac, car elle avait été bloquée sur le quai. La tante sortit du sac la liasse de tracts et se mit à les feuilleter. Il expliqua que la situation était très tendue dans cette ville, qu'on avait tiré à la mitrailleuse, qu'on procédait à des perquisitions en pleine nuit et que Xu Qian devait certainement appartenir à la faction combattue.

– Qu'est-ce que c'est que cette rébellion ! s'exclama la tante en posant les tracts sur la tablette à thé. En fait, sa phrase pouvait aussi bien passer pour une interrogation.

Il expliqua qu'il était très inquiet, qu'il craignait qu'il ne fût arrivé quelque chose à Xu Qian.

– Vous êtes son petit ami ?

– Non, répondit-il, bien qu'il eût envie de dire oui.

Après un instant de silence, il se leva :

– Je suis simplement venu vous prévenir, mais bien sûr j'espère qu'il ne lui est rien arrivé.

– Je me mettrai en contact avec ses parents.

– Je n'avais pas l'adresse de ses parents, dit-il, reprenant de l'audace.

– Nous écrirons chez elle.

La tante n'avait aucune intention de lui fournir cette adresse. Il ne put que dire :

– Je peux vous laisser l'adresse et le numéro de téléphone de mon unité de travail.

La vieille dame lui donna un papier pour l'inscrire. Puis elle le reconduisit à la porte et lui glissa au moment de la refermer :

– Maintenant que vous connaissez l'endroit, n'hésitez pas à repasser.

C'était une simple parole de politesse pour le remercier d'avoir montré une telle sollicitude.

Une fois rentré chez lui, il s'allongea sur son lit et se mit en devoir de se remémorer tous les détails de cette nuit. Il voulait que chaque phrase prononcée par Xu Qian, le son de sa voix dans l'obscurité et les mouvements de son corps soient à jamais gravés en lui.

On frappa, c'était Lao Huang, un cadre appartenant à leur faction, qui à peine entré lui demanda :

– Quand es-tu revenu ? Je suis passé te voir plusieurs fois, tu ne t'es pas non plus manifesté au travail, qu'est-ce que tu fichais ? Tu ne peux pas continuer à vivre comme ça sans te soucier de rien ! Ils ont débusqué les cadres les uns après les autres pour les abattre, et ils les ont fait comparaître en assemblée !

– Quand ? demanda-t-il.

– Cet après-midi, et ils les ont tous frappés !

– Il y a des blessés ?

Huang expliqua que la bande de Danian avait frappé le chef de section de l'intendance, le responsable des paiements, et lui avait cassé les côtes à coups de pied parce qu'il était issu d'une famille de capitalistes ; les cadres de la faction avaient été menacés. Huang n'avait pas une bonne origine de classe, puisqu'il était fils d'un petit entrepreneur, même s'il était membre du Parti depuis vingt ans.

– Si les cadres qui vous soutiennent ne se sentent plus en sécurité, dit Huang très excité, votre organisation va tomber à coup sûr !

– Ça fait longtemps que je me suis retiré du poste de commandement, je passe mon temps à l'extérieur pour enquêter, dit-il.

– Mais on espère que tu viendras en renfort, le grand Li et les siens ne comprennent pas qu'il faut épargner les cadres. Tout le monde est issu de l'ancienne société, dans sa famille ou chez ses proches, chacun a eu des problèmes. Eux, ils ont annoncé pour demain une assemblée destinée à combattre Lao Liu et Wang Qi. Si vous ne les arrêtez pas, aucun cadre n'osera conserver des liens avec vous. Ce n'est pas mon opinion personnelle, ce sont Lao Liu et nos autres cadres qui m'ont chargé de venir te voir, nous avons confiance en toi, on te soutient, tu dois venir résister !

Les cadres nouaient des liens entre eux derrière son dos, la lutte pour le pouvoir en était arrivée au point que personne ne pouvait survivre sans rallier un clan ou une faction. Il avait été choisi par cette faction et il devait à nouveau monter en première ligne.

– Ma femme aussi m'a dit de venir te voir, notre fils est encore jeune, si nous sommes étiquetés, que va-t-il devenir ? lui demanda Huang, le fixant d'un regard anxieux.

Il connaissait la femme de Huang qui travaillait dans le même secteur que lui, il ne pouvait pas ne pas réagir. Peut-être parce qu'il avait perdu Xu Qian, qu'elle avait été bloquée sur le quai et que, dans son imagination en tout cas, elle avait subi les derniers outrages ? En tout cas, il retourna au combat. La compassion, ou au moins la sympathie qu'il éprouvait envers ceux qui avaient perdu le pouvoir et qui étaient menacés, cette sympathie lui fit de nouveau perdre la tête, réveillant les sentiments héroïques qui sommeillaient en lui. Peut-être aussi parce qu'on n'avait pas encore pu lui casser les reins, il n'arrivait pas à se résoudre à la défaite. Il alla la nuit même voir le petit Yu pour le convaincre qu'il fallait protéger les cadres qui les soutenaient et Yu alla aussitôt voir le grand Li. Il passa toute la nuit sans dormir, prenant aussi des contacts avec quelques autres jeunes gens.

À cinq heures du matin, il gagna la ruelle où habitait Wang Qi et trouva sa maison. Les deux battants cloutés de style ancien de la grande porte étaient fermés, la ruelle était calme, aucun passant n'était en vue. À l'entrée de la ruelle, une échoppe où l'on vendait de quoi prendre le petit déjeuner était déjà ouverte. Il but un bol de lait de soja brûlant et mangea un beignet qui sortait de la marmite à friture, aucun visage familier ne se montrait encore dans la rue. Il reprit un bol de lait de soja et un beignet, et aperçut enfin le grand Li qui arrivait à bicyclette. Il l'appela en faisant un signe, Li mit pied à terre et lui serra vigoureusement la main comme à un vieil ami.

– Tu es revenu ? C'est bien, nous avons vraiment besoin de toi, dit Li qui s'approcha de lui et ajouta à voix basse : On a déplacé Lao Liu pendant la nuit et on l'a caché ; s'ils viennent, ils feront chou blanc.

Le visage de Li était marqué par la fatigue, il avait l'air sincère, l'ancienne rancune qui les séparait s'était envolée. C'était comme lorsqu'il était petit, quand les enfants des ruelles se groupaient en bandes rivales qui se bagarraient. Plutôt qu'une camaraderie artificielle, il existait entre eux une fidélité fraternelle. Dans ce monde, il était nécessaire de se regrouper pour se soutenir. Li ajouta :

– J'ai déjà pris contact avec une escadre de sapeurs-pompiers, leur chef est mon frère juré. Si on doit se battre, je peux sur un simple coup de fil mobiliser un groupe qui arrivera avec sa voiture pour les asperger !

Aux alentours de six heures, Yu et six ou sept jeunes gens de l'organisme se rassemblèrent à l'entrée de la ruelle et stationnèrent devant la porte de la maison de Wang Qi, appuyés contre leur bicyclette, cigarette aux lèvres. Deux petites voitures arrivèrent, mais elles s'arrêtèrent à trente mètres. Ils reconnurent les véhicules de leur organisme. Personne ne descendit des voitures qui restèrent ainsi cinq ou six minutes, avant de faire marche arrière vers l'entrée de la ruelle et de filer.

– Entrons voir la camarade Wang Qi, suggéra-t-il.

À cet instant, Li parut hésiter :

– Son mari est un élément de la bande noire.

– Mais ce n'est pas son mari que nous venons voir, dit-il en pénétrant le premier.

L'ancien chef de bureau sortit de la maison pour les accueillir ; elle ne cessait de répéter :

– Merci d'être venus, camarades, entrez, entrez, je vous en prie, venez vous asseoir !

Le mari de Wang Qi était un théoricien du Parti, mais en était à présent exclu en tant qu'élément de la bande noire anti-Parti. Le vieil homme maigrichon hochait silencieusement la tête vers eux. Des scellés avaient été posés sur les portes des ailes de la maison, il lui était impossible de s'y abriter et il était condamné à faire les cent pas dans la seule pièce accessible, fumant cigarette sur cigarette et toussant sans cesse.

– Camarades, vous n'avez sans doute pas encore pris le petit déjeuner, je vais vous préparer quelque chose, déclara Wang Qi.

– Merci, nous avons déjà mangé dans la rue. Camarade Wang Qi, c'est vous que nous venons voir, leurs voitures sont reparties, cette fois ils ne reviendront plus, dit-il.

– Bon, je vais vous faire du thé… C'était bien une femme, des larmes jaillirent dans ses yeux et elle se hâta de se tourner.

Les choses prenaient un tour inattendu, il se retrouvait à protéger l'épouse d'un membre de la « bande noire anti-Parti ». Lorsque Wang Qi était encore en fonction, elle l'avait mis en garde au sujet de sa relation avec Lin, la pression s'était depuis relâchée et cela n'était rien en comparaison de tous les événements qui s'étaient succédé par la suite. Au contraire, il la remerciait à présent pour sa générosité et pour n'avoir pas enquêté sur sa relation adultère avec Lin. Il lui en était encore reconnaissant.

Li, ses compagnons et lui décidèrent tout en sirotant le thé de la camarade Wang Qi, cadre révolutionnaire, épouse d'un ennemi juré anti-Parti, de fonder un corps d'assaut essentiellement composé des membres de leur groupe. Si la partie adverse s'attaquait aux cadres qui étaient de leur côté, ils accourraient sur-le-champ pour les protéger.

Pourtant, la bagarre eut quand même lieu. Danian et les siens s'en prirent à Wang Qi à l'organisme, les couloirs étaient noirs de monde, le bureau transformé en champ de bataille, les gens étaient debout sur les tables, brisant les plaques de verre protégeant les plateaux des bureaux. Comme il ne pouvait faire marche arrière, il entra lui aussi dans la pièce et grimpa sur une table où il fit face à Danian.

– Faites-le descendre, ordonna Danian à son groupe d'anciens gardes rouges, sans dissimuler le moins du monde la haine viscérale qu'il lui portait, faites descendre ce fils de chien !

Il savait qu'au moindre signe de faiblesse de sa part, ils risquaient de se précipiter sur lui et de lui casser la figure, puis de ressortir sans le moindre discernement l'affaire qui concernait son père et de lui coller le chef d'accusation de vengeance de classe. À l'intérieur du bureau comme au-dehors, les employés et les intellectuels engagés dans sa faction étaient nombreux, mais âgés et faibles ; les cadres de cette faction étaient pour la plupart à l'origine des intellectuels, chacun avait connu tel ou tel problème quant à son passé ou sur le plan familial, et ils n'étaient pas capables de venir à son secours ; bien au contraire ils comptaient sur lui et sur les autres jeunes gens pour s'opposer à leurs adversaires.

– Écoute-moi, Danian, hurla-t-il, mes compagnons ne sont pas des mauviettes non plus. Celui qui osera toucher l'un d'entre nous verra, pas plus tard que cette nuit, notre bande le délogera, qui que ce soit. Tu as compris ?

Quand on retombe à l'état de bête et qu'on retourne à ses instincts d'origine, qu'on soit loup ou chien, on montre les dents. Il fallait recourir à l'intimidation, avoir l'œil féroce, il lui fallait faire comprendre clairement à ses adversaires qu'il était un véritable trompe-la-mort capable de tout, à cet instant-là il ressemblait à un vrai brigand.

Sous les fenêtres retentit la sirène des voitures de pompiers, les renforts que le grand Li avait appelés débarquaient : une troupe de rebelles, pompiers casqués et ouvriers de l'imprimerie, arrivaient juchés sur un camion en brandissant un grand drapeau, puis ils pénétrèrent dans le bâtiment. Chaque faction avait ses stratagèmes, c'est ainsi que débutèrent les combats dans les écoles, les usines et les organismes administratifs. Et quand l'armée attisait le feu par-derrière, on allait même jusqu'à utiliser fusils et canons.

33

D'abord il vit le tract ronéoté rapportant comment Mao avait reçu à l'Assemblée populaire nationale les dirigeants rebelles de cinq universités de Pékin et leur avait dit : « À présent est venu le temps où vous, petits généraux, allez commettre des erreurs » ; son ton était celui de l'empereur conseillant à ses généraux et ministres : « Vous devriez prendre du repos. » Le petit général Kuai Dafu, qui avait brillé par ses exploits sur le champ de bataille en aidant le dirigeant suprême à éliminer ses vieux compagnons d'armes de l'ancienne révolution et qui avait ainsi mérité de devenir un leader étudiant, comprit aussitôt ce que signifiaient les paroles de Mao et éclata sur-le-champ en sanglots. Le vieux bonhomme avait mis le feu aux poudres de la Révolution culturelle grâce à un dazibao à l'université de Pékin, et de sa propre main il éteignait le mouvement de masse qu'il avait suscité ; des dizaines de milliers d'ouvriers dirigés par la division des gardes de Mao avaient pénétré sur le campus de l'université Qinghua.

Il y alla l'après-midi même, après avoir appris la nouvelle, et vit de ses propres yeux des militaires conduire les ouvriers pour occuper la dernière base tenue par le « corps d'armée Jinggangshan » – les premiers étudiants rebelles – retranché dans un grand bâtiment isolé face au stade. L'équipe de propagande ouvrière s'assit par terre, les ouvriers arborant un brassard rouge, serrés les uns contre les autres, dessinant plusieurs cercles concentriques autour du bâtiment et du stade. Dans la lumière du soleil couchant, deux immenses banderoles rouges couvertes de caractères noirs descendirent depuis les fenêtres du dernier étage du bâtiment : « Dans la neige les fleurs de prunus jamais ne se fanent, sur l'échafaud jamais ne craignent de monter les hommes de Jinggangshan ! » Chacun des caractères était plus gros qu'une fenêtre et la banderole haute de plusieurs étages flottait dans le vent. Une colonne d'ouvriers et de soldats traversa l'espace vide devant le bâtiment et gravit les marches menant à la porte principale. Un moment plus tard, elle pénétra dans le grand bâtiment isolé dont l'eau et l'électricité avaient été coupées. Lui se mêla aux milliers d'ouvriers et à la foule silencieuse qui regardait, écoutant les immenses banderoles claquer au vent.

Environ une heure plus tard, ce fut d'abord la banderole de droite qui fut décrochée de son support et qui s'envola tranquillement dans les airs avant de retomber sur les marches d'escalier devant l'entrée principale. Des vivats montèrent de toutes les poitrines, relayés par les haut-parleurs de l'équipe de propagande et leurs tambours. Les étudiants qui avaient hurlé ces mêmes slogans au moment de leur rébellion, brandissaient à présent un drapeau blanc et sortaient à la queue leu leu, les mains en l'air, tête baissée, comme des prisonniers de guerre. Des ouvriers pénétrèrent dans le bâtiment et en ressortirent des mitrailleuses lourdes, puis ils poussèrent dehors un canon à tir rasant de petit calibre. On ignorait s'ils avaient trouvé des obus.

L'occupation eut lieu sans grande difficulté, bien que la nuit précédente, lorsque l'équipe de propagande ouvrière avait pénétré sur le campus, des étudiants eussent lancé à la faveur de l'obscurité une grenade de leur propre fabrication et blessé plusieurs ouvriers. Sans doute étaient-ils poussés par le désespoir de se voir abandonnés par le grand dirigeant qu'ils avaient défendu, et qui, à présent, n'avait plus besoin d'eux. Quand un enfant découvre qu'il a été trompé par un adulte, il se met à pleurer et à trépigner, c'est ainsi.

Lui aussi comprenait qu'il fallait mettre fin au chaos et il pressentait que rien de bon ne se préparait pour lui.

Prétextant une enquête, il s'empressa de quitter Pékin une nouvelle fois.

– Rentre !

Passant à Shanghai, il était allé voir son oncle maternel qui le mit en garde et lui donna cet ordre.

– Rentrer où ? demanda-t-il. Puis il expliqua les problèmes de son père, cette affaire de recel d'arme impossible à résoudre. Je n'ai nulle part où aller, ajouta-t-il.

À ce moment, son oncle toussa et prit un petit vaporisateur qu'il actionna dans sa bouche.

– Rentre dans ton organisme et fais ton travail !

– C'est la paralysie complète là-bas, il n'y a rien à faire, j'ai dû prendre la fuite sous prétexte d'enquêter.

– Enquêter sur quoi ?

– Est-ce qu'on ne procède pas à l'examen des cadres ? Quand on enquête sur l'histoire des vieux cadres, on découvre que ce n'est pas tout ce que l'on en dit.

– Qu'est-ce que tu y comprends ? Ce n'est pas un jeu, tu n'es pas un enfant, ne mets pas ta tête en danger, tu risques de la perdre sans comprendre ce qui t'arrive !

Son oncle allait se remettre à tousser. Il actionna de nouveau le vaporisateur dans sa bouche.

– Je ne peux même plus lire, je n'ai rien à faire.

– Observe, ne sais-tu pas observer ? demanda son oncle. Moi je suis devenu observateur, je ferme ma porte et je ne sors pas, il ne faut se mêler à aucune faction et se contenter de regarder le spectacle qui se joue sur la scène et en coulisses.

– Mais je suis obligé d'aller au travail, impossible de rester à la maison comme vous, mon oncle, répondit-il.

– Tu peux toujours te taire, non ? rétorqua son oncle ; ta bouche t'appartient, non ?

– Non, mon oncle, cela fait longtemps que vous vous reposez chez vous, vous ne pouvez pas savoir que depuis le début du mouvement, ne pas prendre position est impossible pour quiconque, il est impossible de ne pas s'en mêler !

Son vieil oncle, ce vieux révolutionnaire, le savait évidemment, il poussa un long soupir :

– Quel monde troublé ! Autrefois, au moins, on pouvait se réfugier dans les montagnes pour se faire ermite dans un temple…

Et il se mit alors à prononcer des mots qui lui venaient du fond du cœur. C'était la première fois que son oncle lui parlait de politique, il ne le considérait plus comme un petit enfant. Il lui dit :

– Moi aussi je me suis mis à l'abri sous prétexte de maladie. Si, après le Grand Bond en avant et la lutte contre les opportunistes de droite, je ne m'étais pas tenu à l'écart, ne m'occupant plus des affaires du monde depuis sept ou huit ans, je n'aurais pu continuer à mener cette existence précaire.

Et son oncle lui parla ensuite d'un vétéran, son ancien supérieur hiérarchique. De profonds liens d'amitié les unissaient, car ils avaient affronté la mort ensemble dans le passé. Juste avant la Révolution culturelle, il était venu lui rendre visite, avait envoyé son garde du corps l'attendre dehors et l'avait mis en garde : de grands événements allaient se produire au Comité central, ils ne pourraient plus se voir à l'avenir. Au moment de partir, il lui avait laissé un dessus de lit en soie, en expliquant qu'il s'agissait d'un cadeau d'adieu.

– Avertis ton père que personne ne peut sauver personne, il vaut mieux que chacun prenne soin de soi-même !

Ce furent les dernières paroles de son oncle lorsqu'il le raccompagna à la porte. Peu de temps après, cet oncle, qui n'était pas très vieux, attrapa la grippe et on lui fit une piqûre à l'hôpital militaire. Contre toute attente, il entrait à la morgue quelques heures plus tard. Son ancien supérieur, vétéran de la révolution, après avoir été privé de sa liberté individuelle, devait aussi mourir un an plus tard dans un hôpital militaire. Lui ne l'apprit qu'au bout de plusieurs années, en lisant un hommage funèbre destiné à le réhabiliter et à le blanchir. À l'époque où ils faisaient la révolution, ils n'auraient pu prévoir que celle-ci les conduirait à attendre la mort, les yeux grand ouverts, à bout de ressources. Au moment de leur fin, avaient-ils des regrets ? Bien sûr, il lui était impossible de le savoir.

Eh bien, qu'est-ce que c'est que cette rébellion ? Est-ce que tu entres à ton tour dans ce hachoir à viande ou est-ce que tu rajoutes quelques ingrédients ?

Maintenant, quand tu reviens sur le début des faits, tu ne peux pas ne pas te poser de questions.

Mais il dit que les circonstances empêchaient d'observer les choses froidement en se tenant sur la touche, il avait déjà compris qu'il n'était qu'un pion au sein de ce mouvement, que ce n'était pas pour le commandement suprême qu'il se tourmentait et se battait sans cesse, mais seulement pour survivre.

Eh bien, ne pouvait-il pas choisir un autre moyen pour survivre ? Par exemple, être un simple citoyen suivant le mouvement général, ne se souciant pas du lendemain, changeant au gré du climat politique, disant ce que les autres veulent entendre, et se ralliant au pouvoir en place ? demandes-tu.

Il dit que ç'aurait été plus difficile encore, que ç'aurait été plus épuisant encore que de se rebeller, qu'il aurait dû déployer encore plus d'idées sans être sûr de tomber juste. Son père n'était-il pas justement un petit citoyen ordinaire ? Il avait fini par avaler un flacon de somnifères et sa fin avait été à peu près la même que celle de son oncle, le vieux révolutionnaire. Si lui se rebellait, c'était sans objectif clair, comme la mante religieuse qui voudrait arrêter un char à elle seule, il n'était en fait poussé que par l'instinct de survie.

Dans ce cas, peut-être es-tu un rebelle de naissance ? Ce caractère rebelle serait-il viscéral chez toi ?

Non, il dit qu'il était calme de nature, comme son père, mais comme il était plus jeune et plein de vigueur, il ne connaissait rien aux bonnes manières, et la voie qu'avaient choisie ses ancêtres, il ne pouvait la suivre, il ne savait pas non plus où se trouvait la porte de sortie.

Il ne pouvait pas fuir ?

Où fuir ? te demande-t-il. Il ne pouvait fuir cet immense pays, il ne pouvait quitter le grand bâtiment de son organisme aussi bourdonnant qu'une ruche, où il gagnait l'argent pour se nourrir. C'était cet organisme qui lui fournissait son autorisation de résider en ville, ses tickets mensuels de céréales (vingt-huit livres), ses tickets d'huile (une livre), de sucre (une demi-livre), de viande (une livre), ses tickets de coton délivrés une fois par an (une longueur de vingt pieds), les tickets de produits industriels d'usage courant, pour l'achat d'une montre, d'un vélo, de laine, distribués en fonction du salaire (un ticket pour un salaire de vingt yuans), ainsi que son identité de citoyen. Si lui, telle l'abeille ouvrière, quittait la ruche, où pouvait-il aller ? Il dit qu'il n'avait pas d'autre choix, qu'il était comme une abeille protégée par cette ruche, la folie y régnait et ils n'avaient d'autre issue que de s'attaquer mutuellement en s'agitant en tous sens, reconnaissait-il.

Est-ce qu'en s'agitant ainsi on arrivait à sauver sa vie ? demandes-tu.

Mais c'était déjà fait, dit-il en riant amèrement. S'il avait pu réaliser dès le début, il n'aurait pas été un insecte.

Un insecte capable de rire, voilà quelque chose d'étrange, tu t'approches pour l'examiner.

Ce qui est étrange, c'est ce monde, ce ne sont pas ces insectes qui dépendent de la ruche, dit l'insecte.

34

Une fois passé Shanhaiguan où l'hiver était précoce, un vent froid venant du nord-est soufflait ; il ne pouvait pas monter sur le vélo qu'il avait loué au chef-lieu de district et devait le pousser pour braver la bourrasque au prix de mille efforts. Il arriva à la commune populaire vers quatre heures de l'après-midi, alors que le ciel commençait à s'obscurcir. Il lui restait vingt lis à parcourir pour atteindre le village où il devait se rendre. Il dut passer la nuit dans une auberge où se reposaient les paysans qui se déplaçaient sur leurs voitures tirées par des mules. Là il soupa de deux morceaux de navet séché si salés qu'ils en étaient amers et d'un bol de graines de sorgho difficiles à mâcher tellement elles étaient dures. Puis il alla s'étendre sur le *kang* fait de terre recouverte d'une natte de roseau tressé, qui occupait la moitié de la pièce et sur lequel sept ou huit personnes auraient pu s'allonger. Il y était seul, car, par ce temps, personne à la campagne ne se serait hasardé à faire un long voyage. Peut-être parce qu'il avait montré une lettre de recommandation délivrée à la capitale, le *kang* était particulièrement chauffé. Plus la nuit avançait, plus il devenait brûlant, les puces devaient être complètement grillées. Vêtu de son seul caleçon, il transpirait encore. Il s'assit sur le rebord du *kang* pour fumer une cigarette en pensant qu'au fond, dans ce monde troublé, la campagne était un bon lieu de refuge.

Il se leva tôt. Le vent du nord était toujours aussi fort. Il laissa son lourd vélo chargé de bagages à l'auberge et finit par atteindre le village après presque trois heures de marche contre le vent. Il se renseigna dans chaque maison pour savoir si une vieille femme répondant à tel nom et ayant enseigné à l'école primaire habitait là. Les gens faisaient non de la tête. Il y avait bien une école avec un unique instituteur, mais c'était un homme. Sa femme avait eu un enfant et il était rentré chez lui pour la voir.

– Y a-t-il quelqu'un d'autre à l'école ? demanda-t-il.

– Il n'y a plus eu de cours depuis plus de deux ans. La salle de classe, l'équipe de production l'a transformée en entrepôt. Elle est pleine de patates douces ! précisa un villageois.

Il devait aller voir le secrétaire de cette équipe de production pour se renseigner.

– Vous voulez voir le vieux secrétaire ou le jeune ?

Il expliqua que de toute façon il cherchait la personne qui s'occupait des affaires du village, bien sûr s'il était vieux c'était mieux, il serait sans doute plus compétent pour fournir des renseignements. On l'emmena chez un vieil homme. Celui-ci mâchonnait sa pipe à tuyau en bambou et foyer en cuivre tout en tressant un panier d'osier. Sans attendre qu'il ait terminé d'exposer le but de sa visite, le vieux marmonna :

– Je ne m'en occupe pas, je ne m'occupe de rien !

Il dut expliquer qu'il venait spécialement de Pékin pour enquêter, ce qui suscita le respect chez le vieillard qui arrêta de tresser son panier. Serrant sa pipe dans la main, il plissa les yeux et découvrit ses dents brunâtres en écoutant ses explications.

– Ah oui, il y a quelqu'un comme ça, la femme de Lao Liang ! Elle a été institutrice à l'école, mais elle s'est mise à la retraite anticipée pour maladie. Quelqu'un est venu enquêter sur elle, mais comme son mari était chanteur de théâtre d'ombres et appartenait à la catégorie des paysans pauvres, elle n'a eu aucun problème !

Il précisa que s'il recherchait la femme de ce vieillard, c'était à propos d'une autre personne, eux-mêmes n'étaient pas concernés. Le vieil homme le conduisit alors à une maison en bordure du village. Il cria avant d'entrer :

– Quelqu'un pour toi, Lao Liang !

Personne ne répondit. Le vieux poussa la porte, mais il n'y avait personne à l'intérieur, il se retourna vers les enfants qui les suivaient depuis le village :

– Allez la chercher, dites-lui qu'un camarade venu de Pékin l'attend.

Les enfants s'égaillèrent tandis que le vieil homme s'éloignait.

Les murs étaient tout noirs et la pièce presque vide, hormis deux bancs et une table carrée aussi noire que les murs. La pièce où se trouvait le fourneau communiquait avec celle-ci, mais aucun feu n'était allumé. Il s'assit, transi de froid. Dehors, le ciel était gris, le vent avait faibli. Seul un long moment, il tapa des pieds sur le sol pour se réchauffer.

Il réfléchit à la situation. Il attendait dans ce lieu perdu l'ancienne femme d'un haut fonctionnaire déchu. Comment cette femme avait-elle atterri ici ? Comment était-elle devenue la femme d'un paysan pauvre, chanteur de théâtre d'ombres ? Et lui, qu'avait-il à voir dans tout ça ? Il voulait seulement retarder son retour à Pékin.

Au bout de près de deux heures, une vieille femme arriva. Le voyant assis à l'intérieur, elle hésita. Elle s'arrêta, mais finit par entrer. Elle portait un foulard gris sur la tête, une veste ouatée grisâtre, un vieux pantalon bouffant et informe serré aux chevilles, des sandales en coton brillantes de crasse, elle avait tout d'une vieille paysanne, s'agissait-il vraiment de cette héroïne révolutionnaire qui avait fréquenté un établissement supérieur et transmettait des informations secrètes ? Il se leva et lui demanda si elle était bien la camarade Un tel.

– Non, non, il n'y a personne de ce nom ici, fit-elle en agitant la main.

Étonné, il insista :

– Vous ne vous appelez pas…

Et il répéta le nom.

– Je m'appelle Liang comme mon mari !

– Votre mari s'occupe de théâtre d'ombres ? demanda-t-il.

– Il est vieux maintenant, ça fait longtemps qu'il ne chante plus.

– Il est là ? demanda-t-il prudemment.

– Il est sorti. Mais qui cherchez-vous en fin de compte ? rétorqua la vieille femme en ôtant son foulard qu'elle posa sur la table.

– Il y a plus de quarante ans, n'avez-vous pas vécu au Sichuan ? Connaissez-vous un dénommé… ? Et il prononça le nom du haut fonctionnaire.

Un éclair passa dans les yeux de la vieille femme, mais ses paupières fatiguées retombèrent vite, son regard n'était déjà plus celui d'une paysanne ignorante.

– Vous avez eu un enfant avec lui ! Il lâcha cette phrase pour la faire réagir.

– Cela fait longtemps qu'il est mort, dit la femme en s'appuyant à la table pour prendre place sur le banc.

C'était ça, c'était bien elle, pensa-t-il ; il fallait d'abord la rassurer :

– Vous avez fait beaucoup de travail pour le Parti, vous êtes une vieille révolutionnaire…

– Je n'ai rien fait, j'ai juste servi mon mari et fait un enfant, l'interrompit la femme.

– À l'époque, votre mari était secrétaire de zone pour le Parti clandestin, ne le saviez-vous pas ?

– Je n'étais pas membre du Parti !

– Mais votre mari, votre mari de cette époque, se consacrait aux activités secrètes du Parti, vous pouviez l'ignorer ?

– Je ne le savais pas, affirma-t-elle catégoriquement.

– C'est vous qui avez protégé sa fuite, grâce à un signal secret, vous avez permis à son contact de s'enfuir et de ne pas être arrêté, vous avez été vraiment courageuse !

– Je ne sais rien, je n'ai rien fait, niait-elle.

– Voulez-vous que je vous donne des détails pour vous rafraîchir la mémoire ? Vous habitiez au premier étage, un éventail en jonc pendait à la fenêtre qui donnait sur la rue. Vous vous êtes approchée de la fenêtre, votre enfant dans les bras, et vous avez décroché l'éventail…

Il attendait qu'elle acquiesce.

– Je ne me souviens pas de ça.

Les yeux fermés, la vieille femme ne lui prêtait plus attention.

– Il existe des preuves fournies par les personnes concernées, des documents écrits. Votre mari, votre ex-mari, est sorti par la terrasse située derrière la maison, on a ses aveux écrits, vous avez apporté une grande contribution à la révolution. Il continuait à l'aiguiller.

La femme souffla légèrement par le nez, elle riait doucement.

– Vous avez protégé la fuite de votre mari, mais vous avez été arrêtée par des mouchards qui étaient en embuscade ! Il poussa un profond soupir, encore une astuce d'enquêteur.

– Si vous savez tout, sur quoi enquêtez-vous ? dit la femme en rouvrant les yeux et en s'adressant à lui d'une voix forte.

– Ne vous inquiétez pas, expliqua-t-il, cette enquête ne vous concerne pas, ni vous ni votre ex-mari, vous avez protégé sa fuite et il n'a pas été arrêté, les documents sont parfaitement clairs à ce sujet. On recherche des éclaircissements sur un autre membre du Parti clandestin qui a été arrêté par la suite ; il n'a rien à voir avec vous, mais il a été emprisonné dans la même cellule que vous, comment en est-il sorti ? D'après ses aveux, c'est l'organisation du Parti qui l'a fait sortir ; savez-vous quelque chose à ce sujet ?

– Je vous ai déjà dit que je n'étais pas membre du Parti, ne me posez pas de questions à ce propos.

– Je vous pose des questions sur ce qui s'est passé en prison. Par exemple, pour sortir, fallait-il accomplir certaines formalités ?

– Avez-vous posé la question aux gardiens de la prison ? Allez demander à ceux du Guomindang ! Moi je suis une femme, j'étais enfermée dans cette grande prison avec mon bébé qui tétait encore !

Elle s'emporta, frappant sur la table avec rage, comme une vieille paysanne qui se serait laissée aller.

Lui aussi, il pouvait s'emporter ; à cette époque, les rapports que les enquêteurs entretenaient avec les personnes sur lesquelles ils enquêtaient s'apparentaient à un interrogatoire, ils étaient comme le juge et l'accusé, et même comme le geôlier et le criminel. Pourtant il s'efforça de garder son calme pour lui dire tranquillement qu'il n'était pas venu enquêter sur la façon dont elle était sortie de prison, mais qu'il la priait seulement de lui fournir des détails sur la situation en prison en ce temps-là, par exemple, sur les formalités que devaient remplir les détenus politiques pour en sortir.

– Je n'étais pas une détenue politique ! hurla la femme.

Il dit qu'il voulait bien la croire, elle n'était pas membre du Parti, elle avait été compromise en tant que parente, il en était convaincu, il n'avait ni l'intention ni l'obligation de lui en vouloir, mais puisqu'il était venu enquêter, il la priait de rédiger un témoignage.

– Si vous ne savez pas ce qui s'est passé, vous n'avez qu'à écrire que vous ne savez pas ce qui s'est passé ; excusez-moi de vous avoir dérangée, on en restera là, expliqua-t-il.

– Je ne peux pas écrire, dit-elle.

– Vous n'avez pas été enseignante ? Vous êtes même, allée à l'université, non ?

– Je n'ai rien à écrire. Elle continuait à refuser.

Cela signifiait qu'elle ne voulait laisser aucune trace sur cette partie de sa vie, elle ne voulait pas que les gens sachent pourquoi elle s'était réfugiée dans ce village et avait lié sa vie avec un chanteur de théâtre d'ombres, pensa-t-il.

– Vous l'avez revu ?

Il parlait de son ex-mari, ce haut fonctionnaire.

Elle ne répondit rien.

– Sait-il que vous êtes toujours en vie ?

Elle continuait à garder le silence. Perdant patience, il referma son stylo et le glissa dans la poche de sa veste.

– Quand votre fils est-il mort ?

Il posa la question comme ça, sans réfléchir, et se leva.

– En prison, il venait d'avoir un mois… s'interrompit la vieille femme en se levant du banc.

Il cessa ses questions et remit ses gants. La femme le raccompagna en silence jusqu'à la porte. Il prit congé d'un hochement de tête.

Une fois sur le chemin de terre marqué de deux profondes ornières, il se retourna et vit la vieille femme debout sur le seuil de sa maison ; elle n'avait pas rattaché son foulard. Quand il tourna la tête, elle rentra chez elle.

Sur la route, le vent avait changé de direction, c'était un vent du nord-est, mêlé de flocons de neige qui devenaient de plus en plus gros. La plaine était déserte, les cultures avaient été moissonnées, la neige à l'infini lui faisait cligner les yeux. Il arriva à l'auberge de la commune populaire avant la tombée de la nuit et y récupéra le vélo. À l'origine, il ne devait pas retourner au chef-lieu de district le soir même, mais sans trop savoir pourquoi, il remonta en hâte sur sa bicyclette. La neige avait recouvert la route et les champs, et il avait grand-peine à retrouver son chemin. Le vent venait de derrière lui, faisant voltiger les flocons. Heureusement il roulait dans le bon sens. Fermement agrippé à son guidon, il cahotait entre les ornières masquées par la neige, trébuchant sur sa machine, il se relevait, remontait en selle et repartait en titubant dans les tourbillons. Devant lui, une étendue grise…

35

– Espèce de misérable clown ! hurla l'ex-lieutenant-colonel, devenu à cette époque l'homme fort de la commission de contrôle militaire, et assumant la responsabilité de chef adjoint du bureau chargé de la clarification des rangs de classe. La fonction de chef était bien sûr occupée par un militaire en service actif.

Tu n'étais rien autre qu'un clown misérable, un petit pois roulant dans le panier de la dictature totale, incapable d'en sortir, tu ne te laissais pourtant pas facilement écraser.

Tu ne pouvais pas ne pas accepter le contrôle militaire, tout comme tu ne pouvais pas ne pas participer aux manifestations organisées pour acclamer les plus récentes directives de Mao, qui se succédaient sans cesse, directives toujours diffusées au journal du soir à la radio. Le temps de préparer les banderoles, de rassembler les troupes et de descendre en rangs dans la rue, il était souvent près de minuit. Au milieu des coups de tambour et de gong, on hurlait les slogans, des colonnes déferlaient sur l'avenue Chang'an qu'elles parcouraient d'ouest en est, puis en sens inverse, tous s'observant les uns les autres dans les manifestations, arborant un air exalté, pour ne pas laisser paraître qu'au fond de soi on était inquiet.

Il ne faisait pas de doute que tu étais un clown, sinon tu serais devenu « une merde méprisée de tous », selon la mise en garde du vieux Mao fixant la limite entre le peuple et ses ennemis. Quitte à choisir entre le clown et la merde de chien, tu avais choisi le clown. Tu chantais à tue-tête le chant militaire « Les trois grandes règles de discipline et les huit avis », et tu devais, tel un soldat, te tenir droit devant le portrait du dirigeant suprême accroché au milieu du mur de chaque bureau, crier trois fois « Longue vie » et brandir *Le Petit Livre* à la couverture de plastique rouge. Cette cérémonie inévitable se déroulait au début et à la fin du travail depuis que l'armée avait pris le contrôle de l'organisme. On l'appelait « demande d'instruction du matin » et « compte rendu du soir ».

À cette époque, tu te tenais vraiment sur tes gardes, tu ne pouvais pas rire ! Les conséquences en auraient été inimaginables, à moins de te préparer à devenir contre-révolutionnaire ou espérer devenir un martyr. Ce que disait l'ex-lieutenant-colonel n'était pas faux, il était bien un clown, mais il n'osait pas rire ; celui qui pourrait maintenant en rire, c'est toi, quand tu te rappelles cette époque, mais en fait tu n'y arrives toujours pas.

Il était devenu représentant d'une organisation de masse au sein d'un bureau de clarification contrôlé par l'armée. Quand il fut choisi par les cadres et les masses, il comprit que ses derniers jours étaient venus. Mais ces cadres et ces masses avaient réellement souhaité qu'il vienne les protéger, ils ne savaient pas que l'affaire de « recel d'arme » qui le concernait risquait de l'effacer de la grande famille révolutionnaire.

Au cours de la réunion du bureau, le délégué de l'armée Zhang avait lu à voix haute un document nommé « contrôle interne », c'est-à-dire une liste de membres du personnel faisant l'objet d'un contrôle interne. C'était la première fois qu'il entendait cette expression, il en fut très étonné ; ce « contrôle interne » ne concernait pas seulement les employés ordinaires, il comprenait aussi certains cadres du Parti, qu'il fallait épurer et punir en priorité en tant que « mauvais éléments » qui s'étaient mêlés aux masses. Ce n'était plus la violence des gardes rouges telle qu'elle s'était développée deux ans plus tôt, ce n'était pas non plus la lutte entre les différentes factions des organisations de masse ; à présent, l'attaque avait lieu sans précipitation, sous la direction de l'armée, comme pour un plan de bataille mûrement réfléchi et planifié. La commission de contrôle militaire des affaires du personnel avait levé les scellés, des dossiers parmi lesquels les documents concernant les personnes à problèmes s'entassaient devant le délégué Zhang.

– Vous êtes tous des délégués désignés par les organisations de masse ; j'espère que, débarrassés du caractère bourgeois de vos factions, vous saurez écarter de vos rangs les mauvais éléments qui s'y sont infiltrés. Nous ne devons avoir qu'une seule position, la position prolétarienne, et non une position fractionnelle ! Que tout le monde discute au cas par cas et détermine qui doit être mis dans le premier groupe, qui dans le second. Il y aura également un troisième groupe, et, selon que les membres de ce groupe reconnaîtront ou non d'eux-mêmes leurs crimes, se confesseront et procéderont aux dénonciations, nous verrons si on les traite avec clémence ou rigueur !

Le délégué Zhang, large visage carré, balaya du regard les représentants des organisations de masse, frappa de son gros doigt sur le tas de documents posés devant lui, puis souleva le couvercle de sa tasse à thé et se mit à boire avant d'allumer une cigarette.

Lui posa prudemment quelques questions, puisque le délégué de l'armée avait dit que l'on pouvait discuter. Il demanda si Liu, son vieux chef de section, hormis son origine sociale qui était celle d'un propriétaire foncier, avait d'autres problèmes. Puis il posa des questions sur une certaine chef de section, ancien membre du Parti au temps de la clandestinité, organisatrice en coulisse du mouvement étudiant, et qui, d'après les résultats de son enquête, n'avait jamais été arrêtée, sur laquelle ne pesait aucun soupçon de trahison envers le Parti et de reddition à l'ennemi, il ignorait donc pourquoi elle faisait aussi partie des cas spéciaux. Le délégué Zhang tourna la tête vers lui, leva les deux doigts qui tenaient sa cigarette, et le regarda sans rien dire. C'est à cet instant que l'ex-lieutenant-colonel l'avait injurié :

– Espèce de misérable clown !

Plusieurs dizaines d'années plus tard, tu lirais des livres de souvenirs qui dévoilaient peu à peu les luttes intestines du Parti. C'était sans doute ainsi, en fumant et en sirotant son thé, que Mao Zedong regardait les maréchaux et les généraux qui avaient un point de vue différent du sien. Il y avait sans doute là aussi des maréchaux et des généraux qui se levaient pour blâmer les premiers, évitant au vieux bonhomme d'avoir à gaspiller sa salive.

Évidemment tu ne mérites pas un maréchal ou un général, et c'est un ex-lieutenant-colonel qui te fustige : « Espèce d'insecte rampant ! »

C'est vrai, tu n'es qu'un minuscule insecte, cette vie de fourmi compte-t-elle encore ?

Après le travail, en allant récupérer son vélo dans le hangar du rez-de-chaussée, il tomba sur un collègue de bureau, Liang Qin. Depuis qu'il avait participé à la rébellion, il y avait plus de deux ans, c'était Liang Qin qui s'était occupé de son travail. Mais sa carrière de rebelle touchait à sa fin. Comme il n'y avait personne près d'eux, il lui dit :

– Pars le premier et ralentis après le carrefour, j'ai quelque chose à te dire.

Liang monta sur sa bicyclette, il le suivit, puis le rattrapa.

– Viens chez moi boire un verre, dit Liang.

– Qui y a-t-il chez toi ? demanda-t-il.

– Ma femme et mon fils.

– Ce n'est pas commode, parlons plutôt en roulant.

– Qu'est-il arrivé ? demanda Liang qui pensait qu'un incident s'était produit.

– Quel problème as-tu concernant ton passé ? demanda-t-il sans regarder Liang, comme s'il n'y attachait guère d'importance.

– Aucun ! s'exclama Liang qui faillit tomber de vélo sous le coup de la surprise.

– As-tu des relations avec l'étranger ?

– Je n'ai aucun parent à l'étranger !

– As-tu envoyé des lettres à l'étranger ?

– Attends, laisse-moi réfléchir…

Le feu venait de passer au rouge, ils mirent pied à terre.

– Ah oui, on m'a déjà posé cette question, c'était il y a très longtemps… dit Liang au bord des larmes.

– Ne pleure pas, ne pleure pas ! Nous sommes en pleine rue… dit-il.

Le feu passa au vert, la circulation recommença à déferler.

– Parle-moi franchement, je ne risque pas de te faire des ennuis !

Liang Qin s'arrêta.

– Tout ce que je dis, c'est que tu es soupçonné, fais attention.

– Mais de quoi ?

Il dit que ce n'était pas très clair pour lui non plus.

– J'ai bien écrit une lettre à Hong Kong, un de mes voisins avec qui j'avais grandi depuis l'enfance avait été emmené par une tante à Hong Kong. C'est vrai que je lui ai écrit pour qu'il m'achète un dictionnaire d'argot anglais, c'est tout, rien de bien grave ! C'était l'époque de la guerre de Corée, je venais juste d'obtenir mon diplôme à l'université, j'ai été enrôlé par l'armée comme interprète dans un camp de prisonniers…

– Et tu l'as reçu ce dictionnaire ? demanda-t-il.

– Mais non ! Ce qui signifie que… cette lettre n'aurait pas été envoyée ? Elle aurait été saisie ? demanda Liang.

– Qui sait ?

– On me soupçonne de… d'entretenir des intelligences avec l'étranger ?

– Ça, c'est toi qui le dis.

– Tu me soupçonnes aussi ? demanda Liang en penchant la tête.

– Je ne t'en aurais pas parlé ! Sois prudent !

Un long tramway à double voiture les frôla, Liang tourna son guidon, il avait failli se faire accrocher.

– Pas étonnant qu'on m'ait expulsé de l'armée… réalisa subitement Liang.

– Ce n'était pas très grave.

– Qu'y a-t-il encore ? Dis-moi tout, je ne te dénoncerai jamais, même si on me battait à mort !

Liang avait une nouvelle fois tourné son guidon.

– Ne gâche pas ta vie, lui conseilla-t-il.

– Je ne risque pas de me suicider, faire une telle stupidité ! J'ai encore ma femme et mon fils !

– Le plus important est de te préserver !

Il tourna, sans dire à Liang qu'il figurait sur la deuxième liste des gens à épurer.

Bien des années plus tard, combien en fait ? une dizaine ? non, vingt-huit ans plus tard, à Hong Kong, dans ta chambre d'hôtel, tu as reçu un appel téléphonique, c'était Liang Qin qui avait vu dans le journal que ta pièce était jouée. D'abord, ce nom ne t'avait rien dit, tu pensas qu'il s'agissait d'un ami rencontré une ou deux fois. Il voulait voir ta pièce, mais n'avait pas de billet, tu t'es empressé de t'excuser, les représentations étaient terminées. Il a expliqué qu'il était ton ancien collègue ! Qu'il voulait t'inviter à dîner ! Tu as dit que tu prenais l'avion très tôt le lendemain, que tu n'avais vraiment plus le temps, que ce serait pour la prochaine fois. Il a alors dit qu'il allait venir en voiture te voir à l'hôtel, tu pouvais difficilement refuser. Après avoir reposé l'écouteur, tu as réalisé qui il était et votre dernière conversation à bicyclette t'est revenue.

Une demi-heure plus tard, il entrait dans ta chambre, en costume occidental et chaussures de cuir, fine chemise de lin, cravate gris-bleu assortie, une mise moins voyante que celle des parvenus de Chine continentale ; quand il t'a serré la main, il n'avait pas au poignet de Rolex ou de gourmette en or étincelante ni de grosse bague en or, ses cheveux étaient d'un noir de jais – sans doute étaient-ils teints, vu son âge. Il a expliqué qu'il s'était établi à Hong Kong de nombreuses années auparavant. C'était justement l'ami à qui il avait écrit pour lui demander de lui acheter ce dictionnaire qui, ayant appris les malheurs provoqués par cette lettre, s'était senti terriblement gêné et l'avait fait sortir du pays. À présent, il avait ouvert une société, sa femme et son fils avaient émigré au Canada dont ils avaient acheté le passeport. Il te dit avec la plus grande franchise : « J'ai gagné pas mal d'argent ces dernières années, je ne suis pas un gros capitaliste, mais je n'aurai aucun problème pour passer les dernières années de ma vie dans le confort, mon fils a obtenu son doctorat canadien, il ne manque plus de rien, je vole d'un côté et de l'autre, si ça va mal ici, je partirai. » Puis il a ajouté qu'il t'était très reconnaissant de la phrase que tu lui avais dite.

– Quelle phrase ?

Tu l'avais oubliée.

– Ne gâche pas ta vie ! Si tu n'avais pas dit cela, comment serais-je arrivé à résister ?

– Mon père, lui, n'y est pas parvenu, as-tu répondu.

– Il s'est suicidé ?

– Heureusement, un vieux voisin l'a découvert et a appelé une ambulance qui l'a emmené à l'hôpital. Il a aussi été envoyé à la campagne en rééducation pendant plusieurs années et, trois mois à peine après avoir été réhabilité, il est tombé malade et il est mort.

– Pourquoi ne l'as-tu pas prévenu à l'époque ? demanda Liang.

– Qui aurait alors osé correspondre par lettre ? Si jamais une telle lettre avait été saisie, il n'est pas sûr que j'aurais pu sauver ma peau.

– C'est certain, mais quel était son problème ?

– Parlons plutôt de ton problème à toi !

– Bon, n'en parlons plus ! soupira-t-il. Au bout d'un long moment de silence, il reprit :

– Comment vis-tu ?

– Qu'entends-tu par comment ?

– Je veux dire sur le plan de tes revenus, je sais que tu es écrivain, tu vois… ce que je veux dire, hésita-t-il.

– Je vois, dis-tu. Ça va.

– Ce n'est pas facile de subsister en Occident en comptant sur l'écriture, je le sais, surtout pour un Chinois, ce n'est pas comme de faire du commerce.

– C'est la liberté. Tu dis que ce que tu veux, c'est la liberté. Je veux écrire ce que j'ai envie d'écrire.

Il hocha la tête, puis ajouta, prenant son courage à deux mains :

– Si jamais… je te parle directement, si jamais tu étais un peu à court, si tes finances venaient à manquer, dis-le-moi, je ne suis pas un gros patron, mais…

– Un gros patron ne dirait pas ça… dis-tu en riant, quand ils font des dons, c'est pour aider à la réalisation d'un quelconque « projet d'avenir » afin de faire encore plus d'affaires avec leur patrie.

Il tira une carte de la poche de son costume, y rajouta une adresse et un téléphone et te la tendit :

– C'est mon numéro de portable, la maison, je l'ai achetée, cette adresse au Canada ne risque pas de changer.

Tu le remercias en affirmant qu'actuellement tu n'avais aucune difficulté, que si tu écrivais pour gagner ta vie, il y a longtemps que tu aurais abandonné ton stylo.

Un peu ému, il risqua une parole :

– Tu écris vraiment pour les Chinois !

Tu lui dis que tu écrivais pour toi seul.

– Je comprends, je comprends, écris ! dit-il. J'espère que tu écriras tout, que tu diras que ce n'était pas une vie pour l'homme !

Écrire sur ces souffrances ? t'es-tu demandé après son départ.

Mais tu en as déjà marre.

Pourtant, tu as repensé à ton père ; il venait d'être réhabilité, à son retour de la campagne où il avait subi la rééducation par le travail manuel, il avait recouvré son travail et son salaire, mais il avait tenu à prendre sa retraite et était venu à Pékin pour te voir, toi, son fils. Il comptait ensuite partir voyager pour se détendre un peu et passer une vieillesse paisible. Qui eût cru que le soir même du premier jour, alors que tu l'avais accompagné au parc du palais d'Été, il commencerait à cracher le sang. Le lendemain il entrait à l'hôpital où les examens montrèrent une ombre aux poumons.

On diagnostiqua un cancer en phase terminale. Une nuit, son état empira soudain, il fut admis à l'hôpital où il rendit son dernier soupir le lendemain matin. Avant sa mort, tu lui avais demandé pourquoi il avait eu l'intention de se suicider et il t'avait expliqué qu'il n'avait vraiment plus aucune envie de vivre, mais il n'en avait pas dit plus. Et c'était juste au moment où il aurait enfin pu vivre et qu'il en aurait eu envie, qu'il était mort.

À la cérémonie dédiée à sa mémoire – les unités de travail où mourait l'un des leurs réhabilité se devaient d'organiser ce genre de cérémonie pour rendre des comptes aux familles –, en tant qu'écrivain, son fils dut dire quelques mots, sinon ce n'était pas envers son père décédé qu'il aurait manqué de respect, mais envers les directeurs de l'unité de travail qui organisaient cette cérémonie pour leur camarade défunt. On le poussa devant le micro placé dans la salle de funérailles puis devant l'urne funéraire qui contenait les cendres de son père. Il ne put pas dire que jamais son père n'avait participé à la révolution, bien qu'il n'y fût pas opposé, mais il ne convenait pas qu'on l'appelât camarade. Il ne put prononcer qu'une phrase : « Mon père était un être faible, qu'il repose au ciel en paix. » Au cas où il y aurait un paradis.

36

– Que l'on débusque le soldat de fortune, le réactionnaire rebut du régime du Guomindang, Zhao Baozhong !

L'ex-lieutenant-colonel hurlait dans le porte-voix à la tribune, à ses côtés se tenait bien droit, silencieux, le chef de la commission de contrôle militaire en service actif, désigné par ses insignes au col et sur sa casquette.

– Vive le président Mao !

Des acclamations éclatèrent soudain dans la foule.

Au dernier rang, un vieil homme fut arraché de sa place par deux jeunes gens. Il libéra ses mains et leva le bras pour brandir son poing en hurlant :

– Vive... le... président Mao ! Vive... vive...

Le vieil homme criait d'une voix éraillée, il se débattait de toutes ses forces. Deux anciens militaires accoururent, ils avaient appris pendant leur service comment immobiliser un homme. Ils lui tordirent le bras, le forçant à tomber à genoux. Ses cris s'étouffèrent dans sa gorge. Quatre solides gaillards tirèrent le vieillard dont les pieds traînaient au sol, tel un cochon refusant de monter sur le billot pour être saigné. Dans les claquements de leurs pas, sous les regards de la foule silencieuse, le vieil homme fut traîné jusqu'à la tribune ; une pancarte fut attachée sur sa poitrine à l'aide d'un fil de fer, il allait reprendre ses vociférations, mais les hommes pressèrent violemment un point situé au-dessous de ses oreilles. Son visage s'empourpra aussitôt, les larmes et la morve coulaient sur ses joues. Ce vieil ouvrier, gardien du dépôt de livres, ce vieux soldat qui avait été arrêté trois fois sous le Guomindang, qui s'était échappé deux fois de l'enrôlement forcé dans l'armée et avait rejoint l'armée de Libération, finissait ainsi, tête baissée, à genoux, mis au rang des monstres malfaisants débusqués depuis longtemps.

– Si l'ennemi ne se rend pas, il faut l'éliminer !

Le slogan se propagea dans l'assistance, mais cela faisait plus de trente ans déjà que le vieil homme s'était rendu.

– La mort pour celui qui résiste !

Au cours d'une séance semblable, quatre ans plus tôt, le même vieil homme avait été choisi par le secrétaire du comité du Parti Wu Tao, qui à présent courbait aussi la taille dans l'assistance, comme modèle pour l'étude des *Œuvres du président Mao* en tant que représentant de la classe ouvrière « ayant connu les pires souffrances et aspirant à la vengeance », et il avait présenté un rapport dénonçant la cruauté de l'ancienne société et louant le bonheur de la nouvelle. À l'époque, le vieillard avait aussi versé toutes les larmes de son corps, pour contribuer à l'éducation de ces intellectuels encore mal réformés.

– Que l'on débusque le chien d'espion Zhang Weiliang qui a noué des contacts avec l'étranger !

Un autre homme fut traîné jusqu'à la tribune.

– À bas Zhang Weiliang !

Il n'était pas besoin de le mettre à bas, l'homme était paralysé par la peur et incapable de se tenir debout. Mais tout le monde hurlait, et tout le monde risquait à tout moment de devenir un ennemi et d'être abattu.

– Clémence pour qui avoue, sévérité pour les récalcitrants !

Toujours les clairvoyantes directives du vieux Mao.

– Vive… le… président… Mao !

Surtout, ne pas se tromper de slogan, il y avait alors tellement de séances d'accusation et de persécution, il fallait crier tellement de slogans, souvent, le soir, on en avait l'esprit brouillé, mais qui se trompait de slogan passait immédiatement pour un contre-révolutionnaire actif. Les parents devaient sans relâche exhorter leurs enfants à ne pas écrire ou dessiner n'importe quoi, et à ne pas déchirer les journaux.

En effet, chaque jour figurait à la une le portrait du grand dirigeant, et il ne fallait surtout pas le déchirer, le salir, le piétiner ou même l'utiliser pour s'essuyer le derrière quand on était pris d'une envie pressante. Toi tu n'avais pas d'enfant, c'était mieux ainsi, tu n'avais que ta propre bouche à surveiller, il te fallait t'exprimer très clairement, surtout ne pas laisser ton esprit vagabonder au moment de crier les slogans, surtout ne pas bégayer.

Rentrant chez lui à bicyclette au petit matin, il passa devant la porte nord de Zhongnanhai, monta sur le pont de pierre blanche, retint son souffle et jeta un coup d'œil à l'intérieur : dans Zhongnanhai ne se profilait que l'ombre des arbres sous la lueur indistincte des lampadaires. Il redescendit du pont, relâcha ses freins et poussa un profond soupir, finalement la journée s'était passée sans incidents. Mais demain ?

Il alla tôt à son travail. Au pied du bâtiment gisait un cadavre recouvert d'une vieille natte prise au lit disposé dans la loge du gardien. Le bas du mur et le sol en béton étaient maculés de traces de cervelle blanchâtres et de sang violacé.

– Qui est-ce ?

– Quelqu'un du bureau de la rédaction sans doute.

Le visage était caché par la natte, mais y avait-il encore un visage ?

– De quel étage ?

– Qui sait de quelle fenêtre ?

Dans ce bâtiment travaillaient plus de mille personnes, il comptait plusieurs centaines de fenêtres, l'homme avait pu tomber de n'importe laquelle.

– Ça s'est passé quand ?

– Sans doute au lever du jour…

Il était difficile de dire que c'était après l'assemblée de clarification des classes qui s'était terminée tard dans la nuit.

– Personne n'a rien entendu ?

– Arrête de dire n'importe quoi !

Les gens s'attardaient un moment puis pénétraient dans le bâtiment pour être bien à l'heure au travail. Ils regagnaient un à un leur bureau, s'installaient face au portrait du grand dirigeant ou regardaient la nuque de ceux qui étaient devant eux. À huit heures sonnantes, un haut-parleur diffusait dans chaque pièce, et du haut en bas du bâtiment retentissait le chant « La navigation en haute mer s'appuie sur le timonier ». Cette ruche gigantesque était plus ordonnée encore que par le passé.

Sur son bureau était posée une lettre à son nom qui le fit tressaillir. Il n'avait plus reçu de lettre depuis bien longtemps, et de toute façon aucune n'arrivait à son travail. Sans même la regarder, il la fourra dans sa poche. Il se demanda toute la matinée qui avait bien pu lui écrire, qui donc ne connaissait pas son adresse personnelle pour lui écrire là. Il ne reconnaissait pas l'écriture, ne serait-ce pas une lettre d'avertissement ? Si on avait voulu le dénoncer, il était inutile de lui écrire personnellement, serait-ce une lettre anonyme destinée à éveiller son attention ? Pourtant, le timbre collé sur l'enveloppe était de huit *fen*[1], or un timbre pour une lettre postée de la ville même était de quatre *fen* : cette lettre venait à coup sûr de province. Bien sûr, l'expéditeur avait pu la timbrer à huit *fen* pour brouiller les pistes, dans ce cas c'était quelqu'un plein de bonnes intentions, peut-être un collègue de travail qui n'avait pas le moyen d'entrer en contact avec lui et qui n'avait trouvé que ce subterfuge. Il pensa à Lao Tan qui était isolé sous surveillance depuis longtemps, mais Tan pouvait-il encore écrire des lettres ? Peut-être était-ce un piège, tendu par la faction adverse. Cela signifiait que l'on se préoccupait de lui et il se sentit surveillé. Peut-être son tour était-il venu lorsque le délégué de l'armée avait parlé d'un troisième groupe dont les noms n'avaient pas été cités, au cours de la séance de clarification de son bureau. Il commença à se sentir très mal à l'aise ; il se dit que les gens qui passaient dans le couloir, derrière la porte de son bureau, étaient peut-être en train de surveiller les activités anormales

1. Le *mao* est la dixième partie de la monnaie chinoise, le yuan, et le *fen* est la dixième partie du *mao*.

des ennemis cachés, après la grande assemblée de clarification. C'était bien là la mobilisation préconisée par le délégué de la direction de l'armée au cours de l'assemblée générale d'accusation tenue la nuit précédente : « Dénonciation à grande échelle, éclaircissement total, débusquement de tous les éléments contre-révolutionnaires agissant encore dans le mouvement ! »

Il pensa à la fenêtre juste derrière lui, comprenant soudain comment un homme peut délibérément se jeter dans le vide. Son corps était inondé d'une sueur froide. Il s'efforça de se calmer, faisant comme si de rien n'était, ceux qui dans le bureau ne sautaient pas par la fenêtre faisaient tous semblant de rien, n'en était-il pas de même pour lui ? S'il n'agissait pas ainsi, il risquait de perdre le contrôle de lui-même et de se jeter réellement dans le vide.

Quand arriva l'heure du déjeuner, tout révolutionnaire qu'on était, il fallait bien se nourrir, pensa-t-il, puis il se dit aussitôt que c'était une pensée réactionnaire ; il devait réprimer en lui ce genre de pensée, même pour une simple phrase, la révolte accumulée en lui-même pouvait entraîner une catastrophe, « le malheur vient par la bouche », cette maxime était la cristallisation d'une expérience accumulée depuis l'Antiquité. Quelle autre vérité cherches-tu encore ? Cette vérité est on ne peut plus vraie, ne pense à rien d'autre ! Ne mets pas ta réflexion en mouvement, tu n'es qu'un être *en soi*, tes souffrances viennent justement du fait que tu veux toujours devenir un être *pour soi*, ce qui t'occasionne mille malheurs.

Bon, revenons à lui, cet être en soi, quand tout le monde eut quitté le bureau, se rendit aux toilettes. Aller se laver les mains avant de manger n'a rien que de très normal. Il ferma le loquet de la porte des toilettes et sortit la lettre qui avait en fait été écrite par Xu Qian. La première phrase lui sauta aux yeux : « Nous, cette génération sacrifiée, ne méritons pas d'autre destin… » Il la déchira aussitôt. Puis il changea d'idée et remit les morceaux dans l'enveloppe, tira la chasse d'eau, examina minutieusement la cuvette des WC et sortit après s'être assuré qu'aucun morceau de papier n'était tombé. Il se lava les mains, se passa de l'eau sur le visage, tenta de se calmer et alla à la cantine.

Le soir, une fois rentré chez lui, il ferma son loquet et, ayant reconstitué sous sa lampe les morceaux de la lettre, il s'efforça de la lire. Une voix plaintive racontait son désespoir, mais n'évoquait pas, même à mots couverts, la nuit passée dans la petite auberge, ni ce qui était arrivé après qu'elle avait été bloquée sur le quai. Elle disait que ce serait la seule et unique lettre qu'elle lui écrirait, qu'il ne la reverrait jamais, c'était la lettre d'une mourante. La lettre commençait donc ainsi : « Nous, cette génération sacrifiée », puis elle racontait qu'elle avait été affectée comme institutrice au fond d'une gorge dans les hautes montagnes au Shanxi, mais qu'elle n'était pas encore partie, elle faisait traîner les choses en demeurant dans un centre d'accueil au chef-lieu de district. Avant elle, une étudiante chinoise d'outre-mer avait été envoyée dans une école primaire identique, qui ne comptait qu'un seul enseignant, elle avait emporté avec elle son trousseau, six caisses préparées par ses parents à Singapour portées à dos de mule, mais au bout d'une semaine, elle était morte dans un ravin, sans que personne n'ait pu avancer de cause pour sa mort. Si elle y allait, on ne la reverrait jamais. Qian appelait au secours, il était son dernier espoir, ses parents et sa tante ne pouvaient sans doute rien pour elle.

En pleine nuit, il fonça à bicyclette à la poste de Xidan, un numéro de téléphone était noté sur le papier à lettres du centre d'accueil du chef-lieu de district. Il demanda à passer un coup de fil urgent. Une voix indolente, manifestement mécontente, lui demanda à qui il voulait parler. Il expliqua qu'il appelait de Pékin, qu'il voulait parler à une étudiante nommée Xu Qian qui attendait sa nomination, puis il reposa le combiné. Pendant un long moment il entendit seulement un bourdonnement dans le téléphone, puis une voix tout aussi mal disposée lui demanda : « Qui êtes-vous ? » Il précisa à qui il voulait parler, et son interlocutrice lui dit : « C'est moi. » Il n'arrivait absolument pas à reconnaître la voix de Qian, ils n'avaient pas parlé à haute voix la nuit qu'ils avaient passée ensemble. Cette voix inconnue lui fit perdre ses moyens, dans le téléphone résonnait le même bourdonnement, puis il finit par bredouiller : « Maintenant que je sais que tu es encore là, ça va. – Tu m'as fait peur ! Appeler comme ça en pleine nuit, ça fait vraiment peur ! » lui répondit Qian. Il voulut lui dire qu'il l'aimait, qu'il fallait qu'elle vive, mais toutes les phrases qu'il avait préparées en chemin, il n'arrivait plus à les sortir. La réceptionniste de ce coup de fil urgent passé depuis Pékin écoutait certainement la conversation dans son petit chef-lieu de district perdu dans les montagnes, il ne fallait pas attirer des soupçons sur Qian et laisser croire qu'il lui arrivait quelque chose. Le téléphone bourdonnait toujours dans le silence, il dit qu'il avait reçu sa lettre. Le bourdonnement continua, il ne sut plus quoi dire. « Si tu veux me rappeler, fais-le de jour. » Elle avait prononcé ces mots d'une voix glacée. « Bon, excuse-moi, bonne nuit », dit-il. Et il raccrocha.

37

Une jeune fille se jette sur toi, tu es allongé sur un lit, tu n'es pas complètement réveillé. Elle chahute avec toi en riant doucement, tu es ravi, tu espères que ce n'est pas un rêve. Tu es pressé par sa poitrine, glissant la main par son col ouvert, tu caresses sa peau fine et lisse, tu touches ses seins fermes, elle ne t'en empêche pas, elle joue avec toi. Tu te félicites de cette rencontre fortuite, mais tu ne peux dire son nom, tu le connais vaguement, mais tu as peur de te tromper en le disant. Tu rassembles tes souvenirs, les circonstances où tu as vu cette fille, tu l'as souvent rencontrée dans la rue, mais tu n'as jamais pu l'approcher, cette fois, elle est collée contre toi, tu dis que jamais tu n'aurais cru la voir ainsi, tu es ravi ! Elle dit qu'elle te cherchait, qu'elle passait par cette ville, elle avait entendu dire que tu avais une réunion ici, et elle est venue te voir. Tu lui dis : Ne pars pas ! Elle dit bien sûr, mais il lui faut d'abord prendre ses valises et remplir les formalités pour habiter ici. Tu ne fais pas tout de suite l'amour avec elle, tu penses que vous avez le temps, puisqu'elle a fait un long voyage pour venir te voir, elle ne risque pas de te quitter. Tu te lèves et tu lui demandes où sont ses valises. Dans la chambre d'à côté, dit-elle. En te penchant pour regarder, tu vois qu'effectivement les deux pièces communiquent et que dans cette chambre se trouvent aussi deux lits. Comme tu crains que quelqu'un ne vienne y loger, tu dis qu'elle devrait vite aller chercher un garçon d'hôtel pour changer de chambre. Mais comme c'est l'heure du déjeuner, vous préférez d'abord aller manger ensemble au restaurant, elle te suit, vous vous appuyez l'un contre l'autre, elle dit qu'elle a eu beaucoup de mal à te trouver, tandis que tu continues à te demander quel est son nom. Tu regardes ce visage si familier, mais n'arrives pas à le retrouver. Elle ressemble plus à une femme qu'à une jeune fille, une grande jeune fille ou une jeune femme, il ne devrait pas y avoir de grand obstacle pour faire l'amour avec elle, et de plus elle est venue pour toi. Elle demande si tu dois la présenter à l'organisateur de la réunion. Tu dis qu'à présent tu es un homme libre, que tu peux habiter avec qui tu veux, que tu n'as pas besoin de demander la permission, tu vas résolument à la réception de l'hôtel changer ta chambre pour une chambre double. L'homme qui se trouve à la réception te donne une clef et un morceau de papier, sur la plaque de la clef est inscrit le numéro de la chambre, tu lui demandes où elle se trouve. Il dit qu'il ne s'occupe que de l'enregistrement, que si tu veux te renseigner, tu peux téléphoner, sur le papier figure un numéro de téléphone. Tu lui demandes si tu peux utiliser le téléphone sur le comptoir, il dit qu'il faut mettre une pièce. Tu cherches en vain dans tes poches une pièce de monnaie et tu demandes encore au réceptionniste si tu peux le payer après avoir passé le coup de fil. Comme il ne se prononce pas, tu passes ton coup de téléphone et on te dit que la chambre est au deuxième étage. Vous prenez l'ascenseur mais vous aboutissez sur le toit où se trouve un parking. Vous remontez dans l'ascenseur et, revenus au rez-de-chaussée, vous n'avez toujours pas trouvé la chambre. Tu arrêtes une femme de ménage qui pousse un chariot. Elle te dit qu'il faut descendre encore d'un étage. Arrivés au sous-sol, vous trouvez un grand restaurant luxueux et tu penses que le mieux est d'abord de manger. L'homme qui accueille les convives porte un nœud papillon. Il dit très poliment : « Excusez-moi, il faut retenir à l'avance, tout est plein. » Tu dis que tu participes à une réunion et il explique que quelque chose est prévu pour les participants dans un autre restaurant. Tu reprends l'ascenseur avec elle pour chercher la chambre, mais ce qui est indiqué sur ta clef est assez bizarre :

n° 11G.Y. Tu trouves les chambres quatorze, quinze, seize, mais il n'y a pas de numéro onze. Tu interroges une grosse dame assise sur un haut tabouret devant un bar situé dans un couloir, sans doute une cliente de l'hôtel qui doit savoir ce qu'il en est. Faisant tourner son siège, elle pivote et désigne une direction derrière toi en disant : « Hé, c'est cette grotte ! » Tu ne comprends pas ce qu'elle veut dire. Et pourtant, sur la plaque en cuivre de la porte est écrit 11.G et plus loin une lettre effacée, sans doute Y. Tu écartes un rideau de perles de verre, à l'intérieur est disposée une rangée de grands lits pour plusieurs personnes, tu contemples cette pièce immense, au-dessus des lits, à droite, se trouve un autre rang de couchettes qui pénètrent dans le mur et où l'on ne peut entrer qu'en grimpant. Des oreillers sont disposés sur les quatre lits pour deux personnes. Tu penses que tu vas faire l'amour avec elle et tu poses ses bagages sur le lit le plus retiré. Vous sortez de la chambre, et tu te dis que de toute façon il vous faut trouver une chambre pour vous seuls. Mais elle dit qu'elle est venue avec une amie, qu'elle doit loger avec elle, heureusement qu'elles connaissent du monde dans cette ville, il y aura toujours moyen de trouver un endroit où passer la nuit. Tu lui dis que puisqu'elle est venue te chercher… Elle dit que ce sera pour la prochaine fois, que vous aurez d'autres occasions. Elle se retourne et s'éloigne. Tu te réveilles, c'est vraiment dommage, tu voudrais retrouver tes souvenirs, retrouver des détails, comprendre d'où vient ce rêve, mais tu t'aperçois que tu dors dans un lit à une place, dans une petite chambre, dehors les oiseaux gazouillent.

Pendant un temps, tu n'arrives pas à te souvenir comment tu t'es endormi ici, la tête te tourne, tu n'es pas complètement réveillé, la veille tu as trop bu. Tu n'avais plus abusé de la boisson depuis longtemps, tu as mélangé tous les alcools, whisky, alcool chinois aux cinq céréales, vin rouge, et en plus, de la bière pour étancher la soif, de pleines caisses de bière que l'on ouvrait sans cesse. Quelqu'un avait rapporté d'Angleterre du whisky écossais, un autre avait rapporté de Chine de l'alcool chinois, tu te souviens que c'était un groupe d'écrivains et de poètes chinois qui se réunissaient là, dans la banlieue sud de Stockholm, dans un centre international portant le nom du Premier ministre assassiné, Olof Palme.

Tu rouvres les yeux et tu t'assieds. Par la fenêtre tu regardes un lac, la couche des nuages est très basse, des arbres prospèrent sur une pelouse parfaitement unie, on n'entend que des chants d'oiseaux, il n'y a personne, un calme parfait.

Le souvenir de la douceur que t'a donnée cette jeune fille remonte en toi, tu ne peux t'empêcher d'être déçu, comment as-tu pu faire un tel rêve ? C'est la faute de ce groupe qui a encore parlé de la Chine, vous avez tellement bu, la Chine te fait vraiment mal à la tête. Mais c'était l'objectif de cette réunion, le sujet des discussions était justement la littérature chinoise contemporaine. Des Suédois avaient donné de l'argent pour inviter des écrivains vivant en Chine et hors de Chine, fournissant billets d'avion et frais de séjour, dans un site idéal pour passer des vacances, avec la bière en plus, mais comme les impôts sur les alcools forts sont très élevés, c'étaient les participants à la réunion qui en avaient apporté. Ils avaient bu comme des trous, jusqu'à l'aube. En été – juillet est la saison des nuits blanches –, il fait jour très tard et, à minuit, on se croirait encore au crépuscule. Sur la rive opposée du lac, la forêt s'étend à perte de vue, la lumière du soir empourpre le ciel, les oiseaux et les insectes dorment. Sur les caillebotis qui s'étendent devant les saunas jusqu'au lac, on entend bruire les conversations, on palabre, le son des voix porte loin, il fait naître à la surface du lac lisse comme un miroir de grands cercles qui s'étendent jusqu'au milieu. Les algues et les ombres vibrent au rythme des ondes qui se propagent, cela n'a rien d'un rêve.

Un ami pérore sur les nouvelles incroyables qui parviennent de Chine et qui n'ont naturellement pas grand-chose à voir avec la littérature. Il raconte comment un employé d'un zoo se rend un matin à son travail. Les portes du zoo ne sont pas encore ouvertes au public, il pénètre par une porte latérale. À peine est-il entré qu'il entend hurler le tigre dont il a la charge. Il se demande bien pourquoi ce tigre hurle alors que ce n'est pas encore l'heure de son repas. Il va voir ce qui se passe et découvre que l'animal gît dans une mare de sang dans un coin de sa cage, ses pattes antérieures ont disparu. On a beau lui bander les pattes pour tenter de le sauver, on n'a pas de sang de tigre à lui transfuser, et cette tigresse, qui a perdu trop de sang, meurt. « Pourquoi lui a-t-on coupé les griffes ? » demande quelqu'un. « Personne parmi nous ne sait qu'en Chine existe une tradition de consommation des paumes d'ours ? – Mais jamais je n'avais entendu dire qu'on mangeait aussi des pattes de tigre. – On fait de l'alcool d'os de tigre, c'est un médicament utilisé depuis l'Antiquité pour soigner les rhumatismes ! Aujourd'hui, en dehors des zoos, où pourrait-on chasser le tigre ? » Tous rient, puis quelqu'un ajoute : « Toi alors, tu es un anti-Chinois né, tu as inventé cette histoire, non ? » Mais non, il est sérieux et affirme que la nouvelle a paru dans un journal officiel de Chine continentale : « Un ami m'a envoyé la coupure de presse depuis chez nous, la nouvelle tenait en deux lignes ! En Suède, elle serait parue à la une ! Et peut-être que les écologistes seraient descendus dans la rue pour manifester, eh, y a-t-il un parti des Verts en Suède ? »

Tu ne vas pas prendre ton petit déjeuner au restaurant, depuis ta fenêtre tu vois partir le car, ils vont tous en visite à Stockholm.

Ensuite, tu marches sur un sentier gravillonné qui suit le bord du lac, au milieu d'une pelouse. Partout de grands sacs en plastique blanc qui contiennent certainement de l'herbe coupée. Sur la pelouse verdoyante bordée par la forêt vert sombre, les sacs sont disposés çà et là, objets blancs irréels, tu as l'impression d'être replongé dans un rêve.

Le chemin pénètre dans la forêt, le lac a disparu, les arbres sont plus hauts, les pins dominent tous les autres. Tu entends soudain des cris de garçons et de filles, tu ne peux t'empêcher d'être ému, comme si tu revenais dans ton enfance, mais tu sais naturellement qu'elle a disparu à jamais. Tu t'arrêtes pour les écouter, tu veux t'assurer que ce n'est pas une illusion et tu presses le pas. Au détour du sentier s'étend une clairière où se trouvent en effet deux fillettes. La plus grande porte un jean coupé à mi-hauteur, dont la frange arrive au-dessus du genou. La fillette plus petite et elle portent chacune un grand sac et ramassent sans doute des pommes de pin. Plus loin se trouve un petit garçon qui court en tous sens, un filet à papillons à la main. Les deux fillettes s'arrêtent par moments ; pour éviter de les déranger, tu ralentis le pas. Devant, le petit garçon court en criant, les fillettes l'appellent, mais il continue à crier sans les écouter, elles le rejoignent en tirant leurs sacs. Leurs voix s'éloignent peu à peu jusqu'à disparaître totalement. Le sentier envahi par l'herbe est devenu désert. Tu as l'impression de percevoir encore indistinctement les cris des enfants, tu t'arrêtes pour prêter l'oreille, mais tu n'entends que le vent qui frôle l'extrémité des branches des arbres.

Tu te souviens encore de ce rêve, de la sensation qu'éprouve ta main qui caresse les petits seins fermes et doux, tu te souviens de ce visage indistinct, qui te paraît quand même familier, puis un autre de tes rêves te revient à l'esprit. C'est curieux, tu fais souvent ce rêve. Il est même devenu un souvenir pour toi, comme si la jeune fille existait vraiment. Elle sort de cours avec une camarade de classe, tu dois être aussi un de leurs camarades, mais tu as des difficultés à l'approcher, les jeunes filles forment toujours une bande pleine d'entrain, elles se lient aussi avec les garçons, et même avec des hommes, mais toi, tu n'arrives pas à entrer dans leur cercle. Tu te souviens aussi que tu habites dans une grande cour, ta famille vit dans la cour du fond, mais il t'est difficile de traverser la cour de devant remplie de monde pour rejoindre ta maison, cette fille semble précisément y habiter. Alors, les deux rêves se confondent, la jeune fille habite une vieille cour très profonde dans une ruelle encombrée. Les cours succèdent les unes aux autres, mais elle habite dans la première, dans l'aile latérale gauche une fois passé la grande porte. Un de tes camarades de lycée habite là aussi. Quand tu vas le voir, c'est pour savoir si la famille de la fille est encore là, tu y vas, mais tu ne retrouves pas ce camarade de classe. Cela entraîne d'autres rêves, comme autant de souvenirs flous, rêves et souvenirs se distinguent mal, tu te souviens de l'époque où tu étais petit, tu avais peut-être quatre ou cinq ans, c'était pendant la guerre, tes parents avaient fui en t'emmenant, et vous aviez habité une grande cour en désordre, mais en fait, ce que tu recherches, c'est la fille à la poitrine proéminente, souvenirs et rêves se mêlent.

Ton enfance t'apparaît comme à travers une fumée, comme à travers un brouillard, seuls quelques points scintillants surgissent, comment faire revenir les faits enfouis dans l'oubli ? Ce qui revient peu à peu est difficile à distinguer, tu ne peux discerner ce qui est de l'ordre du souvenir et ce qui ressortit à la fiction. Et les souvenirs sont-ils exacts ? Ils se succèdent sans enchaînement, surgissent de manière désordonnée, et quand tu recherches leurs traces, ces points lumineux perdent tout éclat. Une fois les souvenirs transformés en phrases, tout ce que tu peux regrouper, ce sont des mots entre eux. Les souvenirs peuvent-ils être racontés ? Tu ne peux t'empêcher d'en douter, de même que tu doutes des capacités de la langue. Si tu racontes des souvenirs ou des rêves, c'est parce qu'il y a toujours des choses magnifiques qui y scintillent et qui t'apportent chaleur, douceur, désir et stimulation, tandis que les phrases ?

Tu te souviens qu'il y avait réellement une fille assise à la même table que lui en classe, sur le même banc, une jeune fille à la peau très claire. Un jour que son crayon à lui s'était cassé pendant un examen, elle s'en était aperçue et elle avait poussé vers lui sa trousse garnie de toutes sortes de crayons bien taillés. Depuis ce jour, il lui avait prêté attention, sur le chemin de l'école, avant et après les cours, il regardait s'il l'apercevait. Ses camarades le taquinaient et s'écriaient : « Ils sont copains, ils sont copains ! », ce qui le faisait rougir jusqu'aux oreilles, mais peut-être du fait de l'excitation qu'il éprouvait, la douceur était toujours restée pour lui liée à la féminité.

Tu te souviens encore d'un rêve que tu as fait quand tu étais petit, tu étais dans un jardin de fleurs, l'herbe n'avait pas été coupée, elle était très haute, dans l'herbe était allongée une femme, un corps tout blanc, une froide statue de marbre, il avait fait ce rêve après avoir lu la nouvelle de Mérimée intitulée *La Vénus d'Ille*. Il dormait avec cette statue, étroitement serré contre elle, il faisait l'amour avec elle sans trop savoir comment, mais il s'était retrouvé trempé à l'entrejambe. Il était gelé, c'était l'hiver, il s'était réveillé tout affolé.

Tu repenses au vieux film en noir et blanc de Bergman, *Les Fraises sauvages*, qui montre de manière si détaillée l'angoisse d'un vieil homme face à la mort. Peut-être es-tu entré dans la vieillesse à ton tour. Dans un autre de ses films, *Cris et chuchotements*, les tourments de trois sœurs et d'une grosse servante désirable, tourments devant la peur de la mort, la solitude, le désir et la maladie, éveillent des échos en toi. L'art et la littérature permettent-ils de communiquer ? En principe, cela ne se discute pas, mais certains estiment que c'est impossible. Et la littérature chinoise, permet-elle de communiquer ? Et avec qui ? Avec l'Occident ? Ou bien entre les Chinois du continent et ceux d'outre-mer ? Et qu'appelle-t-on littérature chinoise ? La littérature connaît-elle des frontières ? Comment définir les écrivains chinois ? Est-ce que les Chinois du continent, de Hong Kong, de Taiwan et ceux qui ont la nationalité américaine, sont tous des Chinois ? Cela nous entraîne vers la politique, revenons à la littérature pure ! Existe-t-il une littérature pure, encore plus pure ? Parlons donc de la littérature : qu'est-ce que la littérature ? Ce sont les sujets traités lors de cette réunion, qui font l'objet d'interminables discussions.

Tu as complètement perdu le goût de ce genre de polémique sur la littérature et la politique, la Chine est tellement éloignée à présent, tu as été exclu depuis longtemps par cet État, tu n'as pas besoin de son label, simplement tu utilises encore le chinois pour écrire, rien d'autre.

38

De gros autobus s'étaient arrêtés devant le grand bâtiment d'où cinq personnes s'étaient défenestrées depuis moins d'un mois. La centaine d'hommes et de femmes qui composaient le premier groupe partant pour la campagne attendaient en rangs que le délégué de l'armée vienne prononcer ses recommandations avant le départ ; chacun avait accroché sur sa poitrine une fleur rouge en papier. Cela aussi, c'était une directive du délégué Zhang, qui avait ordonné aux employés de plusieurs bureaux de confectionner ces fleurs en toute hâte.

Les combattants de cette troupe étaient pour la plupart des personnes âgées. Il s'y trouvait également des femmes et des hommes atteints par l'âge de la retraite, mais qui ne pouvaient pas la prendre. Il y avait aussi un homme en congé de maladie pour hypertension et même un vieux cadre de l'époque de la base révolutionnaire de Yan'an, ainsi qu'un vieux combattant qui avait participé à la guérilla souterraine dans la plaine du Hebei. Selon la directive de Mao récemment publiée, « la directive du 7 mai », partir cultiver les champs ou dans un camp de rééducation par le travail devenait extrêmement glorieux à partir du moment où l'on avait une fleur rouge en papier accrochée sur la poitrine.

Quand le délégué Zhang fut sorti du bâtiment, il salua la foule du regard, les doigts serrés portés à la hauteur de la visière de la casquette, et déclara :

– Camarades, à partir de maintenant, vous êtes les glorieux combattants du 7 mai ! Vous constituez les troupes d'avant-garde, vous avez la lourde tâche de construire les universités communistes à l'appel de notre grand dirigeant le président Mao; je vous souhaite une excellente récolte aussi bien sur le plan du travail manuel que sur le plan de la refonte idéologique !

C'était un vrai militaire, il parlait avec gravité, quand il eut fini, il leva le bras pour saluer la foule, c'était le moment de monter dans les autobus. Devant le bâtiment, des familles étaient venues accompagner les leurs, il y avait aussi les collègues de travail, à toutes les fenêtres, à tous les étages, des mains s'agitaient. On avait beau s'être battus entre factions opposées, ceux qui partaient étaient quand même des collègues, nombreuses étaient les femmes qui essuyaient leurs larmes, la scène était assez émouvante, mais de façon générale l'atmosphère était plutôt joyeuse.

Il se réjouissait en lui-même, il avait mis de l'ordre dans ses affaires, avait même parfaitement nettoyé son pot de chambre émaillé et l'avait rangé dans la caisse en bois fournie par l'unité de travail. Chaque individu qui partait à la campagne avait droit gratuitement à deux caisses en bois. Si on en voulait davantage, il fallait payer. Tout était stipulé dans un document émanant du « bureau du 7 mai » nouvellement créé par le gouvernement. Il avait enfermé tous ses livres dans une caisse. Il ne savait pas quand il pourrait la rouvrir, mais elle devait le suivre toute sa vie, c'était son dernier soutien spirituel.

Lorsqu'il avait remis sa lettre de demande de départ à la campagne, le délégué Zhang avait quelque peu hésité avant de déclarer :

– Le travail d'enquête n'est pas entièrement terminé, des tâches encore plus rudes t'attendent…

Sans laisser au délégué de l'armée le temps de finir, il avait débité un flot de paroles pour expliquer sa résolution et la nécessité qu'il y avait pour lui de recevoir une rééducation par le travail manuel, puis il avait ajouté :

– Je vous informe que mon amie, diplômée de l'université, a aussi été affectée à la campagne ; une fois que l'école des cadres sera ouverte, je pourrai la faire venir et nous pourrons nous consacrer à la révolution à la campagne notre vie entière !

Il avait prononcé ces mots de manière très claire, il voulait montrer qu'il n'essayait pas d'écarter les soupçons, mais qu'il avait réfléchi tout en prenant en compte ses intérêts personnels. Le délégué Zhang avait roulé ses pupilles, ce roulement devait décider de son sort.

– Bon ! Et le délégué Zhang avait pris sa lettre de demande.

Il avait poussé un soupir de soulagement.

Seul le grand Li lui avait dit :

– Tu ne devrais pas partir !

Il avait entendu du reproche dans sa voix. La camarade Wang Qi, qu'il avait protégée, était venue l'accompagner, elle avait les yeux rouges et avait détourné le visage. Li était venu aussi lui serrer la main, il avait les yeux gonflés, l'air plus affecté, même s'ils n'avaient jamais réussi à devenir amis. Il s'était aperçu de l'isolement de Li ; dans la faction de rebelles qui s'était dissoute, il avait des compagnons de lutte mais pas de vrais amis. Et lui, il les abandonnait maintenant.

Avant le rassemblement de la troupe au pied du bâtiment, il était allé saluer son ancien chef Lao Liu. Celui-ci lui avait serré la main avec force, un peu comme s'il s'était raccroché à un fétu de paille capable de lui sauver la vie, mais ce fétu de paille devait d'abord veiller à ne pas couler lui-même. Ils ne devaient pas sombrer ensemble : Lao Liu avait le premier desserré sa main. Lui fuyait enfin cette ruche devenue folle, ce grand bâtiment qui générait la mort.

À Qianmen, la gare était toujours aussi pleine de monde, sur les quais, dans les voitures, les gens se pressaient pour accompagner ou saluer ceux qui partaient. À l'époque, c'étaient principalement des employés et des cadres des organismes d'État, ainsi que des lycéens, qui partaient s'installer à la campagne. Les étudiants avaient déjà été affectés dans les villages et les zones frontières. Les garçons et les filles se pressaient aux fenêtres des compartiments et hors des wagons, tandis que leurs parents leur prodiguaient d'innombrables recommandations. Sur les quais de la gare retentissaient tambours et gongs, l'équipe de propagande ouvrière avait amené des enfants qui n'avaient pas encore l'âge d'être envoyés à la campagne pour jouer de ces instruments afin de rendre l'atmosphère particulièrement animée.

Les employés de la gare vêtus d'un uniforme bleu poussèrent des coups de sifflet stridents ; les gens reculèrent derrière une bande blanche tracée au sol mais le train resta arrêté. Sur le quai ce fut soudain l'affolement : d'abord arriva une patrouille armée de fusils, qui se mit en ligne, puis une troupe de condamnés, tête rasée, transportant chacun son baluchon, un bol de fer-blanc émaillé à la main, avançant tous d'un même pas et chantant en rythme et à mi-voix un slogan : « Bien sagement redevenir des hommes, pas d'avenir sans la réforme ! »

Leurs voix graves répétaient inlassablement cette phrase, avec la solennité d'un requiem ; les enfants cessèrent de frapper sur leurs gongs et leurs tambours. La rangée de condamnés traversa le quai en biais, puis, sans cesser de psalmodier leur slogan, ils pénétrèrent dans des wagons de marchandise sans fenêtres, accrochés à l'arrière du convoi. Dix minutes plus tard, le train s'ébranlait lentement dans le plus grand silence. À cet instant, des sanglots irrépressibles commencèrent à retentir sur le quai, puis des pleurs d'enfants et d'adultes s'élevèrent de toutes parts. Bien sûr certains riaient bruyamment en agitant la main, mais l'atmosphère joyeuse s'était presque totalement dissipée.

Par la fenêtre du train défilaient des poteaux électriques en ciment, des maisons de brique rouge, des bâtiments en béton gris. Les cheminées et les branches dénudées des arbres se perdaient dans le lointain. Lui partait de bon cœur, quittant enfin cette effrayante capitale. Même si le vent qui l'attendait était froid et dur, au moins il pourrait le respirer à loisir, il n'aurait plus à se ronger les sangs à chaque instant. Jeune et vigoureux, sans famille, sans charge aucune, il allait cultiver la terre. D'ailleurs, il était allé travailler aux champs quand il était étudiant. Même pénibles, les travaux des champs n'avaient rien à voir avec la tension mentale qu'il avait subie. Il eut envie de fredonner quelque chose, que pourrait-on bien chanter comme vieil air ? Bon, autant ne pas chanter !

39

Ce vieux Louis Armstrong, tu te considères comme son frère bien qu'il soit mort depuis longtemps, tu as vu un vieux film en noir et blanc à son sujet, strié de barres blanches comme s'il pleuvait, et ton vieux frère noir chantait en se roulant par terre.

Un fil de la vierge qui flotte dans le vent…

Tu dois vivre dans la gaieté, dans l'extase, ah, Marguerite, tu repenses à elle, c'est elle qui t'a poussé à écrire ce livre pourri, t'a poussé à l'abattement, au refoulement, cette putain t'a tourmenté, tu n'as qu'une envie, la baiser sauvagement, la fouetter selon ses désirs, cette masochiste, et quelle que soit la manière dont elle voudra que tu la frappes, tu ne verseras plus la moindre larme.

Tu voudrais pleurer encore une fois, te rouler par terre comme un enfant capricieux, pleurer toutes les larmes de ton corps, mais tu n'as plus de larmes, plus une seule, frère, tu es vieux maintenant !

Es-tu insecte ou dragon ? Tu ressembles plutôt à un chien perdu sans maître, tu n'as plus à faire plaisir à quiconque, tu n'as plus à rechercher à être aimé.

Toi, tu es comme la taupe qui creuse des tunnels, tu n'aimes que l'obscurité, l'obscurité totale, on n'y voit pas les fusils, on perd le but à atteindre, d'ailleurs à quoi sert le but ?

Aujourd'hui, tu as gagné une vie nouvelle, cette vie que tu as acquise tu l'utilises comme tu le désires, tu veux encore savourer ce qu'il te reste de vie. Le plus important est de vivre dans la gaieté, vivre pour soi-même et en tirer de la joie, tu te fiches complètement de tout ce que l'on dit sur toi.

Te voilà parfaitement à l'aise, et cette aisance n'est pas extérieure, elle est en toi, tu en jouiras totalement si tu en prends conscience.

La liberté est un regard, une intonation, regard et intonation peuvent se réaliser, donc tu n'es pas sans rien. Et cette liberté est aussi bien confirmée que l'existence de la matière, que l'affirmation de l'arbre, de l'herbe, de la goutte d'eau ; la liberté d'user de ta vie est tout aussi irréfutable et indubitable.

Pourtant, la liberté est si éphémère, ton regard, ton intonation ne viennent que d'un instant, d'une attitude adoptée par toi-même : ce que tu veux saisir, c'est justement cette liberté fugitive. Tu as recours au langage précisément parce que tu veux en confirmer l'existence, même si ce que tu écris ne peut pas exister éternellement.

Quand tu écris, tu vois cette liberté et tu l'entends, à l'instant où tu écris, où tu lis, où tu entends, la liberté existe dans ton expression même, tu as soif de ce petit luxe : l'expression de la liberté et la liberté de t'exprimer ; et quand tu l'as obtenu, tu te sens à l'aise.

La liberté ne se donne pas, ne s'achète pas, elle est plutôt ta propre conscience de la vie, le délice de ta vie ; goûte à cette liberté, comme à la jouissance que t'apporte l'amour physique avec une belle femme. N'est-ce pas la même chose ?

La liberté ne supporte ni la sainteté ni le pouvoir dictatorial, tu ne veux ni de l'une ni de l'autre et de toute façon tu ne pourrais les obtenir ; plutôt que de dépenser autant d'efforts pour y accéder, mieux vaut avoir la liberté.

Plutôt que de dire que Bouddha est en toi, mieux vaut dire que la liberté est en soi. La liberté ne vient jamais d'autrui, si tu penses au regard des autres, sans même parler de leur faire plaisir, et si tu fais de beaux discours pour les distraire, tu te plieras à leur goût ; celui qui y prendra plaisir, ce ne sera pas toi et ta liberté sera fichue.

La liberté ne concerne pas autrui, elle ne doit pas t'être reconnue par qui que ce soit, tu ne pourras l'obtenir qu'en dépassant les contraintes des autres, il en est de même pour la liberté de t'exprimer.

La liberté peut se manifester sous forme de douleur et de tristesse ; si elle n'est pas étouffée par la douleur et la tristesse, même si elle sombre dedans, tu peux encore la voir, la douleur et la tristesse sont donc libres aussi ; tu as besoin d'une douleur libre et d'une tristesse libre, si la vie vaut encore la peine d'être vécue, c'est justement pour cette liberté qui t'apporte enfin la joie et la sérénité.

40

– Il ne faut pas croire que la paix régnera sur terre une fois que tous les vieux contre-révolutionnaires auront été épurés ; vous devez vous éclaircir les yeux, sachez bien que ces éléments contre-révolutionnaires en pleine activité sont nos ennemis les plus dangereux ! Ils sont bien cachés, extrêmement rusés. Ils s'emparent de nos slogans révolutionnaires prolétariens, mais dans l'ombre se livrent à des activités fractionnelles bourgeoises pour provoquer la confusion dans nos rangs de classe. Surtout, que personne ne soit abusé par eux, chacun doit avoir à l'esprit que ceux qui tissent leur toile tous azimuts, tous ces contre-révolutionnaires à double face qui brandissent le drapeau rouge pour s'opposer au drapeau rouge, sommeillent à vos côtés !

Chaussé de lunettes à épaisse monture noire, le chef adjoint de la commission de contrôle militaire, le délégué Pang, en fait commissaire politique de l'armée, était spécialement venu à la ferme.

Juché sur une meule placée sur l'aire de battage, il agitait de la main un document en prononçant un discours de mobilisation :

– Les écoles des cadres du 7 mai ne doivent pas être des havres de paix coupés de la lutte des classes.

On avait commencé à débusquer un groupe de contre-révolutionnaires actifs appelé groupe du « 16 mai ». Les chefs des rebelles depuis le début du mouvement, ainsi que les membres actifs, étaient soumis à enquête. Lui, il avait aussitôt été démis de sa fonction de chef d'escouade, qui devait donner l'exemple au travail ; il avait cessé le travail manuel et devait rendre compte en détail des années passées, des mois passés, dire quel jour, à quel endroit, avec quelles personnes il avait tenu quelle réunion secrète, à quels agissements inavouables il s'était livré.

Il ne savait alors pas encore qu'à Pékin le grand Li avait été isolé et soumis à enquête ; l'interrogatoire avait duré plusieurs jours et plusieurs nuits au cours desquels il avait été roué de coups. Il avait reconnu faire partie des éléments du « 16 mai » et, bien sûr, l'avait aussi dénoncé. Puis il avait prétendu que lorsqu'ils s'étaient rencontrés chez Wang Qi, il s'agissait de la réunion d'un groupe contre-révolutionnaire en train de comploter, de mèche avec un élément de la bande noire anti-Parti dont ils recevaient les directives. Leur but ultime était de renverser la dictature du prolétariat. Li avait fini par être interné dans un asile psychiatrique. Wang Qi avait aussi été isolée et interrogée. Ensuite, Lao Liu avait été torturé à mort dans une pièce du sous-sol du bâtiment, puis on avait transporté son corps à l'étage pour le jeter par la fenêtre et faire passer sa mort pour un suicide afin d'éviter la justice.

Heureusement, avant que le vent ne se lève, il avait senti l'odeur des chiens qui arrivaient de l'horizon pour l'encercler. Il avait déjà compris comment ces chiens de chasse agissaient sur le terrain : selon « l'ordre de mobilisation numéro un » signé par le vice-commandant en chef Lin Biao, la dispersion d'un grand nombre de membres du personnel, accompagnés de leur famille, signifiait la mise en œuvre d'une clarification encore plus radicale. L'atmosphère assez paisible quoique pesante des derniers mois était en train de changer rapidement, l'hostilité que les nouveaux venus avaient déclenchée remplaçait le peu de fraternité qui subsistait entre eux. Les anciennes compagnies, pelotons, escouades étaient réorganisés, les cellules du Parti reconstituées, les cadres étaient nommés par la commission de contrôle militaire depuis Pékin. Il lui fallait trouver une occasion d'éviter l'encerclement avant que le terrain de chasse ne soit cerné. Au beau milieu de la nuit, il se rendit en cachette au chef-lieu de district pour envoyer un télégramme à son ancien camarade de lycée, Rong.

Dans les pires circonstances, on dit que le ciel offre toujours un salut aux hommes : mieux vaudrait dire que le ciel le prit en pitié et lui offrit une possibilité de survie. L'après-midi, tandis que les hommes étaient partis aux champs, il était resté seul au dortoir pour rédiger ses aveux. Quand quelqu'un passait, il faisait semblant de recopier des citations de Mao. Un postier de la commune populaire arriva à bicyclette en criant : « Télégramme ! Télégramme ! »

Il sortit en courant, c'était la réponse de Rong. Comme signature, le rusé Rong avait simplement mentionné un numéro de télégramme recommandé envoyé de la station de vulgarisation des techniques agricoles du district où il travaillait, et il avait rédigé le texte suivant : « Conformément à l'esprit des documents du Comité central concernant les préparatifs de guerre, il a été accepté de recevoir le camarade Un tel qui viendra s'installer pour travailler dans la commune populaire de notre district. L'intéressé devra se présenter le plus vite possible avant la fin du mois, faute de quoi il ne pourrait être installé. »

Profitant du fait que tout le monde travaillait aux champs, il se rendit à la direction de l'école qui se trouvait à une dizaine de lis. Le bureau de dactylographie et du téléphone était désert. Une petite pièce attenante était réservée au délégué Song pour en faire son bureau et sa chambre. La porte était fermée, mais à l'intérieur on entendait une respiration.

– Rapport pour le délégué Song !

C'était le règlement militaire, il l'avait parfaitement assimilé. Au bout d'un instant, le délégué Song sortit. Son uniforme était impeccable, mais il n'avait pas eu le temps d'agrafer son col.

– On peut considérer, en quelque sorte, que je suis diplômé de cette école des cadres, j'attends donc que vous me délivriez une attestation !

Il avait réfléchi tout au long du chemin à ce qu'il allait dire et il avait prononcé ces mots de la manière la plus détendue qui soit, le visage le plus souriant possible.

– Qu'est-ce que c'est que cette histoire de diplômé ? dit le délégué Song, l'air peu amène.

Lui garda pourtant son grand sourire et tendit à deux mains le télégramme. Song, qui ne connaissait pas beaucoup de caractères, le prit d'une main et tenta de le déchiffrer, mot après mot, puis il leva la tête. Ses sourcils froncés se détendirent.

– Ça va, dit-il, ça correspond avec l'esprit des documents. Tu as des parents là-bas ?

« S'appuyer sur des amis et trouver refuge chez des parents » : cette expression, le délégué Song l'avait utilisée au moment où il avait diffusé l'ordre de mobilisation. Lui ajouta aussitôt :

– J'ai des amis qui ont tout arrangé pour moi là-bas, pour que j'aille définitivement m'installer à la campagne ! Recevoir à fond la rééducation des paysans pauvres et moyens-pauvres, trouver une petite sœur de la campagne pour ne pas rester célibataire toute ma vie !

– Tu en as déjà trouvé une ? demanda le délégué Song.

Il sentit chez le délégué Song une certaine amitié, à moins que ce ne fût de la sympathie ou de la compréhension ; celui-ci était originaire de la campagne et il était passé de simple soldat à officier d'état-major en active au prix de mille difficultés, tandis que sa femme et ses enfants restaient au village. Il n'avait en tout et pour tout que quinze jours par an pour aller les voir, et naturellement il devait penser aux femmes. La commission de contrôle militaire l'avait envoyé surveiller cet énorme groupe d'hommes venus s'adonner au travail manuel, ce qui n'était pas une mince affaire. Le chef adjoint de cette commission, chargé de la clarification des rangs de classe, le délégué Pang, avait assigné une tâche à chacun avec le secrétaire de cellule du Parti de chaque compagnie. Il était rentré à Pékin deux jours plus tôt. C'était vraiment le cas de dire qu'au plus profond de l'enfer, on peut encore jouir des grâces du ciel.

– Mes amis m'ont parlé d'une petite sœur, si je n'y vais pas, comment faire ? Est-ce que ça ne va pas rater ? De toute façon, le travail manuel, c'est partout pareil, mais si je me marie, je pourrai aussi fonder une famille !

Il devait s'adresser à ce délégué Song issu de la campagne en des termes qui ne dépassent pas son entendement.

– C'est bien vrai, tu as bien réfléchi ? Mais dès que tu seras parti, l'autorisation de résidence à Pékin que tu as encore te sera retirée…

Song ne parlait plus comme un chef ; il tira d'un tiroir un formulaire officiel et lui demanda de le remplir lui-même, puis il cria vers la chambre :

– Xiao Liu ! Mets-lui un coup de tampon ! Et dépêche-toi de lui taper ce document !

La gracieuse jeune réceptionniste-standardiste, qui faisait aussi office de dactylo, sortit. Il semblait qu'elle venait de se coiffer, elle portait deux couettes serrées au ras de la tête par des élastiques et deux petites mèches dressées. Elle ouvrit un tiroir avec une clef, en sortit un formulaire et alla s'asseoir devant la machine à écrire, tapant caractère après caractère sur le lourd clavier. Song vérifia sur-le-champ le texte qu'elle venait de taper. Lui s'empressa de le flatter :

– Me voilà le premier diplômé dépendant du délégué Song !

– Dans ce putain de pays avec des terres alcalines à perte de vue, rien ne pousse, à part le vent de sable. Ce n'est pas comme chez moi, quoi qu'on plante, ça pousse. Mais de toute façon, où qu'on soit, c'est le travail manuel qui compte.

Enfin, le délégué Song avait apposé son sceau rouge. Bien des années plus tard, de la bouche d'un compagnon qui travaillait aux champs en même temps que lui dans cette école des cadres, il avait appris que, peu de temps après sa fuite, le délégué Song, qui avait été relativement humain, avait baissé son pantalon dans un champ pour faire ce qu'il avait à faire avec la réceptionniste et qu'il avait été surpris par un homme muni d'une lampe de poche. Il avait alors été rappelé dans l'armée. Comme le blé qui poussait sur ces terres arides, il n'était pas monté très haut en grade.

Sur le chemin qui le ramenait aux logements, il vit au loin un tracteur qui labourait. Il fit un grand signe de la main et appela :

– Frère !

Tang avait perdu le poste d'agent motocycliste de la circulation qu'il occupait dans la capitale. Il était aussi venu dans cette ferme et conduisait le tracteur dans l'équipe mécanisée. Traversant la terre boueuse et souple, il rejoignit le tracteur.

– Hé ! Tang avait levé la main pour lui faire signe.

– J'ai besoin d'un coup de main, dit-il, parvenu devant la machine.

– En ce moment, c'est comme l'idole de sable qui traverse le fleuve les pieds dans l'eau, rester intact est impossible. Qu'est-ce qui se passe ? Dis-moi vite, qu'on ne voie pas que je parle avec toi, j'ai entendu dire que dans ta compagnie, on est en train de s'occuper de toi.

– C'est fini, je suis diplômé maintenant !

Tang coupa le moteur. Lui grimpa dans la cabine et agita sa lettre officielle avec le cachet.

– Allez, on en fume une !

– Tout ça, c'est grâce au délégué Song, dit-il.

– On peut dire que tu es tiré d'ennui, file vite !

– Demain matin à cinq heures, est-ce que tu pourrais porter mes bagages à la gare du chef-lieu ?

– Bon alors, il faut que je prenne le camion. Le délégué Song a donné son accord, n'est-ce pas ?

– Le visage du ciel change à tout instant, ne le dis à personne !

– Je sortirai de toute façon le camion ! Si on me demande quoi que ce soit, je dirai d'aller voir le délégué Song, d'accord ?

– Rappelle-toi, demain matin cinq heures, sans faute ! dit-il en sautant de la cabine du tracteur.

– Je klaxonnerai au carrefour près de votre dortoir, tu n'auras plus qu'à monter. Compte sur moi, pas de problèmes ! dit Tang en se frappant la poitrine.

Le tracteur s'éloigna en cahotant, lui parcourut les cinq derniers lis sans se presser, réfléchissant à la manière dont il passerait cette dernière nuit et comment au petit matin il pourrait le plus vite possible transporter sur le tracteur ses bagages et ses lourdes caisses de livres. À la nuit tombée, après le repas du soir, les gens commencèrent à se rassembler autour du puits pour puiser l'eau de leur toilette. C'est seulement alors qu'il fit son apparition au dortoir. Il se lava aussi et en profita pour rassembler ses affaires. Avant de se mettre au lit, il alla dans la chambre où logeait le secrétaire de cellule du Parti de sa compagnie, qui venait d'être nommé par la commission de contrôle militaire. Il lui montra le document officiel stipulant qu'il allait s'installer définitivement à la campagne. Assis sur un banc, le secrétaire avait quitté ses chaussures pour se laver les pieds. Lui annonça solennellement sur le ton de la plaisanterie à l'ensemble des gens serrés dans la pièce :

– Le délégué Song m'a autorisé à être diplômé, je viens prendre congé de vous, pas pour toujours je pense, mais c'est un premier pas. Je vais devenir un vrai paysan, complètement réformé !

Puis il prit un air perdu, feignant d'avoir le cœur lourd, pour laisser entendre que cet avenir ne serait sans doute pas merveilleux. Le chef n'eut guère le temps de réagir, ne comprenant pas s'il s'agissait d'une punition spéciale qui lui était infligée. Il se contenta de dire : « On verra demain. »

Demain ? se dit-il ; il n'attendrait pas que le chef aille à la direction de l'école, il n'attendrait pas qu'ils prennent contact par téléphone avec la commission de contrôle militaire de Pékin, il aurait décampé depuis longtemps.

Une fois rentré au dortoir, la lumière déjà éteinte, il alla s'allonger sur son lit tout habillé. Pendant la nuit, allumant par moments une petite lumière, il regarda souvent sa montre dont il ne distinguait pas les aiguilles dans l'obscurité.

Quand il estima que le jour allait poindre, il se leva, s'appuya contre le mur pour enfiler ses chaussures, mais ne roula pas immédiatement sa literie. S'il réveillait trop tôt les autres occupants de la chambre, le chien qui devait surveiller ses faits et gestes risquait d'aller avertir le secrétaire de la cellule du Parti de leur compagnie.

Personne ne saurait qu'avant l'aube il s'était mis en route ; il écoutait attentivement dans l'obscurité s'il entendait un coup de klaxon, entre le carrefour et le dortoir il y avait cinquante ou soixante mètres, le son ne serait pas très fort. Ses oreilles sifflaient, ses yeux étaient écarquillés, comme pour mieux entendre ; dès qu'il entendrait le klaxon, il roulerait sa literie, réveillerait deux hommes pour l'aider à transporter les grosses caisses posées face à lui au pied du mur.

Deux tut-tut secs. Le jour n'avait pas commencé à poindre, il se leva d'un bond, ouvrit la porte sans bruit et courut vers le carrefour.

– Tu vois que tu pouvais me faire confiance !

Tang alluma ses phares et lui fit signe de la main. Aussitôt il retourna en courant au dortoir et réveilla les deux hommes qui dormaient sur les lits voisins du sien.

– Tu t'en vas ? demandèrent-ils en se levant, mal réveillés.

– Oui, je vais prendre le train, dit-il en roulant rapidement sa literie.

Quelques minutes plus tard, il sautait dans le camion et agitait la main en direction de ses deux compagnons qui n'étaient pas encore sortis de leur sommeil. Adieu, école des cadres du 7 mai, ferme de rééducation par le travail manuel !

41

Il avait l'esprit complètement vide. Par la fenêtre il voyait la grande plaine jaunâtre et déserte et les branches dénudées des arbres qui défilaient à toute vitesse le long de la voie ferrée. N'ayant pas dormi de la nuit, il était exténué mais n'avait pas la moindre envie de dormir. Il regardait par la fenêtre, n'osant croire qu'il avait réussi à fuir. Une fois que le train eut franchi le grand pont sur le fleuve Jaune, les champs commencèrent à prendre une couleur vert sombre, le blé qui avait passé l'hiver verdissait. Au bout de trois heures encore, après des arrêts dans plusieurs gares, les branches des arbres devinrent bleu-gris, sur les rameaux nus apparaissaient quelques tendres feuilles vertes, et plus loin encore, il put voir les feuilles fraîches et luisantes des peupliers vibrer dans le vent, annonçant la venue du printemps. Tu es sauvé : cette phrase jaillit en lui.

Une fois le Yangzi franchi, les champs verdoyèrent, dans les espaces entre les pousses dans les rizières se reflétait un ciel bleu lumineux, un monde bien réel, il finit par se détendre et sombrer dans un sommeil profond.

Puis il monta dans un autocar long courrier qui cahota sur des routes de montagne accidentées, bringuebalant tant et plus comme s'il allait se disloquer. Par les fenêtres, on ne voyait que des montagnes aux couleurs vert bleuté, et dans les bosquets sur leurs flancs s'épanouissaient des azalées rouge vif. Il était dans un état de grande excitation.

Dans un petit chef-lieu de district de cette région montagneuse, tout au bout d'une vieille rue pavée de dalles de pierre sombres, il trouva la maison de Rong, une maison en pisé au toit en chaume. Rong était étranger à la région et se débrouillait non sans mal, mais il avait au moins sa propre maison et devant sa porte se trouvait un potager entouré de bambous verdoyants, c'était suffisant pour susciter son admiration. La femme de Rong était du pays et elle travaillait comme vendeuse dans un bazar. Ils avaient un petit garçon de quelques mois qui dormait dans son berceau dans la pièce principale. Un agréable soleil dardait ses rayons dans la cour, une poule à la tête de sa couvée de poussins jaunes picorait le sol. Il était ému.

Pendant que la femme de Rong préparait le repas à la cuisine, celui-ci l'interrogea sur sa situation personnelle et les événements qui se déroulaient dans la capitale. Il lui expliqua ce qui se passait.

– Pourquoi se battent-ils ? demanda Rong. Ici, on est loin de l'empereur, les cadres du district se sont battus pendant un temps, mais ça ne concernait pas les gens du peuple.

Il voulait blaguer un peu :

– Rong, tu te souviens ? À l'époque nous échangions des lettres à propos de la philosophie, on voulait aller jusqu'au fond des choses pour rechercher le véritable sens de la vie.

– Laisse tomber la philosophie, c'est tout du bluff, le coupa Rong simplement ; ma préoccupation, c'est de faire vivre ma famille, ce toit en chaume prend l'eau dès qu'il pleut fort, cet hiver il faudra que je change la paille puisque je n'ai pas de quoi me construire une maison en brique.

Le calme et l'indifférence de Rong le firent revenir à la réalité. Il se dit qu'il fallait vivre comme lui, de façon terre à terre. Il dit :

– Je vais carrément monter dans la montagne m'établir dans un village.

– Réfléchis bien, dit Rong, ces montagnes on peut y entrer, mais on ne peut plus en ressortir. Toi, tu t'es toujours bercé d'illusions, tu devrais remettre un peu les pieds sur terre !

Puis Rong l'aida à trouver un village équipé de l'électricité, où accédaient des cars directs, de façon à ce que, en cas de maladie, il puisse le jour même être emmené à l'hôpital du district.

Rong le mit en garde :

– Si tu veux t'intégrer, tu dois nouer de bonnes relations avec les chefs locaux et les cadres du village. Tes vieilles histoires de Pékin, n'en parle pas avec eux, ne dis rien non plus aux cadres du district quand tu te présenteras.

– Je sais, je ne me fais plus d'illusions, dit-il, je suis venu chercher asile. Je vais me trouver une tendre fille d'ici et j'élèverai mes enfants !

– Je crains que tu n'y arrives pas, dit Rong en riant.

La femme de Rong lui demanda alors :

– C'est sérieux ? Je t'en trouverai une, c'est facile !

Mais Rong se retourna vers sa femme et lui dit ;

– Hé, il blague !

Il jeta son dévolu sur une maison en pisé isolée des autres, située à côté de l'école de ce petit bourg rural ; elle venait d'être construite par l'équipe de production, les chevrons et les tuiles avaient été posés seulement l'hiver d'avant, les murs étaient faits de planches entre lesquelles on avait bourré des pierres et de la boue et ils n'avaient pas encore été chaulés. Les plafonds n'étaient pas achevés, si bien que dès qu'il pleuvait fort, des gouttes passaient par les interstices des tuiles. Personne n'avait encore habité cette maison ; il boucha les fentes des murs et des encadrements de portes et de fenêtres avec de la chaux et colla du papier blanc sur les vitres. Enfin il installa une planche en guise de lit. Il disposa des briques sur le sol en terre battue pour poser ses caisses de livres et les protégea d'une feuille de plastique. Dessus, il installa bol et baguettes ainsi que ses objets d'usage courant. Il mit une jarre d'eau dans la pièce, puis il se fit faire une table à la menuiserie du bourg. Il était parfaitement satisfait.

Au retour du désherbage des rizières, il se débarrassait de la boue collée à ses pieds et ses jambes dans les mares où poussaient des lentilles d'eau, puis il se préparait une tasse de thé vert, s'asseyait sur une petite chaise à dossier en bambou et contemplait les montagnes qui s'estompaient au loin dans le brouillard. Sans le vouloir, les vers de Tao Yuanming lui revenaient à l'esprit : « Je cueille les chrysanthèmes sous la haie de l'est, au loin je vois la montagne du Sud[1] », mais il n'était pas aussi insouciant que le lettré retiré dans son ermitage. Chaque matin, au petit jour, quand il entendait retentir dans les haut-parleurs du village : « L'orient est rouge, le soleil se lève, en Chine est arrivé Mao… », il partait repiquer le riz avec les paysans. Mais il n'avait plus à faire toutes sortes de simagrées pour réciter *Le Petit Livre rouge*. Après sa journée de travail, il n'était plus surveillé par qui que ce soit, il avait sa tasse de thé vert, il était assis sur sa chaise de bambou, les jambes allongées, et ça allait. La nuit, il était étendu tout seul sur cette vaste planche et n'avait plus à prendre garde de parler en rêvant. C'était le vrai bonheur.

Simplement, à présent il était paysan et devait gagner sa vie grâce à son labeur. Il lui fallait apprendre les travaux agricoles, le labour, la construction des digues, la récolte du riz, le transport du fumier, le portage sur la palanche ; il devait tout savoir faire, car il ne pouvait espérer que son salaire lui soit versé encore longtemps. Il lui fallait vivre au milieu des paysans, ne pas les laisser penser qu'il avait quelque chose de louche, il devait faire sa vie ici, et peut-être y mourir, comme si c'était là son pays natal.

Quelques mois plus tard, il se rapprochait du rythme de travail des paysans, pas comme ces cadres du district venus pour retourner à la base et qui au bout de trois jours trouvaient un prétexte pour repartir. Les cadres locaux étaient des seigneurs aux yeux des paysans, et quand ils se rendaient aux champs, c'était seulement pour y prendre de grands airs, mais lui, il était l'objet des louanges de tous. Il pensa

1. Tao Yuanming (365-427) a chanté le retour à la vie campagnarde après avoir occupé des fonctions officielles.

avoir gagné la confiance des cadres ruraux et des paysans ; il décloua alors le couvercle de ses caisses de livres.

Sur le dessus se trouvait la pièce de Tolstoï, *La Puissance des ténèbres*, mais l'eau qui avait suinté entre les planches du coffre avait laissé des traces jaunes sur la barbe du vieux Tolstoï. Cette pièce mettait en scène un paysan qui tue son enfant ; la psychologie sombre et oppressante de l'œuvre l'avait ébranlé, elle était très différente de l'atmosphère aristocratique de *Guerre et Paix* que Tolstoï avait écrit plus tôt. Il ne l'ouvrit pas, craignant d'influer sur le calme intérieur qu'il venait juste de recouvrer.

Il avait envie de lire des livres éloignés de son environnement, des histoires très lointaines, purs fruits de l'imagination, des histoires incroyables, comme *Le Canard sauvage* dans le *Recueil de pièces de théâtre* d'Ibsen. En revanche, le volume un de *L'Esthétique* de Hegel, qu'il avait acheté bien longtemps auparavant, il ne l'avait toujours pas ouvert. Lire l'aidait à se débarrasser un peu de sa fatigue physique. Il laissait toujours sur sa table des livres de Marx et de Lénine, mais le soir, avant de dormir, il sortait de la caisse les livres qu'il lirait, allongé sur son lit, à la lumière de la lampe. Une simple ampoule électrique pendait à la poutre. Sans abat-jour, elle illuminait la fenêtre. Dans les familles paysannes, c'était la nuit noire, car on économisait l'électricité et on se couchait tout de suite après le repas du soir. Seule sa lampe restait allumée, mais il ne tentait pas de la cacher, car cela aurait sans doute davantage attiré les soupçons sur lui.

Il ne lisait pas sérieusement, il laissait divaguer son imagination, il ne comprenait rien aux personnages du *Canard sauvage*, aux élucubrations métaphysiques de ce brave Hegel qui réfléchissait sans fin au sens du beau ; ces auteurs vivaient dans un monde si différent, tandis que le monde réel où lui vivait, ils n'y auraient rien compris et n'auraient même pu croire qu'il existait. Allongé sous son toit de tuiles, il entendait crépiter la pluie, c'était la saison des pluies, l'humidité régnait, les herbes folles sur les bords des chemins et les pousses dans les rizières croissaient frénétiquement dans la nuit, elles étaient plus hautes chaque matin, plus verdoyantes chaque jour. Il passerait sa vie dans les rizières en suivant le rythme régulier de la nature. La vie qui s'écoule génération après génération est comme les pousses de riz, l'homme est comme la plante, à quoi bon posséder un cerveau, n'est-ce pas plus naturel ? L'accumulation d'efforts humains appelée la culture est en fait bien vaine. « Je ne sais où est la nouvelle vie » : il repensa à ce que lui avait dit Luo – ce camarade de classe avait compris les choses plus tôt que lui. Peut-être lui fallait-il trouver une fille de la campagne, mettre au monde des enfants et les élever : tel était sans doute son destin.

Peu avant la moisson du riz, quelques journées étaient libres. Les villageois allaient alors en montagne couper du bois. Hache à la ceinture, il les suivit. Tous les mois, il se rendait au chef-lieu de district retirer son salaire au bureau chargé de la gestion des cadres envoyés à la base. Il s'était acheté une charge de bois de chauffage pour plusieurs mois, et couper du bois en montagne était seulement l'occasion de connaître un peu l'environnement.

Dans un coin reculé au pied de la montagne, dans l'équipe de production la plus retirée de la commune populaire, un hameau de quelques foyers, il rencontra un vieil homme avec des lunettes à monture de cuivre assis au soleil devant sa porte, qui tenait à deux mains un livre relié à l'ancienne, mangé par les insectes ; clignant ses paupières, il gardait ses bras tendus pour placer le livre loin de ses yeux à demi fermés.

– Alors, vous lisez ? lui demanda-t-il.

Le vieil homme ôta ses lunettes et cligna des yeux dans sa direction ; quand il vit qu'il n'était pas un paysan du lieu, il poussa une petite exclamation et posa le livre sur ses genoux.

– Je peux savoir ce que vous lisez ? demanda-t-il.

– Un livre de médecine, expliqua aussitôt le vieil homme.

– Quel livre de médecine ? interrogea-t-il encore.

– Vous connaissez quelque chose à *Au sujet du refroidissement* ? répondit le vieil homme avec un certain dédain dans la voix.

– Vous êtes médecin de médecine traditionnelle ? Il avait changé de ton pour lui marquer davantage de respect.

Le vieillard le laissa alors prendre le livre. Ce vieil ouvrage de médecine sans ponctuation était imprimé sur du papier jaunâtre très lisse, c'était sans doute une édition datant des Qing ; entre les trous laissés par les insectes apparaissaient des annotations, de petits cercles marqués à l'encre rouge ou de minuscules caractères de la taille d'une tête de mouche. On avait dû utiliser du cinabre, peut-être étaient-ce ses ancêtres qui les avaient tracés, à moins que ce ne fût le vieillard lui-même. Il lui rendit avec précaution le précieux livre. Cette marque de respect toucha sans doute le vieil homme qui cria à une femme dans la maison :

– Apporte un tabouret à ce camarade, et offre-lui un bol de thé !

Malgré des années de travail manuel, le vieil homme avait encore une voix très sonore. Peut-être le fait de connaître la médecine traditionnelle lui avait-il été bénéfique.

– Ce n'est pas la peine, dit-il en s'asseyant sur une bille de bois de chauffage.

Une femme âgée mais robuste – sa bru ou une seconde épouse – sortit de la maison. Elle apportait un siège et tenait une théière à la main. Elle lui versa un plein bol de thé brûlant où flottaient de larges feuilles. Il remercia, prit le bol à deux mains, face aux montagnes où les branches des sapins se balançaient sans bruit dans le vent.

– D'où vient donc ce camarade ?

– Du bourg, de la commune populaire, répondit-il.

– Vous êtes un cadre qui est retourné à la base, c'est ça ?

Il fit oui de la tête et demanda en riant :

– Ça se voit ?

– De toute façon vous n'êtes pas d'ici, vous êtes du chef-lieu de province ou d'ailleurs ? demanda encore le vieillard.

– De Pékin à l'origine, révéla-t-il carrément.

Le vieillard hocha la tête à son tour et ne dit rien.

– Je ne repartirai pas, je vais m'installer ici !

Il dit cela sur le ton de la plaisanterie, le ton dont il usait toujours quand les paysans l'interrogeaient pendant les pauses dans les champs, afin d'éviter de fournir trop d'explications ; tout au plus ajoutait-il à quel point il trouvait le pays magnifique et l'endroit plaisant. Mais il n'avait même pas à agir ainsi avec ce vieillard qui semblait avoir de réelles connaissances.

– Et vous, vieil homme, vous êtes d'ici ?

– Depuis de nombreuses générations. Aussi beau soit le monde, jamais il n'égalera le pays natal, dit le vieillard en s'animant, mais à Pékin j'y suis allé aussi.

Il n'en fut pas étonné et demanda :

– En quelle année ?

– Ah, ça fait un moment, c'était encore la République, j'ai étudié à l'université, c'était en 17 de la République[1].

– Ah bon ? Il calcula dans sa tête, cela faisait plus de quarante ans.

– À l'époque, pour les professeurs, la mode était de porter des costumes à l'occidentale et des chapeaux haut-de-forme, ils arrivaient en pousse-pousse, une canne à la main !

Aujourd'hui, les professeurs étaient occupés à balayer les rues ou à nettoyer les toilettes. Cela, il ne le dit pas.

Le vieil homme expliqua qu'il avait été envoyé au Japon avec une bourse du gouvernement pour faire ses études et qu'il avait même obtenu un diplôme de l'université impériale de Tokyo. Lui n'avait aucun doute sur la véracité de ses affirmations. Mais il aurait voulu savoir comment ce vieillard était revenu dans ces montagnes. Il ne pouvait pas lui poser la question directement et lui demanda de façon détournée :

– C'est la médecine que vous avez étudiée ?

Le vieil homme ne répondit pas ; il se contenta de contempler en clignant des yeux la forêt tremblant dans le vent des

1. La République a été fondée en 1911.

montagnes, comme s'il voulait se réchauffer au soleil. Il pensa que ce pourrait être son destin, qu'après avoir étudié un peu la médecine chinoise, il pourrait soigner les gens de la campagne, et subsister par ce moyen. Puis se marier avec une campagnarde qui lui donnerait des enfants, afin d'avoir, une fois la vieillesse venue, quelqu'un pour s'occuper de lui. Et quand il ne serait plus capable de travailler aux champs, il se chaufferait au soleil et lirait des livres de médecine pour se distraire.

La nuit suivante, il écrivit à Qian pour lui annoncer qu'il s'était installé à la campagne. Si elle était d'accord de vivre avec lui, ils auraient immédiatement un nid pour eux tout seuls. Son salaire pour l'instant était garanti, elle-même aurait un salaire comme étudiante diplômée, ils seraient très à l'aise tous les deux dans ce village, ils pourraient mener une vie d'êtres humains. Il s'appliqua particulièrement à tracer en grand, d'une belle écriture, le caractère « être humain », remplissant deux cases de son papier à lettres. Il espérait qu'elle réfléchirait sérieusement et donnerait une réponse claire. Il écrivit encore que l'école du village s'apprêtait à rouvrir ses portes et que l'on projetait d'y créer un collège, puisque les enfants qui n'avaient plus eu de cours depuis plusieurs années étaient en âge d'y entrer. Ils avaient donc besoin d'enseignants de collège ; si elle venait, elle pourrait enseigner, car l'école ne pouvait rester fermée pour toujours. La seule chose dont il ne parla pas dans sa lettre, ce fut d'amour, mais en écrivant ces mots, il se sentait rempli de bonheur, il reprenait espoir, un espoir qui pourrait se réaliser pour eux deux, si Qian en était d'accord. Il était même très excité : dans ce monde troublé peut-être trouverait-il enfin un havre de paix, si elle consentait à en jouir avec lui.

42

Les feuilles du vieux jujubier qui poussait devant sa fenêtre étaient tombées, les extrémités des branches épineuses s'élançaient vers le ciel d'un gris de plomb, l'autre arbre était un arbre à suif dont les dernières feuilles violettes tremblaient sans fin au bout des rameaux. Au début de l'hiver, il reçut une réponse de Qian annonçant qu'elle viendrait dès que l'école rurale où elle travaillait commencerait ses vacances d'hiver. La lettre était simple, quelques caractères tracés d'une écriture soignée, à peine une demi-page qui ne disait pas un mot sur une éventuelle vie commune avec lui ; mais elle venait, elle avait dû longuement réfléchir. L'espoir qu'il avait entrevu se concrétisait.

Le riz tardif fut récolté, mis à sécher sur l'aire de battage, puis entreposé dans le silo de l'équipe de production. L'eau des rizières sécha, des graines y furent répandues comme engrais vert en attendant de labourer à nouveau et de repiquer au début du printemps. Le cycle annuel des travaux des champs était achevé, les paysans se livraient à leurs propres activités, ils allaient en montagne couper du bois pour l'hiver, réparaient l'enclos à cochons, d'autres construisaient des maisons en pisé, la plupart du temps à l'occasion de mariages ou lorsque des frères se séparaient ; lui-même se préparait à recevoir Qian. Mais il ne pourrait passer les murs de sa maison à la chaux qu'après l'été, lorsqu'elle serait complètement sèche ; il n'avait rien d'autre à faire que de rajouter un peu de mortier dans les fentes des encadrements de portes et de fenêtres et sous le toit. Quand Qian viendrait, elle dormirait bien sûr avec lui dans cette pièce, mais aux yeux des paysans ils devraient se marier; il lui fallait donc dans un premier temps répandre la nouvelle pour que tous au village soient au courant de son mariage. Si Qian était d'accord, ce serait facile, il lui suffirait d'aller à la commune populaire retirer une attestation de mariage, il n'aurait pas besoin de préparer un banquet selon les coutumes des villageois. Du reste, toutes les vieilles règles avaient été éradiquées, mais le problème était que Qian n'avait pas dit clairement dans sa lettre si elle voulait l'épouser.

Sur les ruines du temple situé en bordure du village, qui avait été détruit par un incendie depuis longtemps, avait été bâtie une maison de deux pièces: c'était la gare routière. Un autocar arrivait chaque jour du chef-lieu de district et repartait le jour même. Il avait de la peine à se remémorer le visage de Qian, mais quand le car arriva, il la reconnut tout de suite parmi les passagers qui en descendaient. Elle portait un sac de voyage inconnu dans cette région, et elle était encore coiffée de deux petites nattes. Son visage était hâlé, elle semblait avoir grossi un peu, peut-être à cause de ses vêtements d'hiver. Il se précipita au-devant d'elle pour lui prendre son sac et demanda:

– Tu as fait bon voyage?

Elle expliqua que, de tel endroit à tel autre, elle avait pris un autocar long courrier, puis le train, puis un car, puis encore ce car long courrier; heureusement Rong lui avait acheté un ticket à la gare routière du chef-lieu de district et l'attendait, et elle avait pu aussitôt monter dans cet autocar pour arriver ici. Soulagée, Qian lui dit:

– Ça fait quatre jours que je voyage!

Elle était très excitée mais restait naturelle. Elle marchait appuyée contre lui sur les digues qui menaient au village, épaule contre épaule, elle se serrait contre lui comme s'ils s'aimaient depuis des années, comme si elle était sa femme. Cette jeune fille allait vivre avec lui, devenir son épouse, ils allaient s'épauler pour arriver à vivre, c'était sûr!

Qian s'assit sur la literie de paille de riz, la place la plus confortable de la pièce, il prit place en face d'elle sur l'unique chaise et dit :

– Si tu es fatiguée, ôte tes chaussures, tu peux t'allonger sur les couvertures pour te reposer.

Il prépara pour elle une tasse de thé nouveau vert émeraude, le meilleur produit de ce village de campagne.

Qian contemplait les murs irréguliers et le toit sombre sans plafond. Il dit qu'après l'été, il pourrait passer la chaux, et acheter du bois pour fabriquer un plafond, et qu'il trouverait un artisan pour confectionner quelques meubles. Il arrangerait tout selon ses goûts à elle. Qian expliqua que là où elle vivait, c'étaient des grottes avec aussi des murs en terre, mais le climat était très sec et c'était beaucoup plus pauvre qu'ici ; c'était la terre jaune, les arbres étaient rares, en cette saison on coupait les tiges de maïs pour en faire du combustible, toute trace de verdure avait disparu du paysage. Son école était tout à fait convenable, avec trois enseignants en tout, elle y compris, les deux autres étaient des gens du pays, l'école était gérée par les cadres villageois de la brigade de production ; elle avait aussi eu beaucoup de difficultés pour y accéder, c'était un grand village de plus de deux cents foyers situé à trente lis du chef-lieu de district, l'autocar n'y passait pas, et pour s'y rendre, il fallait profiter de la charrette tirée par l'âne d'un villageois. Il lui dit qu'au bourg, la petite école allait rouvrir et qu'il pourrait aller voir les cadres du chef-lieu et de la commune populaire pour la faire muter. Qian fut d'accord, ce n'était plus une chimère, mais la réalité.

Ils se rendirent dans une petite maison de thé du bourg et commandèrent deux plats sautés. C'était le seul restaurant du lieu : les jours de grand rassemblement, le premier ou le quinze du mois, les paysans des environs se réunissaient autour des dix grandes tables installées au rez-de-chaussée et à l'étage, et ils se reposaient, buvaient du thé ou mangeaient dans un immense brouhaha. En temps normal, et surtout cet après-midi-là, le restaurant était vide. Leurs pas faisant grincer le plancher de bois, ils s'installèrent à l'étage près de la fenêtre d'où ils voyaient la petite rue étroite pavée de dalles de pierre sombres. De l'étage du restaurant, ils pouvaient voir les occupants des maisons en face par leurs fenêtres, et au rez-de-chaussée les boutiques bordant la rue. Une boucherie, une boutique de fromage de soja, un magasin de tissu qui faisait aussi office de grand magasin, un bazar qui vendait de la ficelle, de la chaux, des poteries, ainsi que de l'huile, du vinaigre, de la sauce de soja et du sel. Une boutique où l'on vendait de l'huile, mais aussi où l'on extrayait l'huile et où l'on décortiquait le riz, une coopérative où l'on vendait cuvettes, seaux, houes et outils en bois, fer et bambou, et enfin une boutique de pharmacopée chinoise, avec quelques médicaments occidentaux. C'était là que se trouvait également le siège de la commune populaire, qui comportait un centre vétérinaire, une caisse d'épargne et un commissariat de police qui gérait plusieurs communes alentour, avec un seul policier en titre. On trouvait là tout ce qu'il fallait comme produits de première nécessité, c'était là aussi que s'exerçait le pouvoir politique de base habilité à délivrer les certificats de mariage sur lesquels était imprimé le portrait du dirigeant suprême.

Après le repas, ils eurent fini en deux minutes de parcourir la rue et il demanda à Qian ce qu'elle voulait acheter, mais elle ne répondit pas. Il la conduisit alors à la boutique de tissu qui faisait office de grand magasin et y acheta un miroir rond au dos décoré de fils dorés qui pouvait être posé sur la table. Il acheta aussi un drap pour un lit à deux places, pour lequel il dut fournir des bons de coton, enfin il fit l'acquisition d'une paire de taies d'oreiller en coton et nylon mélangés dont le prix était un peu plus élevé et pour lesquelles les bons de coton n'étaient pas nécessaires. Qian ne s'y opposa pas et l'aida même à les choisir. Certains draps du magasin étaient ornés de grandes fleurs rouges, et sur les taies d'oreiller figuraient des motifs de doubles bonheurs. C'étaient les articles que les villageois achetaient pour les mariages, ils n'avaient pas le choix, Qian le laissa acheter sans émettre la moindre objection.

Une fois de retour dans la maison en pisé au village, il ferma la fenêtre de derrière. Non loin se trouvait un étang envahi par les lentilles d'eau, bordé de dalles glissantes sur lesquelles, du matin au soir, les femmes venaient laver leur linge avec leur battoir, et les soirs d'été, les hommes se laver les pieds ou le corps. En ce début d'hiver, les grenouilles restaient muettes.

Qian dit qu'elle était fatiguée, il mit sur le lit le drap qu'il venait d'acheter. Elle l'aida à faire le lit et à installer les taies d'oreiller décorées de doubles bonheurs ; comme il ne possédait qu'un oreiller, il bourra dans la seconde taie son chandail de laine, et Qian y fourra aussi des vêtements qu'elle avait sortis de son sac.

Qian s'allongea la première, il s'assit au bord du lit et lui prit la main. Elle lui dit alors d'éteindre la lumière.

Il se souvenait seulement de son corps, tout le reste lui était étranger. C'était une femme qu'il ne comprenait pas, il ne possédait d'elle que les quelques lettres qu'elle lui avait envoyées et qui n'étaient que plaintes ou appels au secours ; ils étaient deux êtres perdus au bout du monde, compagnons d'infortune qui sympathisaient. L'aimait-il ? Il le croyait. Et Qian ? Il n'arrivait pas à le savoir, elle avait fait des centaines de kilomètres pour venir le voir, était-ce seulement pour trouver un appui ? Elle se donna à lui, l'autorisa à faire sur elle tout ce qu'il voulait, sans réaction, sans émotion, elle ne s'opposa pas, ne dit rien, et s'endormit, du moins le crut-il. Il avait une femme, une femme qui lui appartenait en toute légitimité, une épouse avec laquelle il pourrait construire au fil des jours une vie commune et avoir un langage commun, ils se feraient mutuellement confiance. Bref, il n'aurait pas à épouser une campagnarde. Dans ce village, l'été, les femmes qui avaient des bébés exhibaient leurs seins pour les nourrir, et lorsqu'elles se reposaient au bord des rizières, elles chahutaient avec les hommes, badinant grossièrement en échangeant toutes sortes de mots orduriers, se moquant de tout, et cela, il n'arrivait pas à le supporter. Il avait pourtant appris à plaisanter avec les femmes du village, mais il gardait une certaine distance, à la différence des paysans qui blaguaient avec elles. Ils s'amusaient à leur toucher les seins au passage en se bagarrant entre eux, ou se laissaient arracher le pantalon par les femmes qui se jetaient sur eux, avant de filer dans les cris et les rires, les mains agrippées à leur ceinture. Les interminables travaux des champs ne leur laissaient guère d'autres moyens de s'amuser, c'était pour eux un plaisir. Les femmes disaient : Tu ne te rends pas compte à quel point les filles sont jolies ici. Les filles de la ville sont-elles aussi fraîches ? Regarde la peau de Maomei, on dirait une pêche juteuse ! Et en plus elle est capable de faire tous les travaux des champs, pour toi qui es si maladroit, ce genre de fille, c'est une aubaine ! Maomei dont il était question faisait la grimace et partait se cacher derrière une autre en tirant sur ses vêtements. Ce n'était pas que cette jolie fille si fraîche ne l'émût, mais quand il voyait les villageoises, il imaginait ce qu'elle deviendrait et ce n'était pas le genre de vie qu'il désirait.

Le lendemain matin, quand Qian ouvrit les yeux, son visage était rose et souriant. Lui aussi était vraiment heureux. On ne pouvait parler de charme à propos de Qian, mais elle avait l'air gentille ; appuyée contre sa poitrine, elle savait qu'il la contemplait et elle fermait les yeux. Il lui prit un sein et le caressa. Qian se laissa faire, elle laissa sa main se promener sur son corps, et ses jambes repliées finirent par s'écarter. Il eut encore envie d'elle, mais se retint, il devait refréner son désir, ils allaient vivre ensemble, ils avaient le temps. Il l'embrassa, et Qian lui répondit avec sa langue entre ses lèvres douces, c'était la première fois qu'il sentait qu'elle répondait à son amour ; il pensa que Qian l'aimait, qu'ils n'étaient plus seulement deux êtres en difficulté qui se soutenaient.

– On va se marier ? demanda-t-il à Qian.

Elle colla contre lui son corps tendre, enfouit son visage dans sa poitrine et fit oui de la tête. Il en fut ému.

– Debout ! On va tout de suite à la commune !

Il voulait fonder une famille avec elle, bâtir un amour conjugal, il voulait prouver qu'il l'aimait, enregistrer sur-le-champ leur mariage et ensuite trouver le moyen de la faire muter, ils s'installeraient paisiblement dans ce village de montagne et, sans plus s'occuper du reste, se contenteraient de vivre leur vie.

Qian avait apporté un certificat stipulant qu'elle n'était pas mariée, délivré par la commune populaire de son lieu de travail, ce qui signifiait qu'elle y avait pensé avant son départ. Il connaissait tous les cadres de la commune et n'avait pas besoin de produire d'autres papiers. Ils posèrent chacun leur signature sur le formulaire, indiquèrent leur date de naissance, l'employé apposa un tampon, ils donnèrent cinq *fen* pour les frais de formulaire et tout fut fini en moins d'une minute.

En passant devant la boucherie, un demi-porc était accroché à l'étalage, il prit un jambonneau. Ici on pouvait acheter de la viande sans tickets, la production était abondante, on ne connaissait vraiment pas la faim en temps normal. Pourtant, pendant le Grand Bond en avant, sur l'ordre du Parti, même les provisions de bouche avaient été livrées à l'État, et dans certains villages toute la population avait péri. Les habitants étaient devenus plus vigilants et chacun s'était mis à planter dans son jardin du sésame ou du colza pour en extraire de l'huile, et tous élevaient des cochons. Chacun mangeait sa propre viande salée, ce dont ils manquaient, c'était d'argent. Il déclara qu'eux aussi ils élèveraient des cochons : Qian lui adressa un clin d'œil sans comprendre s'il s'agissait d'une plaisanterie.

La journée du mariage fut assez joyeuse, il avait allumé le brasero, et quand la fumée fut dissipée, il le transporta brûlant dans la pièce. Dessus cuisait une marmite pleine de jambonneau. Qian commença à chanter à voix basse des chansons d'avant la Révolution culturelle. Il l'encouragea à chanter plus fort et l'accompagna. Elle avait une belle voix, très claire, c'était pour lui une découverte. Elle dit en riant :

– J'ai pris des cours de chant, je suis soprano.

– C'est vrai ? demanda-t-il tout excité.

– Quelle importance ? dit-elle avec nonchalance. Sa voix était vraiment agréable.

– Mais si, c'est très important, avec une aussi belle voix, ça vaut la peine de vivre !

Voilà un goût qu'ils partageaient. Il demanda :

– Allez, Qian, chante-m'en une !

– Laquelle ? Choisis.

Qian avait l'air satisfaite, elle pencha la tête, elle était si mignonne.

– Chante l'air populaire italien « Retour à Sorrente » !

– Mais c'est un air de ténor !

– Alors chante l'air à boire de *La Dame aux camélias* !

– Si quelqu'un entend les paroles, c'est risqué, hésita Qian.

– Ici, ça ne fait rien, qui y comprendrait quelque chose ? Tu peux aussi ne pas chanter les paroles, dit-il.

Qian se leva, prit son souffle, mais s'arrêta :

– Il vaut mieux ne pas chanter ces chansons étrangères.

Il réfléchit un instant, mais ne trouva plus quelle chanson lui demander.

– Eh bien, je vais chanter une chanson populaire d'autrefois, « La Boutique des treize lis », dit Qian.

Sa voix s'éleva, tandis que ses yeux s'illuminaient. Des enfants accoururent à l'extérieur, puis quelques femmes. Le chant cessa, mais dehors s'éleva une exclamation :

– Vous chantez très bien !

C'était Maomei qui s'était mêlée à la foule. Les femmes se mirent à questionner Qian :

– D'où vient la nouvelle mariée ?

– Vous allez rester quelques jours ?

– Surtout ne nous quittez pas !

– Où habitent vos parents ?

Il ouvrit la porte et invita carrément la foule à entrer, puis il la présenta :

– Voici ma femme.

Les gens se massaient devant la porte sans oser pénétrer, il prit alors un gros paquet de bonbons acheté au bourg et les distribua :

– Je me suis marié suivant les principes de la révolution, autres temps autres mœurs !

Il en profita pour emmener Qian se présenter au secrétaire du Parti de l'équipe de production, au chef de l'équipe, au comptable ; ils étaient suivis par une nuée d'enfants suçant les bonbons. Une femme leur dit :

– Et si j'allais vous chercher une vieille poule !

D'autres voulurent leur donner des œufs, un vieil homme annonça :

– Quand vous avez besoin de légumes, venez vous servir dans mon jardin !

– Ils sont tous très gentils, expliqua-t-il à Qian sur un ton satisfait ; après, quand on veut payer, ils refusent, mais à force d'insister, ils finissent par accepter. On ne peut pas leur faire crédit de beaucoup de sentiments, mais ils en ont quand même. Je ne suis plus un étranger ici ! Puis il ajouta : Avec une belle voix comme la tienne, quelle école ne voudrait pas de toi ? Tu n'auras pas besoin de te salir les pieds dans la boue, sous la pluie ou le soleil brûlant en restant toute l'année dans les rizières, mais il faudra bien sûr que tu chantes pour moi.

Avec une telle vie, le bonheur l'attendait. Il dura aussi toute la nuit. Qian était moins brûlante, moins harcelante, moins insatiable, moins envoûtante que Lin, mais au moins, c'était sa femme légitime qu'il serrait dans ses bras. Il n'avait plus à être sur ses gardes, plus à se méfier des oreilles à travers les murs, des regards furtifs par les fenêtres, il jouissait de ce bonheur minimal. Entendant le bruit du vent et de la pluie sur les tuiles du toit, il pensa : Demain, quand la pluie aurait cessé, il emmènerait Qian se promener en montagne.

43

– En fait, tu te sers de moi, ce n'est pas de l'amour, dit très distinctement Qian, allongée sur le lit, sans la moindre expression.

Assis à la table près de la fenêtre, il posa le stylo qu'il tenait à la main et se retourna. Il n'avait plus rien écrit depuis des années, hormis ce qu'on lui demandait quand il était soumis à enquête ; il avait recopié des citations de Mao pendant des jours, mais c'était avant sa fuite de la ferme de rééducation.

Ils étaient allés faire un grand tour en montagne et, au retour, la pluie qui s'était remise à tomber les avait trempés. Il avait allumé le poêle dans la pièce, et de la vapeur s'était élevée de leurs vêtements qu'ils avaient mis à sécher sur un étendage en bambou.

Il se leva et alla s'asseoir au bord du lit, Qian était couchée sur le dos, les yeux grand ouverts.

Ses paroles l'avaient piqué au vif, il ne savait que répondre et restait assis stupidement.

Dans le vallon, au pied de la montagne, Qian était encore très bien, elle chantait à pleins poumons avec enthousiasme. Il avait couru très loin à flanc de montagne, dans les herbes sèches jaunâtres, il n'y avait personne à perte de vue, il avait dit à Qian de chanter encore plus fort pour que sa voix résonne dans tout le vallon, tandis que le vent ramenait l'écho vers lui. Au pied de la montagne couverte d'herbes folles et de buissons, les chaumes de riz n'avaient pas encore été labourés dans les rizières moissonnées et ils paraissaient encore plus désolés. Au printemps, la montagne aurait été couverte d'azalées rouge vif, tandis que dans les champs, les fleurs de colza auraient formé partout de grandes étendues jaunes. Pourtant, lui préférait ce paysage de début d'hiver dénudé et triste.

Sur le chemin du retour, sous la pluie, il avait cueilli dans un fossé des chrysanthèmes nains qui n'étaient pas encore fanés et des branches de buis rouge foncé. Ils étaient à présent disposés sur la table dans le pot à pinceaux en bambou.

Qian s'était mise à pleurer, il ne comprenait pas pourquoi, il tendit la main pour la consoler, mais elle le repoussa vivement.

Sous la pluie, Qian avait trempé ses cheveux, l'eau dégoulinait sur son visage, mais elle marchait tête baissée. Il ne pouvait dire si à ce moment-là elle avait déjà pleuré, il lui avait juste dit : Ne t'inquiète pas, j'allumerai le feu en rentrant, tu te réchaufferas. N'ayant jamais vécu avec une femme, il ne comprenait pas pourquoi le fait de s'être mouillé pouvait provoquer une telle réaction. Il ne savait que faire, il croyait qu'elle l'aimait et il avait fait tout ce qu'il pouvait pour elle, le bonheur possible dans ce monde ne pouvait être qu'ainsi.

Il sortit et se dirigea vers la maison de Maomei, pourquoi chez elle et pas ailleurs ? Parce qu'il pleuvait encore, et c'était la deuxième famille quand on entrait dans le village, et aussi parce que la mère de Maomei avait dit qu'il pouvait venir chercher une poule. La mère de Maomei épluchait des légumes dans l'entrée, elle dit qu'elle allait immédiatement en chercher une, qu'elle la préparerait et lui porterait. Il dit que ce n'était pas urgent, le lendemain, ça irait.

Quand il poussa la porte de sa maison, il resta stupéfait : les vêtements posés sur l'étendage en bambou étaient par terre, l'étendage, à côté, avait été piétiné. Qian était toujours sur le lit, le visage dans l'oreiller. Contenant sa colère, il se força à se rasseoir devant la table. Dehors, la pluie continuait à tomber.

Saisi d'une mélancolie irrépressible, n'ayant rien pour s'épancher, il se réfugia dans l'écriture et écrivit jusqu'à la tombée de la nuit, alors qu'il n'y voyait presque plus. Maomei appela à la porte. Il alla ouvrir. Elle tenait dans une main une poule plumée et vidée, et dans l'autre, un bol rempli des abats. Il ne voulut pas lui laisser voir les vêtements épars sur le sol, il prit la poule et voulut refermer la porte en toute hâte. Mais Maomei avait vu. Elle le regarda, interdite. Il évita ses grands yeux remplis de stupéfaction, ferma la porte et mit le verrou. Puis il s'assit silencieusement près du brasero renversé, fixant les cendres encore rougeoyantes répandues par terre.

« Tu ne crois ni en Dieu, ni en Bouddha, ni en Salomon, ni en Allah ; les gens de ton époque fabriquent toujours plus de nouvelles idoles qu'ils érigent partout, plus encore que les sauvages avec leurs totems ou les civilisés avec leurs religions. Les utopies qu'ils inventent, on ne les trouverait pas même au ciel, elles sont incroyablement aberrantes, elles rendent tout le monde fou… », tu avais rempli plusieurs pages d'un petit bloc de papier à lettres acheté au bourg. Après sa crise d'hostilité à son égard, Qian les avait lues avant qu'il n'ait eu le temps de les brûler.

– Tu es un ennemi !

Quand sa femme lui dit qu'il était un ennemi, il vit qu'elle était en proie à une peur indicible, son regard se brouillait, ses pupilles se dilataient. Il crut que Qian était devenue folle, son comportement était si anormal, elle était peut-être vraiment prise de démence.

– Tu es donc un ennemi !

Ces paroles criées avec haine par la femme qui avait partagé son lit le plongèrent lui aussi dans l'effroi. Les yeux brillants de Qian reflétaient sa peur. Il devenait à coup sûr un ennemi pour elle. Cette femme face à lui, cheveux épars, vêtue de sa seule culotte, pieds nus, était folle de terreur.

– Pourquoi cries-tu ? Les gens risquent de t'entendre, tu es devenue folle ? dit-il en avançant vers elle.

Elle recula au fur et à mesure, se plaqua contre le mur, faisant tomber des morceaux de terre, et cria :

– Tu es un rebelle, un rebelle puant !

Réalisant ce que sous-entendait cette dernière phrase, il s'apaisa un peu :

– C'est vrai que je suis un rebelle, un véritable rebelle ! Et qu'est-ce que ça peut faire ? Il lui fallait contre-attaquer pour tenter de contenir sa folie.

– Tu m'as trompée, tu as profité d'un moment de faiblesse de ma part, je suis tombée dans ton piège !

– Quel piège ? Explique-toi, tu veux parler de cette nuit au bord du fleuve ? Ou de notre mariage ?

Il lui fallait ramener la discussion sur le terrain de leurs relations sexuelles ; il devait cacher sa peur intérieure, il s'efforçait de garder un ton calme mais ajouta quand même :

– Qian, tes pensées sont complètement brouillées !

– Je suis parfaitement consciente, je ne peux pas être plus consciente, tu n'arriveras plus à me tromper !

Qian renversa d'un geste de la main les plats et la poule posés sur la caisse de livres et rit froidement.

– Mais que fais-tu ? demanda-t-il en laissant éclater sa colère.

– Tu veux me tuer ? demanda Qian avec étonnement. Elle avait sans doute lu de l'agressivité dans son regard.

– Pourquoi veux-tu que je te tue ?

– Tu le sais très bien, dit-elle à voix basse en retenant son souffle, comme prise de crainte.

Si cette femme hurlait à nouveau qu'il était un ennemi, il risquait bien de la tuer. Il ne pouvait pas lui laisser proférer encore ces mots, il fallait la calmer, l'attirer sur le lit, jouer le rôle du mari qui se préoccupe de sa femme avec compassion. Il avança vers elle :

– Qian, qu'est-ce que tu vas croire ?

– Non, n'avance pas !

Qian s'empara du seau d'aisance qui était posé dans un coin et le lui lança à la tête. Il l'arrêta de la main, mais fut aspergé d'urine de la tête aux pieds ; la puanteur dépassa son humiliation, il s'essuya le visage avec les mains, un goût salé lui emplit la bouche, il cracha un peu et, sans plus retenir son mépris envers elle, lui cria :

– Tu es folle !

– Tu voudrais me faire passer pour une dérangée mentale, mais ce ne sera pas si facile ! dit la femme en riant, tu ne t'en tireras pas à si bon compte !

Il comprit la menace contenue dans ces mots, il aurait voulu avoir brûlé toutes les feuilles posées sur la table avant que tout cela n'éclate. Il lui fallait gagner du temps, se maîtriser, ne pas passer à l'offensive. À cet instant, l'urine coula de ses cheveux au coin de sa bouche, il cracha et sentit la nausée monter en lui, mais ne bougea pas.

Elle tomba à genoux en sanglotant bruyamment. Il ne pouvait laisser les habitants du village l'entendre, laisser les gens voir cette scène ; il la força à se relever, lui tordit le bras, la contraignit à tendre les jambes pour la poser sur le lit. Sans s'occuper de ses cris et ses pleurs, il lui appuya un oreiller sur le visage. Il pensa à l'enfer, au fond sa vie consistait à exister dans un enfer.

– Si tu continues, je vais te tuer !

Il la menaça, se releva, ôta ses vêtements et essuya son visage et sa tête couverts d'urine. La femme avait peur de la mort, elle continua à sangloter et à renifler. Sur le sol gisait la poule plumée et éviscérée, les cuisses dont les pattes avaient été coupées étaient écartées, on eût dit le cadavre d'une femme : il se sentit vraiment écœuré.

Par la suite, longtemps il devait se sentir ainsi écœuré par les femmes ; il avait besoin de ce dégoût pour enfouir la pitié qu'il éprouvait pour elle, seule condition pour arriver à se sauver lui-même. Qian avait peut-être raison, il ne l'aimait pas, il ne faisait que profiter d'elle, c'était un besoin momentané de femme, il avait besoin de sa chair. Ce qu'avait dit Qian était vrai aussi, il ne manifestait aucune réelle tendresse à son égard, sa tendresse était fabriquée, il tentait de se construire un bonheur illusoire ; son regard, après qu'il avait éjaculé lors de leurs relations, révélait certainement qu'il ne l'aimait pas. Dans leur cas, ce désir que la peur avait attisé ne s'était pas par la suite mué en amour, il ne lui restait que l'écœurement, maintenant que son désir sexuel était épanché.

Qian sanglotait et ne cessait de répéter :

– Tu m'as ruinée, je suis ruinée par toi…

À travers ses pleurs et ses hoquets, il parvint à saisir que le père de Qian avait été ingénieur en chef dans un arsenal du temps du Guomindang, et qu'à l'époque de la clarification des rangs de classe, il avait été étiqueté par la commission de contrôle militaire comme élément contre-révolutionnaire historique. Qian n'osait pas proférer d'injures contre la dictature exercée à l'encontre de son père, elle n'osait pas insulter cette révolution, elle ne pouvait se tourner que contre les rebelles, contre lui, mais en elle-même elle avait surtout peur de lui.

– C'est l'époque qui t'a ruinée, rétorqua-t-il. Dans ses lettres, Qian avait écrit quelque chose du genre : « La réalité, personne ne peut y échapper, on est voués à vivre ensemble, dans un premier temps ne commençons pas à parler d'amour ! »

– Mais pourquoi es-tu venu me chercher ? Tu aurais dû prendre cette petite pute, pourquoi as-tu voulu te marier avec moi ?

– Qui ? De qui parles-tu ?

– De ta Maomei !

– Je n'ai aucune relation avec cette villageoise !

– C'est sur cette fille aguichante que tu as jeté ton dévolu, pourquoi m'as-tu prise comme remplaçante ? demanda Qian en pleurnichant.

– C'est vraiment incroyable ! Divorçons tout de suite, on retournera demain à la commune pour déclarer que nos signatures sont annulées, que c'était une blague, rien autre qu'une comédie ennuyeuse, ça fera rire un bon coup les cadres d'ici et les habitants du village !

Qian répliqua, toujours en sanglotant :

– Je ne ferai plus de tapage…

– Alors dors !

Il la fit se lever, ôta du lit le drap neuf et les couvertures imprégnés d'urine, Qian se tenait debout à l'écart, l'air pitoyable, et quand il eut fini d'arranger la literie, il sortit de son sac des vêtements secs qu'il jeta sur le lit, puis lui ordonna de se changer et de se coucher. Il alla prendre de l'eau dans la jarre, se lava le visage et le corps et resta assis sur le banc près des cendres répandues par terre.

Seraient-ils voués à vivre ainsi ensemble ? N'était-il pour elle rien d'autre qu'un simple fétu de paille auquel se raccrocher ? Il devait attendre qu'elle soit endormie pour brûler les quelques feuilles qu'il avait couvertes de caractères. En cas de nouvelle crise, il dirait qu'elle avait l'esprit dérangé. Lui ne laisserait aucune trace écrite et finirait par pourrir dans une odeur pestilentielle.

Qian avait dit qu'il souhaitait qu'elle meure rapidement ; elle ne sortirait plus jamais avec lui : s'ils allaient dans quelque endroit désert, en montagne ou au bord d'une rivière, il risquait de la pousser, il ne devait pas compter la faire sortir par ruse, elle resterait dans cette pièce, elle n'irait nulle part ailleurs !

Lui espérait qu'elle mourrait subitement sans même tomber malade et disparaîtrait pour toujours, mais il ne le dit pas. Il regrettait de ne pas avoir pris une femme de la campagne, en pleine santé et sans culture, qui se serait seulement accouplée avec lui, lui aurait fait à manger, aurait mis au monde des enfants, sans pénétrer dans son for intérieur ; non, il était écœuré par les femmes !

Quand Qian partit, il l'accompagna jusqu'à la gare routière du bourg.

– Inutile d'attendre que le car s'en aille, dit-elle, rentre.

Il n'eut pas un mot, n'attendait qu'une chose : que le car parte au plus vite.

44

L'hiver vint. Il était assis sur une sorte de brasero que les habitants du village fabriquaient eux-mêmes, il en coûtait deux yuans, à l'intérieur se trouvait une poterie dans laquelle on faisait brûler du charbon de bois, et il était recouvert d'un couvercle en grillage sur lequel on pouvait poser une tasse à thé. Les soirées d'hiver étaient longues, la nuit tombait tôt. Pendant la saison creuse, les villageois s'affairaient toute la journée, mais dès la nuit tombée, ils se retrouvaient dans le noir complet ; seule sa chambre était éclairée par l'ampoule électrique. L'affaire de sa dispute avec sa nouvelle mariée occupa les conversations pendant dix ou quinze jours, puis plus personne ne lui posa de questions et le calme total revint.

Désormais, on n'entrait plus chez lui en s'annonçant d'un simple cri avant de pousser la porte, pour jeter un coup d'œil, bavarder, fumer une cigarette, boire du thé. Il avait ainsi reçu les gens un certain temps, leur distribuant des cigarettes, mais à présent, il était familier avec les cadres du village et avait dû se construire ses propres habitudes de vie, pour habituer les autres à sa présence d'intellectuel qui ne se mêlait pas des affaires locales. Les livres de Marx et de Lénine étalés en permanence sur sa table provoquaient l'admiration des cadres qui savaient un peu lire. Un jour, Maomei avait frappé à sa porte et lui avait demandé ce qu'il avait de bien à lire, et il lui avait passé *L'État et la révolution* de Lénine, mais elle avait plissé les yeux et déclaré :

– C'est effrayant ce livre, qu'est-ce que tu veux que j'y comprenne ?

Elle avait fréquenté l'école primaire, et pourtant elle n'avait osé prendre le livre. Une autre fois, elle vit par sa porte ouverte qu'il était en train de laver ses draps à l'eau bouillante. Elle entra et resta appuyée au chambranle. Elle lui dit qu'elle allait l'aider à porter son linge à l'étang pour le laver avec une batte, qu'il serait beaucoup plus propre, mais il refusa en la remerciant de sa proposition. La jeune fille s'attarda un instant avant de demander :

– Et toi, tu vas partir ?

– Où veux-tu que j'aille ? rétorqua-t-il.

Elle fit une moue montrant qu'elle n'y croyait pas et demanda encore :

– Elle, comment ça se fait qu'elle soit partie ?

Elle voulait parler de Qian, mais elle évitait de dire « ta femme » ou « ta moitié ». Elle le fixa de ses yeux limpides, puis baissa la tête et regarda ses chaussures, sans cesser de tortiller le coin de sa veste.

Il ne pouvait pas toucher cette fille ; ne faisant plus confiance aux femmes, ne se laissant plus attirer par elles, il resta silencieux, absorbé par le lavage de son linge dans la cuvette. Voyant qu'il ne s'occupait pas d'elle, la jeune fille finit par partir.

Il ne lui restait plus que le papier et le stylo pour dialoguer avec lui-même, et se libérer de sa solitude. Avant d'entreprendre d'écrire, il avait tout prévu : il roulerait les feuilles de papier très minces dans le manche à balai en bambou qui était rangé derrière la porte, après en avoir brûlé les nœuds avec une pique en fer, puis lorsque les manuscrits seraient trop nombreux, il les mettrait dans un pot pour conserver les légumes salés, au fond duquel il avait déposé une couche de chaux et qu'il boucherait avec du plastique. Il enterrerait ce pot dans un trou qu'il avait creusé dans le sol de sa chambre, dissimulé sous la grosse jarre d'eau. Il n'avait aucunement l'intention d'écrire une œuvre importante, une sorte de trésor caché transmis aux générations futures. Il n'allait pas jusque-là et, se trouvant dans l'incapacité de réfléchir à l'avenir, il ne nourrissait aucune folle espérance.

Il entendit au loin des aboiements, dans ce village les chiens ne cessaient d'aboyer, puis le calme revint. Dans la nuit profonde, seul sous sa lampe, le bonheur de s'épancher faisait naître en lui des palpitations, et aussi une anxiété diffuse ; il avait l'impression que dans l'obscurité des yeux l'observaient par la fenêtre. Il se demanda si la porte était bien fermée, mais il l'avait inspectée de nombreuses fois, il avait pourtant l'impression d'entendre des pas au-dehors. Il se leva du brasero et retint sa respiration, mais il n'entendit plus rien.

La lumière pâle de la lune éclairait les vitres sur lesquelles était collé du papier. La lune s'était levée au milieu de la nuit. Il avait à nouveau l'impression que quelque chose bougeait à l'extérieur, il se dirigea vers la tête de son lit en retenant son souffle et tira doucement sur le fil interrupteur de la lampe. Une ombre incertaine se profila devant la fenêtre et disparut. Il entendit très distinctement bruire les herbes au-dehors, il laissa la lampe éteinte et rangea précautionneusement ses manuscrits posés sur la table, puis il s'allongea sur le lit, fixant dans l'obscurité le papier de la fenêtre éclairé par la lueur de la lune.

Sous ce clair de lune si pur, il y avait encore partout des yeux qui t'épiaient, t'observaient, te cernaient. Partout on avait dressé un immense guet-apens, attendant que tu tombes dedans. Tu n'osais ouvrir la porte, pousser la fenêtre, tu n'osais faire le moindre geste, il ne faut pas croire que tout le monde dormait par cette paisible nuit de pleine lune ; si tu perdais tes esprits, les gens tapis tout autour te sauteraient dessus et t'attraperaient pour te traîner en justice.

Il t'était interdit de penser, d'éprouver des sentiments, de t'épancher, d'être seul ! Ce qui t'était permis, c'était de travailler dur, de tout ton saoul, et de sombrer dans un sommeil de plomb en ronflant ; ou bien de t'accoupler, engendrer une descendance, pratiquer le contrôle des naissances, pour produire de la force de travail. Qu'est-ce que tu écrivais comme stupidités ? Avais-tu oublié l'environnement dans lequel tu vivais ? Voulais-tu encore jouer les rebelles ? Devenir un héros ou un martyr ? Ce que tu écrivais était juste bon à te valoir une balle de fusil ! Avais-tu oublié comment au moment de la création du comité révolutionnaire du district, on avait fusillé des criminels contre-révolutionnaires ? Les séances d'accusation et de persécution menées par les masses n'étaient pas grand-chose en comparaison. Là, les condamnés étaient ligotés de la tête aux pieds et sur l'écriteau qui pendait sur leur poitrine était inscrit en caractères noirs leur nom et ce dont ils étaient accusés, une croix à l'encre rouge barrait leur nom, on les étranglait avec un fil de fer qu'on serrait autour de leur cou, leurs yeux étaient exorbités, c'était la dernière trouvaille du pouvoir politique encore plus rouge : on empêchait les condamnés de crier avant l'exécution, dans l'autre monde, ils ne pouvaient même pas espérer devenir des martyrs. Deux camions, avec des soldats armés de fusils chargés, escortaient les condamnés qui étaient exhibés dans les villages des communes populaires. En tête, une jeep équipée d'un haut-parleur diffusant des slogans ouvrait le cortège qui faisait voler la poussière et fuir poules et chiens de chaque côté de la route. Les vieilles femmes, les jeunes filles se massaient à l'entrée des villages, et les enfants couraient derrière les camions. La famille qui voulait récupérer le corps du condamné devait au préalable payer cinq *mao* pour la balle qui avait servi à l'exécution, toi, personne ne viendrait chercher ton corps, ta femme elle-même t'avait depuis longtemps dénoncé comme ennemi, ton père travaillait aussi dans un village de rééducation par le travail, et en plus ton beau-père était déjà qualifié de contre-révolutionnaire, en s'appuyant seulement sur ces faits, te fusiller ne serait que justice. En fait, tu n'es victime d'aucune injustice, range ton stylo et retiens ton cheval au bord du précipice !

Mais tu dis que tu n'es pas idiot, tu as un cerveau, tu ne peux pas ne pas réfléchir. Si tu n'es ni révolutionnaire, ni héros, ni martyr, ni contre-révolutionnaire, ça ira ? Tu ne fais que laisser divaguer tes pensées hors des règles de cette société. Tu es fou ! C'est bien toi, le fou, ce n'est pas Qian. Regardez ce type qui veut laisser divaguer ses pensées ! Quelle vaste blague, les hommes du village, les jeunes, les vieilles, venez voir ce type, ce fou qui va bientôt se prendre une balle en pleine tête !

Et tu dis que ce que tu recherches, c'est le réel de la littérature ! Pas de blague ! Quel réel cet homme recherche-t-il ? Qu'est-ce que c'est que ce truc, le réel ? Une balle à cinq *mao* ! En voilà assez ! Ce réel, tu jouerais ta vie pour l'écrire ? Cette parcelle de réel, enfouie sous la terre et déjà moisie ? Pourrie ou pas, ne t'en occupe pas, sinon tu seras foutu !

Mais tu dis que ce que tu veux, c'est un réel limpide, comme un tas d'ordures saisi par un objectif, l'ordure reste l'ordure, mais à travers l'objectif elle porte ta tristesse. Le réel, c'est cette tristesse. Tu t'apitoies sur ton sort, il te faut chercher un état d'esprit qui te permette d'accepter la souffrance, afin de continuer à vivre, tu inventes un monde qui n'appartiendrait qu'à toi, hors de cette réalité semblable à une porcherie. Ou alors, mieux vaut dire que tout cela est une légende des temps modernes, et replacer la réalité dans la légende, tirer de l'intérêt de l'écriture, afin de retrouver un équilibre mental entre la vie et l'esprit.

Il recopia cette légende dans un cahier que sa mère lui avait laissé avant sa mort et écrivit sur la couverture « Alipeïdos », un nom étranger qu'il avait inventé, celui d'un Grec ou d'un homme d'un autre pays, puis il nota « traduit par Guo Moruo », ce vieux poète qui avait déclaré dans la presse, quand la Révolution culturelle venait d'éclater, que toutes ses œuvres devaient être détruites, se conciliant ainsi la protection et les faveurs particulières de Mao. Ainsi il pourrait dire qu'il s'agissait d'une œuvre traduite par le vieux Guo un demi-siècle plus tôt, qu'il avait recopiée quand il était à l'université. Qui pourrait prouver le contraire dans ce village de montagne et même dans ce chef-lieu de district ?

La première moitié du cahier était constituée du journal intime que sa mère avait tenu lorsqu'elle était dans une ferme de rééducation par le travail manuel, avant sa noyade. Sept ou huit ans plus tôt, à l'époque où le Grand Bond en avant avait déclenché une terrible famine, sa mère s'était rendue dans une ferme subir une rééducation, de la même manière que lui était allé dans une « école des cadres du 7 mai ». Elle avait travaillé dur et économisé plusieurs mois de tickets de viande de porc et d'œufs pour bien nourrir son fils quand il rentrerait à la maison. Elle qui était justement préposée à la surveillance d'un poulailler était tout enflée à cause des œdèmes dûs à la malnutrition. Un jour à l'aube, quand l'équipe de nuit avait fini le travail, elle était allée se laver au bord de la rivière ; était-ce sa fatigue extrême ou la faiblesse engendrée par la faim, elle était tombée dans l'eau. Quand il avait fait grand jour, un paysan qui faisait paître ses canards avait découvert son corps flottant à la surface, l'autopsie pratiquée à l'hôpital avait indiqué qu'elle avait été victime d'une anémie cérébrale. Il n'avait pas vu le corps de sa mère. Tout ce qu'il avait gardé d'elle, c'était ce cahier où elle avait noté dans son journal ce qu'elle avait appris pendant sa rééducation par le travail. Elle avait noté aussi qu'elle cumulait des jours de congé pour rentrer chez elle passer quelques jours avec son fils qui revenait pour les vacances d'été. Quand il eut recopié la légende de « Alipeïdos », il mit le cahier dans le pot à légumes salés au fond couvert de chaux et l'enterra dans le sol de sa chambre sous la jarre à eau.

45

Les jours où les paysans des villages se rassemblaient au bourg, les deux côtés de la rue étaient encombrés de palanches et de paniers remplis de patates douces, jujubes séchées, marrons, branchettes de pin pour le feu, champignons frais, racines de lotus boueuses, vermicelles transparents, ligatures de feuilles de tabac, pousses de bambou séchées, crevettes et poissons encore frétillants, sandales en chanvre, chaises en bambou, louches à eau ; des femmes, des enfants, de solides gaillards et des vieillards criaient et s'interpellaient, marchandant, tu en veux ou non ? Si t'en veux pas, on laisse tomber ! On se disputait, on s'engueulait, on rigolait, dans ce petit bourg de montagne ; même si la révolution était passée par là, il faisait quand même encore bon vivre.

Le secrétaire Lu, qui venait d'arriver du chef-lieu de la région pour « retourner à la base », était escorté par des cadres de la commune, les uns lui ouvrant la route, les autres fermant la marche derrière lui, comme s'ils accompagnaient un dirigeant en inspection. Il se trouva nez à nez avec lui. Cet homme que les villageois appelaient secrétaire Lu était un ancien révolutionnaire qui avait pris le maquis dans cette région. Sa carrière de fonctionnaire s'était mal déroulée : à chaque nouveau mouvement politique, il avait été rétrogradé d'échelon en échelon depuis la capitale provinciale, et finalement était retourné à la campagne, comme s'il faisait son « retour à la base ». Les chefs locaux le vénéraient comme un dieu et il n'avait évidemment pas besoin de travailler aux champs.

– Bonjour secrétaire Lu. Il salua lui aussi respectueusement le roi de ce pays.

– Tu viens de Pékin, c'est ça ? demanda le secrétaire Lu, qui semblait parfaitement savoir qui il était.

– C'est ça, ça fait à peu près un an que je suis ici, dit-il en hochant la tête.

– Tu t'es habitué ? demanda encore le secrétaire qui s'était arrêté. Il était grand et maigre, un peu voûté.

– Oui, très bien, je suis originaire du Sud, ces paysages de montagne me ravissent, et en plus la production est abondante.

Il voulait faire la louange de ce paradis terrestre, mais il s'arrêta aussitôt.

– C'est vrai qu'en général on n'y meurt pas de faim, répondit le secrétaire.

Il perçut quelque chose dans ses paroles, peut-être du ressentiment contre le fait d'être de « retour à la base ».

– Je n'ai plus envie de m'en aller. Désormais je vous prie de bien vouloir vous occuper de moi.

Il prononça ces mots comme s'il était juste venu se mettre sous la protection du secrétaire Lu, mais en fait il avait vraiment besoin de trouver un protecteur. Après avoir fait un signe de tête respectueux, il allait s'éloigner quand le secrétaire Lu le prit effectivement sous sa protection en lui disant :

– Viens donc marcher un peu avec moi !

Il lui emboîta le pas. Lu s'arrêta et attendit qu'il soit à son niveau pour continuer à bavarder, sans plus s'occuper des cadres de la commune qui jacassaient tout autour : manifestement le secrétaire Lu lui témoignait une faveur spéciale. Il marcha avec lui jusqu'au bout de la rue, à la devanture des boutiques et aux portes des maisons apparaissaient des visages souriants qui les interpellaient, ce qui lui fit tout de suite prendre conscience de la faveur dont il jouissait auprès du secrétaire Lu – et sa position aux yeux des habitants de ce bourg en fut transformée.

– Allons voir où tu habites !

Ce n'était pas un ordre, mais plutôt la plus grande faveur que Lu pût lui accorder. Celui-ci agita la main en direction des cadres qui le suivaient et ceux-ci s'égaillèrent aussitôt.

Il le guida sur les digues qui longeaient les rizières et ils entrèrent dans sa maison en bordure du village. Lu s'assit devant la table, lui, il fit du thé, des enfants arrivèrent. Il voulut fermer la porte, mais Lu agita la main :

– Inutile, inutile.

La nouvelle se répandit comme une traînée de poudre dans tout le village. Un instant plus tard, les cadres et les habitants déambulaient devant chez lui, en criant sans répit « Secrétaire Lu, secrétaire Lu ». Lu répondit par un petit hochement de tête, puis se mit à boire son thé après avoir soufflé sur les feuilles qui flottaient à la surface.

Sur cette terre, il y avait encore des gens bien, ou en tout cas, des gens qui n'étaient pas foncièrement mauvais ; ou peut-être valait-il mieux dire que le secrétaire Lu avait vu le monde et qu'il le comprenait parfaitement ; ou encore que Lu aussi était tombé à une mauvaise époque et se trouvait seul, il avait besoin de quelqu'un à qui parler, et la charité qu'il lui prodiguait soulageait sa propre solitude.

Lu ne toucha pas aux ouvrages de Marx et de Lénine qui étaient posés sur la table, il avait parfaitement compris cette technique de diversion. Quand il se leva pour partir, il lui dit :

– Si tu as des problèmes, viens me voir.

Il le raccompagna jusqu'au bord de la rizière et regarda s'éloigner cette silhouette maigre un peu voûtée, au pas encore très assuré qui n'avait rien de celui d'un homme âgé. C'est ainsi qu'il gagna la protection de ce grand roi de la montagne, même si à ce moment-là il n'avait pas très bien saisi le sens de la visite de Lu à son domicile.

Une nuit, alors qu'il était en train d'écrire à sa table, perdu dans ses pensées, il entendit soudain quelqu'un l'appeler au-dehors, ce qui le fit sursauter. Il se leva aussitôt et alla vite cacher son manuscrit sous la paillasse avant d'ouvrir.

– Tu ne dors pas ? Le secrétaire Lu voudrait que tu viennes au comité révolutionnaire boire un verre !

L'employé de la commune populaire qui venait lui transmettre le message tourna les talons et s'en alla. Il se sentit soulagé.

Le comité révolutionnaire de la commune se trouvait au bourg sur une digue de pierre au bord du fleuve, c'était un grand édifice en brique sombre surmonté d'un pavillon, l'ancienne résidence du hobereau local. Celui-ci avait été fusillé au moment du partage des terres et de la lutte contre les propriétaires terriens, et le gouvernement local avait récupéré le bâtiment qui était devenu plus tard le siège de la commune populaire puis celui du comité révolutionnaire récemment créé. La cour et la grande pièce étaient pleines de monde, une forte odeur de tabac et une odeur de transpiration se mélangeaient, jamais il n'aurait cru que le lieu fût aussi animé en pleine nuit.

Dans une pièce tout au fond de la maison se trouvaient le chef du comité révolutionnaire nouvellement nommé, Liu, ainsi que Lao Tao, responsable des armements des milices populaires ; ils fermèrent la porte pour boire en compagnie du secrétaire Lu et ce dernier l'invita à s'asseoir. Sur la table, un sachet de cacahuètes avait été vidé sur un journal étalé, il y avait aussi un bol de petits poissons frits et une assiette de fromage de soja séché, des mets sans doute apportés par les cadres de la commune populaire. Ils s'humectèrent les lèvres au contenu de leur tasse, sans vraiment boire. Un jeune villageois portant un fusil poussa la porte et jeta un coup d'œil, avant de s'incliner devant les occupants de la pièce. Le canon du fusil alla s'accrocher au chambranle.

– Qui t'a dit d'apporter ton fusil ? demanda Lao Tao, le responsable de la milice, sur un ton mécontent.

– Ce n'est pas un rassemblement urgent ?

– Sans doute un rassemblement urgent, mais pas une activité armée !

Le jeune homme ne semblait pas comprendre la différence entre les deux et il expliqua :

– Que faut-il faire alors ? On a apporté tous les fusils de la milice.

– Ne transportez pas vos fusils n'importe où ! Allez les ranger au bureau des armements et attendez les ordres dans la cour !

C'est ainsi qu'il apprit que les milices du district entier, depuis le chef-lieu jusqu'aux bourgs et aux villages, devaient donner l'assaut toutes ensemble pour procéder à « une audition et une perquisition générales » : cet ordre urgent avait été lancé par le comité révolutionnaire du district. Les maisons des cinq catégories ; propriétaires fonciers, paysans riches, contre-révolutionnaires, mauvais éléments et éléments droitistes étaient les objectifs de cette « audition générale » et, au moindre mouvement suspect, on devait leur faire subir une perquisition. Vers minuit, le chef du comité révolutionnaire Liu et le responsable des armements Lao Tao se rendirent dans la cour et prononcèrent un discours appelant à la lutte des classes, puis distribuèrent les tâches. Les milices se mirent en route les unes après les autres, et le calme revint dans la maison. Les chiens le plus proches aboyèrent les premiers, et d'autres beaucoup plus éloignés leur répondirent en écho.

Assis sur un lit en planches, Lu quitta ses chaussures, étendit ses jambes et lui demanda des nouvelles de sa famille. Il se contenta d'expliquer que son père était aussi à la campagne, mais il ne dit rien de sa tentative de suicide. Il ajouta que son oncle paternel avait aussi été maquisard. À l'époque, il ne savait pas encore que ce vieux vétéran révolutionnaire venait d'entrer à l'hôpital à cause d'une grippe, qu'on lui ferait une piqûre et qu'il rendrait son dernier soupir quelques heures plus tard. Il ajouta aussi qu'il connaissait peu les gens du coin et les lieux, et qu'il remerciait beaucoup le secrétaire Lu pour sa sollicitude. Lu soupira :

– L'école du bourg va rouvrir ses portes, elle deviendra un collège qui enseignera des connaissances de base et des notions de lecture, viens donc enseigner dans cette école !

Lu expliqua encore que dans son enfance, sa famille était très pauvre, mais heureusement le vieux maître de l'école privée du village l'avait accueilli gratuitement, par pure générosité, et il avait pu étudier un peu, ce qui lui avait servi par la suite.

Deux ou trois heures s'écoulèrent, du bruit recommença à se faire entendre dans la cour et dans les pièces, les milices revenaient les unes après les autres avec leur butin. Ils n'avaient arrêté aucun contre-révolutionnaire, mais ils avaient recueilli, en perquisitionnant chez des éléments appartenant aux cinq catégories, un peu d'argent liquide et quelques tickets de céréales. Ils avaient aussi attrapé un couple adultère. L'homme était forgeron à la coopérative d'artisanat du bourg et la femme était l'épouse de Bouche-Tordue qui tenait la pharmacie traditionnelle : son homme était parti au chef-lieu de district, et pourtant dans la pièce toute noire ça s'agitait tant et plus, dirent les miliciens qui les avaient surpris ; ils avaient écouté un bon moment, l'oreille collée à la fenêtre. Ils s'étouffaient de rire en racontant la scène.

– Et où sont-ils ? demanda de l'extérieur Lao Tao.

– Ils sont accroupis dans la cour.

– Habillés ou non ?

– La femme oui, mais le forgeron est tout nu.

– Dites-lui de passer un pantalon !

– Il a un caleçon ! Mais il n'a pas eu le temps de mettre une veste. Vous ne nous avez pas dit de les arrêter immédiatement ? Sinon, ils risquaient de ne pas reconnaître les faits !

De l'intérieur de la pièce, Lu ordonna :

– Dites-leur de rédiger une autocritique et relâchez-les !

Un instant plus tard, on entendit un membre des milices crier :

– Rapport au secrétaire Lu, il dit qu'il ne sait pas écrire !

– Faites-lui raconter ! Et qu'il signe d'une empreinte de doigt ! ordonna Tao du bureau des armements.

– Allons nous coucher, lui dit Lu en remettant ses chaussures et en se dirigeant vers la sortie. Puis il ajouta à l'intention de Tao :

– On n'a pas besoin de s'occuper de ça, à eux de jouer !

Dans la cour, la femme se tenait tête baissée, recroquevillée au pied du mur, le forgeron torse nu rampait à terre en se frappant le front sur le sol, répétant sans cesse à l'intention de Lu :

– Secrétaire Lu, vous êtes un bienfaiteur, un bienfaiteur que je n'oublierai pas de toute ma vie !

– Rentrez chez vous, ne vous rendez pas ridicule ! Et ne recommencez plus jamais !

Puis ils sortirent de la cour.

Le jour n'était pas encore levé ; l'air était humide, la rosée abondante. La bienveillance du secrétaire Lu était vraiment aussi élevée qu'une montagne, il avait laissé à cet homme une porte de sortie, pensa-t-il ; tant qu'il y aurait dans le monde de grands rois de la montagne comme lui, la vie vaudrait la peine d'être vécue.

À partir de ce jour, quand il marchait dans la petite rue du bourg et rencontrait des cadres de la commune et même l'unique policier du commissariat, ils s'adressaient un signe, se tapaient sur l'épaule ou s'offraient une cigarette. Plus tard, le collège ouvrit, recrutant ces grands enfants qui n'avaient pas pu finir leur cycle d'école primaire et allaient y suivre encore deux années d'étude. C'était donc une classe de première année de collège. Il déménagea du village dans cette école qui était restée inoccupée plusieurs années, les gens du pays l'appelèrent désormais « professeur ». Tous les soupçons qu'ils nourrissaient à son égard et toutes les questions qu'ils se posaient sur ses antécédents semblaient dissipés.

46

Si tu avais appris à regarder le monde avec le visage hilare du bouddha Amithaba, tu serais toujours heureux, la paix régnerait dans ton cœur et tu atteindrais le nirvana.

Tu mangeais et tu buvais avec les cadres du pays, tu les écoutais dire leurs bêtises, fanfaronner et parler des femmes.

– Tu y as touché à Maomei ?

– Dis pas de conneries, elle est vierge !

– Allez, dis-le, tu y as touché ou non ?

– Hé, hé, comment tu le sais qu'elle est vierge ?

– Dis pas n'importe quoi, elle a été choisie comme cadre de la milice populaire !

– Comment ça s'est fait ? Putain, dis-le-moi !

– C'est une digne descendante des pousses rouges, parle avec un peu plus d'égards !

– Merde alors, c'est toi qui es jamais sérieux !

– Putain, t'as trop bu ou quoi ?

– Tu veux te battre ?

– Allez, bois, bois !

Voilà la vie, on n'était heureux qu'après avoir bu sa part d'alcool ! Il te faudrait aussi leur parler du moyen de récupérer un sapin pour fabriquer des coffres et trouver du bois bon marché, au prix public d'achat, parce que, un jour ou l'autre, tu devrais te construire une maison puisque tu t'étais installé ici, mais c'était un projet tellement lointain pour toi, d'abord tu voulais te faire un potager, te construire un enclos à cochons, est-ce qu'on pouvait vivre sans élever un cochon ? Tu engageais la conversation, tu parlais avec eux de choses et d'autres, ton existence n'était plus remarquée et tu étais devenu quelqu'un de normal.

Tu contemplas les reliefs qui jonchaient la table, il ne restait plus grand-chose dans les grands bols, neuf des dix bouteilles d'alcool brûlant la gorge, confectionné à partir de patate douce, avaient été vidées et il ne restait que la moitié de la dixième. Tu écartas un homme ivre qui avait glissé sous la table et s'appuyait contre ta jambe, puis tu déplaças ton tabouret et te levas, l'homme ivre s'étala alors de tout son long sur le sol et se mit à ronfler. Dans cette pièce, qu'ils fussent encore à table ou qu'ils eussent glissé à terre, tous les convives avaient trop bu, ils étaient hagards, le visage hébété ; seul l'hôte, Lao Zhao, un bossu, restait assis à table, buvant à grandes lampées sonores sa soupe de poulet, pour ne pas perdre sa dignité en tant que secrétaire de la cellule du Parti de la brigade de production. De plus, grand buveur, il tenait bien l'alcool.

Les milices se réunissaient depuis cinq jours, soixante-dix à quatre-vingts personnes en tout, venues de tous les villages. Le premier matin, ils s'étaient rassemblés dans la cour de la commune populaire, avec leur paquetage bien ficelé, puis ils s'étaient assis sur leur paquetage pour écouter les instructions du chef du comité révolutionnaire de la commune populaire. Ensuite ils furent conduits par Lao Tao, le responsable des armements des milices, sur l'aire de battage du riz où ils tirèrent au fusil sur des cibles, puis ils placèrent des détonateurs sous les rochers au bord de la rivière, firent partir des explosifs, réalisèrent des sabotages. Après ils procédèrent à des exercices d'attaque d'escouade et de peloton dans une rizière dont l'eau avait été évacuée et le riz récolté. Des tirailleurs s'étaient dispersés dans les champs alentour et lançaient des grenades qui explosaient en faisant voler la terre ; toute cette bande se défoula plusieurs jours ; enfin, la dernière nuit, on les ramena au village. Zhao le bossu était le secrétaire de cellule du Parti depuis plus de vingt ans, et plein d'expérience, il jouissait de popularité ; la commune populaire avait octroyé aux miliciens qui s'étaient entraînés une prime de nourriture, et plus d'une dizaine de poulets vivants que les villageois avaient offerts ; la femme du bossu n'avait pas été avare non plus puisqu'elle avait ajouté une vieille poule de chez elle, qui pondait encore des œufs. Pour dignement réconforter ces braves gaillards, il y avait de la viande, du poisson et du fromage de soja aux légumes salés.

Dans la grande pièce chez le bossu étaient rassemblés les chefs des milices de l'ensemble des villages, les autres étaient au silo à grain et ils étaient servis par les membres de la famille du comptable de la brigade de production. Ceux qui se trouvaient à la table de Zhao voyaient naturellement leur prestige renforcé ; toi, le secrétaire Lu t'avait désigné pour participer à l'entraînement de la milice comme représentant de l'école.

– Le professeur est venu de la capitale où vit le président Mao. Vous avez voulu vivre durement ici, et en plus vous êtes l'homme de notre secrétaire Lu, allez, pas de manières, prenez place, asseyez-vous ! avait dit Zhao le bossu.

Comme à l'habitude, les femmes ne participaient pas au banquet, la femme du bossu s'affairait à la cuisine, tandis que Maomei, âgée d'à peine dix-huit ans, nouvellement choisie comme chef de compagnie de la milice, apportait les plats et courait dans tous les sens. À la table qui réunissait huit convives, on fit bombance de la tombée de la nuit jusqu'à minuit, les bouteilles d'alcool furent vidées les unes après les autres, tu précisas tout de suite que tu ne tenais pas l'alcool aussi bien qu'eux et tu fus dispensé de boire lorsque tu n'en eus plus envie.

– Un homme honorable comme vous originaire de la capitale, vous nous faites l'honneur de boire avec nous autres, bande de culs-terreux, c'est quelque chose de rare, apportez à manger au professeur ! dit Zhao. Et Maomei arriva derrière toi et te remplit ton bol de riz.

Tous avaient le visage rouge et parlaient abondamment, on riait, on chahutait, on passa des glorieux propos révolutionnaires aux allusions sur les femmes, et on finit par dire n'importe quoi, Maomei se réfugia à la cuisine et ne reparut plus.

– Et la petite Maomei ? Où est-elle passée ?

Les gaillards s'époumonaient, le visage rubicond sur leur cou de taureau. La femme de Zhao finit par intervenir :

– Pourquoi vous appelez Maomei ? N'allez pas y mettre les pattes sous prétexte que vous avez bu, elle est vierge, la petite !

– C'est pas parce qu'elle est vierge qu'elle pense pas aux garçons !

– Eh, cette chair n'est pas faite pour ta gueule !

Tous vantèrent alors les mérites et qualités de la femme de Zhao :

– Vous savez aussi bien tenir votre maison que recevoir vos invités, Lao Zhao est un vrai veinard !

Les gaillards du village renchérirent :

– Qui n'a pas profité des largesses de notre belle-sœur ?

– Ferme ta sale boîte !

La femme de Zhao était ravie de se faire chahuter, elle retira son tablier, mit ses mains sur ses hanches et déclara :

– Espèces de salopards, éclusez plutôt vos saletés.

Les propos devenaient de plus en plus confus, l'odeur de l'alcool régnait partout. En les entendant donner ainsi chacun son avis, tu réalisas qu'aucun n'avait froid aux yeux, sinon comment auraient-ils pu devenir cadres du village ?

– Si ce n'était pas grâce au président Mao, les paysans pauvres et moyens-pauvres connaîtraient-ils une telle vie aujourd'hui ? Et comment les jeunes instruites des villes pourraient-elles venir s'installer ici !

– Ne pense pas à tes trucs de débauché !

– Toi, avec ton sérieux, t'as baisé ou pas, tu l'as fait, allez, dis-le !

– Tu parles comme ça devant le professeur, t'as pas honte ?

– Le professeur, c'est pas un étranger, il ne méprise pas nos chaussures pleines de boue, est-ce qu'il est pas venu partager nos lits avec nous ?

Et c'était vrai, tu avais dormi avec eux dans le silo sur les lits couverts de paille de riz. Et chaque soir, une fois l'entraînement en plein air terminé, tu les regardais mesurer leur force, à la lutte, ils se faisaient rouler à terre, et celui qui avait perdu devait se déculotter devant les autres, surtout si des femmes du village venaient les regarder se battre et se mêlaient aussi au chahut. On jouait même à tirer sur une ceinture de cuir, et hommes et femmes se mêlaient. À ce moment, Maomei s'enfuyait en hâte et se réfugiait dans un coin pour pouffer dans ses mains. Tout le monde s'amusait joyeusement jusqu'à ce que retentisse le coup de sifflet et que l'extinction des lampes soit ordonnée.

Tu sortis de la pièce, un petit vent frais s'était levé, l'odeur écœurante d'alcool avait disparu, seul le doux parfum de la paille de riz flottait dans les airs. Sous la lumière de la lune, le village disparaissait dans l'ombre de la montagne dressée face à toi ; tu t'assis sur une meule à côté de la maison et tu allumas une cigarette.

Tu étais heureux d'avoir gagné leur confiance, la nuit tu n'entendais plus de bruits suspects, tu ne découvrais plus d'ombre se profilant devant ta fenêtre, tu n'étais plus l'objet de surveillance, tu étais presque complètement intégré, désormais tu vivais parmi ces hommes. Ils avaient toujours vécu ainsi, de génération en génération, se vautrant sur les femmes à même le sol, et se saoulant lorsqu'ils se sentaient trop fatigués, avant de sombrer en ronflant dans un sommeil de plomb, sans cauchemars.

Sentant l'odeur de la terre, tu étais devenu calme, détendu, un peu las.

– Professeur, vous n'êtes pas couché ?

Tu te retournas et vis Maomei qui sortait de la cuisine ; debout devant le tas de bois, sous la lumière diffuse de la lune, elle dégageait une profonde féminité.

– Quel beau clair de lune… répondis-tu vaguement.

– Vous êtes vraiment d'humeur à admirer la lune, professeur ?

Elle rit en faisant la moue ; avec sa voix sucrée, son intonation pleine de douceur, c'était une belle et tendre fille à la poitrine bien proéminente et ferme, qui avait peut-être déjà été caressée par un homme. Issue de cette terre, vive et fraîche, sans angoisse ni peur, elle pouvait t'accepter, c'est ce qu'elle semblait te dire, elle voulait savoir si tu la voulais ou non, elle attendait ta réaction. Dans l'obscurité, ses yeux étincelants te fixaient, sans honte ni hésitation, et rappelaient en toi ta soif de femme. Cette nuit-là, elle osait te regarder, appuyée contre le tas de bois, mais toi tu n'osas pas plaisanter avec elle, n'osas t'avancer, pas comme ces hommes-là, tu n'osas pas te montrer frivole comme ces bandits, tu n'en avais pas le courage.

47

La pluie, encore la pluie, une pluie fine. L'après-midi, l'école finissait tôt ; après deux heures de cours, les élèves à la campagne avaient encore à faire une fois rentrés chez eux. Ta chambre était située à côté du bureau des enseignants ; construite en brique, elle avait un plafond et ne prenait pas l'eau. Tu te sentais serein, tu aimais particulièrement ces journées de pluie, n'ayant plus à aller dans les rizières, un grand chapeau de paille de riz sur la tête et les pieds dans la boue. Une fois la porte de ta chambre fermée, le bruit de la pluie ou du vent, celui des élèves en train de lire à haute voix n'atteignaient plus tes oreilles, tu lisais silencieusement, ou alors tu écrivais. Tu avais fini par avoir une vie d'homme normal, même si tu n'avais ni femme ni enfant. Tu ne voulais plus d'une femme pour partager ton toit, tu préférais la solitude au risque d'être dénoncé. Quand le désir te prenait, tu te plongeais dans l'écriture, gagnant ainsi la liberté de fantasmer, obtenant sous ta plume toutes les femmes que tu désirais.

– Professeur, le secrétaire Lu vous fait demander ! l'appela une élève au-dehors.

Il s'était équipé d'un verrou pour que l'on ne puisse pas entrer dans sa chambre à l'improviste ; pour parler avec les élèves, surtout avec les filles, il allait dans le bureau des enseignants à côté. Le directeur de l'école, qui vivait en face, au bout du terrain de basket, fixait toujours sa porte ; cet homme, qui avait assumé depuis vingt ans la fonction de directeur de cette école devenue collège, n'avait qu'une peur : que lui, venu de l'extérieur, jouissant de la protection du secrétaire Lu, ne prenne sa place. S'il arrivait à le coincer pour le moindre dérapage avec une élève, il le chasserait immédiatement. Lui, tout ce qu'il recherchait, ce n'était qu'un coin tranquille pour se réfugier, mais il ne pouvait pas le dire aussi nettement au directeur.

Cette jeune fille, Sun Huirong, était svelte et élancée ; son père était mort prématurément de maladie et sa mère vendait des légumes à la coopérative du bourg. La mère élevait trois filles, dont Huirong était l'aînée. Celle-ci trouvait toujours des prétextes : « Professeur, je vais vous aider à laver vos vêtements sales ! » ou encore : « Je vous ai apporté des amarantes, on vient de les cueillir dans mon jardin ! », et chaque fois qu'il passait devant sa maison, si elle l'apercevait, elle sortait toujours pour l'appeler : « Professeur, entrez boire une tasse de thé ! » Il connaissait presque tout le monde dans cette petite rue, et s'il n'entrait pas, il restait un moment sur le pas de la porte à fumer une cigarette. Il considérait presque ce village comme son pays natal, et à présent se prenait pour quelqu'un du pays, mais jamais il n'entrait chez la jeune fille. Elle lui avait dit : « Chez nous, c'est un royaume de femmes. » Elle avait sans doute envie qu'il y eût un père, pas forcément un homme.

La jeune fille était venue sous la pluie, ses cheveux dégoulinaient d'eau. Il se saisit d'un parapluie et lui cria de le prendre, tandis que lui-même rentrait chercher son chapeau de paille. La jeune fille s'éloigna. Il l'appela, elle se retourna sous la pluie, secoua la tête, les pans trempés de sa veste collaient à son corps, soulignant deux petits seins déjà formés, elle partit en courant, l'air toute contente, peut-être parce qu'elle avait apporté à son professeur un message si important.

Lu habitait dans la cour arrière du bâtiment de la commune ; il entra par la porte latérale qui faisait face à la rivière. La cour était d'une propreté impeccable, couverte de dalles sombres, avec un petit puits. Cette cour, avec son style original, était autrefois occupée par la concubine du potentat local qui avait été fusillé, l'endroit était calme et retiré. Lu était allongé dans une chaise longue recouverte d'une peau de chèvre, sur le carrelage était posé un brasero où mijotait une pleine marmite de viande odorante.

– De la viande de chien épicée, c'est Lao Zhang du commissariat qui l'a apportée, selon lui c'est un chien sauvage qui a été capturé, qui peut savoir si c'est vraiment du chien sauvage ? C'est lui qui l'affirme ! dit Lu sans se lever. Prends-toi un bol et des baguettes, et sers-toi de l'alcool. J'ai mal au dos, une cicatrice de blessure par balle, elle me fait mal quand il pleut. À l'époque, pas question de trouver un médecin pendant les combats, déjà bien heureux si on restait en vie !

Il se servit donc lui-même de l'alcool, s'assit sur un petit banc devant le brasero et, tout en mangeant et buvant, écouta Lu parler avec volubilité.

– Moi aussi j'ai tué des hommes, j'ai tiré sur des hommes de mes propres mains, c'était la guerre, il n'y a rien à dire. Nombreux sont ceux qui sont morts de ma main, ils ne méritaient pas tous de mourir, et ceux qui le méritaient vivent souvent bien aujourd'hui.

Contrairement à sa froideur et à son caractère taciturne habituels, Lu était très excité ; lui ne comprenait pas ce qu'il lui voulait en fin de compte.

– Ça se sait déjà que le vieux Lin Biao a cassé sa pipe ?

Il fit oui de la tête. Le vice-président du Parti s'était sauvé en avion et s'était écrasé en Mongolie, c'était ce qu'affirmait un document officiel.

Les gens à la campagne n'en avaient guère été ébranlés, disant qu'il suffisait de voir sa tête de singe pour savoir qu'il finirait mal. Et s'il avait été digne comme un chat ? Il serait assurément devenu empereur aux yeux des paysans.

– Il y en a encore qui n'ont pas cassé leur pipe, risqua Lu en posant sa tasse d'alcool. Lui aussi comprenait la colère de Lu. Pourtant, ces mots-là revenaient à ne rien dire, Lu connaissait les affaires du monde, avait traversé de nombreux périls politiques, il ne pouvait pas lui ouvrir vraiment son cœur, et lui-même ne devait pas briser le pot en terre dont il dépendait. Il se trouvait sous la protection de ce parapluie : tant que le secrétaire Lu était en paix, il pouvait continuer à subsister. Bois, bois, et pour la viande pimentée, ne t'occupe pas de savoir si c'est du chien sauvage ou du chien domestique.

Lu se leva et alla prendre une feuille de papier sur la table. Il y avait noté un poème régulier en vers de cinq caractères qui apparemment exprimait sa joie devant la chute d'un certain Lin.

– Peux-tu me dire si la versification est correcte ?

C'était sans doute pour cela qu'il l'avait fait venir. Il examina le poème un instant et suggéra de déplacer un ou deux caractères, il n'y avait rien à retrancher et il dit qu'il possédait un livre consacré spécialement à la prosodie de la poésie classique, il pourrait le lui faire passer.

– Je ne suis qu'un petit pâtre à l'origine, expliqua Lu, on n'aurait jamais eu les moyens de m'envoyer à l'école, mais j'allais toujours écouter en cachette sous les fenêtres du maître de l'école privée du village quand les enfants lisaient à haute voix et j'ai appris comme ça à réciter des poésies des Tang. Quand il a vu mes bonnes dispositions pour l'étude, le maître ne m'a pas demandé d'argent, mais je ramassais de temps en temps pour lui des charges de bois de chauffage. Quand j'avais un moment, je venais écouter ses cours, c'est comme ça que j'ai appris à écrire. À quinze ans, je suis parti me battre dans les maquis, tromblon à l'épaule.

Cette région de montagne était précisément la base de maquisards de Lu à l'époque. Aujourd'hui, bien que cette base fût devenue le lieu où il était « retourné pour enquêter », il n'avait pas de fonction précise, même s'il était plus ou moins le secrétaire des secrétaires des comités du Parti nouvellement réhabilités dans de nombreuses communes. Lu se cachait ici. Puis Lu lui révéla qu'il avait aussi des ennemis, bien entendu il ne s'agissait pas des milices locales de propriétaires fonciers, paysans riches et hobereaux déjà réprimés depuis longtemps, mais plutôt des « gens d'en haut ».

Il ne comprit pas où se trouvait cet « en haut » dont parlait Lu, qui étaient ces « gens », manifestement ce n'étaient pas non plus les cadres du chef-lieu de district qui auraient pu le punir et l'abattre. Lu se tenait à chaque instant prêt à parer à toute éventualité. La natte de paille sous son oreiller cachait un couteau de l'armée, et sous son lit, dans une caisse de bois, se trouvait une mitrailleuse légère en parfait état de marche. Il avait aussi une caisse de cartouches, du matériel de la milice de la commune populaire. Comme tout était entreposé chez lui, personne ne pouvait le dénoncer. Lu attendait-il le moment favorable pour se relever et reprendre le pouvoir ? Ou bien peut-être se préparait-il pour de nouveaux bouleversements dans ce monde, c'était difficile à dire.

– Les gens dans ces montagnes, ce sont pour la plupart des paysans qui cultivent les champs, mais ils se transforment en bandits pendant les périodes de troubles – les décapitations ne sont pas chose rare par ici. J'ai grandi en assistant à de telles scènes, à l'époque les bandits ligotés dressaient leur tête bien droit, attendant debout d'être décapités au sabre, leur visage ne changeait même pas de couleur. Ce n'est pas comme à présent, quand les condamnés sont fusillés à genoux, la gorge serrée par un fil de fer. Les maquisards, c'étaient des bandits !

Ces paroles effrayantes sortaient de la bouche de Lu qui conclut :

– Mais ils avaient un but politique : abattre les tyrans et partager les terres.

Lu ne dit pas qu'aujourd'hui, les terres partagées étaient revenues à la collectivité et que des céréales de bouche étaient distribuées à chacun, le surplus devant être livré en haut lieu.

– Quand les maquisards avaient besoin d'argent ou de vivres, ils se livraient à des rapts et à des exécutions d'otages, ils utilisaient les mêmes procédés violents que les bandits. Lorsque la marchandise n'était pas livrée au point décidé à l'avance, ils prenaient un otage vivant, l'attachaient jambes écartées sur un bambou fraîchement poussé, ils pliaient le bambou et, au signal, le lâchaient, coupant l'homme en deux !

Lu ne l'avait pas fait, mais l'avait vu faire, et il faisait l'éducation de ce lettré !

– Toi, tu es un lettré venu de l'extérieur, ne crois pas que la vie soit facile dans ces montagnes, ne crois pas que tout y soit aussi paisible ! Si on n'y est pas solidement implanté, impossible d'y rester !

Lu n'usait pas du langage officiel des petits cadres qui gravissaient leurs échelons au pas de course, au contraire il était en train de liquider totalement ce qui lui restait dans sa tête, à lui, de fables révolutionnaires. Peut-être Lu aurait-il un jour besoin de lui et tâchait-il de le rendre aussi dur, aussi féroce que lui, pour qu'il devienne l'assistant de ce roi de la montagne quand il aurait repris le pouvoir. Lu lui avait parlé de ces lettrés au visage pâle, venus des villes, qui avaient rejoint les maquis.

– Est-ce qu'ils comprennent quelque chose à la révolution, les étudiants ? Le vieil homme avait bien raison de dire…

Le vieil homme dont parlait Lu, c'était Mao.

– … que le pouvoir est au bout du fusil ! De ces généraux et de ces commissaires politiques, lequel n'a pas du sang sur les mains ?

Lui dit que de toute sa vie il ne serait pas général et qu'il avait peur de se battre ; il pensait qu'il aurait mieux fait de dire cela avant tout.

Lu dit alors :

– Ce n'est pas que je sois passionné par le pouvoir, sinon est-ce que je me serais réfugié ici ? Mais tu dois te défendre et veiller à ce qu'on ne vienne pas t'abattre.

Cette règle de survie, c'était l'expérience vécue de Lu.

– Toi, tu vas faire des enquêtes au bourg, tu diras que c'est moi qui t'ai envoyé. Pas besoin de lettre officielle, tu n'as qu'à dire que c'est une tâche que je t'ai confiée, qui consiste à rédiger une histoire de la lutte des classes dans ce bourg et tu écouteras ce qu'ils racontent. Bien sûr, ne crois pas tout ce qu'ils te disent, et ne pose pas de questions sur ce qui se passe actuellement ; même si tu poses des questions, tu n'y verras pas clair. Laisse-les parler de ce qu'ils veulent, ce sera comme d'écouter des histoires, tu sauras à quoi t'en tenir. Autrefois, ici, avant que les voitures ne passent, c'était un nid de brigands. Ne te fie pas au forgeron qui se prosterne devant toi et qui a l'air si docile. Si on le laisse, il sera plein de reconnaissance, mais si on le pousse, il peut te donner un bon coup de hache la nuit dans un champ désert. Dans la rue, la vieille boiteuse qui fait bouillir l'eau pour le thé, tu crois que c'est une femme aux pieds bandés ? Cette pratique n'avait pas cours dans ces montagnes, elle a été otage aux mains des maquisards, on lui a retiré ses chaussures en plein hiver et ses orteils ont gelé et sont tombés, mais c'était une femme, on lui a laissé la vie sauve. Cette maison lui appartenait, son père a été fusillé, son frère aîné est mort en camp de rééducation. Il ne lui reste que son deuxième frère, qui serait parti à l'étranger d'après ce qu'on dit.

C'est ainsi qu'il fit ton éducation, que la vie fit aussi ton éducation, rayant d'un trait la compassion, le sens de la justice, ainsi que l'indignation et l'impulsion qu'ils suscitaient en toi.

– On a bien bu ! dit Lu ; demain matin, quand tu seras dégrisé, tu viendras avec moi faire un tour dans la montagne au sud, au sommet il y a un temple qui a été bombardé par les avions japonais. Les Japonais ne sont pas venus jusqu'ici, ils se sont arrêtés au chef-lieu de district tandis que les maquisards étaient réfugiés dans les montagnes, ils n'ont pu que détruire le temple. C'était un moine qui l'avait construit après la défaite des Taiping, la révolte des Taiping n'est-elle pas née dans un climat créé par des bandits ? Mais comme ils n'ont pas réussi à résister à la cour impériale, il est venu se réfugier ici après la défaite et s'est fait moine. Il ne subsiste qu'une stèle brisée dont l'inscription est incomplète, il faudra que tu la déchiffres.

48

Dès qu'on le regarde à travers un objectif, le monde change, les choses les plus laides peuvent devenir magnifiques. À l'époque, tu avais un vieil appareil photo et pendant ces années passées à la campagne, tu l'emportais chaque fois que tu allais en montagne, c'était ton autre œil. Tu as photographié les paysages, la montagne couverte de bambous courbés sous le vent, cette vague vert émeraude en forme de plume fixée sur le papier par le claquement de l'obturateur. La nuit, tu développais les photos chez toi, et, même si tu perdais les couleurs, les ombres et les lumières des noirs et blancs contrastés étaient fascinantes, on eût dit un monde de rêve. Tu utilisais des films périmés, plus de deux cents mètres de pellicule que tu avais achetée en solde par l'intermédiaire d'un ami à Pékin dans un studio de production cinématographique, tu l'avais payé trente yuans, presque un cadeau. Les studios de production ne sortaient alors que des films documentaires sur les réjouissances révolutionnaires, dans lesquels on ne faisait que frapper gongs et tambours et danser dans la liesse générale. Le grand dirigeant passait les gardes rouges en revue. La bombe atomique avait explosé avec succès. Les anesthésies sous acupuncture, les nouvelles victoires de la pensée Mao Zedong. Les malades procédaient à leur travail idéologique avant qu'on leur ouvre la poitrine ou l'abdomen. À moins qu'on n'escalade le mont Everest, et que le drapeau rouge flotte sur le toit du monde. Pour tous ces films il fallait utiliser de la pellicule couleur d'un ton plus ou moins rouge produite nationalement. Toi, tu préférais les photos noir et blanc, dénuées de la confusion qu'apportent les couleurs, et tu pouvais les contempler longuement, sans que tes yeux se lassent.

Tu t'absorbais dans la contemplation de ces maisons villageoises en noir et blanc, leurs toits de tuiles grises, les étangs sous la pluie fine, et une poule sur un pont fait d'une seule planche. Tu aimais particulièrement cette photo d'une poule noire, elle était juste devant ton objectif, dressant la tête pour le regarder après avoir picoré, ne comprenant pas ce qu'était ce jouet, elle le regardait d'un œil tout rond dont la pupille montrait une grande vivacité, elle le fixait, tête levée. Dans son regard tu voyais d'insondables sous-entendus.

Il y avait aussi une photographie de ruines, la maison était envahie d'herbes folles, le toit complètement délabré, c'était un village mort, plus personne n'y habitait, tout n'était que décombres, on n'y relevait plus la moindre trace du Grand Bond en avant. Cette année-là, toutes les céréales récoltées avaient été livrées en haut lieu, le village avait été frappé par une famine qui avait métamorphosé les habitants en fantômes, y compris le secrétaire du Parti ; qui eût pu imaginer que non seulement le Parti s'en serait totalement désintéressé, mais qu'on aurait même placé à la gare routière du chef-lieu de district des hommes pour surveiller et empêcher rigoureusement les gens de partir pour mendier ? Du reste, la quantité de céréales par personne étant rationnée en ville, mendier n'aurait pas donné grand-chose. Les enfants d'un certain âge qui vivaient dans ces montagnes se souvenaient comment ils avaient tenté d'apaiser leur faim en déterrant des racines de pueraria. Quand ils en consommaient, ils devaient faire leurs besoins le cul en l'air, s'aidant mutuellement à se ramoner le derrière avec un bâton. Quand les crottes formées par la pueraria sortaient, elles étaient aussi dures que des pierres, ce qui rendait leur évacuation extrêmement douloureuse. C'étaient tes élèves qui te l'avaient raconté, bien sûr cela n'apparaissait pas sur tes photos, mais la désolation qu'on y lisait était splendide.

En visant à travers l'objectif, tu pouvais transformer une situation catastrophique en un simple paysage.

Tu avais aussi pris en photo deux jeunes filles adorables, la plus âgée avait dix-huit ans, la plus jeune quinze. La plus âgée était pensive, légèrement inclinée sur le côté. Son père enseignait au lycée du chef-lieu de district, son grand-père paternel était propriétaire foncier, et avant d'avoir terminé ses études secondaires, elle avait dû faire son « retour à la base » dans ces montagnes. La plus jeune était élève au collège, son père travaillait comme opticien dans une boutique de lunettes à la capitale provinciale. Naturellement, il n'avait pu garder sa fille avec lui. Sur la photographie, la jeune fille levait le visage en riant stupidement, comme si quelqu'un la chatouillait. Elles étaient ici depuis plus d'un an ; quand l'école du village avait repris, il avait fallu des enseignants, et plutôt que de les envoyer travailler en montagne, on les avait fait enseigner, c'était une manière de prendre un peu soin d'elles. Quand elles t'avaient entendu annoncer que tu allais emmener tes élèves cueillir du thé, elles avaient été au comble de la joie et avaient proposé qu'ils logent dans leur école, ça ne pouvait pas être mieux, il y avait deux salles de classe, dans l'une dormiraient les garçons, dans l'autre les filles. Entre les deux se trouvait une pièce séparée par une cloison en planches, un côté leur servait pour préparer leurs cours, et l'autre, équipé d'un lit de planches, était leur chambre. Elles proposèrent de te la céder quand tu viendrais, elles-mêmes pourraient passer la nuit au village. Même si, avant de venir à la campagne, quand elles étaient encore à l'école, elles avaient pu critiquer et attaquer leurs professeurs, en te voyant, toi, professeur du secondaire venu du bourg, elles avaient l'impression de retrouver un parent. Très chaleureuses, elles avaient préparé pour toi de la viande séchée, fait sauter des œufs et confectionné une soupe de pousses de bambou fraîches, et elles n'avaient cessé de bavarder. Alors tu avais pris cette photo, elles n'étaient pas comme les filles de ces montagnes qui s'enfuyaient à la vue d'un appareil, au contraire elles étaient très à l'aise, prenaient même la pose, et c'est juste au moment où la plus jeune des deux ne put plus se retenir et pouffa de rire que tu avais déclenché l'obturateur. Ensuite, en développant la photo, tu constatas que la plus âgée évitait de regarder l'objectif et avait un air terriblement triste, alors que dans le rire idiot de l'autre on lisait un abandon que l'on voit rarement chez une jeune fille. Et tout cela sur fond de falaise escarpée et sous les grosses branches sombres d'un vieux torreya.

Au printemps, alors que toute la campagne verdoyait – c'était presque la saison de la cueillette du thé –, il s'engagea dans les montagnes en longeant un ravin, franchit un sommet et traversa une rivière en empruntant un petit pont de bois dans les rayons du soleil et le doux gazouillis de l'eau ; enfin, il arriva dans une équipe de production qui s'occupait surtout de thé et de bambou. Il gravit une pente à flanc de montagne pour trouver le chef de l'équipe en train de creuser des rigoles pour semer du maïs. Il lui expliqua qu'il allait amener trente élèves du bourg pour cueillir le thé pendant dix jours et qu'ils s'installeraient dans l'école primaire, les élèves apporteraient de chez eux leur propre riz, mais le bois de chauffage, les légumes, l'huile, le sel et le fromage de soja devaient être fournis par l'équipe de production. La somme globale serait défalquée des salaires des élèves. De retour à quatre heures de l'après-midi, il voulut rentrer au bourg, mais il ne pouvait pas marcher de nuit dans la montagne. Les deux jeunes institutrices le gardèrent alors à l'école pour passer la nuit.

En montagne, la nuit tombe tôt, une fois le soleil caché derrière la falaise ; le terrain de sport de l'école était déjà sombre. Le hameau se couvrit d'une brume qui montait de la rivière, et les hommes et les femmes qui travaillaient dans la montagne rentrèrent chez eux, houe à l'épaule. Le village s'anima. Les aboiements des chiens retentirent, accompagnant les cris des hommes, puis la fumée s'éleva des toits des maisons.

Au-dehors, l'humidité était forte, la fille la plus âgée alluma un feu et mit à bouillir une bassine d'eau pour qu'il se lave. Il avait marché toute la journée dans la montagne, ce fut un plaisir de prendre un bain de pieds qui dissipa sa fatigue. L'autre jeune fille apporta son savon. Assises sous la lampe à pétrole, elles corrigèrent pendant un moment les devoirs de leurs élèves, puis les villageois arrivèrent leur repas terminé, des hommes, des garçons, des filles aussi, et des enfants. Les hommes s'installèrent à côté de l'âtre, tandis que les jeunes se serraient autour de la table sous la lampe à pétrole pour entamer une partie de cartes. Les deux jeunes filles rangèrent les cahiers dans un coin. Il y avait aussi là quelques jeunes filles en âge de se marier, celles qui étaient déjà mères devaient sans doute rester chez elles, occupées à leurs affaires. Les enfants entraient et sortaient dans un chahut incessant, tandis que les hommes blaguaient avec les filles qui, en, bonnes filles de la montagne, n'avaient pas leur langue dans la poche. Par comparaison, les deux jeunes filles venues de la ville étaient beaucoup plus douces et réservées, mais elles avaient quand même abandonné le ton d'élève sage dont elles usaient avec lui, et allaient parfois jusqu'à risquer quelques jurons, sans que cela gêne personne. L'école était le point de rencontre nocturne des villageois, un lieu où l'on était heureux.

– Allez, on éteint ! Le professeur est fatigué d'avoir marché toute la journée, il faut aller se coucher !

La fille la plus âgée commença à chasser les gens qui se dispersèrent à contrecœur. Les deux filles lui dirent bonsoir et partirent avec les derniers villageois.

Il restait quelques morceaux de charbon incandescent qui luisaient, la température de la pièce se rafraîchit. Dans la salle de classe sombre, le vent s'engouffrait, il commençait à faire froid. Il alla fermer la porte, mais elle se rouvrit aussitôt, poussée par le vent. Il s'aperçut qu'il n'y avait pas de verrou à cette porte, il avait été arraché, et que le vantail et le chambranle étaient criblés de trous. Il réfléchit un moment, puis retourna dans la salle de classe fermer la grande porte, mais dans l'obscurité il n'arriva pas à trouver la barre. Il y avait bien sur les montants deux solides crochets pour engager la barre, mais celle-ci avait disparu. Il poussa une table contre la porte pour la tenir fermée. Une fois revenu dans la pièce, il prit une lampe à pétrole et vit que sa chambre était séparée par une petite porte ménagée dans la cloison de planches montée jusqu'à mi-hauteur. Le verrou en avait aussi été arraché, il ne restait que la serrure sur le chambranle. Heureusement, la porte fermait bien, il n'alla pas vérifier si celle de la deuxième salle de classe fermait. De toute façon, dans cette maison, il n'y avait rien que l'on pût voler, hormis deux jeunes filles qui dormaient toutes seules, venues de la ville s'installer là.

Après avoir éteint la lampe, il se déshabilla et écouta, allongé, le vent mugir dans la montagne, tel un fauve rugissant d'une voix grave. Par moments, le vent amenait aussi le bruit de l'eau de la rivière. Cette nuit-là, il dormit mal, restant à demi éveillé, avec l'impression qu'une bête sauvage allait faire irruption dans la pièce à tout instant. Il se leva tôt et plia sa literie, il découvrit alors que les draps grisâtres du lit étaient maculés de taches, tout comme les oreillers. Il ne put retenir son dégoût.

Sur le chemin du retour, il pensa à ce qui était arrivé à son élève Sun Huirong ; ces dernières années à la campagne les tracasseries s'accumulaient. Il s'était caché comme il le fallait et, bien qu'il eût acquis une certaine paix intérieure, capable de faire face à la montagne pendant des heures, de contempler ce cours d'eau qui s'écoulait sans fin, sans penser à rien, il ressemblait de plus en plus à une larve.

49

Elle veut aller voir la forêt vierge, tu dis : Mais où veux-tu qu'il y ait une forêt vierge à Sydney, il faudrait au minimum conduire plusieurs jours pour aller dans ces lieux inhabités de l'immense Australie. Du reste, tu as tout vu depuis l'avion, une terre aride ocre recouvrant des montagnes hérissées de rochers en forme d'arêtes de poisson, le paysage n'avait pas changé pendant des heures de vol, où voudrais-tu qu'il y ait une forêt vierge ? Elle étale une carte touristique et, désignant un morceau vert, déclare :

– Voilà, c'est là !

– C'est un parc, réponds-tu.

– Le parc national est une zone de protection naturelle, insiste-t-elle, les animaux et les plantes qui s'y trouvent sont conservés dans leur état originel !

– Et aussi les kangourous ? demandes-tu.

– Bien sûr, dit-elle.

– Alors c'est dans un zoo qu'il faut aller. Ce n'est pas comme chez vous en France où on achète des loups dans le monde entier et on les enferme dans des endroits où ils se baladent dans tous les sens pour le plaisir des visiteurs.

Tu n'as pas réussi à la convaincre, tu finis par maugréer :

– Il faudrait demander aux amis du centre dramatique de me trouver une voiture.

Tu lui expliques que ce sont eux qui t'ont invité pour les répétitions de ta pièce, tu viens juste de faire leur connaissance, cela ne t'est pas facile de déranger les gens comme ça. Mais elle dit qu'un train direct mène là-bas, son doigt avance sur la carte, de la gare centrale située au centre-ville jusqu'au bord du morceau vert qui désigne le Royal National Park.

– Oh, il n'y a qu'une gare, Sutherland. Regarde, c'est très facile d'y aller ! dit-elle.

Elle, c'est Sylvie, cheveux courts, coupe à la garçon, on dirait une lycéenne, elle semble beaucoup plus jeune que son âge, mais sa grosse poitrine montre qu'elle est depuis longtemps une femme accomplie. Tu as fait griller une tranche de pain, tu as préparé du café au lait, mais elle ne boit que du café noir, toujours sans sucre, elle ne mange ni pain ni beurre, elle doit surveiller sa ligne.

Vous êtes sortis du petit bâtiment où vous logez, elle repense soudain à quelque chose, retourne dans la chambre prendre serviette et maillot de bain, et déclare qu'en traversant la zone de protection naturelle du Royal National Park, on peut atteindre le bord de mer et peut-être s'y baigner et se faire bronzer.

Le train est allé d'une seule traite de la gare centrale à Sutherland, une petite gare où quelques personnes seulement sont descendues. Une fois sortis de la gare, vous découvrez une petite bourgade, toujours pas de forêt. Tu dis qu'il faudrait se renseigner, et tu retournes à la gare interroger le vendeur de billets.

– Pouvez-vous m'indiquer la route pour aller voir la forêt vierge ? Le parc, le Royal National Park ?

– Il fallait descendre à la station suivante, à Loftus, répond le préposé derrière son guichet.

Alors vous rentrez dans la gare et vous achetez un billet. Un train arrive vingt minutes plus tard, mais il ne va pas à Loftus, il faut prendre le suivant.

Vous attendez encore une demi-heure avant que le haut-parleur n'annonce que le prochain train sera un peu en retard et qu'il faut se rendre sur un autre quai pour l'attendre. Elle va demander au chef de gare ce qui se passe. Le gros bonhomme répond :

– Attendez, attendez, il va arriver. Puis la porte de son bureau se referme.

Tu lui rappelles que, le jour où vous êtes arrivés en Australie, les gens vous ont prévenus, si l'on prend le train de Sydney à Melbourne, il faut deux jours, trois jours, une semaine, rien n'est sûr, ils ne prennent jamais le train, ils prennent soit l'avion soit la voiture. Tu lui dis qu'il vous faudra peut-être attendre jusqu'à la nuit. Mais elle, Sylvie, marche de long en large, un peu nerveuse. Tu lui dis de s'asseoir, mais elle ne tient pas en place.

– Va au distributeur acheter un paquet de cacahuètes ou bien cette spécialité d'Australie si grasse, ce petit fruit rond, il s'appelle comment déjà ?

Tu fais exprès de la taquiner, mais elle ne te regarde pas.

Une heure s'écoule encore, le train finit par arriver.

Loftus. Quand vous sortez de la gare, c'est un bourg encore plus petit, tout poussiéreux, sur la passerelle qui enjambe la voie ferrée est déployée une banderole : « Bienvenue à la visite du musée du Tramway ».

– On y va ? demandes-tu.

Elle ne fait pas attention à toi et retourne s'informer au guichet avant de t'appeler d'un signe de main. Tu reviens vers la gare. Derrière son guichet, l'employé vous fait des gestes.

– La forêt vierge se trouve sur le quai ? demandes-tu.

– Tu ne comprends rien à l'anglais, dit-elle.

Tu rentres dans la gare pour remercier en anglais l'employé. Elle te jette un coup d'œil et éclate de rire. Sa colère s'est dissipée, elle t'explique ce qu'il a dit, il est plus rapide de passer par le quai. Bon, tu traverses les rails derrière elle, tu marches sur un tas de graviers destinés à réparer la voie, sur le quai un employé portant un uniforme vous regarde. Tu lui demandes alors d'une voix forte :

– Où est le parc ? Où se trouve le Royal National Park ?

Ça, en anglais, tu peux le dire. Il désigne derrière vous une sortie avec une barrière cassée.

Vous arrivez sur une grande route, des voitures qui passent à vive allure, pas de piétons. Sur le mur d'enceinte de la gare est accroché un grand écriteau avec la mention : « musée du Tramway » accompagnée d'une flèche. Il ne vous reste qu'à aller à ce musée demander votre route. Une immense porte, et derrière, une toute petite guérite en bois, qui proportionnellement ressemble à un jouet, sur une pancarte les tarifs d'entrée, un prix différent pour les enfants et les adultes, mais personne dans la guérite. Sur une place déserte passent des rails sur lesquels est arrêté un vieux tramway aux wagons en bois au vernis écaillé. Une femme et une dizaine d'enfants entourent un vieil homme portant une casquette à large visière, en train de raconter l'histoire de ce tramway. Quand le vieil homme a terminé, la femme fait monter les enfants à bord, tandis que l'homme vous adresse un salut, la main à la hauteur de la visière de sa casquette. Sylvie explique pourquoi vous êtes venus et le vieil homme fait un large geste du bras :

– C'est bien le Royal National Park ici, c'est partout le parc, vous, moi, ce musée, nous sommes tous dans le parc !

Ce qu'il désigne du nom de musée, c'est ce vieux tramway arrêté sur la place.

– Et la forêt ? La forêt vierge ? demande Sylvie avec ses cheveux courts de garçon. Devant le gros bonhomme coiffé de sa casquette à visière, elle ressemble davantage à une femme.

– La forêt est partout… dit-il en se retournant pour montrer les bosquets d'eucalyptus qui bordent la route.

Tu ne peux te retenir de rire, elle te jette un coup d'œil féroce, et demande encore au vieil homme :

– Par où y entre-t-on ?

– Par où on veut. Vous pouvez aussi y aller en tramway, cinq dollars par personne, c'est le tarif pour les adultes.

– Pas de problème, dis-tu en tirant de ta poche ton porte-monnaie, le tramway va dans la forêt ?

– Bien sûr, c'est un billet aller retour, vous n'êtes pas obligés de payer tout de suite. Si vous êtes satisfait, vous payez. Sinon, vous pouvez revenir à pied, ce n'est pas loin.

Le vieux tramway se met en marche après avoir fait sonner sa cloche qui ne doit pas être vieille tant le son qu'elle émet est clair. Tu es aussi joyeux que les enfants qui sont montés à bord du tramway, mais Sylvie boude, bien qu'elle n'ait aucune raison de ne pas être contente. Le tram entre dans la forêt, des eucalyptus, des eucalyptus, des eucalyptus de toutes sortes, tu ne parviens pas à les différencier. Certains ont un tronc brun-rouge, d'autres jaune foncé, certains viennent de perdre leur écorce, d'autres sont tout noirs, ils ont dû brûler, les branches sont tordues, le sommet des arbres ressemble à de longs cheveux flottant dans le vent, ils ont l'air un peu démoniaques. Un quart d'heure plus tard, vous êtes au bout de la voie ferrée.

– Tu as vu des kangourous ? la taquines-tu.

– Bon, tu te moques de moi, je vais donc t'en trouver un pour te le montrer !

Elle descend du tramway et court dans une petite rue en suivant la flèche qui indique un point de renseignement. Tu t'assieds à côté de la voie ferrée. Un long moment plus tard, elle revient tout abattue, avec à la main des prospectus, et elle dit qu'il y a un raccourci vers la mer, mais qu'il faudra marcher encore plusieurs heures. Le soleil est déjà bas au-dessus de la forêt, il est bientôt quatre heures. Elle te regarde sans prendre de décision.

– Bon, rentrons par le même chemin, on aura quand même visité un musée du Tramway, dis-tu.

Vous repartez avec le groupe d'enfants, elle ne te parle plus, comme si c'était toi qui t'étais trompé. Une fois à la gare, vous reprenez un train pour Sydney, elle s'étend sur les sièges dans le compartiment vide. En examinant la carte touristique, tu découvres que vous allez passer à Cronulla qui se trouve au bord de la mer. Tu suggères que vous descendiez tout de suite du train et tu la fais se lever.

Effectivement, pas très loin de la sortie de la gare se trouve une plage, le soleil du soir rend les eaux bleu foncé, de gros rouleaux d'un blanc de neige déferlent. Elle passe son maillot de bain, mais une bretelle casse. Elle a l'air abattu.

– Il faut trouver une plage de nudistes, dis-tu encore pour la taquiner.

– Tu ne sais pas vivre ! te lance-t-elle.

– Comment faire alors ?

Tu suggères d'utiliser le lacet de ton maillot de bain pour remplacer sa bretelle.

– Et toi ? demande-t-elle.

– Je t'attendrai sur la plage.

– Ça ne va pas. Si tu ne te baignes pas, moi non plus !

En fait elle en a très envie, mais elle veut se montrer accommodante. Une idée te vient :

– On peut utiliser un lacet de chaussure.

– Bonne idée, tu n'es pas si stupide que ça finalement.

Grâce au lacet, tu finis par arriver à recouvrir ses seins, elle t'embrasse avec fougue et court vers la mer. L'eau est glacée. À peine es-tu entré jusqu'aux genoux que tu te mets à grelotter.

– C'est gelé !

En criant, elle plonge dans l'écume.

Au loin, à l'extrême gauche de la baie, au-delà d'un rocher, des garçons font du surf. Plus loin, c'est l'eau profonde et sombre, les rouleaux déferlent avec impétuosité. Le soleil du soir est masqué par les nuages, le vent de mer se lève, il fait encore plus froid. Autour de vous, les baigneurs ramassent leurs affaires pour s'en aller.

Tu retournes vers les vôtres et passes une chemise, tu regardes la mer, mais ne vois plus sa tête, les surfeurs sont remontés sur le rocher. Tu es un peu inquiet, tu te lèves pour scruter au loin, il te semble apercevoir un petit point noir qui apparaît et disparaît dans l'écume, tu as l'impression qu'il s'éloigne encore. Tu commences à avoir peur, les reflets sur les vagues s'estompent, l'espace entre le ciel et cet impétueux océan Pacifique de l'hémisphère sud s'obscurcit.

Tu la connais depuis peu, tu ne la comprends pas du tout ; avant ce jour, vous n'avez fait que passer quelques nuits ensemble. Quand tu as dit que des amis t'invitaient à diriger les répétitions de ta pièce, elle a demandé un congé pour t'accompagner. Elle n'est pas facile, tu ne saurais dire si tu l'aimes, mais elle t'envoûte. Elle a plusieurs hommes, qui ne sont que des copains comme elle dit. « Copains pour le sexe ? » as-tu demandé. Elle ne nie absolument pas, c'est peut-être justement à cause de cela qu'elle t'excite autant. Elle dit qu'elle est contre le mariage, elle a vécu avec un homme plusieurs années, puis ils se sont séparés, elle ne peut pas appartenir à un seul homme, tu dis que tu l'approuves entièrement. Elle dit qu'une relation stable ne lui déplairait pas, mais pour avoir la stabilité, il faut que les deux partenaires soient stables, ce qui est difficile, tu dis que tu partages son avis, que vous avez des points communs. Elle veut une vie transparente, elle en a parlé la première fois qu'elle a couché avec toi, et elle t'a parlé des relations sexuelles qu'elle a eues et qu'elle a encore. L'honnêteté dans les relations entre les sexes, c'est le plus important, cela aussi tu l'approuves. C'est son honnêteté qui t'excite.

On ne distingue plus grand-chose au loin à la surface de la mer, tu es mort d'inquiétude, tu lèves la tête vers le rivage, pour voir s'il y a un secouriste en faction. En fait elle est sortie de l'eau sur le côté ; en te voyant regarder dans sa direction, elle s'arrête, son visage et sa bouche sont bleus de froid.

– Qu'est-ce que tu regardais ? demande-t-elle.

– Je cherchais un secouriste.

– Une jolie fille plutôt, non ? ricane-t-elle, sans cesser de tousser. Elle a la chair de poule.

– C'est vrai qu'il y en avait une, aux cheveux dorés, qui se prélassait à l'instant au soleil sur la plage.

– Tu aimes les blondes ?

– Les châtains aussi.

– Salopard !

Elle t'a injurié d'une voix douce, tu ris de bon cœur.

Vous dînez dans un petit restaurant italien sur la vitrine duquel est peint un père Noël tout blanc, des guirlandes vertes en papier imitant des branches de sapin pendent au-dessus des tables, c'est bientôt Noël, mais dans l'hémisphère sud, c'est presque l'été.

– Tu penses à autre chose, sortir avec toi pour s'amuser, c'est nul, dit-elle.

– S'amuser, n'est-ce pas aussi se reposer ? On n'a pas besoin d'avoir de but précis.

– Dans ce cas, pas besoin d'une fille particulière, n'importe laquelle convient, c'est ça ? dit-elle en te regardant derrière son verre.

– J'ai eu une peur terrible tout à l'heure, j'ai failli appeler du secours ! dis-tu.

– C'était trop tard ! dit-elle en posant son verre pour te caresser la main, j'ai fait exprès de te faire peur, tu es un idiot, laisse-moi t'apprendre à vivre !

– D'accord.

Cette nuit-là tu as fait l'amour avec elle violemment.

50

Au bourg, l'électricité était souvent coupée, il devait allumer la lampe à pétrole, et devant cette lampe il se sentait encore plus en paix, tous ses scrupules disparaissaient quand il écrivait, il s'épanchait plus facilement. On frappa tout doucement à la porte, à la campagne personne ne frappait ainsi, en général on appelait d'abord ou on cognait violemment à la porte en criant, il crut que c'était un chien. Le chien jaune du directeur de l'école venait parfois gratter pour réclamer un os quand il sentait l'odeur de la viande en train de cuire, mais depuis plusieurs jours, lui mangeait à la cantine de l'école et n'avait pas allumé son fourneau. Un peu étonné, il cacha aussitôt ce qu'il avait écrit dans le panier de charbon de bois posé dans un coin de la pièce, puis il écouta à la porte, mais n'entendit plus rien. Il s'éloignait quand il entendit de nouveau frapper doucement.

– Qui est-ce ? demanda-t-il à voix haute en entrouvrant.

– Professeur…

C'était une petite voix féminine, elle se tenait debout à côté de l'entrée.

– Sun Huirong ? Il avait reconnu sa voix, il ouvrit la porte.

Après avoir étudié deux ans, la jeune fille avait obtenu son diplôme et travaillait aux champs. Les jeunes diplômés qui n'avaient pas d'activité agricole au bourg devaient eux aussi s'installer dans les villages, selon les directives officielles que l'école devait faire appliquer. En tant que professeur de Sun, il avait choisi pour elle une brigade de production distante du bourg de seulement cinq lis et dont le secrétaire était Zhao le bossu, qu'il connaissait. Il lui avait aussi trouvé une famille où il y avait une vieille femme qui pouvait s'occuper d'elle.

– Alors, ça va ? demanda-t-il.

– Très bien, professeur.

– Tu as bronzé, dis donc !

À la lumière jaunâtre de la lampe à pétrole, le visage de la jeune fille paraissait très sombre, elle n'avait que seize ans, mais elle arborait une opulente poitrine et semblait en parfaite santé physique, pas du tout comme les filles des villes. Elle travaillait aux champs depuis son enfance et n'en souffrait pas. Sun avança dans la pièce, mais il laissa la porte ouverte pour éviter tout soupçon.

– Qu'est-ce qui t'amène ?

– Je passais juste.

– Très bien, assieds-toi.

Il ne l'avait jamais fait entrer toute seule chez lui, mais à présent elle avait quitté l'école. Sun se retourna et examina les lieux, mais elle resta debout en regardant la porte.

– Assieds-toi, assieds-toi, mais laisse la porte ouverte.

– Personne ne m'a vue entrer, dit-elle toujours d'une voix légère.

Il se sentit aussitôt dans une situation embarrassante. Il se souvenait qu'elle avait dit que chez elle c'était un royaume de femmes sur un ton un peu amer, comme pour l'émouvoir. Sun était la jeune fille la plus remarquable du bourg. Depuis que l'équipe de propagande des élèves était allée jouer un spectacle à la mine de charbon voisine, des jeunes ouvriers attirés par les jeunes filles n'avaient cessé de passer et de repasser devant les fenêtres de la salle de classe en tendant la tête pour regarder à l'intérieur. Les garçons avaient fait du chahut en disant qu'ils venaient voir Sun Huirong ! Le directeur de l'école était sorti de son bureau et les avait grondés :

– Qu'est-ce que vous regardez ? Qu'est-ce qu'il y a de beau à voir ?

Les petites canailles avaient bafouillé :

– On peut bien jeter un coup d'œil, non ? On jette juste un coup d'œil. Puis ils étaient partis penauds.

Sur la digue de pierre au bord de la rivière, il y avait aussi une inscription tracée à la craie en caractères maladroits : « Ici, Sun Huirong s'est fait toucher les seins. » Le directeur avait interrogé les garçons de la classe un à un dans son bureau, mais tous avaient affirmé ne pas connaître l'auteur de l'inscription ; pourtant, une fois sortis du bureau, ils ricanaient. À la campagne les filles sont formées très tôt, elles discutaient entre elles et souvent ces discussions se terminaient en disputes et en pleurs, mais quand il les interrogeait, elles ne disaient rien et rougissaient jusqu'aux oreilles. Avant la représentation, au moment où l'équipe de propagande devait se maquiller, Sun Huirong s'était regardée sous toutes les coutures dans un petit miroir et avait fait la coquette :

– Professeur, est-ce que ma coiffure est jolie ? Professeur, venez me mettre mon rouge à lèvres, venez voir, professeur !

Il lui avait arrangé un peu la commissure des lèvres et avait dit :

– Tu es très jolie, ça va !

Puis il l'avait écartée.

Elle était maintenant assise face à lui, dans la lumière de la lampe à pétrole. Il voulut tirer sur la mèche pour donner plus d'intensité, mais elle dit doucement :

– C'est mieux comme ça.

Il pensa qu'elle tentait de le séduire et changea de sujet de conversation :

– Tu es bien chez ces gens ?

Il l'interrogeait sur cette famille paysanne qu'il lui avait choisie, où vivait une vieille femme.

– Ça fait longtemps que je ne vis plus là-bas.

– Pourquoi ?

À l'époque il s'était entendu avec la famille pour qu'elle loge avec la vieille femme.

– Je surveille l'entrepôt.

– Quel entrepôt ?

– Celui de l'équipe de production.
– Où se trouve-t-il ?
– Au bord de la route, au bout du pont.
Il savait qu'au bout du petit pont de pierre, en bordure du village, se trouvait une maison isolée, il lui demanda :
– Tu y habites seule ?
– Oui.
– Qu'est-ce que tu surveilles ?
– Des charrues et des herses, et aussi de la paille.
– Ce n'est pas grand-chose !
– Le secrétaire dit que plus tard il me fera venir comme comptable et que j'aurai un logement.
– Tu n'as pas peur là-bas ?
Elle garda le silence un instant puis répondit :
– Je me suis habituée, ça va.
– Et ta mère est rassurée ?
– Elle ne s'occupe plus de moi, il y a encore mes deux sœurs à la maison, quand on est grande, on se débrouille.
Elle se tut encore, de l'eau s'était mélangée au pétrole et la flamme sautillait.
– As-tu le temps de lire un peu ?
En tant que professeur, il se devait de poser cette question.
– Comment faire ? Ce n'est pas comme de cultiver le potager à la maison, il faut gagner des points de travail. Ça n'est pas le bon temps où je fréquentais l'école, c'était tellement bien !
C'est vrai, pour elle, l'école était un paradis.
– Eh bien, passe plus souvent à l'école, ce n'est pas loin, et quand tu rentres chez toi, viens faire un tour ici.
C'était la seule consolation qu'il pouvait lui offrir. Elle se tenait penchée sur son coin de chaise, tête baissée, et passait ses doigts sur les fentes de la table. Il ne savait que dire, il sentait le parfum qu'exhalaient ses cheveux, il hasarda une phrase :
– Rentre si tu n'as rien d'autre à me dire.
Elle leva la tête et demanda :
– Rentrer où ?

– Chez toi, dit-il.
– Je ne viens pas de chez moi.
– Eh bien, rentre à l'équipe de production.
– Je n'ai pas envie de rentrer…
Sun Huirong baissa davantage la tête, elle continuait à passer ses doigts sur les fentes de la table.
– Tu as peur toute seule à l'entrepôt ? demanda-t-il, mais la jeune fille baissait la tête plus bas encore. Tu n'as pas dit que tu étais habituée ? Est-ce que tu voudrais retourner chez cette vieille femme où tu étais avant ? Veux-tu que j'intervienne pour que tu puisses y retourner ?
Il ne pouvait que lui poser ces questions.
– Non… ça…
La voix de la jeune fille se fit encore plus ténue, sa tête touchait presque le plateau de la table. Il s'approcha d'elle et sentit son odeur un peu aigre de transpiration, il se redressa et, presque en colère, lui dit d'une voix forte :
– Est-ce que tu veux que je t'aide à aller leur parler, oui ou non ?
Effrayée, elle se leva à son tour. Voyant ses yeux remplis de crainte où perlaient des larmes, il ajouta en hâte :
– Rentre chez toi maintenant, Sun Huirong !
Elle inclina lentement la tête, mais resta debout devant lui, tête baissée, immobile. Il se souvint qu'il l'avait presque poussée dehors, lui faisant faire volte-face en l'empoignant solidement par le bras. Elle continuait à rester immobile, il lui avait dit doucement à l'oreille :
– Si tu as encore quelque chose à me dire, reviens quand il fera jour ! D'accord ?
Sun Huirong ne revint pas, il ne la revit plus. Ou plutôt si, il la revit une fois, au début de l'hiver. Le soir où elle était venue à l'école, c'était la période appelée « frimas d'automne » ; il avait dû l'apercevoir trois mois plus tard, un jour qu'il passait devant chez les Sun, et elle se trouvait dans la pièce principale. Elle l'avait manifestement vu, mais elle ne semblait pas vouloir l'appeler comme elle le faisait autrefois

pour l'inviter à boire le thé, elle s'était au contraire retournée et était partie vers le fond de la pièce.

Alors qu'on venait de passer le Nouvel An, une élève de sa classe s'écroula en pleurs sur sa table après la sonnerie de la cloche ; il chercha à savoir ce qui se passait, mais les garçons ne voulaient pas parler. Il demanda à la petite élève qui lui révéla ce que les garçons avaient dit avant les cours :

– Qu'est-ce que tu as à faire la fière ? Quand tu te seras fait engrosser par le bossu comme Sun Huirong, tu te calmeras.

Après la classe, il alla demander au directeur de l'école :

– Qu'est-il arrivé à Sun Huirong ?

Le directeur bafouilla un peu :

– C'est difficile à expliquer, ce n'est pas très clair, elle a avorté ! Est-ce un viol ? On n'en sait rien.

Il pensa alors que la jeune fille était sans doute venue le voir pour lui demander de l'aide. La chose avait-elle déjà eu lieu ? Ou bien se doutait-elle que quelque chose allait arriver ? Ou alors peut-être n'était-elle pas encore enceinte ? Elle n'avait pas réussi à dire ce qu'elle voulait dire, cela lui avait été impossible, tout était dans son regard, son envie de parler refrénée, ses hésitations, son odeur de transpiration et son comportement. Elle ne cessait de regarder la porte, mais en fait que regardait-elle ? Elle contemplait la pièce pour éviter son regard, mais que recherchait-elle ? Peut-être avait-elle un objectif très clair en venant cette nuit-là, où personne ne l'avait vue parce que l'électricité n'était pas allumée. Elle-même avait précisé que personne ne l'avait vue, manifestement elle avait fait attention, avait-elle un secret à lui dire ? Si ce soir-là il avait fermé sa porte, elle aurait pu se confier à lui, et peut-être aurait-elle évité son malheur. Elle n'avait pas voulu qu'il augmente l'intensité de la lampe en tirant sur la mèche, car elle aurait sans doute préféré parler dans l'obscurité. Ou bien ressentait-elle des sentiments encore plus complexes, souhaitant à la fois qu'il la prenne en pitié et qu'il lui porte secours ? Pour qu'il empêche ou au moins intervienne dans cette affaire qui avait déjà eu lieu ou qui allait se produire ? Ou bien avait-elle un autre but ?

Au bourg, tout le monde savait que la fille de la famille Sun avait été déshonorée par le bossu, sa mère l'avait fait avorter, il n'y avait rien de plus à rechercher. Sur la porte de la maison pendait un gros cadenas en cuivre. Il se rendit au commissariat où il avait déjà eu l'occasion de boire en compagnie du policier, Lao Zhang. Celui-ci était en train de sermonner un vieux paysan qui vendait de l'huile de sésame et il lui avait saisi son petit seau en fer et son panier.

– Tu ne sais pas que l'huile et les céréales sont des produits planifiés par l'État ?

– Je le sais, je le sais.

– Tu le sais, mais tu en vendras encore, c'est ça ? Est-ce que tu vas continuer à enfreindre la loi en toute connaissance de cause ?

– Mais c'est du sésame que j'ai planté dans mon jardin !

– Qui sait si ça vient de ton jardin ou si tu l'as volé à l'équipe de production ?

– Si tu ne me crois pas, tu n'as qu'à aller demander.

– À qui ?

– Demande dans le village, le chef de l'équipe est au courant !

– Puisqu'il est au courant, va lui demander une attestation !

– Un peu de pitié, camarade, s'il vous plaît. Je ne recommencerai pas, ça va comme ça ?

– Il y a des lois de l'État qui fixent tout ça !

Le vieil homme restait là accroupi, sans faire mine de partir. Lui, une fois qu'il eut fumé une cigarette, voyant que l'affaire s'éternisait, se leva et dit qu'il reviendrait un autre jour. Mais Zhang le retint aimablement :

– Que voulez-vous ?

– Je voudrais savoir ce qui est arrivé à mon élève Sun Huirong.

– Le dossier de cette affaire est ici, emportez-le si vous voulez. En tant que professeur, vous ne pouvez pas vous occuper de ce genre d'affaire. Elle, c'est quelqu'un du pays, mais il y a encore plus d'accidents avec les jeunes instruites qui viennent de l'extérieur. Si l'intéressée et ses parents ne portent pas plainte, s'il n'y a pas de mort, on ne s'en occupe pas.

Zhang ouvrit le placard contenant les documents officiels et en sortit une liasse de papiers qu'il lui tendit :

– Emportez ce dossier, de toute façon l'affaire est réglée.

Il en étudia en détail chaque page, on y trouvait les interrogatoires des deux protagonistes de l'affaire, Sun Huirong et le bossu. Celui-ci avait signé de son empreinte digitale et Sun avait écrit son nom et apposé son empreinte. Il y avait aussi le procès-verbal d'une conversation avec la femme du bossu, ainsi qu'une lettre de la jeune fille au bossu écrite sur une page de cahier, et une enveloppe portant le cachet de la poste, dont l'adresse indiquait le nom du camarade Un tel, le nom véritable du bossu, secrétaire de la brigade de production du village des Zhao dans la commune populaire. La lettre commençait par « cher frère », le bossu avait plus de cinquante ans alors que la jeune fille n'était pas encore adulte. Elle ne comportait que deux lignes qui disaient en gros : Je pense beaucoup à toi, cher frère, même si on ne peut pas se voir, on a déjà décidé de faire cette chose-là et je ne le regretterai jamais. Elle s'était trompée dans la graphie du caractère « regretter », elle avait signé de manière parfaitement lisible « Sun Huirong » et la date portée sur l'enveloppe était postérieure à l'ébruitement de l'affaire.

Le procès-verbal de l'interrogatoire de la femme du bossu disait ceci : cette petite salope avait séduit son homme, sans vergogne, et en plus elle avait le culot de lui écrire, cette petite putain cherchait le moyen de se faire recruter. C'est elle qui avait intercepté la lettre, elle était dans tous ses états et s'était rendue elle-même à la commune pour la donner ! Et l'affaire s'était ébruitée à cause du médecin Wang du dispensaire. Au sujet de celui-ci, l'enquête stipulait : la mère de la jeune fille était venue le voir et l'avait supplié de venir chez elle pour l'aider à pratiquer un avortement, disant que la personne ne pouvait se rendre au dispensaire de crainte que les voisins ne l'apprennent, car comment la jeune fille pourrait-elle trouver un mari par la suite ? Le médecin avait répondu qu'il ne faisait pas ce genre d'actes illégaux, s'il pratiquait un avortement sans avoir rempli les formalités d'usage, pourrait-il garder son poste ? Et même, est-ce que les racontars qui courent les rues n'iraient pas colporter qu'il avait eu une aventure avec la jeune fille ? Il avait été très ferme, on ne peut pas commettre d'actes illégaux !

On ne disait pas dans l'enquête comment l'affaire s'était ébruitée. Les aveux du bossu étaient simples : un viol ? des bêtises tout ça ! Jamais il n'aurait commis un acte aussi insensé ! Non seulement vis-à-vis de sa femme et de ses enfants, mais aussi par rapport à sa fonction de secrétaire. Il ne pouvait pas nuire au statut de sa brigade, il devait se montrer digne de la formation que lui avaient prodiguée les dirigeants à tous les niveaux ! Cette fille était vicieuse, elle était peut-être jeune, mais rusée ! Il s'avérait qu'elle était en train de faire sa toilette chez elle. Le verrou de la porte était à l'intérieur, une porte aussi épaisse, si elle ne l'avait pas ouverte d'elle-même, est-ce qu'il aurait pu la forcer de l'extérieur ? Si elle n'était pas consentante, pourquoi n'avait-elle pas appelé ? Combien de fois en tout ? Il fallait le lui demander, c'était sur la planche de son lit ! Ce n'était pas en rase campagne, une aussi grosse barre de porte, est-ce qu'il serait arrivé à l'ôter ? S'il l'avait violée, pourquoi n'avait-elle pas porté plainte plus tôt et avait-elle attendu que son ventre soit gros ? Elle avait réussi à se faire embaucher, ça on ne pouvait le lui reprocher, quel jeune instruit ne voudrait pas être embauché pour ne plus travailler toute sa vie aux champs ? S'il y avait une possibilité d'embauche, bien sûr on pouvait donner un coup de pouce, ce n'était pas contraire à la loi, c'était la même chose pour tous, la brigade se contentait de faire une recommandation, et la commune ratifiait, est-ce qu'il aurait pu décider seul ?

La déposition de Sun Huirong elle-même était longue, on lui avait posé des questions très détaillées, depuis la savonnette bon marché qu'elle utilisait pour se laver jusqu'à la manière dont elle était allée, mouillée de la tête aux pieds, de la cuvette où elle faisait sa toilette jusqu'à la planche du lit derrière le tas de paille de riz, on l'avait interrogée sur les moindres détails, comme si on avait voulu la violer une nouvelle fois. La conclusion du dossier était : troublée par ses pensées bourgeoises, la jeune instruite n'avait pas le cœur à effectuer des tâches agricoles, elle serait mutée dans une autre commune populaire, devrait renforcer sa rééducation idéologique. Pour le bossu, la conclusion était : son mode de vie était gravement corrompu, son influence sociale extrêmement néfaste, une grave sanction lui était infligée au sein du Parti, mais pour le moment il était maintenu en fonction pour que l'on examine son attitude future.

Après avoir hésité plusieurs jours, il finit par en parler avec Lu et le pria d'intervenir pour Sun Huirong.

– Sa mère est déjà venue me voir, dit-il, elle a avorté à l'hôpital du district. Sa mère l'y a accompagnée, l'affaire est réglée maintenant, ne t'en occupe plus.

– Le problème est qu'elle n'était pas majeure… commença-t-il à expliquer.

– Ne te mêle donc pas de ça ! l'interrompit Lu avant de le mettre en garde sur un ton grave : Les relations entre les gens à la campagne reposent sur des liens de parenté et elles sont extrêmement complexes ; toi, tu es un étranger, veux-tu continuer à vivre ici ?

Il ne sut que répondre, avant de comprendre que lui-même ne vivait que grâce à la protection de Lu.

– Je m'en suis occupé, je l'ai envoyée dans une autre commune, et quand les choses se seront tassées, d'ici un an, on lui donnera une autre possibilité d'embauche, sa mère est d'accord.

Que pouvait-il ajouter ? Tout est transaction. De génération en génération, les gens se roulaient dans cette boue, que pouvait-on y faire ? De toute façon, ce lieu l'avait admis pour attendre ici sagement, même s'il avait compris qu'il serait éternellement un étranger.

51

Quand tu évoques ces souvenirs avec Sylvie, ce n'est pas comme avec Marguerite, elle n'a pas la patience de t'écouter raconter et elle ne s'intéresse pas à ton passé. Elle se préoccupe de ses propres affaires, de ses amours, de ses sentiments qui changent à tout moment. Si tu prononces plus de trois mots concernant la politique, elle t'interrompt. Elle ne connaît aucun tourment par rapport à son origine raciale, ses amants sont en général des étrangers, un Maghrébin, un Irlandais, un Hongrois ayant un quart de sang juif, un juif d'Israël, et récemment toi, si tant est qu'elle puisse te considérer comme un copain, mais elle dit qu'elle préférerait que tu deviennes son ami, son partenaire non sexuel. Elle a eu bien sûr des amis ou des partenaires sexuels français, mais elle dit qu'elle aurait eu envie de quitter la France pour aller dans un pays lointain, par exemple dans un pays chaud comme l'Indonésie ou les Philippines, ou encore en Australie. Elle aurait aimé se bronzer, rester sur une plage inondée de soleil, recommencer une nouvelle vie, mais elle est retombée dans la routine. Elle est tombée enceinte d'un homme – pas toi, bien sûr –, c'est la troisième fois qu'elle avorte. Au début, elle voulait mettre cet enfant au monde, une femme doit toujours mettre un enfant au monde, mais l'homme le voulait-il ? Celui-ci n'a pas répondu très clairement, et prise de colère, elle a avorté. Après coup, il a dit qu'elle n'aurait pas dû, qu'elle devait mettre l'enfant au monde, qu'il le voulait ! Et c'est elle qui aurait dû l'élever ? Ce n'est pas qu'elle ne voulait pas avoir d'enfant, mais il fallait d'abord qu'elle ait une famille stable, et elle n'avait pas encore trouvé l'homme pour cela, voilà pour quoi elle se tourmentait. Ses tourments étaient profonds, c'étaient les tourments les plus fondamentaux que les êtres humains éprouvent, la contradiction entre liberté et limite ; en d'autres termes, où se trouve la limite de la liberté ? Elle n'avait pas de problème pour gagner sa vie, elle habitait, au dernier étage d'un immeuble qui en comportait cinq, un petit appartement que ses parents lui avaient acheté. Par la fenêtre on voyait une étendue de toits aux tuiles rouges où se dressaient des cheminées, et au loin, le toit pointu d'une église complétait le panorama, c'était Paris, si fascinant, le temps pluvieux poussait à la mélancolie, dans sa chambre il était impossible de ne pas avoir envie de faire l'amour.

On peut dire que ses tourments sont profonds, non pas qu'elle manque d'homme à aimer et d'homme qui l'aime, non, les hommes elle n'en manque pas. Les hommes l'aiment aussi, au moins un certain temps, et reviennent même parfois la voir quand ils ont trouvé un nouvel amour. Elle dit qu'elle n'est absolument pas une putain – elle attire ton attention sur ce point –, au contraire elle voudrait faire très sérieusement quelque chose ayant du sens, ou plutôt quelque chose d'intéressant, quelque chose comme de la création artistique ou mettre au monde un enfant, un enfant pour lequel elle s'investirait totalement, ou une création spirituelle, voilà où se trouve le fond de son problème. Mais en quoi vaut-il la peine de s'investir à fond ? En réalité, il n'y a que l'amour, mais c'est très difficile de bien gérer l'amour, cela ne dépend pas que d'elle seule.

Quand tu la baises ou quand elle se fait baiser par toi, elle se donne de tout son cœur, mais toi, dès que tu es satisfait c'est fini, elle trouve cela particulièrement frustrant.

Bien sûr, dans ce monde, il y a beaucoup d'hommes qui font bien l'amour, mais elle ne les aime pas particulièrement, que cherche-t-elle en fin de compte ? Le maximum d'amour et de plaisir, comme rêve ou idéal, c'est de l'utopie. Cela, elle le comprend parfaitement, c'est pourquoi elle est triste, sa tristesse est profonde elle aussi, une profonde tristesse humaine, une tristesse infinie, impossible à épancher.

Elle apprécie autant l'art que l'amour des hommes, mais elle ne peut pas faire de l'art, car cela nécessite de s'y consacrer entièrement et elle trouve que c'est parfaitement stupide. Elle n'est pas assez bête pour se consacrer totalement à l'art, elle veut vivre de manière artistique et non pas devenir une œuvre d'art offerte pour le plaisir d'autrui. D'ailleurs, elle est justement une œuvre d'art, avec sa force de séduction de jeune femme à laquelle aucun homme ne peut résister. Cependant elle n'est pas un jouet entre leurs mains. Au contraire, elle jouit des hommes, elle trouve que l'amour ne vaut la peine que s'il se transforme en jouissance, et pourtant ce que l'amour lui apporte, c'est toujours la déprime.

Encore une fois, tu n'as aucun moyen de l'aider à s'en sortir, tu penses que tu la comprends, aussi tu t'efforces de surmonter ta jalousie et tu lui dis d'aller jouir des hommes qu'elle aime ! Comme le diable séducteur qui pousse Ève à la tentation, tu es le serpent, mais elle n'a pas du tout besoin que tu l'incites, elle en est capable depuis longtemps, elle comprend depuis longtemps ce que c'est que séduire et être séduite. À l'époque où tu te battais péniblement pour obtenir le droit à une existence individuelle, elle était beaucoup plus jeune que toi ; à l'âge où toi tu n'avais pas encore touché au fruit défendu, elle avait déjà goûté à l'amertume que l'on ressent après s'en être gavé. À l'âge où tu étais encore si stupide ou à celui où tu t'efforçais de ne plus l'être, elle était déjà d'une intelligence redoutable. Elle ne pouvait supporter de ressentir le moindre sentiment d'injustice, hormis quand elle voulait ressentir une sorte de jouissance de type masochiste. Attention : elle ne l'acceptait que si elle en tirait du plaisir.

Pourtant, ne la prends surtout pas pour une féministe : dès que l'on prononce ce mot devant elle, elle fait la grimace. Tu n'oses pas faire des commentaires à la légère sur ce sujet, et de toute façon, tu n'as jamais subi personnellement l'oppression masculine ; si l'on n'est pas une femme, on ne peut pas comprendre les tourments qui en découlent et le sens de cette résistance.

Sylvie n'est pas une féministe, absolument pas. Elle dit qu'en fait elle pourrait faire une excellente épouse, elle a passé avec toi une merveilleuse nuit blanche, elle est assise en tailleur face à toi, elle aime aussi te voir manger avec appétit, son visage souriant est comme le rayon de soleil qui entre dans la chambre dès qu'on ouvre le store, la fatigue de la nuit a disparu, à cet instant elle est une jeune fille adorable, plus exactement une jeune femme au visage qui rayonne quand elle est de bonne humeur.

Mais quand elle sombre dans la déprime, tu es complètement désemparé, aucune des balivernes que tu lui sors ne peut la réconforter. Tu sais très bien que tu ne peux l'épouser, vous ne pouvez qu'être amants ou, comme elle le dit, peut-être amis pour toute la vie, mais vous n'arrivez pas à devenir des partenaires, et cela aussi te désole. Sa tristesse est si profonde qu'elle exerce irrémédiablement une influence sur toi.

Tu crains qu'un jour elle ne se suicide, comme son amie Martina. La semaine avant la mort de Martina, elle avait eu une discussion avec elle, qu'elle avait enregistrée. Un vieux magnétophone de poche posé sur la table, elles avaient parlé en buvant, le magnétophone était ouvert, c'est Martina qui avait commencé, elle ne s'en était pas aperçue au début, mais elle avait vu le signal lumineux rouge et la bande qui tournait et elle avait demandé: «Tu enregistres?» Elle zézayait, elle avait commencé à boire dès l'après-midi, et quand Sylvie était arrivée, sur la table il y avait déjà beaucoup de bouteilles vides. Un repas ordinaire pour Martina, c'était de la bière comme plat de résistance et de la bière comme boisson. Martina s'était mise à rire aux éclats, et sur la bande on entendait sa voix, une voix enrouée. Sylvie dit que la voix de son amie était très belle à l'origine, une voix naturelle de mezzo soprano; avant d'entrer en hôpital psychiatrique, elle avait fait partie d'un chœur avec lequel elle avait donné le *Requiem* de Fauré à l'église Saint-Germain, retransmis en direct sur France-Musique.

Tu n'as jamais vu Martina, elle était morte depuis plusieurs mois quand tu as fait la connaissance de Sylvie. La seule chose qu'elle a laissée à cette dernière, c'était cette petite bande magnétique. À la fin de l'enregistrement, les piles étaient usées, leurs voix, surtout la voix grave de Martina, ressemblent à des voix d'hommes puis deviennent presque inaudibles.

Au début de la conversation, il n'y avait rien de sérieux, on entendait : « Tu en bois un peu ? », « Allez, bois un verre », « J'ai encore une demi-bouteille de vin rouge », « Il n'a pas tourné au vinaigre ? », « Non, je l'ai ouverte hier… », puis on entendait le bruit de verres s'entrechoquant et un frottement, on devait essuyer la table. Sylvie lui avait expliqué que chez Martina c'était tellement sale et en désordre que l'on ne pouvait pas entrer, mais qu'avant ce n'était pas du tout comme ça, c'était depuis sa sortie de l'hôpital. Martina disait qu'elle détestait l'hôpital psychiatrique, qu'elle détestait sa mère, que c'était sa mère qui l'y avait fait entrer. Sur la bande elle disait aussi qu'elle avait rencontré un homme dans la rue et qu'elle l'avait ramené chez elle. Après on entendait les deux femmes rire, la voix aiguë était celle de Sylvie, celle qui zézayait celle de Martina. Elles riaient longtemps, puis le bruit des verres reprenait. « Alors ? » demandait Sylvie. « Je voulais le mettre dehors, mais il est resté jusqu'au lendemain après-midi. Quand j'ai dit que j'allais appeler la police, il a fini par filer. » Les rires reprenaient.

– Quel âge avait-elle quand elle est morte ? demandes-tu à Sylvie.

– Elle était plus âgée que moi… de neuf ans. Elle avait plus de trente-huit ans à sa mort.

– Elle n'était pas très âgée. Elle n'avait pas été mariée ? demandes-tu.

– Non, elle avait vécu avec un homme puis ils s'étaient séparés.

– Comment est-elle morte ?

– Je ne sais pas. C'est seulement quatre jours après sa mort que sa mère m'a téléphoné pour me parler de cette bande magnétique. Je voulais y aller, mais sa mère m'a dit qu'elle ne voulait pas me la donner, alors j'ai précisé qu'il y avait ma voix dessus, que je voulais la garder en souvenir.

– Tu n'as pas demandé à sa mère comment elle était morte ?

– Sa mère ne m'a pas dit grand-chose. Seulement qu'elle s'était suicidée, elle n'a pas voulu me rencontrer, elle me connaissait, mais elle m'a renvoyé la bande par la poste, mon adresse figurait dans l'agenda de Martina.

Elle te montre une photo de Martina, une jeune fille avec le dessin des yeux et de la bouche très marqué, elle rit, bouche grande ouverte, si on compare avec les pupilles marron clair de Sylvie, elle a un regard beaucoup plus profond, peut-être à cause de son maquillage, la photo a été prise en Espagne où elles étaient allées un été, une dizaine d'années plus tôt. À côté de Martina, il y a Vincent, le compagnon de Martina à l'époque, maigre, les yeux enfoncés, une barbe mal taillée qui lui envahit le visage, il possédait un minibus, ils l'avaient emmenée, elle, et aussi un chic type, Jean, il est derrière elle sur la photo, à l'époque Sylvie venait juste d'entrer à l'université, Jean avait deux ans de plus qu'elle, d'après ce qu'il disait c'était sa première vraie femme, elle préférait le croire, bien qu'avant il ait déjà eu des relations, sexuelles bien sûr. Elle te montre aussi un album où figure une photographie de Martina un an avant sa mort, les bords de sa bouche tombent, elle ressemble déjà à une femme fanée. Sylvie explique qu'elle était en fait beaucoup plus belle que sur cette photo, elle dégageait une sorte de force de séduction de femme mûre, une sorte de lassitude triste.

Elle a beaucoup de peine à expliquer ses sentiments envers Martina, elles pouvaient parler de tout entre elles, mais elles s'étaient éloignées l'une de l'autre pendant plusieurs années. C'était après le retour d'Espagne, elle en avait assez, Sylvie dit qu'elle en avait assez de Martina. Avec Jean, ils avaient emporté une tente. Une nuit il avait plu très fort, ils ne savaient comment faire, impossible de dormir. C'était Martina qui leur avait dit de venir dans le minibus. Elle était montée à l'avant avec Jean et ils avaient dormi appuyés l'un contre l'autre. Martina avait voulu ensuite qu'elle vienne se coucher à l'arrière avec elle, mais elle s'était mise à faire l'amour avec Vincent, ce qui l'avait mise très mal à l'aise et elle avait fait semblant de dormir. Puis, sans trop savoir comment, Martina s'était glissée à l'avant, laissant Vincent dormir avec elle, qui était à moitié endormie, il pleuvait dehors. Au moment où le jour pointait, elle avait entendu que Martina et Jean faisaient l'amour, tandis que Vincent glissait sa main sous sa chemise de nuit, et elle avait aussi fait l'amour avec lui, la pluie crépitait violemment sur le toit du minibus, tout cela était très naturel. Le lendemain, ils avaient logé à l'hôtel, c'était Vincent qui avait voulu une chambre, un lit y avait été rajouté, Martina avait dit en riant que le grand lit serait pour Vincent et elle, elle n'avait pas refusé, Jean n'avait pas soufflé mot. C'était la première fois qu'elle entendait Jean crier en faisant l'amour et elle aussi avait crié. C'est à partir de ce jour-là qu'elle avait commencé à sucer les hommes.

La vie est ainsi faite, Martina et Vincent s'étaient séparés, elle n'aimait pas du tout cet homme. Combien de temps cela avait-il duré entre Martina et Jean, elle ne l'avait pas demandé, mais elle, elle n'aimait plus Jean, elle ne s'était plus occupée de lui et avait eu d'autres amis.

– Tu veux que je continue ? te demande-t-elle, sur un ton un peu moqueur. Elle dit encore qu'elle aimerait savoir si, lorsqu'elle avait enregistré leur conversation, Martina avait déjà décidé de se suicider et pourquoi elle ne lui en avait pas parlé. À présent, elle ne lui en voulait plus du tout, tout cela était du passé, ce sentiment à la fois de destruction et d'excitation ne lui donnait plus le vertige, était-ce une idée absurde de Martina ou un piège tendu par Vincent ? Mais elle était tombée dedans, elle n'en voulait à personne, cette ivresse et cette amertume, elle y avait goûté, la culpabilité et le plaisir étaient au-delà de la morale. Elle ne pouvait expliquer clairement les sentiments qu'elle éprouvait envers Martina et celle-ci était la seule personne à qui elle pouvait se confier.

– Vous les hommes, vous ne pouvez pas comprendre les sentiments entre deux femmes, tu ne dois pas te méprendre là-dessus.

Elle veut dire qu'elle n'est pas homosexuelle, qu'il n'y a jamais eu entre Martina et elle ce que vous les hommes imaginez, elle sait très bien ce que toi aussi tu vas imaginer. Elle peut te dire qu'elle reste encore attachée à Martina, elle comprend pourquoi elle s'est suicidée, elle n'était pas folle, mais sa famille voulait absolument la faire soigner comme si elle l'était, c'était une question de face, sa mère ne pouvait tolérer que sa fille devienne une putain, pourtant elle n'en était pas une, jamais elle ne l'avait été, elle était seulement quelqu'un que personne ne comprenait, que personne ne voulait comprendre. C'est tout.

52

– La victoire au peuple !

Voilà ce que l'on avait proclamé sur la porte Tian'anmen. Pourtant ce n'était pas le peuple qui avait remporté la victoire, mais le Parti, le Parti qui avait de nouveau écrasé un groupe anti-Parti. Moins d'un mois après la mort de Mao, le Parti avait jeté sa veuve Jiang Qing en prison et le peuple s'était de nouveau rassemblé sur la place Tian'anmen pour célébrer la victoire, le Parti avait toujours raison ! Il était toujours glorieux ! Toujours grandiose ! Et celui qui restait immortel, c'était encore Mao Zedong, qui reposait tranquillement dans son cercueil de verre où le peuple venait le contempler.

Suite à la vague de réhabilitation des vieux cadres, à leur retour à leur poste, à leur montée en grade, certains de ceux qu'il avait protégés, particulièrement la camarade Wang Qi, se souvinrent des anciens sentiments qui les liaient et le firent revenir à Pékin, lui, simple petit citoyen. C'est à Dashalan, dans cette vieille rue étroite au-delà de Qianmen, qu'il tomba nez à nez sur le grand Li en compagnie duquel il s'était rebellé. Pendant les années de contrôle militaire, il avait fait l'objet d'enquêtes et avait été isolé plus de deux ans, il venait d'être libéré après un séjour de trois ou quatre ans en hôpital psychiatrique. Le grand Li le reconnut, lui prit la main et se mit à rire en le fixant ; les gens de son organisme lui dirent plus tard que Li était devenu fou et qu'il riait dès qu'il rencontrait quelqu'un, c'était ainsi. Ils étaient bousculés par la foule, ils bouchaient le passage sur l'étroit trottoir, Li ne lui lâchait pas la main, le visage hilare. Lui ne souhaitait pas s'attarder, ils échangèrent quelques paroles, puis il retira sa main et s'éloigna en hâte.

Danian avait été arrêté officiellement, menottes aux poignets. Après la dissolution de la commission de contrôle militaire pour ses « erreurs de ligne politique », il avait été soumis à enquête et isolé par le nouveau délégué de l'armée qui avait dénoncé ses crimes au cours d'une assemblée générale. Deux personnes étaient mortes directement de sa main : Lao Liu avait été torturé et contraint à parler par ses hommes de main une nuit dans le sous-sol du grand bâtiment de leur organisme, ils lui avaient mis les tripes en bouillie à l'aide d'un câble électrique gainé de caoutchouc puis l'avaient transporté en haut du bâtiment et l'avaient jeté dans le vide pour faire croire à un suicide. Une autre personne avait été la victime de la même mise en scène, c'était une Chinoise d'outre-mer, qui était revenue de l'étranger. Elle avait été torturée à l'électricité pour l'obliger à avouer devant un magnétophone qu'elle était envoyée par un organisme d'espionnage taiwanais, à donner les ramifications de ce réseau, les noms des hommes à tous les niveaux, afin de démasquer les cadres dissidents. L'ex-lieutenant-colonel impliqué dans ce complot fut aussi arrêté.

Le mari de Wang Qi, qui avait été taxé de membre de la bande noire anti-Parti, avait repris du service, il avait réintégré l'administration du Comité central du Parti pour une commission d'examen spécial d'une nouvelle clique anti-Parti. Wang Qi était montée en grade, elle paraissait vieille, mais semblait encore plus bienveillante. À l'époque du contrôle militaire, elle aussi avait été l'objet d'une enquête et enfermée seule pendant plus de six mois dans une petite pièce d'un entrepôt. Au plafond, une ampoule de cent watts éclairait jour et nuit, l'interrupteur se trouvait à l'extérieur, les fenêtres étaient hermétiquement obstruées par du papier fort ; ne pouvant distinguer le jour et la nuit, elle devait écrire sans répit pour exposer quel genre d'activités elle avait eues à l'époque du Guomindang dans le mouvement étudiant clandestin à Pékin ; elle lui dit que son esprit s'était brouillé, dès qu'elle fermait les yeux, elle avait l'impression que son corps se mettait à tourner, jambes par-dessus tête. Elle dit que sa situation pouvait quand même être considérée comme une chance, puisqu'elle n'avait pas subi de sévices corporels, elle n'avait pas été humiliée, sans doute en raison de son âge, sans doute aussi parce que certains de ses anciens camarades étaient encore en fonction au sein de l'armée et qu'ils l'avaient protégée.

Les vieux cadres avaient presque tous retrouvé leur ancien poste ; une minorité d'entre eux, dont l'âge était trop avancé, comme par exemple l'ancien secrétaire du Parti Wu Tao, avaient dans un premier temps été réhabilités, puis avaient recouvré leur rémunération et leur logement. Du travail avait été fourni à leurs enfants, et ils avaient pu prendre leur retraite. Les petits fonctionnaires n'appartenant pas au Parti, comme Lao Tan qui était chef adjoint d'une section et dont l'histoire comportait quelques taches, continuèrent à travailler dans l'école des cadres jusqu'à ce que celle-ci soit supprimée. Quand les gouvernements locaux la transformèrent de nouveau en ferme de rééducation par le travail pour les criminels, Tan rentra à Pékin, mais comme il n'avait pas encore l'âge de la retraite, il ne put qu'attendre une nouvelle affectation.

Lin avait divorcé, puis elle s'était remariée ; son nouveau mari était un vice-ministre fraîchement nommé, dont la première femme était morte pendant la Révolution culturelle.

Lui commença à publier quelques œuvres et devint écrivain après avoir quitté son ancien organisme. Lin l'avait un jour invité à dîner dans sa nouvelle maison, son nouveau mari était là aussi, il avait parlé avec lui de littérature et avait dit : « La catastrophe que notre Parti vient de connaître, il faudrait la rapporter soigneusement pour éduquer les générations futures ! » Elle était avec eux au salon, elle avait une bonne qui faisait à manger dans la cuisine. Lin était l'une des premières à utiliser un parfum étranger, sans doute l'un des derniers de chez Chanel, une marque célèbre en tout cas.

Lui, il était en train de divorcer. Sa femme Qian avait écrit à l'Association des écrivains pour dénoncer sa pensée réactionnaire, mais elle n'avait aucune preuve. Il avait expliqué que pendant la Révolution culturelle, elle avait subi pas mal de pressions, et que du reste c'était lui qui avait demandé le divorce, et c'était pour cela qu'elle lui en voulait autant. Pendant les dix années de « Grande Révolution culturelle », les cas de personnes demandant le divorce s'étaient accumulés, peut-être pas autant que les cas de ceux voulant se marier, mais ce phénomène était devenu monnaie courante. Le tribunal qui venait de reprendre ses activités avait du mal à traiter les anciennes plaintes et ne voulait pas se rajouter de nouveaux ennuis, c'est ainsi qu'il avait pu mettre fin à son mariage. Il reconnut auprès de Qian que sa jeunesse avait été ruinée, non seulement à cause de la Révolution culturelle du président Mao, mais aussi par sa propre faute. Il n'avait aucun moyen de la dédommager de cette perte ; heureusement l'affaire du père de Qian considéré comme contre-révolutionnaire et espion n'était toujours pas avérée et était tombée à l'eau. Elle devait de toute façon quitter la campagne pour retourner auprès de son père.

Il reçut une lettre de Lu qui disait : « En montagne, quantité d'arbres de bonne qualité ont été abattus, mais à présent, à quoi sert ce bois pourri ?... »

Lu avait catégoriquement refusé un poste de président du comité d'enquête sur la discipline du Parti qui venait d'être créé dans la région, il avait annoncé qu'il allait prendre sa retraite et se construire une maison dans la montagne pour passer ses vieux jours.

Une autre année passa. Il eut l'occasion de se rendre en mission dans le Sud et fit spécialement un détour pour aller voir l'homme plein de sollicitude qui l'avait protégé. Il se rendit d'abord au chef-lieu de district ; son vieux camarade de classe Rong vivait toujours dans sa maisonnette en chaume. Elle avait été restaurée une fois, mais le toit devait déjà être changé. Rong avait un enfant de plus, le contrôle des naissances dans ce chef-lieu de district était moins rigoureux qu'en ville, les policiers chargés de l'état civil étaient tous des gens avec qui il était très familier. Rong vivait là depuis vingt ans déjà, sa femme était du pays, on traîna un peu, mais on donna à son nouveau-né une autorisation de naissance. Rong était toujours technicien agricole dans la région, sa femme continuait à vendre des articles de bazar dans le magasin de la coopérative au-delà des portes de la ville ; elle espérait être mutée dans le grand magasin situé dans la rue derrière chez eux, ce qui lui aurait facilité la tâche pour s'occuper de ses deux petits enfants, mais elle n'avait pas offert suffisamment de cadeaux aux cadres qui géraient cette affaire et cela n'avait pas réussi. Rong parlait encore moins qu'avant, le temps qu'il passa avec lui dans le silence lui parut très long.

Il gagna le petit bourg en autobus depuis le chef-lieu. Ces cars qui circulaient à la campagne étaient encore des modèles anciens. Les gens qui descendaient n'en finissaient pas, tandis que ceux qui montaient forçaient le passage. Quand le car fut reparti, il ne parcourut pas la petite rue, il n'alla pas non plus à l'école, craignant, s'il rencontrait une connaissance que celle-ci ne l'invite à manger et qu'il ne puisse plus s'en tirer, s'il allait chez l'un il lui faudrait aller chez l'autre, et dans ce cas rester un ou deux jours. Debout sur la place, il contemplait les lieux, cherchant quelqu'un pour lui indiquer où Lu avait construit sa nouvelle maison.

– Hé ! lui cria un jeune homme de la coopérative de production d'articles de menuiserie, cigarette aux lèvres. Celui-ci l'avait reconnu et lui serra la main. Ils avaient tiré ensemble à la cible lors des entraînements à la milice populaire, ils avaient bu et bavardé ensemble, aujourd'hui il était sûrement devenu un petit cadre. Il ne l'invita pas à manger mais lui proposa seulement de venir s'asseoir un moment à la coopérative de menuiserie. En fait, il n'avait fait que passer ici, il n'était qu'un étranger au pays.

Il apprit que la nouvelle maison de Lu se trouvait derrière la mine de charbon, face à la montagne, près de la rivière ; une fois passé celle-ci il restait encore sept ou huit lis, il lui faudrait marcher un bon moment. Rong l'avait averti qu'au district les cadres faisaient courir le bruit que Lu était devenu fou, qu'il s'était construit une cabane en roseaux dans la montagne, et, végétarien, qu'il cultivait de vieilles recettes taoïstes de transformation du cinabre en or, à la recherche de l'immortalité. En haut lieu, dans les sphères supérieures, les vieux camarades de Lu qui avaient repris leurs anciennes fonctions ou qui étaient montés en grade, pensaient tous que c'était sans aucun doute son enthousiasme révolutionnaire qui avait faibli. Cela, c'est Lu lui-même qui le lui dit quand il alla le voir dans la montagne.

– Je ne veux plus me salir les mains, mais ça devrait aller : une chaumière de roseaux, un jardin de bambous pourpres, les légumes que je plante et des articles à lire à temps perdu ; je ne suis pas comme toi qui es jeune, je suis vieux, voilà comment j'occupe ma vie, lui avait dit Lu.

La maison qu'habitait Lu n'était évidemment pas en roseaux, c'était une maison de brique qui n'attirait pas l'œil de l'extérieur, si l'on ne montait pas sur la montagne située derrière la mine de charbon, on ne la remarquait pas. Lu avait touché une allocation destinée à aider les vieux cadres à s'installer, il avait conçu les plans et surveillé lui-même la construction de sa maison, exécutée par les paysans. Le sol était recouvert de dalles de pierre sombres ; dans la chambre à coucher, on pouvait en soulever une : c'était l'entrée d'un passage souterrain qui conduisait à une maisonnette de bois construite au bord de la rivière, au milieu d'une forêt de pins. Lu avait réussi à préserver sa vie, mais il savait qu'à tout moment un complot pourrait être ourdi contre lui : n'était-ce pas l'enseignement qu'il avait tiré de toute son expérience vécue ?

Dans la pièce principale était encastrée dans la base d'un mur la stèle brisée qu'il avait fait transporter par les paysans depuis le temple en ruine au sommet de la montagne. L'inscription était incomplète mais on pouvait quand même y lire le sort et les sentiments qu'avait connus le moine qui avait construit le temple : un pauvre lettré était venu se réfugier là, après avoir pris part à la révolte des Taiping, qui avaient aussi rêvé de construire une utopie sur terre et que les troubles intérieurs et les massacres avaient conduits à leur perte.

Des livres étaient entassés dans la chambre à coucher : des ouvrages de l'époque fournis exclusivement aux cadres du Parti, comme l'autobiographie de Tanaka Kakuei, le Premier ministre japonais, ainsi que les *Mémoires d'espoir* du général de Gaulle en trois volumes. Il y avait aussi une édition reliée à l'ancienne du *Compendium de la pharmacopée chinoise*, il ignorait de quelle année était cette édition, et aussi des recueils de poésie classique qui avaient été republiés.

– Je voudrais écrire quelque chose. J'ai déjà le titre : « Chronique d'un homme des montagnes », qu'en penses-tu ? Mais je ne sais pas si je pourrai, lui déclara Lu.

Ils rirent ensemble, une entente tacite leur tenait lieu de relation amicale et lui avait permis de profiter de la protection de Lu au cours de ces dernières années.

– On va aller préparer quelques plats pour bien boire !

Lu qui n'était pas végétarien du tout l'emmena à la cantine de la mine. À l'entrée de la mine se dressaient des élévateurs, à côté s'étendaient des rangées de maisons de mineurs. C'était le soir, le moment de la fin du travail, dans la cantine installée dans un hangar couvert de bambous, les mineurs faisaient la queue à un guichet, un grand bol à la main. Lu entra dans la cuisine. Soudain une voix féminine l'interpella :

– Professeur !

Une jeune femme s'était retournée parmi les hommes noirs de poussière ; il reconnut immédiatement son ancienne élève Sun Huirong, vêtue d'un grand manteau de paysanne, mais dont les beaux yeux n'avaient pas changé. Simplement, son visage et son corps s'étaient arrondis. Toute contente, elle se précipita vers lui.

– Que fais-tu ici ?

Il ne put retenir son étonnement et allait se diriger vers elle quand Lu sortit de la cuisine, le poussa par l'épaule et dit :

– On y va !

Il lui obéit instinctivement, c'était une habitude depuis qu'il s'était mis sous la protection de Lu. Il se retourna quand même pour jeter un coup d'œil à la jeune fille. Il lut dans son regard encore plus noir et profond, effroi, affolement, désespoir et humiliation. Sa bouche s'entrouvrit comme si elle voulait bredouiller quelque chose, mais elle resta silencieuse, comme hébétée, son bol à la main, à l'écart de la file des mineurs. Tout le monde la regardait.

– Ne fais pas attention à elle, cette pute couche avec tout le monde, ce qui entraîne des bagarres incessantes dans cette mine, dit Lu à voix basse.

Encore rempli de trouble, il s'efforçait de se mettre au pas de Lu qui reprit :

– Dès qu'ils ont leur paie, ces diables vont avec leurs trois sous coucher avec elle, ce qui met les femmes du village dans tous leurs états. À présent elle travaille à la station de radio de la mine, il ne faut pas l'approcher, si tu échanges deux mots avec elle, elle va essayer de te séduire et on croira que tu as couché avec, ça te collera à la peau !

Une demi-heure plus tard, Lu installa bols et baguettes et servit de l'alcool, tandis que le cuisinier de la cantine apportait des plats chauds dans une corbeille fermée par un couvercle. Lui n'avait pas envie de boire, il regrettait profondément de ne pas s'être arrêté pour échanger quelques mots avec Sun Huirong. Mais qu'aurait-il pu lui dire ?

Elle et toi apparteniez à deux mondes différents : et même si ton monde était aussi souillé que le sien, elle ne pourrait jamais parvenir à sortir de sa mine. Elle avait un instant oublié la distance qui vous séparait, oublié son malheur, oublié sa condition de putain aux yeux des gens du pays, tu étais son professeur, elle ne voulait pas te demander de l'aide, elle n'avait peut-être absolument pas pensé à changer de situation, pendant un instant, une grande naïveté l'avait submergée, c'était une impulsion de jeune fille, la joie lui avait fait perdre la tête, puis soudain elle était brutalement revenue à elle. Cette blessure que tu avais provoquée en elle te ferait souffrir, pendant très longtemps tu ne pourrais te pardonner cette faiblesse.

La nuit, couché dans la chambre d'où partait le passage secret, tu écoutas dehors l'eau couler et les rafales de vent traverser la forêt de pins. Le lendemain très tôt il retraversa la rivière et prit le premier car pour rentrer au chef-lieu de district.

Tu avais pris une photographie de Sun Huirong, tu l'avais aidée à se maquiller et à se mettre du rouge aux lèvres, c'était avant qu'elle ne s'installe à la brigade de production, il avait fait cette photo lors de la représentation des élèves de l'équipe de propagande de la pensée Mao Zedong. Elle jouait le rôle de l'héroïne Aqing tenant tête à l'armée des bandits japonais dans l'opéra modèle révolutionnaire. Le bureau de l'enseignement du district avait donné l'ordre, dans le cadre du plan général sur l'enseignement, d'apprendre aux élèves à chanter dans les cours de musique. C'était elle qui avait la plus belle voix. Aujourd'hui, avait-elle un homme ou continuait-elle à se prostituer pour les mineurs de cette entreprise collective, impossible de le savoir.

Après avoir quitté ce pays, lorsque les autorités ont posé les scellés sur l'appartement que tu occupais, tu n'as jamais pu récupérer ces photographies ni même tes livres et tes manuscrits.

Avant de quitter la Chine, un autre de tes élèves de cette époque, qui travaillait déjà après avoir obtenu son diplôme d'université, était venu te voir à Pékin, profitant d'une mission. Tu l'avais interrogé sur ce qu'était devenu le secrétaire Lu. Il était mort. De quoi ? avais-tu demandé. De maladie, d'après ce qu'il avait entendu dire.

Tu n'avais jamais vu la femme de Lu, il t'avait dit qu'elle enseignait à l'école normale de la région, mais qu'elle était en congé de longue maladie, car elle souffrait de troubles mentaux. Elle vivait avec sa fille. C'était peut-être un prétexte pour se protéger lui-même, pour éviter d'être compromis. Du reste, une femme ne serait peut-être pas arrivée à vivre dans cet ermitage. Par la suite, tu as fait un rêve : dans ce bourg, les maisons ne se touchaient pas, n'étaient pas alignées le long de la petite rue et des ruelles, au contraire les lieux étaient déserts, toutes les maisons étaient dispersées. L'école se trouvait au sommet d'une colline, les portes et les fenêtres étaient grand ouvertes, tout était vide. Tu allais voir Lu, sa maison était rustique, elle était isolée et sur la porte était accroché un cadenas en fer. C'était l'après-midi, les rayons du soleil oblique éclairaient les murs de terre jaune, tu ne savais que faire, tu devais le voir pour qu'il t'aide à quitter ce lieu, tu ne voulais pas vivre dans cette école vide jusqu'à la fin de tes jours. On t'avait donné l'ordre de t'occuper de cette école, tu devais corriger sans fin des cahiers d'élèves, tu n'avais plus le temps de lever la tête pour réfléchir à ta situation, et tu ne savais même plus à quoi tu devais réfléchir. Debout devant le mur, fixant ce cadenas sur la porte, tu entendais le vent se lever dans les rizières derrière toi, où ne restaient que les chaumes après la moisson d'automne…

53

La première fois de sa vie qu'il vit de si près le grand homme, ce fut sur la place Tian'anmen, sur l'axe entre le palais Impérial et la porte Qianmen, derrière le Monument aux héros du peuple, dans le mausolée en béton armé qui, disait-on, serait capable de résister à un bombardement nucléaire et à un tremblement de terre de force neuf. Dans le cercueil de cristal, la tête de Mao était vraiment énorme, enflée, c'était manifeste malgré le maquillage. Il était à cinq mètres de lui ; entraîné dans la file, il ne put s'arrêter que deux à trois secondes, et ce qu'il avait dans le cœur ne prit pas encore forme.

Il sentait qu'il aurait des mots à dire au vieil homme, bien sûr pas au cadavre du dirigeant du peuple dans son cercueil de verre, mais plutôt au Mao vêtu d'un peignoir de bain, quittant le lit où il se trouvait en compagnie d'une maîtresse, ou sortant de sa piscine. Ce n'était pas grave, qu'un dirigeant d'un tel niveau ait des maîtresses, ce n'était pas un très grand tort. Il voulait seulement dire à ce vieil homme qui avait quitté son costume militaire de commandant suprême et qui avait posé son masque de dirigeant : En tant qu'homme, vous avez connu une vie parfaitement accomplie, on ne peut pas dire qu'elle n'a pas été extrêmement originale. On peut même dire que vous êtes vraiment un surhomme, vous avez dominé la Chine avec succès, votre ombre continue à recouvrir encore aujourd'hui plus d'un milliard de Chinois, votre influence reste immense et s'étend au monde entier, inutile de le nier. Vous pouviez mettre à mort qui bon vous semblait, mais vous ne pouviez pas forcer quelqu'un à répéter ce que vous aviez dit – voilà ce qu'il aurait voulu dire à Mao.

Il voulait lui dire aussi que l'histoire pouvait s'effacer, mais que lui à l'époque il avait dû dire ce que Mao avait fixé. C'est pourquoi la haine qu'il éprouvait à titre personnel envers Mao, il ne pouvait l'effacer. Plus tard, il se dirait à lui-même : tant que Mao resterait adulé comme dirigeant, empereur ou dieu, il ne retournerait pas dans ce pays. Peu à peu, il était devenu clair à ses yeux que le for intérieur d'un homme ne pouvait être soumis par un autre, sauf si cet homme y consentait.

Ce qu'il voulait lui dire enfin, c'était que l'on peut étrangler un homme, mais que, quelle que soit sa faiblesse, on ne peut pas étrangler sa dignité ; si l'homme est homme, c'est parce qu'il possède un minimum de dignité personnelle que nul ne peut anéantir. Même si un homme vit comme un ver, sait-on que cet insecte a sa dignité, si on l'écrase, avant de mourir, il peut faire semblant d'être déjà mort, se débattre, s'enfuir pour tenter de se sauver, et la dignité de l'insecte en tant qu'insecte ne peut être détruite. On abat l'homme comme un fétu de paille, mais a-t-on jamais vu un fétu de paille tenter de sauver sa vie au moment d'être coupé ? Certes, l'homme n'est pas comme le fétu de paille, mais ce que lui, il veut absolument montrer, c'est que hormis la vie, l'homme possède aussi la dignité. S'il n'y a plus de moyen pour lui de la protéger, s'il n'est pas tué et s'il ne se suicide pas, s'il n'a pas envie de mourir, il ne lui reste que la fuite. La dignité, c'est la conscience de l'existence, c'est là que se trouve la force individuelle des hommes faibles ; si la conscience de l'existence disparaît, l'existence prend la forme de la mort.

Bon, assez de toutes ces balivernes, mais c'est justement pour ces balivernes qu'il a tenu bon. Aujourd'hui, aujourd'hui qu'il pourrait dire publiquement tout cela à Mao, le vieil homme est mort depuis des années, il ne peut le dire qu'à son fantôme ou à son ombre.

Mao en peignoir de bain. Disons qu'il sortait de sa piscine, il était grand, il avait un gros ventre, une voix haut perchée, un peu féminine, un fort accent du Hunan, mais son visage était bienveillant, comme sur l'immuable portrait géant peint à l'huile accroché à Tian'anmen – il avait la mine d'un homme affable. Il aimait fumer, il fumait cigarette sur cigarette, ses dents en étaient toutes noires, il fumait d'odorantes Panda confectionnées spécialement pour lui. Mao aimait les plats aux saveurs relevées, par exemple la viande grasse et le piment. Ce dernier point, son médecin ne l'a pas inventé dans ses mémoires.

Mao usait du mot « ami ». Parfois, il appelait les gens « ami » et non « camarade », tout comme certaines jeunes amies, bien sûr. Parmi les hommes en Chine qui pouvaient l'appeler aussi « ami », il y avait Lin Biao. Plus tard, on a dit qu'il avait péri en s'enfuyant à Öndöhaan en Mongolie ; contrairement à l'habitude, les documents du Parti furent diffusés avec les photographies des restes des occupants de l'avion. À l'étranger, il y avait Nixon, qui avait bavardé avec lui à bâtons rompus trois heures durant ; à l'époque cet homme de presque quatre-vingts ans avait parlé avec esprit et humour, même s'il était soutenu grâce des piqûres ; l'intelligent juif Kissinger lui-même l'avait admiré, sans aller jusqu'à l'adoration.

Ce n'était évidemment pas à lui que Mao disait « ami », mais lui, il aurait voulu s'avancer pour lui dire :

Croyez-vous vraiment au communisme de Marx, à ce royaume idéal ? Ou l'utilisez-vous comme une bannière ? (Cette question était très naïve : mais c'était à l'époque, plus tard il ne l'aurait pas posée.)

« Dans le monde entier, il existe plus de cent partis, la plupart ne croient pas au marxisme-léninisme », avait écrit Mao dans une lettre adressée à son épouse Jiang Qing au début de la Révolution culturelle. Cette lettre était manifestement écrite pour l'ensemble du Parti, ce ne pouvait être un simple échange privé entre époux ; plus tard, le Parti s'en était quand même servi comme d'une preuve importante pour faire disparaître celle qui était devenue la veuve de Mao, et l'avait diffusée parmi la population.

À l'époque, il préférait penser que si Mao avait dit cela, c'était qu'il y croyait encore. Dans ce cas-là, le vieil homme voulait-il fonder une sorte de royaume céleste sur terre ? Voilà ce qu'il aurait voulu lui demander s'il n'avait pas alors connu l'enfer.

C'est une première étape, dit Mao.

Dans ce cas, quand votre étape de niveau supérieur va-t-elle arriver ? lui demande-t-il rempli de respect.

« Dans sept ou huit ans, cela recommencera, avait écrit Mao à son épouse. Cette fois-ci, la Révolution culturelle a constitué une sérieuse répétition. » Reprenant une cigarette, le vieil homme s'était arrêté, et avait ensuite écrit : « Et dans sept ou huit ans, il faudra qu'il y ait un nouveau mouvement d'élimination de tous les génies malfaisants. Et ensuite, il faudra encore beaucoup de mouvements de ce type. »

Une fois qu'il eut fini d'écrire, il s'était mis à rire en découvrant ses dents noires. D'après ce que révèle le médecin de Mao dans ses souvenirs, il fumait trois paquets par jour et ne se brossait jamais les dents, ce qui se voyait très nettement sur les photos de presse diffusées lorsque Mao recevait des hôtes étrangers.

Vous étiez vraiment un grand stratège ! Vous avez trompé vos concitoyens et aussi pas mal d'étrangers ! Voilà encore ce qu'il aurait voulu lui dire.

Mao fronce le sourcil.

Il ajoute en toute hâte : Vos ennemis ont tous échoué à cause de vous, vous n'avez connu que des victoires dans votre vie.

« Il ne faut pas se laisser étourdir par la victoire, je me prépare à la chute. Rien ne presse, la matière ne peut être anéantie, on peut seulement la briser », avait écrit Mao dans une lettre familiale qui n'était plus secrète et que le Parti avait diffusée.

C'est votre femme qui a été brisée, mais vous, vous êtes toujours intact, les gens continuent à venir vous admirer dans votre mausolée, c'est bien la preuve irréfutable de votre grandeur, dit-il au fantôme de Mao ou à son ombre.

« Qui pense vivre deux cents ans, trois mille lis remontera à contre-courant. »

Vous écrivez depuis longtemps des poèmes, force est de reconnaître que vous êtes un grand styliste, mais vous avez fait régner votre hégémonie comme personne auparavant en exterminant tous les hommes de lettres du pays, voilà aussi l'un des aspects de votre grandeur. Il explique que si lui a pu recommencer à écrire un peu, c'est seulement après la mort du bonhomme.

Dans ma nature, il y a principalement du tigre et accessoirement du singe, dit Mao.

Il dit que lui, il a tout au plus du singe dans sa nature.

Le vieil homme arbore un fin sourire et éteint la cigarette qu'il a fumée à moitié comme s'il écrasait un ver entre ses doigts ; cela signifie qu'il désire qu'on le laisse tranquille.

Étendu dans son cercueil de cristal, Mao est sans doute recouvert du drapeau du Parti, il ne s'en souvient plus très bien. En résumé, le Parti dirige l'État et Mao dirige le Parti, en fait ce drapeau national ne devrait pas être au-dessus de lui. Dans la longue file qui passe devant le cadavre de Mao, à l'époque il a imaginé dans son cœur toutes ces paroles encore maladroitement formalisées. Mais il n'a pas osé marquer un arrêt une seconde de plus, ni, une fois qu'il a recommencé à avancer, se retourner pour jeter un coup d'œil, de peur que les gens derrière lui ne remarquent quelque chose d'étrange dans son regard.

Aujourd'hui, tu écris paisiblement, ce que tu veux dire à cet empereur qui a dominé des centaines de millions de personnes, c'est que, comme tu es minuscule, l'empereur qui est en toi ne peut plus dominer qu'une seule personne : toi-même. Aujourd'hui, prononçant publiquement ces paroles, tu es sorti de l'ombre de Mao, mais la chose ne fut pas facile. Tu es né au mauvais moment, précisément à l'époque de sa domination, pas à une autre. Mais cela ne dépend pas de toi, c'est ce que l'on appelle le destin.

54

Tu ne vis plus dans l'ombre de personne et tu ne considères plus l'ombre d'autrui comme un ennemi imaginaire, tu es sorti de cette ombre et voilà tout, tu ne vas pas te fabriquer espoirs et illusions, à l'origine, tu es arrivé dans ce monde sans le moindre souci, nu comme un ver, dans le vide et le calme le plus parfait, tu n'as pas besoin d'emporter quoi que ce soit, et de toute façon, même si tu le voulais, tu ne le pourrais pas, tu as peur seulement de la mort inconnue.

Tu te souviens que tu as peur de la mort depuis ton enfance, à l'époque tu en avais beaucoup plus peur que maintenant, à la moindre maladie tu croyais avoir attrapé un mal incurable, dès que tu souffrais d'une affection, tu te sentais complètement bouleversé, tu étais dans un état de panique totale, à l'heure d'aujourd'hui, tu as connu beaucoup de souffrances dues à la maladie et tu as été plongé dans de profondes détresses, être encore de ce monde tient de la chance, la vie est un miracle, mais on ne peut pas dire que vivre est la manifestation de ce miracle, n'est-ce pas déjà bien si un corps doué de conscience peut ressentir les souffrances et les plaisirs de la vie ? Que rechercher de plus ?

Tu as eu peur de la mort quand tes forces diminuaient, tu as eu l'impression d'être à bout de souffle, craint de ne pas arriver à reprendre ta respiration, comme si tu tombais au fond d'un gouffre, une impression qui apparaissait souvent dans tes rêves d'enfant, te réveillant et te laissant couvert de sueur, alors qu'en fait tu ne souffrais d'aucun mal, ta mère t'avait emmené plusieurs fois à l'hôpital pour te faire examiner ; aujourd'hui, tu n'as plus envie de te faire examiner, même si le médecin le recommandait, tu laisserais traîner les choses.

Il t'apparaissait clairement aussi que la vie connaissait une fin ; au moment de cette fin, la peur s'évanouirait simultanément, cette peur était finalement la manifestation de la vie, à l'instant où la conscience et la connaissance disparaîtraient, tout serait fini en un instant, sans laisser le temps de réaliser, et sans que cela ait un sens. La recherche du sens avait été ta souffrance : avec ton camarade d'enfance, tu discutais déjà sur le sens final de la vie, pourtant à l'époque tu n'avais guère vécu, alors qu'à présent tu en as goûté toutes les saveurs, il est vain et inutile de rechercher ce sens, tu sombrerais dans le ridicule, mieux vaut profiter de l'existence, et en même temps l'observer.

Il te semble le voir, lui, dans une sorte de vide, une petite lumière arrive d'on ne sait où, il est debout sur une terre ni fixe ni déterminée, il est comme un tronc d'arbre sans ombre portée, l'horizon a disparu, ou alors il est comme un oiseau sur une étendue de neige, tournant la tête à gauche et à droite, par moments il fixe son regard, comme s'il réfléchissait. À quoi ? Ce n'est pas clair du tout, mais c'est une attitude, une attitude quand même assez belle ; exister c'est prendre une attitude, la plus agréable possible, bras écartés, agenouillé et se tournant, il revient sur sa conscience, ou mieux vaut dire que son attitude est justement sa conscience, c'est le tu au milieu de sa conscience, dont il tire un plaisir secret.

Il n'y a ni tragédie, ni comédie, ni farce, tout cela ce sont des jugements esthétiques envers la vie, des différences d'appréciation en fonction des gens, des moments et des lieux ; il en est de même du lyrisme : tel sentiment à tel moment ne sera pas le même à un autre moment, tristesse et ridicule sont à un certain point interchangeables, il n'est plus besoin de railler, l'autodérision et la purification de soi suffisent, il suffit de persévérer tranquillement dans cette façon de vivre, s'efforcer de goûter les merveilles de l'instant, se sentir à l'aise, et quand on s'examine, seul avec soi-même, ne plus s'occuper du regard des autres.

Tu ne sais pas ce que tu seras encore capable de faire, et ce qu'il te reste encore à faire, inutile d'y penser, fais ce que tu as envie de faire, si c'est réussi tant mieux, sinon tant pis, que ce soit fait ou non n'a pas d'importance, si tu as faim ou soif, bois ou mange, bien sûr tu auras comme toujours ton point de vue, ta conception des choses, tes inclinations et même tes colères, tu n'es pas encore à l'âge où tu n'auras plus la force de te mettre en colère, naturellement tu auras toujours tes justes indignations, pourtant ce n'est plus la même excitation, mais tu éprouves toujours autant de sentiments et de désirs ; s'ils existent, laisse-les exister, mais la rancune a disparu puisqu'elle est parfaitement vaine et peut même te nuire.

Tu n'accordes de l'importance qu'à la vie, tu éprouves grâce à elle des sentiments inachevés, et tu te ménages encore de l'intérêt pour la découverte et la surprise, seule la vie mérite que l'on s'enthousiasme, n'est-ce pas ainsi ?

55

Un soir, passant près de la tour du Tambour, il s'apprêtait à descendre de vélo pour entrer dans un petit restaurant quand quelqu'un l'appela par son nom. Il tourna la tête, une femme s'était arrêtée et le regardait. Elle semblait avoir envie de rire et se mordait les lèvres.

– Xiaoxiao ? demanda-t-il un peu hésitant.

Elle eut un sourire forcé.

– Excuse-moi. Il ne savait pas trop quoi dire. Je n'aurais pas cru…

– Tu ne me reconnais pas ?

– Tu es devenue bien solide… Il se souvenait d'un corps élancé de jeune fille, de petits seins.

– Je suis devenue une campagnarde ? demanda la jeune femme avec ironie.

– Non, tu es devenue beaucoup plus robuste, se hâta-t-il d'ajouter.

– Ne suis-je pas membre d'une commune populaire ? Mais je ne suis pas une fleur tournée vers le soleil, je suis déjà fanée !

Xiaoxiao était devenue caustique, elle faisait allusion à une chanson à la gloire du Parti qui comparait les membres des communes populaires à des fleurs de tournesol tournées vers l'astre. Il préféra changer de sujet :

– Tu es rentrée en ville ?

– Je cours après mon autorisation. Je suis revenue sur le prétexte que ma mère était malade et qu'elle avait besoin que je m'occupe d'elle, je suis fille unique, je suis venue faire les formalités pour rentrer en ville, mais je n'ai pas encore eu l'autorisation.

– Ta famille habite toujours au même endroit ?

– Ma maison a peut-être été détruite. Mon père est mort, ma mère est rentrée de l'école des cadres.

Il ignorait tout de sa situation familiale. Il ne put que dire :

– Je suis allé dans cette ruelle pour te chercher…

Il parlait de ce qui s'était passé dix ans plus tôt.

– Tu ne viens pas t'asseoir un instant chez moi ?

– D'accord.

Il accepta sans réfléchir, mais en fait il n'en avait pas très envie. À l'époque, il était souvent passé dans ces ruelles dans l'espoir de la revoir, mais cela, il ne lui dit pas et se contenta de balbutier :

– Je ne sais pas à quel numéro tu habites.

– Je ne te l'avais pas dit.

Elle se souvenait parfaitement de ce temps-là, elle n'avait pas oublié cette nuit d'hiver où elle était partie alors que le jour n'était pas encore levé.

– Ça fait longtemps que je n'habite plus la même maison, j'ai passé près de six ans à la campagne, à présent j'habite dans les logements collectifs de l'organisme où je travaille.

C'était une explication comme une autre, mais Xiaoxiao ne dit pas si elle aussi avait cherché à le revoir. Il marcha un moment à ses côtés en poussant son vélo. Ils entrèrent dans la ruelle où il était souvent revenu à bicyclette, la parcourant d'un bout à l'autre, pénétrant dans les allées de chaque côté, puis revenant dans la ruelle, examinant chaque cour en pensant toujours tomber sur elle, mais il ne connaissait même pas son nom de famille. Il lui était impossible de se renseigner, Xiaoxiao était sans doute un surnom utilisé par ses camarades de classe et ses parents. À pied, la ruelle était longue à parcourir.

Xiaoxiao franchit la porte d'une cour, une grande cour en désordre ; sur une petite porte ménagée dans la grande porte était accroché un cadenas, à côté de l'entrée était installé un poêle à charbon. Elle ouvrit avec sa clef, la chambre était dans un fouillis épouvantable, hormis le grand lit sur lequel étaient empilées les couvertures. Xiaoxiao s'empressa de ramasser les vêtements qui traînaient sur le fauteuil et de les jeter sur le lit.

– Et ta mère ? demanda-t-il en s'asseyant sur le fauteuil dont les ressorts claquèrent.

– Elle est à l'hôpital.

– Qu'a-t-elle ?

– Un cancer du sein qui s'est propagé aux os. J'espère qu'elle pourra tenir assez longtemps pour que je fasse transférer mon autorisation de résidence.

Il était gêné de continuer à lui poser des questions.

– Tu bois du thé ?

– Non, merci. Il devait absolument trouver quelque chose à dire. Comment vas-tu ? Parle-moi de toi, de tes affaires…

– Te parler de quoi ? Que veux-tu que je te dise ? demanda Xiaoxiao, debout devant lui.

– De la campagne, de ces années passées ?

– Tu y étais aussi, non ? Tu ne sais pas comment c'était ?

Il commençait à regretter de l'avoir suivie. Cette chambre encombrée dans un désordre absolu gâchait l'image de la jeune fille dont il avait eu pitié. Assise au bord du lit, Xiaoxiao le regardait, les sourcils froncés. Il ne savait plus que dire.

– Tu étais mon premier homme.

Oui. Il se souvint de son sein gauche, non, c'était sa main gauche à lui, mais c'était son sein droit à elle qui portait une cicatrice fraîche.

– Mais tu as été vraiment stupide.

La question qu'il lui avait posée sur l'origine de cette cicatrice lui revint, mais il demanda :

– Pourquoi ?

– C'est toi qui n'as pas voulu… dit Xiaoxiao très calmement, tête baissée.

– Mais tu étais encore une lycéenne à l'époque ! se défendit-il.

– Je suis vite devenue une paysanne. J'étais là-bas depuis moins d'un an que c'était fait… les gens de la campagne se fichent bien de ça !

– Tu pouvais porter plainte…

– Contre qui ? Ne fais pas l'imbécile !

– Je croyais…

– Quoi ?

– Je croyais, je croyais que tu étais vierge…

Il se souvenait de cette époque, il n'avait pas osé lui faire du mal.

– De quoi avais-tu peur ? C'est moi qui avais peur… Tu es vraiment un lâche ! Je savais qu'avec une origine familiale comme la mienne, je ne connaîtrais pas un sort heureux, c'est moi qui étais venue chez toi en pleine nuit, mais toi, tu n'as pas osé !

– J'ai eu peur d'avoir mauvaise conscience.

Il était bien obligé de le reconnaître.

– Je ne t'avais pas raconté ce qui était arrivé à mes parents.

– Mais je l'avais deviné. À présent c'est trop tard, comment dire… je suis marié !

– Bien sûr qu'il est trop tard, je peux aussi t'informer que je suis une femme facile, j'ai déjà avorté deux fois, deux fœtus dont je ne voulais pas !

– Utilise la contraception !

Il lui fallait aussi la piquer au vif.

– Hum, dit-elle en riant froidement, les paysans ne mettent pas de capote, tout le monde m'a dit que j'étais née sous une mauvaise étoile, avec de mauvais parents, sans personne pour me soutenir. Je ne pourrai jamais continuer à vivre comme ça toute ma vie à la campagne.

– Tu es jeune encore. Ne te laisse pas aller au désespoir…

– Bien sûr que je dois vivre, je n'ai pas besoin que tu viennes me faire la leçon pour ça, j'en ai marre des leçons ! dit-elle en partant d'un vrai rire, les mains appuyées sur le bord du lit, secouant les épaules.

Il rit avec elle, les yeux humides. Xiaoxiao s'arrêta, soudain il retrouva dans son visage la tendresse d'autrefois, quand elle était jeune fille, mais ce fut très fugitif.

– Tu veux manger quelque chose ? Je n'ai que des nouilles, ce n'est pas ce que tu m'avais préparé ?

– C'est toi qui les avais faites, lui fit-il remarquer.

Xiaoxiao alla faire cuire des nouilles sur le poêle installé près de l'entrée et ferma la porte. Il contempla la chambre en désordre et les vêtements jetés sur le lit, il y avait même un caleçon sale. Il lui fallait dissiper cette impression qui éveillait en lui de la pitié, comme dans un rêve, il lui fallait se détendre, il lui fallait considérer cette femme comme une vile marchandise, une putain dont les paysans s'étaient servi.

Xiaoxiao posa les nouilles sur la table qu'elle débarrassa d'un carnet de tickets de céréales, de clefs et de toutes sortes de menus objets. Il l'enlaça par-derrière et empoigna ses seins, il reçut un coup sur le dos des mains, mais elle n'avait pas vraiment frappé.

– Assieds-toi et mange !

Xiaoxiao n'était pas en colère, pas émue non plus, ses relations avec les hommes devaient toujours se passer ainsi, une sorte d'habitude. Tout en mangeant, elle garda la tête baissée, resta silencieuse ; il pensa qu'elle comprenait certainement ses pensées, il était inutile de parler, tout obstacle avait à présent disparu.

Xiaoxiao eut très vite fini de manger, elle repoussa son bol et ses baguettes, et leva le visage pour le regarder en silence.

– Est-ce que je dois m'en aller ? demanda-t-il avec un peu d'hypocrisie.

– Fais comme tu veux, dit Xiaoxiao très calmement, sans changer d'attitude.

Il se leva et alla se mettre à côté d'elle, lui releva la tête et voulut l'embrasser. Mais Xiaoxiao se détourna sans le laisser faire. Il passa la main par l'ouverture de son col et alla caresser ses seins de femme qui avaient grossi.

– Allons sur le lit, soupira Xiaoxiao.

Assis au bord du lit, il la regarda fermer la porte à clef, elle n'actionna pas l'interrupteur situé près de la porte pour éteindre la lampe qui pendait au plafond tapissé de vieux journaux jaunis. Sans lui prêter attention, elle retira ses vêtements. Il fut étonné de ne pas voir la cicatrice sous son sein dans l'ombre de la lampe. Pendant qu'il délaçait ses chaussures, elle monta sur le lit, étala les couvertures et s'installa dessous allongée sur le dos.

– Tu n'as pas été marié ? demanda la femme, les yeux écarquillés.

Il ne répondit rien, il se sentait humilié, il voulait se venger, de quoi, il n'en savait trop rien, il tira brutalement sur les couvertures, se jeta sur le corps de la femme et pensa au corps d'une autre jeune fille, dans l'entrepôt de l'équipe de production, au bord de la route, toute la violence accumulée en lui s'épancha dans le corps de cette femme…

Xiaoxiao garda les yeux fermés :

– Ne t'inquiète pas, même si je tombe enceinte, j'avorte à répétition.

Il regarda ce corps de femme inconnu, ses bouts de sein rouges et ses aréoles marron foncé, ils étaient gonflés, ses seins étaient souples et blancs, et il finit par y retrouver une cicatrice sombre longue de un pouce.

Xiaoxiao lui dit que maintenant elle n'avait plus peur de rien, les voisins pouvaient bien dire tout ce qu'ils voulaient. Mais il expliqua qu'il était un homme marié, si le comité des habitants le dénonçait à son unité de travail, cela ferait échouer sa demande de divorce. Pendant qu'il se rhabillait, Xiaoxiao resta étendue sur le lit. Elle semblait sourire doucement, mais sa bouche grimaçait.

– Tu reviendras ? demanda-t-elle avant d'ajouter : Je ne vois plus aucun de mes anciens camarades de classe, je me sens très seule.

Il ne retourna jamais chez elle, il évita même de repasser près de la tour du Tambour, craignant de ne pas savoir quoi lui dire s'il la rencontrait de nouveau.

56

Avec la plus grande difficulté, il finit par arracher le masque qu'il porte sur le visage, une sorte de fausse peau en plastique moulé ; c'est un masque produit en série selon un modèle standard, un peu élastique, il peut s'agrandir ou rétrécir ; une fois appliqué sur le visage, le masque le fait ressembler en permanence à un véritable et respectable personnage positif, capable de jouer un rôle d'homme de la masse, ouvrier, paysan, vendeur, étudiant et employé, ou encore celui de l'homme cultivé, enseignant, rédacteur, journaliste, et médecin avec son stéthoscope ; troquant son stéthoscope contre une paire de lunettes, il devient professeur ou écrivain, les lunettes sont à vrai dire facultatives, alors que le masque, lui, est obligatoire, ceux qui l'ôtent sont des mauvais éléments, voleurs, voyous, ou encore ennemis du peuple. C'est un masque extrêmement commun, d'un usage très répandu dans le peuple. Dirigeants et chefs du peuple, ainsi que héros du peuple, portent quant à eux un masque encore plus exagéré et plus rigide, peut-être fabriqué en polyéthylène haute densité – même avec un marteau, il est impossible de le détruire. Il s'amuse avec ce masque, il presse sur les yeux et les sourcils, peut-être pourrait-il lui rendre une expression humaine normale, mais il ne veut pas porter un nouveau masque, celui par exemple du dissident, du « cultureux », du prophète ou du nouveau riche. Une fois son masque arraché, il ne peut s'empêcher d'être quelque peu embarrassé, il ne sait plus trop comment se comporter, mais il a de toute façon abandonné le mensonge, les soucis, et une retenue inutile puisqu'il n'a pas de dirigeant, qu'il ne subit plus le contrôle du Parti ou d'une quelconque organisation, il n'a plus de patrie, plus de ce que l'on appelle le pays natal, ses parents sont morts tous les deux, il n'a plus de maison de famille, plus de préoccupations, il est seul au monde, beaucoup plus léger, il peut aller où bon lui semble, se déplacer au gré du vent, à condition que personne ne vienne l'importuner ; quant à ses tourments, il les règle lui-même, et s'il arrive à s'en débarrasser totalement, il s'en fiche carrément et n'y prête plus attention.

Il ne prend plus aucun fardeau sur ses épaules et il a annulé toutes ses dettes sentimentales, réglé son passé. S'il aime, s'il prend à nouveau une femme dans ses bras, il faut que l'autre aime aussi cela, qu'elle l'accepte, sinon ils boiront un café ou une bière au bistrot, ils bavarderont, flirteront un peu et puis chacun poursuivra sa route.

S'il continue à écrire, c'est parce qu'il en éprouve encore le besoin, l'écriture pour lui doit être un acte totalement libre, il ne la considère pas comme une activité pour gagner sa vie. Il ne considère pas non plus que sa plume est une arme lui permettant de lutter contre ceci ou cela, il ne possède pas un quelconque sens de la mission, s'il écrit encore, c'est plutôt parce que c'est une sorte de délectation personnelle, un monologue destiné à s'écouter et à s'examiner soi-même, et en profiter pour goûter aux sensations que lui laisse le peu de vie qui lui reste.

La seule chose avec laquelle il n'a jamais rompu les liens, c'est la langue ; bien sûr il est capable d'écrire dans une autre langue, mais s'il n'a pas abandonné la sienne, c'est uniquement parce que c'est plus facile, qu'il n'a pas besoin de consulter le dictionnaire ; mais ce langage plus pratique pour lui n'est pas forcément le plus adapté, il a besoin de trouver sa propre tonalité, d'écouter attentivement ce qu'il écrit comme s'il écoutait une musique, et comme toujours il trouve que la langue qu'il utilise est trop grossière, peut-être un jour devra-t-il l'abandonner, pour avoir recours à un matériau qui puisse encore mieux transmettre ses sensations.

Ce qu'il envie, ce sont ces comédiens qui ont un corps si agile, surtout les danseurs, il aimerait beaucoup pouvoir s'exprimer en toute liberté avec son corps, trébucher quand il le voudrait, tomber, ramper puis se relever et sauter de nouveau, mais l'âge ne pardonne pas, au moindre faux pas, c'est la crampe ou la fracture, et c'en est fini de la danse, il ne lui reste que le langage pour bouger, le langage est si léger qu'il le fascine, il est justement un incurable manieur de langage, il ne peut pas ne pas parler, même s'il est seul, il ne cesse de se parler à lui-même, cette voix intérieure est la reconnaissance de sa propre existence, il est habitué à transformer ce qu'il éprouve en langage, sinon il n'est pas totalement satisfait, la jouissance que cela lui apporte est comme la plainte ou même les cris qu'il pousse en faisant l'amour.

Il est assis face à toi, vous vous regardez, et il rit à gorge déployée devant le miroir.

57

New York. Le premier jour, il faisait moins dix degrés mais il neigeait quand même, puis le lendemain le temps se radoucit subitement, le sol était couvert de glace sale, tes chaussures étaient trempées, et tu as dû à cause de ce fichu temps t'acheter une paire de bottes fourrées, tu préfères l'hiver doux de Paris. Les Chinois ici sont nombreux, dans la rue il n'est pas rare d'entendre parler pékinois, shanghaien, ou le dialecte du Shandong et même le patois du Henan que l'on parlait dans les villages proches de la ferme de rééducation par le travail où tu avais vécu. On trouve toutes sortes de spécialités chinoises, même les petits pains à la vapeur farcis au crabe ou les nouilles fraîches du Shanxi. Il existe plusieurs *China Town*, aussi bien à Manhattan, qu'à Flushing dans le Queen's, ces Chine sont encore plus chinoises que nature, les Chinois new-yorkais recréent ici un pays natal illusoire.

Toi, n'ayant pas de pays natal, tu n'as pas à donner de spectacle chinois aux États-Unis ; ce dont tu as besoin c'est de vrais acteurs occidentaux. Et tu cherchais une actrice à cent pour cent américaine pour le rôle principal, mais ce n'est qu'après la première que tu as rencontré la belle Linda, qui a un quart de sang turc. Vous vous étiez connus en Italie à l'occasion d'un festival de théâtre ; lors du souper qui avait suivi la représentation de ta pièce, elle était venue s'installer à ta table, elle t'avait serré dans ses bras et avait déposé un baiser sonore sur tes joues en disant :

– J'adore votre pièce ; si vous venez la jouer à New York, n'oubliez pas de faire appel à moi !

Elle avait dit cela avec une telle émotion que tu t'étais senti transporté de joie. Tu avais pensé à donner son adresse et son numéro de téléphone à la troupe de théâtre, mais on ne l'avait pas appelée et elle n'avait pas lu l'annonce concernant l'audition des acteurs. À New York les belles femmes ne manquent pas, les bons acteurs non plus. Elle était venue voir la représentation et quand la foule s'était dispersée, elle avait éclaté en sanglots, tu ignorais si c'était de te voir ou à cause de la pièce, ou encore parce qu'elle regrettait d'avoir raté l'occasion d'y jouer, de toute façon tu te sentis ému. Dans ce monde, tu n'es finalement pas si seul, tu as beaucoup d'anciens et de nouveaux amis, tu t'aperçois qu'il est souvent plus facile de communiquer avec eux qu'avec certains de tes compatriotes chinois, ils sont plus directs. Et tu rencontres beaucoup moins d'obstacles pour faire l'amour avec les Occidentales. Au milieu de la nuit, tu as reçu un coup de fil de Paris, tu lui as dit que tu pensais à elle. « À quoi en particulier ? » a-t-elle demandé au téléphone. Tu as dit que tu pensais à son odeur. « Eh bien, je te passe cette odeur par téléphone, toute humide, d'accord ? » a-t-elle dit en riant. « Ce n'est pas suffisant », tu as dit que c'est à elle que tu pensais, à elle tout entière, du haut jusqu'en bas. « Il n'y a pas de femme dans ton lit ? a-t-elle demandé. – En ce moment, non. Mais il pourrait y en avoir à un autre moment. – Espèce de salaud ! a-t-elle répondu. Mais je t'embrasse quand même, partout, partout. »

Tu n'es pas un honnête homme, inutile de faire l'innocent, tu n'as qu'une envie, c'est de répandre ton désir partout dans le monde, d'en engluer le monde entier ! Bien sûr, c'est un vain espoir qui te rend un peu triste, même si tu sais que cette tristesse est mêlée de fausseté, en réalité tu te réjouis d'avoir récupéré une telle vie, cette vie qui t'appartient, à toi que l'on vient de traiter de salaud, qui est partagée par cette Française qui vient de te traiter de salaud, tu veux justement lui donner cette vie, et elle, la rendre toute humide pour y goûter pleinement.

Tout ce passé est si loin à présent, tu voyages dans le monde entier, ta situation n'a rien de dramatique. Tu aimes le jazz, et l'aisance du blues, qui ressemble à la pièce que tu as écrite. Dans la réserve des accessoires, tu as trouvé un vieux cadre dans lequel tu a suspendu une jambe de femme en plastique. Dessus tu as écrit « quoi », en calligraphiant ce *what* d'un seul trait, comme si c'était ta signature. Tu te moques de ce monde, et tu te moques aussi de toi-même. Tu ne peux vivre heureux que si le monde et le « tu » s'annulent mutuellement. Tu voudrais devenir un blues, le vieil air que chantait le chanteur noir Johnny Hartman :

Ils disent qu'il est tombé amoureux
C'est merveilleux
Merveilleux
Ils disent que c'est si merveilleux qu'il ne peut en guérir...

Au cours d'une répétition, les acteurs ont raconté qu'un chanteur noir, tombé en panne sur l'autoroute la veille, s'était fait abattre. Les journaux du jour publiaient la photo du mort. Une tristesse irrésistible s'est emparée de toi, bien que tu n'aies jamais entendu les chansons de cet homme.

Tu aurais beaucoup de mal à aimer une Chinoise ; quand tu as quitté la Chine, tu as laissé tomber cette infirmière, et à présent tu n'en éprouves plus aucun remords, tu ne vis plus dans les remords.

Un doux clair de lune, un versant de montagne flou, une chaumière indistincte, des rizières dans un vallon, un chemin de terre serpentant jusqu'à la porte d'un entrepôt, un poème bucolique désuet, il te semble avoir vu la scène en rêve, tu as vu la porte close de cette bâtisse en terre, ton élève a été violée à l'intérieur, personne pour la secourir, elle n'avait d'autre issue, elle espérait obtenir une embauche pour ne plus avoir à cultiver sa ration de céréales, voilà le prix qu'elle voulait payer. Elle est là-bas, de l'autre côté du globe, elle a oublié depuis longtemps jusqu'à ton existence même. Tu soupires en vain, ce que tu fais remonter en toi, plus que des pensées, ce sont des désirs.

Elle dit qu'à cet instant, elle n'éprouve aucun désir, elle a envie de pleurer, que ses larmes l'inondent. Tu dis que tu es plein d'un désir irrépressible. Mais elle dit qu'elle ne veut pas être un substitut, ce n'est pas du tout en elle que tu veux pénétrer, elle ne peut pas non plus entrer dans ton cœur, tu es si distant. Tu dis que tu es près d'elle, que c'est seulement parce que tu partages ton lit avec elle cette nuit-là que tu lui as raconté cette histoire pour l'exciter, mais elle te demande de ne pas te servir d'elle pour épancher ta douleur intérieure. Tu dis que tu n'aurais pas cru qu'une Française comme elle soit aussi stupide, elle dit que même si elle est bête, que peut-elle y faire ? Tu lui demandes pourquoi elle ne comprend pas la méchanceté des mâles. Mais elle dit que c'est bien d'être allongés comme ça dans le lit, elle aime les relations qu'elle a avec toi, elle ne veut pas que le désir sexuel vienne salir ces beaux sentiments, elle souhaite que tu la laisses étendue ainsi tranquillement, puis elle ajoute qu'elle peut aussi être frénétique, qu'elle pourrait partir avec un homme qu'elle ne connaît pas, c'est seulement parce qu'elle t'aime, elle ne veut pas d'un coup gâcher ses relations avec toi. Tu lui fais remarquer qu'elle t'a dit qu'elle était une putain, elle reconnaît qu'elle l'a dit et qu'en plus elle est ta petite putain, mais pas à cet instant. Tu lui demandes : Quand alors ? Elle dit qu'elle ne le sait pas, quand le moment sera venu, elle te donnera tout ce que tu voudras, mais aussi, tu n'as pas de capote, elle a peur des maladies, il ne faut pas lui en vouloir, elle demande ce qui t'a empêché d'y penser avant. Où trouver cette chose-là en pleine nuit ? Si tu en as vraiment envie, tu n'as qu'à éjaculer sur elle, mais surtout pas à l'intérieur. Tu l'étreins, tu sens l'odeur de son corps, tu la caresses du haut en bas, tu enduis de ton sperme, de ses larmes, de vos deux sueurs mêlées son pubis, ses seins, ses mamelons. Tu lui demandes si elle est heureuse. Elle te dit de faire tout ce que tu veux, mais de ne pas poser de questions. Elle te serre dans ses bras pour te coller contre sa poitrine opulente, elle dit que de toute façon elle t'aime, son souffle haletant et doux caresse ton oreille.

Quand tu ouvres les rideaux, une nouvelle journée a commencé. Vous allez ensuite dans un bar, vous vous asseyez dehors sous un parasol, c'est dimanche, la lumière du soleil de l'après-midi est jaune d'or. Elle est venue exprès pour voir ta pièce, elle doit rentrer à Paris, à six heures aura lieu le vernissage de l'exposition de peinture de son ami, elle dit qu'elle veut lui rester fidèle, mais aussi qu'elle t'aime. Et toi tu l'apprécies de tout ton cœur, tu tends les bras vers le soleil, affirmant que tu peux en prendre une poignée dans tes mains, qu'elle devrait essayer, elle lève alors le visage et rit. Le garçon arrive en s'excusant, l'heure du service est passée depuis longtemps, le cuisinier est parti. Que peut-on encore manger ? Seulement du jambon frit avec des œufs. Allons-y pour du jambon frit avec des œufs !

Le soleil est d'un doré irréel, tu t'aperçois que tout brille. Elle dit que c'est comme si elle avait fumé de la drogue. C'est vrai, lorsque tu es avec elle, tu trouves que tout ce qui vous entoure est irréel, les paroles des gens autour de vous semblent lointaines et nettes à la fois. Elle dit qu'elle se sent tellement tellement heureuse !

Tu dis que tu veux écrire tout cela, elle dit que ce serait très beau. Tu dis que c'est elle qui t'a procuré ces sensations, elle t'a aidé à transformer tes malheurs en beauté, toutes ces choses qui étaient si pesantes. Elle dit que les souffrances une fois passées peuvent devenir beauté et toi tu t'exclames qu'elle est une authentique nana française. Une femme ! rectifie-t-elle, c'est sûr. Tu dis qu'elle est aussi une sorcière, elle dit que c'est bien possible, elle a voulu que tu épanches tous tes malheurs, tu as obéi et tu es devenu sage. C'est vrai, extérieurement et intérieurement tu es vraiment détendu, comme si tu avais été lavé de fond en comble. Elle dit qu'elle recherche justement ce genre de sensation, est-ce que tu ne trouves pas cela particulièrement précieux ? Tu dis que cette sensation, c'est elle qui te l'a procurée, elle dit que ce qu'elle veut, c'est toi, un homme comme toi, et non pas ton désir. Tu dis que toi tu as encore envie de la déchirer, de l'avaler. Mais s'il ne reste rien de moi, dit-elle, est-ce que tu ne vas pas le regretter ?

Tu l'accompagnes jusqu'à la gare, elle te tient par l'épaule. Tu dis que tu l'aimes, elle dit qu'elle aussi. Tu dis que tu l'aimes beaucoup, elle dit qu'elle aussi t'aime beaucoup. La vie vaut la peine d'être vécue, dis-tu, attention, tu as envie de chanter ! Elle est courbée en deux de rire. Elle te dit de monter avec elle dans le train. Tu dis que le soir il y a encore une représentation, tu ne peux pas laisser les acteurs travailler seuls, il te reste encore ce sens des responsabilités. Elle dit qu'elle comprend, que tu ne dois pas l'écouter, elle dit ça comme ça. Les portes du train se ferment, et quand le convoi s'ébranle, elle remue trois fois les lèvres pour te dire je t'aime. Tu sais qu'elle dit cela à la légère, elle veut quand même rester fidèle à son ami, comme elle l'a dit. Pourtant tu l'aimes vraiment, même si tu peux aussi aimer d'autres femmes.

Tu te sens léger comme l'air, tu as l'impression d'avoir perdu ton poids, tu voyages de pays en pays, de ville en ville, de femme en femme, tu ne penses pas à trouver un abri pour la vie, tu te sens voler, tu mâchonnes des mots amusants qui, comme le sperme que tu éjacules, laissent des traces. Tu n'attends rien, ne te soucies plus des tenants et des aboutissants de l'existence. Puisque tu as retrouvé cette vie, pourquoi t'en préoccuper ? Tu te contentes de vivre l'instant, telle la feuille de l'arbre qui tombe après avoir volé dans les airs, la feuille de l'arbre à suif, du peuplier ou du tilleul ? De toute façon, les feuilles des arbres sont destinées à tomber tôt ou tard, tant qu'elles flottent dans le vent, elles sont totalement libres, tu restes ce prodigue inguérissable issu d'une famille vouée au déclin, tu dois te libérer des entraves, compromissions, tourments et soucis occasionnés par tes ancêtres, ta femme et tes souvenirs. Tu es comme la musique, comme ce poème de jazz du Noir : Ils disent qu'il est tombé amoureux, c'est merveilleux, merveilleux, ils disent que c'est si merveilleux qu'il ne peut en guérir…

Cette jambe en plastique portant ta signature suspendue dans un vieux cadre est hissée sur la scène par un vieil édenté. Au milieu des chants, elle s'élève aussi solennellement que si l'on avait hissé un drapeau national. Ta danseuse, une jeune Japonaise, se tient droite à l'avant-scène, pleine de gravité, offrant aux spectateurs de ses deux mains tendues une rose coupée, puis elle ouvre grand la bouche pour rire, découvrant des dents toutes noires. C'est merveilleux, merveilleux, si merveilleux qu'il ne peut en guérir !

L'art révolutionnaire et la révolution de l'art, cela fait longtemps qu'on joue avec tout cela ; si tu veux encore jouer, tu ne trouveras rien de nouveau, le monde ressemble à un drapeau déchiré déployé. Au petit matin, en voiture vers les Alpes depuis la Provence, une nappe de brouillard horizontale t'arrive en plein visage, tu n'as plus figure humaine, plus de poids, tu te dissous en suivant le vent, te moquant des autres et de toi-même…

Tu es un poème de jazz triste, dans la paume de la main des femmes, et dans cette grotte sombre et humide, tu es avide, insatiable, que pourrais-tu encore regretter ? Ce pauvre petit oiseau ?

Tu es un saxophone qui pousses sa complainte suivant ses sensations, qui cries en suivant ses sentiments, ah, adieu la révolution ! Si tu as envie de pleurer, tu es content et tu pleures à grand bruit, n'ayant pas peur de perdre quoi que ce soit, tu n'es libre que là où tu ne peux rien perdre, telle une fumée légère accompagnée du doux parfum de la feuille de chanvre mêlée à celle de l'herbe à odeur de poisson, de quoi t'inquiéterais-tu encore ? De quoi avoir peur ? Quand le moment de disparaître sera là, tu disparaîtras, disparaître entre les cuisses humides d'une femme, voilà qui serait merveilleux, c'est alors que tu comprendrais pleinement ce que l'on appelle la vie, nul besoin de regrets, nul besoin de se ménager, tout dilapider, ce serait si merveilleux qu'il ne peut en guérir !

Les roseaux ploient dans le vent, un vent violent sur cette côte de la mer du Nord au Danemark, il s'élève sur les dunes de sable, des touffes de roseaux forment un cercle qui s'agite contre le vent, tu crois que c'est un couple de cygnes sauvages, mais en t'approchant tu découvres un homme et une femme nus, tu t'éloignes aussitôt, mais tu les entends rire derrière toi. Sur la mer sombre au-delà des dunes désertes, les vagues blanches déferlent et viennent se briser contre des blockhaus en béton remplis d'algues, laissés par les nazis pendant l'Occupation.

Tu as envie de pleurer, tu t'allonges sur sa poitrine opulente, tu pleures sur ses seins où se mêlent la transpiration et le sperme, tu n'as pas besoin de te retenir, comme l'enfant qui a besoin de la tendresse de sa mère. Non seulement tu jouis des femmes, mais tu recherches leur tendresse, leur indulgence et leur acceptation.

La première fois que tu as vu un corps de femme, c'était ta mère, par la porte entrouverte tu avais aperçu de la lumière, tu dormais dans l'obscurité sur un lit couvert d'une natte de bambou, tu avais entendu un bruit d'eau, et avais voulu jeter un coup d'œil pour savoir ce qui se passait, tu t'étais mis sur tes coudes et le lit de bambou avait grincé. Ta mère couverte de savon était sortie, tu t'étais vite caché le visage et avais fait semblant de dormir. Elle était retournée dans sa baignoire en laissant la porte ouverte, et tu avais regardé en cachette ces seins qui t'avaient nourri et l'endroit sombre qui t'avait mis au monde. Au début tu retenais ta respiration, puis ton souffle s'était accéléré, avant de t'endormir dans le désir et le trouble qui avaient germé en toi.

Elle dit que tu n'es qu'un enfant, à cet instant tu aspires au calme, tu es satisfait, fatigué, tu es son petit enfant sage. Elle te caresse doucement, sous sa main, elle te contemple, elle contemple ton corps, cette chose entre tes jambes qui s'est rétractée, elle l'appelle son petit oiseau. Son regard est si tendre, elle te caresse les cheveux, tu es profondément ému, tu as envie de te reposer sur quelque chose, te reposer sur cette femme qui te donne la vie, la joie et le réconfort. Tu appelles tout cela l'amour, le sexe, la tristesse, le désir qui te tourmente sans cesse, le langage, une sorte d'expression, un besoin qui se manifeste, une sensation d'épanchement, sans aucun sens moral ni la moindre fausseté, s'écoulant jusqu'au bout, tout cela t'a complètement lavé, tu es devenu si transparent que tu t'es transformé en un filet de conscience de la vie, comme le rai de lumière qui filtre derrière la porte et pourtant derrière il n'y a rien, tout est vague, comme un faible clair de lune dans un lambeau de nuage, tu entends les mouettes battre des ailes et pousser leurs cris la nuit dans les airs, les vagues jaillissent des profondeurs obscures de la mer, formant des rouleaux couverts d'écume, à Viareggio, un projecteur illumine le bord de l'eau, la plage est déserte, devant les grands parasols rouges rayés de blanc, tu es resté debout très longtemps.

Mais aujourd'hui, au cours de cette nuit à New York, la neige et la glace sur les trottoirs sont sales et boueuses, ce New York si populaire, si négligé, ce New York aux tas d'or qui s'élèvent jusqu'aux cieux, ce New York qui donne le tournis, où il faut aller dans la rue pour pouvoir fumer une cigarette en aspirant un air glacé, toi et elle, cette danseuse japonaise qui ne dit pas un mot sur scène, qui joue dans ta pièce le rôle de la jeune fille qui s'éveille aux passions, de la femme volage, du cadavre de la mère, de la nonne et du spectre, tu pars avec elle après la fin de la représentation chercher un bar où vous pourriez fumer et boire un verre.

Depuis la huitième ou la neuvième rue de Manhattan, vous marchez rue après rue jusqu'à la trentième, puis dans la troisième, ou la quatrième, à moins que ce ne soit la cinquième ou la sixième avenue, tu n'as jamais eu la mémoire des chiffres, vous trouvez un bar brésilien ou mexicain. Peu importe, l'atmosphère y est excellente, des bougies brûlent sur les tables, mais la musique rock est trop forte et ne favorise guère le flirt, vous ne pouvez vous entendre qu'en parlant très fort, face à face, vous parlez d'art, d'art très sérieux. Elle dit qu'elle est heureuse de pouvoir jouer tous ces rôles dans une pièce, qu'elle s'en donne à cœur joie, la pièce semble avoir été écrite pour elle. Tu te plains du *New York Times*, la chargée de la communication de la troupe a dit qu'elle les avait contactés maintes fois, leur journaliste devait venir, mais les représentations se sont terminées sans que vous ayez vu qui que ce soit. Elle dit que pour les théâtres *off Broadway* c'est comme ça, il est très difficile de figurer dans leurs colonnes, mais d'avoir travaillé avec toi, elle ne le regrette pas du tout.

– Je penserai à toi, dit-elle en regardant ses doigts aux ongles peints en bleu sombre.

Vous parlez ainsi des choses de la vie, tu dis que deux jours plus tôt, ses ongles étaient couleur de thé, te semble-t-il, elle dit qu'elle change souvent, et parfois même ses ongles sont de couleur différente, puis elle te demande laquelle tu préfères. Tu dis que le gris est le mieux, il renforce le côté glacial de la scène, même si ce sont plus ses membres que l'on regarde quand elle danse ; la conversation revient à l'art.

– Et le rouge à lèvres ?

– Tu en as du noir ? demandes-tu.

– De toutes les couleurs, pourquoi ne l'as-tu pas dit plus tôt ?

– C'est l'affaire de la maquilleuse, je ne m'en suis pas occupé, dis-tu.

– Mais les représentations sont terminées ! soupire-t-elle.

– Quels projets as-tu maintenant ? lui demandes-tu.

– J'attends, on verra, une comédie musicale cherche des actrices sachant danser, la semaine prochaine j'aurai deux occasions de casting. Mon père souhaite depuis longtemps que je retourne au Japon, pour entrer dans une société ou pour me marier. Il dit qu'on ne peut pas vivre grâce à la danse, que je me suis assez amusée.

Elle dit encore que son père va bientôt prendre sa retraite, qu'il ne pourra l'entretenir toute sa vie. Mais sa mère l'a laissée décider seule, sa mère est une Chinoise de Taiwan, très ouverte. Elle dit qu'elle n'aime pas le Japon, les femmes ne sont pas libres du tout dans cette société. Tu dis que tu aimes beaucoup la littérature japonaise, surtout les personnages féminins.

– Pourquoi ?

– Elles sont très désirables, très cruelles aussi.
– Ça, c'est dans les livres, ce n'est pas la réalité. Tu n'as pas eu de femmes japonaises ?
– J'aimerais beaucoup si j'en trouvais une, dis-tu.
– Eh bien, tu en auras !
Après avoir dit cela, elle jette un coup d'œil en direction du comptoir du bar.
Tu règles l'addition, elle te remercie.
À la station centrale du métro de la quarante-deuxième rue – cette quarante-deuxième rue, tu t'en souviens parfaitement, c'est là que tu changeais chaque jour pour aller répéter et voir les représentations –, au moment de vous séparer, elle dit qu'elle ira te voir si elle vient à Paris et aussi qu'elle t'écrira. Pourtant, tu n'as jamais reçu de lettre, ce n'est que quelques mois plus tard, en rangeant un sac de dossiers accumulés au cours de ton voyage à New York, que tu as retrouvé son adresse griffonnée sur un coin de nappe en papier, tu lui as envoyé une carte postale, mais il n'y a eu aucune suite, tu n'as jamais su si elle était rentrée au Japon.

58

Il a croisé un groupe très animé, les uns tapaient sur des tambours, les autres sur des gongs, faisant un beau charivari.

– En route, en route, en route ! criaient les gens du groupe.

Il a dit qu'il avait à faire, une affaire personnelle à régler.

– Une affaire personnelle ? Rien n'est si important que ça ! En route, viens avec nous, allez, tous ensemble !

– Quoi faire ? a-t-il demandé.

– Voir les beaux jours, frère, les beaux jours vont arriver, allons les accueillir ! Comment tes petites affaires minables pourraient-elles être plus importantes ?

La foule se bousculait, l'excitation était à son comble, les rangs grossissaient, on criait des slogans.

– Où se trouvent les beaux jours ?

Il les suivit instinctivement.

– Les beaux jours sont devant nous ! Si on a dit qu'ils étaient devant, c'est qu'ils sont devant ! Si on a dit devant, ils le seront sûrement !

Toute la foule répétait cela, avec de plus en plus de force, de plus en plus d'assurance.

– Qui peut garantir que devant il n'y a que des beaux jours ? demanda-t-il, bousculé par la foule.

– Si tout le monde le dit, c'est que forcément c'est vrai, on ne peut pas se tromper, viens avec nous, les beaux jours seront devant nous, c'est absolument sûr.

La foule chantait à tue-tête le chant des beaux jours, et plus elle chantait, plus les esprits s'animaient, plus elle chantait, plus le moral remontait. Lui, coincé dans la foule, était obligé de chanter, s'il ne l'avait pas fait, les regards suspicieux qui l'entouraient se seraient fixés sur lui.

– Alors, frère, qu'est-ce qui t'arrive ? Tu as quelque chose, c'est ça ? Tu es muet ?

Il voulait montrer qu'il n'était pas muet de naissance et se mit à chanter d'une voix forte avec la foule, s'il chantait, il devait le faire en chœur et suivre les autres, mais il perdit sa chaussure et se pencha pour la remettre, n'allait-il pas se faire écraser par ceux qui continuaient à avancer ? Le mieux était de laisser cette chaussure et de marcher à cloche-pied. De toute façon, il fallait avancer en suivant la foule et chanter à pleine voix les beaux jours avec elle.

– Les beaux jours sont devant nous, ils arriveront tôt ou tard ! Les beaux jours sont vraiment beaux à voir, ils ne peuvent nous tromper !

Ils chantaient avec une fougue croissante, les beaux jours devenaient toujours plus beaux, les beaux jours déferlaient en vagues chaudes, plus on les chantait, plus ils étaient chauds, et plus tôt ils viendraient.

– Les beaux jours vont arriver ! Allons les accueillir ! Luttons à tout prix pour les beaux jours et jamais nous ne regretterons de mourir !

La foule était prise de fièvre, totalement endiablée, il ne pouvait échapper à cette folie, et s'il n'était pas fou pour de bon, il devait au moins faire semblant de l'être.

– Ça va mal, on a ouvert le feu !

– Qui a ouvert le feu ?

– C'est devant nous qu'on a tiré ?

– N'importe quoi ! Devant, ce sont les beaux jours, peut-on tirer ?

– Des balles en plastique ?

– Des feux d'artifice ?

– Des balles traçantes ?

– Ah…

– Il y a du sang ? Des morts !

– Chargeons pour les beaux jours, enfonçons les lignes ennemies pour les beaux jours ! Sacrifions-nous pour les beaux jours, quelle gloire ! Soyons les martyrs des beaux jours ! Hurrah !...

La foule n'aurait jamais pensé que mitrailleuses et mitraillettes l'arroseraient et la viseraient comme si elles projetaient des pois brûlants, comme si elles lançaient des pétards. Tels des chiens battus, les gens se sont enfuis dans toutes les directions, les uns sont morts, les autres ont été blessés, pour les autres encore ce fut une débandade éperdue...

Il a cherché à se réfugier dans un coin que les fusils ne pouvaient atteindre, il était un peu excité, et un peu triste. Puis peu à peu, il a entendu au loin des voix humaines, peut-être un nouveau groupe, frappant aussi sur des gongs et des tambours, lançant des slogans indistincts. Ils semblaient parler des beaux jours, si l'on prêtait davantage l'oreille, ils semblaient polémiquer, les beaux jours vont venir, non, pour l'instant ils ne viennent plus, mais ils finiront par arriver, impossible qu'ils ne viennent pas, un jour ou l'autre ils viendront... Il s'est éloigné à la hâte, les beaux jours l'effraient, avant que les beaux jours n'arrivent, il préfère filer à l'anglaise.

59

Tu arrives à Toulon, un port militaire situé au bord de la Méditerranée, tu l'as appris dans tes leçons de géographie au collège, tu es assis dans une vaste tente dressée à côté du port pour cette fête du livre, comme une centaine d'autres écrivains tu es installé derrière un stand, un stylo à la main, devant tes livres, et tu attends qu'un lecteur vienne te faire signer celui qu'il vient d'acheter. Mais ce que regardent les passants, ce sont les livres, ils ne prêtent aucune attention aux écrivains dont le nom est écrit en gros sur un carton, ils ne sont pas comme les fans hystériques de Johnny Hallyday, qui attendent en rang qu'il descende de son hélicoptère pour signer des autographes, avec des gardes du corps et des policiers qui crient et contiennent la foule pour maintenir l'ordre. Tu es complètement hors du champ de ces regards qui se déplacent devant toi, les gens te regardent sans te voir. Ils passent, s'arrêtent parfois, feuillettent les livres qui portent ton nom, mais qu'évoque pour eux ton nom ? Ils ne veulent rien d'autre que trouver dans les livres une identification, les regards qu'ils lancent vers les livres qu'ils feuillettent retournent en eux.

Heureusement, tu n'as rien d'autre à faire, tu as tout le loisir de chercher à capter ces regards tourmentés ou vagues, c'est un jeu pour toi. Une jeune fille svelte se faufile dans la foule, cheveux châtains ramenés en chignon, sourcils rapprochés, un visage d'une tristesse presque pathétique, ses paupières tombent sur ses grands yeux comme si elle avait passé une nuit blanche, peut-être n'a-t-elle pas pu retenir son ami au lit, mais en fait une fille aussi bien, c'est plutôt son ami qui n'a pas pu la retenir, sinon il est impossible qu'elle se promène comme ça toute seule aussi tôt un dimanche dans une fête du livre. Elle finit par arriver devant ton stand, mais elle commence par prendre le livre de l'autre auteur à côté, elle jette un coup d'œil sur la quatrième de couverture et le repose, puis elle feuillette un autre livre. Elle n'a aucune intention de l'acheter, peut-être ne sait-elle en fait pas trop quoi faire, elle le repose puis s'empare de l'un des tiens, ses yeux continuent cependant à regarder ailleurs. Son regard s'adoucit et finit par s'arrêter sur ton livre qu'elle retourne ; avant même d'avoir lu une ou deux lignes de la présentation, elle le repose sans même s'apercevoir qu'elle se trouve à deux pas de l'auteur. Elle est juste devant toi, les sourcils encore froncés, son expression de tristesse flotte sur son visage, exhalant une beauté bien plus émouvante que n'importe quel livre.

Qui tes lecteurs peuvent-ils être ? Quand tu écris, tu n'y penses pas ; quand tu écrivais ce livre, tu ne pouvais imaginer qu'un jour tu te retrouverais assis dans une fête du livre sur la côte de la Méditerranée, face à ces lecteurs potentiels. En réalité, ils n'ont aucune obligation de se préoccuper de tes tracas et même d'en acheter le récit. Heureusement, celui qui vend tes livres, c'est le patron de ce stand, tu es un simple objet vivant d'exposition, tu as trop tôt perdu toute vanité, tu es trop spectateur, tu n'es plus qu'un désœuvré parmi tant d'autres. Du reste, sur terre, il y a déjà tellement de livres qui s'entassent, qu'il y en ait un de plus ou un de moins n'a pas grande importance, d'autant plus que tu ne gagnes pas ta vie avec les livres, c'est d'ailleurs pour cela que l'écriture t'est nécessaire.

Tu remets ton stylo dans la poche de ta veste et demandes des feuilles de papier au patron de ton stand, tu les fourres dans tes poches et pars te promener au bord de la mer. Toulon, avec un soleil si éclatant qu'il semble résonner, dans une petite rue au bord du vieux port, les cafés, les bars et les restaurants se touchent, des étals de fruits de mer installés devant leur porte, mais ils sont encore déserts. Sur une avenue qui conduit au centre ville, le marché du dimanche matin est pourtant très animé. On y trouve des fruits, des légumes, des vêtements, toutes sortes d'objets de bazar, des étals tenus par des Arabes, et une boutique vendant des plats chinois à emporter dont les affaires semblent très bien marcher. Ces étrangers sont-ils gênants pour la mairie tenue par le Front national ? Au centre-ville se tient un autre salon du livre, qui se dispute avec la fête du livre organisée par le conseil général du département tenu par la gauche. Une fois de plus, tu ne peux éviter la politique, où que ce soit il est impossible d'y échapper, soudain tu ressens les inquiétudes de Marguerite d'une manière très réelle, aussi réelle que le soleil qui luit de façon presque sonore, presque palpable.

Tu n'as aucune envie d'aller voir ce qu'il y a dans ce salon, les vieilles rengaines nationalistes sont partout les mêmes, tu retournes donc vers le port, t'assieds à la terrasse d'un bar, tu as envie d'écrire quelque chose.

Les hommes sont faibles, mais qu'y a-t-il de mauvais dans la faiblesse ? Toi-même, n'es-tu pas aussi une simple vie fragile ? Les surhommes voulaient remplacer Dieu, ils étaient présomptueux et irraisonnés, tandis que toi, il vaut mieux que tu restes humble et fragile. Dieu omnipotent a bien créé ce monde, pourtant il n'a pas conçu un avenir. Inutile de te creuser la cervelle, tu ne conçois rien, tu vis dans l'instant, à cet instant tu ignores de quoi sera fait l'instant suivant, ces changements soudains ne sont-ils pas quelque chose de merveilleux ? Personne ne peut échapper à la mort, la mort te fixera une limite extrême, sinon tu deviendrais un vieux monstre, qui perdrait toute compassion, qui ignorerait la honte, qui se rendrait coupable de tous les crimes, incapable de pardon. La mort représente une limite contre laquelle on ne peut résister, la beauté humaine se trouve à l'intérieur de cette limite, débrouille-toi pour en profiter !

Tu n'es pas non plus Bouddha, un poussah aux soixante-douze réincarnations, aux trois corps et aux six visages. La musique, les mathématiques et le Bouddha ont été inventés de toutes pièces, des dix mille êtres indicibles de la nature sont sorties les notions abstraites de chiffres, changements et assemblages des gammes, tonalités et rythmes, ainsi que Dieu ou Bouddha, avec en plus, la beauté ; tout cela ne peut être saisi à l'état naturel. Ton « moi » est aussi inventé de toutes pièces, il n'existe que dans la mesure où on le dit, si on dit qu'il n'est pas, il est alors une masse informe, ce « moi » que tu t'efforces de construire est-il vraiment original ? Autrement dit, as-tu vraiment un « moi » ? Tu te démènes dans la chaîne illimitée des causes et des effets, mais où se trouvent ces causes et ces effets ? Ils sont pareils aux tourments, c'est toi qui te les fabriques, et alors, ce ne serait plus la peine pour toi de fabriquer encore ce « moi », tu ne dois pas non plus rechercher encore à partir du néant une prétendue reconnaissance de ce « moi », mieux vaut revenir aux origines de la vie, à l'instant présent si vivant. Ce qui est éternel ne dépend que de cet instant, tu n'existes que parce que tu ressens les choses, sinon tu deviens indistinct et sans conscience, vis plutôt dans l'instant et profite de ce doux soleil d'automne !

Dans le parc, les feuilles des arbres ont jauni, en regardant par ta fenêtre, tu en vois le sol jonché, elles sont tombées mais n'ont pas encore pourri. Tu commences à vieillir, mais tu n'as pas envie de retomber en enfance, tu vois sur le parking au pied de ton immeuble les enfants chahuter sans trop savoir quoi faire, la jeunesse est vraiment précieuse, lorsqu'ils auront fini par comprendre ce qu'ils veulent faire, ils seront déjà vieux. Tu n'as pas envie de recommencer à te tourmenter, à te débattre encore dans la vanité et les soucis, entre errements et bouleversements, tu n'envies pas ces enfants, ce qui est enviable, c'est plutôt leur vie toute neuve. Mais une vie chaotique n'arrive pas à cette transparence de conscience, tu es content de cet instant présent et parfaitement satisfait de cette solitude dénuée de vanité, si limpide, comme les pleines eaux d'automne qui scintillent d'ombres et de lumières chatoyantes, où remonte la fraîcheur de tes pensées. Ne plus juger, ne plus établir quoi que ce soit. Les vagues ondulent sur l'eau, les feuilles des arbres flottent dans le vent avant de tomber, la mort est un phénomène parfaitement naturel, tu marches droit vers elle, mais avant qu'elle n'arrive, tu as le temps de t'amuser pour lui tenir tête. Tu disposes d'assez de temps pour profiter à fond du peu qu'il te reste à vivre, ton corps éprouve des sensations et tu as encore du désir. Tu voudrais avoir une femme, une femme qui veuille aller aussi loin que toi, qui se serait aussi délivrée de toutes les attaches, une femme sans enfants qui ne subirait pas le fardeau familial, une femme qui se ficherait de la vanité et des modes, une femme qui serait naturellement dévergondée, qui ne chercherait pas à retirer quoi que ce soit de toi et qui éprouverait avec toi le même plaisir que le poisson dans l'eau, mais où trouver une telle femme ? Une femme aussi solitaire que toi et qui se satisferait autant que toi de cette solitude, qui ferait se rejoindre ta solitude et la sienne dans la satisfaction sexuelle, les caresses et les échanges de regards, la recherche et l'observation mutuelles ; où trouver cette femme ?

60

Ça suffit ! dit-il.

Qu'est-ce qui suffit ? demandes-tu.

Il dit que ça suffit, il faut en finir avec lui !

De qui parle-t-il ? Qui doit en finir avec qui ?

Lui, ce personnage sous ta plume, il faut y mettre fin.

Tu dis que tu n'es pas l'auteur.

Dans ce cas, qui est l'auteur ?

Ça, ce n'est pas clair, lui-même sans doute ! Toi, tu n'es que sa conscience.

Comment faire alors pour toi ? Si c'est fini pour lui, ce sera la même chose pour toi, non ?

Tu dis que tu peux devenir simple lecteur, ou comme un spectateur au théâtre, ce qui est dans le livre n'a pas grand-chose à voir avec toi.

Il dit que tu excelles à te détacher des choses ! Mais oui, tu n'as aucune responsabilité particulière, tu n'es pas chargé d'assumer une quelconque tâche morale à son égard, tu n'es qu'un oisif disposant d'un peu de temps, et tu as eu par hasard l'occasion de porter ton attention sur ce personnage, mais maintenant ça suffit, tu es fatigué, s'il faut en finir avec lui, pas de problème. Mais c'est quand même un personnage, il lui faut une conclusion, tu ne peux pas agir comme ça, comme s'il s'agissait d'un tas d'ordures.

L'homme, comme les ordures, tôt ou tard il faut s'en débarrasser, sinon ce monde serait rempli d'hommes malades et il puerait depuis longtemps.

C'est pour ça qu'il y a des combats, des rivalités, et toutes les théories qui en découlent ?

Cesse de raisonner ! Tu me fais mal à la tête.

Tu es vraiment pessimiste.

Pessimiste ou pas, le monde est ainsi fait, ce n'est pas toi qui peux décider, tu n'es pas Dieu et personne ne peut décider pour toi. Puisque c'est la fin du personnage, doit-il mourir de maladie aiguë, d'infarctus, par strangulation, d'un coup de couteau, d'un coup de feu ou d'un accident de voiture ? Cela dépend de l'auteur, pas de toi. De toute façon, il ne semble pas vouloir se suicider, mais toi tu en as vraiment assez, tu n'es rien autre que son jeu de langage, tu ne pourras te délivrer de toi-même que lorsqu'il sera fini.

Mais lui, il dit que s'il s'amuse avec ce monde, c'est seulement parce qu'il ne supporte pas la solitude. Toi et lui, vous avez été compagnons de route, tu n'as été ni son camarade, ni son juge, et encore moins son ultime bonne conscience, cette bonne conscience, tu ne sais pas ce que c'est, tu n'as rien fait d'autre pour lui que d'avoir un peu veillé sur lui, ce décalage dans le temps et l'espace entre toi et lui a créé une sorte de distance, tu as profité des facilités que t'offraient le temps et le lieu où tu te trouvais, ce qui a créé un espace, mais aussi une liberté, tu en as profité pour l'observer à ta guise en tant qu'objet en soi, et, en réalité, les ennuis, il se les est créés lui-même.

Bon, ça va, tu vas le quitter, vous devez vous séparer, y a-t-il encore quelque chose à dire ?

Les bouddhistes parlent de nirvana, les taoïstes de passage à l'état d'immortel, mais lui dit simplement que tu n'as qu'à le laisser partir. Personne ne peut délivrer personne de sa souffrance, alors laisse-le partir.

À cet instant, il s'arrête, tourne la tête pour te regarder, et vos chemins se séparent. Il dit que son problème c'est d'être venu trop tôt au monde, c'est à cause de cela qu'il t'a créé autant d'ennuis. S'il était né un siècle plus tard, par exemple au cours du nouveau siècle qui se profile à l'horizon, peut-être n'aurait-il pas eu tous ces problèmes. Mais ce qui se passera pendant le siècle prochain, personne ne peut le prévoir, est-ce que ce siècle sera vraiment nouveau ? Comment le savoir ?

61

Perpignan, une ville française à la frontière espagnole. L'ami du Centre méditerranéen de littérature avec qui tu viens de faire connaissance te demande si tu n'as pas la nostalgie du pays natal, tu réponds catégoriquement que non, cela fait longtemps que tu as rompu avec ce sentiment, définitivement ! Sur la place qui fait face à l'hôtel, une fête bat son plein pour l'ouverture d'un petit magasin de glaces et gâteaux, les lampes multicolores attirent le client, et un orchestre de cuivres joue à pleins poumons une musique joyeuse. Une petite vieille se met à danser une danse catalane. La chaleur des gens du Sud et le français qu'ils parlent avec un cheveu sur la langue te font du bien au cœur.

Cette soirée de début d'été emplie d'un air de fête, cette musique entraînante jouée par les cuivres sont-elles destinées à fêter ta nouvelle vie ? Tu as fini par trouver la joie de vivre. Le patron du restaurant te demande de lui dédicacer ton livre, il dit que sa femme aime lire des romans, qu'il voudrait faire un voyage en Chine, tu souris.

Toi, tu ne rentreras pas. Jamais ? demande quelqu'un. Non, ce n'est pas ton pays, ton pays est dans ta mémoire, il est une source dans les ténèbres d'où jaillissent des sentiments difficiles à exprimer, c'est une Chine personnelle qui n'appartient qu'à toi, et tu n'as plus aucune relation avec l'autre.

Ton cœur est en paix, tu n'es plus un rebelle, aujourd'hui tu es seulement un observateur, tu n'es l'ennemi de personne, si quelqu'un veut te cataloguer comme ennemi, tu ne t'en préoccupes pas; si à présent tu fais appel à tes souvenirs, c'est pour réfléchir dans le calme à ta destination future.

Tu ne sais pas comment à l'époque tu as pu emporter cette photographie glissée dans un livre: il est maigre, le crâne rasé. Tu examines cette vieille photo que tu gardes toujours sur toi, elle a un peu jauni, elle a été prise il y a plus de trente ans dans la ferme de rééducation par le travail appelée «école des cadres du 7 mai», tu voudrais tenter de saisir quelque chose dans son regard. Il lève sa tête complètement rasée, on dirait une calebasse, il se considère comme prisonnier, il arbore une certaine arrogance, c'est peut-être cela qui l'a sauvé en son temps, il n'est pas sûr qu'il s'en soit débarrassé, mais aujourd'hui cette arrogance n'est plus nécessaire. Désormais, tu es un oiseau libre, tu peux voler là où tu veux. Tu as le sentiment que devant toi s'étendent des terres vierges, inexplorées, au moins pour toi. Tu te félicites d'avoir conservé cette curiosité, tu n'as pas envie du tout de t'enfoncer dans tes souvenirs, il est devenu une empreinte de toi.

Faire de cet instant un point de départ, faire de l'écriture un voyage de l'esprit, réfléchir ou soliloquer, et en tirer joie et satisfaction, sans plus avoir peur de rien. La liberté dissipe la peur. Que le temps use ces écrits inconcevables! L'éternité pour toi n'a pas de signification particulière, cette écriture ne peut pas être le but ultime de ton existence, si tu écris encore, c'est pour ressentir plus pleinement le moment présent.

Le moment présent, à Perpignan, c'est après le petit déjeuner: des voitures passent sous ta fenêtre en se reflétant sur les boules blanches des lampadaires de la rue, tu n'as pas le temps de les distinguer, leurs ombres disparaissent en un clin d'œil. Il existe dans ce monde tant d'ombres et de lumières qui risquent aussi de s'évanouir. Tu t'amuses avec celles de cet instant-là, il te faut aussi considérer ce «il» comme une ombre avec laquelle tu joues, et tu risques d'être un peu surpris, ah, cette ombre qui s'évanouit en un clin d'œil!

Schnittke, quelle belle musique ! Tu écoutes son *Grand concerto n° 6*, dans cette musique si fugitive, les tourments accumulés par la vie sont sublimés sur une gamme très haute, les sons longs sur les cordes sont comme ces reflets de lumière qui passent avant de s'évanouir en un clin d'œil. Schnittke, un homme de ta génération, tu n'as même pas besoin de connaître sa vie pour qu'il dialogue avec toi, chaque son qu'il trace sur la gamme haut perchée d'une corde appelle l'écho d'un accord.

Dehors, c'est la lumière brillante du début de l'été. Il y a huit cents ans, cette ville des Pyrénées-Orientales, Perpignan, jouissait d'une constitution municipale qui stipulait la tolérance, la paix et la liberté ; la ville accueillait les réfugiés, les Catalans tirent leur gloire de « cette démocratie et cette liberté vieilles de huit cents ans aujourd'hui menacées », précise l'éditorial du document publié pour la célébration du huitième centenaire de la ville.

Jamais tu n'aurais imaginé te trouver ici un jour, et encore moins que des lecteurs viendraient te voir pour que tu leur signes tes livres. Un jeune homme te demande une dédicace pour son amie qui n'a pas pu venir personnellement. Tu penses noter : « L'écriture est un miracle qui permet aux hommes de communiquer, pourtant souvent les hommes n'y parviennent pas. » Tu n'écris pas la deuxième partie de la phrase, tu ne peux pas écrire n'importe quoi, gâcher la gentillesse des gens. Tu peux te moquer de toi tant que tu veux, mais pas jouer à ta guise du langage.

Il en est sans doute de même pour la musique. Autant supprimer les fioritures inutiles. Ce que recherche Schnittke, c'est précisément cette nécessité, il n'utilise pas les sonorités pour briller, il est sobre, ménage de longs espaces, chaque phrase transmet une réelle sensation, sans maniérisme ni affectation, sans chercher à plaire. Tu ne dois parler que si tu as quelque chose à dire, sinon autant garder le silence.

L'ombre de chaque voiture qui passe se reflète sur la boule des lampadaires, un côté de la rue est bordé par un petit parc tranquille où poussent platanes et palmiers. C'est ici le pays natal du platane, il suffit de le bouturer pour qu'il reparte, il s'est répandu dans le monde entier et il est aussi entré dans tes souvenirs, les rues et les parcs de la ville où tu vivais quand tu étais enfant en étaient remplis, la première fois que tu as embrassé une fille, la petite Wuzi, elle était appuyée contre le tronc d'un platane dont l'écorce avait été arrachée, c'était aussi l'été mais il faisait beaucoup plus chaud qu'ici.

C'est si bon de vivre, tu chantes une ode à la vie, et si tu chantes, c'est parce que la vie ne t'a pas toujours maltraité, elle t'a même parfois fait battre le cœur, comme cette musique, ce petit coup de tambour, très net, et le son du cor qui résonne.

L'amie de Sylvie, Martina, peu de temps avant son suicide avait ramené chez elle pour passer la nuit un vagabond trouvé dans la rue ; à l'approche de son suicide elle avait dit sur une bande magnétique qu'elle ne pouvait plus supporter l'hôpital psychiatrique, mais que sa mort n'avait rien à voir avec qui que ce soit, elle en avait assez de la vie et s'était suicidée, c'est aussi une fin possible. Tu ne sais quelle sera la tienne, et tu n'as pas besoin d'essayer de l'imaginer. Si un jour l'extrême droite prend le pouvoir, viendras-tu à ton tour te réfugier à Perpignan ? À condition qu'à ce moment-là Perpignan soit encore une ville tolérante accueillant les réfugiés. N'imagine pas des catastrophes.

Affirmer que quand l'homme vient au monde, il doit absolument souffrir, ou que le monde n'est qu'un désert, est exagéré. Et les catastrophes ne tombent pas toutes sur toi, merci la vie, ce remerciement revient à dire : « Merci mon Dieu », mais la question est : « Qui est ton dieu ? » Le destin, le hasard ? Peut-être ne pourras-tu te tirer de tes difficultés et de tes tourments qu'en remerciant cette conscience que tu as de ce « moi », cet éveil envers ta propre existence.

Les grandes feuilles des platanes et les palmiers frémissent doucement dans le vent. Aucun homme ne peut être abattu s'il ne se laisse pas aller. On peut l'oppresser, l'humilier, tant que l'on n'arrive pas à l'étouffer, il aura peut-être l'occasion de relever la tête, le problème est de préserver son souffle, de le retenir pour ne pas mourir étouffé sous un tas de merde. On peut violer un être humain, femme ou homme, violence physique ou violence politique, mais on ne peut pas le posséder entièrement, ton esprit t'appartiendra toujours si tu le gardes en toi. Musique de Schnittke. Il hésite, tâtonne dans l'obscurité, recherche une issue comme s'il était en quête d'une sensation de lumière, et, grâce à la petite lueur enfouie dans son cœur, cette sensation ne peut disparaître. Il joint les mains pour préserver cette lueur, se déplaçant lentement, dans une obscurité épaisse comme de la boue, il ne sait où se trouve son issue, mais il protège soigneusement cette lueur qui voltige dans le vent. Mieux vaut dire qu'il est patient plutôt qu'opiniâtre, flexible, feignant de mourir comme une chrysalide qui tisse son cocon, fermant les yeux pour supporter le poids de la solitude ; alors, le son ténu d'une clochette, petite conscience de l'existence, beauté de la vie, cette lumière si faible et si douce se répand d'un seul coup au tréfonds de son être…

De rares feuilles rouge foncé brûlées par le gel, tremblant dans le vent sur les branches dénudées de l'arbre à suif devant sa porte, l'éclat de la jeunesse de cette jeune fille perdue, sans appui, la rivière gazouillant dans le vallon, la poule noire levant la tête et dardant son regard après avoir picoré sur le pont de bois, il éprouve de la pitié pour tout cela, comme des projections de son soi. De même, le désir qu'ont fait naître la séduction et les taquineries de la tendre campagnarde a maintenu en vie en lui cette rigueur et l'a conduit à attendre en retenant son souffle, bien qu'il ne sût où se trouvait l'issue, il s'est efforcé de capter la moindre beauté, c'est seulement ainsi qu'il a pu éviter de sombrer dans la désintégration mentale, recourant à la masturbation pour se réconforter et se détendant grâce à la pratique secrète de l'écriture.

Et aussi l'odeur pure de la paille de riz fraîchement ramassée et disposée sur la planche du lit, l'odeur des draps et des couvertures séchés au soleil après avoir été lavés à l'étang, l'odeur de transpiration du corps de la jeune fille, cette agréable et douce sensation quand il lui arrangeait son rouge sur les lèvres, le frisson qu'il avait ressenti quand il l'avait prise par le bras et l'avait poussée vers la porte, frôlant au passage ses seins dressés, tous ces souvenirs, il y faisait appel pour se réchauffer, il s'unissait avec elle en imagination, puis par le biais de la langue, la couchait dans ses livres, afin d'atteindre un équilibre mental.

Tu éprouves un profond sentiment de reconnaissance envers les femmes, pas seulement du désir. Tu réclames, mais elles ne veulent pas toujours donner. Tu es insatiable, tu ne peux pas tout avoir, Dieu ne t'a pas tout donné, tu n'as donc pas à le remercier, mais tu éprouves quand même une sorte de sentiment de reconnaissance générale, tu es reconnaissant au vent, aux arbres qui tremblent dans le vent, tu es reconnaissant à la nature, à tes parents qui t'ont donné la vie. Aujourd'hui, tu n'éprouves pas de rancœur, tu te sens en paix, peut-être as-tu vieilli, tu es plus essoufflé quand tu montes une côte, tu commences à être avare des forces dont tu usais autrefois sans fin. C'est le signe avant-coureur de la vieillesse. Tu es sur la pente descendante, un vent froid s'est levé, mais non, tu n'es pas encore pressé de descendre ; et la montagne lointaine perdue dans les nuages te semble à la même hauteur que toi ; tu n'as qu'à y aller, tant pis si en bas c'est un gouffre, au moment d'y sombrer, mieux vaudra te rappeler le soleil oblique qui caressait au loin les flancs de la montagne.

Dans une petite baie, au sommet d'un piton rocheux se dresse une minuscule église, avec une croix blanche, face à la Méditerranée, cloué au sommet, un Christ en métal noir. Sur la plage de la petite baie paisible et étale, des hommes, des femmes et des enfants courent en tous sens, une femme en maillot de bain est allongée dans une anfractuosité de rocher, les yeux fermés.

Ils ont dit que Matisse avait vécu ici, qu'il y avait peint, le soleil transparent est aveuglant, ce sont bien les lumières et les couleurs du pinceau de Matisse, mais toi tu te diriges vers l'obscurité.

Ils t'ont emmené en voiture à Barcelone, puis au musée Dali, tout rouge avec ses œufs énormes sur le toit. L'Espagne qui a donné le jour à ce vieux polisson est une nation joyeuse, les gens déambulent dans les rues et les jeunes Espagnoles aux sourcils épais et aux yeux noirs ont un long nez. Vous êtes ensuite allés dans un restaurant à la campagne, un ancien moulin, à la table d'à côté était assise une famille entière, le mari, la femme et une fille aux pommettes rouges toutes fraîches sur un visage pâle. Cette jeune fille aux longs sourcils et aux yeux noirs n'était pas encore complètement épanouie, plus tard elle deviendrait la grande femme robuste et appétissante d'une toile de Picasso. Elle était assise en face de son père, très agitée, ses pensées sans doute concentrées sur ses affaires de cœur, tu n'arrivais pas vraiment à saisir à quoi elle pensait, c'est la vie, elle ignorait son avenir, mais était-ce important ? Elle ignorait qu'elle pourrait souffrir, peut-être ses tourments commençaient-ils à s'éveiller, ses longs cheveux abondants d'un noir de jais rehaussaient la pâleur de sa peau et ses pommettes rouges, elle pouvait avoir treize ou quatorze ans, qu'une jeune fille de cet âge soit déjà aussi tourmentée, c'est là la beauté de la vie, ses tourments rappellent la souffrance de Marguerite, serait-elle une Marguerite ?

À cet instant, tu entends une messe de Kodaly. Un chœur féminin est accompagné à l'orgue. Tu éprouves aussi une sorte de sentiment religieux, les hommes ont besoin de prier comme de manger ou de faire l'amour. Dans la nuit d'hier, à l'étage au-dessus de ta chambre, une femme criait au lit, elle t'a empêché de dormir toute la nuit. De une heure du matin jusqu'à trois heures passées, elle a poussé des cris aigus, haleté, avant de rire à gorge déployée. À travers le plafond tu ne pouvais affirmer si c'était un viol ou une jouissance extrême, au début tu as cru que cela se passait dans la chambre à la tête de ton lit, puis tu as entendu grincer le plafond, comme s'ils se livraient à leurs ébats amoureux à même le sol, à moins que ce ne fût un viol tel que Marguerite l'avait raconté, même si c'était vrai, dans une chambre d'hôtel personne n'irait leur poser des questions. Ensuite, tu as entendu des rires, un rire immense qui a éveillé en toi un désir violent. Mais à présent, tu te sens en paix, un orgue, une voix d'alto et une voix de ténor sonnent à tes oreilles.

Au moment de prendre le petit déjeuner au rez-de-chaussée, tu n'entends que des « bonjour », pleins de déférence, en allemand, c'est un groupe d'hommes et de femmes d'âge moyen ou d'âge mûr, grands et robustes, des touristes allemands, ils se servent au buffet de pleines assiettes de saucisses, de jambon grillé et mangent tous beaucoup sans craindre de grossir. Ces dames ne doivent pas beaucoup crier au lit, penses-tu. Ils mangent sans fin, parlent peu en faisant peu de bruit avec leurs couteaux et leurs fourchettes. À une table près de la fenêtre se tient une jeune fille face à un homme âgé, ils finissent de prendre leur petit déjeuner en buvant du café, ils se taisent tous les deux en regardant la rue. Le beau temps d'hier a changé, le sol est humide, mais la pluie a cessé. Ils n'ont pas l'air amant et maîtresse, plutôt un père qui emmène sa fille en vacances, ceux qui riaient et criaient à tue-tête doivent encore dormir paisiblement dans leur chambre.

Orgue et chœur. Les chambres de l'hôtel sont remplies de meubles anciens très recherchés, une lourde table en chêne, une armoire sculptée marron foncé, un lit de bois aux barreaux ronds, décoré. Sur les boules des lampadaires, plus de reflets, pas une voiture ne passe dans la rue, c'est dimanche, presque midi, tu attends qu'un ami vienne te chercher pour t'emmener à l'aéroport. Par l'avion de midi passé, tu rentres à Paris.

Écrit en France de 1996 à 1998.

DU MÊME AUTEUR

Dialoguer, interloquer
théâtre
MEET, 1994
Lansman, 2001

Une canne à pêche pour mon grand-père
nouvelles
L'Aube, 1997
et « Points », n° P2005

Au plus près du réel
Dialogues sur l'écriture, 1994-1997
(avec Denis Bourgeois)
L'Aube, 1997

Quatre quatuors pour un week-end
théâtre
Lansman, 2000

Au bord de la vie
théâtre
Lansman, 2000

Le Somnambule
théâtre
Lansman, 2000

La Fuite
théâtre
Lansman, 2000, 2013

Théâtre 1
anthologie
Lansman, 2000

La Raison d'être de la littérature
suivi de Au plus près du Réel
(dialogues avec Denis Bourgeois)
L'Aube, 2001

Pour une autre esthétique
Flammarion, 2001

La Montagne de l'âme
roman
L'Aube, 2002
et « Points », n° P1750

L'Errance de l'oiseau
Seuil, 2003

Visite à Gao Xingjian et Yang Lian
conversation
Caractères, 2004

Le Quêteur de la mort
suivi de L'Autre rive
suivi de La Neige en août
théâtre
Seuil, 2004

Le Témoignage de la littérature
essai
Seuil, 2004

Ballade nocturne/Ballata nutturna
Eoliennes, 2012

Chronique du classique des mers et des monts
tragicomédie en trois actes
Seuil, 2012

De la création
essai
Seuil, 2013

RÉALISATION : IGS-CP À L'ISLE-D'ESPAGNAC
IMPRESSION : NORMANDIE ROTO IMPRESSION S.A.S. À LONRAI
DÉPÔT LÉGAL : OCTOBRE 2015. N° 129257 (1503188)
Imprimé en France